周大新剧作选

成圣

张仲景

周大新 著

华文出版社

图书在版编目（CIP）数据

成圣：张仲景 / 周大新著. — 北京：华文出版社，
2025. 1. -- ISBN 978-7-5075-6023-7

Ⅰ. I235.2

中国国家版本馆CIP数据核字第2024N4E949号

成圣：张仲景

| 作　　　者：周大新
| 策划编辑：杨艳丽
| 责任编辑：周海璐
| 出版发行：华文出版社
| 地　　　址：北京市西城区广外大街305号8区2号楼
| 邮政编码：100055
| 网　　　址：http://www.hwcbs.cn
| 电　　　话：总 编 室 010-58336239　发行部 010-58336212　58336230
| 　　　　　　责任编辑 010-58336191
| 经　　　销：新华书店
| 印　　　刷：北京新华印刷有限公司
| 开　　　本：710×1000　1/16
| 印　　　张：49
| 字　　　数：801千字
| 版　　　次：2025年1月第1版
| 印　　　次：2025年1月第1次印刷
| 标准书号：ISBN 978-7-5075-6023-7
| 定　　　价：98.00元

版权所有，侵权必究

谨将此书献给我的朋友孙耀志先生

目 录

第一集……………………………………………	002
第二集……………………………………………	029
第三集……………………………………………	060
第四集……………………………………………	085
第五集……………………………………………	115
第六集……………………………………………	142
第七集……………………………………………	170
第八集……………………………………………	194
第九集……………………………………………	224
第十集……………………………………………	249
第十一集…………………………………………	275
第十二集…………………………………………	304
第十三集…………………………………………	327
第十四集…………………………………………	350
第十五集…………………………………………	377

第十六集	402
第十七集	429
第十八集	454
第十九集	480
第二十集	503
第二十一集	530
第二十二集	559
第二十三集	584
第二十四集	606
第二十五集	629
第二十六集	655
第二十七集	683
第二十八集	705
第二十九集	731
第三十集	756

南阳医圣祠巍峨的大门。

大门缓缓开启。

长长的石砌甬道伸向祠的深处。

镜头沿甬道慢慢前移，就像人的眼睛在时间隧道里向历史深处回视。

镜头最后停在了张仲景的塑像上。

衬着张仲景栩栩如生的塑像，推出本剧之名：《成圣：张仲景》。

雕塑台上的张仲景渐渐活了过来，只见他先是晃动了一下身子，随后慢慢起身走下了雕塑台。

张仲景向我们款步走来。

时光开始倒流，他边走边变得年轻，他的服饰也在起着变化……

年轻的他一脸深沉……

汉代韵味的弹拨音乐将我们带向久远的过去……

演职员表……

张仲景画像

第一集

1

字幕：东汉末年，南阳郡。

郡城大街。白天。

热闹的人流。

大街两旁的店铺鳞次栉比。

一个长长的布幌挑在街边，上边绣着的四个大字触人眼目：张家药铺。

不断有病人进出药铺。

2

张家药铺内诊室。白天。

十来个候诊的病人神色各异地依次坐着。

须发皆白、老态毕现的名医张伯祖勉力坐着。他的两边，坐着张仲景和另一个稍显年长的学生任彦成。三人的面前放着一张简易的木案。木案上摆着几捆竹简和诊脉垫。木案的另一面坐着一个神情萎靡的老年男病人，身旁是他的儿子。

病人的儿子朝张伯祖焦急地：张老先生，我是从百里之外把老父亲用牛车拉来的，您是南阳郡有名的神医，请您救救我父亲……

张伯祖没有应声，只伸手摸住病人的手腕把脉。

张仲景对病人儿子：我师父正在把脉，请你少安毋躁，医者悬壶济世，救死疗伤，一定会尽全力的。

任彦成注视着病人和师父。

把完脉的张伯祖气力不济地对身边的两个徒弟：彦成，仲景，你俩也摸摸脉吧。

张仲景和任彦成两个学生闻言忙一人握住病人的一只手，开始为病人把脉，少顷，又站起互换座位，各摸住病人的另一只手腕。

3

一旁，放中药的阶梯形台子上，药工小宽——大名叫卫汛，正在向贴有药名的各种药篓里加添药材。

药篓旁边，一个长相俊俏的姑娘雪莹——张伯祖的外甥女——正用双脚灵巧地踏动着碾药的小铁碾粉碎着药材。她边碾边抽空瞥一眼正在为病人摸脉的任彦成，眼神里满是关爱。

正为病人摸脉的任彦成抬眼看见雪莹，目光随着她姣好的面孔和曼妙的身姿移动，一时有些走神。

聚精会神的张仲景对这一切一无所感。

4

诊案前。

张伯祖：行了吧？

大徒弟任彦成闻声急忙抬脸，唯恐师弟张仲景先开口似的：师父，此乃痰食互结，阻塞于肠道，治之当化痰消食，通腑泄浊，可用大黄、芒硝、枳实、厚朴等药。

一旁正碾药的雪莹停下动作，很有兴致地听着。

张伯祖把目光投向了张仲景。

张仲景不慌不忙地又看了看病人的嘴唇和耳朵，再让病人张嘴看了看他的舌苔，又按压了病人的腹部和脚腕，这才沉着地开口：此乃瘀血内停，在腹部壅积而成肿块，治宜破血攻坚消积，可用当归、水蛭、红花等药煎服，另外配合服用鳖甲煎丸。

张伯祖眼中闪过一丝满意之色，淡声地：用仲景的方法吧。

一边的任彦成听罢脸上一冷。

雪莹一怔。

5

放药篓的台子前。

张仲景将记着方子的竹简递给小宽：卫汛，拿药吧，三服。

小宽应了一声：好哩。

随即小宽低声对张仲景：二师兄，你还是叫我的小名小宽吧，叫卫汛这个大号太一本正经，我总觉得我爹给起的卫汛这个名字太文气。

张仲景笑了：好，好，就叫你小宽。

小宽跟着按张仲景的药方准确地用手从几个药篓里抓出了药装进病人带来的一个小提篮，之后交给病人：每一服都加水三升，煮熬半个时辰，去渣后温服。

病人的儿子点头。

张仲景：你们最好别急着走，先在南阳城找家客店小住几日，等服完这三服药后，再来一次。

病人的儿子点头称谢，搀扶父亲离去。

6

诊案前。

又一个候诊的病人坐到了案子前。

张伯祖突然爆发了一阵长咳，一旁的雪莹闻声忙上前关切地：舅舅，你该去歇歇了，八十多岁的人了，不能一坐半天，这边让大师兄和二师兄他们为病人就诊吧。

张仲景也急忙趋前：师父，您去歇着吧，我和师兄能应付得了。

任彦成也关切地：师父，要不要也给您开点药？

张伯祖喘息地：我这是衰老之征，药治病不治老，你们继续看病吧。

张伯祖起身，雪莹搀扶他离去。

任彦成和张仲景重新各就各位，开始为下一个病人把脉。

7

张伯祖卧室内。白天。

雪莹：舅舅，您这年龄，以后不能再强撑着给人看病了。

张伯祖：唉，我这两只眼上的病，近日似乎越来越重了，看人常有双影。"望闻问切"，恐怕是"望"不了了。以后这个药铺，就得全交给彦成和仲景了。

雪莹扶老人躺下：舅舅，您说，我这两位师兄，谁的医道更高一些？

张伯祖：他俩都是优秀的医师，要说医道长短，差别在毫厘之间。彦成跟我的时间更长，我传授得也更多，治病的经验也更丰富；不过，他把我教的东西记得太死了，在针对病人具体症候灵活变通方面，就不如仲景了。仲景的脑子灵活。

雪莹：这话我不太明白，您平时考他们功课的时候，对什么病，用什么药，总是大师兄答得更圆满些。

张伯祖：可一到具体诊断，彦成就不如仲景了。同样的病，在不同的人身上，症候并不一样。说医者看的是病，不如说看的是得病的人，不能只看病，不看人，这方面还是仲景更高一些。

雪莹：您不是偏心吧？

张伯祖：我偏心还是你偏心？你的心思，以为舅舅看不出来？

雪莹有些害羞了：舅舅！

8

张家药铺门口。白天。

一辆马车急刹在门口。

从车上跳下一个管家模样的男人，那人气喘吁吁地奔到药铺门口，急切地向屋内：张老先生，快，太守大人在设宴款待宾客时，突然晕倒不省人事，把一家老少吓得魂飞魄散，太守夫人差小的来请你速去府里救人！

9

张家药铺诊室。白天。

话音未落，管家已经进来了。

任彦成、张仲景都是一怔，张仲景忙对小宽：快去叫师父。

张伯祖却已经闻声拄杖赶来了，脚步有些踉跄。

管家：张老先生，太守危在旦夕，请您赶紧去。

张伯祖：彦成，你留下来照看药铺，仲景，你随我同去。

说完，他就要跟管家出门。

任彦成：师父，您的病……

张伯祖坚定地：救人要紧！

10

张家药铺门外。

张伯祖走出来,欲上马车,一只脚踩上去,手抓住车门,另一只脚上不去。身后的张仲景去搀扶他,他的身体刚起来,却突然瘫软在张仲景怀里。

雪莹飞奔过来:**舅舅!**

片刻,张伯祖定下神来,双手摸索:雪莹,我怎么什么都看不见了?

众人:啊?

张伯祖摸索地:我一点都看不见了。

雪莹过来搀扶:舅舅,我扶您进屋先歇歇。

管家欲拦:张老先生,太守夫人让我请您赶快去,片刻都不能耽搁。

雪莹担忧地:我舅舅病成这样,眼睛都看不见了,怎么去得了?

管家:就是抬也得抬去,否则太守夫人怪罪下来,我担当不起!

雪莹:你……

张仲景有些恼怒地对管家:啥叫抬也得抬去?我师父的命就不是命了?

管家欲发火:你好大的胆子——

任彦成急忙赔着小心:管家,不是我师父不去,实在是身体突然不适,去不了了。他这么大年纪,又病得这么重,如果再在车上一颠……只怕去了,也没法看病。

管家:这可怎么办?太守大人昏迷不醒,人命关天啊!

张伯祖喘息着:这样吧,让我的两个徒弟跟你一起去。

张仲景、任彦成:师父,我们去!

管家:他们,行吗?

张伯祖:我这两个徒弟,俱得我真传,你就放心吧。如果他们看不好,我去了只怕也束手无策。

管家:也只好如此了。

任彦成:师父,可您……

张伯祖:没事,我自己的病自己知道,不碍事的。你们快去,救人要紧,片刻都耽误不得!

张仲景这时已背上了写有"急救"二字的药搭,转对彦成:师兄,咱们走!

任彦成略一犹豫,随着走了出去。

11

威武气派的太守府大门。白天。

张仲景和任彦成先后跳下马车。

两人在管家的带领下急急走进有武士守卫的大门。

管家边走边厉声交代:这太守大人可是朝廷的大官,你俩一定要把太守救醒,绝不能出半点差错,否则,要你们的脑袋!

管家说着瞥了一眼身后,他们的身后,这时已跟上了一个带剑的武士。

任彦成闻言一惊,扭身骇然地看了一眼那武士腰里的长剑,随后,又不安地看了一眼师弟仲景。

张仲景好像没有听见这吓唬,只顾快速走路。

12

太守府内一房间。

太守大人双眼紧闭脸色煞白地躺在一张床上。太守夫人,还有一批属官、衙役和仆人,个个神色紧张,围站在床前。

太守夫人满眼含泪地握着丈夫的一只手:天哪,这医师怎么还不来呀?

13

太守府,通往另一间内室的门口。

一道竹帘垂挂在门上,竹帘后站着太守大人的女儿——文弱秀气的凌晶,凌晶姑娘满脸焦急地隔帘看着外边的人。不时变换角度企图看清被人们围着的父亲。

站在她身旁的丫鬟小蕴不时小声地宽慰她:没事的,张伯祖老先生马上就到,他可是咱南阳郡的名医。

14

太守府。太守病房。

管家领着任彦成和张仲景匆匆走了进来。

围在病床前的人们闪开身子让两人走到了床前，任彦成和张仲景几乎同时各抓住了病人的一只手腕把起了脉。

病人病情的危重使任彦成脸上显出吃惊的神色。他禁不住看了一眼师弟张仲景，声音极低地：摸不住脉了，我们是不是——

15

太守府。太守病房。帘内。

凌晶双眉紧皱，手捂胸口。

16

太守府。太守病房。

众人围住病床，凌晶看不见张仲景和任彦成。

张仲景迅速地拨开病人的眼皮察看并快速解开病人的上衣去俯听病人的胸部，同时低声地：先用针！

张仲景边说边由衣袋里掏出一个布包，任彦成见状也速去自己衣袋里掏出了同样的一个布包，两人几乎同时展开布包并从里边拿出了长针，张仲景朝一个穴位扎了下去。

任彦成瞄向一个穴位，但脸上显现出一丝犹豫，不自主地瞥了一眼身后挂剑而立负责监视他们的那个武士。

张仲景拿过任彦成手上的针朝另一个穴位扎去。

太守的身子这时轻微动了一下。

围在床前的人们眼睛都一亮，都"啊"了一声。

17

太守府。太守病房。帘内。

凌晶眼睛一亮。

18

太守府。太守病房。

任彦成这时接过针去捻。

张仲景此时一边掏出一个药包放在病人鼻子前让他吸闻，一边转对围在身边的人：快端一碗开水，将药罐和汤匙拿来，把煮药的火生着！请诸位都站远点，把你的剑拿开！

他说着用脚踢了一下武士手中的长剑：你要想杀我们可以这会儿就动手！

管家见状急忙挥手让那武士站远点。

两个仆人这时应声将药罐、汤匙和一碗开水递到了张仲景手边。

张仲景将扎上的针都交师兄捻着，自己拿过药搭，从里边摸出一点药粉疾速地放在汤匙里用温水和好，示意彦成扶起病人，强行灌进了病人口中；之后又由药搭里抓出几味药放到了药罐里，然后把药罐交到一个仆人手上：加水二升，立马煮上！

那仆人端着药罐跑了出去。

张仲景转身再用长长的指甲，掐住病人的另外两个穴位揉着。

病人的身子仍保持着原来的样子，并未向好处变化。

围观的人们又开始紧张焦躁起来。

太守夫人怀疑地：你们这样子救法对吗？

任彦成：夫人，医家治病不治命，太守大人病得很重，能不能救醒过来，还要看他自己的命了。

19

太守府。太守病房。帘内。

凌晶闻言，两行清泪不由自主地流了出来。

20

太守府。太守病房。

管家恶声恶气地：倘若用错法子耽误了时间，我砍掉你们的狗头！

挂剑武士手中的剑尖在地上顿了一下。

任彦成的身子打了个哆嗦。

室内的空气又骤然紧张起来。

张仲景不屑地斜睨了一眼管家，照旧做着手上的动作。

病人这时忽然呼出一口气，眼随即睁了一下，又合上了。

围观的人们这时都面露喜色，互相看了一眼。

太守依然昏迷不醒。张仲景转身对任彦成：师兄，看来只有用峻药猛攻了！

任彦成犹疑地：这？万一……

张仲景：舍此别无他途，再拖延时辰，就真的危险了。

张仲景又拿出几味药配上，对管家：加进正熬的药罐，越快越好！

任彦成：师弟，万一……

张仲景果断地：救人要紧！顾不了那么多！

药熬好了，一个仆役匆匆过来，将药碗递到张仲景手上，张仲景命人撬开太守的牙齿，想灌进去。任彦成拉住他胳膊，他看了任彦成一眼，果断地推开了，将药灌了进去。

21

太守府。太守病房。帘内。

凌晶捂住了嘴。

22

太守府。太守病房。

突然，太守"哇"的一声吐出一口鲜血。众人都"啊"的一声，急忙朝后闪身，血溅到了张仲景身上。

太守夫人：老爷！

太守夫人号啕大哭起来。

管家抓住张仲景：你！你！你！你用的什么药？还想不想活了？

任彦成吓得面如土色。

23

太守府。太守病房。帘内。

凌晶看到父亲吐血，鲜血的刺激使她再也坚持不住，突然晕厥过去，倒在身旁的丫鬟小蕴的怀里。

小蕴：小姐！小姐！

太守夫人闻声又跑进来看凌晶，抱住凌晶大哭：晶儿！晶儿！我这是造了什么孽啊，老天爷，你为啥要这么惩罚我啊！你爷俩要是有个好歹，我也不活了！

太守夫人大哭。

24

众人乱作一团。有的去看太守，有的来看小姐，互相挤撞。

25

张伯祖药铺。张伯祖卧室内。白天。

雪莹：舅舅，好点了吗？

张伯祖：好多了，可还是看不见。不会就这样瞎了吧？

雪莹：您别瞎想。这叫假盲，您年纪大了，刚才一着急，就看不见。您只要平心静气，估计过会儿就好了。

张伯祖：看来你都能当医师了。也不知道彦成和仲景看得怎么样了？

雪莹：您就放心吧，刚才您自己不是都说了，他俩都得了您的真传，没事的。

张伯祖：我放心，你放不放心？这可是给太守治病啊，又是危重的急病，万一有个差池，那可不得了啊。

雪莹：不会的，大师兄肯定行。

张伯祖笑：呵呵，一着急，实话都说出来了。

雪莹羞赧地：什么呀？

张伯祖：你怎么说大师兄，就不说二师兄呢？

雪莹：舅舅！你真是的……

张伯祖：唉……俗话说，七十三，八十四，阎王不叫自己去，我这病拖了这么久，恐怕是来日无多了。你自小父母双亡，跟着我长大，要说担心，我什么都不担心，就是担心你。不把你的大事办了，我是闭不上眼的。

雪莹：您瞎说什么呢？就您这仙风道骨，我还指着等我老了，您能给我看病呢。

张伯祖：哈哈，我不在了，彦成也可以给你看病嘛。

雪莹：我就守着您。

张伯祖：傻孩子，男大当婚，女大当嫁，你守着我算怎么回事？

雪莹：**舅舅**，我去看看您的药煮好了没。

雪莹说罢转身离开。

26

太守府。太守病房。帘内。白天。

任彦成从人群中挤进去，看了凌晶一眼，掐住她的人中，对夫人：夫人莫慌，小姐不碍事的。

任彦成在凌晶的人中上扎了一针。凌晶慢慢醒来，睁眼看清楚的第一个人，是任彦成。

太守夫人不哭了。

突然人群中传来喊声：太守醒了，太守醒了！

27

太守府。太守病房。

太守缓缓睁开了眼睛，夫人跑过来，看着太守。

众人松了一口气。

28

太守府。太守病房。帘内。

凌晶挣扎起身，隔帘模糊地看到人们的神情，平静下来。

29

太守府。太守病房。

太守病床前，彦成又端来一碗汤药，张仲景把病人抱放在胸前，开始向病人嘴里灌药。

喝下汤药的太守大人静靠在张仲景胸前，脸色由苍白变得有些红润了。

站在床边的太守夫人这时高兴地扑下身抱住丈夫叫道：我的天啊，你可把人吓死了呀——

其他人也都高兴地围上前去。

太守大人微声地：我好像是睡了一觉……

张仲景：大人，你这是——

周围官员们献媚的问候压下了张仲景的声音。

张仲景和任彦成这时默默地收拾着药搭，退出了人群。

管家这时过来把一小包铸钱递到了张仲景手上，低声地：看不出，你们两个学徒还真有点本事，走吧。

张仲景把铸钱转交到任彦成手上：师兄，给你。

两人转身出门，无人再留意他们。

30

太守府大院接近大门口的地方。时近傍晚。

任彦成边走边满眼新奇地看着院内的小桥、流水、花圃、亭台。他转对身旁闷头走路的张仲景低声感叹着：当官真是好，看看人家这院子！

张仲景似没听见彦成的话，自语似的：他还应该再吃几服药。

任彦成仍在感叹：人哪，还是应该做官！

张仲景还在边走边微声自语：这种病该归于……

任彦成这时看看左右没人，伸手去路边的花丛中掐了两朵蜡梅，藏在了袖子里……

31

张家药铺后院。夜晚。

雪莹正在厨房里收拾着什么，任彦成手拿着傍晚在太守府里掐下的那两朵蜡梅悄声来到了雪莹身后，他望向雪莹的目光里含着欢喜和激动。

雪莹转身，猛发现彦成站在身后，先是吃惊地"哦"了一声，随后脸露羞意地轻叫道：大师兄……

任彦成：我给你带来了一件小礼物。

任彦成笑着递上那两朵梅花，梅花已被插在了一个小陶瓶里。

雪莹见状欢喜地接过：呵，蜡梅！

任彦成趁机捏住雪莹的手。

雪莹羞赧地：让别人看见怎么办？！

张仲景恰好这时走到门前，看见屋里的情景，想走开，又停下，故意大声咳嗽了一声。两人惊觉。

张仲景：大师兄，师父找你。

32

张家药铺后院。张伯祖卧室。夜晚。

老人听到脚步声：彦成。

传来任彦成的应答：来了，师父。

跟着门被推开，任彦成进了屋，轻声地：师父叫我有事？

老人示意任彦成坐在床帮上，而后轻声地：我这身子，怕是撑不了多少时间了，你和雪莹的事，再也不能拖了，你们就择个日子把喜事办了吧。

任彦成闻言惊喜地：真的，师父？

张伯祖：雪莹的爹妈早亡，跟着我又吃了不少苦，你以后可要好好待她。

任彦成激动地：师父放心，我一定会让她享福！

33

太守府内。夜晚。

内宅一间屋子里，病好后的太守大人正坐在床上，让夫人喂着什么东西吃。

太守夫人：你这病能救过来，真得感谢张伯祖的那两个徒弟哩。

太守猛然想起地：给人家诊费了吗？

夫人：听管家说给了一百铸钱。

太守：该再赏些东西才对。

夫人：你放心，这事我会去办的。

太守点头：晶儿怎么一直没来看我？我想她了。

夫人：这大半天一直没敢跟你说，你发病那会儿，晶儿急坏了。等看到你吐血，她就晕过去了，幸亏让医师一针给扎醒过来。那阵你吐血，她晕倒，我这心哪，简直就炸了。好歹是都有惊无险地挺过来了。现在晶儿身子还虚着呢，让她好好休息吧。

太守：这孩子……

夫人：晶儿从小就身子弱，大病小病的就从来没断过，她的心又细，有事没事就好胡思乱想，把我的一颗心都操碎了。

太守：是啊，她这病，也治了十几年了，怎么就不能断根呢。

夫人：你说，就让今天来的这两个年轻医师给治治，会有起色吗？

太守：唉，他们的师父张伯祖，多年给晶儿看病，都没断根。两个徒弟，怕也难。

夫人：我看哪，要是请个医师来守着她治，也许能行。

太守：也许吧。

34

张家药铺后院。张仲景睡房。夜晚。

张仲景正在灯下看书简，书简的一侧露着一行字——《素问》。他边看边不时拿笔朝一侧的另一片竹简上记着什么。

门被猛地推开，小宽闪进来，面带笑意地：二师兄，我听说了一桩好消息！

张仲景向竹简上写着字：哦，说来听听。

小宽没有先说话，而是俯身仔细地去看张仲景写的字：你这是在摘抄《素问》？

张仲景：我们学医的，当先明古训。说吧，啥好消息？

小宽：师父答应让大师兄和雪莹成婚了。

张仲景高兴地停下笔，笑了：是吗？真是大喜事，你说咱们两个该给他们送点啥贺礼好？

小宽含笑挠着头发：你让俺想想……

35

张家药铺后院一角。夜晚。

任彦成高兴地对雪莹：（压低声音）我明天就找人去定喜日子！

雪莹闻言忙捂住了自己的脸颊：要不要也定下一乘花轿？

任彦成忍不住笑了：当然！……

36

太守府。凌晶闺房。夜晚。

小蕴：小姐，夫人来了。

夫人进来，凌晶欲起身，夫人忙坐到床前拦住。

凌晶：妈，这么晚了还来？

夫人：我看你睡了没有。怎么还没睡着啊？

凌晶：一想到爹的病，我就睡不着。

夫人：你爹不要紧了，你还是先顾自己吧。明天最好再请个医师来，给你好好看看。

凌晶：妈，我没事，不用看。

夫人：这孩子，怎么还讳疾忌医呢。就请今天救醒你的那个医师，好不好？

凌晶若有所思地：那好吧。

37

张家药铺门外。正午。

任彦成正心不在焉地和张仲景、小宽一起翻晒着一些药材。

张仲景边翻着药材边含笑问任彦成：师兄，喜日子定在哪一天？

任彦成：就是这个月的二十八，黄道吉日。

小宽高兴地：到那一天我干啥？

张仲景笑了：抬轿。

小宽：好！

张仲景和小宽各抱起一箩晒好的药材进了铺子，就在这时，太守府管家由远处走来：请问，昨天是你和另一位医师去给太守大人看病的吧？

任彦成闻言有些意外，以为出了什么闪失，忙答：是，可是——

管家：我们夫人让你们过去，说要赏给你们东西！

任彦成先是一愣后是一喜：哦？

管家：去，叫上另一位医师，跟我一起去领赏！

任彦成的眼珠一转，先是飞快地看了下铺门，而后轻声地：我的师弟不在，我替他去领吧。

管家：行，走吧。

任彦成立刻跟着管家向远处走去……

38

太守府内宅凌晶住处。正午。

小蕴对凌晶小姐：张伯祖药铺里那个年轻的医师来了，在客厅门外站着，姓任。

凌晶：不是两个人吗？

小蕴：另一个不在，任先生说他替那人领了。估计过一会儿，还要过来给您看病呢。

39

太守府客厅。

任彦成随管家进来，拜见夫人：夫人。

夫人：快请坐。

夫人起身拿起放在桌上的一包铸钱：任先生，非常感谢你昨天救了大人，大人为了表示谢意，特备了一点薄礼，请收下。

说着，夫人把手上的那包铸钱递给了管家。管家将其给了任彦成。

任彦成急忙摆手：不必客气，治病救人乃从医者的天职所在，诊费和药费之外再收东西，与吾等所遵之医德相悖。

夫人：任先生就不必客气了。我这点钱，一表感谢，二呢还想请先生再给小姐看看病，先生愿意吗？

任彦成欣喜：当然愿意，夫人客气了。

夫人：那好，管家，带先生去吧。

任彦成随管家离开。

40

太守府内宅凌晶住处。

帘外，任彦成正睁大眼睛隔着帘缝去看凌晶，对方的华贵之气令他眼神发直。

小蕴掀帘而出。

任彦成急忙收回目光。

小蕴：小姐在里面，你是进去诊病还是隔着帘子诊？

任彦成：就在帘外吧。

说罢，任彦成在帘外坐了下来。

凌晶的手伸了出来。

41

帘内。

凌晶小姐隔帘看着任彦成，对方的长相让她有了好感。

42

帘外。

任彦成把完脉：小姐这病……只能静心调养，慢慢治来。

任彦成转身拿笔在竹简上开出方子，对小蕴：请把这个方子给夫人过目，回去我按方抓药，明日送来。

小蕴点头。

凌晶这时隔帘对小蕴做了个手势，小蕴忙拿过一包东西递给任彦成：先生，我们小姐谢谢您给她看病，更感谢您昨天救了大人，略备了点薄礼，谨表谢意。

任彦成：万万不可。刚才夫人已经又给了钱，我推辞不掉才收下的，再不能收小姐的礼了。

小蕴把东西不由分说地放到了任彦成手上：拿着吧！

任彦成掀开包布发现，那是一沓纸。

任彦成捏住那沓纸新奇地看着：这是什么？

小蕴：没见过吧？那是蔡侯纸，太守大人在荆州做官的朋友送给我们家小姐写字用的。

凌晶隔着帘子：那是当年龙亭侯蔡伦发明的纸，眼下还没在咱们这儿传开，它写字非常方便，你们平日常要给病人开处方，故送给你们一些试用。

任彦成有些爱不释手地看着那沓纸……

43

张家药铺。白天。

张仲景正在给一个病人把脉。

任彦成进来,轻声地:咱师父怎么样?

张仲景:师父又咳了,眼睛还是看不见,我让雪莹和小宽扶他到院子里走走,晒晒太阳。

任彦成主动解释:我刚才出去看了一个朋友。说完,不自主地掀开衣襟,去看了一眼怀里装着的那包铸钱和蔡侯纸。

张仲景没有在意地"哦"了一声,他给病人把完脉,径去药台上用手准确地抓着药。边抓药边回头对任彦成:师兄,我们昨天诊治的太守大人,今明两日还应该再服些药才对。

任彦成闻言眼珠飞速一转:是吗?行,你把药抓好,我待会儿刚好要去那边办点事,顺便给他们捎去。

张仲景点头:好。

44

太守府大门口。黄昏。

任彦成手提着一小袋药对守在门口的带刀衙役:我来给太守大人和小姐送药。

衙役:我们大人的病已经好了,还送药干啥?

任彦成正要解释,不想丫鬟小蕴出门办事回来,刚好看到任彦成,忙走过来:任先生这是——

任彦成:我给小姐送药来了。太守大人也还需再服两服药,才能完全好起来,我特意一并送来——

小蕴高兴地:好,好,给我吧。

小蕴说着伸手去拿药。

任彦成心有不甘地把药递到丫鬟手上,讨好地:另请叮嘱小姐,一定按时用药。也请转告夫人,太守还需服完这两服药。

小蕴一边转身向大门里边走一边应着:行,行……

45

太守府内凌晶小姐住处。夜晚。

小蕴将药汤递给凌晶,凌晶一仰脖痛快地喝完了。

小蕴:小姐,平时让您喝个药,像要您的命似的,今天怎么这么痛快?

凌晶：你管呢？

小蕴：我服侍您这些年，您的心思啊，瞒得了别人，可瞒不了我。

凌晶：小蹄子，胡说小心我撕你的嘴。

小蕴窃笑：这个姓任的年轻医师啊，不仅人长得好看，医术好，心地也不错，对病人可是一心一意的。咱们还没想起要让大人再服药哩，他倒想到了。

凌晶：人家是医师嘛。

小蕴见凌晶陷入沉思，又开玩笑：他说话也挺文雅的，想必是看过不少书。我看他不像个医师，倒像个书生。俗话说"英雄救美人"，这回倒成了"书生救美人"了……

凌晶伸手要打小蕴，小蕴躲开：干吗不让人说，越不让人说，心里越有鬼。

凌晶：你还敢说，看我不告诉我娘，把你撵出去！

小蕴笑：小姐真舍得我走吗？我要是走了，您上哪儿再找我这样贴心的丫鬟？

凌晶也笑了。

小蕴：再说了，我要是走了，也没人帮你传礼送书了……

凌晶假装追打小蕴，小蕴一边躲闪一边笑着。

凌晶忽然想到什么，放下手，正经地：拿这药还没给人家钱吧？

小蕴也停了笑，以手拍额：呦，忘了这回事。

凌晶：你明天再去一趟吧……

小蕴笑答：是。

46

张家药铺门外。白天。

一个老太太颤巍巍地拄杖走到了药铺门前，靠在门框上喘息。

任彦成这时由门内出来，站在那儿讥讽地：三娘，这回看病是不是又没带钱来？

老人嗫嚅着：抱歉，还没有借到钱，能不能再给我开一回药？我下回……

任彦成冷笑着：病人要都像你这样，俺们这药铺就该关门了——

张仲景这时由屋内出来，上前搀扶着老人进屋，让她在医案前坐下：先看病吧，你今天觉得哪儿难受？

任彦成走过来，不高兴地看着仲景。

后院里传来雪莹的叫声：大师兄——

任彦成：来了。

任彦成向后院走去。

47

张家药铺后院。白天。

雪莹指着正房西间，轻声地：舅舅说，就用这间房做咱们的新房。

任彦成高兴地：行啊，我明天就找人来收拾。

雪莹脸露担忧地：可是舅舅的身体，却一天不如一天了。

任彦成宽慰地：没事，师父只是老了，再说，咱们把喜事办了，也会让师父心里高兴，说不定对他的眼睛和身子也有好处。

雪莹忧虑地：但愿……

这时传来小宽的喊声：大师兄，太守府里来了个丫鬟找你。

任彦成闻声一怔，忙回应：来了。

48

张家药铺内。

任彦成含笑招呼小蕴：来了，快请坐。

小蕴施礼：打扰先生了。

任彦成：小姐服药后身子有起色吗？这病可是急不得的。

小蕴：小姐服药后感觉好了许多。只是上次没给你药钱，小姐特意让我送来了。

小蕴说着，将几个铸钱递过来：你看这些够不够？

任彦成：多了多了，不过寻常的几味药而已。

小蕴：请问先生，你学医几年了？

任彦成：自十二岁跟随师父学医，已经八九年了。

小蕴：先生成家了吗？

任彦成：还没有呢。

旁边的小宽：不过也快了，已经定下了师父的外甥女雪莹姑娘，这个月就要迎娶了。

小蕴脸色一变。

49

张家药铺后院。白天。

张仲景和小宽把半躺的老师张伯祖抬到院子里的阳光下。

张仲景：师父，你得晒晒太阳。

张伯祖神色十分倦怠，声音微弱地：仲景，我怕是快不行了。

张仲景忙俯身安慰：师父，你可不能乱想，我刚才听了听你的脉，好着哩。我想后晌杀只母鸡，给你熬点参汤喝。

张伯祖：彦成和雪莹哩？

张仲景：他俩的喜日子不是快到了嘛，他们今日去街上买点做新衣裳的料子。

张伯祖脸露欣慰地：把他俩的喜事一办，我也就没啥挂虑的了。你们两个也记住帮他们做些准备。

张仲景：今日来的几个病人都已看过走了，我和小宽这就去帮他们把新房打扫一遍。

50

太守府凌晶闺房。白天。

小蕴端着饭菜进来，凌晶半躺在床上，愁眉紧锁。

小蕴：小姐，吃饭吧。

凌晶看了一眼饭菜，又扭过头朝着里边。

小蕴：小姐，药你不吃也就算了，饭总要吃一口吧。不吃饭怎么行呢？

凌晶不理她。

小蕴欲言又止，最后还是决定说了：小姐，你就别想他了，他马上就要成亲了……

凌晶恼怒地将饭菜掀翻在地：滚出去，你胡说什么？滚！

小蕴吓了一跳，胆怯地收拾地上的饭菜，退了出去。

两行眼泪从凌晶的眼角流出。

51

张家药铺后院正屋里间。白天。

张仲景和小宽都头罩布巾，手拿绑在长木杆上的扫帚，在打扫房间顶部的灰尘。

一张没放铺盖的大床摆在房间中央。

小宽边忙活边大声地：二师兄，雪莹姐比你小，大师兄和雪莹姐结婚后，你对雪莹姐该怎么称呼？由称妹妹改叫嫂子？

张仲景略略一愣，笑答：我呀，继续叫雪莹。

小宽：那怕是不太合适吧，不过叫你改口也困难。其实你的心思，我也猜得到。

张仲景吃了一惊：我有什么心思？

小宽：咱俩朝夕相处这么多年，你的心思，哪里瞒得了我？你心里也喜欢雪莹姐，是不是？

张仲景：瞎说！

小宽：你平日里看她的眼神，和这几天的不一样。这几天你一见她来，就低下头，是为什么？

张仲景：我哪有……

小宽：别说了，算我多嘴。

张仲景叹了口气：兄弟，跟你说实话吧。就算喜欢，我也只是把她当亲人那样喜欢，生我者父母，教我者师父，我早已把师父当成了父亲，把师兄当成了哥哥，把雪莹当成了妹妹，把你当成了弟弟，把这药铺当成了自己的家。雪莹跟师兄结婚，我是真心地替他们高兴，可心里又有些不舍，总觉得他们一结婚，就都跟我隔了一层——师兄不再是以前那么亲密的师兄，雪莹更不是像小时候那样可以嬉笑打闹的妹妹了。这就像娘送女儿出嫁，虽然欣喜，临出门时可还是要哭一场，就是这么个道理吧。

小宽：我怎么就没这么想过？

张仲景：你小啊，哪里知道这些？

小宽：得了吧，你比我大几岁呀！他们成了亲，还不是住在这药铺里？又没有搬出去，一切都和以前一样的。再说他们也该成亲了，不然师父百年之后，这药铺让谁来当家呢？

张仲景：道理是这么个道理呀，可感情总有些小疙瘩——不过等他们真成了亲，我们很快也就会适应的。

小宽：是你自己，别我们我们的，我少了个姐，多了个嫂子，可没什么损失。

张仲景：嫂子毕竟是外头来的人，姐妹才是自己家里的呀。这都不懂？

小宽：可那是同一个人啊，什么外头里头的？说你有心思，你自己承认了吧？

张仲景：今天跟你说的话，不许跟别人说，跟谁都不许说，知道吗？

小宽：知道。我傻呀？

52

郡城大街。白天。

任彦成和雪莹从一家绸缎庄出来。

雪莹怀抱着几块绸缎衣料满脸欢喜，她转对彦成：哦，对了，该给你买顶新帽子。

说罢，雪莹拉彦成又走进了一家铺子……

53

太守府内宅一间房里。白天。

太守夫人焦急地对管家：去把小蕴叫来。

小蕴怯生生地随管家进来了。

夫人：给我跪下！

小蕴先是一愣，跟着急忙跪下：夫人。

夫人：你是怎么服侍小姐的？前两天服了任医师开的药，我看着晶儿的气色好多了，也肯吃饭了，有一天还看着她梳妆描眉呢，很高兴的样子。怎么这几天又重了？饭也不吃，药也不吃，到底怎么回事？

小蕴：夫人，奴婢一直小心侍候小姐，不敢有半点差错。小姐这两天愁眉不展，老是唉声叹气，可跟奴婢一点关系都没有。

夫人：那她到底是为什么呢？无缘无故怎么会发愁？一定是你们这些下贱的东西把她给气着了！快说，到底是谁？

小蕴：夫人，真的不是我。

夫人：那到底是谁？你要不说出来，我打断你的腿！

小蕴：奴婢不敢说。

夫人：快说，你说实话我不怪你。

管家：你倒是说啊，再不说夫人可真生气了。

小蕴看看管家，夫人明白了：管家，你先退下。

管家答应着出去了。

小蕴：是……是任医师。

夫人：哦？

小蕴：小姐那天喝了任医师送来的药，晚上想起还没给钱，就让我再去一趟药铺。我看出小姐有些喜欢任医师，去见了任医师就问他，成家了没有。他店铺的伙计说，马上就要成家了，就是这个月的二十八。我回来后，小姐老问我，任医师怎样，任医师怎样，我开始还不想说，后来想，小姐要是真喜欢上他，那时再说就晚了，不如现在就说了，让小姐断了这个念想。就跟小姐说了，没想到小姐从那天起就发起愁来，整天茶饭不思，坐卧不宁，有心思又不跟我说，我为小姐心疼，可是一点办法都没有……

夫人沉吟片刻：原来是这样，这个年轻的医师，模样倒是有几分俊俏。

夫人回头，正色：这件事你跟谁都不许说，听到了没有？

小蕴：奴婢知道了。

夫人：下去吧。

54

张家药铺。夜晚。

张仲景正在灯下拿笔向竹简上写着什么，小宽进来，趋前看：师兄记这些白天看下的病例干啥？

张仲景：琢磨呀，多琢磨病例才会明白病理和药理，才能准确对症下药，这样积累的时间长了，我说不定还能写出一卷书哩。

小宽意外地：你还想写书？

张仲景：是呀，我在想，将来我若能把琢磨出的病理、药理和药方写成一卷书，对天下学医的人岂不是一个帮助？

小宽：嗬，你想得可真远！哎，我差点忘了，师父叫你过去。

张仲景"哦"了一声，忙站起身子。

小宽：师父的意识好像很飘忽，刚才有一阵都听不出我是谁了。

张仲景吃惊地：是吗？快步向后院走去。

55

张伯祖卧室。夜晚。

老人半躺在床上，一副衰老无力、强打精神的样子。

任彦成、张仲景、雪莹和小宽围站在床前。

张伯祖吃力地：我有一种预感，我的意识可能很快会变模糊，趁我这会儿还清醒，我把有些事给你们做点交代。

张仲景着慌地：师父，你不要乱想。

老人吃力地摇了摇头：我的身体我知道。

雪莹抓住舅舅的一只手：舅舅，你想说啥？

老人：我这一生都在习医，我觉得从医可救人于病痛之中，是一件值得做的事，你们既然做了我的弟子，我希望你们在这条路上继续走下去，别嫌这条路长，也别嫌走这条路苦。

徒弟三人急忙点头。

老人：这是第一桩事，第二桩事是，希望彦成和雪莹成婚后，能和和睦睦过日子，雪莹得改改自己的急脾气，把彦成照顾好。

任彦成：师父放心，我不会让雪莹吃苦的。

老人：第三桩，仲景和小宽以后要协助彦成把药铺里的事办好，你们要像亲兄弟一样，遇事多商量。

张仲景和小宽急忙答应：师父放心！

56

太守府。太守卧室。夜晚。

太守问夫人：你刚去看过晶儿了吗？

夫人：看过了，还是没有什么起色。

太守：这孩子，真是个多愁多病身。老夫宦海沉浮几十载，官场的是非得失，看多了也看淡了，官位也罢，钱财也罢，都是身外之物，倒并不太放在心上。只是这个女儿，算是我的一块心病。

夫人：你们两个啊，都是我的心病。哪个有点风吹草动，我就提心吊胆的。任医师又拿来的两服药，也都喝完了，你觉得怎么样？

太守：我好多了，看来是没什么大碍了。真得谢谢这个年轻的医师，一表人才呀。

夫人：有件事，我想了两三天了，只有告诉你了。

太守：老夫老妻的，有什么事就说嘛。

夫人：你知道晶儿这几天又病恹恹的，为的是什么吗？

太守：为什么？

夫人：就是为了那个任医师。她那天看到任医师救了你的命，又把她救醒过来，就喜欢上这小伙子了。

太守：哦，我女儿也害起相思病了。也是啊，她也到了怀春的年纪了。

夫人：开始吧，我还觉得门不当户不对的，自己的女儿，怎么能嫁一个医师？可转念一想，如果真是成了，倒也不错。晶儿自小多病，任医师医术高明，可以照顾晶儿一辈子。

太守：就是嘛，什么门当户对？我也不是穿着官服生出来的呀。我看这小伙子，医术这么高明，一定读了不少医书，应该也是个饱学之士。朝廷也需要医官，将来作为孝廉举荐到朝廷，谋个一官半职，应该也不是难事。就是不知道他是否婚配，要是没有婚配，倒是可以考虑。

夫人：你还说呢，晶儿就是为此发愁呢。

太守：什么意思？他已经成家了？

夫人：成家倒是没有，可就在这个月二十八，就要迎娶张伯祖的外甥女了。

太守：唉，看来晶儿是无缘了。

夫人：晶儿这几天茶饭不思，也不吃药，早晨我去看她，她枕头潮乎乎的，夜里肯定躲在被窝里，偷偷哭呢。

太守：唉，那也只有耐心开导了。

夫人：女儿的脾气，你还不知道？别看她柔柔弱弱，性子却刚烈得很，谁能劝得了她？兴许为了这个任医师，一辈子都不嫁人了呢！

太守：不至于吧。

夫人：我看啊，既然任医师那边生米还没有煮成熟饭，这事情就还有救。

太守：什么意思？

夫人：你也是一方太守，管着南阳郡几十万百姓，他张伯祖一个开药铺的穷酸医师，还能争得过咱家？

太守：这？

夫人：不如明天就派项管家去找张伯祖，跟他挑明了，说咱晶儿看上了他的徒弟，让他看着办。谅他一个开药铺的，也不敢得罪咱家。那边把婚约解除，咱就可以招这个任医师当上门女婿了。

太守一惊：哦？！

第二集

1

太守府。太守卧室。夜晚。

太守一惊：哦？！

太守夫人：你说行吗？

太守：此事万万不可。老夫为官几十载，一向清廉自守，勤政爱民，从不仗势欺人，女儿的婚事，我从来不想管，全凭你去主张，只要你看上了，女儿也中意，对方也愿意，无论贫富贵贱，我绝不阻拦，可你要我利用自己的权势去逼婚，那是万万不行的！

夫人：老爷，这可是女儿的终身大事，关系到晶儿一辈子的幸福。我跟你几十年，从来没有过非分之想，就求你这一回，让女儿找个称心如意的好郎君，不行吗？

太守：夫人，你也不要意气用事。任医师既然已经打算迎娶张伯祖的外甥女，想必两人朝夕相处，已经情深义重。俗话说："强扭的瓜不甜。"你就是棒打鸳鸯再拉郎配，任医师也别别扭扭的，他要是不真心爱晶儿，晶儿哪儿有福气可言？我们做父母的能放心？

夫人：好，那我就去把他找来问问，看他到底是什么心思。我就不信，他会看不上咱家的晶儿，倒愿意一辈子做个穷医师。

太守：我劝你还是不要自讨没趣。

夫人：你就别拦着了。为了女儿一生的幸福，我还在意这张老脸不成？

2

张家药铺门口。早晨。

寒风阵阵，大雪纷飞。

张仲景和小宽正在顶风扫着门前的雪。

小宽：二师兄，今冬格外冷，得冻疮的人怕是要多了。

张仲景点头：我们得做点准备。

一个穿戴讲究的中年男子在一个年轻仆人的陪伴下踏雪走来。

张仲景抬脸看见中年男子，意外地：这不是何颙先生吗？

何颙站住：仲景在扫雪啊。

张仲景：下这样大的雪，先生这是要去哪里？

陪在一侧的何颙的仆人：我家主人是要在雪中散步，强身健体哩。

张仲景笑着：好啊，好啊，下雪时空气最为纯净，这时步行一段路，对心肺特别好哇。

任彦成这时闻声走过来：哎呀，这不是大名鼎鼎的何颙先生吗？快请屋里坐！

何颙高兴地：好，好，就去看看你们的师父。

3

张家药铺后院。早晨。

何颙正从张伯祖的住屋出来，满脸担忧地对任彦成、张仲景和小宽：我看伯祖老先生病得真是不轻，你们几个徒弟可要好好尽心照应。

任彦成、张仲景和小宽都默然点头。

何颙：好了，何某告辞，三位留步。

任彦成急忙趋前拦住：何先生，早听说你有观相察人指点前途的本领，不知可否为我们看看前途？

何颙笑了：怎么，你们也信我这胡言乱语？

任彦成点头：信，信，当然信了。

张仲景也礼貌地含笑点头。

何颙：好，好，既是你们相信，走，到前边药铺里，我就给你们看看。

4

张家药铺。早晨。

任彦成、张仲景和小宽围着何颙。

何颙对任彦成：你眼睛看着我。

任彦成忙遵嘱看着何颙。

何颙看了一眼，笑：尔心不静，所谓不静，是指你虽身在药铺，但心却常在别处。

任彦成笑：先生能看出我心在何处？

何颙：尔时有求官之心，想享荣华富贵，日后或有一段官场生活在等着你。

任彦成脸有些红也有些兴奋：真的吗？

何颙：你完全可以不信。

小宽这时推了一把张仲景：何先生，给我二师兄也看看相。

张仲景不好意思地往后退了一步：我不用看。

何颙这时倒扭脸认真地看着张仲景。

张仲景抱拳：我就不劳烦何先生看相了。

何颙这时一本正经地对张仲景：君用思精而韵不高，后将为良医。

小宽高兴地：真的？

张仲景忙鞠躬致谢：谢谢何先生鼓励，后生不想为官，确想从医，为百姓医病。

何颙起身一边向门口走一边朗声笑：何某告辞了，仲景，但愿我没有说错……

5

张家药铺门外大街。白天。

一辆马车碾雪驶来，一个衙役从马车上下来，朝药铺内：任彦成医师——

任彦成闻声出门：你是叫我？

衙役：快，太守夫人叫你再去给小姐看看病！

任彦成不敢怠慢：让我去拿药搭。

衙役：快点！

6

太守府客厅。白天。

太守夫人：任医师，你来了。

任彦成：来了。请问小姐在哪里？

夫人：你先别忙，我有几句话要问你。

任彦成躬身：请问。

夫人：你成家了吗？

任彦成一怔：这些年光顾着跟师父学医，无暇顾及别的。再说我们都是穷医师，轻易也找不到人家愿意把女儿许配过来呢。

夫人：可否有了意中人呢？

任彦成犹豫了片刻，似乎由对方话里听出了一点什么，犹豫地：还没有呢。

夫人：你去给晶儿看病吧，看完病，再到我这里来一下。

任彦成答应后离开。

7

张家药铺。白天。

张仲景正在查看一个男子冻伤的耳朵，向他发黑的耳郭上涂抹药水，病人口中吸着冷气：疼！

又有一个男子领着两个男孩走进药铺：张医师，我的两个娃娃都叫耳朵疼，八成是冻坏了。

张仲景过来查看。

又有几个大人孩子捂着耳朵相继进来。

张仲景扭头：你们也是耳朵疼？

几个人点头：这个冬天太冷了。

张仲景转对小宽：小宽，你去街上割五斤羊肉，另买一二斤生姜。

小宽不解地：买那么多羊肉和生姜干啥？

张仲景：买回来再说。

8

太守府。凌晶闺房。白天。

小蕴：小姐，夫人请任医师来给您看病了，一会儿就过来。

凌晶先是面露喜色，忽然又有些悲伤，最后恼怒：看什么看？我又没病。

任彦成走了进来，隔着帘子注视凌晶。凌晶先是期待地看了他一眼，急忙又低下头。

任彦成：小姐，夫人让我来给你再看看。

9

帘内。

凌晶：我没病，先生请回吧。

10

帘外。

任彦成：这……

11

帘内。

小蕴：小姐，你就别犟了。

小蕴掀开门帘，示意任彦成进屋。

任彦成进来，在床旁坐下，为凌晶把脉。

小蕴有意躲开似的出了门。

12

帘外。

小蕴侧耳细听室内动静。

13

帘内。

任彦成：小姐这病，这几日倒是重了。是不是寝食不太安稳？

凌晶闭着眼睛，无语。

任彦成不敢再问，忙低头开方：小姐一定要正常饮食就寝，还要按时吃药。我在方子里再给您开上陈皮和山楂，都是开胃的。另外再加上四枚大枣做药引，小姐一定要按时服用。实在没胃口，让人给您熬点山楂粥喝。

凌晶依旧没有反应。

任彦成起身施礼：那我就告退了。

14

帘外。

小蕴看着走出门的任彦成：你该多和我们小姐说说话的。

任彦成一愣：说话？

小蕴：医师的话，病人最愿听。

帘内传来凌晶的声音：小蕴！

小蕴闻声伸了伸舌头……

15

张家药铺。白天。

捂着耳朵跺脚吸气的病人更多了。

小宽拎着羊肉进来：二师兄，羊肉和生姜买来了。

张仲景：你去把羊肉和生姜洗净，然后用刀把羊肉剁碎，把五两切成片的生姜和三两当归放在大锅里煮！

小宽迟疑了一下，向后院走了。

张仲景又转对雪莹：雪莹，你去灶房和面，将面擀成薄片。

雪莹：师兄想做啥饭？

张仲景：不是做饭，是做一种食疗汤！

雪莹疑惑地点头，向后院走去。

张仲景转对药铺内众多冻了耳朵的病人：诸位稍等，待会儿我让大家吃一种药膳，保管会让你们冻伤的耳朵好起来。

16

太守府客厅。白天。

任彦成进来。

夫人：看完了，晶儿怎么样？

任彦成：从脉象上看，小姐比前几天又虚弱多了，听服侍她的丫鬟说，小姐不仅没按时吃药，饭菜也不正常吃，这样下去可不行。

夫人：是啊，我都快愁死了。可这孩子是个犟脾气，怎么劝都不行。她这么个病弱的身子，打不得也骂不得，真是没有办法。

任彦成：小姐该体谅夫人的一片舐犊深情，爱惜自己啊。

夫人：我觉得吧，应该给她找一名医师，专门精心护理她，既能给她及时诊断，开方抓药，又能时常开导于她，使她不要像现在这样整日愁坐闺中，胡思乱想。

任彦成：夫人想得很周到。

夫人：只是找不着这么合适的人啊。那天你救醒了太守，这些天又多次上门给晶儿看病，我觉得吧，你倒是挺合适的，就是不知道你愿意不愿意？

任彦成先是吃了一惊，琢磨了半天，才吞吞吐吐地：夫人过奖了。夫人需要我效劳，小的岂敢不从命？只是我现在还侍奉着师父，进退都要听师父安排，不敢擅自做主。小姐这病，我可以隔三岔五地来，诊脉开方，也顺便把药带来，这样就和专门护理，也差不多了。

夫人：任先生，我看你年少老成，一表人才，有没有想过将来的前途？

任彦成：小的出身贫寒，幸蒙师父收留，传授医术，将来努力能做的，也就是当一名好医师而已，最多就是在师父百年之后，把药铺顶下来，别的都不敢想。

夫人：仅仅做个江湖医师，那于你岂不是太屈才了？南阳郡每隔几年就要向荆州刺史府举荐一名孝廉，你救太守于急难之中，也算是立下大功一桩。如今正是用人之际，我前两天听太守念叨，有意要举荐你当孝廉，你意下如何？

任彦成"扑通"一声跪倒在地：如果能蒙太守大人错爱，让小的有机会为朝廷效力，实在是三生有幸，大人和夫人，就是小的再生父母！

夫人亲自上前搀扶：先生怎么行此大礼？

夫人对管家：项管家，送客！

任彦成站起身来，跟着管家出去，忍不住几次回头看夫人，懵懵懂懂，不知道夫人的葫芦里，到底卖的是什么药。

17

张家药铺后院。灶房内。白天。

小宽已把羊肉剁碎，拌上盐；又把切好的姜片和当归放进了开水锅里煮。

雪莹已把面擀成了薄片。

张仲景上前用手将面片撕下一片，然后用筷子夹一团羊肉放在面片上，对折一捏，呈耳朵状。

小宽和雪莹都很新奇地：你这是做什么？

张仲景一笑：这是我刚才想出的治冻伤耳朵的一味药，名字嘛，我想就叫"娇耳"吧，待会儿把娇耳放进当归姜汤里一煮，就做成了祛寒娇耳汤。

小宽不相信地：这东西能治耳朵冻伤？

张仲景：应该能行。当归温补散寒，羊肉和姜都是热物，入肚以后必会使热气上冲耳郭，以使耳郭上的血流加快。

雪莹这时已学着做了一个娇耳，高兴地：我不管能不能治冻伤，我只觉得这东西像人的耳朵，怪好玩的！

张仲景对小宽：还不快学着捏？

小宽点头：好，好。

18

大街上。白天。

任彦成边走边皱眉沉思。

他自言自语：太守夫人是想干啥？……

19

张家药铺。白天。

张仲景和小宽用托盘端来煮熟的娇耳汤，给每个病人递了一碗。

张仲景：诸位马上把这药一口气吃下去，吃完可再加一碗，但热了不许脱衣，更不许马上出门。

一病人咬了一口：呀，好吃！

另一个病人张嘴：汤有些辣！

更多的病人狼吞虎咽起来。

张仲景和小宽、雪莹站一边看。

20

张家药铺后院。白天。

张伯祖躺在床上,侧耳听着前院的动静,自语着:今天的病人又多了。

21

张家药铺前院。白天。

病人们一个个吃得满头大汗,都很高兴,无人再捂着耳朵叫疼。

张仲景:诸位摸摸自己的耳朵,看有啥感觉。

一个病人摸着耳朵:只是有些痒。

另一个病人:不疼了。

又一个病人:觉着发热……

小宽和雪莹高兴地对视了一眼……

22

张家药铺门口。白天。

任彦成出现在门前,有些吃惊地看着一屋子的病人。

几个病人围在张仲景面前。

一个声音:张医师,这个法子好,既好吃,又治病。

张仲景:诸位可广传这个法子,让那些耳朵冻伤的人都试试这个治法……

画外音:这种治耳朵冻伤的娇耳,慢慢被人们写成了同音字"饺饵",也就是饺子。我们今天逢年过节所吃的饺子,发明者其实是张仲景……

23

张家药铺。傍晚。

病人都已走完。

雪莹对着任彦成:大师兄,你后晌又去太守府,太守的病怎么样了?

任彦成:太守倒没见着,是夫人让我给他们家小姐看病来着。

雪莹:小姐又怎么了?

任彦成:小姐体质虚弱,简直就是个药罐子,她这病没有个三年五载是养不好的。

雪莹:是啊,师父原来也经常去给小姐看病,记得很小的时候,他就跟我说，太守府里的这位小姐，是个病西施，只是我从没见过，也不知道这位小姐，到底长得有多漂亮。

任彦成含混地：我也没看清楚。

雪莹心里稍稍有点酸意：看不清，那你使劲看啊。

任彦成：我才不看呢，只要有了你，再美的美女我都不想看。

雪莹撇了一下嘴：我才不相信呢，你呀，就会哄我。

任彦成：今天太守夫人跟我说，太守感谢我治好了他的病，想着要举荐我为孝廉呢。

雪莹欣喜地：真的，那可太好了！官人，小的恭喜官人，贺喜官人！

任彦成：要是祖坟上真有这棵蒿子，有朝一日我做了官，那你就是官太太了。

雪莹：我可不稀罕。我只要你平平安安的，哪怕是讨饭，我也给你敲锣。

任彦成：会有那一天的，我一定要让你比谁都幸福！

雪莹：我已经觉得自己够幸福的啦。

两人轻轻拥抱在一起。

张仲景由后院进门，猛然看见两人，笑了笑，又退了出去。

24

太守府客厅。白天。

夫人对项管家：叫小蕴来。

小蕴进来。

夫人：小蕴，这两天小姐怎么样？

小蕴：还那样，药倒是肯吃了，可还是不怎么吃饭，我想给她熬点山楂粥，上次任医师嘱咐的。

夫人：这孩子，她定要把我的心都揉碎了，才肯放过我。

小蕴：上次您和任医师，说了些什么？

夫人：我问他是否婚配，他说没有，也不肯承认已经和人订婚了。我看他的情形，似乎也不是太想娶张伯祖的外甥女。

小蕴：夫人的意思是……

夫人：我想让你去找任医师，就跟他挑明了，晶儿对他有意，你看他如何反应。

　　小蕴为难地：这样啊……我一个奴婢……

　　夫人：正因为你是奴婢，先去试探一下比较合适，我直接跟他说，显得我们以势压人。

　　小蕴：那要不要告诉小姐？

　　夫人：先别跟她说，省得她又瞎想。

25

　　张家药铺。诊室门口。白天。

　　小宽：大师兄，太守府里的丫鬟又来找你了。

　　任彦成走出去，小蕴迎上来。

　　任彦成：小蕴姑娘，你又是来找我去给小姐看病吗？

　　小蕴点点头。

　　任彦成：那好，等我拿上药搭就走。

26

　　街上。白天。

　　任彦成：小姐这几天好点了吗？

　　小蕴：还是老样子，不过肯吃药了。

　　任彦成：那就好那就好。

　　小蕴：好什么呀，你开的药啊，根本不灵。

　　任彦成：是吗？看不出来你一个小丫鬟也懂药？

　　小蕴：我跟小姐这么多年，小姐该吃什么药，我比谁都清楚。

　　任彦成笑：那好啊，你说出来，我就照你说的开给小姐吃。

　　小蕴：你真听我的？

　　任彦成：你只要说得有道理，就听。

　　小蕴：这可是你让说的啊？

　　任彦成：是啊，你说。

　　小蕴：小姐啊，得的是心病，她该吃的呀，是心药。你一个医师，连这都不懂？

　　任彦成有些意外地：什么心病，要吃什么心药？

小蕴：她得的是相思病，该吃的药啊……

小蕴停下脚步：就是你！

任彦成也站住，先是有些呆住，随后，有一丝欣喜从他眼里飞快闪过：我？

小蕴：走啊，你还去不去看病了？

任彦成：哦。

两人一同走。小蕴走在前面，任彦成跟在后面，他看着小蕴的背影，仿佛能从她身上，看到凌晶小姐似的。

27

张家药铺。张伯祖卧室。白天。

张伯祖坐靠在床头，张仲景正在喂他吃饭，雪莹端着盛菜的碗站在一旁，不时给舅舅嘴里填一筷子菜。

小宽高高兴兴地提一篮烤火的木柴进来：二师兄，你的娇耳汤已在全郡城传开，耳朵上有点冻疮的人都在做着吃，一些没病的人尝了以后说这东西解馋，竟做了给他们孩子吃。

张仲景笑了：要是为了给娃娃们解馋，就不能再叫娇耳汤，应叫娇子汤了。

雪莹也笑了：对，是娇子。

张伯祖：仲景，你肯用脑子想治病的新法子，我很高兴，当一个医师，不能只踩着前人的脚印走。

张仲景：是，师父。

28

太守府凌晶闺房。白天。

小蕴和任彦成进来，小蕴：小姐，任先生又来给你看病了。

小蕴故意掀起帷帐，任彦成可以和凌晶直接对视了。凌晶想放下帷帐，手伸上去，却没有放下来。她出神地看着任彦成。

任彦成也出神地看着凌晶，大胆地：小姐，我来了几次您的病都不见起色，我想再给您把把脉，您看行吗？

凌晶无语。

小蕴：行啊，你过来吧。

凌晶瞪了小蕴一眼，但也没阻拦任彦成过来。任彦成在凌晶床边坐下。

（凌晶手特写。）

任彦成伸手给凌晶把脉。

任彦成一边把脉，一边轻轻扭头，偷看凌晶一眼。任彦成的目光刚和凌晶的目光对上，便急忙闪开了。凌晶也扭头向床里侧看去。

任彦成：小姐，您这脉，跳得有点乱。

凌晶无语。

任彦成：小姐，请您平心静气，我好听您的脉。

凌晶突然抽回了手：我其实没啥病，以后不敢多劳烦先生。

小蕴在旁边劝：小姐，人家先生大老远来一次也不容易呢。

小蕴将小姐的手抓过来，交到任彦成手中。

任彦成抓到凌晶的手，自己的手也抖了一下，急忙放到被子上，重新把脉。

任彦成掏出一方丝帕擦自己额头上的汗。

把完脉，任彦成出来开方，将擦汗的丝帕遗落在凌晶的床头。凌晶抓住这方丝帕，没有还给任彦成。

29

张家药铺。后院。夜晚。

雪莹：大师兄，你今天有点闷闷不乐的？

任彦成：没有啊。

雪莹：是不是去给太守的小姐看病，有点累了？还是她太漂亮，把你给迷住了？

任彦成：瞎说什么呀？

雪莹：嘿嘿……呀！

雪莹忽然惊叫，靠在任彦成身上。

任彦成：怎么了？怎么了？

雪莹：一只癞蛤蟆。

任彦成：哦。

任彦成俯身抓起癞蛤蟆，突然伸向雪莹，雪莹吓得后退，捂住了脸。任彦成将癞蛤蟆轻轻放到地上，癞蛤蟆一跳一跳钻入草丛中。

任彦成：看把你吓得。这蛤蟆也可以入药的，它头上的小包里能挤出浆子，可以治好多病呢。你这么害怕，以后要你挤它浆子怎么办？

雪莹：我才不挤呢，让小宽挤。

任彦成：小宽要是不在呢？

雪莹：那还有二师兄啊。

任彦成：你这样依赖别人，可怎么当这药铺的老板娘呢？

雪莹：谁说要当老板娘了？

任彦成：师父把你许给我，就是让我顶下铺子，你将来不就是老板娘吗？

雪莹嗔怒地：要是不让你顶铺子，你是不是就不想要我了？

任彦成：我只想要你，不想顶铺子。

雪莹：那就把铺子顶给二师兄，给他也找一房媳妇。

任彦成：等他生了女儿，你生个儿子，我们师兄弟，将来还可以做亲家。

雪莹：去你的。

雪莹往前走了几步。

任彦成看着她的背影，面露忧戚之色。

雪莹回头：大师兄，你在想什么呢？

任彦成走过去，忽然抱住雪莹。雪莹吓了一跳，在他怀中挣扎：让别人看见！

任彦成不松手，雪莹就任他抱了，也张开双臂抱住他。

任彦成看着远方的夜色，喃喃地：雪莹，我真想明天就结婚。

雪莹：你着什么急呀，再急也不急这十天半月的，反正我迟早都是你的人了。

任彦成：等结了婚，我把铺子给师弟，咱俩远走高飞，行医江湖，你说好不好？

雪莹：那可不行，我可舍不得我舅舅。

一提张伯祖，任彦成脸色陡然变了，幸好雪莹看不见。

30

张家药铺。上午。

张仲景将一个药搭背在肩上，药搭上插着一面小三角旗，旗上绣着"医"字，旗杆上绑着一串铜铃铛。

小宽这时进来：二师兄，你这是要去乡下？

张仲景：今天铺里没病人，我去四乡游一游，看有无病人需要诊治；大师兄去了太守府，你和雪莹在家照应铺子和师父。

小宽点头：早点回来。

张仲景在铃铛的响声中出门。

31

太守府。凌晶闺房门口。白天。

任彦成欲进，小蕴：任先生，看完病，夫人请您过去一下。

任彦成迟疑了一下，点点头，进了凌晶闺房。

32

一个不大的村庄。白天。

瓦房，茅屋，拴在树上的牛，四处觅食的鸡。

袖手坐在山墙前晒太阳的老人。

张仲景背着药搭走进村来。

药搭上的铃铛声引来了人们的注意，有男人、女人和孩子相继围了过来。

一个老太太：医师先生，我孙子这些日子总是不想吃饭，有时吃了还要吐出来，你给瞧瞧。

张仲景：好。

张仲景一边应着，一边在地上放下药搭，拉过那男孩，先看他的眼珠，再看他的舌苔，然后把脉……

33

太守府客厅。白天。

任彦成跟随着小蕴进来。夫人正襟危坐，上下打量任彦成：你来了。

任彦成点点头，不敢看夫人。

夫人对管家和小蕴：你们下去吧。

二人退下。

夫人：小姐这几日，病情有些好转，果然是你医道高明啊。

任彦成：夫人过奖了。

夫人：上次见你的时候，我跟你说的话，你还记得吗？

任彦成无语。

夫人：我上次不是说，想请个人专门护理小姐，怎么，你忘了？

任彦成：哦。

夫人话锋一转：我听说，你和你师父的外甥女，已经定下日子，这个月二十八，就要婚配了？

任彦成不说话。

夫人：我想问问你，对这桩婚事，你是否真的称心如意？

任彦成低下头，沉思了半天，终于抬起头来：夫人，其实这完全是我师父的意思。他老人家年事已高，想把药铺交给我，所以想先把外甥女雪莹许配给我，这样就名正言顺了。

夫人：那你自己呢？你和这位雪莹小姐，情意如何？

任彦成：我十二岁拜师到药铺，就和雪莹朝夕相处，她是个很善良的姑娘，特别孝顺她舅舅。其实她是不是真心喜欢我，我也不太知道。反正男女婚嫁，凭的是父母之命，媒妁之言，我是父母双双亡故之后，才投奔到药铺的，雪莹也自小父母双亡，我师父把她养大，我们都得听我师父的。

夫人：也就是说，你们俩都是听长辈安排，其实并非情投意合？

任彦成：我也不知道……其实我一直是把雪莹当妹妹的。

夫人点点头：那我就把话给你挑明了吧。我和大人都已经是半百之身，我没本事，没有给大人生个儿子，命中只有这一个宝贝女儿，自然是掌上明珠，爱惜得很。前些天你救了大人，又救了晶儿，晶儿自然感激你，我想她的心意，你也应该明白了。你如果真心爱那位雪莹小姐，我也不想棒打鸳鸯，强扭的瓜也不甜。如果不是这样，既然你现在还没有婚配，我觉得终身大事，你还应当慎重考虑。我和太守大人，都想老来有个依靠，晶儿自小多病，更需要有个人照顾。照她的条件，并不是找不到一个门当户对的好人家，但我们还是想招个上门女婿，让我还能和女儿在一起，也好照顾她。你既然没了父母，又医术高明，是再合适不过的人选，不知你意下如何？

任彦成跪倒在地，深深埋下头：夫人如此错爱，任某粉身碎骨，也无以为报。只是师父从小收留我、养育我、教导我，对我恩重如山，我实在是……

夫人：你不要急着做决定，回去好好想想，我们虽是官宦人家，也绝不会强迫你，你好好考虑吧……

任彦成慢慢站起来，向门外走去。

夫人：等一下。

夫人打开一个锦盒，取出一个玉杯，走上前来递给任彦成：这是我出嫁的时候，从娘家带来的。如果晶儿和你做不了夫妻，我也感谢你对我们家的大恩，将这个玉杯送给你，留个念想吧。

任彦成急忙推辞：玉杯太贵重，小的万万不敢领受。

夫人：你就拿着吧。

夫人不由分说，将玉杯塞到了任彦成手中。

34

村庄里。白天。

孩子的奶奶正把十几个鸡蛋装进仲景带来的一个布兜里：家里没有五铢钱，就用这些鸡蛋抵你的诊费和药钱吧，只是不知道够不够？

张仲景一笑：够了，老人家。

又一个男人这时走过来：张医师，俺娘腿肿得不能走路，麻烦去俺家给她看看。

张仲景：中！

35

张家药铺。任彦成和张仲景的卧室。夜晚。

任彦成正在灯下欣赏晶莹剔透的玉杯，听见门响，急忙将玉杯塞到药箱中。张仲景一脸疲惫地走进来。

张仲景：师兄，还没歇息呢？

任彦成：再看会儿《内经》，你今天去乡下游诊了？

张仲景点头，之后一笑：马上就要成亲了，还这么用功呢。

任彦成：师父今天怎么样？

张仲景叹口气：师父的眼睛，还是没有什么起色。我看是难以复明了。

任彦成：师弟，师父要是真瞎了，你可要好好照顾他啊！

张仲景笑了：你这话说的。你以后就是他的乘龙快婿了，要说照顾，也得看你的了。

任彦成：你倒好，全推给我，你干吗呢？

张仲景：我给你打下手呗。以后给病人看病，我也给你打下手，照顾师父，也给你打下手，照顾雪莹，那就得你一个人了。

任彦成声音沉沉地：师弟，说句真心话，我心里清楚得很，你的医道远远比我高明。

张仲景淡淡一笑：你就别骂我了。我这点浅薄的医术，大半是跟师父学的，小半是跟你学的，其实你也是我的半个师父呢。

任彦成：我的医术已经到头了，再过十年，我还是这样，而你，肯定会大有长进。你是人中之龙，必有跃上云霄的那一天，连何颙先生都看出来了。

张仲景开玩笑地：你是不是娶到了称心如意的雪莹小姐，所以看谁都顺眼了？忘了你以前训我骂我的时候了？

任彦成头一低：以后，就该你骂我了……

36

太守府。凌晶闺房。白天。

任彦成来看病，直接掀开了帷帐，他把手径直搭在了凌晶的手腕处。肌肤相碰的那一刻，两人的脸色都有些变。

小蕴在一旁看着两个人，露出欣喜的表情。

凌晶蒙在鼓里，依然很迷茫。但能看出，她见到任彦成还是很高兴的。

搭完脉，任彦成起身：小姐，这几天饮食比较正常了吧？看你的脉象是好多了。

凌晶：谢谢先生。这些天麻烦先生了，一趟一趟地往这里跑。我已经好多了，以后先生就不用来得这么勤了。

任彦成：小姐切不可掉以轻心，病去如抽丝，你还是要坚持服药，按时寝食，长期巩固下去，才能一点一点把病根去了。

小蕴：先生，看完病，夫人还要你过去呢，估计又有赏了吧。

任彦成：知道了。那我先走了，小姐好好歇息。

任彦成退出，凌晶目送着他，有些恋恋不舍。

小蕴：小姐，发什么呆呢？

凌晶：我想让自己快点好起来，也省得他老往这里跑。

小蕴：可他一来，小姐的病就能好几分。

凌晶：别瞎说。他以后不会来这么勤了。

小蕴：为什么？

凌晶：再过些日子，他就要成亲了。有了家，他哪儿还能老往这里跑呢。

小蕴：成了家他也是医师啊，医师哪儿有不看病的。

凌晶：真希望那个姑娘能好好待他，他可是咱家的恩人啊。

小蕴偷偷笑了。

37

张伯祖卧室。白天。

张仲景在喂师父喝汤药。

雪莹端了水让舅舅漱口。

张伯祖：彦成呢？

雪莹：又被太守府叫去了。

张伯祖"哦"了一声。

38

太守府客厅。白天。

夫人：任先生，承蒙你一趟趟跑来，小姐的气色好多了。太守大人吃完你的药，也完全康复了。我们全家都要感谢你啊！

任彦成：夫人客气了，治病救人，是医者的本分。

夫人：前几天我跟你说的事，不知道你想得怎么样了。

任彦成无语。

夫人：你还是不愿意吗？

任彦成：不是……

夫人：那你是答应了？

任彦成无语。

夫人：如果答应了，今天就不要走了，我让管家安排个房间，你就住下吧。

任彦成：这？

夫人：怎么？你到底意下如何，说个痛快话吧。

任彦成：我……

夫人：说啊。

任彦成：其实……自从那天看到小姐，我就……很仰慕小姐。可我出身贫贱，自然不敢高攀，以为只能在心中默默地……夫人那天把话挑明了之后，我的心……就是向着小姐的。可师父待我恩重如山，我不能不报答他……我……我实在是……

夫人：你要报答师父，也不见得非娶她的外甥女不可呀。恩情归恩情，婚姻大事，可是你自己一辈子的幸福，怎么能够迁就？如果是你父母定下来的，作为儿子当然不能违抗，可张伯祖他不过是你的师父，你没必要为了报答他而委屈了自己，对不对？

任彦成：道理是这个道理，可我还是难以决断。

夫人：你的婚期越来越近了，再拖下去更难收拾。我家大人毕竟是南阳郡的太守，我们家也是有脸面的人家，容不得你再拖下去。你现在就做个决断，如果还是舍不得那位雪莹小姐，出了这个门，再想进来可就不容易了。

任彦成一脸沮丧。

夫人：快下决心吧，我可等着你答复呢。

任彦成咬紧牙关，艰难地：夫人，你容我今天回去，跟师父告个别，明天再来，就留在贵府，再也不回去了。

夫人：也好。什么话都说清楚，最好了。

39

张家药铺。张伯祖卧室。夜晚。

任彦成走了进来：师父，我来了。

张伯祖：彦成啊，你今天又去太守府了，还是给小姐看病是吧？凌小姐的病怎么样了？她这病我看了多年，都只能是勉强维持，最近有没有起色？

任彦成：师父您就先别管别人了，你自己的身子要紧呢。

张伯祖：唉，我这双老眼，看来是好不了了。也好，眼不见心不烦。唯一遗憾的，就是没有看到你和雪莹的婚礼，不过，我这耳朵嘛，虽然也聋了，可锣鼓声还是听得见的。

任彦成非常难受，身体颤抖起来。张伯祖感觉到了：彦成，你怎么了，不舒服吗？是不是着凉了？

张伯祖伸出手来要摸任彦成的脑门，任彦成抓住张伯祖的手。

任彦成：我没事，师父，你可一定要保重身体呀。我白天老出去看病，心里还惦记您呢。

张伯祖：我都八十多了，真要出什么事，也用不着大惊小怪的，只要你们这几个孩子能过好，我就放心啦。雪莹性子犟，脾气急，你以后要多体谅一点。

任彦成：师父，不管怎么样，我都忘不了您对我的养育教导之恩，我一定会报答您的，也会报答雪莹的。

张伯祖：什么报答不报答，你们小两口把日子过好就行。

任彦成已经泪流满面，声音哽咽，他掩饰悲伤地：师父，我还有事先走了，明天……明天再来看您。

任彦成走后，张伯祖沉思：这孩子，怎么有点怪怪的？

40

雪莹闺房。夜晚。

任彦成送给雪莹的蜡梅花，在窗前的陶瓶里，已经有些枯萎了。雪莹将它拿出来，走到梳妆镜前，坐下，将半枯的花朵比画到自己的鬓边，感觉那似乎是一朵鲜艳的花，插上去自己会变得很美丽。

敲门声。雪莹吓了一跳。

任彦成：雪莹，开开门，是我。

雪莹听出是任彦成的声音。

雪莹：大师兄，怎么这么晚了还来？我已经睡下了。

任彦成：那你就穿衣服起来，我们到院子里说话，好吗？

雪莹：不好吧？有什么话明天说不行吗？干吗非得今晚说不可？

任彦成：我有话一定要现在说，不然我睡不着。

雪莹：那好吧，你到院子里等着。

雪莹加了件外衣，等了一下，看纸窗外任彦成的影子淡了，才轻轻开门出去。

41

张仲景和任彦成的睡房。夜晚。

张仲景正在往竹简上写着字，他的眼前同时浮现出白天在乡村游诊的情景，显然是在记游诊的病例……

他记记停停，不时皱眉思考……

42

张家药铺后院。夜。

雪莹看到任彦成，走近他。任彦成感觉到雪莹在身后，猛回身，抱住了雪莹。

雪莹：哎呀，你这是干吗呀？深更半夜的，让人看见了多不好。

任彦成把雪莹搂得更紧。

雪莹：放开我，放开我！

雪莹使劲地挣扎，任彦成有点恼火，松开了。

雪莹：有什么话你就说吧。

任彦成看着苍茫的夜色，又什么话都说不出来。

雪莹：你到底有什么话呀，师兄？

任彦成只是痴情地看着她。

雪莹：没话说我就回去啦。

雪莹转身欲走，任彦成一把将她拉住，又把她抱在怀里。

雪莹疑惑地：师兄，是不是出了什么事了？

任彦成：没有。

雪莹：还是你有什么心事？

任彦成：没有。

雪莹：有什么事你可要告诉我啊，虽然我们眼下还不是夫妻，可很快就是了，你有事应该告诉我。

任彦成抿紧了嘴角。

雪莹：真没事啊？

任彦成：没事，我就是太想你了。

雪莹：我不是跟你说过吗？你急也不急这一时啊，再过几天我就是你的人了。

任彦成：你是我的人？

雪莹：是啊。我做了你的妻子，当然就是你的人了，一辈子都跟着你。

任彦成喃喃地：你是我的，你永远都是我的。

雪莹：大师兄，你到底是怎么了，怎么怪怪的呀？你可不要吓我。

任彦成放开雪莹，又拉住她的手，放到自己胸口：雪莹，有几句话，我想问你。

雪莹：你问嘛。

任彦成：如果我将来做了什么对不起你的事，你会原谅我吗？

雪莹：怎么突然问这个？你能做什么对不起我的事呢？

任彦成：没什么事，我就是想问问。你会原谅我吗？

雪莹：那要看是啥事了。

见任彦成有些失望，雪莹：不过人无完人，谁能不犯错呢，我会原谅你的。

任彦成：要是我做了什么对不起你的事，你要相信，我是不得已的。

雪莹笑了：好，我相信。

任彦成：不管什么时候，你都要相信，我心里爱的是你，永远都只有你一个人。

雪莹闭上眼睛，扬起脸：我信。

任彦成低下头，想吻雪莹，又迟疑了，慢慢转过身去。

雪莹睁开眼睛：师兄，你早点回去歇息吧，明天，明天我要让邻居赵大婶陪我去买鞋了。

　　任彦成：什么鞋？

　　雪莹：你傻呀，当然是新鞋了！

　　任彦成：哦。好，我回去了。

　　雪莹：你回去吧。

　　雪莹转身欲走。

　　任彦成：雪莹！

　　任彦成忽然叫住她，上前一下子捧起她的脸，开始吻她。

　　两人都沉浸在深情的热吻中。又是突然地，任彦成丢开雪莹，快步走远了。

　　雪莹看着他的背影，有些迷惑不解。

　　月光朦胧，院子里静极了。

43

　　张家药铺大门前。白天。

　　一辆马车停下来，太守府项管家下车，走进药铺，碰到张仲景。

　　管家：张先生，我找你师兄。

　　张仲景：师兄今天起得很早，在院子里转悠了半天，我让小宽去叫他吧。小宽，去叫大师兄。管家，府里又是谁病了，太守大人还是小姐？

　　管家：都不是，是夫人让我找你师兄有事。

　　张仲景：奇怪，夫人怎么老找我师兄？

　　管家：你问我，我敢去问夫人吗？

　　任彦成跟着小宽走过来。

　　管家：任先生，夫人有请。

　　任彦成：知道了。

　　他只带着自己的药搭，跟随管家上了车。上车后，又留恋地看了看药铺。

　　特写：药铺大门。大门一侧布幌上的大字：张家药铺。

　　任彦成依依不舍的表情。

　　马车绝尘而去。

44

集市上鞋摊前。白天。

雪莹和赵大婶到集市上来买鞋。雪莹看上了一双，拿起来给赵大婶看：大婶，你看这双好不好？

手工缝制的一双女鞋特写。

赵大婶一笑：不错，你要是喜欢，就这双。

雪莹：我还想挑挑。

赵大婶：再挑啊，你就花眼了。

雪莹：那就这双吧。店家，给你钱。

雪莹买下了鞋。赵大婶拿过来端详着。

赵大婶：雪莹啊，你爹妈死得早，本来这双新鞋，应该是你妈亲自给你纳的。按说我也可以给你纳，只是年纪大了，眼睛花了，也没有纳鞋底的那股子力气了。（低声）你的新嫁衣，准备好了没有？

雪莹羞涩地点点头。

赵大婶：真是时光如流水啊，记得你刚到药铺来的时候，还只有这么高，一转眼就出落成个俊俏的大姑娘，马上就要嫁人了。等明年这时候，我就该抱上你的娃啦！

雪莹害羞地：大婶！

雪莹拉着大婶离开鞋摊。

45

张家药铺后院。夜晚。

张仲景借着月光在查看晾在木板上的草药。雪莹在院中焦急地来回走动。

张仲景扭头：师妹，大师兄还没回来呀？

雪莹：是呀，晚饭后我让小宽去太守府跑一趟，看大师兄到底碰上了什么麻烦，怎么还不能回来。结果天都黑了，连小宽也不回来了。

张仲景：莫非是太守又犯病了？那也应该让人带个信回来呀。要不我再去看看。

雪莹：天色晚了，还是等吧。再怎么说小宽也要回来的。

小宽走了进来：二师兄，师姐。

张仲景和雪莹同时：怎么样了？大师兄在哪里？

小宽张开嘴，又说不出来，半天才吞吞吐吐地：侍候太守小姐的丫鬟说，大师兄要留在太守府里给小姐看病，以后不会回药铺了。

张仲景和雪莹：啊？

两人惊呆了。

张仲景：荒唐，太荒唐了，哪里有这样的事？给人看病还不能回家了？

小宽：是啊，我也不相信，该不会是他们把大师兄扣下了吧？

张仲景：太守的病都治好了，他们扣大师兄干吗？就算是大官，也不能随便扣人啊！

小宽：是啊，可大师兄就是没回来呀，这事儿要不要告诉师父？

雪莹：别告诉他，暂时别告诉！

她已是面如土色，不知所措。

张仲景：师妹，你别担心，大师兄不会有事的。你先回去歇息，我明天清早就去太守府，我想太守就算再有权势，我救过他的命，他总不至于不见我吧。

雪莹：自古宦门深似海，他们当官的想摆布咱小百姓，咱们还有什么办法？

张仲景：你别担心。师兄见多识广，什么都能应付，一定不会有事的。我明天就去太守府打探个究竟，你就放心吧。

46

太守府大门前。白天。

张仲景带着小宽来到太守府门前。守门卫兵将他们拦住：干什么？

张仲景：我是张家药铺的医师，前些天进府给太守大人看过病，昨天我大师兄进府来给小姐看病，一直没有回去，我想请你去通禀一声，让我进去问问。

卫兵：你等着……

等了一会儿，卫兵出来：太守公务繁忙，太守夫人请你进去说话。

47

太守府客厅。

张仲景、小宽进来。张仲景行礼：夫人好。

夫人：哦，就是你，上次是你和任先生一起来，救了太守大人的，谢谢你啊。你是任先生的师弟吧？

张仲景：正是。我师兄现在府里吗？

夫人：在。项管家，带他们去见任先生。

项管家带二人出门。

48

太守府任彦成住处。白天。

管家带张仲景、小宽进来。任彦成正在喝酒，手里拿着的正是夫人给他的那个玉杯。他看到张仲景和小宽，先是惊慌了一下，随即猛喝一大杯酒，站起身来，迎上前去。

任彦成故意装出醉意：仲景、小宽，你们来看我了？

张仲景注视着他，一言不发。

小宽：大师兄，你在这里干吗？

任彦成：干吗？给小姐看病啊。我已经答应夫人了，以后就在这里，专心给小姐看病。

小宽：你就不回药铺了？

任彦成：药铺？不回了。

小宽：你也不跟雪莹师姐成亲了？

任彦成：成亲？成什么亲？我就在这里，天天大碗喝酒，大块吃肉，又有丫鬟仆人伺候，多快活啊，我还成什么亲？哈哈，哈哈……

小宽：大师兄，我怎么有点不认识你了？

任彦成：就算你不认识我，我也永远都认识你这个小师弟，药铺的小伙计，你以后，只管到府里来玩，就说找我，看他们谁敢拦你？

任彦成举着酒杯，身体在屋子里悠悠荡荡，到张仲景面前。沉默了半天的张仲景一把抓住他：师兄，跟我回家。

任彦成：回家？我哪儿有家？我从小就死了爹妈，我哪儿有什么家呀？

张仲景：师父待你恩重如山，药铺就是你的家！

任彦成：就算药铺是我的家，我也回不去了。

张仲景：怎么回不去？咱们现在就走！

小宽也过来拉任彦成。

任彦成猛地挣脱开，声嘶力竭地：我不回去！你们都给我滚，滚！

小宽上前猛抬手打了任彦成一耳光：你，你太过分了！

张仲景拦住他。

任彦成似哭似笑地：打得好，打得好，哈哈！没看出来啊，你也敢打你大师兄了。

小宽：你还配当我的大师兄吗？你对得起雪莹姐吗？

张仲景：小宽，你先出去，我跟大师兄单独谈谈。

小宽出去了。

49

太守府任彦成住处。白天。

张仲景：师兄，你不是病了吧？

任彦成：我没病，我清醒得很。我就是不想回去了，也不想跟雪莹成婚了，你不用劝我，你走吧。

张仲景：为什么？我不知道这是为什么！

任彦成：为什么？因为太守的小姐看上了我，她想嫁给我。一块天鹅肉，就这么掉到了我这个癞蛤蟆面前，你说我还能有别的选择吗？

张仲景：原来是这样……可你和雪莹师妹，青梅竹马，两小无猜，别人不知道，我可是一直看在眼里，你就舍得她吗？

任彦成：我舍不得，可我不得不舍。鱼与熊掌，岂能兼得？舍得舍得，能舍才能得，不舍就不能得，所以叫"舍得"。

张仲景：你又得到了什么呢？太守的小姐，她又能给你什么呢？

任彦成：她能让我住在这宽房大院里，能让我从此走上仕途，升官发财，难道还不够吗？

张仲景：你也读了那么多的圣贤书，为了升官发财，就甘愿放弃自己的爱情，辜负师父的养育教导之恩，昧着自己的良心吗？

任彦成：爱情，是很美好，可如果只有爱情，别的什么都没有，那就不美好了。就算我跟雪莹结了婚，顶下了师父的铺子，我又能给她什么呢？师父医术高明，行医几十载，治好了无数的病人，救了那么多人，可人之将死，又得到了什么呢？还不是一个穷医师？我不想过那样的生活，我受够了别人的冷眼，我要改变自己的命运，我要去当官，所以……我只能如此！要说报师父的恩，我想，只有我当了官，发了财，我才能报答他老人家，报答雪莹，让他们都过上好日子……

张仲景：你和雪莹要结婚的事，已经传得左邻右舍大街小巷都知道了，你现在无缘无故地突然悔婚，雪莹以后还怎么见人？你想过没有？她一个大姑娘家，如何受得了那些街谈巷议？她以后还怎么嫁人？这些你都想过没有？还有师父，他现在病势重，就盼着你和雪莹成亲，了却一桩最大的心愿。你这么不辞而别，辜负他的养育之恩，伤害他最心爱的雪莹，你这不是往他的胸口戳刀子吗？

任彦成被张仲景说得身体有些哆嗦，他想极力控制自己，但还是控制不住，抖得越来越厉害了。他顿了一下，强使自己平静了一点：这些，我早就想过多少次了。你是现在刚知道，才开始想，我都想了好几天了，我连最坏的结果都想到了——师父被我气死了，雪莹被我气疯了，这我都想到了。可我，还是不甘心，我承认，我抗拒不了能改变自己命运的诱惑，其实又有多少人能抗拒得了？如果别人遇到我这样的事情，他就抗拒得了吗？如果是你，你就抗拒得了吗？

张仲景：我可能也会被诱惑，也会动摇，但我想，我肯定狠不下心来，去做这么伤害师父和雪莹的事情，无论如何也做不出来！

任彦成：你和我不一样，真的。你就靠行医卖药，就有可能发家致富，甚至光宗耀祖，流芳百世！真的，你有可能，可我不行，我其实是个庸医，庸医！我再怎么努力也成不了好医师，我不是那块材料，可你是，你真的是！你好好照顾师父，照顾雪莹，就算替我，就算帮我，我将来一定好好感谢你，好好报答你！真的，你帮帮我，帮我让雪莹和师父渡过眼前这一关，咱们一起渡过眼前的难关……

张仲景打断他的话：你不觉得说得有点离谱吗？

任彦成：我都是真心话。渡过眼前这一关，我将来做了官，发了财，我忘不了你们，我谁都忘不了。你好好开导雪莹，让她挺过去，也好好劝慰师父，让他也能挺过去，只要大家都想明白了，都做对了，往后的日子就会越来越好……

张仲景忍无可忍，愤怒地：无耻！

张仲景转身欲走，又回过头，想最后再努力一下：师兄，你如果现在跟我回去，就什么事儿都没有，师父和雪莹都不会知道，一切都跟以前没有分别。过些天，你就跟雪莹成亲，你还是我的大师兄……

任彦成决然地：我回不去了，我也不想回去，你走吧！

张仲景愤怒至极地走了出去。

50

路上。白天。

张仲景对小宽：小宽，回去什么也别说，先瞒着。

小宽：可怎能瞒得住呢？

张仲景：瞒一天算一天吧，师父病势日见加重，绝对受不了这样的打击。

51

张家药铺门口。傍晚。

雪莹在门外焦急地向路上张望，看见张仲景和小宽回来，急步迎上前：二师兄、小宽，大师兄呢？

张仲景不自然地：师妹，府里小姐病得很重，日夜都需要护理，大师兄一时回不来，还要在府里待几天。

雪莹：啊？那我去看看他。欲走，张仲景将她拉住。

张仲景：师妹，听话。

雪莹盯着张仲景的脸，又去看小宽，小宽急忙低头。

雪莹：不对，你们有事情瞒着我！到底出了什么事？大师兄，他出了什么事？

小宽：他没出什么事，他好得很！

张仲景：小宽！

雪莹抓住小宽：你说，到底怎么了？

小宽看看张仲景，低头不说话。

雪莹：不行，我要去太守府，现在就去！

两人将雪莹拉住。

雪莹：你们倒是说啊，再不说我就一头碰死在这里！

张仲景叹一口气，有些无奈地：那好吧，我跟你说实话，可是雪莹，你听完可一定要挺住啊！师父病得很重，千万不能惊动他老人家……

52

张家药铺。雪莹闺房。深夜。

雪莹已经哭成了一个泪人。

雪莹：彦成，彦成……

雪莹喊着心上人的名字，开始换上新娘的红衣。换好后，她来到梳妆镜前，给自己描眉，抹胭脂，涂口红，可泪水一行行地流下来将她的妆破坏。

凉风袭来，烛火摇曳。

雪莹梳头。

月光在墙壁上流淌。

雪莹站起身，取出一根长丝带，站到一个木架子上，将丝带挂到房梁上。

墙壁上出现了她那被烛火映出的身影。

雪莹：彦成……

雪莹将头伸到丝带结成的环里，双手抓住丝带。

镜头下推，到鞋和木架子上。

雪莹双脚用力，将木架子蹬翻在地……

第三集

1

张家药铺。雪莹闺房内。深夜。

雪莹双脚用力,将木架子蹬翻在地。

2

雪莹闺房外。

张仲景贴着门,静听着屋内的动静。

张仲景听到响声,吃了一惊,跑到窗口,捣破窗纸,一看,大惊:师妹!

张仲景奋力撞门,门不开,他使劲一脚,将门踹开。

3

雪莹闺房内。

张仲景冲上去抱住正在上吊的雪莹,将她举起来。雪莹挣扎,张仲景将她抱了下来,放到床上。

张仲景:师妹,你这是干什么?

雪莹大哭:你干吗要拦着我,让我死吧,我还有脸见人吗?!

张仲景:师妹,你好糊涂啊?师父这两天病情又加重了,你怎么能扔下他不管呢?

雪莹痛哭。

张仲景:师父要是知道你有个好歹,他可怎么活啊?这两天没见到师兄,师父已经起疑了,我只好替他遮掩。要是再见不到你,我该怎么跟他说啊?

雪莹身体颤抖,哭得像一枝带雨的梨花:任彦成他的心怎么就这样狠呢?

张仲景:他不是还没跟太守的小姐结婚吗?兴许他只是一时糊涂,过两天想明白了,还是觉得你好,就会回来的。如果他回来,你却不在了,你说,这岂不是冤枉?

雪莹：你就别安慰我了，我知道，他是不会回来的。

张仲景：如果他真是那种嫌贫爱富忘恩负义的小人，你就是嫁给他，将来也没有好日子可过，结不成婚对你难道就是一件坏事？！

雪莹长叹一口气。

两人默默无言，片刻，张仲景恳切地：师妹，你答应我，为了师父，再也不做这种傻事了。

雪莹抹一把眼泪，点点头。

4

雪莹闺房外。夜。

张仲景走出来，将门轻轻带上，但他还是不放心，走到石阶上坐下，静听着屋内的动静。

5

雪莹闺房外。清晨。

雪莹红肿着眼推开门，发现张仲景仍在石阶上坐着，手撑着头在打盹。

雪莹感激而又内疚地：二师兄！

张仲景睁开眼，苦笑了一下。

雪莹扶张仲景起来，张仲景浑身酸麻，艰难地站起来。

雪莹：你赶紧回去睡一觉，我向你保证，为了舅舅，我不会去寻死了。

张仲景点点头，离开。

雪莹：二师兄！

张仲景回头，等着她说话。

雪莹：谢谢你。

张仲景笑笑，走了。

6

太守府凌晶住处。白天。

任彦成给凌晶看完病，正在开方子：小姐，你的脉象越来越好了，只要坚持下去，按时服药，正常饮食休息，身体就会逐渐康复了。

凌晶：先生费心了。

任彦成：那我走了，你好好歇息。说罢向门外走去。

凌晶轻声问小蕴：小蕴，任先生怎么天天都过来呀？不用管药铺了？

小蕴笑：小姐还不知道啊？任先生已经在我们府上住下了。

凌晶：啊？

小蕴：夫人让任先生住在府里，专心护理小姐，任先生已经答应了，都住了两天了。

凌晶：是吗？这样不好吧？他的药铺怎么办呢？再说，他马上就要成亲了。

小蕴笑：那您就别操心了。

凌晶：不行。我去跟娘说，让任先生回去。

小蕴：您就别添乱了，夫人费了好多口舌，才把任先生留住的。任先生既然已经答应下来，药铺那边肯定早有安排了。

凌晶：可他这个月底就要成亲啊，现在一定是家里最忙的时候，怎么好留在这里呢？我这病又没什么要紧的，何必留他天天在这儿？

小蕴：小姐啊，夫人的脾气你不知道吗？她决定的事情，轻易是不会改变的。我看你啊，还是专心养病，您的病要是痊愈了，任先生自己就会走了。

凌晶若有所思，发起了呆。

7

张家药铺。张伯祖卧室。白天。

张仲景：师父，今天觉得怎么样？胸口还闷吗？

张伯祖：彦成回来了吗？我有好几天没听到他的声音了。

张仲景：他还在太守府里给小姐看病呢，估计小姐一定是病重了，太守夫人不肯放他回来。

张伯祖：这样啊……要不你去替替他，让他回来一趟，我还有话想跟他说。

张仲景：上次是他救了小姐，太守和夫人就相信他，不肯让别人替呢。

张伯祖：唉……雪莹这丫头，怎么也不来？我也两天没听到她的声音了，往日她可是话多。

张仲景：她在忙着做新嫁衣哩，过会儿我碰到她，就让她过来看您。

张伯祖：彦成不在，铺子上还要她帮着料理，就不用让她操心我了，你也去吧，病人怕都等着你呢。

张仲景：好，师父，那我走了。转身走到门口。

张伯祖：仲景。

张仲景回来。

张伯祖：我跟你说句话，你别告诉雪莹。这两日我觉得胸口闷得厉害，耳朵里也老有声响，我估摸着，怕是要走了。

张仲景着急地：师父千万别这么想……

张伯祖：我的病我自己知道，怕是挨不过这个月了……

张仲景惊怯地：师父！

张伯祖：所以我特别着急雪莹和彦成的婚事，真怕提前闭上了眼，看不到了。

张仲景：师父，您就是为这件事太心急了，所以才胸闷的。婚礼大家都在忙着筹备，您就放心吧。只有您放下心来，病情才会好转。您可千万别……

张伯祖：你就别宽慰我了，我这病情，你心里也明白。你还是去太守府一趟，哪怕给彦成传个话呢，小姐的病情如有好转，让他抽空回来一趟。

张仲景：好，我今天就去。

8

张家药铺。后院。

张仲景手拿几片竹简，眼睛看着师父的卧室，神情忧戚。

小宽走过来：二师兄，师父怎么样了？

张仲景：师父的病，明显加重了。我又琢磨了个方子。

张仲景边说边把手中的竹简递到小宽手上：你看铺里缺哪几味药，赶紧想办法弄来。师父的病，已经很急了。大师兄的事，千万不能让他知道。

小宽点点头。

9

太守府凌晶住处。白天。

任彦成正在给凌晶把脉：小姐，您今天的气色非常好，脉也跳得很有力，真是恭喜了。

凌晶：谢谢您，您这些天为我太辛苦了。听说您都在府里住了好几天了？

任彦成：是啊，我已经答应夫人，专心护理小姐一段时间。

凌晶：这怎么可以呢？先生还要在铺子里给百姓看病呢，再说，先生不是马上就要成亲了吗？家里一定很忙吧？

任彦成脸色陡变，但极力掩饰着不让凌晶看出来。

凌晶：其实我的病没什么要紧，如果先生想回家，我可以帮您跟我娘说，先生如果有急事，也可以直接回去一趟，我会跟娘说的，娘不会怪您的。

任彦成：我知道了，谢谢小姐。

任彦成开了药方，将药方递给身旁的男仆：按方抓药。

10

张家药铺后院灶屋。白天。

雪莹在给舅舅煎药，一边加柴一边流泪。

小宽走进来，看了看药锅，轻声地：师父又在问你。

雪莹哽咽地：我这会儿不敢去见他，我怕他听出我的声音不对劲。

11

太守府凌晶住处。白天。

小蕴：小姐，你怎么赶人家走啊？

凌晶：我是怕耽误了他的事情，再说，我这病不是好多了吗？

小蕴：有好转也是因为他这几天的护理啊，要是没了他，小姐的病情肯定会加重的。

凌晶无语。

小蕴：你真舍得让他走啊？

凌晶：什么舍不舍得，我只不过是他的一位病人罢了。如果我不是太守的女儿，他又怎么会专门护理我呢？

小蕴：他要是真走了，再也不来，看你怎么办？到时候又该拿我出气了！

凌晶：他迟早都是要走的啊，就算留，又怎么留得住呢？

小蕴狡黠地笑：如果真能留住他，永远都不走，小姐，你高不高兴？

凌晶气恼地：又瞎说！你这小蹄子，少拿我开心！

12

太守府任彦成住处。白天。

任彦成气呼呼地撞开门，把药搭重重摔在桌子上，颓然倒在床上。片刻，他起身，拿过那个玉杯观赏。又倒了酒在杯子里。酒杯里似乎浮现出凌晶的容貌，忽而又变成了雪莹的，然后又变成了凌晶的，最后，还是一杯酒。

任彦成一扬脖喝了酒，用力抹抹嘴：小姐，小姐，太守的小姐！太守的小姐又怎么了？你迟早是我的，是我这个穷小子的！为了你，我什么都不要了，你还想赶我走？不，我不走，我死也不走！我要把我失去的，都从你身上要回来，还得要回双份的，不，十倍的，一百倍，一千倍！哈哈，哈哈……

13

张家药铺。张伯祖卧室门前。傍晚。

张仲景在门外徘徊，不敢进去。

小宽：师兄，你怎么不进去？

张仲景：师父老是说想见大师兄，我真是一点办法都没有，都已经搪塞好几回了，不知道进去了再该怎么说。

小宽：这样欺瞒下去也不是长久之计。索性就跟他说实话吧……

张仲景：万万不可。他现在病得一天比一天重，心里记挂的就是大师兄和师妹的婚事，要是知道了真相……他肯定受不了这个打击。

小宽：大师兄……什么大师兄？他简直就是个忘恩负义的王八蛋！我看让师父知道真相后，去太守府痛痛快快骂他一顿，兴许病也就好了。

张仲景：怎么会呢？师父这身体，哪里还去得了太守府？哪还经得起折腾？

小宽忽然悲戚地：我还想呢，也许只有师父一个人能到太守府里把大师兄拽回来……雪莹师姐实在是太可怜了。

张仲景叹了口气，两人走进师父的卧室。

14

张伯祖卧室内。

张伯祖病得比前两天重多了，脸色蜡黄，瘦骨嶙峋，眼睛深陷在眼窝里，完全没有神采。张仲景走得很近，张伯祖才听到脚步声有了反应。

张伯祖：彦成，彦成，是你吗？你回来了？你总算是回来了。你快过来，让我看看。

这时张仲景就坐在他床边，无法离他再近了。他把手伸过去，让张伯祖抓住。

一阵剧烈的咳嗽后，张伯祖：彦成啊，我耳鸣如雷，你说什么，我也听不见了。

张仲景：师父，我是……

张伯祖：你见到雪莹了吗？一定见过了吧。你们的喜日子还有几天，你算算，还有几天？

张仲景：还有十来天吧。

张伯祖：是了，是了，是十来天，看来我还撑得过去。你们拜堂的时候，我是一定要去的……你别劝我，就是抬也要把我抬去。就这几步路嘛，有个人搀着我就能去了。虽然我眼睛看不见，但有个人搀着就行了。一拜天地，二拜高堂，总要有人坐在上面你们才好拜嘛，不然拜谁呢？还有，彦成，喜帖子发出去了没有？要早发出去！

张仲景：发出去了，发出去了。

张伯祖：好，好，你算算，有没有遗漏什么人。别漏了什么人，街坊邻居，都要去请，都要去请。

张仲景：知道了，师父。

张伯祖：好，好。我想到什么再跟你说，你就在铺子里，哪里也别去了啊？

张仲景：好，好。

张伯祖：你去忙吧，你去忙吧，病人还等着你呢，我没事，我没事……

张伯祖松开手，张仲景含泪退了出去。

15

张家药铺后院。傍晚。

小宽走到院中，低头抽泣起来。张仲景拍拍他的肩膀，不知道该说什么。

雪莹过来：小宽，你怎么了？

小宽：师父……师父他老人家都不认人了，刚才把二师兄错当成是大师兄。

雪莹急忙跑向张伯祖卧室。

16

张家药铺后院。傍晚。

雪莹已经看完伯祖，捂着脸跑了回来，见到张仲景和小宽，抓住张仲景的胳膊：师兄，你救救他老人家，你救救他！

张仲景觉得很无奈：让我想想，再改改药方试试。

17

张仲景睡房。夜。

张仲景正一边翻着竹简，一边苦思着……

张仲景由药搭里掏出几味药，目不转睛地审视着……

18

太守府。太守卧室。夜晚。

太守和夫人已经脱去外衣要就寝了。太守：夫人，我听管家说，你把张家药铺的任医师弄到府里来，都住下好几天了？

夫人：是啊。老爷整天忙于公务，家里什么事都不管，到今天才听说这档子事啊？他都住下快十天了。

太守：男主外女主内，偌大一个南阳郡，一天不知道要发生多少烦心事，我哪还有空管家里？不过这个任医师，你把他弄到府里来，合适吗？

夫人：有什么不合适的？他是医师，请他来专门护理病人，有什么不合适？再说也是他自己愿意的，又不是我强迫的。

太守：他不是要和张伯祖的外甥女成亲吗？日子都到眼前了，他怎么会答应住到府里来？

夫人：他呀，已经不打算跟那个什么外甥女成亲啦。

太守很疑惑：啊？婚姻大事，岂能说变就变？

太守又醒悟地：不是你做了什么手脚吧？

夫人：你这叫什么话呀？我又没拿绳子捆着他，又没把他关到屋子里，他要不想住在这里，随时都可以走。他跟我说了，他和那个什么外甥女，两人并无情意，都是张伯祖给撮合的，想让他顶铺子。我告诉他，我们晶儿也喜欢他，他就决定退婚了。

太守：啊？你都告诉他了？万一他要是和晶儿成不了，我这堂堂一个太守，脸可往哪儿搁呀？

夫人气恼地：你就光想自己，不想女儿！是你的面子重要，还是女儿的终身大事重要？

太守：哎呀，这事，我怎么总觉得不对劲呢？这任医师，是张伯祖的徒弟，他怎么能跟张伯祖说翻脸就翻脸呢？未免太不近人情了吧？

夫人：那他也不能为了人情就毁掉自己的前程啊。放着阳关道不走，倒去过那独木桥？

太守：可这样一来，以后就没法找张伯祖看病了。

夫人：哎呀，上次张伯祖就没来。再说了，有了这个宝贝女婿，你还用得着找别人看病啊？

19

张家药铺后院灶屋。白天。

张仲景正在亲自煎药。

他双眉紧锁满脸担忧。

20

太守府客厅。白天。

太守夫人对任彦成：任先生，这几天晶儿气色好多了，饭量也大了，我刚去看了她一趟，她的情绪好多了，话也多了，见了我还有点蹦蹦跳跳的，这是好多年都没见过的。任先生，这都有赖你医术高明，能对症下药，真要谢谢你啊。

任彦成：夫人客气了。我既然接受了您的邀请，住在这府里，吃着府里的饭，当然要尽到自己的职责。不过小姐倒老是劝我，让我还是回药铺去。

夫人：是啊，这丫头。不过你别担心，晶儿从小大门不出，二门不迈，特别单纯善良，咱稍微编个瞎话，就能把她哄转了。刚才我出来的时候，就把小蕴叫出来，教给她了。现在特意叫你来，也是要把这话告诉你，免得将来她问起来，你答不上来。

21

太守府后花园。白天。

凌晶一个人在散步赏雪，小蕴突然从月亮门里跑出来，吓了凌晶一跳。

凌晶：死丫头，跑什么跑？

小蕴：是小姐啊，我刚才在追一只小猫呢，尾巴长长的，特别好看。

凌晶：你都多大了，还这么贪玩！我说刚才娘把你叫去，都多半天了，怎么还不回来。娘跟你说什么呢？

小蕴：没说什么，只是吩咐我好好照顾小姐。不过我刚才路过任先生住的客房，看他在那里想心事，就去和他聊天，倒打听出一件事情。

凌晶关心地：什么事啊？

小蕴顽皮地：什么事啊……不告诉您。您刚才把我的小猫吓跑了。

凌晶：放肆！您这小蹄子，还敢辖制我？快点说，不然我饶不了你。

小蕴：他的事，你干吗那么关心？

凌晶：谁关心了？是你提起来的。

小蕴：小姐，我就让您好好猜一猜，等吃完晚饭，再告诉您吧。

小蕴说完跑远了。

22

张家药铺。诊室内。傍晚。

雪莹关上了铺门，回头：二师兄、小宽，晚饭我已经做好了，你们去吃吧。

张仲景：师妹，我有事要跟你商量，小宽也听听。

雪莹：什么事啊？

张仲景艰难地：师父这病，眼看着一天比一天重，该吃的药，都已经吃过了，该想的法子，我也都想了。我实在是医道浅薄，束手无策了，而且，师父给你和大师兄原来定下来的日子，只有三四天就到了。这两天我一去，师父就把我当成大师兄，拉着我说话，我答应他，他也听不出来，就以为我是大师兄呢。他跟我谈的，全是安排婚事的话，我不知道到了那日子，该怎么熬过去……

小宽：到了那天，你就说婚事办了，不就行了？

张仲景：不行。师父虽说不认人了，眼睛也看不见，耳朵也听不清，可还是能听得到响动的。光是一句话，恐怕是应付不过去。除非……

小宽：除非什么？

张仲景：除非让他听见锣鼓声，一切弄得跟真的婚礼一样，他才能相信。

小宽：你是说，弄一场假婚礼？

张仲景叹口气：唉，是这个意思。

小宽：可怎么弄呢？

雪莹一直不作声，这时候趴在桌子上无声地抽泣起来，肩头一耸一耸地。

张仲景：师妹，我知道，说这件事，是往你的伤口上撒盐。可我不得不说啊！我想过了，想不让师父的病情更恶化，现在只有这一个法子。

小宽也叹了口气。

张仲景：师父就是因为惦记着这个婚事，才总是担心着急。只有让他了却了这个心愿，把压在他心上的大石头放下，这样，他的病兴许还能有转机。

小宽：可搞假婚礼，他能相信吗？

张仲景：我觉得行。他现在看不见，又听不清，还不认人，只要我们把婚礼的仪式走一遍，让他感觉师妹是和大师兄结婚了，就行了。

小宽：可瞒得了一时，瞒不了长久，倘是师父病转好了，不又会知道真相了？！

张仲景：他的病真要转好了，咱们再慢慢告诉他真相，让他逐渐接受。眼前是一定要了却他这个心愿，如果到了二十八这天，没举行婚礼，这个打击，怕他是挺不过去的。师妹，你意下如何？

雪莹抬起头来，抹一把眼泪，坚定地：二师兄，为了救你们的师父，为了救我最亲最爱的舅舅，我一切全凭你安排！

23

太守府凌晶闺房。夜。

小蕴正在给凌晶铺床叠被，脱去外衣的凌晶正在梳妆镜前卸妆。

小蕴：小姐，您就歇息吧，有什么事情叫我啊！

凌晶：不行，你等我上床，帮我放下帐子，掖好被子再走。

小蕴撒娇地：小姐啊，您现在怎么比病恹恹的时候还难服侍啊，以前都是您早早就撵我出去的。到底为什么事揪住我不放啊？

凌晶：你白天在花园里给我打的哑谜，现在总该告诉我谜底了吧。

小蕴笑：这事儿您还惦记着呢，怎么那么关心他？

凌晶：少贫嘴，快说，到底是怎么回事啊？

小蕴：您还没猜着呢。

凌晶：是不是药铺里病人多，他师父急着催他回去呢？

小蕴：不是。

凌晶：是不是那位小姐催他，回去办喜事呢？

小蕴：也不是。

凌晶：是不是家里忙着筹备婚礼，有事情要请他回去，他也想走呢？

小蕴：都不是。

凌晶想了一下：那是他思念他的新娘了？

小蕴假装点点头，又"扑哧"笑了：更不是了。

凌晶揪了小蕴胳膊一下，小蕴"哎哟"一声。凌晶：小蹄子，你快说！

小蕴：他说，他已经退婚了，正为这事烦恼呢。

凌晶意外地：啊？怎么会突然退婚呢？

小蕴：是这样的。张伯祖的那位外甥女，原来还在娘肚子里的时候，她父亲就曾经和一位好朋友，指腹为婚，相约如果生下女儿，就和那位朋友刚出生的儿子，长大结为夫妻，还留下了文书，按了手印。可她父亲在她很小的时候，就去世了，她母亲后来也亡故了，这门亲事呢，就没人知道了。前些天，她父亲的朋友听说她要嫁人，就找上门来，拿出当年的文书，说她父亲早就把她许配给了自己的儿子。张伯祖一看文书，就傻眼了，人家父亲答应的事情，他一个当舅舅的，当然不能违反。于是就取消了她和任先生的婚事，任先生就只好退婚了。

凌晶先是一喜，马上又有些忧伤：任先生和这位小姐已经情投意合，所以他才悲伤吧？

小蕴：不是，任先生说，他和那位小姐一直是兄妹相称，并没有这方面的意思，都是他师父做主，他不得不听。可毕竟是说好的婚事呀，眼看就要到日子了，又生这样的变故，难免想不通了。

凌晶若有所思地：是这样……

小蕴：所以呀，现在他正是感情最空虚的时候，只要小姐您稍微向他表达点爱意……

凌晶：瞎说。现在正是他难受的时候，我怎么能乘人之危呢？

小蕴：小姐说的这叫什么话？什么乘人之危啊？小姐如果是面子上过不去，不好跟他表示，我去替您说。

凌晶：放肆！你要是敢自作主张，我一定禀告我娘，将你撵出去！

小蕴：又来了。机不可失，时不再来，我觉得小姐您真是挺需要任先生这么个医道高明的人做丈夫的。你看这些天，任先生一直在精心护理您，您病也好多了，精神也好多了，情绪也好多了，您多需要他呀。

凌晶：住嘴！

小蕴：小姐，你可一定要拿定主意啊。俗话说，千金容易得，难得有情郎，看他对您那么上心的样子，他一定在偷偷喜欢您呢。

凌晶：去去去，你出去！

小蕴不情愿地出了卧室。

24

张家药铺。夜。

张仲景正在配制一种药丸，先是将一种糊状的液体放进盛有药粉的碗中，而后搅匀，再用手快速地揉着。

面前的木板上已放了不少黑色的小药丸。

小宽推门进来，轻声地：二师兄，睡吧。

张仲景：再做一些，得够师父吃上几天。

25

太守府。凌晶闺房。深夜。

月光在凌晶的幔帐上移动，凌晶圆睁着双眼，想得出神。

她的嘴角浮现出一丝笑意。

她轻轻掀开帷帐，看一眼外间小蕴睡觉的地方，似乎是怕一旦睡着了再醒来，小蕴晚上说过的话都是假的，她不过是做了一场春梦。

她翻了个身。

任彦成的脸，在她的眼前浮现，渐渐清晰起来，又慢慢模糊了。

26

镜头顺着月光从凌晶华美的帷帐上起来，再落下去，是雪莹俭素的幔帐。

张家药铺。雪莹卧室。深夜。

雪莹也翻了个身，脸上有晶莹的泪痕。

27

张家药铺。张仲景住处。深夜。

灯下，张仲景仍在翻着竹简，简片上，能够依稀看出"内经"的字样。

他在皱眉沉思，眼前现出张伯祖重病的模样……

28

镜头再次顺着月光起来，再落回去，落在熟睡的任彦成的脸上。

太守府任彦成住处。深夜。

任彦成喃喃地说着梦话：雪莹，雪莹……

睡梦中任彦成面对着泪流满面的雪莹：雪莹，别难过，你等着我，我会回来找你的……

突然，张伯祖出现在任彦成面前，扇了他重重一个耳光！

任彦成：啊！

任彦成惊醒。看着窗外的月光。

29

张家药铺。张仲景住处。深夜。

张仲景合上竹简，起身走到自己床边坐下，一边去解衣扣，一边默然注视着对面原来任彦成睡的那张床。

空空的床榻。

30

张家药铺。后院。清晨。

小宽正在打扫院子。

张仲景出来，对小宽：小宽，昨夜我想了想，要想假装着办一场婚礼，我们这三个人绝对不够，还得再找两个人才行。有五个人就能唱这一台戏了，一个人可以演几个人的角色。不能叫再多的人，免得街坊邻居都知道了，对师妹不好。

小宽想了想：要再找两个人，那就找隔壁的赵大叔和赵大婶吧，他家跟师父最好，师父没少给他们老两口看病，把事情说清楚了，他们一定会答应。前些天赵大婶还帮着师姐一起去买新鞋呢。

张仲景：我也是这么想的，晚上我就去赵大叔家说这事儿。

小宽：好。

31

太守府客厅。白天。

太守夫人对任彦成：任先生，小蕴刚才来说，昨天晚上她已经照我的吩咐，跟晶儿说啦。

任彦成：夫人真是一片苦心，小的感激不尽……

夫人：你不用谢我，成与不成，还要看你自己是不是努力，晶儿虽然喜欢你，可要她答应嫁给你，怕是还要一番功夫。

任彦成：小的明白。我正在试验一个新方子，如果成功了，对小姐的病一定会有奇效。

夫人：新方子？那可要保证万无一失，晶儿身体虚弱，可经不起折腾，千万不能有什么闪失。

任彦成：夫人放心，不经过反复试用，我是不会贸然用在小姐身上的。

32

太守府任彦成住处。白天。

任彦成吩咐男仆：这个方子上的药，按五倍的剂量，给我抓来。要把药都分开，单独放置。

男仆：是。

男仆退下。

33

张家药铺邻居赵大叔家。傍晚。

张仲景：大叔，大婶，事情就是这样，请两位老人家帮帮我们吧。

赵大叔不作声，赵大婶：唉，真没想到，彦成平时看着是个好小伙，怎么会变得这样绝情呢？

张仲景：师父现在病势危重，一心就想着让我师兄和雪莹师妹成婚，我也是实在没办法，才来求两位老人家帮忙的。

赵大叔：这事？真能瞒得过你师父吗？

张仲景：他现在看不见，听不清，还不认人，老是把我错当成是大师兄，只要我们像真的婚礼那样办，把该做的仪式都做一遍，应该能瞒得过的。他其实应该绝对卧床，如果到时候非要起来不可，也顶多是让他在堂上坐一坐，让雪莹朝他拜一拜，就过去了，就把他扶回去了，也就是片刻工夫。

赵大叔咂咂嘴：这事吧，要是敲锣打鼓，让街坊邻居听到了，莫名其妙的，怕是对雪莹姑娘的名声不利吧？

张仲景无话了。

赵大婶：按说吧，张老先生多年以来给我和你大叔看病，开方抓药，是我们家的大恩人。我们老是赊欠药铺的药钱，你们也从来没催过。能帮他的忙，我们是一定会帮的。可这不是一般的事情，容我和你大叔再合计合计，你也回去好好想一想，看还有没有什么更好的万全之策……

雪莹突然冲进来，跪在了赵大婶面前，泪流满面地：大婶，为了救我舅舅，你就照我二师兄说的做吧！

赵大婶慌忙将雪莹扶起来：起来，起来，有话慢慢说。要是你自己都想得通，我和你大叔绝对帮忙，做什么都行。

34

太守府。任彦成住处。黄昏。

任彦成端着一个药碗，里面是黑亮的药汤。

任彦成将这碗药一饮而尽。

35

张家药铺。张伯祖卧室。傍晚。

张仲景正和小宽一起喂师父吃丸药。

雪莹含泪站在一旁。

36

太守府。任彦成住处。深夜。

任彦成腹痛难忍，他挣扎着起来，捂着肚子摸到桌旁，艰难地去拿药搭，掏出一味药，含在嘴里。

突然，任彦成吐出一口鲜血，瘫倒在地。

任彦成：来人哪，来人哪！

37

太守府院中。深夜。

灯火亮起，几个仆役手提灯笼，冲进了任彦成的住处。

38

太守卧室。

夫人起身点亮蜡烛。一个老年女仆人进来。太守也坐了起来。

夫人：外面出了什么事？

老女仆：好像是任医师住的客房里，有人呼救，项管家已经过去了。

夫人穿起了衣服，对太守：老爷，我过去看看。

39

凌晶闺房。

凌晶：小蕴，小蕴，外面是什么动静？

小蕴在外面答：小姐，我出去打听一下。

40

凌晶闺房。

小蕴进来：小姐，听说是任先生，他吐血了。

凌晶紧张极了：他身体好好的，怎么会吐血？

小蕴：是啊，我也不知道。

凌晶起来穿衣服：不行，我得去看看。

小蕴吃了一惊：啊？您一个大姑娘，深更半夜，怎么能去男人的客房？

凌晶：我不管，你穿好衣服，提上灯笼，前面带路。

41

张家药铺。张伯祖卧室。深夜。

张仲景满脸疲惫地坐在床前，守着师父。

张伯祖含混地：水……

张仲景急忙起身用一根小麦秆向师父的口中注水。

42

太守府。任彦成住处。深夜。

夫人走了进来，管家早已到了。一仆人正在侍候任彦成漱口。

夫人过来：任先生，要不要紧？

任彦成：没事，我是服药后有了反应，已经把瘀血吐了出来，没事了。

夫人：你有什么病吗？

任彦成不语。

管家：夫人，听仆人们说，任先生为了给小姐治病，在试验一种新药的药量。他自己先试服了一回。

夫人感慨：原来是这样。唉，这也太冒险了。

凌晶突然进来，众人都吃了一惊。

小蕴：夫人，我拦着小姐，可她一定要来。

夫人：晶儿，你回去吧，先生已经没事了。

任彦成：夫人放心，傍晚我用了超过正常人五倍的剂量，也只不过吐了一口瘀血。看来这药小姐是完全可以服用的。

凌晶看到地上有血，身体摇晃了一下，小蕴急忙将她扶住。

夫人：晶儿，你回去吧。

凌晶过来，走到床前，注视着任彦成。她掏出任彦成那次遗落的丝帕，擦了擦他带血的嘴角：先生，可不能这样了。

凌晶转身，向门外走，到门口又回头看了一眼，离开。

43

太守府餐厅。清晨。

太守和夫人正在用餐。

太守：这个任医师，看来真是个良医啊！

夫人：他也是为了咱家晶儿，要是换个人，他也未必会以身试药呢。

太守：唉，行啊，他和晶儿的事情，就由你做主吧。

夫人：我看，还是得老爷去跟他说。

太守：说什么？

夫人：提亲啊。

太守：应该是男方向女方提亲吧？哪有上赶着嫁姑娘的？

夫人：他自幼父母双亡，总不能自己给自己提亲吧。再说了，他娶了晶儿，也是当上门女婿，我们还计较这些干什么？

太守：那好吧，我去说。晶儿愿意吗？你可要问清楚啊。

夫人：还用问啊？晶儿昨晚还跑过去一趟，大姑娘家家的，不管不顾就愣闯进去，这什么意思？

太守：什么意思？

夫人：你就别装傻了，连下人们都看出来了。

太守：那我还是要问问晶儿。兹事体大，万千别弄岔了。

夫人：那你就去问，谁也没拦着你。

44

张家药铺。白天。

张仲景在给一个四十来岁的男病人把脉看病。

病人：我的头疼、腰疼、浑身骨节都疼，身上烧得厉害，盖上被子感到热，揭开被子又觉得冷，心里烦躁不安。

张仲景耐心地：你这是暴感风寒，外邪闭郁，而致外寒内热，待我用大青龙汤给你治治。

小宽这时抱着一个牛皮鼓进来：师兄，鼓借来了。

张仲景扭过脸来：好。

陪病人的中年妇人这时插嘴：你们医师要鼓干啥？

张仲景一本正经地：治病……

45

太守府。凌晶闺房。白天。

凌晶手持沾着任彦成血迹的丝帕，看个没完。

小蕴：小姐，你平日里最怕见血了，见了血就会晕倒。今天怎么一反常态呢？

太守走了进来。小蕴急忙行礼：大人！

凌晶急忙起身：爹爹。

太守：晶儿，我看你这些天，气色好多了。

凌晶无语。

太守欲言又止，然后对凌晶：晶儿，你觉得任医师这个人，到底怎么样？

凌晶：医道高明。

太守：那是。可我看他昨晚冒险为你试药，似乎……好像……

太守说不下去，笑了起来。

凌晶有些羞怯，低下了头。

太守：晶儿，你已经过了二九之年，若不是体弱多病，早就该谈婚论嫁了。任先生也没成家，原来虽有一门亲事，但已然退婚了，所以……

凌晶打断他的话：我愿意永远陪伴爹娘。

太守：傻孩子，你不着急，我还急着抱外孙呢。

凌晶：爹爹！

太守：我就跟你直说了吧。男大当婚，女大当嫁，我和你娘商量，有意招任先生做个上门女婿，不知你意下如何？

凌晶把头深埋下去，羞怯万分。

太守：你倒是说话呀？

凌晶无语。

太守：看来你是不愿意了，那这事只当我没说，我走了。

太守转身欲走。

凌晶急忙地：爹爹！

太守回头：啊？

凌晶红了脸，万分羞赧地：女儿全凭爹爹做主。

46

太守府客厅。白天。

太守：任先生。

任彦成：大人。

太守：这些天你护理晶儿，殚精竭虑，昨夜又冒险尝药，我和内人都感激万分。夫人看中了你，想把晶儿许配给你。不知道你意下如何？

任彦成跪倒在地：岳父大人在上，请受小婿一拜。

47

张家药铺。一储物间。白天。

小宽将锣鼓都摆放起来。

张仲景：都置备齐了？

小宽：照师兄的吩咐，就是这些了。

张仲景点点头。

48

太守府餐厅。白天。

太守：夫人，我已经把女儿的婚事，给说成了。这下你满意了吧？

夫人笑。

太守：夫人，他们俩的好日子，定在哪一天呢？

夫人：就在这个月的二十八吧，黄道吉日。

太守：啊？那只有几天了，太匆忙了吧？

夫人：反正是招个上门女婿，简简单单的，用不着怎么准备。

太守：那也不能这么着急啊。南阳郡的大小官吏，富贾豪绅，还有咱两家的亲朋故旧，都要请一请的，这连个送请帖的时间都不够呢。

夫人：我看越简单越好。你想啊，就招个江湖医师进门，哪里好意思大肆张扬？悄无声息地办了就得了。

太守：这就奇怪了，不是你上赶着要把女儿嫁给他吗？

夫人：那他也是个穷医师啊。就这么定了。

49

太守府客厅外大院中。白天。

管家正在指挥众仆人和卫兵张灯结彩，洒扫庭除，布置结婚场面。

大灯笼被一只只挂了上去。

50

太守府洞房。

已经准备齐全。红烛。崭新的床幔。红被。

51

张家药铺。白天。

院落及几间房，一切都是老样子，全无一点喜庆气氛。

52

张家药铺。张伯祖卧室外。白天。

小宽在敲鼓,赵大叔在打锣,赵大婶在打镲。

53

张伯祖卧室内。

锣鼓声停下来。张仲景走进来。

张仲景嘴对师父的耳朵:师父,婚礼已经开始了,你还一定要出去吗?

张伯祖拼力想坐起:要的,要的。

张仲景搀扶他起来,张伯祖身体颤抖,呼吸急促,但面带微笑地坚持着,向客厅挪去。

张仲景:那您要答应我,他们一拜完堂,我就得把您扶回来。

张伯祖:好的,好的。

54

太守府大门前。白天。

响亮的锣鼓声。

南阳郡的官吏和富绅鱼贯而入,一个个向站在门内的管家交上礼单。

一个老仆人高声地:穰县县令贺礼五千钱。七里庄罗老太爷八千钱。……

许多仆役挑着官吏富绅的贺礼一个个地进去。

55

太守府客厅。白天。

丰盛的酒宴摆下。宾客陆续落座。

太守和夫人盛装坐在高堂上,不断地与走到他们跟前的官吏豪绅们寒暄,接受他们的祝贺。

56

张家药铺。客厅。白天。

客厅里空空荡荡。

张伯祖已经端坐在高堂上：仲景，街坊四邻都来了吗？

赵大婶：来了来了，大家都来了。

张伯祖模模糊糊听见：谢谢各位，谢谢各位。

小宽含泪拉动着家具，制造出各种声响。

张伯祖侧了耳极力去听。

小宽把嘴凑到师父耳边，大声地：马上就要拜天地了，您老可要坐好了。

张伯祖努力含笑点头。

57

太守府客厅外院落。白天。

鼓乐齐鸣，唢呐高奏。

一顶花轿被抬了进来，任彦成手牵着一根连接着花轿的红绸。

一个仆人递给他一张弓和四支竹箭，任彦成站在花轿前，朝东南西北四个方向各射一箭，众宾客向他欢呼。

头顶红盖头的凌晶在小蕴的引导下下了轿，小蕴把系在轿子上红绸的一端解下，交到凌晶手中。

任彦成和凌晶各持红绸的一端，平行着走进客厅。

58

张家药铺客厅内。黄昏。

平常装扮的雪莹一手抹着眼泪，一手持红绸的一端，另一端由张仲景牵着，走进客厅。

小宽敲鼓，赵大叔用力击锣，赵大婶打镲，他们都注视着张伯祖。

59

太守府客厅内。白天。

司仪：二拜高堂……

任彦成和凌晶向太守和太守夫人拜了一拜。

60

张家药铺客厅内。白天。

小宽站在张伯祖身边用力高喊：二拜高堂……

张仲景和雪莹向张伯祖拜了一拜。

61

太守府客厅内。白天。

司仪高喊：夫妻对拜，送入洞房。

任彦成和凌晶对拜。

62

张家药铺客厅内。黄昏。

小宽高喊：夫妻对拜，送入洞房。

强忍悲伤的雪莹这时捂脸跑进了内室。

张伯祖并没看见雪莹已跑进了内室，只对着张仲景所站的位置招手：彦成，你过来……

张仲景硬着头皮走了过去。

张伯祖抓住了张仲景的手，喘息着：彦成，我把雪莹交给你了……

张伯祖边说边摸索着张仲景的手，突然，他的手停在了张仲景手腕上的一道长疤上。

老人惊疑地：你是仲景？

张仲景见师父认出了自己，惊慌至极地：师父……

张伯祖瘫软下来。

雪莹冲上去将他扶住，哭喊：舅舅——

众人都扑了上去……

第四集

1

张家药铺客厅内。白天。

张伯祖瘫软下来。

雪莹冲上去将他扶住,哭喊:舅舅!

众人都围上去。

2

院中。白天。

一阵狂风骤至,天转瞬暗了。

雨哗哗地落下来。

3

张伯祖卧室。夜。雨。

张仲景、雪莹、小宽和赵家老两口都围在张伯祖的病榻边。张伯祖仍在昏迷中。

雪莹:舅舅!

张仲景、小宽:师父,师父……

张伯祖睁开眼。开始时看得模糊,渐渐看清了,是张仲景、雪莹和小宽的脸。

雨声。风吹幔帐。

张伯祖艰难地:我看见了,看见了,你们……

张伯祖还想说话,可是说不出来,他抓住雪莹的手,又抓住张仲景的手,艰难地将两人的手放到了一起,然后按住。

张仲景和雪莹都不明白他的意思,对看了一眼,又看张伯祖。

张伯祖的眼睛闭上了,然后,身体猛地一颤,咽气了。

雪莹大声哭:舅舅,舅舅——

张仲景去试探张伯祖的鼻息,已经没有了。

雪莹号啕大哭:舅舅!

张仲景默默地流泪，小宽拿袖子擦眼泪。赵家老两口表情悲哀。

雨，越下越大。

4

太守府后院及客厅。夜。雨。

红灯笼里的烛火全被雨打灭。

客厅里，宾客们看着外面的大雨，神色惊惶。

太守的脸色非常难看，夫人也有些失落。

宾客散尽后，太守对夫人：你说这雨，好像不是好兆头？

夫人不快地：你瞎说什么？！

5

太守府洞房。夜。雨。

狂风吹开窗棂，将红烛吹灭。还顶着盖头的凌晶吓得惊叫了一声。

任彦成急忙去关窗户，将红烛重新点燃。他走向凌晶。

任彦成将凌晶头上的盖头揭下来，凌晶扬起充满爱的、憧憬的脸，看他，两人目光交流。

又一阵狂风扑到窗上撕扯。

凌晶吓得扑进了任彦成的怀抱。

任彦成抱紧她，轻拍她的背：小姐，别害怕，有我呢。

凌晶镇静下来，深情地：你不能叫我小姐了。从今以后，你就是我的夫君，我，就是你的娘子了。

任彦成：娘子，我的娘子，你放心，以后，我会永远在你身边，爱护你，保护你，你再也不用害怕了。

凌晶将头更深地埋在任彦成怀里。任彦成抬起她的脸，吻她，两人的身体慢慢地倒在了床上。

6

张家药铺。白天。雨。

药铺的大门上已经挂起了白纱，在风雨中摇曳。客厅内挂满了白绸，一具黑色棺材赫然摆在正中，张仲景、雪莹、小宽披麻戴孝地跪在棺材边，中堂已经布置成了灵堂，镜头最后落在张伯祖的灵位牌上。

雨，还在下着。

许多街邻和以前的患者冒雨前来祭奠，张仲景一一回礼。

一排以前的患者跪在棺材前，痛哭。

一老者：张老先生啊，你就这么走了，以后我们这些穷苦人，该找谁看病啊？

一中年男子：俺娘的病，要是没有您，她老人家早就不在了，没想到您却走在头里了。您走的消息，俺都不敢告诉娘啊！

一老年妇女：您行善积德一辈子，老天把您请去，一定是到天上当医官了。

一青年问张仲景：张先生，任先生怎么不在？

张仲景没有回答。雪莹的眼泪又涌了出来，急忙掩面。

7

太守府后花园。白天。雨。

任彦成和凌晶并肩站在游廊内赏雨，两人相视而笑。

8

送葬路上。白天。晴。

锣声，凄楚的唢呐声。不多的几个人，包括赵大叔赵大婶，组成了规模很小的送葬队伍。

雪莹走在中间，举着幡竿，张仲景、小宽和另外两人抬着棺材。

一些人自动加入了送葬队伍，队伍在慢慢扩大……

9

田野。坟边。白天。

唢呐声。

一座新坟已经竖立起来，前面的墓碑上写着：故舅父张讳伯祖之墓，甥女于雪莹敬立。

雪莹拿着铁锹还在为新坟培土。

小宽：师姐，该回去了。

雪莹凄凉一笑，指着新坟旁边的空地：小宽，等我死了，你就把我埋在我舅舅旁边，让我永远陪伴着他老人家。

小宽：你胡说什么呀？

张仲景一边烧着火纸一边不安地注视着雪莹的背影。

其他送葬的人都已转身要走。

一阵急骤的马蹄声和呐喊声突然由画外传来。

众人惊异回首，只见几百个骑马挥刀的人向这边奔来

张仲景急忙把雪莹拉至身边，同时对众人：快趴下！

几乎在大家趴下的同时，那批骑马持刀的人已奔至近处。

众人这才看清，原来是一伙官军在追杀一拨农人打扮但拿着刀剑的人。

马群呼啸而过。

张仲景拉起雪莹，震惊地惊看着远去的马队。

一个帮忙送葬的男人低声地：开始闹春荒了，四乡的饥民开始不断拉杆子和官府作对，有的还抢官府的粮仓。

另一个男子接茬：刚才官军追的八成就是那些人。

张仲景忧虑地对众人抱拳：谢谢诸位，大家都请回吧。

10

张家药铺。夜。

张仲景、小宽和雪莹在药铺里默然相坐，显然都还在思念亡人。

张仲景起身轻声地：雪莹，去睡吧。

雪莹似没听见，仍呆坐在那里。

张仲景刚要再开口说话，突然响起了急促的敲门声。

小宽闻声上前：谁呀？

门外传来一声压低的喊声：有病人，快开门！

小宽刚一拉开门，就见两个拿刀的大汉抬着一个浑身是血的人闯了进来。

张仲景和雪莹惊得慌忙站起身来。

一个拿刀的大汉对张仲景：张医师，我们知道你医术不错，求你救救我们的韩大哥，他被官军砍伤，流了很多血。

张仲景上前查看，只见他的衣服已被鲜血染红，他转对雪莹：雪莹，快去烧水。

张仲景又对小宽：快拿止血散！

张仲景俯身剪开伤者的血衣……

11

张家药铺门前大街。白天。

一队官兵护着一辆马车由远而近驶来。

正在门前晾晒药材的小宽看见，急忙放下手上的药材进了铺子。

12

张家药铺内一间屋中。白天。

那位受伤的韩大哥正躺在床上轻声呻吟。

一旁，张仲景和雪莹正在用铁锅熬制一种黑色的药膏，雪莹烧火，张仲景在搅动药膏。

张仲景将药膏抹在一块帛上。

张仲景用手背感受一下那膏药的温度，然后示意雪莹和他一起将膏药贴上那位韩大哥的伤处。

韩大哥大声呻吟了一声。

小宽这时匆匆进来，急切地：师兄，官军来了。

那位韩大哥闻言一惊，急忙忍痛伸手要去抓自己的大刀。

张仲景将他的刀一脚踢开，冷静地：你在我们的药铺里拿刀干什么？小宽，把他的刀藏起来。

张仲景转对雪莹：走，出去看看。

13

张家药铺门口。白天。

一个官军头目进来，厉声地：谁是张仲景？

张仲景上前：敝人就是。

那官军头目：我们的刘大人昨天在剿灭叛匪时被叛匪打伤，想让你给治治，你能保证治好吗？

张仲景不卑不亢地：不管谁来求医，我都会尽力。

那头目朝马车上的兵丁一挥手，几个兵立刻抬下一个人受伤的人来。

张仲景示意把那位刘大人抬进另一间房子。

雪莹和小宽紧张地看着。

14

张家药铺另一间屋内。白天。

张仲景正在给官家的那位刘大人清洗创口，敷药粉。

雪莹端着药粉在一旁帮忙。

那位刘大人咬着牙忍痛对他的手下命令：速去各药铺查访，若见有叛匪的伤员，一律杀掉！

其手下：明白！转身出去。

雪莹闻言，身子一抖。

张仲景不动声色地照样忙碌。

15

张家药铺灶屋。傍晚。

雪莹一边烧水做饭一边担忧地对仲景：师兄，眼下两边的伤者都住在药铺里，这可是很危险，我反正是不想活的人，无所谓，可你和小宽——

张仲景：我们是医师，不管是谁来找我们，我们都只能尽力救治，咱不能因为危险，把该救治的人推出门。师父要是在世，肯定也会这样做的。

雪莹无语，目光里却有钦佩。

小宽这时匆匆进来，低声地：那个刘大人的护卫，好像要去查问那个韩大哥。

雪莹惊起。

张仲景急步出门。

16

韩大哥躺着的屋子。傍晚。

一个带刀的官军士兵，走进了韩大哥躺着的屋子。

张仲景这时匆匆进来，先于那士兵对床上的韩大哥高声地：表哥，你和方家老三打架的事，族长秦大爷很恼火，说晚点要罚你们在祠堂白干一个月的活！

那位韩大哥先是困惑地眨了一下眼睛，但看了一眼那个拿刀的士兵，随即明白了张仲景的用意：谁让他先朝我动手的?!

那个官军士兵转对张仲景：他是你表哥？

张仲景点头。

官军士兵：跟人打架伤的？

张仲景：就为几句闲话，恼了，动了手。

官军士兵：我还以为是叛匪的伤兵呢。

张仲景笑了：怎么会呢?!

17

后院小偏门。黎明时分。

韩大哥被他的手下搀着走到门口。

张仲景、小宽和雪莹紧张地站在一边看着。

姓韩的这时猛从腰里抽出刀递给他的手下，低声地：去，趁那个刘大人和他的护卫还在熟睡，宰了他们！

张仲景这时闻言急忙上前，低而严厉地：刘大人现在是我的病人，任何人不准伤害他！

姓韩的一愣。

张仲景决然地一挺胸：你们要想杀他，就先杀了我！

雪莹和小宽一惊。

那位韩大哥的手在刀把上摩挲着。

雪莹伸手想去拉开张仲景。

姓韩的这时低声地：我不明白，你何以既保护我又保护他？

张仲景：因为你们都是我的病人！

韩大哥沉默了一下：好吧，我今天就破例听你这个医师的。

说罢，韩大哥又一抱拳：谢你们替我疗伤，咱们后会有期！

18

张家药铺门口。白天。

一辆马车停在那儿,那位受伤的刘大人在几个护卫搀扶下上车。

张仲景、雪莹和小宽站在门口。

那刘大人由车上探出身:张医师,感谢你治好了我的伤!

张仲景:大人不必言谢,这是医者的本分。

马车起程。

小宽低声地:总算都走了。

雪莹捂住胸口舒了一口气。

一声响雷,下雨了……

19

张家药铺。白天。

张仲景正坐在原来张伯祖坐的位置上给人看病。

小宽正在给病人拿药。

雪莹正在用切刀切着药材。

药铺一如张伯祖在世时的样子正常运转,只有雪莹脸上那略带凄楚的神色说明这里曾发生过一场重大变故。

小宽转身对张仲景:师兄,师父走了,我想再拜你为师,继续学医,哪天我去对门的饭馆里摆桌拜师酒吧。

张仲景:摆啥拜师酒?今后我们在一起切磋医术就行了呗。

小宽:那我得改称你为师父。

张仲景:算了,原来的称呼都习惯了,还是叫我师兄吧。

邻居赵大婶出现在药铺门口,先是看了一眼药铺里的景况,而后朝小宽轻声地:小宽,你出来一下。

小宽闻声向门外走去。

20

张家药铺门外。白天。

小宽:大婶,咋不进屋坐?

赵大婶:我给你说的事你给你师兄讲了吧?

小宽：是冯老板想把他女儿嫁我师兄的事？

赵大婶：对呀，冯家在催我回音哩。

小宽摇了摇头：我师兄不愿。

赵大婶意外地：啊？冯家多好的家境哪，姑娘又那样标致，错过了这桩婚事那可是太亏了，他是不是在想着雪莹？

小宽：八成是，但雪莹姐可能是伤心过度，总不让提她的婚事。

赵大婶：唉，俩人都要耽误了。

小宽：要不，你让冯家别催，我再劝劝师兄。

赵大婶点头：好吧。

21

张家药铺。晚饭时分。

张仲景把最后一个病人送到门口：这七服药吃完再来。

病人回身鞠躬：谢谢张大夫。

张仲景跟他挥别：再会。

小宽这时走到张仲景身旁，附着张仲景的耳朵低声说着什么。

张仲景听罢，先是看了一眼正在后院洗菜的雪莹，之后对小宽微声地：替我谢谢赵大婶，告诉她，我已有意中人了。

小宽闻言也抬头看了一眼后院的雪莹，无奈地：可雪莹姐不让提她的婚事，你要耽误到啥时候？

张仲景苦笑了一下：我等。

22

张家药铺。夜。

雨哗哗地下。三个人正在围桌吃晚饭。

张仲景对雪莹和小宽：这段日子一直忙碌，你俩都累坏了吧？

雪莹的眼前又晃过了任彦成的身影，神色为之一变，她刚要开口说什么，铺门又被猛然敲响。

小宽刚拉开门，一个浑身淋得透湿的中年男人就喊着"张医师"跌跌撞撞进来了。

张仲景上前：你有什么事？

来者：我是从宛县赶来的，我们村子里突然病倒了好多户人家，连村子里的医师都病倒了，实在没办法，才想到来郡城里请大名鼎鼎的张医师你去救人哪！

张仲景意外地：哦？病人是啥症状？

来者：我也说不清。得了病的人，先是上吐下泻，全身寒战，然后昏迷不醒，翻白眼，最后就死了。村里医师去治疗病人，没想到他也染上了这病。

张仲景：最初得病的人是不是吃了什么平日很少吃的东西？

来者：说不清，反正好好的人，只要和得病的人拉拉手说说话，就也病倒了。

张仲景：病了有多少人？

来者：各家各户不一样，有的全家都病了，有的家病了一两个……我估摸，全村一百多户，六七百人里病了快一百人。

张仲景眉头皱起：不好，八成是瘟疫，疫情一旦控制不住，就会四处蔓延！好，我们这就准备！

张仲景说完转头对小宽：这么多病人，又不知道详细病情，我们得把铺子里的药都带上。

跟着张仲景又转头对雪莹：师妹，你也跟我们一起走！

雪莹点点头。

23

路上。白天。晴。

一辆驴车满载着药材，还载着张仲景等四人，疾驰而去。

驴车将进村口，迎面过来一辆高头大马的马车，两车相会而过。

24

马车内。

穿着官服一脸疲惫的乔县令问衙役：除了这陈家庄，其他村现在有没有疫情？

衙役：邻近几个村庄听说都有了病人，但还没有蔓延的迹象。大人要不要去看看？

乔县令：不看了。此事要立即报告太守，速速赶往太守府。

衙役：遵命。

25

村口。

驴车眼看就要驶入。

小宽：师兄，要不要停下来先看看？

张仲景：为何？

小宽：贸然进去，万一我们也染上了……

张仲景略一思索，从药搭里掏出四块双层白布，分别递到小宽、雪莹和赶车人手上：这布上浸有药，有隔避作用，大家都戴上。

待大家都用白布遮了口鼻之后，张仲景扬起鞭子吆了一声驴子：走！

驴车进入村子。

26

村内。

三人在车上观瞧，村庄内的小路泥泞，路上有不少猫狗的尸体，还有被抬出来的人的尸体，一群披麻戴孝的人在抚尸痛哭。

张仲景：怎么能围着死人哭？都会被传染上的。

张仲景在颠簸的车中开出一张药方，交给小宽：下车后迅速将这几味药连同几匹白布一起煮出来，让人们把白布缠在脸上，遮掩住口鼻，以免被传染。

小宽：好的。

27

村内祠堂。白天。

车停，四人下车，族长迎了出来。

族长：张医师，全村大人孩子的性命危在旦夕，我们是慕名相求，求你伸手一救啊。

张仲景：老前辈不必客气，救人要紧，等我们稍作准备，就去看病人。请前辈先做一件事，将披麻戴孝的家属与死者迅速分开，死者应在村外挖地深埋，不然家属很快就会被传染。

族长：这？

小宽：救人如救火，请前辈赶紧按我师兄的话去做，越快越好，晚一会儿就会多传染几个人。

族长：好吧，我立刻召集各家各户到这里来商议。

28

太守府大堂。白天。

项管家：大人，宛县乔县令求见。

太守：请他进来。

管家：乔县令进见。

乔县令进来，跪下：宛县县令乔远志拜见大人。

太守：请起。你有何事禀报？

县令：我县陈家庄突发疫情，几天之内已有上百人染病，二十多人亡故，情势十分危急。

太守吃惊：啊？你打算如何应对？

县令：下官已下令将该村道路封锁，外村人不得进村，本村人不得出村。

太守：好。告诉该村族长，一定要严把路口，禁止村民出入。另外，还要赶紧找医师控制疫情，救治病人。

县令：我打算把全县的医师召集起来，一起进村救治，争取尽快查明病因，对症下药，火速控制疫情。

太守：对，若有哪位医师研制出良方妙药，能控制住疫情，赏一万钱。凡是害怕染病不愿进村的医师，一律查封其药铺！为首抗令者，收监！

县令：是。请问大人，此事要不要上报荆州刺史大人？

太守略一沉吟：这几年荆州辖区不少地方屡有疫情发生，刺史府里已是谈疫色变，一旦上报，必然引起上边震动。怪罪下来只怕你我都担待不起。我想等一等吧，如果能将疫情控制在一个村子里，迅速扑灭，就不必惊动刺史大人了。

县令：我想也是。但此次疫病的凶险程度尚不清楚，万一控制不住，让荆州刺史府的密探抢先上报了……

太守：那也只有走一步看一步了。你不要在此耽搁，赶快回县里去处置吧。

县令：是。

29

陈家庄内一户人家。白天。

张仲景等人和村里管事的人都脸缠白布，走进屋子。地上放着两具中年男女的尸体，三个活着的孩子都头缠白布，一个女孩躺在床上昏迷不醒，另两个男孩，大的十几岁，小的才几岁，大的看着姐姐，小的站在父母的尸体旁边哭泣。

张仲景看了看死者，又去给床上昏迷的女孩切脉。先探探鼻息，有一点微弱的气息；再切脉，切着切着：脉搏越来越微弱，不好！

众人一惊。

张仲景悲伤地站起身来。

大男孩放声大哭：姐姐！

小的也扑过来：姐姐！姐姐！

张仲景急忙将小的抱起来，又去拉大的，将两个孩子拉到众人身边。俩孩子拼命挣扎：姐姐！姐姐！

张仲景：将这俩孩子赶紧带出去，不要让他们走掉，他们可能已经传染上了。

两个孩子哭喊着挣扎着被带了出去。

张仲景又观察刚死去的女孩，摸额头，翻开她的嘴唇，又用竹片撬动死者的牙齿，看看舌头，然后对族长：这女孩刚刚死去，额头还发烫，舌苔发白，舌体胖，嘴边有呕吐后的残留痕迹，看来是死前肠胃里积郁邪气，紊乱阴阳，上吐下泻，最后耗完津液而死。这是一种罕见的瘟病，病人体内积郁了寒气。不发病时，寒气潜伏在肌肤之间，一旦发在春季，就是春瘟……

族长：请问先生有何良方？

张仲景：一时半刻，难以求证开方。当务之急，是阻断病源，防止疫情蔓延。请前辈吩咐各家各户，将死去的动物尸体在村外挖坑深埋。将危重的病人抬到一起，病情较轻的病人也集中到一起，分别隔离起来，由我们看护；未患病的人待在各自家中，开门开窗通风，将所用物品一律用开水烫洗一遍，所吃食品一律煮熟，不能再生吃任何东西；而且不要再出门。全村老少都不要出村，以免将疫情扩散到别村……

族长：这？人非草木，孰能无情？刚才将死者与家属拉开，已费了九牛二虎之力，现在要是让各家各户把病情危重的亲人抬出来不管他们，只怕父老们难以答应。

张仲景：把病人集中在一起，就可不使他们再传染别人，我们也好看护，否则蔓延开来，只怕这个村会死得一人不剩。前辈无论如何也要照我的话去做。

族长：就算我做到了，几十上百的病人都交给你们三个，又如何看护？

张仲景：应该派人到各地去请医师，请来的越多，救护就越有保证。

族长：好吧，你们三个外乡人不顾性命之危都赶来了，我是全族的族长，还能不豁出这条老命？纵使有千难万险，我拼上身家性命，也要救护族人！

族长带领几个村民离去。

30

村内路边。白天。

雪莹：师兄，那些危重病人，就交给我看护吧。

张仲景：师妹，这病凶险，我和小宽又顾不上你，你可要多加小心哪！

雪莹：师父把平生所学所悟，都传授给了你，只有你在，全村百姓才有希望。雪莹即使死了，不过是死了一个寻常女子，而师兄要是死了，全村百姓的希望也就死了。如果我能为救护病人而死，到阴间见了舅舅，他也会夸奖我的。

张仲景无言地拍拍她的肩膀。

一个黑衣人用白布捂着口鼻，鬼鬼祟祟地走来，又走远了。张仲景和雪莹都多看了他两眼。

31

村口。白天。

黑衣人要出村，被守在村口的村民拦住。

村民：站住！你是谁？族长有令，任何人即日起都不许出村。

黑衣人从袖中掏出一块腰牌，上写"荆州刺史府令"几字，在村民眼前晃了晃。

村民惊住。

黑衣人未等他们反应过来，就走出村子，牵出拴在路边树上的骏马，骑马远去了。

32

荆州刺史府衙。刘表内宅。夜。

荆州刺史刘表正在一边饮酒，一边欣赏舞女们的舞蹈，旁边站着军师蒯进。

门外卫兵声音：报，南阳郡百里加急密报。

黑衣人进来跪下，递上密封的木匣。卫兵接过来，呈给刘表。

刘表放下酒杯，打开木匣，慢条斯理地看了看，放下，对蒯进：又有瘟疫了，是南阳郡。

蒯进：这年头，怎么老闹瘟疫？按下葫芦又起了瓢。

刘表：瘟疫事小，要是激出民变可就麻烦了。

蒯进：如今，曹操挟天子以令诸侯，各地群雄并起，主公与江东孙策又有杀父之仇，正是危急存亡之秋啊！家里更不能出乱子。可恨这个南阳郡的凌朝纲，有了瘟疫竟然不报！

刘表：我也早想撤掉这个凌朝纲，可他在南阳毕竟有些人望，一旦撤掉，南阳的局势就不稳了。东北边的袁绍，一直对南阳有觊觎之心，所以暂时还得利用这个凌朝纲。

蒯进：如果这次瘟疫闹大了，主公可趁机撤掉凌朝纲，派蔡瑁将军去领南阳郡，帮主公守住北大门。

刘表：我本有此意，可他妹妹不干啊。怕哥哥走了，她娘家没人撑腰呢。

蒯进笑：主公可别为家事误了国事。

刘表：我大汉立国已四百多年，眼下却国将不国了。我也是皇亲一脉，只能在荆州勉力维持了。

蒯进：主公不必多虑，我看将来得天下的，不是曹操，就是袁绍，他们迟早要打起来，主公可暂且作壁上观，看将来哪一家快赢了，再倒向一边，可保我荆州无虞。

刘表：曹操托名汉相，实为汉贼，我也是刘家子孙，如何肯投靠他？可袁绍此人，优柔寡断，刚愎自用，只怕难成大事。

蒯进：如果他们两家拼了个两败俱伤，主公也可以逐鹿天下，问鼎中原啊！

刘表：唉，说来容易做来难哪！

33

荆州刺史府衙。大堂。白天。

文武官员站立两旁。

刘表：昨日接到密报，南阳郡又闹起了瘟疫，诸位有何良策？

长沙太守、大将军陈羡：主公，每次瘟疫，府衙都是密报得知，地方官总是隐瞒不报，看来不用重典，他们就不老实。

镇南将军蔡瑁：主公，现在北边的曹操、东北边的袁绍，都对我荆州虎视眈眈。南阳紧贴着他们两个的地盘，武备一日都不可松懈。一旦瘟疫在军中流行，后果不堪设想。我朝光武年间，军中就染过大疫，差点社稷倾危。南阳郡离荆州不远，疫情一旦蔓延到荆州，局势将不可收拾，万万不可小觑。

刺史府内务总管张成：南阳郡的那个凌太守，是头打着鞭子都不走的懒驴，主公若不给他限定个期限，他不会动真格的。

刘表转身看了看蒯进，蒯进点点头。

刘表：好吧，传下令去，限南阳郡以三月为期，扑灭疫情，逾期无果，太守革职送刺史府衙查办。为防南阳有变，命蔡将军带兵三千到南阳坐镇，替我督促着这个凌太守。

蔡瑁：得令！

34

宛县陈家庄。危重病人集中处。白天。

危重病人躺在从各家各户拆卸下来的门板上，有的呻吟，有的已经昏迷，有的在呕吐。张仲景正在给一个个病人诊断病情，吩咐小宽和雪莹将不同的草药分锅熬制，给病人服用。他们脸上都缠遮着白布。

族长走了进来：张先生。

张仲景：前辈。

族长：已经按照你的意思，将危重的病人都陆续抬到这里来了。

张仲景：这些抬病人的青壮劳力，一定要固定，不要你抬几个我抬几个，以免扩大传染。病人的家属，告诉他们不要跟来，将病人交到这里，就不要管了。

族长：老夫已经费尽唇舌，可还有一户人家，死活也不肯把病人送来，说是人死也要死在家里，他们要陪伴到最后一刻。

张仲景略一思索：这样吧，我同你一起去。

族长：好吧。

雪莹：师兄！

张仲景回头。

雪莹：你可千万要当心。

张仲景笑了笑，跟着族长几个人出去了。

35

穷苦村民二虎家。白天。

家徒四壁。二虎的老娘躺在病床上，已经奄奄一息。二虎坐在门前，头深深地埋在胸前，痛苦而又无奈。他老婆坐在床边，焦急地看着婆婆。两个孩子一男一女，女孩八九岁，男孩五六岁，傻傻地看着大人。

二虎老婆：娘，喝点水吧。

二虎老婆把水递到婆婆嘴边，婆婆张开嘴，却喝不进去。水顺着嘴角流了出来。

族长和张仲景几个人脸缠白布走进来。

二虎发怒地站起来：你们又来干啥？

族长：我把医师请来了，让他跟你说。

二虎：说什么也没用，休想把我娘弄走。

张仲景：这位大哥，看来你是个孝子。你娘已经病得很重，你既然孝顺，就要想办法把她老人家的病治好，而不是让她躺在这里，坐以待毙，是不是？

二虎：要治你就在这里治，干吗要把我娘弄走？

张仲景：这是瘟疫！村里已经有多少人被传染，相继病倒，你没看到吗？她老人家如果一直待在这里，迟早你们全家都会染上瘟疫，这个后果，你考虑过吗？

二虎：要死就全家一起死！我愿意跟着我娘去，到阴曹地府，也好有个照应。

张仲景：你好糊涂！不孝有三，无后为大，她老人家愿意你这样做吗？再看看你的这双儿女，你能眼睁睁地看着他们小小年纪就染病而死吗？

二虎一愣。

二虎娘伸出手来，张仲景上前握住她的手。

二虎娘：就……就让我……跟他们走吧，免得传染给孙子孙女，他们俩都是我心尖上的肉，要是有个好歹，二虎，我可饶不了你！

二虎大哭：娘！

族长赶紧示意旁边的人，将二虎娘抬走。二虎又上前拦住：不行！你们这些医师，都不是本村本地的，哪个肯冒着性命，给我娘认真看病？把我娘交给你们，万一有个好歹……不行！

张仲景：这个请你放心，我既然干了这一行，就一定要尽心尽力抢救病人。虽不敢说一定能救得了她老人家，但一定会尽全力的！

说罢走过去，对二虎娘：老人家，让我背你走。说完把老人的双臂搭在自己肩上，将老人背起来。

二虎愣住了，还想说什么，他老婆将他拦住。

张仲景背着病人，和族长几个人走了出去。

36

太守府客厅。白天。

太守在客厅内焦急地走来走去，问管家：宛县有无报告？

管家：还没有。

太守：也不知到底进展如何。控制疫情，关键是要有救治瘟疫的良方，你去把姑爷叫来。

管家：是。

37

太守府后院。白天。

凌晶和任彦成正在花园里赏花。

管家走过来：姑爷，老爷叫你。

任彦成神情一震，忙回应：我这就过去。

38

太守府客厅。白天。

任彦成走了进来：参见岳父大人。

太守：前日宛县县令来报，说他们县陈家庄突然发生了疫情，我想派你去村子里救治病人，探究控制疫情的良方，你意下如何？

任彦成一惊：这……

太守：刺史府每年都要各郡荐举孝廉，我有意今年就荐举你。但你对地方对百姓还没有寸功可言，荐举起来，只怕难以服众。如果你能研制出良方妙药，控制住疫情，我说起话来就硬气了。这是你的一个机会，你可要好好把握。

任彦成眼珠一转，忙恭敬地：遵命。

太守：管家，立即备车，看姑爷还要带些什么东西，送他去宛县县衙，找乔县令，让乔县令带姑爷进村。

管家：是。

一衙役进来：报，荆州刺史令到。

太守急忙拿过来，打开蜡封一看，脸色大变。

39

车内。白天。

任彦成和乔县令坐在车中，快马奔来。

任彦成：乔大人，快到了吧？

县令：已经到村口了。

车外传来一阵阵号哭。

任彦成：先停下车，我在村口看看。

40

村口。白天。

马车停下，几个人下车。

任彦成看到整座村庄一片寥落凄惨的景象。许多披麻戴孝的人都在村外坟地上送葬，一口口棺材摆放在那里，还有的只是把尸体用草席裹住，就在挖坑准备掩埋。

任彦成：我去看看。

几个士兵将一具用草席裹着的尸体边的家属推开，任彦成走到跟前，对士兵：你去把草席掀开。

士兵过去掀开了草席，露出死者的容颜。

任彦成将事先准备好的一块白布由怀里掏出捂住口鼻，然后慢慢探下身子，看了死者一眼，大惊失色：啊？

县令也把衙役递给他的一块白布捂在口鼻上：怎么样？

任彦成：这很像是太阳伤寒，此病发病迅猛，病人上吐下泻，只要两三天的工夫，便会死去。这病现在无药可治，而且极易传染，我看这个村子的人，怕是……

县令：那该如何是好呢？

任彦成：我看大人还是加派兵丁，防止里头人出来。只要有人进去，就绝对不许出村。情势万分紧急，我这就回去向太守大人禀报。项管家！

管家：姑爷！

任彦成：我们赶紧回去，禀告太守大人！

管家：是。

马车掉转头，准备原路返回。任彦成从车内探出头来：乔大人，你同我们一道回去吧？

乔县令冷冷地：你先走吧，我想进村看看救人的医师来了多少。

任彦成：那好，我就先走一步了。

马车走远，乔县令看着马车，看了半天，最后鄙夷地"哼"了一声。

41

村内小路。白天。

族长赶紧跑来，迎接乔县令：大人。

县令：全县的医师，请来了多少？

族长：来了二十多人，都在救治病人。

县令问身旁衙役：偌大一个宛县，怎么才来这些医师？

衙役：有些医师听说是闹瘟疫，死活都不肯来，有的甚至跑了。

县令：这些人哪配称医师？平日里光说好听的，骗钱蒙人，把如花似玉的千金小姐都能骗到手，还一个个自大得不得了，号称什么"神医"，可真是闹起了瘟疫，他们都成了缩头乌龟！

衙役：您是说刚才那位……

县令：住嘴！不要胡说八道。

众人往前走去。

42

南阳太守府大堂。白天。

衙役：蔡将军到！

凌太守慌张地跑出来，蔡瑁已经进了府邸，在庭院中。

凌太守施礼：不知将军驾到，有失远迎。

蔡瑁：大人多礼了。刺史大人得知贵郡闹起了瘟疫，特派蔡某领兵三千，来助一臂之力。大人如有用得着的地方，这三千人马，随便大人调遣。

凌太守笑：将军说笑了。凌某现在需要的是医师，不是士兵。再说将军与刺史大人有亲，凌某巴结还来不及，哪敢调遣？刺史大人已经给我定下了期限，期限一到，瘟疫扑灭不了，将军就找根绳子将我捆了，送到荆州，让刺史大人开刀问斩吧。

蔡瑁大笑：大人才会说笑呢。在南阳的地面上，就是借我十个胆子，我也不敢绑大人啊，否则老百姓用石头都能把我砸死。

凌太守苦笑：唉，这个太守我还真不想干了，等扑灭了瘟疫，我就上奏刺史大人，请准许我告老还乡吧。

蔡瑁：哪里哪里，南阳是荆州的北大门，刺史大人还得倚靠太守大人守住这道门呢。

两人边说边进到厅堂内。

43

太守府客厅。白天。

太守更加焦急地走来走去，对衙役：宛县可有消息来报？

衙役：还没有，不过我听说乔县令一直在发生疫情的村子里，看来还是在认真防控！

太守：唉！给他传令！限令他八十天内，火速扑灭疫情，倘若在八十天内无法扑灭，致使疫情蔓延，便将他就地革职查办，押送府衙收监！

衙役：是！

衙役出去。

太守正愁得不行，任彦成突然走了进来：岳父大人。

太守皱眉：你怎么跑回来了？

任彦成：岳父大人，我进村一看，发现情况万分危急，赶紧回来向您禀告。陈家庄暴发的很像是太阳伤寒，此病现在无药可治，又极易传染，一旦蔓延开来，整个南阳郡将是一场大浩劫。

太守更加焦急：这可如何是好？刘刺史已经下令，要我三月之内扑灭疫情，否则就革职查办。蔡瑁将军已经带兵三千到了南阳，就等着期限一到，要押我去荆州了。

任彦成：啊？

任彦成一下瘫坐下来，面如土色。

太守：贤婿你得张伯祖真传，医道高明，能不能尽速研制出良方妙药，救一方百姓，也保全家平安？

任彦成：岳父大人，我听师父当年说过，三十年前，他经历过一次大瘟疫，有个村子全村人死了十之七八，邻近几个村，都有一半以上的人病死。他前去诊治，也感染上了疫病，差点丧了性命。后来官府将这几个村严密控制，想偷偷溜出村庄的人都被就地砍杀，过了半年之久，得病的人统统都死光了，疫情才控制住。师父九死一生，最后还是没有研制出控制疫情的药物，也只得作罢。要想研制出良药，绝非易事。

太守：看来也只有派兵把守了。

任彦成：里面的人不能放出来，外面的人也最好别进去。还有，就是我们府里，从今天起也要严密控制人员出入，出去的就不能再放进来，里头的人也最好别出去。

太守：真到了这个地步？

任彦成：大人和岳母年事已高，娘子一直体弱多病，一旦被传染上……所以我没敢耽搁就急着赶回来，也是怕把疫病带到府里来。

太守：来人！

一仆人进来。

太守：传令全府，从现在起，府内人员一律不许外出，出去的也在外面的客房住下，一个月内不许进府。送菜送粮送水送柴的人，都在府门外卸货，不要进府，等他们走了府里人再去取，不要相互接触。

仆人：遵命。

仆人退下。

太守以手叩额。

任彦成：岳父，我去看看岳母和小姐。

太守：你也不要去看他们了，先到客房住下，不要进内院。

任彦成惊讶又失望：啊？

44

陈家庄村子里。白天。

太守府一衙役脸捂白布骑马而至，下马向村民打听：乔县令在哪里？

一村民：前面祠堂里。

45

祠堂。白天。

府衙衙役：乔县令。

县令：哦？

府衙衙役：太守派我赶来传达他的意思，命你在八十天内扑灭疫情，如果逾期控制不了，就将你革职查办，送府衙收监！

县令：这……是何意？

府衙衙役：荆州刺史府已经下令，命太守在三个月内扑灭疫情，否则就将他押送荆州，按律处治！

县令唉！

县令气急败坏地吩咐自己的手下：将在村子里的医师全部召集到这里，我要训话！

46

祠堂。白天。

三十多个医师都来了，张仲景、小宽、雪莹站在他们中间。

县令：接凌郡守令，命你们在七十天内扑灭疫情，如果到期还拿不出办法，就将你们全都抓起来，抄家封铺！听清楚了吗？

医师们面面相觑，都感到大难临头。小宽想站出来说什么，被张仲景拦住了。

县令：还有，听说有几个医师跑了，我已派人去捉拿他们，逮捕下狱！你们中间要是还有人再敢逃跑，一旦抓住，严惩不贷！为首者，杀头！

医师们吓得一哆嗦。

小宽还是忍不住了：大人，我们这些医师，也都是人！现在都在夜以继日地救治病人，大人不说奖赏我们，也就算了，怎么还严词威逼？又有哪个医师不想治好病人？可瘟疫哪是那么好治的？倘若惩罚医师就能控制瘟疫，我们情愿去死！

乔县令看了看小宽，笑了：乱世需用重典，何况现在是非常时期。只有将这瘟疫控制住了，才能你好我好大家都好，如果控制不住，我先收拾了你们，刺史大人随后就会收拾我，还有太守，我们一个都跑不掉！废话少说，你们赶紧去想办法，散了吧！

医师们散了。

47

路上。白天。

小宽：唉，早知如此，何必当初？

雪莹：当初怎么了？

小宽：我们又不是这个县的医师，当初要是不来，县令也管不到我们，可现在……

张仲景：只要是行医济世，就得救死治伤，说这些干什么？

小宽：可这县令也太不讲道理了。我们已经想尽了各种办法，却仍不见效。看着病人一个个地死去，我这心里啊……

张仲景：当官的，有几个说话不厉害？咱们不去管他，还是赶紧研究药方，煮制新药，救治病人要紧。在病人身上试了那么多方子，可怎么一点都不见效呢？

雪莹：师兄不要太着急，不是还有七十天吗？

张仲景：病人还在一个个地倒下啊！我跟随师父学医十几年，从来没遇到这样的情况。这种伤寒，真是百药不灵啊！

雪莹：会有办法的，师兄，我信你！

张仲景望着她，苦苦一笑。

48

危重病人住所旁的一间小屋。夜。

张仲景手拿一卷竹简坐着。一个个药篓散放在身边，几个小火炉上都在熬药，砂锅里冒出腾腾的热气。

他两眼注视着药锅。

雪莹走进来，端着一个木盘，上面是饭菜。

雪莹：师兄，吃点饭吧，你从早上到现在都没吃饭呢。

张仲景还在边看竹简边配药，没抬头地答应：你放那儿吧。

雪莹：不行，这回说什么我都要看着你吃下去。

张仲景抬起头，叹口气：唉，看着那么多病人都在痛苦中煎熬，我真是一点东西都吃不下去。

雪莹：再怎么着你也要吃饭啊，你要是累垮了，他们更是没指望了。

张仲景无言地摇摇头。

雪莹：快把这碗饭吃下去，然后再去睡一觉。你已经三天三夜没合眼了吧？这样下去怎么得了？

张仲景用筷子扒着面条：我虽然没睡觉，但并不是没合眼，我时不时就闭着眼睛打个盹呢。

雪莹：听话，吃完饭就去睡一觉，也许一觉醒来，方子就想好了呢。还有，你这身衣服，也好几天没换了，脱下来让我给你洗洗。

张仲景：已经快二更天了，你也去歇息吧。

雪莹：休想赶我走，我得等你躺下，把衣服交到我手里，再走。

张仲景开玩笑地：你看着我脱衣服啊？

雪莹气恼地：你？

张仲景：好好好，全听你的，行了吧？

49

祠堂旁的房间内。白天。

乔县令还在睡觉，衙役跑进来：大人，大事不好！

乔县令惊醒，坐起来：怎么了？

衙役：医师们一夜之间跑了不少，只剩下了十来个人，有三个还是外县的。

县令：这还了得？赶紧去抓他们！

衙役：他们畏惧官府，一定都远走他乡了，到哪里去抓啊？

县令一拍大腿：哎！赶紧派人禀报太守，请太守从邻县调集医师。我写封信，你立即送去。

衙役：是！

50

太守府。白天。

太守读完乔县令送来的竹简，手颤抖起来，大声地：来人！

项管家走了进来。

太守：火速向各县县衙传令，命各县都征调出十名医师，到宛县陈家庄去，协助扑灭疫情，并且要派人押送！

管家：是。

管家又一迟疑：大人？

太守：怎么了？

管家：我听说其他几个县，也开始出现疫情了。

太守大惊：啊？你怎么不早说？

管家：我也是刚刚听说。

太守：此令暂缓，赶紧备车，我要亲自去查看，先去陈家庄！

管家：是。

51

陈家庄内张仲景临时药房。白天。

张仲景仍在聚精会神地研究药方，小宽跑进来：师兄，出事了。

张仲景：怎么了？

小宽：二虎娘去世了，二虎听说后跑到病房里闹事，怎么劝他都不行。

张仲景：我去看看。

52

危重病人病房。白天。

二虎见张仲景进来，立刻扑上去抓住他的脖领：你还我娘，你还我娘！

众人将他按住，张仲景慢慢挣脱出来。

二虎扑向娘的尸体，众人又将他拦住。

小宽：你娘刚去世，现在过去极易传染！边说边将一块浸了药汁的白布捂到了他的口鼻上。

二虎：我不管，我不管！

二虎大哭几声，又扑向张仲景，众人将他死死抱住。二虎拼命挣扎着：是你把我娘背走的，我不让你们弄走我娘，你们就是要弄走，结果呢，你们把我娘治死了！

小宽：你还讲不讲理？你娘在家的时候就已经病得很重，危在旦夕，我师兄冒着危险把她背来，让她得到救治，才多活了这些时日，不然的话，只怕……

二虎：你说什么？你说什么？我跟你拼了！

这当儿，二虎妻子慌张地跑到门口：他爹，快，咱的儿子、女儿都开始上吐下泻了！

众人和二虎都一惊。

张仲景：可能是被他们的奶奶传染上了，走，快去看看！

二虎不再说别的，急慌慌随着张仲景出门。

53

二虎家。白天。

二虎的一儿一女都已脸色煞白地躺倒在床上。

张仲景急忙上前摸脉。随后急急地对随他进来的人：诸位都请出去，以免再传染给你们！

张仲景转对随他来的雪莹：你先留在这儿看护他们。

二虎此时方知此病的厉害，上前抓住仲景的手哭求：张先生，原谅我刚才的鲁莽，快救救我的孩子呀……

族长把二虎和众人推出了门外。

张仲景看着那两个孩子，眼泪流了下来。

雪莹：师兄，你要是觉得委屈，就哭出来吧。

张仲景：我不是为自己委屈，我是替二虎难过。谁没有母亲？谁没有儿女？这场瘟疫，让这个村家破人亡，而我到现在，还是束手无策！我真恨自己啊！

雪莹：师兄，你已经尽全力了！百病千灾，哪是人力能够抗衡的？

张仲景：找不出治病救人的药方，我绝不出此村！

54

祠堂旁乔县令住处。白天。

衙役进来报告：乔大人，太守大人亲自来了！

县令：啊？

县令吓了一跳，赶紧整理衣冠，出去迎接。

55

祠堂外。白天。

县令迎着太守：太守大人，没承想您亲自来了，下官迎接来迟。

嘴上捂着白布的太守一摆手：都什么时候了，不必客套。情况到底怎么样了？

县令：死掉的病人越来越多，被传染的村民也越来越多，丝毫不见好转的迹象，医师跑掉了大半……其他县的医师，能不能来救个急？

太守：其他县听说也有了疫情的苗头，我看完这里，就要到其他县去看。

县令：啊？看来是天亡我也！

太守：你一个小县令，年纪还轻，就算降罪于你，顶多在家待几年，将来还有报效国家的机会。我偌大一把年纪，这次要是挺不过去，全家老小，就算是完了！

县令：唉！也只有尽人事听天命了！

太守：乱世须用重典，矫枉必须过正！我看这些江湖医师，多是偷奸耍滑之辈，不杀他一个两个，其他人哪肯用心尽力？

县令：您是说，杀一儆百？

太守虎着脸点头。

56

危重病人病房。白天。

张仲景对小宽：我想去田野里再采几味药来试试。

小宽：我跟你一起去。

张仲景摇头：这些人还需要你来看护，我很快就会回来。

57

祠堂外。白天。

一个兵丁跑过来对乔县令：大人，有个医师要出村！

乔县令还未说话，太守就火了：一定是想逃跑，立马给我绑了！

58

村口兵丁们所设的哨位。白天。

兵丁们将张仲景反绑在一棵树上。张仲景急切地：你们这是干什么？

太守大步走过来，因张仲景脸上依然缠着白布，太守没有认出他来，只是恼怒地：正是救人的时候，你身为医师，胆敢脱逃，真该杀掉！

跟在太守身后的乔县令认出了张仲景，忙朝太守施礼：大人！此人我认识，他是——

太守脸冷如冰：谁也不许讲情！

张仲景：大人，现在疫情紧急，我是想出村再找几味草药，好尽快配制出药方。

太守：会狡辩的东西，明明是想逃走，还说得冠冕堂皇！

小宽这时跑过来拼命大喊：我师兄治病救人，犯了什么罪？你身为朝廷命官，怎么能草菅人命？

太守：哼！把他也给我捆起来。

兵丁们一拥而上，将小宽也捆了起来。

太守：为给胆敢逃跑的医师们一个震慑，将这两个人先给我砍了！

乔县令和众人全一下子惊住……

第五集

1

陈家庄村口兵丁们所设哨位。白天。

太守:为给胆敢逃跑的医师们一个震慑,将他们两个给我砍了!

乔县令和众人全都惊住。

闻讯跑过来的雪莹这时高喝一声:住手!

雪莹随即跑上前一把扯掉张仲景脸上的白布,对太守:你知道他是谁吗?他是张伯祖的弟子张仲景,他曾经救过你的命!

太守愣住了,仔细去看张仲景的脸:是你……

太守又问雪莹:你是?

雪莹:我是张伯祖的外甥女。

太守点点头,想明白眼前这个女子原来曾经是任彦成的未婚妻:哦?你们并不是宛县的医师,怎么跑到这里来了?

小宽:我们是自愿前来救人的。

闻讯赶过来的二虎这时也对太守:大人,他们是好人!

太守点点头:将他们放了。

2

病房外。白天。

乔县令跟在太守后面。

太守:这个张医师,是南阳郡名医张伯祖的弟子,有他在这里,我就放心多了,你还要我给你找什么医师?你一定要好生款待,他要什么就给什么,让他尽快研制出治病救人的方子来。

县令:是。其实疫情突发,所有人都是慌张应付,医师们研制药方,也需要个时间,逼得太急也不是个办法。

太守:如果他也拿不出控制疫情的方子,我看就难办了,唉,不是我们要逼这些医师,是刺史大人在逼我们。咳,险些一时气急败坏,错杀了良医。

县令:大人放心,我一定好生款待他。

3

太守府。凌晶新房。白天。

凌晶又在悲悲切切,任彦成走了进来。凌晶一见,急忙扑上去抱住他。

凌晶:夫君!

任彦成:娘子。

凌晶:几天都见不到你,可想死我了。

任彦成:我也思念娘子。可岳父大人怕我传染给你,不让我过来,让我在客房住了几天。

凌晶:他也真是的。

任彦成:你可不能怪他老人家,他也是为你好,为全家好。幸亏我并未被传染,这不是,好好地回来了吗?

凌晶:你一走,我就提心吊胆的,担心再也见不着你了。这么危险的事,爹爹干吗让你去?

任彦成没有回答,抱紧了凌晶。

4

陈家庄内张仲景临时药房。白天。

张仲景正边看医书边用手摆放着一堆新采来的中药,不时陷入苦思之中,小宽高兴地跑了进来:师兄,好了好了,有几个危重病人服下你昨晚熬制的新药,明显好多了。

张仲景:是吗?

张仲景闻言身子一震,起身往病房跑去。

5

危重病人病房。白天。

张仲景到一张病床前,仔细查看病人的情况。良久,才吁一口气,百感交集地:有了,有了,终于有了。

正在一旁照看二虎那一对儿女的雪莹,闻声走过来:师兄,有什么了?

小宽：师兄终于配出对症的良方了。

雪莹：啊！真的?!

雪莹高兴地猛拍着张仲景的肩头，转瞬意识到自己失态，不好意思地低了头。

张仲景看着她笑。

张仲景：小宽，立即把族长请来。

小宽：是。

6

危重病人病房。白天。

雪莹正在给二虎那一对儿女喂汤药喝。

族长走了进来。

张仲景：前辈，昨晚这些病人服用我配制的新方药，病情大有好转，看来，此方定能控制住疫情。

族长激动得满眼泪花：是吗？太好了！

张仲景：我请你来，是要和你商量几件事。

族长：先生不必客气，县令已经吩咐过，无论你需要什么，要我们做什么，我们都一定照办。

张仲景将手中写好的药方递给族长：配方已成，现在需要的是派人去山上和田野采药，同时大量煮制。请你派本村没有染病的青壮劳力，有多少派多少，在这几位医师的带领下，出去采药。本地采不到的，就想方设法赶紧去买。当务之急，要采购黄芩一百斤，黄连三十斤，干姜一百斤，人参一百斤，半夏一百斤，甘草一百斤。这些药采购齐全后，请在村中空地上架大砂锅二十个，用来煮药，煮好之后，危重病人每日喝三次，轻症病人每日喝两次，没得病的每日喝一次，连服几天，再看疗效。

族长：好，好，这下就好了。

族长高兴地带着村民离去。

小宽：师兄，听说其他县也已出现了疫情，这个方子还得赶紧推广。

张仲景：是啊，我要去见县令。

7

村中空地上。白天。

二十口大砂锅已经架起，火焰熊熊，药汤在锅中翻滚，蒸气腾腾。小宽正在把煮好的药汤倒入木桶中，往病房里抬。没得病的村民排着队端着碗，在领取药汤喝。雪莹一勺一勺地把药汤倒入村民的碗中。村民们端着碗一饮而尽，脸上露出轻松放心的表情。

县令、族长和张仲景在一旁看着。

8

危重病人病房。白天。

能看出躺在床上的危重病人，神情都有了变化，病情都已转轻，个别的已能坐起身子。

二虎那一对儿女已开始脸露笑容。

二虎高兴地站在病床前看着他的两个孩子。

乔县令：张先生，真是多亏了你，要不是你研制出这攻克瘟疫的药方，我这县令，都没几天当头了。

族长：张先生，没有你，我们这个村就完了。你就是陈家庄全体村民的再生父母啊！

族长说着跪了下去，二虎和在场的村民都跪了下去。

张仲景忙扶族长：快快请起，大家都请起来。

村民们相继站了起来。

张仲景：治病救人，是医者的本分，我这点浅薄的医道，大都是跟师父学的。大家要谢，应该谢天谢地，是天地之间生长出这些草药，才给咱们提供了治病的药材；也要谢历代从医的前辈医师，多少人苦苦求索，百折不挠，才有了今天的这么多方剂；再要谢，就谢来到贵村的所有医师，他们不顾性命地赶来，好多人都熬了几天几夜没合眼了。仲景不过是尽了一点绵薄之力……

族长：您的大恩大德，我们陈家庄世世代代的子孙，会永远铭记在心！

乔县令：是啊，我也要上报太守和刺史大人，让你的功绩传扬四方！

站在屋里屋外的村民们都欢呼起来。

张仲景：那倒不必了，仲景一介草民，有什么功劳？只是这个方子还要赶紧推广，听说其他县也出现瘟疫了。

县令：这你放心，我早就派手下将你的良方报给了太守，同时飞鸽传书到各县了。

9

太守府客厅。白天。

太守手持乔县令的信简和张仲景的药方，激动不已：项管家，把姑爷叫过来！

管家出去，任彦成很快进来了。

任彦成：岳父大人您叫我？

太守将药方递给他：你看看这个方子。

任彦成仔细看了看，疑惑地：这个方子，是用来控制瘟疫的？

太守：是啊，是你那位师弟张仲景开出来的，已经收到疗效了，陈家庄不再有人染病，得病的人也好了许多。这个张仲景，真是奇才啊！

任彦成：这个方子看起来很平常，只有简单的几味，却能攻克瘟疫，他是怎么想的呢？药用得的确精当。要是我开方，起码要开出十味二十味来。

太守：你的医道，是不是在他之下？

任彦成沉默不语。

太守：我还想问你，你师父张伯祖的外甥女，她叫什么名字？

任彦成一愣：大人怎么问这个？

太守：随便问问。

任彦成：于雪莹。

太守：雪莹，雪莹，果然晶莹如雪啊！

任彦成表情痛苦，极力掩饰：大人见过她吗？

太守：见过了，她也正在陈家庄，和她师兄一起治病救人呢。

任彦成揪心地疼，极力掩饰：您怎么认识她的？

太守：正巧碰上了。等这瘟疫过去，你该回去看看他们。

任彦成为难地：他们只怕是不肯认我了。

太守叹了口气：你退下吧。

10

  陈家庄危重病人病房。白天。

  张仲景和小宽正在巡查病人。

  张仲景：小宽，那边病房你去看过没有？

  小宽：看过了，许多病人已经康复回家了。

  张仲景：你嘱咐过他们没有？回家后不要马上和家人住在一起，要单独居住几天，还要坚持吃药。

  小宽：您都跟我说了八遍了。放心，每个病人都反复叮嘱过。

  张仲景：好，好。这么大的一场瘟疫，现在总算是被控制住了。这里的危重病人也陆续好起来，我估计再过几天，情况就会更好。

  小宽：是啊，多亏了师兄的好方子，真是药到病除。

  张仲景：怎么是我一个人的呢？也有你和雪莹的一份功劳。

  小宽：我们能做什么？不过是帮你打打下手而已。

  张仲景：没有你们俩和这些个坚持不走的医师，这么多病人我怎么照顾得过来？

  雪莹这时突然进来：师兄，有人找你，是穰县你老家来的，一个说是你堂叔，一个说是你们村族长的儿子张远明。

  张仲景三人急忙往外走。

11

  病房外。白天。

  三人出来，迎面过来二人，一中年一青年，表情焦急。

  张仲景疾步上前：二叔。

  堂叔：仲景啊，可算是找到你了，把我找得好苦啊！

  堂叔哭泣起来。

  张仲景：二叔，家里出了什么事吗？

  堂叔：咱们庄上发生了瘟疫，许多乡亲都染病身亡了！

  张仲景大惊：啊！

  一旁族长的儿子张远明也哭泣着：仲景哥，银生伯伯也病了。

  张仲景：发生瘟疫有多久了？

堂叔：有十多天了。死人的第二天，族长就派远明和我去南阳郡找你，想请你回去救人。我们去后，看见药铺大门紧闭，找左邻右舍打听，一位赵大婶说，你们一天夜里突然被人叫走，不知道去了哪里。我和远明一下就傻眼了，找不着你们，我可怎么回去交差啊。我只好多方打听，谁也不知道你们去了哪里。后来远明侄儿说，你们一定是去什么地方治病救人了，肯定也是闹瘟疫的地方。我们就到处打听，哪里闹了瘟疫，人家说是某某村闹了，我们就赶紧跑去，结果扑了个空，没找着你们。总找了有五六个地方，我都快绝望了，最后才找到这里来。总算把你找到了，老天爷总算是睁开眼了，总算让我们把你找到了！全村的乡亲算是有救了！

堂叔痛哭。

张仲景：村子里已有多少人被传染，多少人亡故？

远明：我们离开村子也有八九天了，当时有十来户人家都有了病人，银生家一家五口都染了病，你万生伯伯已经病死了！

张仲景：我娘还好吧？

堂叔：我们走的时候还好，现在怎么样就难说了。

远明忙给堂叔使眼色：她老人家应该没事。

张仲景：小宽，我们走！

小宽惊讶地：去哪儿？

张仲景：去我的家乡，穰县张家庄。

小宽：可……这里的病人……

张仲景一愣。他这时才发现，许多村民已经围拢过来，将他们围在中间。他们都看着他，露出非常恐慌的眼神。陈家庄的族长也过来了。

族长：张先生，你要去哪里？

张仲景：我老家穰县张家庄也闹起了瘟疫，我想赶回去救我的乡亲！

族长：这……可我们陈家庄还有这么多病人需要您，您一走，我们就失掉了主心骨啊！

堂叔：这位老人家，你说话好没道理，你们陈家庄的人是人，我们张家庄的人就不是人了？你们有病人，我们也有病人，仲景是我们宗族的人，他在你们这里已经忙乎十多天了，难道现在不该赶回去救救自己的亲人？

族长对张仲景：先生如果执意要走，陈家庄也实在难留。可村民们经受这场大疫，老年丧子、中年丧夫、幼年丧父的悲剧，几乎家家户户都在上演，这么多病人现在还躺在病床上，家人都盼望他们能早日康复，有了先生的灵丹妙药，村民们刚看到一点希望……先生这个时候要是走了，我实在是不知道该怎么向大家交代啊！

一村民：张先生，您别走了，我父亲还病得很重呢！

一女村民：我男人还昏迷不醒，先生，您要是走了，谁知道他还醒不醒得过来？

一小孩抱住张仲景的腿：伯伯，您别走了吧，我娘刚睁开眼睛能叫我的名字了，她可离不开您啊！

张仲景陷入两难，表情尴尬：我……我想想，我再想想……

堂叔一把抓住他的胳膊：仲景，你还想什么？也许你娘现在已经传染上了，她还等着你回去救命呢！

远明：仲景哥，银生伯伯已经病得很重，现在都不知道还在不在人世了，他可是庄上最疼爱你的人啊！

张仲景转念：要不这样，我现在把方子给你们，你们火速赶回去，按照方子召集没传染上的乡亲们上山采药，赶紧给大家服用，先控制住疫情。等这里的病人医治得差不多了，我一定立马赶回去！

堂叔急了：仲景，我们又不是医师，怎么会看病？族长要我来找你，不把你接回去，我怎么跟乡亲们交代啊？

远明：仲景哥，我看这里的疫情，已经控制得差不多了，你在这里，也顶多是锦上添花，可咱们张家庄正在危难之中，等着你回去雪中送炭呢！

张仲景沉吟了一下：叔，远明，我是个医师，医师治病救人，无论贫富贵贱，亲疏远近，都要一视同仁。我既然来到了这里，就该善始善终，起码让这里的危重病人都有了明显的好转，才能离去。现在还有许多病人昏迷不醒，没有脱离生命危险，我实在是无法撒手不管。请你们，请全庄的父老乡亲，体谅体谅我吧。

堂叔：你！你！你可要想明白了，走错一步，你就是张家祠堂的不肖子孙，我们张家庄的坟地，可能就埋不下你了！

远明拦住堂叔：二叔！

远明又对张仲景：仲景哥，不管你是不是医师，你首先是个人，人都是爹娘生父母养，都是有祖宗有来历的。人都有骨肉亲情，这是谁都可以理解的。你的亲娘在等着你，对你恩重如山的伯父在等着你，咱们张家庄所有的父老都在等着你，他们需要你！一失足成千古恨，你可要想明白了！

张仲景闭上双眼，母亲的形象浮现在眼前。张仲景听到乔县令的声音：张先生，是谁来找你啊？

张仲景睁开眼，县令已经站在面前：他们俩是干什么的？

张仲景：这是我的堂叔和堂弟，我们穰县张家庄，也闹起了瘟疫，他们想请我回去。

县令抓住张仲景的胳膊：万万不可！这里还有这么多病人，疫情虽有控制，但不是没有再度蔓延的危险，一旦疫情复起，刺史大人震怒，那你可是罪魁祸首！孰轻孰重，你好好掂量掂量吧！

县令又对堂叔和远明：二位，请先到本村祠堂歇息，待乔某想出一个万全之策，再和二位商议，请吧。

几个兵丁过来，围拢堂叔和远明。二人畏惧官兵，不得不跟着他们走了。

12

张仲景临时药房。夜。

张仲景将药材一包一包用布包好，对雪莹：只好把方子和这些药交给我堂叔堂弟，让他们赶紧回去救人了。

雪莹：师兄，你真的想好了吗，不回去了？

张仲景：我实在是分身无术啊！我八岁就死了父亲，母亲守寡多年，孤儿寡母，全靠乡亲们接济照应，我自小就是吃百家饭长大的。尤其是我的银生伯父，自父亲去世，他就一直供养着我和母亲，教我读书识字，又送我出来学医。在我和师父签的拜师帖子上，就是他做的保人。可以说，没有他，就没有我的今天，也没有我的一切。他把我就当作自己的亲儿子，你说，但凡能回得去，我能不回吗？可眼下实在不能放下这里的病人不管，我回不去啊！

雪莹：唉，可真够难为你的。但愿乡亲们也能体谅你啊！

张仲景：但愿吧。

13

太守府太守卧室。夜。

太守夫人准备就寝。

太守还坐在桌前在竹简上写着什么。

太守夫人：大人，这么晚了还写什么呢？

太守：给荆州刺史大人的急报。瘟疫终于得到控制，我得上报。

夫人：唉，这些天可把我担心死了，现在心里的一块石头总算落了地。

太守：是啊，你女婿的师弟张仲景，也就是当初和彦成一起来给我治病的那位，搞出了攻克瘟疫的好药方，为南阳郡立下了大功啊！

夫人：哦，是他，那是应该上报，再怎么说，他也是我们的恩人哪。

太守：是啊，所以我在急报中提到了他的名字，这样一来，刺史大人也知道他了。

夫人：提了咱姑爷没有？

太守一怔：他？怎么提？

夫人：他不是也去了发生疫情的那个村子？

太守：可他去了就又回来了，方子是人家张仲景搞出来的呀。

夫人：他们俩是一个师父的徒弟，又都去了那个村子，连在一起写，不是很自然的事情吗？

太守神色一变：哦，这不大妥当吧？别人会说闲话的。

夫人：你给上面的急报，别人谁看得见？现在不给咱姑爷写点功劳，今年举荐孝廉的时候，谁会服气呢？

太守：我看啊，要不今年的孝廉就举荐张仲景算了，明年再举荐咱们姑爷。

夫人：那怎么行？荆州怎么会连着在同一个郡召两次医官，别的郡就没有好医师了？一缓就不知道缓到猴年马月了。今年可一定得举荐咱姑爷。

说着，夫人趋前拿起笔来，在急报里"张仲景"的名字前面，加上了"任彦成"三个字。

太守不安地：你？！

夫人笑了：有些事必须当机立断！

14

陈家庄祠堂。白天。

县令、张仲景、雪莹、堂叔和远明都在。

张仲景将方子和药包递到堂叔手里：叔叔，远明，仲景不孝，不能及时赶回去救治乡亲们，还请你们和父老乡亲能谅解我。这里的危重病人一旦都抢救过来，脱离生命危险，我就日夜兼程赶回去。

堂叔和远明都阴沉着脸，不说话。

县令：忠孝不能两全。陈家庄是整个南阳郡最先闹瘟疫的村子，疫情也最重，刺史和郡守大人都极为关注，现在疫情还没有完全扑灭，张先生绝对不能离开。请二位回去跟乡亲们说明白，请他们多多体谅，顾全大局。将来全郡疫情如果能够扑灭，也有贵乡贵土全体乡亲的一份功劳。

张仲景：二叔，你回去之后，赶紧按方子组织乡亲们采购药材，加紧煮制，按危重、轻症和未得病三类人，分别服用不同的剂量，只要按方服药，疫情一定能够得到有效控制。

堂叔接过方子和药包：我们费尽千辛万苦才找到你，没想你一个方子两包药，就把我们打发了。

张仲景无言以对。

堂叔还不想走，远明拉了拉他的衣角：二叔，仲景哥是铁了心不肯跟我们回去了，再在这里浪费时间，父老乡亲们染病的就更多了。咱们走吧。

二人愤愤地离去。

15

荆州刺史府。刘表内宅。白天。

蒯进正在跟刘表下围棋。外面卫兵：南阳郡凌太守快马急报！

刘表：南阳郡？是关于疫情的吧？看这个凌朝纲有什么话说，要是这么长时间还没有控制住，我得给他来点厉害的。

士兵进来将密封的木函呈给刘表，刘表打开一看，面露喜色：这个老小子，他居然说疫情已经得到了初步控制。

蒯进：是吗？我听探子们说，南阳郡好几个县，都出现了疫情，要是能控制住，那可是不得了的大好事。

刘表：他信上说，他们郡有两位年轻的名医，任彦成、张仲景，研制出了方药，已经在疫情始发的宛县陈家庄控制住了疫情。这个药方现在已经在全郡推广，疫情有望在全郡得到控制。

蒯进：如果真有这样的神医，何不弄到荆州来，给主公看病？

刘表：只怕一旦奏报朝廷，朝廷也想要他们，不肯把他们留在荆州。

蒯进：现在皇帝虚有其位，凡事都要听曹操的。曹操下过招贤榜，正在广揽人才。这两个名医一旦归了他，他一定会招他们做军医。将来他曹家的队伍兵强马壮，有了瘟疫也不怕，而我荆州再遇到瘟疫，却叫天天不应，叫地地不灵，那可如何是好？

刘表：军师的意思，此事不奏报朝廷？

蒯进：奏报还是要奏报，不过不要提这两个人，将来把这两个人，截留在荆州。

刘表点点头。

蒯进：还有，主公可以给这两个人，一个人送去一块匾，替他们扬扬名，他们一定会感念主公的恩德，巴望着来为主公做事的。

刘表：军师言之有理。

16

陈家庄。危重病人病房。白天。

病人已经明显少多了，许多床板都空了出来。张仲景、雪莹和小宽正在巡查剩下的病人。

张仲景：小宽，我听说隔壁病房里好多病人都闹着要回家，有这事吗？

小宽：是啊。他们都说自己的病已经好了，想早点回家和家人团聚。

张仲景：让他们别着急，再观察几天，好利索了再走。

小宽：就怕劝不住，连这个病房里也有好些人想走。

正巡查到的一位病人插话：是啊，张先生，我都想回家呢，季节到了，田里要赶快下种了。

张仲景：病来如山倒，病去如抽丝，越是快好的时候，越是大意不得，你就安心在这里再住几天吧。

三人走出病房。

17

病房外。白天。

张仲景：小宽，再过几天，这里的病人好得差不多了，我想尽快赶回穰县老家，你愿意跟我一起去吗？

小宽：师兄，经过这场大瘟疫，我对师兄只有一个字——服。师父不在了，小宽愿终身追随你，你到哪里，我就跟你到哪里。你正正经经是我的师父。

张仲景笑了：咱们永远都是好兄弟！

小宽：可你的确是我的老师。

雪莹看着两人微笑。

张仲景转身问雪莹：师妹，你愿意随我去穰县吗？

雪莹笑：你们俩都去，我一个人不跟着你们，还能去哪里？除非找你们的师父去。

张仲景：你又来了。

雪莹有些担心地：师兄回到老家去，老家的乡亲还不知道会怎么待你呢？

张仲景：没事。乡里乡亲的，生气归生气，但也不会把我怎样。我倒是担心村里的疫情，多少乡亲急等着我去给他们看病呢，早回去一天，就多几个能得救，你说，我能不着急吗？

小宽：我看你这几天，已有点神不守舍的，晚上睡觉老失眠吧？

张仲景：是啊，真想能插翅飞回去！

雪莹注视着张仲景，流露出敬佩和关心的表情。

18

祠堂。白天。

县令、族长和村民们将祠堂挤得满满的。

乔县令对大家：各位村民，张先生来陈家庄这么长时间了，救治了无数的病人，终于扑灭了这个村的疫情。现在别的县也有疫情发生，都需要张先生，他昨天向我提出来，要回穰县老家去，我答应了。我还要上报郡守，上报刺史大人，为张先生请功。临别之时，大家有什么话，跟他说一说吧。

村民们都捧起了手中的竹篮，里面有活鸡，有肉，有鸡蛋，有布帛等各种东西。族长走到张仲景面前：张先生，你到我们村里来，救了全村百姓的命。忙活了这么多天，治好了那么多人的病，光是随身带来的药，就不知用去了多少，却连一文钱还没有收呢。我们陈家庄，地瘠民贫，又赶上这场大疫，实在是拿不出什么像样的礼物。这些，是各家各户能拿出的最好的东西，请您一定收下！

张仲景：万万不可！现在各家各户，几乎都有病人，有的虽然病好了，身体也还没有恢复，特别需要保养，这些东西就留给病人们吃吧。

族长：张先生，您真是太仁义了。大恩不言谢，我们陈家庄全体村民，都跪谢您的恩情了！

族长率全体村民都跪下了。

张仲景、小宽和雪莹也跪下：快快请起，乡亲们，快快请起。仲景不过是尽了医者的本分，这样的重礼，仲景万万不敢领受！

大家相继站起来。族长：我们全族上下，已决定在村口给您立碑，让子孙万代都不忘您的恩情。

张仲景：这不妥当。我的医术，是跟我师父张伯祖学的，如果贵村执意要立碑，就请为我师父张伯祖他老人家立块碑吧。

族长点头答应。

小宽已经驾好驴车，三人上车，启程。

张仲景回头看去，全体村民都在为他送行。他也感动不已，走出好久，才放下车帘。

19

路上。白天。

驴车行进。

20

车中。

小宽放下车帘，问张仲景：师兄，你有多少年没回家乡了？

张仲景：好多年了，自从拜师父学医，娘就要我别操心家里事，少回家，多学东西。

小宽：快到了吗？

张仲景：过了前面那个路口右拐，再走半晌就到了，我估计晚饭可以在家里吃了。也不知道庄上的疫情控制住了没有，唉，真让人心急。

雪莹：别太担心，方子和药都给他们了，应该没事的。

张仲景：可我这心里，总是不踏实。

21

路上。白天。

驴车快速向前驶去。

22

穰县张家庄。张仲景家门外。夜。

张仲景将驴车停在一棵大树下，上前叩门。小宽、雪莹跟在他身后。

门开了，出来一位拄着拐杖的老太太：请问，客官你找谁啊？

张仲景含泪跪倒在地：娘，我是仲景，我回来了！

拐杖倒在地上，张母哆哆嗦嗦地摸索着张仲景的头肩：仲景……仲景……是你回来了。

张仲景：是我啊，娘！

母子二人抱头痛哭。雪莹和小宽都过来劝慰二人。

张仲景一一介绍：娘，这是小宽，是我的师弟。这是雪莹，是我师父的外甥女。

张母：好好，快请进去，到屋子里说话。

张远明正从这里路过，看到了张仲景，忙走过来：仲景哥，你回来了？

张仲景握住他的手：回来了。你快说说，病人们都怎么样了？

远明不说话。

张仲景着急地：到底怎么样了？我给你们的方子，用上了吗？

远明还是不说话。

张仲景扭头问母亲：娘，村里的病人，到底怎么样了？

张母哭了起来。

远明：仲景哥，你等着，我去把我爹叫来，让他来跟你说。

张远明离开。

23

张母室内。夜。

油灯摇曳。张仲景和母亲都坐在堂屋中的几案前。雪莹挨着张母坐着。

张母流着泪：这场瘟疫，实在是太可怕了。我老太太一个人住在这屋子里，不跟外人打交道，老天保佑，还没有被传上。可村里家家户户，几乎每家都有病人，得了这个病，就等于是死，刚开始那几天，谁家死了一个人，全村人还议论议论，现在家家都有死人，没有谁再议论这个事情了，都忙着埋人办丧事哩。

张仲景：怎么会这样呢？我把方子和草药的样品，都给了二叔和远明，看着方子照着样品，上山去采，上药铺去买，回来煮制，让病人服用，怎么会一点效果都没有呢？

张母：你那药，刚拿回来还有人喝了几天，后来就没人喝了。我想问出个究竟，他们都不肯讲，不知有什么事情，瞒着我这老婆子。

小宽：真是奇怪。

突然房门急响，紧接着是门被踹开的声音，族长张守义、远明和几个族人闯了进来。

张守义：张仲景，你还敢回来？把这个不肖子孙，给我捆起来！

几个族人上前去，不由分说将张仲景用绳索捆绑起来。

雪莹、小宽：师兄！

张母：仲景！

张母又转向族长：守义哥，有话好说，有话好说。

张守义：要说，就到祠堂里去说，让他跟列祖列宗去说！

族人将张仲景带走，小宽紧跟着，雪莹搀扶着张母跟在后面。张母不停地呼喊：仲景……

24

张家祠堂外。夜。

远明拦住张母、雪莹和小宽：伯母，祠堂的规矩，女人不能进去。还有这位大哥，你是外乡人，不得进我张家祠堂。

三人无奈地止住了脚步。

25

张家祠堂。夜。

火把通明，照亮着张家列祖列宗的画像和牌位。

张守义站在画像前，火把把他的身影映现到一排排的牌位上。几位德高望重的村民也站在他身旁。

张守义：张仲景，到了这里，你该知道自己是张家的子孙了吧？

张仲景跪在地上：仲景从来没有忘记。

张守义：哼，我和你的父亲，当年一起为宗族的父老兄弟姐妹们办事，他的为人，我非常钦佩。可没想到，他竟有你这样的不肖之子。我与你并无冤仇，可作为族长，我不得不问你一句，你的心还是不是肉长的？

张仲景：伯父，我没有及时回来为咱张家庄人治病，致使不少族人死去，这是我的罪过，但眼下还不是处罚我的时候，病人们到底怎么样了？

张守义：你还有脸问病人？我派你二叔和明儿去找你，你为什么不回来？

张仲景：我将方子和草药的样品都给了他们，他们没有带回来吗？

张守义：你还有脸说？他们把方子和草药样品都带回来了，我赶紧找人，按你的方子和草药样品，派人去采购草药，煮制出来之后，找几个病人服用，没想到当天晚上，病重的银生大哥就死掉了。我们怀疑他是服你的药而暴死，那些药就再也没有人敢用了。

张仲景：银生伯伯！

张仲景大哭。

张守义：你还有脸哭？

张仲景：服药以后应该好转，怎么会暴死呢？

旁边一位族里长者：听他儿子说，本来应该是三天服完的药，银生着急，就一次给喝了，他以为这样能好得快一些呢！

张仲景：三天的药怎能一次喝掉，就没有人阻止他吗？

另一人：我们又不是医师，谁知道该怎么喝药？他也不会听我们的。

张仲景痛哭不止，以头叩地：银生伯伯！这都怪我啊！这都怪我啊！我要是早点回来就好了！

张守义：你知道村里人已经死了多少吗？

张仲景：多少？

张守义：十家有七家哭，有的人家，像你万生大叔，全家都死光了。村里百多户人家，七百来口人，现在活着的已经不到六百人了！

张仲景震惊地：天啊，伯父，救人要紧！请您和各位叔叔伯伯，先记下我的罪过，让我给乡亲们看病，赶紧连夜煮制汤药，给病人治病！等治好病人，你们再怎么处罚我都不迟！

张守义：这？

一老者：仲景此话有理，他既然回来了，就让他赶紧给大家治病吧。耽搁一天就会多死好多乡亲呢。

另一人：是啊。

张守义与大家商议了一下，大家都表示同意。张守义：仲景，你还想给大家治病，算你良心没有坏透，就给你这个机会。但我怀疑你会以看病为由，借机逃跑。我要动用族规，先给你戴上手枷脚枷，还要派人日夜监视，防止你逃跑。戴着手枷脚枷，你还愿意给乡亲们看病吗？

张仲景：愿意。

26

张家庄。白天。

长镜头，一排排房子的门前都挂着白幡，到处都有人在挖坑掩埋尸体，如同当初陈家庄的景象。张仲景戴着手枷脚枷，正在指挥乡亲们脸缠白布，将危重病人、轻微病人分别集中。庄内空地上架起了十几口大砂锅，烈火熊熊，锅内药汤翻滚。

小宽和雪莹正在侍候病人喝药。

27

张仲景房间。夜。

烛火摇曳。张仲景满怀内疚地坐在桌旁,像一个囚犯。

28

张仲景房间外。夜。

两位村民在门口把守,防止张仲景逃跑。

雪莹端着饭菜走了进来。

29

房内。夜。

雪莹:师兄,你都一天没吃东西了,赶紧吃饭吧。

张仲景:你放那儿吧,我实在没有胃口。

雪莹:不行,我要看着你吃。

张仲景:死了那么多乡亲,一想到他们,我怎么吃得下呢?

雪莹:人死不能复生,你现在要为活着的乡亲们,保重自己的身体啊!

张仲景:好吧,我吃。去拿筷子。

雪莹:师兄,你戴着脚枷手枷不方便,让我喂你吧。

张仲景:这……怎么可以?师父要是活着,看到你这个样子,只怕要打我啦。

雪莹:师父在天有灵,一定会夸奖我做得对。雪莹用筷子挑起一筷面条,递到了张仲景嘴边。

张仲景含着泪,艰难地咽下。

雪莹也流出了眼泪:师兄,他们这样对待你,实在是太不公平了……

张仲景:别这么说,他们都是我的乡亲,村里死了这么多人,他们一时气愤,也是情理之中的事情。只要让我治病救人,算是给我赎罪的机会,我就觉得满足了。

雪莹:你有什么罪?你救了陈家庄那么多百姓,不说你有功劳也就算了,还说你有罪?你有什么罪?

张仲景:何必跟自己的亲人去计较呢?(强作欢颜)师妹,你做的饭菜可真香，来，再喂我一口。

雪莹转悲为喜，又喂了一口：傍晚你家大娘在外面待了好长时间，可又不敢进来看你，还是我把她劝走的。

张仲景：唉，我一回家，就让老人家担心了。宗族的权威，娘也奈何不得呀。

雪莹：等救治了所有的病人，他们要是还不给你打开木枷，我就跟他们说理去！

张仲景：你一个姑娘家，跟他们说什么理啊？还是先救人要紧。

雪莹：对，先救人要紧，来，再吃一口！

30

张守义家客厅。夜。

张守义推门进来，正在吃晚饭的夫人和张远明都起来迎接他。

远明：爹，这么晚才回来？

守义夫人：赶紧吃饭吧。

张守义吃着饭：我到各家各户，还有病人集中的病房都去看了看，你别说，仲景的药方还是有效的，服了药，病人们的症状都平稳下来，各家各户的情绪，也平静多了。

远明：我亲眼见他治好了宛县陈家庄那么多病人，这药方当然是有效的。可光有药方，他医师不来，也是没用的。

张守义：这下可好了，虽然死了那么多人，可劫后余生的病人，总算是有救了，张家庄看来是能逃过这场瘟疫了。

远明：爹，等仲景把病人都治好了，您准备如何处置他？

张守义：这个吗？如果他真能使所有的病人都康复，扑灭这次疫情，我去求求几位宗族的老辈，大家还是能饶过他的。毕竟我与他的父亲，当年还有很深的交情呢。

远明：爹，等您吃完饭，我去你屋里，还有话要跟你说。

31

张守义睡屋。夜。

张守义和远明进来。

张守义：你有什么话？说吧。

远明：你打听过没有，仲景这次回来，还打不打算走？

张守义：他就是想走，只怕宗族也不会答应。张家庄现在没有一个医师，缺医少药，他又学成了高明的医术，不报效家乡怎么行？我是不会放他走的。

远明：爹爹，那你就犯下大错了。

张守义：此话怎讲？

远明：庄上的人，现在恨仲景，是恨他回来晚了，让庄上死了这么多的人。可是，等到他把所有的病人都治好的时候，大家一定会感激他的恩德，不再恨他了。如果他长期住在庄上，治病救人，人心慢慢就会归附于他，等到那个时候，你族长的位子，恐怕都要让给他了，在这张家庄，最后说话算数的，怕不是你了。

张守义：你怎么想得这样远？

远明：您是没有看到陈家庄的情景，就因为他治好了病人，村里的族长和全体村民，都给他下跪呢。

张守义：真有这么严重？

远明：不可不防啊！

张守义：那等他治好了病人，就把他赶走！

远明：爹爹，你叫他回来，他不回来，是他有罪，可他回来了，你要赶他走，有什么理由呢？

张守义沉默不语。

远明：他有高堂老母，守寡多年，孤身一人，他留下来照顾母亲，那是顺理成章的事，你怎么赶他走啊？

张守义：那你说如何是好？

远明：我看哪，就以他这次拖延时日不及时赶回来给乡亲们看病为由，重重地惩治他，不整死他也扒他一层皮。整死了他，就断绝了后患，整不死，他以后也再不敢回张家庄。

张守义犹疑半天，叹了口气：也只好如此了。不过眼下还要仰仗他治好全庄人的病，瘟疫扑不灭，这个族长也没啥当头。

远明：这是自然，明天，我就去看他。

32

张仲景戴着手枷脚枷，巡查病房，小宽跟在他身后。

小宽：师兄，这些病人都好多了。陈家庄和这张家庄，相隔上百里地，两地的病人，症状也千差万别，您一个方子，竟把这么多病人都治好了，真是神哩。

张仲景：病人的症状，虽然千差万别，但病因却是一样的，是同一种伤寒，所以方子就是相同的。我们治病，治疗的并不是症状，而是病因，找着了病因，才能对症下药。同样的症状，病因不一样，方子也就不一样；不同的症状，病因相同，方子就是一样的。不过这个方子，今年治伤寒管用，明年再发生伤寒，可能就不管用了。一个母方，根据天气地气的变化，根据不同病人的体质，又可以衍生出许许多多的子方，小宽，你想提高医术，一定要好好琢磨啊！

小宽：是呀，我得好好跟你学习。

远明走了进来：仲景哥。

张仲景：远明啊，你怎么来了，病房你还是少来，免得受了传染。

远明：仲景哥，你天天待在这里都不怕，我怕什么？我一直想来看看你。我求过爹爹多次，让爹爹给你打开木枷，爹爹就是不答应。

张仲景：不要难为他老人家了。祠堂里前辈们一起商议的规矩，他也不好违反。我戴着这个也无妨，并不影响给病人治病。

小宽：还说呢，怎么不影响，晚上睡觉都睡不安生。

远明：仲景哥，等你治好了所有的病人，我一定说服爹爹，说服全庄的父老，把你的手枷脚枷都打开。

33

祠堂外。白天。

张母、雪莹、小宽陪着张仲景一起到祠堂来。三人只能在门外与张仲景分别。

祠堂门口站着许多人，手里都拿着棍棒，虎视眈眈地看着三人。

小宽：师兄，全庄的病人都好得差不多了，疫情也完全控制住了，族长这次叫你来，肯定是要给你打开脚枷手枷了。

张仲景：可能是吧。

张母扭过脸去，偷偷拭泪。

张仲景要进去了，雪莹抓住他的胳膊：师兄，我怎么觉着气氛不对，你要小心。

张仲景点点头，走了进去。

雪莹拉着小宽走到一边，悄悄地：我总觉得今天这祠堂前摆的架势有点怪，门口干吗弄那么多人把守，好像要给师兄下马威似的。

小宽：师兄把所有的病人都治得差不多了，他们还要怎样？

雪莹：你在这里陪着伯母，我从后院溜进去，看看动静。

小宽：还是我去吧，你一个姑娘家怎么进祠堂？

雪莹：你人高马大，怎么溜得进去？就在这里听消息吧。雪莹离开。

34

祠堂后院。白天。

雪莹走到后院门口，躲在一棵树后。两个村民把守着后院小门。

村民甲：我们守在这里，真没意思。

村民乙：是啊，里头演什么戏，我们都看不见。

村民甲：不如我溜进去看看，过会儿再来换你。

村民乙：好吧，你过一会儿就来换我啊。

村民甲离开。

35

后院门口。

村民乙：这小子怎么还不回来呀？干脆我也去看看。

村民乙离开。

雪莹趁机溜了进去。

36

祠堂后院里。

雪莹沿着僻静的地方走，终于找了个地方躲好，在这里能清楚地听到祠堂里面的说话声。她往后院中间看，只见那儿竖着两根木柱，木柱上横绑着一根木棍，木棍上边有绳子垂下，不知道是做什么用的。

37

祠堂内。白天。

张守义、远明和几位族中老人在场，张仲景已经在祠堂里。

张守义：给仲景贤侄解去手枷脚枷。

张仲景的手枷脚枷被除去。

张守义：仲景贤侄，这些天委屈你了。眼下本庄疫情已经得到控制，染病的人也差不多都好了，族中老人们商议，自即日起，就将你的手枷脚枷摘掉，你可以自由做事了。

张仲景：谢谢族长。

张守义：不过，你在本庄发生疫情的时候，拖延时日，迟迟不归，不给本庄人看病，却为外乡人忙活，致使本庄父老乡亲，死掉十之二三，这个罪责，还是要追究的。如不追究，今后本族子孙都吃里爬外，心无家乡，目无尊长，我这个当族长的，难辞其咎。你说是不是？

张仲景：仲景延迟回乡，铸成大错，愿听凭各位前辈发落。

张守义：根据你所犯情节，已经够得上……

张守义看了看两旁的老人：忤逆之罪！

几位老人都吃了一惊。

38

祠堂后门外。

在这里偷听的雪莹也大惊失色。

39

祠堂内。

张守义对一位留须中年男子：护德兄，忤逆之罪，依据本族族规，将受何处罚？

张护德：忤逆之罪，有三种处罚，上天梯，下油锅，沉深潭。

一白须老者站起身来：且慢！仲景侄儿虽然不听族长号令，延迟回乡，耽误了给乡亲们治病，但那些死去的病人，毕竟是感染瘟疫而死，并不是仲景侄儿将他们害死的。处以忤逆之罪，未免过重了。况且这些天来，仲景侄儿给病人治疗瘟疫，卓有成效，本庄疫情，也已经得到了控制，也算他将功折罪了。应该酌情从轻处罚。

张守义：此话言之有理。上述三种处罚，都过重了，我决定对仲景贤侄从轻处罚，不知各位是否允准？

其他几位老人都点头同意。

张守义：请各位随我一起到祠堂后院中，我已为仲景贤侄想好了一种特殊的处罚。

40

祠堂外后院中。白天。

众人都来到后院中那个搭成"门"字的木架旁。

雪莹躲藏在树丛中，看着眼前发生的一切。

张守义：仲景贤侄，跪下！

张仲景跪在两根木柱中间。

张守义：忤逆之罪的刑罚，上天梯，下油锅，沉深潭，受刑之人，必死无疑。仲景贤侄毕竟扑灭了疫情，挽救了庄上那么多乡亲的性命，我实在不忍处以极刑。便想出了这么个法子，就是把仲景倒吊在这木架子上半个时辰，以帮他牢牢记住族人比外人重要这个道理。

张仲景大吃一惊。

一老者：这样的刑罚，恐怕也过重了吧？

张守义决然地：不这样处罚，守义对不起死去乡亲们的在天之灵，也无法向死者的亲属们交代。

从横木上垂下的绳子像蛇一样来回摆动。

张远明冷眼看着，脸上流露出不易察觉的得意表情。

雪莹躲在树丛中万分焦急。

张守义：开始！

两个村民上前扯长垂下的绳子，开始去绑张仲景的双脚。

雪莹：慢！

雪莹从树丛中冲了出来。

众人一愣，回头去看她。

41

祠堂正门外。白天。

张母不安而担心地：咋会这么长时间不出来？不会出啥事吧？

小宽宽慰地：大娘放心，不会有事的。

42

祠堂外后院中。白天。

雪莹走到张仲景身边：你们不能这样对待他！

张守义：你是何人？

张仲景：她是我师父的外甥女。

张守义：一个外乡女子，竟敢擅闯本村祠堂！

雪莹：路见不平众人帮扶，何况他还是我的师兄。他这些天一直在为救人忙碌，吃不好睡不好，身体极度虚弱，你们这样吊他，出了事可怎么办？

张守义：现在你倒心疼他了，他当初为何不心疼他族里的父老乡亲？

雪莹指着张守义：本庄发生瘟疫，死了很多人，应该负责的，是你这个族长！你不反躬自责，倒归咎于一个出外谋生的医师，你的良心不觉得有愧吗？

张守义：大胆！将她捆起来。

一老者拦住：族长息怒。本庄的乡规族约，只能施行于本庄，绝不能加在外乡人身上，望族长三思！

张守义：祠堂重地，女人不可进入，何况她还是一个外乡人，竟敢擅自闯入！来人，将她赶出去！

雪莹：师父临终之时，将我和师兄的手放在一起，就是要我与他同生共死，所以我并不是什么外乡人。你们要杀要剐，就冲我来吧！

张仲景意外而感动地看着雪莹。

张守义：自古男女婚姻，凭的是父母之命，媒妁之言，你们俩……竟敢私下里勾勾搭搭，还跑到祠堂里来胡闹……

张仲景突然怒吼：住嘴！她是我师父的外甥女，你怎么能随便侮辱她？

张守义：你、你竟敢顶撞族长，大逆不道！来人，吊起他！

雪莹扯住要拉起吊绳的村民的手：你们要倒吊，就吊我吧！

张仲景：雪莹！

张仲景第一次喊出了"雪莹"。

众人都有些发呆。

雪莹：我愿意替他受刑！

张守义：本庄祠堂重地，岂容你一个小妮子在这里撒野！将她给我拉到一边去，行刑！

雪莹急切而快速地解开绑在仲景脚上的绳子，朝自己脚腕上绑去！

负责吊人的两个村民一时不知该怎么做。

张仲景一把将她拉住：雪莹，雪莹，你不能这样！

几个老人都侧过脸去，不忍看这一幕。张守义却冷笑：有人要替，有人要拉，倒在我这里演起戏来了。哼，这位姑娘，你要是真替他，我就饶了你师兄，怎么样？

张仲景要去阻止雪莹，被两位村民按住。

张仲景：雪莹，你千万不能——

雪莹此时已将绳子在自己的两个脚腕上绑好，身子后仰，两手撑地，朝两个拉绳的村民：来，吊吧！……

43

祠堂大门前。白天。

张母不安地：仲景咋还不出来？

小宽刚要张嘴说什么，只听"啪"的一声鞭响，一辆马车停在了他们身后。

两人急忙扭身去看马车。

只见有人提着鼓拎着锣从马车上跳下。

张母和小宽惊异地看着从马车上跳下的人……

44

祠堂后院。白天。

张守义冷然对雪莹：好，既然你决意在这儿捣乱，那我就成全你！

说着，张守义举起手，准备发口令……

第六集

1

张家祠堂后院。白天。

雪莹凛然地向两个拉绳的村民：拉吧！

张仲景：雪莹！

张仲景奋力挣扎，但两个村民死死将他按住。

张守义冷冷地举手准备发拉起的口令。

突然，一阵锣鼓声传来，跟着，一村民由外边急奔进来报告：族长，宛县的乔县令已经到了祠堂大门外，要即刻见您和张仲景！

张守义一惊，放下手：哦？

一个不忍看这场面的老者见状立即宣布：族刑暂停，族长，我们先去见县令吧。

张守义想了想：外县县令，见见何妨？随即指了一下张仲景：让他跟在后边！

2

祠堂正门外。白天。

众人走出祠堂，只见乔县令带着一班衙役敲锣打鼓前来，有几个衙役在县令身后抬着红绸披挂的一块金字黑匾，上写"悬壶济世"四个大字。

张守义脸色有些阴沉，上前：不知宛县乔县令因何来到敝庄，有失远迎。

说罢，张守义率众人跪迎。

乔县令：请起请起。敝人特为送匾而来，恭喜恭喜了。

张守义：不知何喜之有？

县令：贵庄后辈张仲景，因在敝县陈家庄扑灭瘟疫治病救人，并研制出攻克伤寒的绝世良方，使全郡百姓受益，荆州刺史刘大人特意题写"悬壶济世"四个大字，郡守命敝人送来，请张仲景跪接。

众人扭头，只见张仲景拉着雪莹惊魂未定地站在人群最后，他们的身旁，站着几个大汉看守。

乔县令高声地：请张仲景跪接。

张仲景走出人群，跪伏在地。

张守义惊慌失措，回头看儿子远明，远明也表情尴尬。

村民出奇地平静，县令很是不解，看着众人。

张母在小宽的搀扶下，高兴不已。

雪莹也露出了笑脸。

一老者：仲景侄儿因为治病救人，得到刺史大人亲笔题写的匾额，这实在是光宗耀祖的盛事，太值得庆贺了！

张守义态度急变：是啊是啊，仲景贤侄有功于全郡，也为张家列祖列宗增光添彩，全庄上下的父老，无不荣耀体面，请受老夫一拜。单腿跪地，拜张仲景。

张仲景急忙还礼：族长请起，仲景如何敢当？

几位老人带头欢呼：悬壶济世，光宗耀祖！

全体村民齐声：悬壶济世，光宗耀祖！

锣鼓声齐响，一片欢乐的气氛。

3

祠堂内。

张仲景在众人的簇拥下走进祠堂，张守义请他坐到上位，"悬壶济世"的匾额挂上了正堂。所有的人都兴高采烈地议论着。

张守义：大家静一静，大家静一静。听老夫说几句话，仲景贤侄此番有功于全郡，有功于朝廷，张家多少代人里也不曾出现过这样的英杰，老夫今日，愿意退位让贤，请仲景贤侄担任本庄族长，各位是否赞成？

众老者：赞成赞成。

张仲景急忙制止：万万不可。仲景只是一名医师，族长要管全庄上下几百人的事情，仲景实在难以胜任。况且我师父已经病逝，他老人家创办起来的张家药铺，还要开下去，我要回到郡城，继续为全郡百姓治病，请父老乡亲们谅解。

张守义有些意外：老夫心胸狭窄，险些铸成大错，实在是惭愧！

张仲景：人非圣贤，孰能无过，今后庄上父老，再有疾患，就到药铺去叫我，我一定及时赶回，为乡亲们解除疾苦。

站在一旁的乔县令这时上前：张先生，你此番得到刺史大人亲赐的匾额，将来一定前程无量。先生如若想回郡城，乔某有意请先生与我同行，到我的县衙小住几日，不知先生能否赏脸？

张仲景沉思片刻：也好，我想把老母亲也接到郡城去，大人能否允我与家母同行？

县令：乔某荣幸之至。

4

张仲景家临时药房。夜。

张仲景和小宽正在收拾东西。

小宽：师兄，你一向不愿结交官府，今天怎么这样痛快地答应了乔县令呢？

张仲景：我想你们连日劳累，也需要找个地方歇歇，以免落下病；再说，我看这位乔县令是个正直的好官，就答应了下来。

小宽：要说劳累，你是最劳累的一个，还是多当心自己的身体吧。

张仲景：我没事。家母那边我还要去照应一下，你把这些药材都收拾好，好装箱起运，不要有什么遗漏。

小宽：你就放心吧。

5

太守府后院。白天。

锣鼓声中，一块"神医高手"的匾额，被高高挂起。太守、夫人、任彦成、凌晶都在仰头观瞻。其他官吏豪绅都前来祝贺。

一官吏对太守：大人，想不到您招赘的乘龙快婿，能立下这样的大功，得到刺史大人亲笔题写的匾额，您可真是慧眼识才啊！

太守：哈哈，要说慧眼识才，这倒是我夫人的功劳。

一富绅：原来夫人才是伯乐啊！

凌夫人：哪里哪里，是彦成自己勤习医道的结果。

另一官吏：任先生扑灭瘟疫，立下大功，敝人愿提名保举他为今年的孝廉，各位说，好不好？

另几位官吏附和：好，好，我们几个干脆联名保举。

任彦成面露得意之色，太守的笑容倒是有些尴尬。

6

乔县令县衙后院。傍晚。

乔县令领着张仲景一行人从后院走过。迎面碰上一位贵妇人和两个丫鬟，还有一位十六七岁打扮得特别艳丽的小姐。

乔县令：夫人，这就是我这些天老跟你提起的南阳郡神医张先生，这是他的高堂老母，这是他的师弟、师妹，我准备请他们到县衙来小住几日。张先生，这是我的内人。

县令夫人行礼：张先生好。

张仲景还礼：夫人好。

随行人等一一还礼。

小宽：见过夫人。

县令夫人点头。

雪莹：见过夫人。

县令夫人点头。

雪莹看到那位打扮得艳丽的小姐，也施礼：见过小姐。

乔县令：不是，这位小姐，我也不认得。

众人有些诧异。那位小姐有些尴尬。

县令拉过夫人：她是哪里的？

夫人：临河街绸缎铺刘大户家的女儿，我近日有些烦闷，把她接到衙门里小住几日，帮我解解闷。

县令瞪了夫人一眼，又转身对张仲景：乔某准备安排先生一行在东厢房小住，已经命人打扫干净。

张仲景：谢谢大人一片盛情。

县令：张先生跟我不必客气，刺史大人亲赐匾额给你，我估计今年的孝廉，你就很有戏呢。后晌我已经接到郡守的手札，让我明日去太守府，商议今年举荐孝廉之事，我将极力保举你。仁兄有朝一日鹏程万里，可不要忘了敝人啊！

张仲景：我不过是一介医师，终生都只想好好给黎民百姓看病，从未想过要去做什么官，我看，举荐孝廉的事就免了吧……

县令：仁兄何必过谦？大丈夫生于天地之间，自当上报朝廷，下耀家邦，岂能只委身于草泽之中，无声无息地过一辈子？仁兄正值壮年，医术精湛，此番扑灭瘟疫，厥功至伟，况且已经上达刺史大人，前途岂能限量？

二人说话的时候，小宽开始卸行李。

雪莹：伯母，我们一起去看看要住的房子吧？

张母：好，好。

7

张母居室。傍晚。

雪莹正在张挂帷帐，铺床叠被。

张母：姑娘，这些事情老身可以自己做，不用劳烦你啦。

雪莹：您老人家年事已高，爬高弯腰的事情，还是让我来干吧。何况我现在又没有事。

张母：你自己的房间还没收拾呢。

雪莹：天色还早，待会儿收拾一下就行了。吃完晚饭，我想熬一锅银耳汤，大家都赶了一天路，需要润润嗓子。熬好了我先给您送来，你喝完就可以先歇息了。

张母：太麻烦你了。

雪莹：老人家别客气，您头一回出远门，肯定不大适应，有什么不方便的事情，都请告诉我，我来想办法。

张母：这怎么敢当呢？

雪莹：伯母，我们一起去吃晚饭吧。

张母：好，好。

张母跟着雪莹一起出门。

8

乔县令住处书房。夜。

县令正在看书，丫鬟进来：大人，夫人请您过去。

县令将书放下，没好气地：她又要搞什么鬼？

9

县令住处客厅。夜。

县令进来，夫人和刘大户家女儿正在说笑。见到县令，刘大户家女儿紧张起来，急忙站起身：大人。

县令夫人：坐下坐下，不必多礼。

县令过来坐下，虎着脸：夫人叫我过来，有什么事吗？

县令夫人：大人终日辛劳，晚上该放松放松了，妾身请大人过来，一起散散心说说话。

县令上下打量刘大户家女儿，刘大户家女儿浑身不自在，不由得又站起身来。

县令：你有多大了？

刘大户家女儿：小女子是属虎的，闰五月生人，已经有十八岁了。

县令夫人：她娘说，女儿已经不小了，有意托我帮着，找个知书识礼的好人家，哪怕是做小的，也是愿意的……

县令未等夫人说完，起身就走。

县令夫人：大人……

县令夫人追了出去。

10

乔县令住处书房。夜。

县令正在生闷气。夫人追了进来。

县令夫人：大人，你这是何意？

县令生气地站起来，想说什么，又没说，来回走了几步，才开口：夫人，你这是何苦呢？我们夫妻十几年，也算情深意笃，你何苦三番五次，硬逼着我纳妾呢？明日我要去太守府议事，你赶紧把这个小丫头给我送回她家去。

县令夫人：那我还有什么法子？我一直生不出儿女，再见到公公婆婆和哥哥嫂子，我实在是无地自容啊！

县令：哎呀，我都不着急，你着什么急呀？

县令夫人：你着不着急，我不知道，可公婆的脸色，实在是难看。大人，这刘大户家的女儿，模样标致，性情也良善，他家与我家，也打了多年的交道，算是知根知底，她年轻身体好，生育孩子应该没有问题，大人，这次你就应允了吧。

县令：跟你说过上百次，我乔家家规森严，子弟一律不许纳妾，你怎么就听不懂呢？

县令夫人：可不孝有三，无后为大，你到底要妾身怎么办呢？

县令：这……我这不是又请来了张医师吗？让他给你看看，兴许会管用呢。

县令夫人摇头：大人就别再找医师来折腾我了。这十几年来，什么样的名医没给我看过？药也是长年不断地吃，我都快吃成个药罐子了，可肚子里还是没有一点动静啊！大人如果再执意不从，就干脆给妾身一纸休书，让我回娘家吧。

乔县令生了气：你……你……你这样无事生非、无理取闹，还不如快点回娘家去，好让我落个清净！

县令夫人掩面哭泣……

11

太守府大堂。白天。

南阳郡的各级官吏和各县县令齐聚在堂前。太守坐在正位。

太守：今日将各位请来，是要议一议举荐孝廉的事宜。往年的孝廉，都是到京都洛阳去应试，做官也是在京城，可自董卓祸乱之后，洛阳已成一片废墟，当今圣上又在行宫许都，用不了多少官员，孝廉的考试改在了各刺史府举行，做官也在各刺史府所在地。今年荆州给南阳郡的名额只有一个，不知各位心中是否已有了理想的人选？

一县令：禀告大人，南阳郡刚刚经历了一场大瘟疫，幸赖本郡任彦成、张仲景两位医师，研制出良方妙药，控制了疫情，救治了百姓。刺史大人亲书匾额，予以嘉勉。卑职以为，今年的孝廉自然要在他们两位之中产生，不知各位意下如何？

另一县令：黄兄所言极是。刘刺史既然亲书匾额给两位名医，一定在日夜期盼他们能够到荆州当差，报效国家。今年的孝廉，非这两位莫属了。

太守：老夫也有此意。只是今年的孝廉名额，只有一人，老夫不知如何取舍，请各位再商议一下。

黄县令：宛县陈家庄最先发生疫情，乔县令亲临该村，指挥扑灭疫情。任、张二位医师，也都是在陈家庄研制出扑灭疫情的方药的，就让乔兄说一说吧。

乔县令看着众人，一时不知道该说什么。

太守：乔县令，你就说一说吧。

乔县令沉思片刻，显然怕得罪太守，吞吞吐吐地：敝县虽然最先发生了疫情，但瘟疫却是全郡都有发生，卑职妄下断语，只怕以偏概全，不够公正，还是请大家说吧。

太守：你就说说你看到的嘛。你那里最先发生疫情，你了解的情况也最多，此番荐举孝廉，任、张两位，我有意由你提名荐举，你想举荐哪一位，就表个态吧。

乔县令放低声音：要说这任、张二位医师，倒是都去过陈家庄，也都得到了刺史大人的嘉勉，不过张仲景在村里待的时间要长一些，方子我也是最先从他那里看到的。所以要是我举荐，只能举荐张仲景……

黄县令打断他：这个张仲景，我怎么没有见过？任医师倒是去过我们那里好几次，给我们送来了方子。

另一县令：正是正是，我们县的方子，也是任医师送来的。我看单单讲宛县陈家庄，张仲景功不可没，可要是从全郡来看，任彦成厥功至伟！

其他官吏也随声附和起来：对！对！

太守：乔县令，你举荐的是张仲景？

乔县令：对，当然这只是我个人的看法，到底该举荐谁，还是由大人自己定吧。

太守面露不悦之色：如今的孝廉，只有刺史府下了刺令，我们才往上举荐，所以一定要慎之又慎。这样吧，我给诸位每人发一条竹简，各位把自己要荐举的人，写在上面，简多者为胜。

衙役将竹简发了下去，其他官吏很快就写了"任彦成"三个字交上，乔县令看见这种情况，知已无力改变局面，犹豫再三，最后也写了"任彦成"。

太守将收上来的竹简一一看过，宣布：各位所写，都是"任彦成"，我宣布，南阳郡今年举荐的孝廉，是任彦成。

12

县衙后院。傍晚。

乔县令垂头丧气地回来,县令夫人上前迎接:大人,怎么这么晚才回来?

乔县令叹了一口气:唉!

张仲景这时刚好走过来:大人,您回来了?

乔县令:张先生,今天在太守府举荐孝廉,我虽然极力推举你,可最后太守定的还是任彦成。其他几个县令,都知道姓任的是太守的乘龙快婿,谁还不上赶着巴结?其实我心里明白,真正扑灭疫情救治百姓的只有你,他姓任的做了什么?

张仲景笑:大人何必愤愤不平?仲景去陈家庄治病救人的时候,哪里想过要当什么孝廉?只要瘟疫扑灭了,百姓能逃过劫难,我也就算尽到了医师的职责,没有辜负我师父平生的传授。别的事情我从来没有想过。

乔县令拍拍他的肩膀:仁兄放心。刺史大人不是也嘉勉了你吗?咱们且待下次,下次我一定据理力争,荐举你做孝廉。走,一起去吃饭。

张仲景和他一起走进了屋子里。

13

张母居室。傍晚。

张仲景:娘,天色不早了,您也该歇息了。

张母:不急,你再坐一坐,娘还有话跟你说。

张仲景:娘有什么话,不妨直说。

张母:你八岁那年,你爹就病故了,我带着你两个姐姐和你,日子过得很艰难。后来好不容易,送你到南阳郡去,投拜在名师门下,学习医术,那时候,娘只想你将来能有个糊口的营生,不承想你竟能研制出药方扑灭了瘟疫,救了那么多的百姓,你爹在天有灵,也可以瞑目了。

张仲景:自从到南阳郡跟随师父学医,这么多年里,我只回过几次家,把娘一个人丢在家里,艰难度日,孩儿实在是不孝!这回下决心把娘接出来,就在张家药铺里安下家,我们母子二人,再也不分离了。

张母擦了擦泪水:娘的年纪也大了,你大姐、二姐,都嫁了好人家,生儿育女，相夫教子，日子过得和睦，娘很放心。现在唯一牵挂的就是你了，你年纪可不小了，村里和你一般大的男子，儿女都能满地跑了，你的终身大事，可不能再拖了啊！

张仲景低下头：过去，我只知道侍奉师父，勤习医术，师父去世后，只想着把药铺撑持下去，成家的事情，就拖下来了。

张母：也是我们家家境贫寒，你离得又远，要不然，也不会耽搁到今天。娘这几天，一直想着这事儿，觉都睡不着。我觉得吧，好姑娘就在眼前，你怎么看不见呢？

张仲景：您是说……

张母点点头。

张仲景叹口气：她是个好姑娘，只是她心上有伤，我不能着急。

张母：我看这姑娘，平日里待你温文有礼，兴许她对你，也早就有心相许了呢。你要是不好意思去说破，娘去替你说……

张仲景急了：娘啊，你可别惹她又伤心起来……

张母：噢？那是怎么回事？

14

太守府。任彦成、凌晶居室。夜。

床上的凌晶正趴在叠高的被子上，裸露着背部，任彦成在给凌晶针灸。

任彦成：娘子，你听说了吗？

凌晶：什么呀？

任彦成：你真没听说啊？

凌晶：我整天大门不出二门不迈，除了小蕴，天天见的就是你，你不告诉我什么，我听谁说啊？

任彦成笑了。

凌晶：有什么好事，莫非刺史老儿又送给你一块匾？

任彦成：你怎么知道是好事？

凌晶：我看你呀，眼睛都笑眯了，当然应该是好事了。

任彦成：要说这好事啊，我还得谢谢娘子……

说着，任彦成突然跪在地上，给凌晶磕了一个头。

凌晶意外地：你这是干吗？

任彦成：我能得到荐举，成为今年的孝廉，全是拜娘子所赐啊。

凌晶故意噘嘴：就这事儿啊，也不算是什么好事。

任彦成：这还不好啊？你官人就要到荆州去做官了。

凌晶：做官有什么好？你看我爹爹，一年也不到我这里来几回。你将来做了官，要是也像他那样，我岂不是要闷死了？

任彦成：那怎么会呢？你可是我的夫人啊，我白天去给别人做官，晚上回来了，还是你的官人啊。

凌晶：听说各郡的孝廉，还要到荆州去考试，考中了才能做官的。

任彦成：这有何难？任某虽说是个医师，可"子曰诗云"，读得一点也不比那些秀才少。自信平生所学，到荆州去谋个一官半职，还不是什么难事。

凌晶：你就吹吧你……

凌晶想起身打一下任彦成，突然"哎哟"一声，赶快又趴好。

任彦成：趴好趴好，我不是说了嘛，针灸的时候千万不能动。

凌晶：你什么时候动身？

任彦成：后天。

凌晶：还说晚上回来给我当官人呢，这不，后天就要分开了！

15

县衙。雪莹卧室。夜。

熟睡中的雪莹正在做梦。她梦见仍在祠堂后院里，那个吊人的木架竖在那儿，张守义正指挥着两位村民要把张仲景吊起来。

她极力上前拦阻，另外两位村民将她推倒到一边，万分危急的时刻，突然冲进来一个人，是任彦成。

只见他手捧着刺史书写的大匾，使劲一挥舞，将张守义等人都扫得跌坐在地上。

雪莹：彦成，是你！

雪莹喊了一声。

任彦成朝她笑了笑。

张守义等人这时爬起来，突然抓住任彦成，要将他吊起来！

雪莹急忙扑上去救任彦成。她抓住任彦成的胳膊，抬头一看，那个人却不是任彦成，而是张仲景。

　　她死死抓住张仲景的胳膊不放，这时忽然感觉有人在把绳子朝她脚腕上绑，她仔细一看，那人却是任彦成！

　　任彦成和张守义等人哈哈大笑起来，原来他们是一伙的！

　　吊人的绳子眼看就要拉起来……

　　雪莹：啊！

　　雪莹从噩梦中惊醒。

16

　　张母卧室外的小客厅。傍晚。

　　张母、张仲景、小宽、雪莹正在一起吃晚饭。

　　雪莹：伯母，吃完晚饭，等临睡前我再给您熬点莲子羹喝吧？

　　张母：我一个不中用的老太太，你就不用每天变着花样给我加夜饭了。

　　雪莹：伯母说哪里话，我做好了大家都喝啊，不过是想看看您的胃口喜欢喝什么。

　　张母：今晚就免了吧，雪莹姑娘，吃完了我想去遛遛弯，你陪陪我如何？

　　雪莹：好啊。

　　张仲景不安地看了两人一眼。

17

　　县衙后院。傍晚。

　　张母和雪莹在院中溜达。

　　张母：雪莹姑娘，这些天你一直照顾着我，我都不知说啥好了。

　　雪莹：伯母言重了，我不过是想为师兄多做点事情。把你服侍好了，他就能全心地钻研医道了。

　　张母：将来回到药铺，要是长期和你们住在一起，只怕是更要多多麻烦你了。

　　雪莹：伯母不必客气，这都是我应该做的。

　　张母：姑娘，我想问问你，今后有什么打算？

雪莹叹了口气：舅舅走了之后，我就没有一个亲人了。今后也只想着，帮师兄和小宽撑起张家药铺，让舅舅的医术能够得以弘扬，让南阳郡患病的百姓还能得到医治，就是这些打算了。

张母：我是问你自己的终身大事，一直拖下去？

雪莹一愣，半晌无语。

张母：昨天晚上，我和你师兄聊天，聊到了你以前的婚事，仲景把事情的经过，详详细细地告诉了我，我呀，还真为你庆幸呢？

雪莹：您还为我庆幸？

张母：是啊。俗话说，男怕入错行，女怕嫁错郎，女人这辈子，最重要的事，莫过于找个好郎君。拿我来说吧，嫁到张家，只和仲景他爹做了十年夫妻，不到三十岁就守寡，一直熬到今天。他爹还算是个重情重义的人，只是寿太短了，所以仲景才立志学医，想学成之后，救治像当年他爹那样的病人。我守寡这么多年，每每看到别人家夫妻间恩爱无比，心里真不是滋味，即便是看到人家两口子吵架，都觉得羡慕，自己连吵嘴的机会都没有呢！

雪莹沉思。

张母：所以说啊，为了你终身的幸福着想，一定要找个好郎君。身体自然要结实，人品更要端正，心地也要善良。人要是没看准啊，宁可不嫁。你在出嫁之前，能看透一个人，总比你出嫁之后，再看透他，后悔莫及要好啊！

雪莹：伯母说的这个道理，雪莹自然明白。可我与大师兄，自小就在一起相处，两人间的情意，也是日积月累，一天一天深厚起来的。我原以为终身有靠，这辈子只要专心致志地对这个人好，就够了。所以他一旦绝情而去，我真是像心肺都被切掉那般疼。

张母：可事情总得过去啊。仲景他爹刚过世的时候，仲景才八岁，两个姐姐不过十几岁，我一个年轻寡妇，真不知道有多难。可难也得活啊，就这么熬啊熬啊，也就熬到了今天，还看到了荆州刺史给仲景题的匾。你的心再疼，也得往前看，好好活，这样才对得起你舅舅，对得起所有的人。

雪莹：是啊，伯母的话，雪莹记下了。

张母：我还有一事，想拜托姑娘。

雪莹：何事？

张母：仲景年纪可不小了，还尚未婚配，我只有这么一个儿子，老张家的香火，还要靠他延续。只有抱上了孙子，我才对得起他死去的爹呀。你在南阳城里，有没有熟悉的觉着合适的姑娘，给我们家仲景说个媒？

雪莹红了脸：我自己还未嫁人，怎好意思给别人说媒？

张母：那你有没有想过……

张母看着雪莹，雪莹明白过来，捂住了脸：伯母，你说什么呢？雪莹不明白。雪莹还有事，就先走了。

雪莹捂着脸跑远了。

张母看着她的背影自语着：还害羞呢。

张母望了望天上的月亮低声地：仲景他爹，我看咱儿子的婚事，八成是有着落了。

18

县衙后院。傍晚。

远处忽然传来轻微的啼哭声。

张母循声走去，悄悄走过一个月亮门，只见小院角落里摆着香案，供奉着一位菩萨，香案前青烟缭绕，一女子正跪在那里，掩面轻声哭泣。一个小丫鬟陪侍在一边，也很难过。张母仔细一看，原来是乔县令的夫人。再看那菩萨，分明是送子观音。

县令夫人：彩云，我们要带的东西，你都收拾好了吗？

彩云：夫人，我还以为你只是在跟大人怄气呢，您还真要走啊？

县令夫人：可不是真要走？我天天求这菩萨，可菩萨就是不保佑我，都十多年了，也不让我怀上个一儿半女，我实在没脸再在他们乔家做媳妇了。

彩云：人家官宦之家，三妻四妾的有的是，您想给大人纳个妾，大人怎么死活就不答应呢？

县令夫人：谁知道他？他就是成心要休了我！我也不用等他来赶，自己先走吧。

县令夫人说完又哭了起来。

张母叹了一口气，走开了。

19

张仲景所居客房。清晨。

张仲景正伏案写着什么，张母拄杖走了进来。

张仲景扭头看见，忙站起身来：娘，你起得早。

张母望着儿子：大清早的，写啥子呢？

张仲景：我把这次治疗伤寒的事记下来，加上我这些年治病积下的案例，想多琢磨琢磨其中的道理，说不定日后能写本书。

张母：你想写书？那可是大事。

张仲景：现在还只是个想法，能不能写成，说不定呢。

张母：咱们张家祖上，还没人写过书哩。

张仲景：我写书主要是把我弄明白的病理药理和药方，告诉天下更多的医师，好让他们给更多的病人看病。哎，娘来是有事？

张母：我有一件事要跟你说。

张仲景紧张地：您昨晚是不是跟雪莹师妹说了什么，她刚才见了我，都不跟我说话了。我让你别说别说……

张母摇头：不是这个事，是县令夫人的事。

张仲景：乔夫人，她有什么事？

张母：刚住进来那天，我就觉得奇怪，这县令已近中年了，院子里怎么没个孩子？昨晚我在院子里溜达，听到有人在哭，过去一看，原来是县令夫人，她吩咐她的丫鬟收拾东西，似乎是要出远门了。

张仲景：这倒是有些蹊跷，是不是我们在这里住得太久，夫人见怪了？

张母：不是。那夫人在院子里，供奉着送子观音，我估计，是她生不出孩子。

张仲景：哦？那我更要问一问了，不育之症，师父也传授给了我治疗的方法，只是我还没用过呢。

20

乔县令住所书房。白天。

县令正在看书，衙役通报：大人，张先生来看您了。

县令：快请他进来。

张仲景进来：乔大人。

县令：先生今日前来，有何指教？

张仲景：我们多日叨扰，给您添了不少麻烦，过两日，就准备走了。

县令：急什么？是不是下人们招待不周，先生才想走？

张仲景：哪里哪里。是昨夜家母在后院遛弯，忽然听到尊夫人命丫鬟们收拾东西，似乎要出远门，我担心是不是我们久住在此，让夫人觉得不便了。

县令：误会误会。内人的事另有原因，和你们没有一点关系，先生千万不要多心。

张仲景：尊夫人到底有什么事，何故要出远门？

县令：这……都是为了她不曾生育的事。为这件事，我们夫妻俩老起争执，也不是一年两年了。

张仲景：难怪家母昨日看到夫人在供奉送子观音呢。

县令：让先生见笑了。你是医师，我的这点家事，也不瞒你。内人十六岁嫁到我乔家，如今也有十几年了，却生不出一儿半女，我父母自然有些怨言。后来我离开家乡，到这宛县任县令，父母虽不在身边，可内人成天只想着这件事，终日忧愁，以泪洗面。她总是劝我纳妾，甚至亲自帮我物色过一两个，可我乔家立有祖训，子孙一律不得纳妾，乔某如何敢违背祖训？就为这事，争吵不休，这几天内人又闹着向我讨休书，还收拾东西，准备回娘家，好腾出地方，让我再娶别的女人。可我与内人十几年来，恩爱和美，她真心待我，我怎肯负她？我正为此事，烦恼不已呢。

张仲景：大人何不早说？我既是医师，碰到了病就要治！

县令大喜：先生如果能治好夫人的病，便是乔家的大恩人，请先受乔某一拜。

张仲景急忙搀扶：大人万万不可。请带我去见见夫人吧。

县令：好，随我来。

21

县令住所客厅。白天。

张仲景和县令夫人坐在几案两侧，张仲景正在为县令夫人把脉。

张仲景仔细听脉象，有些迷惑不解。他又仔细观察夫人的气色，眉头皱得更紧了。

张仲景起身，对夫人：今日就看到这里，夫人请歇息吧。请夫人不要急着离家，待仲景为夫人治一治，如果治不好，再走也不迟。

县令夫人：要真是能治好，妾身永远感谢先生的恩德。深施一礼。

22

县令住所书房。白天。

县令和张仲景回到书房。县令着急地：先生看了半天，到底是什么病？

张仲景：我觉得有些奇怪。夫人脉象平稳，丝毫看不出有什么疾病啊。

县令：以前也不是没看过医师，他们也都是这么说的，完了就开了一些不疼不痒的方子，内人吃了，也没什么效果。看来这怪病，只怕神仙也难医了。

张仲景盯着县令，看了半天。县令被他看得有些莫名其妙：先生，你……

张仲景：请大人屏退左右，我有话要跟您说。

县令命房内衙役：你们都退下。

张仲景：大人，我觉得这病，不是在夫人身上，倒是在大人身上。

县令：啊？

张仲景：如果真是这样，大人纵使休了夫人，再娶新妇，也是无济于事的。

县令：那可如何是好，难道我乔家，当真就要绝后了？

张仲景：那倒不一定，大人的病，也不是不能治啊！

县令：是吗？你又没给我切脉，怎么知道我有病？

张仲景：刚才跟大人一起过来，我就在观察大人走路。大人红光满面，但走起路来却腰腿生硬，似乎有些疼痛……

县令：是啊，我一没有扭伤，二没有劳累，但总觉得腰膝无力，有时候路走多了，腰疼得直不起来。连睡觉翻身，平时咳嗽，也会加剧腰痛。

张仲景：这就是了。

张仲景抓住县令的手，为县令切脉：大人手心出汗，面色㿠白，看来是七情内伤，肾气亏损，请大人张开嘴，伸出舌头……

县令张嘴伸舌头。

张仲景：大人舌淡，胖，有齿痕，苔白，看来是属于肾阳虚，所以导致腰腿疼痛，不能生育……

县令：先生已经探知了病因，可有良方？

张仲景：只要填补真阴，固精壮阳，大人的腰痛和不育，都会迎刃而解。我先为你的腰部做针灸，镇痛后再给你开方配药，大人意下如何？

县令：全听先生的。

张仲景：请脱去外衣，我给你扎针。

县令趴在一张软榻上，张仲景取出几根银针，在外关、肾俞、阳关、命门等穴位下针，边刺边问：困不困？

县令：有点。

张仲景又将针往深里扎了一次，再问：困不困？

县令：困……

说着，县令已经满眼睡意，要睡着了。

23

县衙内临时药房。白天。

小宽正在配制丸药。

雪莹进来：小宽，你在做什么？

小宽：师兄让我为乔县令配制药丸。

雪莹：乔县令有什么病？

小宽：这个嘛，你过来，我小声告诉你。

雪莹：什么嘛，还神秘兮兮的。你快告诉我！

小宽凑近了雪莹的耳朵，悄声坏笑着：不能生孩子的病。

雪莹闹了个大红脸，打了一下小宽跑开了。

24

县令住处客厅。白天。

县令将一碗药汤喝下。县令夫人看着他微笑。

县令：张先生，我这病什么时候能好？

张仲景：你用了我这个方子，病会慢慢有起色的，要连服七日。

县令：服过七天，我的病就好了吗？

张仲景：哪有那么快的，您也太心急了。服完这服药，我再给你服我新近研制的肾气丸……

张仲景打开木匣，由内里将丸药取出：这肾气丸，是用附子、桂枝、山药、地黄、山萸肉、茯苓、泽泻、丹皮等八味草药，捣为粉末，然后用蜂蜜调制成的。您每次一丸，每日三次，连服四十日，定有效果。

县令：哦，四十日就有效果？

张仲景：这四十日后，你再清心寡欲远离房事二十天，其间不吃鱼肉，不吃肥腻和辛辣的食物，养阴填精，补肾壮阳，来年您就可能抱上儿子啦。

一席话说得县令夫人低头含羞。

县令：乔某若是没有先生，疫情扑不灭，官位难保，有病不知道，夫妻分离……想来真是后怕。张先生，您可是我命中的贵人啊！

张仲景：大人言重了，身为医师，治病救人，尽到本分而已。

县令：来人哪！

一衙役进来。

县令：取一万钱，我要送与张先生。

张仲景急忙拦住：且慢！大人这是何意？

县令：略表感激之情，先生可不要嫌少。再说，你的药，也是有本钱的。

张仲景：都是些平常之药，哪里用得着一万钱？

县令：药也许是平常的药，但懂得如何配伍，才能针对病症发挥药效，却是不平常的，只有您这样的神医，才懂得其中的奥妙，铸钱一万，其实并不算多，对我，更不算什么。

张仲景：师父从小教导我，病人无论贫富贵贱，都要公平对待、一视同仁，切脉抓药，都要货真价实童叟无欺。仲景不敢坏了师父立下的规矩，大人也不要让我为难了。

县令：唉，先生不仅医术精湛，而且人品高洁，同先生比，乔某实在是惭愧。

张仲景：仲景不过一介医师，怎能比得了大人这样的官人。我想，一个县，其实也像一个人，也有头脑四肢，五脏六腑，大人要想把它治理好，也需要高明的"医术"呢。

县令：我这样的庸医，不过是头痛医头、脚痛医脚罢了，只希望离开宛县的时候，老百姓不把我骂作贪官，也就心满意足了。

张仲景：大人，我和母亲，还有师弟师妹，在府上叨扰多日，再过两天，真的要走了。

县令：急什么？你还是给我把病看好再走吧。

张仲景：师父的铺子已关了好长时间，再不开张，那些老去看病的病人就会被耽误了。

县令：也罢，客去不中留，后天吧，我准备两辆驴车，送你们上路。

25

路上。白天。

两辆驴车驶过来，张仲景和小宽坐在前面一辆，雪莹和张母坐在后面一辆。

一匹快马从驴车旁飞驰而过，马上黑衣人连连甩动着马鞭。

26

太守府大门。白天。

刚才的那个黑衣人手执令牌，飞步穿门而过。

27

太守府客厅。白天。

黑衣人走进客厅。

黑衣人跪见太守：大人，姑爷让我快马回来报信，姑爷已经通过了考试，被刺史大人任命为荆州医署的医监。这是他给大人的书信。他还需参加封官演礼仪式，一个月后将返回南阳郡。

太守和夫人眉开眼笑。

太守：太好了，挂红灯笼！让下人们把锣鼓敲起来！

夫人：快去告诉小姐一声，姑爷已经是荆州的医监了。

黑衣人：我这里还有姑爷给少奶奶的书信呢。

太守府里一片喜气洋洋，比当初任彦成和凌晶的婚事似乎还热闹一些。

28

太守府后花园。白天。

凌晶在后花园中,一副无精打采的样子。两只蝴蝶在花丛中飞舞,让她忍不住驻足观瞧。

小蕴:少奶奶!

小蕴一声叫喊,把两只蝴蝶吓飞了。

小蕴跑到凌晶面前:少奶奶,您在这里,我一顿好找。大喜!大喜!

凌晶:何喜之有?

小蕴:姑爷考中了,当了荆州的医监呢。

凌晶没有露出多少欣喜之色。

小蕴推推她:少奶奶,这可是天大的喜事,你怎么不笑一笑呢?

凌晶噘起了嘴:他没说他什么时候回来?

小蕴:他说啊,还要一个月才能回来,等他回来呀,就要把你接到荆州去了。少奶奶,你带不带我去荆州?

凌晶:荆州有什么好?我不去。

小蕴将任彦成的书信拿出来,递给凌晶。

凌晶展开竹简,看了几片,两滴清泪滴在了竹简上。

29

路上。白天。

两辆驴车仍在行进。前面出现一个山冈。

雪莹对小宽:那个山冈,叫什么名字?

小宽:就是千奇岗啊!

张仲景:看这千奇岗林木茂密,郁郁葱葱,里面一定有千百种好药材。小宽,铺里的药材应该很缺了,啥时候我和你一道,到这里来采药吧。

小宽:好啊。哎,师兄,你看,前边路旁有个卖药的老人。

小宽说着用手一指。

张仲景定睛细看,果真见一个老人坐在前边路旁,身边插着一个布幌,上写——药。

张仲景高兴地：好，近前看看。

30

路旁药摊前。白天。

一个瘦小的老太太双目半闭静坐在路边。她的面前摊着一块白布，布上放有柴胡、吴茱萸、麦冬等药材。

张仲景走到摊前，恭敬地：老奶奶，卖药呢？

老人眼睛略一睁，便又闭上：嗯。

雪莹和小宽这时也走到了摊前。

张仲景：老奶奶，你这柴胡、吴茱萸怎么卖，多少钱一斤？

老人：都是两千。

小宽：这样贵？这两种药是咱伏牛山上的特产，又不是从远处运来的，为何卖这样贵？

老人：不愿买就走。

雪莹在一旁笑起来：老奶奶的脾气还挺厉害。

老人睁眼看了一下雪莹，冷冷地：我要是你，就笑不起来。

雪莹奇怪地：为何？

老人：你已有病在身，若不加紧诊治，小心以后生不出孩子！

雪莹惊在那儿。

小宽生气地：你这个老人家好没道理，无端吓我师姐干吗？

张仲景这时急忙趋前：老奶奶，你何以这样说？

老人睁开眼睛，慢腾腾地：她最近一段日子手心烦热，唇口干燥，小腹冷疼，月信见少，你可问她是不是这样。

雪莹闻言，越发目瞪口呆。

张仲景转对雪莹：病不讳医，她说得可对？

雪莹默然点头。

老人：她一定是遭遇过伤心大事，而致瘀血阻滞，冲任虚寒。若长此下去，必使受孕艰难。

张仲景急切地：老人家可有良方相救？

老人：这有何难，只需用吴茱萸、当归、生姜、芍药、川芎、人参、桂枝、丹皮、生甘草、制半夏各二两，加麦冬三两，煎服七剂就可好了。

张仲景显然很吃惊，他暗暗默记了一遍老人所说的药名：老奶奶果然医术不凡，小宽，拿出三千钱给老奶奶。

小宽很吃惊：三千钱?!

张仲景：对。

张仲景接着又转向老人：老奶奶，能告诉我你是怎么看出这姑娘有病的吗？

老人：看她的脸颊和印堂。

张仲景：哦？

老人：脸颊暗红，印堂色暗，是血滞之状。唇起干皮，是烦热之状。目有热色，是腹疼之状。

张仲景忽然朝老人倒头一拜：老奶奶，请受晚辈一拜，烦你教晚辈这观色之术。

老奶奶：这可不是一天就能学到的。

张仲景：晚辈愿到你家请教。

小宽急了：师兄，咱还要赶路哩。

张仲景转对小宽和雪莹：你们带家母先回药铺，我要去老奶奶家一趟。

小宽不高兴地：你怎么见谁都拜师？

雪莹理解地：小宽，咱们先走……

31

一间破败的茅屋。夜。

张仲景和那位老奶奶坐在灯下，面前放着一张饭桌，饭桌上放着两只空碗。

张仲景起身收拾碗筷，开始刷锅洗碗。

老奶奶：自从我女儿死后，十几年间，你是第一个来替我刷碗的人。

张仲景：老奶奶，以后我会常来看你的。

老奶奶：我看你倒是个诚心学医的人。

张仲景一边刷碗一边笑：晚辈此生没别的奢望，唯愿学习医术为百姓解除病痛之苦。

老奶奶：你这话和我爹当年说的有些相同。

仲景一怔：哦，他也是医师？

老奶奶去身后的壁龛里拿出一小捆竹简：这是我爹在世时写下的一些治病心得，其中就有观人面色的诀窍，你既是真心学医，就请拿去读读吧。

张仲景急忙擦干手过来接下。

老奶奶：我已是不久于人世的人了，这些东西无人可传，就传给你了。

张仲景急忙跪下：谢谢奶奶……

32

清晨。茅屋前。

张仲景正和老奶奶告别。

33

南阳郡城张家药铺。正午。

张仲景走进铺子，小宽、雪莹和张母欢喜地迎过来。

张仲景高兴地向他们说着什么。

小宽他们认真地听着。

张仲景从怀里掏出了那一小捆竹简。

雪莹接过，和小宽一起新奇地看着……

34

张家药铺。白天。

药铺门外热闹的人流。

不断有病人进出药铺。

35

张家药铺诊室内。白天。

张仲景端坐在诊室内，正在为病人切脉看病。

小宽在一旁按方抓药，叮嘱病人如何煎服。

36

张家药铺。傍晚。

铺内已无病人。

张仲景一个人在认真地抓药。

张仲景把抓好的药放进药罐,开始放在火上煮。

雪莹进来,有些奇怪地:师兄,你这是在给谁煮药?

张仲景含笑地:你。

雪莹:我?

张仲景:你忘了千奇岗上那个老奶奶对你的诊断?

雪莹脸红了:还真要吃药啊?

张仲景:当然。

37

张家药铺后院。白天。

雪莹正在把洗干净的衣服晾在衣绳上,张母在旁边看着她,又似乎是在欣赏她。

赵大婶在张母身旁,和张母聊着什么。

38

张家药铺后院。清晨。

张仲景端着一碗汤药:雪莹,来喝药。

雪莹一边梳头一边走出来,意外而感动地:师兄,你又煮好药了。

张仲景含笑递过去药碗。

雪莹接过喝了。

小宽进来看见,抿嘴一笑。

39

太守府。白天。

身着官服的任彦成正眉开眼笑地和岳父岳母及凌晶坐着说话。

太守夫人:彦成啊,你当了刺史府里的医监,这是大喜事,该让南阳城里的人都知晓啊!

任彦成不明白地：岳母大人的意思是——

太守夫人：你穿上官服，骑上匹马在主要街道上兜一圈，让咱们府里再跟上几个人吆喝吆喝，不就满城人都知道了？

太守不高兴地：这是啥主意？本朝哪有夸官的规矩？再说医监不过是一个小官，值当去满城显摆？

夫人生气地：啥叫显摆？让人知道咱女婿当官了有啥不好？医监官小，就你官大？去，项管家，给彦成备马，再找人敲锣打鼓！

项管家：是，夫人！

太守退让地：好，好，就按你说的办。

凌晶见父母为此事争执，觉得有些好笑，抿嘴一乐。

任彦成很高兴。

40

南阳郡大街上。白天。

一声声锣响，接着是唢呐和鼓声，任彦成穿着一身鲜红的官服，骑在高头大马上，在大街上傲然前行。两旁是太守府的人在给他开道，老百姓都围上来，踮着脚伸长了脖子看热闹。

马前，一个戏装太守府衙役，脸上画着脸谱，手持一面铜锣，牵着马。马后，是一群抬着乐器伴奏的人。

41

太守府。白天。

太守夫人对丈夫：明白我为啥让彦成骑马上街显摆吗？

太守：为啥？

夫人：彦成毕竟是从一个药铺学徒当上官的，我怕他没有当官的那份自信，想用这个法子壮壮他的胆。

太守：只怕是他的胆子大了，你又会后悔。

夫人不高兴地：你光会说些不咸不淡的话！

42

张家药铺前。白天。

街道上行人已经堵得水泄不通。人流随着任彦成一行人的前行在缓缓向前移动。牵马者在药铺面前停住，敲了一声锣：说几句好不好？

　　马后众人：好！

　　牵马人：列位街邻听分明（锣点：锵锵），骑在马上的是任彦成（锣点：锵锵），他年少有为是医官（锣点：锵锵锵），扑灭疫情显奇能（锣点：锵锵）。

　　马后众人：他年少有为是医官（锣点：锵锵锵），扑灭疫情显奇能（锣点：锵锵）。

43

　　张家药铺诊室内。白天。

　　病人们纷纷扭头，朝外看去。

　　小宽向外走去。

44

　　张家药铺外。白天。

　　小宽走出来，看到了骑在马上的任彦成。

45

　　马上。

　　任彦成也看到了他，似乎有点高兴，又在人群中寻找着另外一个人。

　　牵马人：郡县保举是孝廉（锣点：锵锵锵），黄金榜上有大名（锣点：锵锵）。

　　马后众人：郡县保举是孝廉（锣点：锵锵锵），黄金榜上有大名（锣点：锵锵）。

　　任彦成又找到了张仲景，他就站在张家药铺的大门前。

46

　　张家药铺前。

　　张仲景也注视着他，四目相对，已形同陌路。

　　张仲景忽然发现身边站着雪莹，吃了一惊：师妹，你怎么出来了？

雪莹：我来看看热闹。

47

马上。

任彦成看到了雪莹，急忙前倾身子，想看清楚一点。

牵马人：荆州刺史亲赐匾（锣点：锵锵锵），神医高手传美名（锣点：锵锵）。

马后众人：荆州刺史亲赐匾（锣点：锵锵锵），神医高手传美名（锣点：锵锵）。

48

张家药铺前。

雪莹面无表情地看着任彦成。

她的一只手紧抓着门框，指甲扣进门框里。

张仲景有些紧张地看着雪莹……

第七集

1

张家药铺前。白天。

张仲景推了推雪莹：师妹，我们进去吧。

雪莹咬牙慢慢转过身子。

小宽也担忧地看着雪莹。

雪莹向里面走去，张仲景在她身后跟着。

2

张家药铺诊室内。

室内已经没有病人，张仲景和雪莹走进来。

雪莹：师兄，你不要担心我。

张仲景默默地看着她。

雪莹：你放心吧，我不会再为他伤心了。

张仲景点点头，两人的手握在了一起。

外面传来一阵锣鼓声。

张仲景看着窗外：他总算是得到了他想要的。

雪莹：对他来说，这的确是一件值得庆贺的事情。

张仲景：雪莹，有句话我想问你，你要觉着我问得唐突，你可以不回答。

雪莹略有些意外地：啥话？

张仲景：你愿意嫁给我吗？

雪莹先是一愣，随即含羞地低下头，微声地：愿意。

张仲景高兴地：那我就张罗婚礼了？

雪莹点点头，随即抬手捂住了脸……

3

张家药铺外。白天。

任彦成看着雪莹离去的身影，怅然若失。

他想起他最后离开药铺的情景——他背上药搭走出药铺大门……

炫耀的队伍向前行进，任彦成在马上回头对着药铺留恋地张望。

4

太守府。凌晶、任彦成卧室。夜。

任彦成将在外炫耀的官服全脱换下来，凌晶和小蕴一起帮他替换。

凌晶：这一圈走下来，挺累的吧？

任彦成：是啊。有一点累。

凌晶：都怪我娘出这主意，在家和我聊天多好。

任彦成：这样也好，我任家祖祖辈辈，还从来没有人当官骑马游街呢。

凌晶：是啊，光宗耀祖了。

任彦成：还不是托娘子的福？

凌晶噘嘴：我可不想让你去做官。光是去考个试，就走了一两个月，等正式去荆州做官，就不知道要走多久了。

任彦成：不会久，等我在荆州安顿下来，有了自己的宅邸，就把你接到荆州去住。

凌晶：那我就要离开父母，不能承欢膝下了。你说，这不是叫我左右为难吗？

任彦成：唉……

凌晶：不过，大丈夫志在四方，我也不能老把你拴在家里。希望你这次去做官，用你的医术，好好为朝廷效力。

任彦成过去抓住凌晶的双肩：娘子放心，当初你肯下嫁于我，将来我也要让你过上好日子。

凌晶：我只希望你平平安安，能与我长相厮守，直到白头。

两人相拥在一起。

5

张家药铺。后院内。黄昏。

唢呐响起来，锣鼓也响了起来。

院内聚集了左邻右舍和不少来看过病的人，都来参加张仲景和雪莹的婚礼。赵大叔、赵大婶也在人群中。

一顶花轿被抬到院中，头顶红盖头的雪莹出来，穿红袍的张仲景握住红绸的一端，另一端由雪莹握着，两人向客厅走来。

6

张家药铺。客厅。黄昏。

红烛高照，客厅内是婚礼的场面。张母端坐在高堂之上。

张仲景、雪莹走到正中。

唢呐、锣鼓声持续。

小宽：一拜天地。

张仲景、雪莹拜了一拜。

小宽：二拜高堂。

张仲景、雪莹拜了张母。

小宽：夫妻对拜，送入洞房。

张仲景、雪莹对拜，赵大婶带路，将二人引出客厅，引向洞房。

7

张家药铺。洞房。夜。

室外的喧嚣声慢慢沉寂下来。雪莹坐在床边，头上依然顶着盖头。她偷偷掀起盖头的一角，向外张望。

这时门响，雪莹急忙盖好盖头。张仲景走了进来，走到了床前。

张仲景将雪莹的盖头揭去，两人对视着。

虽然彼此早已熟悉，但雪莹此时还是有些害羞，低下了头。

张仲景托起她的下巴，让她看着自己。

目光对视。

两人拥抱在一起。

8

洞房。夜。

张仲景和雪莹已经躺在了床上，新婚的红被盖在了他们身上。雪莹把头埋在张仲景的臂弯里。

雪莹：我终于明白，舅舅临终前，为什么要把我的手和你的手放在一起了。

张仲景：师父把你交给了我，也把这药铺交给了我。想一想，我还真要谢谢任彦成哩。

雪莹：现在想想那个时候的我，真有些好笑。当时觉得天都要塌了，哪想到现在还能这么幸福。

张仲景：你真的觉得幸福吗？

雪莹靠得更紧了：跟着你一起去陈家庄扑灭了瘟疫，又回你们张家庄治好了百姓，这一路走来，我才知道你是个顶天立地、侠肝义胆的男子汉，老天把这么好的男人给了我，我怎么能不觉得幸福呢？我倒是觉得，幸福得有点过了头，将来会遭什么报应呢。

张仲景：别瞎说。我们行善积德，只会有好报……

9

张家药铺外。白天。

任彦成换了一身便装，来到药铺前，猫着腰老往里瞅，可又不敢进去。

小宽出来办事，看见了他，故意不理睬他，往前走。

任彦成怯生生地：小宽。

小宽瞪他：街也游了，官也夸了，你该上任去了吧，怎么又来到俺们这小铺子里了？

任彦成艰难地：我想进去……看看。

小宽蔑视地：看什么？

10

张家药铺。白天。

小宽向里走时，任彦成跟在了后边。

两人穿过诊室，来到了后院。

小宽回头发现任彦成跟着他进来，把他朝外推：去，去，你跟进来干吗？

雪莹恰好端着一盆洗好的衣服出来，看见了任彦成。

任彦成架住推搡他的小宽，看着雪莹。

小宽扭头对雪莹抱歉地：嫂子，我没防着他会进来。

雪莹倒朗朗一笑：小宽，来了病人，怎么往外赶啊？任大官人，是吃大鱼大肉多了，肠胃不舒服，到我们药铺来看病的吧？

小宽和任彦成松开手。

任彦成：不是。

雪莹：不看病来俺们这小药铺干啥？这里又没有权力和金钱。小宽，送客。

11

张家药铺后院。白天。

张仲景走到雪莹面前：我明天去千奇岗采药，你留在家里，让小宽跟我去吧。

雪莹：你前些天不是说过让我跟你去的吗？！

张仲景：我那时是怕你一个人在家心情不好。

雪莹：现在让我一个人在家我会想你的。

小宽在一旁笑：新婚怕离别呀，真可谓如胶似漆。

雪莹回身装着要打小宽的样子：去！

张仲景：那好吧，让小宽在家。

12

城外小路。白天。

张仲景和雪莹各背一个采药篓向前走着。

雪莹哼着歌儿，心情很好。

前方突然传来喊声：救人哪——

张仲景和雪莹一愣，停了步侧耳去听。

前方又响起一声：救人哪——

张仲景和雪莹飞步向前跑去。

13

路边。白天。

一辆马车停在那儿。一个年轻人正站在马车旁焦急地:救人哪——

年轻人的脚前,马车夫双手抱住一条腿坐在地上,旁边地上,躺着一条被砸死的长蛇。

张仲景跑到他们面前吃惊地:是被毒蛇咬了?

年轻男子忙点头:对,对,车夫在路边赶车,没想到碰上了这条蛇,让咬了一口,蛇虽已经打死,可他的腿却肿了起来。

张仲景急忙蹲下看车夫的腿,在看到被蛇咬的伤口之后,先掏出一条布带在伤口以上的部位扎上一道;之后用一把小刀嗖地切开伤口,向外挤着血,同时对雪莹:你来挤,我去采几味药给他敷上!

14

路边树丛中。白天。

张仲景在紧张地找药采药。

15

路边马车旁。白天。

雪莹在继续挤着车夫腿上伤口里的血。

站在一旁的年轻男子问雪莹:你们是——

雪莹:城中张家药铺的医师。

张仲景这时手拿着几味药草跑过来,他迅速地在路边找来一小块石板和一个石块,将刚采的药草在石板上用石块捣成糊状,而后猛将它们敷到车夫的伤口上。

张仲景又撩起自己的布衫,"哧"的一声撕下一块衣襟,将车夫的伤处包扎住:好了,要不了两个时辰,你的腿肿就会消了,蛇毒已不会对你造成伤害了。

车夫一连声地:谢谢,谢谢。

那个坐车的年轻人也急忙施礼:谢谢两位医师,我们素昧平生,你们能热心相救,实在令我们感动。

张仲景一笑:谁出门还不遇见个难事?小兄弟不必客气。

那年轻人去怀中掏出一千钱朝仲景递过来:请允许我略表谢意。

张仲景急忙将他的手推回:临时采的一点草药,哪用付钱?请二位快赶路吧。

那年轻人见他执意不留，只好收回铸钱，再鞠一躬：请医师留个姓名吧，或许以后还有见面的机会。

张仲景：在下张仲景。请问客官大名——

那年轻人：敝人王粲，因受好友宛县县令乔远志相邀，特由荆州前来宛县游玩，未料走到此处，竟遇此劫。

张仲景高兴地：哦，原来是乔县令的朋友，那你我就更不必客气了，快请上车赶路吧。

王粲：张医师莫非和乔县令也有交往？

张仲景：哪里哪里，不过是一般认识而已。

说到此处，他突然盯住王粲。

王粲没留意到张仲景的目光，只是笑着拱手：那好，王粲就此告别了。

张仲景这时忽然突兀地开口：王先生，有句话很想对你说，可又不知你会不会生气？

王粲有些意外地：但说无妨，怎会生气？

张仲景：先生一看就是少年有志、博学多才之人。不过我看你的气色，双颊发白，印堂不亮，嘴唇过红，身体消瘦，想必有熬夜之习且平日思虑过甚。倘若不加纠正和医治，中年之后，重病当会上身。初时会毛发脱落，继之会周身酸疼，最后会使脏器受损而性命不保。先生不可小觑。

王粲吃了一惊：哦？

张仲景：你眼下可能还无不适之感，但治疗则需从现在开始。

王粲显然有些不以为意：不至于吧？

张仲景：是要从现在开始治疗才好。

王粲：若依先生，除了纠正习惯，还将用何法调治？

张仲景：可食用五石汤。天天坚持服用，一年之后，便可恢复如常。

王粲抱拳笑：谢谢。

王粲话音里分明有些不以为意。

张仲景看出对方不以为意，忙抱拳：请先生上车。

说罢，张仲景上前扶了那车夫坐在车前。

车夫：谢谢。

张仲景拍了一下马背，马车启行。

王粲挥手：张先生，后会有期！

张仲景和雪莹也朝他挥手……

16

千奇岗。白天。

张仲景和雪莹边说边走。

雪莹：你怎么就断定刚才遇见的那位王先生有病？

张仲景：你忘了我跟一位老奶奶学过观色之术？

雪莹：万一说错了呢？

张仲景：不会的，我已多次验证过。

17

千奇岗的小道上。黄昏。

张仲景和雪莹各背着采了多半篓的药材走在小道上。千奇岗树木葱茏，杂草丛生，流水潺潺，鸟语花香。

雪莹：仲景，越往里走越荒僻，前面会不会没有人家了？

张仲景：出外采药，风餐露宿是常有的事。

雪莹：这岗上的景致可真不错，真能在这里睡一觉，也挺美的。

张仲景：等晚风一刮，什么狼嗥啊，虎啸啊，都能听见。

雪莹有些害怕，又怪张仲景：你别故意吓唬我！跟你出来两三天了，什么也没碰上。

张仲景：那是还没走远呢，远处的岗上一向无人居住，一不小心就会迷路，有时转上许久都出不来。

雪莹：不是有"司南"吗？以前我也跟舅舅上山采过药，你吓唬我没用。

张仲景忽然手搭凉棚：那前面好像还有人家。

雪莹：真的，看来今晚不用露宿了。

18

诸葛草庐前。黄昏。

岗脊上一家住户。

竹篱小院，周围几亩农田。院门半掩，院内青竹摇曳，移栽的野花飘香。

张仲景：我还以为是一家猎户呢，怎么还是个种田的人家？

雪莹：也许是名人高士，隐居躬耕于此呢。

两人走近院门。

19

院内。黄昏。

一条小狗吠叫着奔过来。

雪莹吓得赶忙躲到仲景身后。

张仲景：有人吗？

雪莹：有人吗？

里面有个中年男人的声音：来客何人？快请院里坐。

20

草庐外。黄昏。

小狗听到主人的声音，不再吠叫，转而领着张仲景和雪莹向前走。

穿过竹林小径，见一中年男人摇着蒲扇迎过来。一个十一二岁的少年正在借着昏黄的暮色读书。字幕：（中年男子）诸葛玄；（少年）诸葛亮。

诸葛玄：请问你们是——

张仲景：先生，我们是南阳城里的医师，来千奇岗采药的。

诸葛玄：南阳城的医师？南阳城里有个医师叫张仲景，听说是他研制出方子，扑灭了瘟疫，你可认识他？

张仲景：正是在下。

诸葛玄：哎呀呀！

诸葛玄大惊，急忙转身对诸葛亮：亮儿，来了贵客，快上茶。

张仲景：先生不必客气。

诸葛玄：敝人诸葛玄，因避战乱，来到本郡，栖居于此，躬耕为生。这是我侄儿诸葛亮。

诸葛亮忙施礼：张先生好……

诸葛玄指着雪莹：这位，是尊夫人吧？

张仲景点头：我们夫妇一起采药，互相好有个照应。

诸葛玄点点头：天色已晚，如不嫌弃，请两位今夜就宿在我家，明日一早，再送你们去前岗采药。

张仲景：多谢先生，在下求之不得。

诸葛玄：敝人虽是山野村夫，但喜欢结交名人高士。仁兄扑灭一场大瘟疫，着实令人敬佩。今晚我摆桌家宴相请，正好向仁兄讨教一番。

张仲景：不敢不敢，先生隐居在这偏僻宁静之地，一定是世外高人，在下愿听先生高论。

21

太守府任彦成和凌晶住处。黄昏。

任彦成正在练习下跪：跪下，起来；再跪下，再起来。

凌晶从外边进来，见状意外地：你这是在干啥？怎么一个人在这儿不停地下跪？

任彦成一本正经地：娘子，我这是在练习下跪之礼，人进官场，常要行跪礼，我担心我的跪礼姿势不标准不好看，让比我大的官挑出毛病，所以先练练。

凌晶眉头紧皱：练这个叫人看了难受……

22

诸葛草庐。客厅。夜。

俭朴的家宴已经摆下，诸葛玄与张仲景、雪莹一起饮酒。诸葛亮坐在一旁，举筷吃菜。

诸葛玄：听说先生的师兄任彦成，已经被南阳太守举了孝廉，可有此事？

雪莹脸色一沉。

张仲景看了她一眼，不安地：确有此事。

诸葛玄：那先生可想过也走仕途？

张仲景：仕途的确诱人，可也险恶复杂，不是我能应付得了的。我就愿意做一名医师，行医济世，为百姓解除点疾苦。我看先生也是饱学之士,却隐居在这里,也是厌恶官场的吧?

诸葛玄:哪里哪里,我只不过是个乡野村夫罢了。倒是我的这个侄儿,早慧喜读书,如今也算粗通文史,我想过些时日让他出去,见见世面……

张仲景问诸葛亮:公子都读了哪些书?

诸葛亮:天文地理,略知一二,经史子集,大体旁通。

张仲景:天文地理,其实于医学也都是有用的。比如这次瘟疫,就跟天时有关,跟气候有关。不同的地方,环境不同,物产不同,老百姓的饮食起居就都不相同,同样的病,也就有不同的治法,所以说学医的人,也是要懂地理的。

诸葛亮:我自幼受叔父教诲,勤奋苦读,志在救民。先生医治的是病人的身体,我想医治的,却是民众所赖以存身的国家。

张仲景不由得一怔。

诸葛亮起身去条几上拿过一卷丝帛,慢慢展开,才见是一幅图卷:前不久我和几位好友四处云游,其实不只是游山玩水,而是为了绘制一幅荆州的山川地理形势图。

地图展开在地上。

张仲景:公子志向高远,仲景望尘莫及也。

诸葛玄:亮儿,把你的图收起来,我请张先生喝酒,看你的图做什么?

诸葛亮收图。

诸葛玄:咱们继续喝酒,张先生,要不这样吧,咱们作赋斗酒如何?按一个题目作赋,你和亮儿一人接一句,接不出的,便罚酒一杯。

张仲景笑:我这个学医的,作赋怕是外行,不过既是先生说了,那我就凑个热闹吧。

诸葛玄:我定个题目,就以这"南阳"为题,如何?

张仲景笑着:好,我先说一句。洛都之南,处汉之阳。

诸葛亮快速接上:草绿树碧,虫鸣鸟翔。

张仲景夸赞:接得好。我再来一句。令伏牛卧西疆,使育水流为隍。

诸葛亮更快地接上:春园圃吐芬芳,夏居屋映霞光。

张仲景:公子接得如此之快,直令我想不出新句了,仲景得识高才,三生有幸,愿饮酒一杯,恭贺主人。

众人都笑着举杯饮酒……

23

诸葛草庐。张仲景住处。夜。

张仲景已有了些醉意，靠在床头。雪莹帮他收拾上床。

张仲景：这位诸葛公子，真是少年奇才，将来必成大器。

雪莹：他是很聪明，你快睡吧。

24

诸葛草庐前。白天。

张仲景、雪莹已经收拾好了行囊，诸葛玄和诸葛亮叔侄出来送别。

诸葛玄：本想留先生多住几日，既然先生执意要去采药，我们也不强留了。

张仲景抱拳：感谢先生的盛情款待……

25

千奇岗林中。白天。

岗底一条溪流旁。

张仲景将一把长着白毛的绿草根在溪水中清洗了一下。雪莹过来看：这是白头翁吧？

张仲景：是啊。《神农本草经》上说，带齿的绿叶，经过雨露长出青苔，顶端开花，形似白毛，所以叫"白头翁"。我考考你，这白头翁能治什么病？

雪莹想了想：煎汤服下，能治腹痛。

张仲景：对，这是治疗腹痛的常用药。你以后，不光要会按方抓药，还应该学着治些简单的病。

雪莹：我努力学吧，就怕不是那块料。

张仲景：哪有人天生就会？都是勤学苦练出来的。

雪莹：可每个人的悟性不一样啊，就像这草药一样，什么药治什么病，也是不能强求的。

雪莹忽然看到张仲景采集到的另一种草药：这种野蒿，是茵陈吧？

张仲景：对呀。它只有在清明前后采最好，现在还没错过季节，再过一个月，就根本不能用了。"三月茵陈四月蒿，五月采来当柴烧"，说的就是这个道理。拿人来打比方，年轻的时候如果不加倍努力，浪费了青春年华，等到年老体弱的时候，也就不可能有什么作为了。

雪莹点点头。

张仲景：这采药，实在也是一门学问。同一株药草的叶、芽、花、果，甚至皮和根，都有不同的效用，需要苦心研究。寒凉的草药，要到背阴的地方去采，药效才强；热燥的草药，要到向阳的地方去采，功用才大。在不同的地方、不同的季节甚至不同的时间，采集的药材药效完全不一样，差之毫厘，就会谬以千里，为医者不可不慎啊！

雪莹在张仲景的药篓里翻了一阵，忽然发现了一种她不认识的草药，拿出来：这是什么草药？我居然不认识。

张仲景看了看：这叫淫羊藿。

雪莹：能治啥病？

张仲景：这是我为乔县令特意采的，供男子壮阳之用……

雪莹羞红了脸，走开了。

26

千奇岗林中。夜。

篝火熊熊，上面烤着一只野兔。用树枝搭起的一个小棚子位于篝火旁边，张仲景和雪莹相拥着躺在篝火旁。

远处传来几声凄厉的狼嗥，雪莹害怕起来，头向张仲景的怀里钻。

张仲景：别怕，听声音离这里有几里地呢，不会到这里来的。其实晚上真正要怕的，是熊瞎子，这家伙就喜欢傍晚出来活动，但它怕火，只要火不熄灭，就不用怕它。要是野猪来了，赶跑它也就是了。

张仲景说着挥舞了一下手中的钢叉。

雪莹：这荒岗野岭的，就只有我们两个人，到了晚上还真是挺害怕，难怪舅舅总是不愿带我出来采药呢。

张仲景：不过这里的夜空，多么纯净啊，就像是刚刚洗过一样。你看天上的星星，像是被哪位仙女，一颗一颗给擦亮的。在南阳城里，可看不到这么亮的星星。

雪莹半躺着，她伸出手，似要去摘天上的星星。

雪莹：我看这儿的星星，离人特别近，真像一伸手就可以摘下来。可真要去摘，还是在天上呢。

张仲景笑了：你说师父，是天上的哪颗星呢？

雪莹：我刚有点高兴，你就别再勾我伤心了。

张仲景：我小的时候，娘说，好人要是死了，就会变成天上的一颗星星。师父一生治病救人，造福苍生，他一定成了天上的星星，在看着我们呢。

雪莹：他要是看到我们两个跑到这密林里来采药，会不会笑话我们？

张仲景：干吗要笑话？哪有医师不采药的？

雪莹：可我不是医师啊？

张仲景抱紧雪莹：你是医师的妻子呀。

27

千奇岗密林中。白天。

张仲景和雪莹在爬一个沟坎，张仲景先上去，拉底下的雪莹，费了不小的力气，一把拉上去，两人重心都不稳，都坐倒在地，笑了起来。

雪莹：你说什么熊啊狼的，都进来好几天了，怎么连个野猪都没碰到？

张仲景：是啊，这次怎么特别地顺？是不是你一来，把那些野兽都吓跑了？

雪莹：你才把野兽吓跑了呢。

张仲景在一棵树上做着标记：这些标记可要做清楚，要是迷了路，老在这树林草丛里转悠，那就什么都能碰上了。还有，小心脚底下，防止有蛇。

雪莹吓得急忙去看脚前：有蛇？

张仲景笑：看把你吓的！

28

千奇岗树林中。白天。

雪莹向前走去，看到树上有一个蜂巢。几只野蜂在她的头顶盘旋，起初她还觉得很好奇，也看着那几只野蜂。接着，野蜂越来越多，已经有几只野蜂向她俯冲，蜇她。

雪莹：啊！

雪莹感到恐惧，撒腿就跑。野蜂紧紧追赶，一团一团像乌云一样越聚越多，雪莹更害怕，跑得更快了。好多蜂子已经飞到她身上脸上，有的地方出现了红肿。

29

千奇岗树林中。白天。

张仲景发现雪莹被群蜂追蜇：别跑，趴下！

雪莹根本听不见张仲景的呼喊，跑得更快了。

张仲景朝雪莹冲过去，一把将雪莹扑倒在地，然后紧紧压在了她身上。

野蜂开始蜇张仲景。

张仲景脱下上衣，将雪莹的头脸完全包起来。

30

太守府。白天。

任彦成和凌晶正在下棋玩乐。

小蕴在一旁倒茶伺候。

任彦成好像是下了一着妙棋，高兴得哈哈大笑……

31

千奇岗树林中。白天。

群蜂在张仲景身上盘旋，张仲景将雪莹紧紧压在身下。

张仲景慢慢地闭上了眼睛。

特写：一些野蜂在张仲景裸露的背上爬来爬去。他的全身上下都爬满了野蜂。

32

太守府客厅。白天。

太守问任彦成：彦成，过两天就要上路了，行李都备好了吧？

任彦成：都备好了。

太守看着他，叹了一口气：本来你到荆州做官，是天大的好事。可看你要走了，我这心里吧，又老有点忐忑不安的。

任彦成：岳父大人还有什么话要对我说？

太守：你刚刚入仕，官场的险恶，还没有切身的体会，一下子就到荆州去，到医署去做医监，在那么重要的位置上，这让我很有些担心。

任彦成：医监只是个小官，并不是多么显赫的位置，您有什么可担心的呢？

太守：你是不知道其中的利害啊！这医署负责为刺史一家和将军大官们诊治疾病、调养身体，医监是医官们的头头，哪个医官要是出了问题，医监都要负责。弄得不好，可是要掉脑袋的。

任彦成有些吃惊，但很快就镇定下来：医师为病人治病，难保不出差错，但我会尽量谨慎小心，谅也不会出大错。岳父大人不必多虑。

太守：这可不光是看病那么简单，官场之中，到处都是刀光剑影，时时都有性命之忧，你可要千万小心啊！

任彦成：彦成知道了。

太守：还有，刺史刘表大人，夫人陈氏，是大将军陈羡的妹妹；如夫人蔡氏，是将军蔡瑁的妹妹，陈蔡两家，把持着荆州的大权，互相争权夺利，你身处其中，一定要小心，千万不要卷进荆州官场的争斗之中。

任彦成：彦成明白。

太守：还有军师蒯进，是刘表大人的头脑，刘表大人对他言听计从，蒯家也是荆州的豪族，也万万不可得罪。你跟他们都要保持距离，既不能走得太远，也不能走得太近，一定要拿捏住分寸……

任彦成感到疑惑不解。

太守：如今朝廷有名无实，皇帝落到曹操手中，各地刺史都对朝廷阳奉阴违，实权在刺史手中。你此番进入荆州，就是进入了权力斗争的旋涡，一言不慎，就可能闯下大祸。身在医署，无论是陈家还是蔡家，都会拉拢于你，你既不能得罪任何一方，也不能被任何一方拉拢，我的话，你听得懂吗？

任彦成：岳父大人的话，虽不能说全懂，但我到荆州之后，一定谨言慎行，不负您的嘱托。

太守：等你安定下来，我想在荆州买下一座宅邸，让晶儿也过去，你们夫妻俩就可以在荆州城扎下根了。

任彦成鞠躬：多谢岳父大人。

33

千奇岗密林中。白天。

雪莹从张仲景身下慢慢钻出来。

野蜂已经散去，张仲景身上裸露在外面的部分全部被叮咬，红肿异常，找不到一处好肉。

雪莹：仲景，仲景。

张仲景不回答。

雪莹：仲景。她去推张仲景，发现张仲景没有一点知觉。

雪莹焦急地：仲景！你怎么了？你快醒醒啊！你要是醒不过来，可叫我怎么办啊？

张仲景依然昏迷不醒。

34

千奇岗密林中。白天。

雪莹到小溪边舀了一瓢水，回来浇在了张仲景脸上。

张仲景被浇醒了。

雪莹：仲景！

雪莹转悲为喜。

张仲景艰难地：雪莹，你快去我的药篓里，找防风、薄荷、萝卜、苍耳这几味药，找到后把它们捣烂，敷在我身上被叮过的地方，快去。

35

千奇岗密林中。白天。

雪莹找到了那几味药，在石头上用石块将它们捣成糊状，拿回来，敷在了张仲景身上。

雪莹：仲景，蜂子的毒刺还在你身上，我给你拔出来吧。

张仲景：你可以用指甲拔，但不要用手挤，手挤容易使毒汁扩散。

雪莹：知道。

雪莹开始为张仲景一根根地拔出毒刺，忽然，她俯下身，吸张仲景的伤口。

张仲景：不要这样，我没事的。

他说得有气无力，不由得闭上了眼睛。

36

千奇岗密林中。黄昏。

雪莹摸了摸张仲景的额头：仲景，你发烧了？

张仲景：没事。

雪莹又摸他的身体：你身上怎么这么烫？红肿的地方都连成片了。

张仲景：如果能熬过今夜，应该不会有事的。

雪莹：那要是熬不过去呢？这岗上风太大，你被蜂子咬过的地方，再被夜风吹一夜，非溃烂不可。不行，我要把你弄下岗去。

张仲景：你怎么能把我弄下岗去呢？

37

千奇岗密林中。夜幕四合。

雪莹将两人的药篓绑在了一棵树上，做好记号，又扶张仲景坐到一棵大树旁，想将他背起来。

张仲景：不行。你背不动我！夜里又看不到白天做的记号，会迷路的。不行。

雪莹：我特别能记路，不会迷路的。只要把你背到诸葛先生家，你就不会有危险了。

张仲景：与其在你背上折腾，不如在这里躺一夜，明天早晨我就应该可以走路了。

雪莹：你腿已经肿起来了，像水桶，怎么能走路？你就听我的吧。

雪莹不由分说咬牙将张仲景背到了身上。

38

千奇岗密林中。夜。

雪莹背着张仲景，手持一个火把，在山林中踉踉跄跄走着。

走了一会儿，她发现了一处来时张仲景做的标记，高兴地笑了。

她擦了擦头上的汗，继续向前走。

39

诸葛草庐前。夜。

少年诸葛亮正仰脸观天象，一手拿笔，另一手拿着一块白帛，不时在帛上点一个墨团。

院内传出诸葛玄的声音：亮儿，你怎么还不睡？

诸葛亮脆声答：叔，我在观天象，看时辰和星宿位置的关系。

院内的声音：这孩子，别太久啊。

诸葛亮：你先睡吧。

40

千奇岗密林中。夜。

雪莹仍在手持火把，身背仲景吃力地走着。

41

诸葛草庐前。夜。

正观天象的诸葛亮忽然停了动作，注视着远处林中的一点火光。

他看见那火光在缓慢地移动。

他放下手中的笔和帛，转身叫来院中的狗：小黑！

他指了远处的火光一下，狗立刻叫了起来。

他带着狗向火光跑去……

42

诸葛草庐里。夜。

诸葛亮将背上的张仲景放到床上。

雪莹扶住墙大口地喘息。

诸葛玄睡眼惺忪地提着灯笼过来：亮儿，你背的是什么人？

雪莹上前：我们就是两天前来投宿的呀，你不认识我了？

诸葛玄吃一惊：哦哦，张夫人，出什么事了？

雪莹：我先生被野蜂蜇了，伤势很重……

43

诸葛草庐。客房。夜。

诸葛亮在灯下查看张仲景的伤势。

诸葛亮：这是被野雷工蜂所蜇，野雷工蜂是此地黄蜂的一种，伤口当用醋洗，方可消毒。

诸葛玄有些担心地：亮儿，你看得准吗？

诸葛亮很有把握地：没错，快拿醋来……

诸葛玄：不会弄错吧？

诸葛亮：不会！

44

诸葛草庐。客房。夜。

一坛子醋被诸葛玄抱了进来。诸葛亮将布用醋浸湿，在张仲景的伤口上擦洗。

张仲景受到刺激，清醒了一些。

张仲景声音微弱地：师妹，你从药篓中拿出黄连、栀子各三两，黄柏、黄芩各二两，马上用水煎了让我喝下去，就能控制住高烧了。

雪莹按张仲景吩咐，去煮药了。

45

诸葛草庐。张仲景所躺的房间。清晨。

阳光透过窗棂，照射到张仲景脸上，他安详地睡着，身上脸上仍有野蜂留下的多处伤口。

雪莹趴在床边，也在打盹。

"吱呀"一声，诸葛玄和诸葛亮推门进来。雪莹惊醒，慌忙站起身来。

诸葛玄示意雪莹坐下，他走到床边，看着张仲景。

张仲景忽然睁开眼睛，醒了过来。他想坐起来，诸葛亮将他按住：先生不要动，你现在遍体鳞伤，动一下就会疼的。

张仲景笑：一直在说狼和黑熊，没想到遇到的却是一群野蜂，竟被它们蜇成这样。"绵羊虽大任宰割，黄蜂虽小不可侮"，真是应验了这句话。

诸葛玄：你被蜇成这样，居然还能说笑，老夫佩服。不过你这次得以脱险，多亏了你的夫人。她把你背在背上，一口气走了几里岗坡路，真是个贤良的妻子呀！

张仲景感激地看着雪莹。

雪莹含羞地笑了……

46

诸葛草庐小院里。白天。

张仲景半躺着歇息。

诸葛玄：张先生，你的夫人又和亮儿一起去林中取你们采的草药了。

张仲景：辛苦你家公子了。

47

太守府门前。白天。

车驾准备齐全，任彦成就要动身去荆州了。太守夫人和凌晶都来送别。

凌晶的肚子已经隆起，明显是怀孕了。

任彦成留恋地看着凌晶。

太守夫人：彦成，一路上小心哪。

任彦成点点头。

太守夫人：有什么事，让人报个信回来。

任彦成点点头。

太守夫人：仕途险恶，大人告诉你的话，你可千万别忘了。

任彦成：彦成明白。

凌晶看着他暗自垂泪，却一句话都说不出来。

任彦成走过去：娘子，我走了。

凌晶：荆州是富贵繁华之地，温柔缱绻之乡，夫君此去花花世界，可不要忘了，家里还有一个我呢。

任彦成：娘子说哪里话？岳父大人说了，等我安顿下来，就在荆州城里买下一套宅邸，把你接过去。我们不会分别太久了。

凌晶的眼眶里涌出了泪水。

太守夫人：时候不早了，彦成，你起程吧。

任彦成上车。车马启动，徐徐而行。

车上的人和送别的人互相张望挥手。

48

诸葛草庐。厨房内。白天。

雪莹正在给张仲景煮药。

她的脸上流着汗水，炉子上飘起一股青烟，呛得她咳嗽了几声。

诸葛玄进来：张夫人，还在煎药呢。

雪莹点点头。

诸葛玄：你丈夫身上的伤，今天大有好转，都是你的功劳啊。

雪莹：谢天谢地吧。不过他的伤口遍布全身，万一溃烂了可不是闹着玩的，我还是很担心。

诸葛玄：放心吧，不会有大碍了。

49

张家药铺。白天。

小宽边给一个病人把脉，边不时向铺外张望，显然在盼着仲景和雪莹归来。

一个病人进到药铺：张医师采药还没归来？

小宽：还没呢，很抱歉，你那病我有些拿不准，得等我师兄回来看罢才能给你拿药。

那病人：好吧。

50

诸葛草庐。张仲景病房。傍晚。

张仲景靠在病床上。雪莹端着一盆药汤进来照应他喝药。

51

张仲景病房外。夜。

诸葛亮又在仰观天象，边看边在帛上记着什么。

52

诸葛草庐外。白天。

张仲景和雪莹提着行囊和采来的草药，向诸葛叔侄辞行。

张仲景：这些天多有打扰，这次能够痊愈，仲景不忘你们的恩德。

诸葛玄：言重了，其实全是你夫人的功劳，我等不过是让你们借宿了几天。山不转水转，盼两位日后再到千奇岗来采药，到时候把酒话当年，岂不美哉？

张仲景看了看山色：这千奇岗，我当然还会来的。千奇岗千奇岗，还有多少千奇百怪的草药等着我来采啊！

说完，他看了看站在一旁的诸葛亮。

诸葛玄：老夫老矣，这辈子就只想躬耕于田园啦！这个孩子，将来也许会一展宏图吧。

张仲景：敝人不会观相，但凭我这些天与他的接触，感觉公子的前途当会不可限量，或许要成就一番伟业。

诸葛亮：过奖过奖，但愿借先生吉言，日后我能做成点事。

张仲景转对诸葛玄：先生，那我们就此别过，日后您和令侄如果去郡城里，请一定到张家药铺做客。

诸葛玄和诸葛亮抱拳：一定一定。

53

张家药铺对面一家小饭馆里。白天。

几个一看便知是街头痞子的小伙子，正坐在桌前喝酒。

一个胖子：诸位，想不想弄几千钱花花？

一个瘦子：当然想了，只是去哪里弄？谁会给你？

胖子用手一指对面：那儿。

瘦子：张家药铺？想得倒美，医师们会给你钱？

胖子：我看见药铺里只有一个小医师。

说着，胖子俯身低声说了几句什么。

几个人一齐：好！

几人起身出了饭店，向对面的张家药铺摇摇晃晃地走过去。

54

张家药铺。白天。

药铺里只有小宽一人，他正在用石臼捣碎草药。

那一伙街痞走进来，其中那个瘦子捂着手：疼死我了！

小宽闻声急忙过来：手伤了？

瘦子点头：让小宽看流血的手背。

其余几人：小医师快给他止血！

小宽急忙拿出止血粉过来给瘦子止血，没想到药粉刚一撒到瘦子的手背上，那瘦子突然大叫一声，跟着牙关紧咬，一下子躺倒在地上翻起了白眼珠。

小宽大吃一惊。

胖子这时拔高声音：好你个小医师，竟敢把我兄弟治成这样，快赔钱三千，不然立刻拉你去见官！

小宽上前一摸那瘦子的脉搏，明白了原因，冷冷地：我用药没错，让赔钱不行！

胖子大怒：嗬，敢给我来硬的，弟兄们，给我抢！

那伙人立刻向药柜和诊桌扑去。

小宽刚要阻拦，被其中一个家伙一拳砸倒在地……

第八集

1

大街上。白天。

张仲景和雪莹背着药篓走过来。

隔壁的赵大婶慌张地跑过来对仲景：快呀，一伙人在砸你们的铺子哩！

张仲景和雪莹一惊，忙向铺子跑去。

2

张家药铺。白天。

那一伙街痞已把铺子翻了个底朝天。

小宽满脸是血地躺在地上，胖子还在踢他：我让你硬！

张仲景母亲拄着拐杖站在药铺后门哭喊：天啊，来人啊——

张仲景和雪莹出现在门口。张仲景愤怒至极地：住手！

胖子：嗬，又来两个，给我一齐打！

几个街痞又一同向张仲景和雪莹扑过来。

就在这当儿，只见一个草帽压得很低的大汉忽然挡在张仲景和雪莹面前，只啪啪几拳，就把那几个街痞全打倒在地，胖子最后一个扑过来，但转眼间也被打趴在地上。

那几个街痞刚要爬起身，只见那大汉嗖嗖几脚，便又让他们全在地上翻滚着，嗷嗷惨叫起来。

大汉低沉地：谁再叫一声，我就叫他的一只胳膊立马落地！

说完，大汉"嗖"地抽出一把腰刀，"啪"地插在了诊桌上。

雪亮的腰刀在桌子上左右摇晃。

那几个街痞吓得顿时鸦雀无声。

张仲景和雪莹也意外地看着这场面。

大汉冷厉地：都给我爬起来，立马把拿走的东西放回原处，将铺子恢复原样，谁胆敢慢一步，我会挑了他的脚筋！

几个街痞忙爬起来把揣进怀里的铸钱和物品放回原处，其中一个人稍有些迟疑，便被那大汉一脚踢翻在地惨叫起来。

铺子很快被大致恢复原样，小宽也被搀起。

大汉：听着，从今天起，你们中有谁胆敢再进这铺子里一回，我必会把他的脑袋扭下来当夜壶使，明白了吗？

几个吓坏了的街痞一齐叩头：小的明白，明白。

大汉怒吼一声：都给我滚！

几个街痞连滚带爬跑了出去。

那大汉收起腰刀，这才转身对仲景：好了，你们忙吧。

张仲景急忙上前：请问先生——

那大汉这时把帽檐向上一挪，轻声地：张先生不认识我了？

张仲景默想了一下，认出对方原来是他过去救过的那位韩大哥。

雪莹这时也认出来了，高兴地：韩大哥！

韩大哥竖起手指做了个噤声的手势，然后迅速地出门走了……

3

张家药铺里。白天。

张仲景、雪莹和张母都在照应小宽。

小宽苦笑着：没有伤到骨头，你们放心。师兄和嫂子采了这么多的药，一路上没遇到什么危险吧？

张仲景和雪莹对视了一下。

小宽忍着疼：师兄，乔县令派人来报喜了。

张仲景意外地：什么喜事？

小宽努力一笑：县令夫人，已经怀上了。

张仲景：真的？

张仲景和雪莹都非常高兴。张仲景悄声对雪莹：看来我采的淫羊藿，不用给他了。

雪莹含羞一笑。

张母看着张仲景和雪莹，露出了笑容：你们也该要个孩子了。

雪莹捂住了脸。

张仲景微笑起来。

4

荆州医署。正堂。白天。

荆州医署令、几位侍医、药工及杂役,有十几人,都在医署正堂中站定。

医署令:各位,这位是南阳郡今年举荐的孝廉任兄彦成,因扑灭瘟疫有功,刺史大人亲赐了"神医高手"的匾额,医术精湛,非比寻常。所以大人格外加恩,让他接替段医监,任本署的医监,管所有侍医。医监直接负责为刺史大人看病,关系荆州安危,万万不可有丝毫疏忽。各位侍医,都要严格受任大人节度,听他的吩咐,不可有半点违抗。大家明白吗?

几位侍医:明白。

医署令转对任彦成:任大人,大家相处一段自然就熟悉了。医署的药房、库房,让侍医们明天带你去转转。你现在还要随我去见见蔡大人,他现在兼着刺史衙门的内务总监,医署也归他管辖,请这边来。

二人离开医署。

5

通向荆州刺史府衙的甬道上。白天。

医署令和任彦成沿路走来。

医署令:任大人,你今日就算到医署就任了。医署和府衙的情况,慢慢也就了解了。刺史大人全家的诊疗,还有诸多官人的疾患,以后就由你负责,干系重大,切不可掉以轻心!

任彦成点点头:谢谢大人教诲!彦成初到府中,人生地疏,一举一动都怕出闪失,请大人多多指点,下官感激不尽。

6

荆州内务总监蔡瑁处。白天。

一位尉官把守在门前。

医署令:林尉官,我带新上任的医监来了,请进去通报蔡大人一声。

林尉官:蔡大人午睡未醒,请两位大人在这里候着吧。

医署令转头对任彦成:我们等一等吧,不要高声说话,免得把蔡大人吵醒了。

任彦成看了医署令两眼，心里觉得憋闷。

7

蔡瑁住处室内。白天。

蔡瑁在悠闲地品茶。

他面无表情地看了一眼在窗外候着的医署令和任彦成。

8

蔡瑁住处室外。白天。

医署令在门前来回地走，过去对林尉官：林尉官，麻烦你再去看一眼，蔡大人醒来没有？

林尉官：急什么呀？老让我过去，把蔡大人吵醒了，板子是你挨还是我挨？

医署令：可我们已经等了快一个时辰了。今天不交代清楚，万一出了差错非同小可呀。

林尉官：那好吧，我再去看看。

林蔚官很不高兴地进去了。

片刻后林尉官回来：蔡大人刚起来，还要洗洗头，再有一顿饭的工夫，你们就可以进去了。

9

蔡瑁寝室内。白天。

蔡瑁正半躺着，喝着茶。林尉官带着医署令、任彦成进来。

医署令：蔡大人，我带新上任的医监任彦成来了。

蔡瑁：就是南阳郡灭了瘟疫的那位吧。前些天刺史大人还念叨你呢，一定要把你招到府里来，给大家看病，对你寄予了厚望啊。

任彦成跪倒在地：下官叩谢大人知遇之恩。

蔡瑁：这样吧，让张大人带你们进府去，认认门，下次哪位夫人病了，也知道该去哪儿看。小林子，让张大人带他们去吧。

林尉官：是。

10

府内甬道。白天。

内务总管张成带着医署令和任彦成走着。

张成对任彦成：刺史大人今天到南郡巡视，是见不着了。我先带你去见陈夫人、蔡夫人，还有两位公子，你不要紧张害怕，见了两位夫人要会说话，路走一遍，就要记住，下次去哪儿，不要走错了耽误看病的时间。

任彦成：谢大人指点，下官都记下了。

11

陈夫人住处。白天。

陈夫人正坐着打盹。

侍卫带着张成、医署令、任彦成进来。

三人进来行礼。

侍卫：夫人，张大人领着医署的人来了。

陈夫人睁眼：有什么事吗？我没叫他们来呀。

张成：是新上任的医监来拜见夫人。

陈夫人看了看任彦成，任彦成直哆嗦。

陈夫人：啊，好。哆嗦什么呀？退下吧。

陈夫人说完又闭上了眼睛。

张成使眼色，医署令和任彦成都起身，跟着他出去了。

12

蔡夫人住处。白天。

年轻妖艳的蔡夫人正和侍女锦儿交谈，侍卫进来：夫人，张大人领着医署的人来了。

蔡夫人：这个张成，没事儿带医师来干吗？我又没病。

张成进来，与刚才的拘谨大不相同，一副轻松自如的样子。医署令和任彦成行礼，他却不行礼，反而跟蔡夫人开起了玩笑：夫人，小的这时候来，招您烦了吧？

蔡夫人：我心里怎么想的，你还就能猜着。说吧，你无缘无故带医师来，是不是盼着我生病呢？

张成：哎哟，我这小身子骨，哪戴得住您这么大的帽子啊。新来了医监任大人，我是带他来认门的。

蔡夫人上下打量任彦成，看他模样有些俊俏，就有些喜欢，脸上荡出了笑意：是新来的医监大人啊，那你过来，给我把个脉吧。我这两天心口有点疼呢。

蔡夫人说着伸出了手。

任彦成哆哆嗦嗦走过去，看着蔡夫人的手，想去碰，快碰到又吓得缩了回来。

蔡夫人：怎么着？你是不是不想给我看病啊？

任彦成吓得"扑通"一声跪倒在地，冷汗直流。

医署令也有些害怕，上前小心地：还是按行医的规矩办吧，不然他害怕。

说着，医署令将蔡夫人面前的一道白色纱幔拉上，只让蔡夫人伸出的那只手露在幔外，这才转对任彦成：把脉吧。

张成：夫人，任大人初来乍到的，您别把他吓着。

蔡夫人：瞧你说的，人家还以为我是个泼皮破落户呢？

任彦成这时把脉，仔细感觉着。

蔡夫人隔着幔帐：怎么样？

任彦成：从脉象上看，夫人身体十分康健，不应该心口疼的，可能是情绪不好引起来的，不碍事。

幔帐后的蔡夫人"扑哧"笑了：我就是想考考你，哪有什么心口疼？

张成：夫人要是心口疼，那也是想刺史大人想的。

蔡夫人这时撩开幔帐：去你的。要是没别的事儿，你们下去吧。

三人转身要走，蔡夫人：张大人留步。

医署令和任彦成走出去，张成回来：夫人还有什么吩咐？

蔡夫人：大人在哪儿呢？

张成笑：他老人家去南郡了，要两三天才回来，怎么，临行前没来跟您道别？

蔡夫人：还道别呢？都好几天没见着人影了。

张成：那他一回来，我就帮您把他糊弄来。

蔡夫人笑：就你嘴油。我哥哥怎么也好些天不来了？见到他帮我问好，让他有时间过来。

张成点头。

13

蔡夫人住处外。白天。

张成边走边哼着小调儿，一副轻狂样子。

14

蔡夫人住处。室内。白天。

锦儿：这个张成，越发跟您没大没小的。

蔡夫人：由着他吧，他毕竟是我哥哥的心腹呢。姓陈的一家子也想拉拢他，可不能让他们得逞。

锦儿：蔡将军现在是内务总监，刺史大人的饮食起居，都由他节度，夫人还担心什么？

蔡夫人：哥哥原是武陵郡太守，是我劝说大人，把他调回来的，起初他还不愿意，觉得在武陵自由自在，吆五喝六的，回来瞧刺史大人的脸色干什么？我对他说，你现在自由自在，等刺史百年之后，刘琦或刘琮继了位，他姓陈的一家大权独揽，我们蔡家，只怕就死无葬身之地了。

锦儿：您毕竟是刺史大人的如夫人，他陈家还能把您怎样？

蔡夫人：你年纪小知道啥？我嫁给大人好几年，至今还没有生育，在这里的地位不稳啊。现在哥哥虽然节度内务署，可府衙的侍卫军却由陈龙统领，我啊，就像被关在了笼子里，一举一动，都要看他陈家的脸色。一旦有变，陈家想弄死我，就像碾死一只蚂蚁。

锦儿：奴婢倒没想到这一层。刺史大人正当壮年，只要大人在，谅他陈家也不敢把您怎样。

蔡夫人：人无远虑，必有近忧。怎么说，她陈夫人才是正室，我不过是个偏房。

锦儿：平日里看夫人总是嘻嘻哈哈的，其实您还是挺有谋略的，就是深藏不露罢了。

蔡夫人：这府里我信得过的人，就只有你了，你的嘴一定要严，我跟你说的话，都得烂在肚子里。

　　锦儿：奴婢明白。

15

　　刘琦、刘琮公子住处。白天。

　　十多岁的刘琦正在跟侍女冬儿玩耍，冬儿躲起来，让刘琦蒙着眼睛找她。

　　比刘琦小一些的刘琮坐在那儿看着哥哥和冬儿玩耍。

　　冬儿比刘琦要大几岁，躲在一旁笑看着刘琦。

　　张成领着医署令、任彦成进来。

　　刘琦将进来的任彦成抱住，兴奋地：抓着了抓着了，看你往哪儿跑！

　　张成：公子。

　　刘琦将蒙在眼睛上的黑布拿掉，见是陌生人，吓了一跳：你是谁呀？

　　冬儿急忙跑过来，扶住刘琦。

　　刘琮也站了起来。

　　张成：二位公子，医署新来了医监，我带他来认认门。任医监，见过大公子二公子。

　　任彦成：二位公子好。

　　刘琦：张大人，我这些天还好，没什么病，不用看医师的。

　　刘琮：我也没病。

　　张成一笑：是，是，只是认认门，以后公子们若得了病，就由任医监给你们看了。

　　刘琦、刘琮点头：哦。

16

　　府内甬道上。白天。

　　张成对医署令：赵大人，这就算领着任大人看完了。每一条路，每一道门，就得任大人自己记清楚了。

　　医署令和任彦成都点头。

　　任彦成：两位大人，我看大公子的气色，身体好像很虚弱。

　　医署令：是啊，大公子从小就体弱多病，是个药罐子。陈夫人身体也不太好，没有太多精力看护他。倒是他的侍女冬儿，很是殷勤周到，挺让刺史大人和夫人放心。公子也只跟冬儿亲近，和母亲倒生分得很，他还天生胆子小，见了刺史大人，腿就哆嗦。

任彦成：是刺史大人管教得太严了吧？

张成：少议论大人的这些家事，对你没好处。你只要把他们的病看好就行了。

任点头：谢大人指点。

17

张家药铺。白天。

两个年轻人搀着一个中年男子艰难地走进来。

张仲景有些吃惊地看了那男子一眼，忙上前为他把脉。

张仲景把完脉，示意其中一个年轻人跟他向后院走。

18

药铺后院。白天。

张仲景问那个年轻人：病人是你什么人？

年轻人：是我爹。

张仲景：你爹的病已经到了晚期，非医药所能救治。

年轻人惊骇地：啊？还能有多长时间？

张仲景：一个来月吧。你回去后要让他尽量吃点好东西。

年轻人眼泪流了出来，忙点头。

张仲景：我再给他开些安慰性疗治的药……

19

张家药铺门口。艳阳高照。白天。

张仲景满脸遗憾地看着两个年轻人搀着病人出门。

怀着身孕、肚子略挺的雪莹走过来低声地：他的病还能治好吗？

张仲景摇了摇头……

20

张家药铺。下雪了。字幕:四个月后。

张仲景正在和小宽揉制大蜜丸。

面前的木板上摆满了药丸。

一个中年男子走进药铺,对张仲景笑着:张医师,还认识我吗?

张仲景抬头看他,回忆着。

中年男子:我就是前些日子被你判定只能活一个来月的那个人!

张仲景大吃一惊:哦,是你?

中年男子讥讽地:想起来了吧?当初我幸亏没在你这儿治,要不然,这会儿怕是真去见阎王爷了!

张仲景急忙施礼:抱歉抱歉,敝人医术浅陋,不该那样下断语的。先生可否告诉我,是哪位医师为你看好病的?

中年男子:是伏牛山凌清观的静虚道长,是他老人家救了我。

张仲景真诚地:我以后一定会去向他请教。

中年男子挖苦地:你是该好好向人家学学,不要动不动就判人死刑。

中年男子说罢转身就走。

张仲景诚恳地:是是是……

21

张仲景卧房。夜。

张仲景仰靠在床头沉思。

已经躺下的雪莹摇摇他的胳臂:怎么,还在为那个病人的事自责?

张仲景满含歉疚地:我的医术还差得太远。

雪莹坐起身宽慰地:学无止境嘛,谁还能把所有的病人都治好?

张仲景自责地:那个人差一点就要死在我的手里,这是我无论如何都不能原谅自己的。我以后应该加倍努力才是,另外,我找机会一定要去向静虚道长请教……

22

叠印:

张仲景在灯下苦读……

张仲景在口尝熬制的药膏……

张仲景在碾制药面……

张仲景在自己身上试验针灸……

23

张家药铺诊室。白天。

张仲景正在为一位病人看病，张母满脸高兴地走到后门口：仲景，雪莹生了，是个胖小子。

张仲景高兴地站起身：真的？

一旁的小宽高兴地：师兄还不赶紧去慰劳嫂子？！

几个候诊的病人也催他：快去看看吧。

张仲景抱拳躬身：诸位稍等，我很快回来。

张仲景说罢便向后院跑去。

24

张仲景卧室。白天。

雪莹疲惫而幸福地躺在床上，注视着身旁的婴儿。

接生婆还在一边忙碌着。

张仲景冲进来，先是看着妻儿幸福地笑着，随后俯身向雪莹的额头上亲去……

25

张家药铺门前。白天。

门两边靠墙摆着一溜瓶瓶罐罐，张仲景正和小宽一起在炮制药材。

一个小伙迟疑地走过来：张医师，有件事想麻烦你。

张仲景和小宽停下手。

小宽：哎，这不是沈家药铺的栓子嘛，栓子，找我师兄有事？

栓子：是这样，我师父沈槐最近得了一种奇怪的病，就是忧心发愁，整日里唉声叹气，不高兴，有时还说不如早死了好。把我和师母吓得没法，我师父自己给自己也开过药吃，可吃来吃去就是不见好，今儿个，我师母让来请张医师去给我师父看看病。

张仲景痛快地：行，我去。

小宽急忙低声阻止：师兄，沈槐也是有名的医师，又比你年纪大，出道早，他未必会信你的方子，再说了，就算他愿吃你开的药，万一看不好他的病可咋办？你不是还在为上次误诊的事自责吗？要是再——

张仲景：没事，不能一次误诊，就不敢看病了。我去看看。

26

沈家药铺门前。白天。

沈槐一脸漠然地坐在门前。

他的夫人站在门口一脸忧愁地看着他。

张仲景走过来含笑施礼打招呼：沈师傅好。

沈槐扭头，仍坐在原处，淡声地：哦，是仲景啊，怎么今日有时间串门了？

张仲景：我听说沈师傅贵体欠安，特来看看。

沈槐不高兴地：你还想来给我看病？我都看不好的病你能看好？笑话。

张仲景含笑地：试试嘛，万一我的方子有效呢。

沈槐干脆地：不试。

沈槐夫人劝丈夫：仲景既是来了，又是一片真心，你就让他开个方子你吃吃试试嘛。

沈槐不耐烦地：好，好，你让他开，他学医比我还晚，你竟然信他？！

张仲景倒没生气，看了一会儿沈槐的面色：不过心生抑郁，没啥大病。

随即张仲景接过栓子递来的笔和竹简，很快地写着药方。

张仲景把药方递到沈槐夫人手上：每天一服，连服七天，保证能好。

沈夫人接过一看，大吃一惊：啊？五谷杂粮面各一斤，和在一起蒸馍一个，一顿吃完？天哪！谁吃得完？

沈槐一听这，站起身上前拿过药方去看，看罢哈哈大笑：还有这样的药方？天啊，让人笑掉大牙了！

栓子也凑上前莫名其妙地看着那个药方。

沈槐继续挥着那个药方对妻子笑：这就是你给我请来的名医开的方子，哈哈哈，让人笑死了，一顿吃五斤面的馍，把人撑死啊，哈哈哈，还是名医哩……

张仲景脸上并无尴尬，只有一丝含义不名的笑意。

27

张家药铺。黄昏。

张仲景正在关铺门，小宽匆匆由远处走过来，压低了声音：师兄，沈槐医师把你给他开的药方挂在铺门前，不停地笑着指给路人看，还大声叫着："快来看啊，这就是名医张仲景给我开的药方。"讥讽之意溢于言表。

张仲景含笑：你嫂子已把晚饭做好，准备吃饭吧。

28

张家药铺。白天。

张仲景正在给人看病。

乔县令出现在门口。

张仲景看见，忙起身：乔大人来了，快请进来坐，小宽，倒茶。

乔县令进门激动地拱手：张先生，谢谢你啊。

张仲景：大人是来南阳办差的？您家夫人和公子都好吗？

乔县令：内人和犬子都很好，这都是托先生的福啊。

张仲景：大人客气了。容我给这位病人先开完药方，咱们再聊。

乔县令理解地：好，好。

张仲景将药方写好递到病人手上，这才走到乔县令身边坐下。

乔县令：你知道我这次来郡城，办什么差吗？

张仲景摇摇头。

乔县令：又是来举荐孝廉的。上次我没有据理力争，让你落选了。今年举荐孝廉的事宜，太守已经布置过了。我已接到通知，让今天后晌去太守府议事，估计议的就是这个事。这次乔某拼却这身官服，也要举荐你。

张仲景急忙摆手：万万不可。大人县令当得好好的，干吗为了我抛下全县百姓呢？仲景只想当个医师给百姓看病，没想过要当官，就是硬当上也是当不好的，大人千万不要意气用事啊！

乔县令：你别管了，听我的吧。时候不早了，我只能顺便来看看，还要赶着去太守府，就此别过，后会有期。

乔县令着急地走了，张仲景看着他的背影，笑着摇摇头。

29

太守府正堂。白天。

南阳郡的各级官吏和各县县令齐聚在堂前。太守坐在正位。

太守：各位，几天前接到刺史刘大人的刺令，又要举荐孝廉了。今年给南阳郡的名额还是只有一个，不知各位心中是否有了理想的人选？上次本郡医师任彦成，经过举荐到荆州参加考试，名列前茅，如今已经在荆州医署做了医监，刺史十分满意，这次刺令里还提及他了。各位都有举荐之功。今年也还是要请各位动动脑筋，将德才兼备的人，举荐到荆州刺史府里去。

各级官吏和县令都议论纷纷，莫衷一是。

乔县令突然走到中央：大人，乔某冒昧保举一人——张仲景。

太守有些错愕。

黄县令：这不太合适吧？上次举荐了一个医师，这次怎么又举荐一个医师，难道偌大一个南阳郡，除了医师就没有别的人才了？

乔县令：各位不知道，这个张仲景，是上次举荐的任彦成的师弟，他们的师父都是张伯祖。既然师兄举荐到荆州，刺史已经十分满意，那么再举荐师弟，刺史岂不是更满意吗？再说张仲景当年扑灭瘟疫，也立下了奇功，刺史大人也赐予了"悬壶济世"的匾额，说明刺史也知道他，举荐上去，刺史会不满意吗？还有，张仲景这些年在郡城行医，声名卓著，救治了无数危重病人，四面八方的人都来找他看病，把这样的名医举荐上去，难道不应该吗？

众官吏：这……

众官吏一时都未表态。

黄县令悄声与旁边的一位县令议论：他既然是任彦成的师弟，那也就是……

那位县令点点头。

黄县令：张仲景既是南阳郡的名医，又扑灭过瘟疫，还和任医监是师兄弟，他们要是能在荆州一同替官民治病，也是我荆州百姓之福啊！

其他官吏都附和起来：对啊对啊……

乔县令暗暗发笑。

太守忽然沉下脸：既然难以定夺，此事下次再议。

30

太守府客厅。白天。

太守气呼呼地进来，脱掉官服，换上便装，吩咐项管家：你去把乔县令找来，他搞什么鬼？

管家：是。

管家答应着出去。

31

太守府客厅，白天。

乔县令走了进来，深施一礼：太守大人，下官有礼了。

太守：乔大人，今天大堂之上，你怎么突然袭击呢？事先不跟我打声招呼，就把张仲景和任彦成扯在一起说，是什么意思？

乔县令：大人这么说，下官有些不解。当年的瘟疫是二人一起扑灭的，他俩也确实是师兄弟，下官说的都是事实，故没想到要和大人先说。

太守：唉，你冒冒失失的，弄得别的县令都误会了，人家有好的人选，也不敢吭气了。对全郡的俊杰之士，是不是不太公平？

乔县令：要讲公平，我看最该觉得不公平的人，恰恰是张仲景。其实当年扑灭陈家庄瘟疫的事，我清楚，大人也清楚，令婿只是在村边转了一圈，根本就没进村，方子也完全是人家张仲景的，关令婿什么事？这些话，我忍了这么久，今天才跟大人说。

太守大惊失色：你这样说话，可要考虑后果！

乔县令：如果大人执意不让张仲景被举荐为孝廉，我将上奏刺史，请刺史直接征召张仲景！

太守气愤极了：你、你威胁我？

乔县令：不敢。只要张仲景能被举荐为孝廉，乔某愿意挂印封金，回家去种地。

太守：张仲景给你什么好处了，你这样为他说话？

乔县令：他一个穷医师，能给我什么好处？我只是为他不平，他高超的医术，要是能到荆州去，为刺史大人出力，那该多好。作为属官，我想不到比这更能表达忠心的事情了！居高声自远，他的医术如果能弘扬于天下，也是大汉百姓之福啊！我还听说，他救过大人的命？

太守的气慢慢消了，颓然坐下。

32

张家药铺。傍晚。

张仲景正在记录当天的病例。

铺门外突然响起一声喊：张仲景医师在吗？

小宽探头一看，有些着慌，低声地：沈槐医师来了，别是来闹事的吧？

张仲景高声应着：沈师傅请进。

沈槐和夫人进到铺内，沈槐一改过去对仲景的不屑，进门就先躬身施礼：谢谢仲景医师的神方，治好了我的顽疾。

沈槐夫人笑着：我们孩子他爹天天看着你的方子笑话我请错了医师，笑来笑去，竟把他的抑郁症笑好了，他病好之后我们才明白了你的用心，张医师真是高明啊！

小宽有些意外地看着这对夫妇。

张仲景笑着还礼：我这雕虫小技，让沈师傅见笑了。

沈槐一脸真诚地：仲景，我是真的佩服你了，从今往后你不能再叫我师父，我俩还是以兄弟相称最好！

张仲景急忙笑着摆手……

33

荆州。蔡夫人住处。白天。

蔡瑁由林尉官陪着走了进来。蔡夫人见他来，急忙起身迎接。

蔡夫人：哥哥……

蔡瑁上前扶住蔡夫人：妹妹坐好，我闲着没事，过来看看妹妹。

蔡夫人：你还舍得来？我这里呀，老是冷冷清清的，连个鬼都看不到，妹妹呀，都快成深宫怨妇了。

蔡瑁：妹妹这几日，身子可好？

蔡夫人：不瞒哥哥，刺史大人老不来，我愁得睡不着觉，大人老来吧，我喜得睡不着觉。而且只要大人在，不管对我多好，我也是提着心吊着胆的，所以身子倒不如从前了。

蔡瑁：妹妹这么想就对了。大人对谁恩越重，那人也就越危险，更是一步都错不得，妹妹也罢，我也罢，道理都是一样的。

蔡夫人：哥哥是说……

蔡瑁看了身旁的小林尉官一眼。

林尉官"扑通"一声跪倒：大人饶命，小的什么也没听见，什么也没听见。

蔡瑁：瞧把你吓得，你可不是什么都没听见，我还没说呢。我是让你滚出去，把门带上，明白了吗？

林尉官急忙倒退着向外走。

34

蔡夫人住处外。白天。

林尉官看着关上的门，轻声跺了一下脚，能看出他满眼愤恨。

35

蔡夫人住处内。白天。

蔡夫人收敛了笑容：哥哥，今天来有事吧？

蔡瑁低声地：也没什么大事，就是陈龙这个小畜生，仗着他姑姑撑腰，老给我气受。

蔡夫人：谁让人家是正房呢，又生有两个儿子，你呀，就受点气吧。

蔡瑁：你说我们蔡家，什么时候有出头之日呢？

蔡夫人：现在还想不了那么远，我现在想的，只是如何保全身家性命，保住你，只要韬光养晦，总会有机会的。

蔡瑁：别看这府里的兵都归他陈龙调度，可他姑姑的命，其实是在我手上。

蔡夫人：什么意思？我看你的命现在在他手上还差不多。在这府里，他只要叫几个兵来，就能把你杀了。

蔡瑁：杀人还用得着当兵的刀吗？用药就行了。

蔡夫人：药？

蔡瑁：对！

蔡夫人似已明白，小声地：你是说医署？

蔡瑁点点头。

蔡夫人：现在给府里看病的，是任医监，他是你的人了？

蔡瑁不置可否。

蔡夫人：说正经的，他是不是你的人？

蔡瑁：现在还不是，但我今天来找你，就是想让你把他收过来。

蔡夫人：怎么收？

蔡瑁：让他犯点事，弄点什么把柄，捏在咱手里。

蔡夫人：什么把柄？

蔡瑁：我看这小子，胆子不大，却老贼眉鼠眼的，有人告诉我，你的贴身侍女锦儿病了，他一定要亲自来诊治，是不是看上锦儿了？何不给他使个美人计？

蔡夫人：锦儿是我最贴身的丫鬟，把她送出去，我还有点舍不得。

蔡瑁：舍不得孩子，就套不着狼了。

36

张家药铺。张仲景、雪莹卧室。夜。

雪莹把睡在怀里的儿子放进被窝。

张仲景仍在秉烛翻看医简。

雪莹：他爹，睡吧，时候不早了。

张仲景把书简放下，看着雪莹：雪莹，我想明日就出发，去伏牛山找静虚道长。

雪莹：明天太匆忙了吧？还没跟娘说呢。她老人家会不会不放你走？

张仲景：我也是怕她不肯让我走，所以才想偷偷走呢。这几年住在一起，我走到哪儿，她就跟到哪儿。人老了，更怕孤独了。我走之后，你多去她那里问安，多陪陪她。

说着，张仲景走到床前，亲了一下儿子，低声地：小宝贝睡得多好。

雪莹：你这人，主意已定，十头牛都拉不回来。我也不劝你，可总得准备行李，明天收拾一天，后天动身吧。

张仲景：一个包袱一头驴就够了，还准备什么？你大张旗鼓地一收拾，娘就该知道了。就这么说定了，明天一早，我就悄悄地走，铺子里就靠你和小宽打点了。

雪莹：你要走多长时间？

张仲景：这说不好，短则十来天，长则一个月，得把本领学到才行。

雪莹：这么急着走，是不是还有什么别的意思？

张仲景：乔大人那天来，说要举荐我为今年的孝廉，我可不想当官，所以想出去躲躲他。

雪莹：人家都盼着当官，你怎么倒不想？

张仲景：人各有志嘛，我就想当个医师给人治病。

37

太守府卧室。夜。

太守和夫人都在床上，太守靠在床头，有些愁眉苦脸。

夫人：你还不睡，又想什么呢？

太守：姑爷来信了，还是说要把晶儿接到荆州去。

夫人：信在哪儿？

太守：我放在前边府衙了，没带回来。

夫人：哎！姑爷这意思，是来要钱买宅子的吧？

太守：先前不是跟他说好了吗？怎么，你不想给了？

夫人：谁不给了？你给就是了。反正是给咱女儿住，又没给了外人。

太守又不说话了，还瞪着眼发呆。

夫人：不就这事儿吗？说完了就快睡吧，老坐着干吗？

太守：还有一件事，我一直拿不定主意。

夫人：什么事情啊？

太守：我也不知道，该不该告诉你。

夫人：你这老东西，有话就说，有屁就放。

太守：是今年举荐孝廉的事，宛县的乔县令，举荐的是张仲景。

夫人：谁？

太守：就是姑爷的师弟，刺史也给了匾的张仲景。

夫人：哦，他呀。那不合适吧，上次举荐了一个医师，这次又举荐一个医师？

太守：是啊，我也是这么想，可大家还都同意举荐他，我也不好阻拦。我不知道，把他举荐上去，对咱姑爷，是好事还是坏事呢？

夫人：这个张仲景，那次也救了老爷的命，也算咱家的恩人。如果他被举荐上去，肯定也是在荆州医署里，跟咱姑爷同事，兴许，是好事呢。

太守：何以见得？

夫人：他们是师兄弟，多少都会互相帮衬着点。

太守：不尽然。咱姑爷是悔了婚，不要了他师父张伯祖的外甥女，才入赘到咱们家的。张仲景兴许还恨咱们姑爷呢。

夫人：不至于。他又不是张伯祖家的什么亲戚，为了一桩跟自己无关的婚事，恨咱姑爷，这说不通。我看这事儿，你也别瞎猜了，写封信给咱姑爷，问问他，看他什么意思，不就清楚了吗？

太守点点头。

38

荆州医署。医监处。白天。

仆役进来，将一盒信函交来：任大人，您的家书。

任彦成接过木函，仆人退下。

任彦成打开木函，取出竹简，阅读起来。

读完之后，他放下竹简，陷入沉思。

一幕幕往事在任彦成脑中闪回——

他和张仲景在药铺诊室里给病人看病，师父张伯祖在指导讲解……

他和雪莹在后院中幽会，张仲景撞到了，悄悄走开……

张仲景到太守府，同他激烈争执……

他夸官时见到张仲景和雪莹……

夸官后他去药铺，受到雪莹的冷遇……

回忆的画面消失，任彦成慢慢起身，走到窗前，看着窗外。

任彦成：雪莹……

他喃喃地叫出了声。

他回到几案前，给岳父回信，奋笔疾书。

配画外音：岳父大人金安，顷接来书，小婿感慨万千。小婿与仲景自幼投张师门下，情同手足，但他因我的婚姻之事，多有抱怨，而小婿体谅前情，并不怨恨于他。他医术之高明，实在我上，如能到医署来，将来有疑难杂症，当可倚靠，助小婿一臂之力。官场之内，动辄得咎，仲景若来，可以分忧。但举荐大事，全凭岳父大人定夺，小婿不敢妄下断言。另有一书交与内人同封一函，谨再拜，三叩首。

39

张家药铺前。白天。

乔县令飞马赶来，下了马就喊：仲景兄，大喜！仲景兄，大喜！

乔县令走进诊室。

40

张家药铺诊室内。白天。

小宽正在给病人看病，乔县令进来：张先生呢？

小宽：我家师兄出远门了，大人找他何事？

乔县令：啊？这可如何是好？张先生已经被举荐为南阳郡今年的孝廉，太守急着要召见他，他怎么能不在呢？

小宽先是一喜，又发起愁来：他都走了三天了，说是去伏牛山凌清观找静虚道长学医。

乔县令：何时回来？

小宽：这我就不清楚了。你问问我嫂子，看她知道不。

乔县令：啊？这么大的事，居然也不告诉我。张夫人在哪里？

小宽转身朝里屋：嫂子——

41

张家药铺后院。白天。

雪莹正在晾晒刚洗好的衣服，张母正在晒太阳，怀里抱着仲景和雪莹的儿子。

乔县令进来：老人家，张夫人。

雪莹高兴地：乔大人，您怎么来了？

乔县令：张先生已经被举荐为今年南阳郡的孝廉，我要带他去见太守。

雪莹又喜又惊：啊？可他出门啦。

张母站起来，疑惑地：什么……笑脸儿？他不爱笑啊。

雪莹：娘，您没听懂，仲景是要被推荐到荆州城去做官。

张母惊慌地：啊？做官？那可不是闹着玩的，咱小老百姓，哪知道咋做官啊？

雪莹：他要真去了，在官场里还能学不会做官？

张母更惊慌：那可了不得，在大官跟前要是说错了一句话，那是要掉脑袋的。

乔县令：老人家不要担心，当官的也要讲理，您儿子人品端正，医道高明，刺史大人见了他，不仅不会给他降什么罪，还会大大地赏赐他呢。

张母：刺史？还有人叫这名字的？

雪莹：娘，您不明白，刺史是咱荆州最大的官呢。

张母：哎呀，反正我心里不踏实。总怕他去了会惹什么祸。

乔县令：他在您眼里，永远是孩子，所以您总觉得他会惹祸。可现在不同了，他都结婚成家了，拖家带口的，遇事就会谨慎，不会闯祸的。

雪莹：娘，谁都盼着子孙能为官做宰，光宗耀祖，您怎么跟别人想的不一样呢？

张母：唉……可这孩子太老实，我总是为他担心。

乔县令不想再和老太婆说话，将雪莹拉到一边：张夫人，张先生若今天不能回来，就得赶紧派人去把他找回来，否则太守那里，我可是交不了差。这次我为了保举张先生，几乎和太守翻脸，现在太守答应了，他却跑了个没影儿，这让我怎么办？

雪莹：大人别急。大人的一番盛情，我们夫妇感激不尽。相公他走的时候，只说去伏牛山找静虚道长，我也不知道静虚道长住哪里。

乔县令：事已至此，我只有赶紧派人去找了。

忽然听到院外传来锣鼓声。

乔县令：有人结婚了？

两人一起走出去。

42

张家药铺前。白天。

锣鼓声。

宛县陈家庄的二虎带着一群人走来，几个人扛着一块大匾，上面写着"再生父母"几个字。二虎的两个孩子也在人群中。

乔县令：二虎，你又来搞什么名堂？

二虎：张先生当初救活了我的两个孩子，前些天又治好了我的老胃病，这几天我请人做了个匾，特地送来给恩人张医师。

乔县令：你这个二虎啊，倒是个实心实意的人。只是张先生外出去伏牛山寻访高人去了，连太守要举荐他为孝廉的事，都要耽搁了。

二虎大喜：张先生被举了孝廉？这可是天大的喜事啊！我真是来对了，大家都吹起来打起来呀！

锣鼓声又响起。

乔县令招呼了几次，才让他们停下来：先别高兴得太早，要是找不到张先生，耽误了去荆州参加考试的时间，那可就空欢喜了一场。

二虎：那赶紧把这块匾挂上，然后我让乡亲们帮忙去找，不找到张先生决不罢休！

大家：好！

雪莹这时上前：二虎兄弟，你这"再生父母"四个字，实在说得太重了，我们可承受不起啊！

二虎：张先生救了我两个孩子的命，怎么不是我孩子的再生父母？我还要让孩子拜他为干爹呢。

乔县令笑：这位就是张先生的夫人，正是你孩子的干娘呢。

二虎一摸后脑勺：哎呀，你看我莽撞的。

二虎扒拉两个孩子：快给干娘磕头。

两个孩子跪下，齐声：干娘。

雪莹急忙去扶：快起来快起来。这样吧，把匾挂在后院我婆婆住的屋子里，让她老人家高兴高兴。

众人：好！

众人七手八脚把匾抬进了屋。

43

荆州。蔡夫人住处。夜。

蔡夫人和衣而卧,锦儿在给她捶腿。

蔡夫人:锦儿,你说大人今晚会来吗?

锦儿:锦儿说不好。

蔡夫人:这里没有外人,就咱们俩,有话直说。你跟了我这几年,我早就把你当自己的小妹妹看了。

锦儿慌忙跪倒在地:锦儿不敢。

蔡夫人:大惊小怪做什么?起来。我也就只有你这么一个贴心人,可以说说心里话,你就别拘束了。我也出生在布衣之家,小时候见惯了世态炎凉,饱受了人情冷暖,好不容易嫁给了大人,虽是个侧室,也享受了荣华富贵,熬到今天这一步,应该说没什么可抱怨的了。虽然得了富贵,却失去了自由,而且这府衙之中,到处都是陷阱,朝不保夕,这提心吊胆的日子,真是难熬啊!

锦儿捶着腿,低下了头。

蔡夫人:你也不小了,青春尚在,想没想过将来找个什么人家?

锦儿终于开口:只想着夫人能照应着锦儿,能活得平平安安的,也就知足了。别的事锦儿不敢想。

蔡夫人:每次大人来我这里的时候,都不回避你的,你是什么感觉?

锦儿羞红了脸,不肯作声。

蔡夫人:你倒是说话呀,有没有看上什么人?

锦儿:夫人今天怎么跟我说这些?一入宦门深似海,在这府衙里,我能碰到谁呢?陈夫人那里有个姐妹,不守规矩,找个小侍卫当相好的,让陈夫人知道了,把命都丢了,夫人又不是不知道。

蔡夫人:我可不会像她那样对待下人。你要是看上了谁,我就把你嫁给他。

锦儿迷惑不解地看着蔡夫人。

蔡夫人:上次来的那个任医监,你觉得怎么样?

锦儿有些害怕,低头不语。

蔡夫人：你要是听我的话，我亏待不了你。我要是倒了霉，你绝对不会有好日子过。

锦儿跪倒在地：夫人！锦儿的命都在夫人手心里，不管让锦儿做什么，锦儿都听夫人的。

44

医署。医监处。白天。

仆役进来禀报：任大人，蔡夫人身感不适，张大人请大人过去看看。

任彦成起身，跟着出去。

45

蔡夫人住处。白天。

任彦成进来，蔡夫人起来迎他，锦儿却歪在床榻上。

任彦成跪下：夫人好，您哪儿不舒服？

蔡夫人：起来吧。不是我不舒服，是我的侍女锦儿腰疼，站都站不起来。我看她实在太可怜了，就撒了个谎，说是自己有病，把你诓来了，你不怪我吧？

任彦成：夫人说哪里话？

蔡夫人：你就给她看看吧。

任彦成过来，又犹豫了：这样的病，应该是女医官来看，我去叫个女医官来吧？

蔡夫人：你可是不知道，那两个女医官，光给陈夫人的侍女看病都看不过来，这府里上百的侍女，她们哪里愿意管？她们就任这些侍女自生自灭，我看锦儿太可怜了，才想到了找你来，她毕竟是我最贴身的人了。

任彦成：可是男女有别，这腰部实在是……

蔡夫人：她一个侍女，又不是夫人，还忌讳那些个？这里就咱们仨，没有外人，你就为她看看吧。

任彦成只好硬着头皮走上前来。锦儿翻了个身，趴在床上。任彦成掀起她的衣衫，看到雪白的肌肤，只觉得晃眼。一摸到锦儿腰部的皮肤，任彦成手不由得哆嗦了一下。

46

蔡夫人住处外。白天。

几只鸟呼啦啦惊飞到了别的树上。

47

蔡夫人住处内。白天。

任彦成：是这里疼吗？这里吗？这里？

锦儿故意大叫了一声：啊！

任彦成：就是这里了。我给你扎几针，应该有用的。

任彦成开始给锦儿扎针。

任彦成捻针：感觉如何？

锦儿：好一点，可还是有点疼。

蔡夫人：我听说腰疼病推拿很有效，任大人能不能给她推推？

任彦成：这……好吧。

任彦成取下针，一把一把地给锦儿推拿，有点被锦儿引诱住了。

48

蔡夫人住处内一角。白天。

蔡夫人注意地观察着任彦成的神情。

她脸上露出一抹计谋得逞的笑容。

49

蔡夫人寝床上。

锦儿已经坐了起来：任大人，真要谢谢你，我感觉好多了。

任彦成收拾东西，准备离开。

蔡夫人走过来：锦儿，任大人专门跑来给你这么个小侍女治病，这可是破天荒的。你送送他吧。

锦儿：是。

任彦成：不用不用。

可锦儿不由分说地跟着任彦成往外走。

50

蔡夫人住处外的一处台阶上。白天。

任彦成和锦儿往前走。任彦成：锦儿，你留步吧。

锦儿下一个台阶的时候，故意闪了一下脚，任彦成急忙去扶她，她歪在了任彦成怀里。

僵持了一下，任彦成忙松开她。

锦儿：大人，我这腰疼，白天还好，晚上犯得特别厉害，疼得整宿整宿睡不着觉。大人刚才给我推拿，我舒服极了。可我是个侍女，知道是不应该麻烦大人的，锦儿谢谢您了。

锦儿要跪下，任彦成急忙拦住：区区小事，何足挂齿？

锦儿：那以后大人还会给我推拿吗？

任彦成：又有何不可？

锦儿往回走，但老回头看任彦成，恋恋不舍的样子。

任彦成也看着她，有些发呆。

51

伏牛山。白天。

山色。

52

凌清观内。白天。

观内青烟缭绕。

张仲景风尘仆仆地走了进来。

道人长生上前搭话：施主，是来进香的吗？

张仲景：我是南阳郡的一个医师，姓张名仲景，来拜访观里的静虚道长，向他学医的。

长生：施主来得真不巧，我家道长出外云游，尚未归来。

张仲景有些失望，但又有些疑惑，低声自语：都说这道长性情古怪，不会是躲着不见吧？

他慢慢走出道观。

53

凌清观内一密室中。白天。

鹤发童颜的静虚道长正在打坐。

长生：师父，您三天粒米未进，只喝这黄芪汤，徒弟实在是放心不下，请您还是用点斋饭吧。

静虚：你休要管我。我来问你，这几日观内来过什么人吗？

长生：只来过一个南阳郡的医师，叫张仲景。听说师父不在，就走了。

静虚：南阳郡的张仲景？他和张伯祖是什么关系？不是张伯祖的什么子侄辈的人吧？听说张伯祖有两个徒弟，扑灭了南阳郡的瘟疫，一个已经到荆州当差了，这一个，是什么人？

长生：徒儿不知。

静虚：下次他要是再来，你先安排他住下，但不要让他来见我，就说我捎信来，快回来了，细细打听一下，他到底是什么人。

长生：他还会再来吗？

静虚：无事不登三宝殿，既然来了，没见到我，哪会轻易走？

54

凌清观内。白天。

二虎气喘吁吁地进来，对长生：小道士，南阳郡有个张医师，来过吗？

长生：来过，又走了。

二虎：走了？

长生：我家师父出外云游未归，他来扑了个空，自然就走了。

二虎：去哪儿了？

长生：这位施主好生奇怪，他去哪里，怎么会告诉我？

二虎：哎呀，这下坏了。南阳郡要举荐他为孝廉，到荆州去做官呢，谁知道他跑得没影儿了。小道士，他要是再来，你赶紧告诉他，让他赶快回家，就说乔县令让他赶快回去，要去荆州做官呢。

长生点点头。二虎急慌慌地走了。

55

荆州刺史府。医监官邸。白天。

仆役又进来禀报：任大人，还是蔡夫人派人来叫您呢。

任彦成：你看哪位医师在，叫别人去吧。

仆役：传话的张大人说，蔡夫人一定要叫您去。

任彦成想了想，起身出去。

56

蔡夫人住处内。白天。

一卫兵领着任彦成走了进去，见蔡夫人的幔帐垂着，看不见里头。

卫兵：夫人就在里面，我告退了。

说完，卫兵走了。

任彦成以为蔡夫人在里边，行礼：任彦成见过夫人。

幔帐里悄无声息。

任彦成有些奇怪，走近幔帐，再行礼：医监任彦成，见过夫人。

里面居然是锦儿的声音：大人，是我。

任彦成吃了一惊，幔帐被撩开，锦儿躺在里面盖着被子。

锦儿：我的腰又疼得不行，夫人就把您叫来了。刚才陈夫人找夫人去说话，夫人就走了，让我躺在这里等大人。

任彦成有点发呆。

锦儿：大人，您还是帮我推拿一下吧。

任彦成心潮起伏地环顾左右：好吧。

57

伏牛山中。白天。

张仲景边采药边来到一个小山坡上。

他看见一个中年男子正拎着一个瓦罐给山坡上的一片野草浇水。

张仲景有些好奇地上前：大哥，你为何给这些野草浇水？

那男子直起腰看了看张仲景：因为它能给我治病啊。

张仲景：哦，你得了啥病？

男子：我几年前脖子上长了许多蚕豆般大小的疮，形似链珠，溃破流脓，找了许多医师也治不好，绝望至极，后来凌清观的静虚道长让我来这里，捋这种野草顶端的球球煎汤服用，竟慢慢好了。

张仲景新奇地：是吗？

男子：你看这草，现在是夏天，它的顶部却黄了，所以静虚道长叫它夏枯草。

张仲景上前仔细察看夏枯草顶部的球球。

男子：静虚道长说，这夏枯草性寒，可入肝、胆二经，有清热散结、清肝明目的功效。

张仲景急忙掏出笔和竹简，在上边记着……

58

蔡夫人住处内。白天。

任彦成还在幔帐前犹豫着。

幔帐内的锦儿不高兴地：你倒是还推不推拿了？

任彦成下定决心地：好，好。

任彦成说着走到床边坐下，掀开被子，倒抽了一口凉气。

原来锦儿光着上身，下身只有一件中衣。

任彦成尽量克制住自己的心情，闭着眼睛给锦儿推拿腰部。

但他的手还是不由自主地向上移动，同时睁开了眼睛。

他能看见一点点乳房的轮廓，在锦儿的身子下面。

他的手慢慢向锦儿的胳肢窝滑去，见锦儿毫无反应，再往下移。

锦儿：大人，我让你推拿腰部，你推到哪儿了？

任彦成急忙缩回手：好了吧？还疼吗？

锦儿忽然坐起，面对着任彦成，镜头里是她完整的背部。

任彦成目瞪口呆，手足无措。

锦儿抱住了任彦成。

任彦成有些惊慌地：夫人快回来了吧？不行，我得赶快走！

忽然一个男人的声音传来：往哪儿走啊？

任彦成吓得灵魂出窍。

第九集

1

蔡夫人住处内。白天。

蔡瑁、张成和蔡夫人从隐藏的角落里走出来。

任彦成从床帮上跌落下来,跪在地上,浑身像筛糠一样颤抖。

锦儿从容地穿起了衣服。

蔡夫人:任大人,我让你来给锦儿看病,可没让你抱她啊!

任彦成吓得满脸是汗:我……我……

锦儿这时也装模作样地跪在了地上。

蔡瑁:张大人,医官与侍女私通是何罪?

张成:不死也得扒层皮。这要让刺史大人知道了,凌太守的官位都难保啊。

任彦成一下晕倒在地,锦儿急忙将他扶住。

蔡瑁笑:就这熊样?

蔡夫人拿起一杯水,泼在了任彦成脸上。

任彦成惊醒,往前匍匐了几步,抱住蔡瑁的腿:蔡大人,救救我!

蔡瑁:你自己犯了罪,我要替你隐瞒就是欺骗刺史大人,也吃不了兜着走!你说,我怎么救你?

锦儿:夫人,救我!

蔡夫人上去扇了锦儿一耳光:小贱人,做的好事!

蔡夫人又回头对蔡瑁:弟弟,这个锦儿是我最贴心的人,她要是没了,我在这里可住不舒坦,我看,就饶了他们这一遭吧。

任彦成一听这话,又急忙朝蔡夫人作揖:夫人,救救我!

蔡夫人脸上浮现出轻蔑的表情。

蔡瑁给张成使了个眼色。

张成:蔡大人,您看夫人的面子吧。任大人也是初犯,平日为府里上上下下,也看了不少病,没有功劳也有苦劳。我看,就饶了他们这一回,给放了吧?

蔡瑁:放了?

蔡夫人：放了吧。

蔡瑁：好，那就看在妹妹的面子上，我把风险担起来，放了你们。

说完，蔡瑁和张成走了。

任彦成跪在那里，头低到地上，仍然像筛糠一样地抖。锦儿看着他，突然有点同情。

蔡夫人：任大人，你还不走？

任彦成抬头一愣，然后慌张地站起来，要往外走。

蔡夫人：站住！

任彦成回头看着蔡夫人，如丧家之犬。

蔡夫人：你也不把衣服整理好，就这么走啊？

任彦成急忙把衣服整理好，慌张地走了。

2

蔡夫人住处外。白天。

锦儿站在门口出神地看着任彦成离去的背影。

蔡夫人：怎么？你还真舍不得他了？

锦儿急忙跪下：奴婢不敢。

蔡夫人：我是过来人，告诉你吧，对男人啊，万万不可动心。只要你对他动了心，八成要死在他手上。

锦儿低头不语。

3

医署。医监处。白天。

任彦成失魂落魄地回来，跌坐下来。

仆役：任大人……

仆役的一声叫喊，吓得任彦成险些跌倒。

仆役：任大人，您的家书。

将家书递给任彦成。

任彦成展开竹简，凌太守画外音：贤婿，张仲景已被举为孝廉，月内将赴荆州应考。我已命项管家押运银车，送银千两，由你在荆州购买宅邸，事成后即送晶儿母子到荆州与你团聚。岳父字。

任彦成放下这封，又打开另一封。凌晶画外音：官人，你的身子可好？公事可忙？别后牵念无穷，一日三秋。妾日日焚香默祷，唯盼君平安。妾和果儿饮食起居如常，君勿以我们母子为念。晶字。

任彦成的眼泪滴到了竹简上，手也颤抖起来。

仆役：大人……

任彦成：你说，这荆州城里，哪里有好的宅邸要出售？

仆役：容小人仔细帮大人打听。

任彦成：那好吧，你先退下。

仆役：是。

4

伏牛山一处山坳。白天。

张仲景正在采药。

一个樵夫担着一担柴走过来。

张仲景打着招呼：老伯，打柴啊。

樵夫：先生是在采药吧？

张仲景：是呀，咱伏牛山里的地黄和山药是上好的药材，见了不采那可太可惜了。

樵夫：先生既是来采药的，想必也会治病吧？

张仲景一笑：略懂一些，怎么，你身子不舒坦？

樵夫：我身子倒好，只是我发现了一只黑猿躺在那边的山洞里，不吃不喝的，像是病得很重，不知你能不能给它治治，怪可怜的。

张仲景急切地：是吗？快领我去看看。

5

一个山洞。白天。一只黑猿躺在那儿，急促喘息，一看便知病得很重。

樵夫指着黑猿对仲景：怕是快要死了。

张仲景仔细地看着黑猿，慢慢伸出手，触摸着黑猿的前臂和后爪。

樵夫：你不用怕，这东西不伤人的，它通人性。

黑猿显然已无躲闪的力气，可怜巴巴地看着张仲景。

张仲景又看了看黑猿的眼睛，然后对樵夫：你在这儿稍等，我去采几味药。

说罢，张仲景放下身上背的包袱和药兜，转身去了洞外。

6

洞口。白天。

张仲景将几味洗净的草药放在石板上边捣碎边对樵夫：麻烦你去溪里舀半碗清水来。

樵夫用自己的碗舀来半碗清水。

张仲景将捣碎的草药糊糊放到水里搅匀，然后示意樵夫：来，给它灌进嘴里。

张仲景将黑猿半扶起，在樵夫的帮助下将药水灌进黑猿嘴里。

张仲景又把黑猿放倒在地上。

樵夫：先生，它能好吗？

张仲景：差不多吧。你明天再来砍柴时，把这些药捣碎，像刚才那样再给它喂一回。

樵夫：好。

张仲景拿起自己的东西对樵夫：咱们走吧，让它睡一觉……

7

伏牛山凌清观内。白天。

张仲景挎着自己的包袱和药兜，又走进观内。

长生：施主，你又来了？

张仲景：是。

长生：南阳郡有人来找过你，说你已经被郡里举荐为今年的孝廉，请你赶快回去。

张仲景一惊：是吗？

长生：施主请回吧。

张仲景：不见到你家道长，我是不会回去的。

长生：不知师父今天能不能回来呀。

张仲景：那我就等他回来。这两天我在伏牛山中，采到了一种稀有的药材，想献给你家道长。

长生：可否一看？

张仲景从包袱里拿出一株千年野白术。

长生的眼睛立刻直了：野白术？

张仲景：等见到你家道长，我想把这个献给他。

长生：施主，这样吧，你先在观内住下，只要师父一回来，我立即给你禀报。

张仲景点点头。

8

观内一密室。白天。

长生走进来，向静坐修炼的静虚道长禀报：师父，那位张仲景先生又来了，他这两天在山中采到了千年野白术，说要献给师父。

静虚大惊：啊？老朽在这里修行五十年，也只采到了一株千年野白术，他来了才这么两天，竟也能采到一株？速速叫他来见我。

长生：是。

9

密室门口。白天。

张仲景在长生的带领下走了进来。

张仲景躬身施礼：道长好。

静虚：先生好。我这出家修行之人，修炼时喜欢清静，故先前未曾出去见你，请宽恕。

张仲景：仲景理解道长，仲景实在不该打扰道长的。

静虚：听说先生采到了千年白术？

张仲景将野白术从药兜中取出，献给静虚。

静虚拿过野白术端详，激动不已：看这年轮，果然超过了千年，只怕比我三十年前采到的那株，年头还要长些。你是在哪里采到的？

张仲景：也是凑巧了。那天我在山中采药，发现了一群野猪，在抢什么东西吃，我将野猪吓散，结果就找到了这株千年野白术。

静虚：对了，对了。想这伏牛山中，白术应该不止一两株，可大多被这些孽畜给吃了。连这些孽畜都知道吃了白术能强身健体，可见白术的药效，是多么神奇啊。

张仲景：白术能健脾燥湿，益气生血，和中安胎，像这样的千年野白术，效力更是非常。我想，此物既在伏牛山中，不如将它献给伏牛山的主人吧。

静虚笑了：先生言重了，老朽哪能称为伏牛山的主人？我不过是在此住的时间长些罢了。先生此番从南阳郡城来此，一定要见老朽，不知所为何来？

张仲景抱拳：仲景自幼跟随我家师父张伯祖学医，略通药理，但医术其实还差得很远，对有的病觉得束手无策，对于随症加减之法，也尚未摸到门径，特来向道长请教。请道长不嫌仲景愚鲁，指点一二。

静虚：哪里哪里，先师张老先生是南阳郡的名医，三十年前贫道曾与他有过一面之缘。先生既得他老人家的真传，医道只怕还在我之上，哪里还需要向我讨教？

张仲景：请道长为了天下多一个救百姓性命的医师，不吝赐教。

静虚叹了口气：难得你一片赤诚。这样吧，你在我这破道观里住下，跟我的徒弟们住在一起，待我慢慢将一些验方、秘方传授于你。

张仲景长揖跪地：多谢道长。

静虚急忙扶他：快快请起。

10

荆州。医署。白天。

任彦成正在伏案办公，蔡瑁和张成走了进来。

仆役过来对任彦成：任大人，蔡大人、张大人来了。

任彦成抬头一看，吓得急忙跪倒在地：不知二位大人来到，任某有失远迎。

张成：任大人何必行此大礼？起来说话。

任彦成哆嗦着站起来。

蔡瑁：任大人，听说你正张罗着在荆州城里买宅邸，我倒是有一处宅邸，在城的东南角，不知道任大人愿不愿去看看？

任彦成很意外：大人的宅邸，任某如何敢去看？

蔡瑁：这座宅邸，闲在那里已经有好几年了，一直没人居住，任大人不妨去看看，如能看得上眼，就暂且住进去，也好在荆州城里有个安身之所。

任彦成：任某万万不敢。

张成给眼色：任大人，别死心眼，蔡大人愿意给你是看得起你，这宅邸，你一定要去好好看看。

蔡瑁：你先去看看吧，如果觉得不合适，再挑别的地方。

任彦成：如此说来，任某只有感谢蔡大人的美意。

张成转对仆役：地方都告诉你了，过两天就带任大人去看。

仆役：是。

11

南阳郡。张家药铺客房。白天。

乔县令在房中焦急地走来走去，如热锅上的蚂蚁。

门外传来喊声：乔大人！

那人随即破门而入，是二虎。

乔县令着急地：怎么样？找到了吗？

二虎气喘吁吁地：没……没找着。

乔县令：你都到哪里去找了？

二虎：我带着乡亲们分成几路，沿着每一条可能通往伏牛山凌清观的道路去找，我最先找到了伏牛山凌清观，问观里的道士，道士说，张先生来过，静虚道长不在，他又走了。

乔县令：走了？去哪里了？

二虎：道士说不知道，我就赶回来了，急着给您报信。

乔县令一跺脚：这可如何是好？这可如何是好？不能及时见太守也就罢了，要是赶不上到荆州去考试，那可就麻烦了！

他抬头一看，发现雪莹、小宽、张母都在门口。

雪莹：乔大人，您的大恩大德，我们心领了。我家夫君本来无意做官，这次就算错过机会，也没啥大不了的，看来他就是做医师的命。

张母也跟着点头。

乔县令长长叹了一口气：看来我只有报告太守，让他另行举荐别人了。

二虎听着也叹了口气。

12

南阳郡。大街上。白天。

乔县令正往太守府走着。走着走着，他忽然停了下来。

他掉转马头，往回走。

13

南阳郡。张家药铺后院。白天。

乔县令走进来，雪莹、二虎在院中。

二虎：乔大人，你怎么又回来了？

乔县令：张夫人，你说张先生现在可能在哪里？

雪莹摇摇头。

乔县令：我猜，他一定还在伏牛山凌清观。

二虎：为什么？

乔县令：几年前张先生在陈家庄灭疫的时候，我就看出了他是个不达目的绝不回头的人。他既然想去伏牛山凌清观见静虚道长，那他一定要见到静虚道长才肯罢休，怎么会轻易就离开呢？

二虎一拍大腿：对啊，我怎么就没想到呢？

乔县令抓住二虎的胳膊：二虎，你随我一道去伏牛山凌清观，这次我亲自出马，一定要说服张先生回来。

二虎：可您的县衙怎么办呢？

乔县令：让县丞代管几天，料也无妨。走，现在就跟我走！

二虎：好！

14

荆州城东南。一座豪宅。白天。

门前有两尊大石狮子。镜头上推，出现一块油得漆黑的空匾。匾两侧是两个大红灯笼。

仆役赶着马车，任彦成坐在车上，来到豪宅前。车停，仆役扶任彦成下来。

任彦成看着豪宅宅门吃惊地：我的天，这么气派？

15

豪宅内。白天。

大门打开，一座影壁。绕过影壁，一条青砖甬道。里面是一个三进院落。

东、西、北三面都有房屋，如此连续三进。（可仿照四合院结构，但又不是明显的四合院，应该有东汉建筑特色。）

任彦成仰头，看着到处都悬挂着的红灯笼。

任彦成不禁有些天旋地转了。

16

豪宅第二进院落内。白天。

任彦成走进院门。

突然听到北面正房里有人声，这时门开了，从里面出来了四个丫鬟。

任彦成 一惊。

四个丫鬟向任彦成施礼，其中一人：我等奉蔡大人之命，在此等候着为任大人领路。

任彦成再次一惊。

17

正房室内。白天。

任彦成在丫鬟们的带领下，来到正中堂屋，家具齐全，一面巨大的屏风气派非凡。

丫鬟们示意任彦成跟随着她们到旁边的侧房。

18

侧房卧室。白天。

任彦成走进来，里面是卧室的布置，家具都很齐全。轻罗帐中，似有人影。

丫鬟悄然退下。只剩下任彦成一人。

他诧异地上前，轻轻掀开轻罗帐一角，里面竟坐着锦儿。

任彦成吓得倒退了几步。

锦儿这时跪坐在帐中，朝任彦成拜了一拜：夫人让我在这里，等候大人多时。

任彦成害怕地转身就走。

锦儿轻声地：大人，夫人交代我，要好好侍候您，你若走了，岂不辜负了这大好机会，锦儿这些天，可是一直在想着您。

任彦成停住了脚。

他下了决心，重又向门口快步走去。

19

豪宅前院里。白天。

任彦成慌慌地对仆役：咱们走。

话音刚落，从一侧的偏房里走出了张成，张成笑着：任大人，这宅子还合意吗？

任彦成急忙施礼：宅子当然很好，只是在下官小钱少，实在是买不起。

张成"哧"地笑了：任大人，要说买呀，就凭你干医监的俸禄，干一百年也买不起。就算有那么些钱，这地段，也轮不到您来买。这宅子，蔡大人也是没花钱弄到手的，所以现在自然是要送给大人，哪里要您什么钱？

任彦成吓得脸色发白：啊！这我如何敢要？

张成：跟您说句实话，这话从我嘴里出来，进了您耳朵，就完了，您要是再跟别人说是我说的，我可不承认。这宅子啊，您要了，将来会遭什么祸，谁也说不准。可您要是不要，明天就得遭祸！

任彦成惊得眼珠一跳……

20

伏牛山。道士住处。清晨。

张仲景和道士们正在收拾床铺，突然听到屋外有道士：师父不行了，师父不行了！

众道士和张仲景都跑了出去。

21

　　静虚住处密室。白天。

　　张仲景和道士们跑进来。

　　只见静虚道长还在打坐，但面色蜡黄，两眼紧闭，口吐白沫，手脚僵硬。

　　众道士围着静虚道长大哭起来：师父，师父，您这是怎么了？

　　张仲景走过去，仔细观察道长的神色，又切了切他两手的脉，点点头：道长的病，待会儿自然就好了，不碍事。

　　众道士愤怒地：什么？师父都病成这样了，还不碍事？

　　张仲景：我是根据脉理说话，道长脉象正常，气息均匀，其实并没有病。他表面的症状，可能是练辟谷功练的。

　　众道士都去看静虚，静虚果然慢慢睁开了眼睛。

　　静虚：你们都散去吧。我没病，只是今天收功收得晚一点，让你们看到了。

　　众道士慢慢出去。

　　静虚：张先生留步。

　　张仲景站住。

　　静虚：其实我是有意要考考你，果然让你看出了端倪，不简单啊。

　　张仲景笑笑：还请道长多多赐教。

　　静虚：你也去吧，先在观中砍柴烧火，到时候我自然会教你的。

　　张仲景退了出去。

22

　　荆州城门外。白天。

　　任彦成看着远方的大路，焦急地在等人。

　　一队车马远远地来了，走近了才看出来，是南阳郡太守府的项管家押着银车而来。

　　任彦成：项管家！

　　项管家急忙命人停下车：任姑爷！

　　任彦成：这里不是说话的地方，走，先把车赶到我家去。

项管家一愣：你家？

任彦成：你就跟着我走吧，到那里就知道了。

23

任彦成宅邸。白天。

银车赶到了荆州城东南角的那座豪宅外。原来空着的黑匾，换成了刘表题写的"神医高手"四字的金字匾额，门口挂的灯笼上，也写上了斗大的"任"字。

大门打开，任彦成指挥项管家把马车赶进去。

项管家一边进门一边惊叹：好气派！

24

道观内。白天。

张仲景正在劈柴，长生过来：张先生，师父请你过去。

25

静虚密室。白天。

一个病人躺在中间，几个道士围着他，有人在给他切脉。静虚坐在一旁。

张仲景：道长。

静虚：你来了。刚好有一个病人前来问诊，我这几个徒弟，都有些医术，我把你叫来，请你也给他看一看。

张仲景过去，给病人切脉。

静虚：各位，这位病人所患何病，当如何医治，请一一道来。

一道士拱手：师父，这位病人腹痛已经好几年了，近两天腹痛加剧，前来求治。我以为，当以大黄、巴豆等寒凉利泄之药，助其排便，为医治之根本。师父如果允准，我将开出一方，请他服用几服，再看效果。

静虚：各位还有没有别的看法？

其他几个道士窃窃私语了一阵，都没有出来说话。

静虚：张先生，你看呢？

张仲景：如用寒凉之药，病情不但不会减轻，反而会加重，病人腹痛将更加难忍。

众人都吃了一惊。

张仲景：此人腹内有虫，所以才会腹痛几年，如用寒凉之药，虫杀不死，在肚子里兴风作浪，病人反而更难受。当务之急，在于杀虫，此虫已有二十余寸长，一般药物恐怕杀不死，只有用乌梅丸，方能起死回生。

众道士看向张仲景：乌梅丸？

张仲景：此虫已从肠道，爬到了病人的胃里，病人才会疼成这般模样。乌梅丸吃进病人胃里，必会先被虫吃了，杀死虫应该没有困难。

静虚颔首：张先生果然是伯祖师父的高徒，这个病看得很准啊。看来我将随症加减之法传授于你，应该是实至名归的了。

长生突然进来：师父，观外有人来找张先生，好像还是个当官的。

静虚：哦？照张先生所开之方为病人诊治，各位，随我出去看看。

26

凌清观大殿。白天。

张仲景跟着静虚和众道士从后门走进来，看见乔县令和二虎等人已经来了。

乔县令：仲景兄，你让我找得好苦！

张仲景：乔大人。

二虎：张先生！

张仲景：大人干吗到处找我？

乔县令：南阳郡已经举荐你为今年的孝廉，下月初八就要到荆州去参加考试，算来只有十来天的时间了。

张仲景：乔大人还真举荐我为孝廉了？

二虎：是啊，通过考试，张先生就可以到荆州城去做官了，这可是天大的喜事。

张仲景：这？

乔县令一把抓住张仲景：什么也别说了，你现在就跟我走。

张仲景挣脱开：大人，仲景无意做官。我到伏牛山来，是要向静虚道长学习随症加减之法的，静虚道长已经答应传授于我，这个时候我是万万不能走的。

乔县令一愣。

静虚默默地看着眼前的场面。

乔县令：仲景兄，借一步说话。

张仲景点点头。

二人走出殿外。

27

殿外。

乔县令：仲景兄，这次为了保举你为今年的孝廉，我几乎与太守大人闹翻了，太守好不容易答应举荐你，你的名字已经报到了荆州。现在你却说不去，你这不是……

张仲景：乔大人，我可从未答应做什么孝廉当什么官啊，我一门心思只想当个好医师，多多为百姓治病，请你体谅体谅我，原谅我这一回。

乔县令：现在这已不是你我之事，而是关系到南阳郡在刺史大人那里的声誉，已经被举荐为孝廉的人，居然拒不出仕，上边怪罪下来，南阳郡如何承担得起？

张仲景：这……可我也不能为了南阳郡的面子，就改变自己一生的志向啊！

乔县令：你的志向是什么？

张仲景：当然是治病救人，造福天下苍生！

乔县令：做官也并不与你的志向相矛盾啊！

张仲景：怎么不矛盾？到官场里即使可以行医，也只是为达官贵人看病，哪还能为百姓看病？

乔县令突然仰天大笑。

张仲景：大人笑什么？

乔县令：我笑你空有远大的志向，见识却很短浅。

张仲景：此话怎讲？

乔县令：我且问你，几年前那场瘟疫，是你一个人扑灭的吗？

张仲景：当然不是，是众人之力。

乔县令：是啊。你不过是研制出了方子，可即使是陈家庄的病人，也不是你一个人救下来的。如果不是整个南阳郡上上下下齐心协力，将你的方子大力推广，你如何能扑灭得了瘟疫？

张仲景陷入沉思。

乔县令：你想一想，以你一个人的力量，就算一年三百六十五天，天天给病人看病，能看多少病人？可天下有多少百姓都被病痛折磨？那是你一个人看得过来的吗？如果真正想解救天下苍生的疾苦，那就一定要借助朝廷的力量啊！

张仲景看着乔县令。

乔县令：你此番被举为孝廉，能够到荆州做官，在刺史大人身边，就能影响刘刺史，影响朝廷。他们如果将你的平生所学，编纂成册，刊行天下，天下的医师都能了解你的医术，学习你的医术，再去为病人治病，那才是真正为全天下的百姓造福啊！

一席话说得张仲景有些心动了：看来我真是没有乔大人深谋远虑啊！

乔县令：所以啊，你赶紧跟我回郡城去见太守！

张仲景：可是……我费尽辛苦来到伏牛山，求到静虚道长门下，道长已经答应传授我随症加减之法，你让我现在离开，实在是心有不甘哪！

乔县令急得来回踱步，最后：那就让那个老道赶紧传授给你，你再随我同回郡城！

张仲景：道长是世外高人，万万不可造次！

乔县令：怕他做甚，你随我来！

28

凌清观大殿内。

乔县令和张仲景走进去，乔县令刚要开口，静虚一摆手：大人不必多言，我即刻就将随症加减之法传与张先生，请随我来。

29

道观药房内。白天。

一间不大的药房，里面摆满了书橱、药橱，墙上挂满了画在帛上的挂图，地上有制药的炉灶和许多药篓。

静虚和张仲景、乔县令进来。

静虚从书橱最里面拿出两大捆竹简：这是《凌清方》上下册，是我凌清观几代祖师行医问药的心血结晶，请张先生就在这里熟读默记，全部背下来之后，就可以离开伏牛山了。

乔县令吃了一惊：啊？这么两大捆，全背下来那要背到什么时候？何不让张先生带下山去？

静虚：我历代祖师的心血，岂可让人带下山去，只能在这里背。

乔县令：那我让随从来的几个人，帮助张先生一起抄写一份，如何？

静虚：不可！你带的人都不懂医药，一抄就抄得错漏百出，将来万一用错了药，害死了病人，谁负得了责？

乔县令：这？那你让你的徒弟们帮着抄一份？

静虚：他们的医道要是能读得懂这部医书，我早就传给他们了，还轮得到张先生？我只信任张先生一个人，或者抄，或者背，只能由他一人完成，时日倒是不限……

乔县令：可朝廷的考试不等人啊！

静虚：方外之事，贫道就管不了了。

乔县令：你……

张仲景：道长，我就在这里背，抄其实还不如背来得快。乔大人，我估计三天三夜，就能全背下来，大后天清晨，我就可以跟你上路了。

乔县令：三天三夜，这怎么可能？

张仲景：放心吧。

30

药房内。白天。

张仲景边读边背。

31

药房外。白天。

乔县令朝房内观望，焦急地走来走去。

32

药房内。夜。

张仲景点起蜡烛，仍在背书。

33

药房外。夜。

二虎守在药房外,打盹。

34

药房内。清晨。

张仲景放下医书,一脸倦容。

乔县令和静虚道长走进来。

乔县令:怎么样?

张仲景:已经全背下来了。

静虚:真的都背下来了吗?

张仲景点点头。

35

道观院内。清晨。

张仲景、乔县令、静虚站在院中。晨光刚好把院子里的一切都照亮了。

几个道士抬来一个火盆。

乔县令:道长,你这是何意?

长生将两捆竹简拿过来。静虚手持一捆竹简,突然将它扔到了火盆中。

张仲景:道长!

张仲景惊呼起来,想伸手去火盆里捞竹简。

众道士也惊呆了:师父!

静虚笑:呵呵!就用这两卷医书,祝张先生前去做官,能红红火火的。我把《凌清方》传给了你,今后就靠你发扬光大了。

张仲景激动不已:道长!

静虚:不必多言,你们赶路吧。

36

道观外。白天。

张仲景、乔县令一行人离开道观。

张仲景时不时回头，恋恋不舍。

37

道观门口。

静虚和众道士目送他们远去。

长生：师父，您真把《凌清方》烧了？

静虚：我烧的只是副本，真本藏在一个不为人知的地方，不到临死之前，是不会示人的。

长生：副本？

静虚：内容和真本大同小异，是我自己抄写出来的。再说，这《凌清方》我潜心揣摩了几十年，早已烂熟于心，烧了也能再默写出来。我故意烧给张仲景看，是让他以为我真烧了，我把全部的希望都寄托在他身上，他今后能不把《凌清方》发扬光大吗？

长生：他真值得师父这样用心吗？

静虚：他是我这辈子所见过的最聪慧的医师，将来一定会与扁鹊齐名！

38

路上。白天。

张仲景和二虎坐在乔县令的马车上，正走着，张仲景突然想起什么地：停车，停车！

乔县令：怎么了？

张仲景：二位在此稍等，我还有件事没办完，我去去就来。

二虎：可别太久啊。

张仲景一边跳下车一边应：明白。

39

道观后山那个黑猿所在的山洞。白天。

张仲景气喘吁吁地跑到洞口。

黑猿和樵夫正坐在洞里，黑猿的病显然已经好了，一副轻松的样子。

樵夫看见张仲景，高兴地起身走过来：先生，黑猿被你治好了。

黑猿也很快地爬跳到了仲景身边，友好地抬爪摸摸他的手。

张仲景高兴地：只要好了就行。那就再会，我还有急事要去办。

说着，张仲景转身就走。

黑猿站在洞口，感谢似的长吼了一声……

40

南阳郡。太守府客厅。白天。

太守翘首以盼，项管家走了进来。

管家：大人。

太守：你回来了，任姑爷的情况怎样？送去的银子，买宅子够吗？

管家：还没等我去，姑爷就已经有宅子住了。

太守：啊？那一定很寒酸，他的钱买得起什么像样的宅子？

管家：才不是呢，他的宅子，比咱这府里的宅子还气派。

太守大吃一惊：啊？他哪儿来的钱？

管家：这……我也不清楚，也不敢问姑爷。但那宅子的确是气派，我跟着您这些年，也算是有些阅历，可那么好的宅子，在南阳城里真还没看到过呢！

太守叹息：哎呀！他涉世未深，无缘无故揽下一座大宅子，只怕是后患无穷啊！

管家：大人也不必太担忧了，反正还没搞清楚是怎么回事。也许是刺史大人赏他的呢。

太守：怎么可能？谁肯平白无故送他一所大宅子？这……实在是让我担惊受怕！

管家：大人不妨写封信去问一问，不就什么都清楚了吗？

太守：那是要写的，那是要写的。

管家：上次您说，等姑爷在荆州买下宅子，就将小姐送去，还送吗？

太守：送，送。嫁出去的女儿泼出去的水，他要死要活，也只有跟着啦。你快去办此事，让晶儿母子收拾收拾，过两天就起程。

管家：是。

一衙役来报：大人，乔县令来了。

太守：让他进来。

乔县令和张仲景进来。

乔县令、张仲景：大人。

太守：怎么今日才来？去荆州赶考的日子，眼看就要误了。

乔县令：张先生刚巧不在家，我们好不容易才把他找到。

太守：不说这些了，既然回来了，赶紧准备，明日就登程。

乔县令：大人放心，南阳郡离荆州刺史府不是很远，快马加鞭，几天之内就可以赶到，时间还是充裕的。

太守：充裕什么？连今天都算上，也只有七天时间了，万一路上出点事儿，一下子就耽误了！张先生，你为我治过病，又是小婿的同门师弟，南阳郡这次举你为孝廉，也是念在你当初为扑灭瘟疫立下大功上，你可不要辜负了全郡父老的期望。

张仲景：多谢大人抬举。

太守：好了，赶紧回家准备吧，明日上午，府里就派车到药铺去接你起程，绝对不能再迟误了。

张仲景：是。

41

张家药铺前。白天。

张仲景和乔县令下了坐骑，小宽和雪莹都迎了出来。

小宽：师兄，回来了？

雪莹：乔大人。

乔县令：啥话都别说了，赶紧收拾准备，明天太守府就派车接仲景兄去荆州了。往年孝廉赶考，都是自己去，今年专门派车送，看来太守是真急了。

雪莹疑惑地看了张仲景一眼。

雪莹：乔大人，进去歇息一下，喝杯茶。

乔县令：不了，我还要急着赶回县里去，把仲景兄给找回来了，我也就放心了。仲景兄，就此别过。

乔县令说完又上了马。

张仲景：乔大人，多谢您费心了。

乔县令：他日老兄鹏程高举，再来相会。

乔县令一打马走远了。

42

张家药铺。张母卧房。夜。

张仲景走进来：娘，还没睡呢？

张母叹了口气：唉，听说你要到荆州去考官，睡不着。

张仲景：娘在为我担心吧？

张母：按说天底下的父母，都盼着儿子有出息，升官发财，光宗耀祖。可我这心里咋没着没落的……你十几岁就离开家，到南阳城来拜师学医，一直不在娘身边，娘天天想你，想得娘啊，心里苦啊……好不容易你把我接到这城里来，本来城里娘是住不惯的，可为了能和你在一起，就来了。娘来了，你却又要走了……

张仲景：娘，我这次只是去荆州参加考试，考完就会回来的。如果考中了，就算去荆州做官，也会把你接到荆州去。我们娘俩，永远都不会分开。

张母点头：是啊，是啊，仲景儿，你要真想去做官，娘不拦你。只是娘不明白，以前你是不想做官的，怎么突然改了主意？

张仲景：是乔大人的一席话，让我茅塞顿开。真要想救治百姓，造福苍生，光靠个人的力量是不行的，还要借助官府的力量啊！

张母：你说的也有道理，可官府，靠得住吗？我虽是个不识字的老太婆，可这辈子经的见的，也有一些，俗话说"把钱拿在手，方可朝衙门走"，你性格耿直，这个官，只怕是不太好当呢！

张仲景：我知道官场有不少贪官污吏，可不是还有像乔大人这样的好官吗？他与我非亲非故，为何要极力保举我？

张母：这倒也是。

张仲景：所以你要放心。

张母：唉，反正我这老太太，也没什么见识，你想做什么事，只管去做，娘不会拦着你的。

张仲景：谢谢娘。

43

张家药铺。张仲景、雪莹卧房。夜。

雪莹还在收拾东西，张仲景从门外进来。

雪莹：看过娘了？

张仲景点点头。

雪莹：赶考的事，跟娘说了？

张仲景：说了。

雪莹：娘同意了？

张仲景：同意了。

雪莹：我说你啊，原来一直说不想做官的，怎么突然一下子就想通了？

张仲景：乔大人一席话，说服了我。要想救治天下百姓，单打独斗是不行的，我可以通过官府来实现自己的心愿。

雪莹：明天一个人上路？

张仲景：要不你和我一起去？

雪莹笑：去荆州赶考，哪有带着老婆的？让小宽跟你一起走吧，也好有个照应。

张仲景：那铺子里怎么办？

雪莹：我也略通一点医术，能够应付的。

张仲景：唉，也只好如此了，那我赶紧跟他说去。

雪莹：天色已晚，让他歇息吧，明天早晨再说也来得及。

张仲景：没想到刚刚回来，我就又要走了，娘和孩子还要你多照顾。

雪莹：这还用你说？

突然雪莹一阵作呕，急忙捂住嘴。

张仲景：你怎么了？病了？

雪莹掩饰地：没有。

张仲景：我为你把把脉。

雪莹想躲开，张仲景一把抓住她的胳膊，搭上了脉。

搭着搭着，张仲景的表情变得又惊又喜：又有了？你……什么时候感觉到的？

雪莹：你走后的第二天，就有感觉了。

张仲景：你有了喜，我却要走了，怎么这么不凑巧呢？

雪莹一推他：看你！

张仲景不安地：哎呀，我现在一走……

雪莹：你走你的，我的日子还早呢。

张仲景看着她，将她慢慢搂到怀里……

44

张家药铺前。白天。

门前停着一辆马车，车前坐着太守府的车夫。

小宽将行李放了上去，然后人也上去了。

张仲景走到车前，朝后看。

雪莹抱着孩子和张母都站在门前，目送张仲景。

张仲景朝她们挥手：娘，雪莹，你们都进去吧。

张母：一路上小心哪。

雪莹：保重。

张仲景上了车，还朝她们挥手。她们也向张仲景挥手，依依惜别。

45

城外驿路。白天。

仲景对坐在车前的小宽：师弟，绕点路，咱去拜祭一下张衡太史令的墓地。

小宽点头：好。

46

张衡墓前。白天。

张衡墓，墓碑特写——"汉故太史令张平子讳衡之墓"。

墓前有几棵常青松柏。

47

车上。白天。

小宽打开车前的小窗，对车内：师兄，张太史令的墓地到了。

张仲景：好。随即做着下车的准备。

48

张衡墓前。白天。

墓前摆放着几样供品——那显然是仲景和小宽所带的干粮，香炉里燃起了香。

张仲景跪在蒲团上，行三叩大礼。

小宽站在仲景身后看着。

49

墓园中。白天。

张仲景祭拜完毕，看着墓园周围的风景。

小宽：师兄，你祭拜的这位张衡大人，同你是什么关系？

张仲景：非亲非友，却是我钦佩的人。

小宽：他死去多年了。

张仲景点头：可他建立了不朽的功绩啊！

小宽：是当过大官吗？

张仲景：官嘛，当过太史令，是主管天文和历算的官。

小宽：和你要当的医官，倒是有些相似。他是管天的，你是管人的，你们俩加起来，岂不是"天人合一"了？

张仲景：我怎么能和他比呢，那岂不是萤火虫与日月争辉吗？他一生的功绩，首先是发明了地动仪，可以预测地动。

小宽惊奇地：啊？

张仲景：后来还发明了浑天仪，可以把日月星辰的运转，展示给人看。

小宽：这实在是太了不起了。

张仲景：是啊。他还制造了指南车，还画了星图。另外，他还是一位文学家，他写的《二京赋》，曾使洛阳纸贵呢！

小宽：师兄，你这回去荆州做官，要是能赶上他的功德，那可就太好了，也不枉活一世啊！

张仲景：我岂敢望他的项背。但我刚才跪拜时，已经许下心愿，一定要把平生所学，写成一部医书，为全天下的老百姓，解除疾病之苦。如果我这辈子，能把这一件事做成了，也就不枉活此生了！

小宽：你一定行的！

张仲景：时候不早了，我们赶路吧。

50

路上。白天。

张仲景朝车窗外探望。

沿途有不少逃荒要饭的老百姓，衣衫褴褛，拄个破棍子，还拖儿带女的，面露菜色。

51

车中。白天。

张仲景对小宽：越往荆州刺史府走，我以为会越繁华的，没想到要饭的却越来越多了。

小宽：是啊，这世道，哪有老百姓的活路？

52

路上。白天。

张仲景又朝车窗外探望。

一个破衣烂衫的少女，走着走着，突然一头栽倒在地。

周围人都爆发出一阵惊呼。

张仲景：车夫，停车！

车停了，张仲景、小宽急急从车上下来……

第十集

1

驿路上。白天。

张仲景过去，将少女扶起来。

张仲景给少女切脉。

张仲景：小宽，取我的针来。

小宽将针递过来。

张仲景在少女的人中处扎下一针，少女立刻就醒了。看见自己在张仲景怀里，吓得急忙挣脱。

张仲景：姑娘别怕，我们见你晕倒在地，才来救你的。你的身体非常虚弱，应该回家静养。你的家在哪里？我可以用我的车将你送去。

少女摇摇头，流出两行眼泪。想说话，又没力气。

张仲景：小宽，你看附近哪里有卖吃的，给她弄点热乎东西吃。

2

一个村口。白天。

一碗粥喝了下去，少女坐起了身子。

张仲景：姑娘，你说啊，你家在哪里？

少女忽然跪下，给张仲景磕头，张仲景急忙扶住她。

少女：我没家了。我家住在黄河边，去年发大水，把家全冲了。我和父母只好出来逃荒，半路上，母亲就得了病，住在客店里，把我们的盘缠全花光了，也不见好，最后死在了客店里。我和爹埋了母亲，要着饭继续走，前天走到这里，爹也病倒了，不到半天的工夫，就没气儿了。我只好挖个坑，草草把他埋了。再往前走，腿已经软了，走到这里，就……

张仲景：你几天没吃东西了吧？

少女：三天前爹死了，我就再也没吃过一口东西，一是没钱吃，二是吃不下去。

张仲景：你这病，就是长期饥饿引起的，必须慢慢静养。七天之内，绝对不能走动了。

少女：可我连个住的地方也没有啊！

张仲景想了想，对小宽：这样吧，我们找个客店，暂且住下。

张仲景又对少女：姑娘，你先上车吧。

车夫过来：张先生，我是奉了太守之命，送您去荆州赶考的，您可不要把大事给误了。

张仲景：我知道我知道。

3

一家客店内。夜。

油灯下，小宽正在喂少女喝粥。张仲景坐在一旁，在为她把脉。

张仲景点点头：好一点了。

小宽：姑娘，你还没告诉我们，你叫什么名字呢。

少女：我叫英姑。

小宽：英姑，多好听的名字。

英姑微微一笑。

张仲景：英姑，你喝完粥，就好好睡一觉，一觉睡到天亮，身体就会好多了。

英姑点头，满脸感激。

4

客店内。张仲景、小宽住处。夜。

两人都已经躺下。

小宽：师兄，这日子可一天紧似一天了，咱们万万耽搁不得，明天你打算怎么办？

张仲景：英姑身体虚弱，必须静养几天，只能先住下了。

小宽：万万不可，这会耽误了师兄的大事。要不我们就带着英姑一起走得了。

张仲景：不行，她身体那么虚弱，如何经得起车马颠簸？起码要再住一天。

小宽：那怕就误事了。

张仲景：不会的。我算了算，我们后天带着英姑一起赶路，四天之内，刚好赶到荆州城。

小宽：你怎么能那么算？得给自己留出富余啊！万一路上再有什么事儿呢？再说进了荆州，咱们还不知道考场在哪儿呢！要不这样，你先赶路，我留在这里照顾英姑，等她好了，我们再去追你。我的医术，对付她这样的小病，应该是没问题的。

张仲景犹豫了一下：也好，那你就先留下——

他话音未落，隔壁突然传来一声女子的尖叫：啊——

小宽吃惊地：是英姑？！

张仲景和小宽一齐向门外跑去。

5

英姑所睡客房。夜。

只见英姑翻滚在床下，两手撕抓着自己的胸口。

张仲景和小宽急忙上前施救。

张仲景用针。

英姑嘘一口气，慢慢又醒了过来。

小宽和张仲景不安地对视一眼。

6

客店门口。黎明时分。

张仲景担忧地对小宽：我觉着她的眩晕只是表面现象，身体可能还有其他病，现在还不能确定，我走了，她的病一旦发作，你恐怕应付不了。

小宽：哎呀！万一考场开考了咱还赶不到，那不等于是跟刺史大人开玩笑吗？

张仲景：应该不会耽误的，再说真要耽误了，刘刺史也会理解，他不也是要爱护他的子民吗？我是一名医师，哪有医师碰到病人不施救的？

7

南阳郡太守府外。白天。

一辆马车已经备好，凌晶母子在太守夫妇的陪同下走了出来。

太守夫人在悄悄抹泪。

凌晶安慰母亲：娘，您别哭了，你一哭，我就更不想走了。

太守夫人：你从小到大，都没离开过娘的身边，这下子突然要走了，就像娘身上要被人割去一块肉啊！

太守劝她：夫人，你就少说两句吧，你越这么说，晶儿越是走不了了。

夫人：当初找个倒插门的女婿，就是为了留女儿长久地在家里，没想到还是留不住啊。

太守：俗话说"女大不中留"，就是这么个道理。不过荆州离南阳也不远，你想去看女儿也方便。要不，这次就跟了一起去。

夫人：去！老没正经的。晶儿，你们母子这下离了娘身边，冷了热了的，就全靠你自己啦，你可要保重啊！

凌晶点点头。

夫人：有什么事，跟姑爷好好商量，夫妻间轻易不能红脸啊！

凌晶点头：知道。

太守悄声对凌晶：还有，那套宅子到底是什么来历，你要问清楚一点。

凌晶点头。

太守凄凉地：走吧，走吧。

凌晶母子上了车。

太守夫人掩面而泣。

管家示意车夫启动车子。

凌晶让儿子给外公外婆招手。马车徐徐启动了。

8

客店内。张仲景、小宽住处。清晨。

张仲景、小宽刚起床。

小宽：师兄，我过去看看，但愿英姑病情能有好转，我们今天就是带着她也要上路了。

张仲景：好吧，你去看看，不要让她太勉强啊！

小宽：知道了。

9

客店内。英姑住处。清晨。

英姑也已经起床收拾了。

听见门外的敲门声，英姑：进来吧。

小宽走了进来：英姑，早。

英姑：早。

小宽：你的气色，比昨天好多了。

英姑：谢谢你们。

小宽：如果你的身体没有大碍，今天我们就要赶路了，你愿意跟着我们一起走吗？

英姑：好啊。我听说张先生是要赶考的，只怕误了他的大事呢。

小宽点点头，出去。

10

客店外。白天。

车夫已经把马架到了车辕上，马仍在低头吃着草料。

张仲景和小宽出来，张仲景上了车。

英姑也出来，车高，小宽扶着她上车，她的一只脚踏到了车上，身体腾空而起的时候，突然又一阵眩晕，跌到小宽怀里。

小宽着急地：英姑？！

张仲景：怎么了？

张仲景从车上跳下来，也很着急。

小宽：又晕倒了。

张仲景：赶紧扶到屋子里去。

小宽和张仲景把英姑扶到了客店里。

车夫看着他们进去，摇摇头，叹了一口气。

11

客店内。白天。

英姑已经被扎上针，渐渐醒了，睁开眼睛。她的脸上、身上都是汗水。

张仲景把着她的脉：英姑，刚才晕倒的时候，你是什么感觉？

英姑：感觉恶心，想吐。现在觉得特别没力气，还有点冷。

张仲景：汗出多了。你这两天没少吃东西，消化得好吗？

英姑：可能吃猛了一点，肚子有点胀。

张仲景：以前有没有晕倒的时候？

英姑：有过，一两个月总有一次，平时脑子里也是"嗡嗡"作响。

张仲景对小宽：你看她面色发白，舌苔薄白，有齿痕，脉象沉细虚弱，她得的是眩晕症。我准备用半夏天麻白术汤攻一攻。

小宽有些慌张：师兄，这次来得匆忙，药并未随身带全，这天麻，就没带。

张仲景：啊？那你看附近哪里有药铺，赶紧去抓。不，你留下来看护英姑，我去抓。

小宽很着急：师兄！你的大考之期，可耽误不得呀！

张仲景：哎呀，我去去就来，天麻又不是什么稀罕的药材。

12

客店外。白天。

张仲景叫过车夫：车夫，用你的车送我去附近的药铺一趟。

车夫：张先生，你怎么又看起了病？太守大人让我火速送您去荆州赶考，要是误了日子，我可担待不起。

张仲景：不会误的，你放心吧，去去就来。

车夫：你说的药铺，在哪里啊？

张仲景：我刚问了店家，他说离此不远就有一家，你就听我的吧。

车夫勉为其难地启动了车。

13

一药铺内。白天。

张仲景走进药铺，对医师：先生，贵铺可有天麻？

医师：没有了，近来逃荒要饭的多，得晕症的也多，把我的天麻都买光了。

张仲景：啊？那你知道附近哪里有？

医师：附近的药铺只怕都没有，光天麻的价格，这十来天就翻了三倍，可见是很稀缺的了。要想弄到，除非自己到山里去采。

张仲景：这附近哪座山上可以采到？

医师：往西北走十来里地，有座老龙山，那山上就可以采得到天麻。不过，你认识天麻吗？

张仲景笑了笑：多谢。走了出去。

14

药铺外。白天。

张仲景：车夫，往西北走十来里地，有座老龙山，你知道怎么走吗？

车夫：你怎么又想起去那里，想一出是一出啊，这要耽搁到什么时候？

张仲景：我去那山上采点天麻，快去快回。

车夫：去老龙山路不好，就算快马加鞭，走一个来回也得半天。你还要去采药，这要耽搁到什么时候？离孝廉考试可只有三天了！

张仲景：你要是不去，那我也不去荆州了，你干脆送我回南阳吧。

车夫：这？哎呀，张先生，你可真是让我这做下人的为难啊，要是考试之前赶不到荆州，我这差使肯定是丢了，我还有妻儿老小，都得靠我养活呢！

张仲景跳上车：那你就别废话了！快去快回吧！

车夫无奈地扬鞭催动了车。

15

客店内。傍晚。

英姑已经睡下，小宽在房间里踱步，时时翘首看着门外，不知道师兄为什么还不回来。

16

老龙山中。傍晚。

张仲景正在草坡上仔细寻找天麻。

17

荆州城。任彦成府邸。傍晚。

一辆马车徐徐而来，到了跟前，项管家命车夫：就停在门口。

车停下。

18

车内。傍晚。

项管家：少奶奶，到了。

凌晶掀起车帘，外面已有人放好木梯，她抱着儿子走了下去。

19

任彦成府邸外。傍晚。

凌晶仰头看着气派的府邸。

府邸大门开了。

任彦成走了出来，看到了凌晶和儿子。

凌晶也看到了他。

任彦成：娘子。

凌晶：官人。

两人走到了一起，任彦成扶住儿子，在儿子脸上亲了一口。

儿子无动于衷地看他，显然和他无感情。

管家在一旁看着他们。

任彦成回头对管家：快请，大家都请进。

任彦成扶着凌晶，众人一起走进府邸。

20

客店内。傍晚。

小宽焦急地找到店小二：小二，天到这般时分，我师兄还没回来，不会是出了什么事吧？

店小二：客官不要太担心了，也许是他有什么事情要去处理，临时回不来了。出门在外，有点事情也是常事。

小宽：你说，他要是一夜未归，我要不要出去找找？

店小二：这黑灯瞎火的，你到哪里去找？万一他回来了，你却不在这里，他还得去找你。你就踏踏实实在这里等吧，也许过一会儿他就回来了。多住两天，没关系的。

小宽：多住两天？我师兄后天就要到荆州去参加考试了！

店小二：哎呀，那可是要紧。

21

老龙山中。夜。

月亮时而在云朵里，山中一片黯淡；时而从云朵里出来，山中还有点亮光。

张仲景拄着一根棍子，借助月光，在草丛中扒拉：嘿，天麻这样难找？

突然，传来一阵狼嚎，他吓得一哆嗦，急忙放低了身体，躲在了一棵树后。

又没有什么。

22

同上。

张仲景缓缓从树后出来，用棍子梢探着往前走。嘴里念叨：老龙啊老龙，你不知道我急着去救人吗？就把你的天麻给我一点吧……

正说着，突然两只野猪迎面朝他冲过来。

张仲景一闪身，两只野猪从他身边擦过。他站立不稳，一下跌倒在地。

他摸着被摔疼的屁股，想站起来。左手一撑地，突然有了感觉，急忙把左手抓住的草拿到眼前，一阵惊喜：天麻！

23

任彦成府邸。卧室。夜。

夫妻二人已经在床上，儿子睡在一边。

凌晶靠在任彦成怀里。

凌晶：夫君，一别这么久，可想死我了。

任彦成：我也是啊。白天在府里当差还好说，晚上回到家里，被冷衾孤，伏枕难眠，就分外思念娘子。

凌晶：这下总算团聚了，只可惜不能和爹娘住在一起，承欢膝下了。

任彦成：娘子若思念爹娘，岳父大人有官在身不好说，岳母大人却是随时都可以来的，我这宅子还算宽敞呢。

凌晶：对了，临走的时候，爹爹还特意让我问你这宅子的来历呢，听说项管家还没把银车送到，你就已经有了这宅子了。刚才我也算是看了一遍，比咱太守府的宅子还好，你怎么弄来的？

任彦成：娘子少见多怪了，这宅子在南阳郡算是好的，可在荆州城里就很一般了，一点都不起眼。

凌晶：再不起眼也有这么多间房啊，夫君，你告诉我，到底怎么来的？

任彦成：我瞒你作甚？是医署有一位老医师，告老还乡，留下这座宅子，就给我住了。

凌晶：你说这宅子，是公家的？

任彦成：公家的……也不算公家的吧，现在是我的了。

凌晶：你没花钱买，对吗？

任彦成：没有。

凌晶：那就是公家的了，那咱住着，岂不是不踏实？

任彦成：有什么不踏实的。其实，这宅子，也就算是我私人的了，可以住一辈子，也可以传给子孙的。

凌晶：到底是公家的还是私人的？

任彦成：我也说不清。明天进了府，我再好好问问。

凌晶：这么大的事，怎么说不清？爹可担心呢。

任彦成：哎呀，你就别管了，睡觉吧。荆州城里的事情，跟南阳郡不一样，岳父大人也不能老拿小地方的眼光，看待荆州城里的事情。

凌晶：爹爹为官多年，哪能没有你明白？你不听他的话，迟早是要吃大亏的。

任彦成：好了好了，别吵了。这里的事情……你不懂，岳父也不懂。我问你，张仲景今年也被举为孝廉，你知道吗？

凌晶：知道啊，爹爹不是还来信问过你吗？听说爹爹专门派马车送他过来，比我还早两天，应该早就到了。

任彦成：我也想这个事情呢，他要是早到了，现在在哪里呢？还是不肯来见我？

凌晶：你们是多年的师兄弟，能有多大的芥蒂？他将来要是到医署供职，你们还是同事呢。

任彦成：我不怨恨他，只怕他还怨恨我呢。

凌晶：为什么？

任彦成叹了口气，没有回答。

突然门外传来喊声：大人，医署的人找你！

任彦成吓了一跳，急忙披衣而起。

24

任彦成宅邸客厅。夜。

仆役：大人，医署令让您赶快去，刺史大人得了急病。

任彦成大吃一惊：啊？备车！

25

医署。夜。

蔡瑁、医署令都在等着任彦成。

医署令：总算来了，刺史大人病了，是冷热病，这是你的专长，我派人赶紧把你找来！

蔡瑁：任大人，刺史大人的健康和荆州的兴衰，可都在你身上了！

任彦成点点头。跟随着他们向刘表的寝室走去。

26

刘表寝室。夜。

刘表躺在床上，侍女给他盖上被子，他忽然掀开：我热得浑身发烫，你还给我盖被子，滚！

侍女吓得离开，刘表又浑身哆嗦起来，自己把被子盖上，喃喃地：冷，冷。

蔡瑁、医署令、任彦成进来，一起行礼：见过主公。

刘表：不必拘礼，快让任大人给我看病吧。

任彦成站起身来，走到床前，给刘表把脉。

把了一会儿，任彦成倒抽一口凉气。

刘表：怎么样？

任彦成：依卑职诊断来看，主公脉象浮而紧，并非偶感风寒，而是寒入肺脏，是太阳病。

刘表：是哩，下午病发的时候，你们那儿刘医监来看的，说我是风寒，开了点药，服下之后，全无效果。这个该死的刘庸医，他是哪年入府的？

医署令急忙辩白：刘医监入府已十多年，每每药到病除，去年他也看好了主公的好几次病，主公还夸奖过他。这次偶有失误，请主公开恩，念他的前功，从轻发落。

刘表：好吧，念他服务多年，就不深究了，让他打包袱滚蛋，致仕还乡吧。

医署令：谢主公厚恩。

刘表：任大人，你是名医，于此病一定深有体悟，你看我的病，应该如何医治？

任彦成：俗话说，病来如山倒，病去如抽丝，大人这病，并非一两剂药就能痊愈，时间上也要有个过程。主公切不可心急，越是心急，病反而越难好。

刘表：我就听你的，你给我说说看。

任彦成：从脉象上看，主公脉浮而紧，浮为风邪，紧为寒邪。脉浮而紧，病体会啬啬然恶寒，淅淅然恶风，冷热交替，异常难受。严重时，会头痛，脖子、肩背肌肉酸疼，时热时冷。

刘表点头：所言甚是，我的确觉得头痛欲裂，脖子肩膀酸疼发胀，病你是找对了，应该如何医治呢？

任彦成：此病非同小可，一定要谨慎医治。待我为主公开出一方，先控制、稳定病情，不使恶化，再从长计议。

任彦成开出一方，命跟随的仆役：快依方煮药，速速送来。

仆役：是。

仆役领了药方后出去。

任彦成：主公，请您切勿心焦，一定要平心静养，卧床休息，多喝水，再按时服药，病情才能有所起色。

刘表叹了口气：唉，过几天就是孝廉考试，选拔人才的事，我是要参加的。

任彦成：可否不去呢？

刘表：要是不去，又有人要说我不管大事了，为了少挨骂，也只有硬着头皮去了。

蔡瑁：小民百姓，得病尚可休息，主公为荆州操劳，得了病，也休息不了啊。

刘表：有什么办法？就算是这样，也难保后世不骂我呢。

蔡瑁：怎么会呢？现在荆州上下、庶民百姓，都说主公把荆州治理得井井有条呢。

刘表：你就别净拣好听的说了。好了，你们都退下吧，留任大人一个人陪着我就行了。

27

老龙山深处树林中。夜。

张仲景已经采了一把天麻，直起了腰。

他环顾四周，忽然愣了：完了！哪里是下山的路？

张仲景猛地甩掉手里的棍子：完了完了！莫非我真迷路了？这可怎么办？车夫！车夫！

他的喊声越来越大，山谷间回荡着他喊"车夫"的声音。

张仲景自语着：算了，别喊了，等天亮了再说吧。再喊，把狼招来。

张仲景来到一棵树下，靠着树，蜷缩起了身子。

28

客店。小宽住处。夜

小宽和衣而卧，睁着眼睛看着窗外。

29

客店。英姑住处。夜。

英姑在熟睡。

30

老龙山下。夜。

车夫蜷缩在车上睡着了。

31

刘表寝室外。清晨。

任彦成坐在寝室外，身体靠住殿墙，正在打盹。

听见里头刘表：任大人。

32

寝室内。白天。

刘表正在喝药。

任彦成进来。

刘表：任大人，昨晚喝了你的药，总算是不再发冷发热，可以睡觉了。只是头还是痛得很。

任彦成：康复非一朝一夕之事，主公不要心急。

刘表：我懂。你守了我一个晚上，实在是劳苦功高，来人，赏任医监锦缎三匹。你也回去休息吧。

任彦成磕头：谢主公厚恩。

33

老龙山深处树林里。白天。

张仲景蜷缩着睡得正香，一个砍柴的樵夫走了过来。

樵夫推了推他，张仲景醒了过来。

樵夫：在家睡不好吗？干吗跑到山上来睡？

张仲景揉揉眼睛，站起身来：我是来采药的。

樵夫：采药？采什么药？

张仲景拿出采好的药：天麻。

樵夫：这东西，山里有的是，我天天都能见到。

张仲景：我好不容易才采到一点。我问你，你能带我下山吗？我迷路了。

樵夫：我是来砍柴的，砍完柴可以带你下山。

张仲景：我急着要去救人，你就带我去吧，我可以给你报酬。

樵夫：二百铸钱！

张仲景：好，二百铸钱。

樵夫：山南还是山北？

张仲景：山南。

樵夫：走。

34

老龙山下。白天。

车夫已经急得像热锅上的蚂蚁。

终于看到张仲景和樵夫一起下来，急忙上前：张先生，你总算回来了，都快把我急死了。

张仲景：幸亏遇到这位樵夫，要不就回不来了。

张仲景给樵夫二百铸钱，樵夫走了。

车夫：先生，赶快上车，我拉你去荆州。

张仲景：不行，要先回客店，救那位姑娘。

车夫：现在就是快马飞奔，想在考试前赶到荆州，都怕来不及了，哪里还能再回客店？

张仲景：不回客店让那位姑娘把药喝下，我大老远地来这里采什么药？一定要回去！只要回去，救了人，我一切都听你的，好不好？

车夫一跺脚：那你快点上车啊！赶紧的，赶紧的！

张仲景跳上了车。

35

客店内。白天。

小宽正在喂英姑喝药。

张仲景在一边高兴地：这下就好了，她算是有救了。

车夫：张先生，快点吧，我们要赶路去荆州啊！不然我丢了这份差使，拿什么养活妻儿老小？

小宽急忙打圆场：车夫别急！师兄，你先跟车夫赶紧上路吧，你放心，我一定把英姑看护好，等她病好利索了，我带她去荆州找你。

张仲景叹了口气：也只好如此了。小宽，照顾好英姑，一定等她全好了再上路，我先走了。

张仲景和车夫走了出去。

36

荆州。考试大殿外。

医署令和任彦成在殿外焦急地向远处张望。

医署令：再过一个时辰就要开考了，这个张仲景怎么还没露面？

任彦成也非常焦急。

医署令：他不是你师弟吗？没有找过你？

任彦成：我也没跟他见过面。

医署令：要是不能按时赶到参加考试，刺史大人一旦震怒，可够你岳父喝一壶的！

任彦成：唉！

任彦成也只好无奈地叹气。

37

路上。车中。白天。

车夫在奋力赶车，马鞭抽得啪啪直响。

车夫向前面的远方看了一眼，大声地：好了，好了，终于看见荆州城的城墙了！终于看到城墙了。

38

荆州城城墙。白天。

荆州城城墙。远景。

39

路上。车中。白天。

张仲景：太好了，那我们赶紧进城吧。

车夫：进城？城墙是看见了，可要赶到城墙脚下，还有七八里地呢。只有使劲抽我这匹老马了！

又甩了一个响亮的马鞭。

40

荆州。考试大殿内。

考试大殿内已经坐满了前来参加考试的孝廉，一个个神情严肃紧张。

考官们也已经就座。

医署令和任彦成也在座，两人神情焦虑。

他们身旁的考生座位上有一个是空座。

一个卫兵的画外音：刺史大人到！

所有的考生和考官都起身肃立，场面隆重而庄严。

刘表在众人的簇拥下走了进来，坐定。他的病还没好，一脸的愁苦。

蒯进：各就各位。

刘表缓慢地站起来，有气无力地宣布：今秋课试，正式开始。

官员们陆续给考生发出试卷。

考生们开始答题。

镜头上推，殿宇屋顶特写，富丽堂皇，一副崇高庄严的感觉。

镜头下来，刘表歪坐着，闭着眼睛，难受的样子。

41

荆州城城门。白天。

车夫驾着马车带着张仲景穿城门而过。

车夫：张先生，咱们就直奔考殿，往里闯吧。

42

考殿大门外。白天。

车夫将马车停住。车夫：张先生，到了。

张仲景从车中出来，抬头看了看天，阳光有些刺眼。

他走上台阶，被门卫拦住：什么人？敢擅闯考场？

张仲景：我是南阳郡今年举荐的孝廉，赶来参加秋试的。

门卫：考试开始多时了，你怎么现在才来？

张仲景：路途艰险，耽误了时日。

门卫：胡说，南阳郡又不是什么穷乡僻壤之地，怎么会耽搁？分明是你藐视刺史大人。你把南阳郡的举荐文状拿出来，待我向上禀报，再行处治。

张仲景将举荐文状交给了门卫。

43

考试大殿内。白天。

门卫拿着张仲景的举荐文状，向主考官报告：大人，这是南阳郡举荐的孝廉张仲景的文状，他刚刚赶到，就在门外。

主考官看后，向医署令和任彦成走来。

44

同上。

主考官对医署令：南阳郡举荐的孝廉张仲景，现在才赶到，他是要做医官的，请教二位，应该如何处置？

医署令对任彦成：他怎么现在才来？黄花菜都凉了！

任彦成：是啊，无论如何也来不及了，就算让他进来考，半个时辰之内，题也答不了一半。

医署令对主考官：大人，我看就打发他回去吧，南阳郡今年的这个名额就算废了。

主考官：卑职不敢擅自做主，还是禀告刺史大人吧。

医署令：也只好如此了。

45

同上。刘表座前。白天。

主考官：禀报主公，南阳郡举荐的孝廉张仲景，现在才赶来，卑职不敢擅自做主，请主公发落。

刘表：开什么玩笑？现在才来。让他滚吧。这个凌朝纲，光干一些稀奇古怪的事，看来太守是当腻了。

主考官：是。

主考官答应后欲走，又被刘表叫住：你等一下，这个人是谁？

主考官：张仲景。

刘表思索起来：张仲景？这个名字怎么有点耳熟啊？也是南阳郡的？

举荐他做什么？

主考官：医官。

刘表：哦，想起来了，和任医监一起扑灭瘟疫的，几年前我写了两块匾，一块给了任医监，另一块就给了这个张仲景。他是医师吧？

主考官：既然举荐为医官，应该是吧。

刘表：你让他来见我。正好我有点病，让他也给看看。

46

同上。

主考官领着张仲景过来，张仲景看到刘表，施礼：南阳郡医师张仲景叩见刺史大人。

刘表：你怎么现在才来？

张仲景低下头不卑不亢地：我在路上遇到了一位昏倒的女子，为了给她治病，到老龙山去采了趟天麻，这一去一来，就把时间耽误了。

刘表：看来你还颇有医德。你是不是几年前跟任医监一起扑灭过瘟疫？我记得我还给你写过一块匾。

张仲景：正是，谢大人厚恩。

刘表：听说你现在在南阳已是名医？

张仲景：不敢当，在下只是一名医师。

刘表：哦。你不必老低着头，抬起头来！

张仲景抬起头，看到了刘表，忽然一怔，愣在了那里。

刘表：怎么了？

张仲景：我有句话，不知当讲不当讲。

刘表：有话就讲，讲错了，恕你无罪。

张仲景：大人寒邪入肺，最怕风吹，怎么不在府里歇息，还到外面来？要是再受了风寒，病情就会变危。

刘表高兴了：果然有眼力，那你说说，我这个病是怎么回事？

张仲景：大人，只有把脉之后，才能详谈病情。

刘表：你过来，为我把脉。

张仲景起身过去，给刘表把脉。

把完脉，张仲景：大人脉象浮而轻，估计患病已经有四五天了。开始是当风寒治的，耽误了半天，后来是按寒热症治的，但用药也不得法。

刘表：怎么不得法？

张仲景：这位医官，似乎心里没底，不敢大胆用药，他只是加重了治风寒的药，控制了病情，但这样一来，急性病就会转成慢性病，时间一长成为顽疾，反而更难医治。

刘表：那你说，我这病应该如何医治呢？

张仲景：这里是考场重地，不是看病的地方。请大人找个僻静的地方，让我细细道来。

刘表：好，带这位张医师到府里去。等半个时辰之后，考试结束，再让他给我治病。

47

刘表寝室。白天。

张仲景站在那儿。

一侍卫：刺史大人驾到。

在场者都肃立。

刘表走进来，径直躺到床上：可累死我了。

然后刘表想起来：张仲景，张仲景。

张仲景急忙到床前：大人。

刘表：你再说说，我这病到底怎么回事？

张仲景：大人受了风寒之邪，风邪伤人的卫气，寒邪伤人的荣气。这是心病，不过大人平素肾气亏损……

刘表笑着点点头：那你说，该如何医治？

张仲景：此病治起来不难，分为两个步骤，先是发汗，解散在表的寒气，这是急则治标。

刘表：你刚才不说是肾气亏损，那应该补肾啊……

张仲景：肾气亏损是本，待到在表的风寒邪气解散以后，再议补肾，所谓缓则治本。待我先开一剂发汗药……

张仲景在竹简上边写药方边报药名：葛根四两，桂枝二两去皮，芍药二两，麻黄三两去节，炙甘草二两，生姜三两切片，大枣十二枚。

张仲景转对一旁的侍从：这几味药，以水一斗，先煮麻黄、葛根，煮到药锅里的水减少了二升之后，把表面的泡沫撇掉，然后放进其他药材，煮取三升，去渣，温服一升，如果出汗了，热退了，那就不必再服余下的二升了。如果没有出汗，继续服药。

刘表吩咐身旁侍从官：你把方子送到医署，让他们依方煎来。

侍从官：是不是请教一下医署的医官们？

刘表：不用，他们都是一帮庸医，说得出什么来？要是他们真懂，我的病早好了。

48

叠印：刘表在一次次喝药。

第三服药喝完。

医署令、任彦成、张仲景都在场。

刘表：张大人，你的发汗药我都喝下了，出了很多汗，热退了，身体果然清爽了许多。不过现在出汗不止，而且身体更加怕风了，排尿也有些困难，这是怎么回事呀？

医署令和任彦成都一脸不安地看着张仲景。

张仲景一点都不慌张，似乎早就料到了。

张仲景：这是正常反应，并无大碍，待我再为大人诊脉。

张仲景上前为刘表把脉，任彦成也搭了另一只手上的脉。

张仲景：大人的脉象，由浮紧转为浮虚，说明风寒之邪基本散去，不过大人素体虚弱，现在表阳不足了，我再为大人开剂汤药，病就好了大半了。

张仲景又边开药方边报药名：桂枝四两去皮，生姜三两，炮附子三枚去皮破八片，炙甘草二两，大枣十二枚。

张仲景转对侍从官：这五味药，以水六升，煮取二升，去渣，分三次温服。

刘表对医署令：照他说的办。

医署令：是。

49

刘表寝室外。白天。

医署令、任彦成、张仲景都出来，向外走。

任彦成悄悄将医署令拉到一边：大人，这方子里有附子，附子是微毒之物，此方用量虽不大，但用在主公身上，我总觉得不妥，万一有个闪失，你我如何担待得起。

医署令：可主公已让我们按他的方子煎煮，这可如何是好？

任彦成：待我跟张先生说说。

50

同上。

任彦成走到张仲景身边：师弟。

张仲景看了看他：任大人。

任彦成：师弟，这几天，医署里刚巧没有附子了，你说这方子……

张仲景想了想：附子是必须用的，没有就去买吧。

任彦成不安地：这……

51

刘表寝室。白天。

刘表服下第三服药，一抹嘴，很高兴。

医署令、任彦成、张仲景都在场。

刘表：张先生的药果有奇效，我觉得周身已经轻松，只是头还有点隐隐作痛，还有就是容易出汗。

张仲景：大人，我再诊诊脉。

张仲景又给刘表把脉。

张仲景：大人，从脉象上看，寒邪与风邪都已经消了，但现在的脉象还是虚弱，这是因为卫气和荣气还不够和谐。一旦荣卫调和，大人就可以痊愈了。我再给主公开一服药，头痛就可以消失了。

刘表：太好了，快快开来。

张仲景又边写药方边报药名：桂枝三两去皮，芍药、生姜各三两，炙甘草二两，大枣十二枚。

张仲景转对侍从官：上面四味药，用水八升，煮至二升半时，除去药渣，分三次温服即可。

刘表对医署令：快去煎来。

52

刘表住处。夜晚。

刘表喝下最后一服药。

医署令、任彦成、张仲景都在场。

刘表：喝了这服药，头疼果然好了许多，真是一身轻松啊！

医署令：恭喜大人痊愈，实在是我荆州百姓之福啊！

任彦成：看来主公的英明，果然感动了天地啊！

刘表瞥了两人一眼，不屑地：自我得了这个病，两位大人日夜陪护，忠心耿耿，我心甚为感动。不过这次我得以康复，头功还是要给张先生，果然是医术精湛，药到病除。医署里还有什么空缺的职位？

医署令：还缺一个尝药的。

刘表：张大人这么高的医术，仅仅做个尝药的，岂不是大材小用？这样吧，既然他和任大人是师兄弟，那就也去做个医监。没有职缺，就为他单设一个，不过，张大人这个医监，以后专门负责为我看病，还有两位夫人和琦儿、琮儿，其他人的病不归他看。

医署令：是。

任彦成悄悄拉了拉张仲景的衣角。

张仲景愣了一下才明白过来，忙躬身施礼：谢大人厚恩，本人没有赶上考试，这样做官怕不合适吧？要不，我还是回南阳当我的医师。

刘表笑了：人们都是争着想当官，我还没见过像你这样想推掉官位的。好了，我说你能当，你就能当。从今往后，我一家人的病，都由你一个人看，由你一个人开方！

53

医署。白天。

医署令、任彦成、张仲景进来。

医署令对张仲景：这里就是医署，以后你就在这里供职了。具体的事情，就让你的任师兄告诉你吧。

医署令对衙役：赵衙役，带张大人去司礼监领一套医监的官服，一定要挑合适了。

衙役：是。

54

医署。任彦成处。白天。

任彦成正在伏案整理医案，仆役来报：任大人，蔡大人到。

任彦成急忙站起身来迎接，蔡珺带着卫兵走了进来。

任彦成拱手：蔡大人……

蔡珺：不必拘礼，你们都出去，我和任大人有话要说。

仆役和卫兵都退了出去。

蔡珺：今天到你这里来，是想问问你那个师弟的情况，刺史大人已经让他当了医监，还管着两位夫人和两个公子的药方……

任彦成：张……大人自幼与我一起在药铺里拜师学医，白天一起学习，夜里在一间屋子里睡觉，彼此都十分熟识。只是……我做官之后，关系变得疏远了。

蔡珺：现在他不是也做了官吗？还在你的手下。你们的关系，已经走近了。

任彦成：大人的意思……

蔡珺：刺史大人既然让他管着府里的药方，那你就一定要把他拉过来，让他成为我们的人。

任彦成：小的明白，只是我这位师弟，性情耿直，要想说动他，怕是不容易。

蔡珺：再耿直的人我都见过，结果也得为我所用。有的人经得起刀山火海，却经不起水滴石穿，你要慢慢来，不要着急。你要像风，像雨，像烟，一点点地吹，一点点地下，一点点地飘到他的心坎里去……比方说他到荆州来做官了，你这个师兄，不该请他吃顿饭吗？

任彦成：小的明白。

55

任彦成宅邸院落中。白天。

任彦成回到家中，凌晶走上前来迎接。

凌晶：官人，今天回来得早啊。

任彦成：跟你说件事，我的那位师弟张仲景，已经被刺史大人任命为医监了，而且不让他再回乡，今天就已经在医署供职了。

凌晶：那你昨天就知道消息了，怎么不告诉我？

任彦成：昨天……忘了。

凌晶：还是你心里有芥蒂吧。其实我觉得，他能来，会助你一臂之力。他的医术那么高明，你不就省心了吗？

任彦成：我也是这样想的。

凌晶：真的？

任彦成：是啊。我还想请他到咱家来吃饭呢。

凌晶：那可太好了。不过……

任彦成：什么？

凌晶：我自小就病在深闺，可从来没有下过厨房，你拿什么给这位师弟吃呢？

任彦成笑起来：要是等着你炒菜做饭，早就把人饿死了。我到荆州城有名的馆子里订一桌，让馆子送到家来就行了。

凌晶：到底是做了官了，出手阔绰多了。

任彦成：那也是因为你只会吃不会做，我不阔绰又怎么办呢？

两人都笑了起来。

56

医署。白天。

任彦成对仆役：老赵，去叫张医监到我这里来一趟。

仆役出去。

57

同上。

张仲景走了进来，拱手：任大人，叫我何事？

任彦成：师弟，你来了两三天了，医署的情况，都了解了吗？

张仲景：还可以吧，我还在看府里的病案呢。

任彦成：师弟，我把你叫来，不是说府里的事，是想和你叙一叙旧。

张仲景：大人，我现在是你的手下，你是我的顶头上司，我们都是在府里当差，应该公堂相见，退无私交，才比较好。

任彦成：你我同是医监，你怎么是我的手下？不过你初来乍到，所以暂时由我帮扶着你罢了。相信不久之后，我该是你的手下啦。

张仲景：大人何必过谦？府中的事情，还请大人以后多多指教。

任彦成有些动情地：一口一个"大人"，你就不能叫我一声"师兄"吗？

张仲景迟疑了片刻，才对任彦成：记得当年我到太守府，劝你回药铺的时候，可一直都喊你师兄啊，但你，并没回去啊。

任彦成：如果那天回去，今天，你我师兄弟又怎会在这里相见？师弟，你现在理解我了吗？

张仲景：就算今天你我在这里，又能怎样呢？真比在药铺里好吗？那时生活虽然清苦，可我们两个，都过得无忧无虑啊。不像在这里，见人就要行礼，遇事就怕犯错，提心吊胆的，这好吗？

任彦成叹了口气：凡事有得必有失吧。好在你我弟兄，都到了这里。师弟，我想问你，雪莹，现在还好吗？

张仲景沉默了片刻，点头：好。

任彦成：她找了你这么个老实厚道又医术精湛的人，难道不比找一个我这样嫌贫爱富昧着良心的人强吗？

张仲景也叹了口气：唉，这些事情，都过去了，不提了吧。

任彦成：事情是过去了，我也放下了，可你并没有放下，要不，你怎么不愿意叫我一声"师兄"呢？

张仲景：不是我不想叫，只是叫不出口，觉得……别扭。

任彦成：那我也不强求。这样吧，明天晚上，到我家去吃饭吧？

张仲景：吃饭？

任彦成：是啊，只要是新来的医监，都到我家吃过饭的。就算不是师兄弟，只是医署的同事，你也该去啊。

张仲景犹豫了一下：好吧，我去。

第十一集

1

任彦成宅邸客厅。黄昏。

客厅内的圆桌上已经摆满了菜肴，任彦成、凌晶和张仲景在座。

任彦成举杯：师弟，为兄敬你一杯，一来庆贺你被举为孝廉，又被刺史大人直接任命为医监，二来也算为你初到荆州城，接风洗尘。

张仲景也举杯：谢……大人。

三人吃了几口菜。

凌晶举杯：张大人，我敬你一杯，是为了表达我对你救过家父的感激之情。那次你在太守府里，和官人一道把家父救醒，我就把你当作了此生永远的大恩人。后来，你又扑灭了南阳郡的瘟疫，也替家父解了围，算是再次救了家父。大恩不言谢，只能靠这杯薄酒，聊表敬意！

凌晶起身举杯，一饮而尽。

张仲景也急忙把杯中酒喝掉：夫人不要这样说，仲景领受不起。我给令尊大人治病，是我医者的本分；扑灭瘟疫，也是众多医师的力量。

凌晶：张大人，我早就知道，你和我家官人是师兄弟，只是我成婚之后，未见你登门。今日在这荆州城，你能来做客，真令我们高兴！

张仲景：夫人客气了。在南阳的时候，我只是一介医师，哪里进得了太守府呢？

凌晶：大人有这么高超的医术，都是跟你的师父学的吧？

张仲景：我自幼拜在师父门下，跟师父学习了十几年，慢慢地试着在铺子里开方抓药，一点一点积累，才有了今天这点浅薄的医术。除了师父，其实跟任大人……跟师兄，也学了不少呢。

听到张仲景又喊他师兄了，任彦成非常高兴：哪里哪里？你的医术远远在我之上呢。你对师父的传授，能够融会贯通，运用在每一个具体的病症上，开出的方子，很少有重样的，这可是我比不了的。

张仲景：其实师父更偏爱的是你呀！

任彦成：他老人家在天有灵，看到我们师兄弟都能到刺史府中做医官，肯定会很欣慰的。

张仲景：他老人家生前希望的，却是我们能把张家药铺发扬光大，给更多的百姓看病呢……

忽然张仲景看了凌晶一眼，意识到了什么，没有再说了。

任彦成：师弟，你在荆州城有住处了吗，什么时候把师妹接过来？

张仲景：我已经看好了一座院子，打算这两天就租下来，等安顿好了，就把母亲和内人都接过来。

任彦成：租？为什么不买？

张仲景：一是没有那么多的钱，二是也没有长期留在荆州的打算，这个医官，谁知能干到什么时候，等到辞了官，我还是要回南阳的。

任彦成：刺史大人那么看重师弟，绝对不会轻易放你走的，你还是买套宅子，踏踏实实住下。如果只想临时住一住，住到我这里就行，何必到外面去租呢？我这里房子多，空着也是空着。

凌晶：是啊。

张仲景：万万不可，太麻烦大人了。

任彦成叹了口气：我们可是在一间屋子里睡了十几年的师兄弟啊！我知道，好多事情，你还是不肯原谅我！但老天注定我们有缘，以前一起住了十几年，原以为缘分已尽，今生难得再聚首。没想到也就几年光景，我们又在这荆州城里，在刺史府中，朝夕相处，成为同事了。这一聚，又要聚多少年呢？你说，这不是缘分吗？

张仲景：师兄放心。过去的事情，就让它过去吧，仲景并没有耿耿于怀。今后在府中，你是我的顶头上司，你的指令，我都会不折不扣地执行，你分派的活儿，我也会尽最大努力去做好的！

任彦成抓住他的手：师弟言重了。在我心中，你永远是我的师弟，甚至是我的一个亲人。府衙之中，到处都是是非，到处都有陷阱，希望你我念在师父的分上，团结一心，互相照应！

张仲景点了点头。

2

荆州一座平民居住的破旧院落前。白天。

一辆驴车驶近，停下。

仆役跳下车来：张大人，就是这里吗？

张仲景也下了车：是啊，你把东西都抬进去吧。

仆役：放在哪里？

镜头开始摇动，到了院中。

3

院中。白天。

张仲景画外音：院子里三间正房，当间做客厅，东间由我住，西间做书房和药房；东边两间厢房，将来让我母亲住；西边两间厢房，让小宽住。你把竹简和药篓，都放到正房西间。

两人进了院，仆役开始一趟一趟地搬。

仆役搬着东西：除了药品就是竹简，有用的家当倒是一件都不置备，这个张大人，真是与众不同。

4

张仲景小院。月亮已升起。

张仲景坐在院里，悠闲地看着满院的月光。

突然听到敲门声。张仲景起身去开门，是小宽和英姑。

张仲景惊喜地：小宽！

小宽高兴地：师兄！

张仲景：快进来，快进来。

三人来到院中。（给英姑一个特写——英姑病体已康复。）

小宽：师兄，你怎么住得离府衙这么远，让我一通好找。

张仲景：离府衙近的地方，房子的租价太高，我只好住到这里来了。你们啥时候赶到荆州的？

小宽：昨天。

张仲景：英姑的病全好了吗？

英姑点头：全好了。

张仲景：到荆州找到你家亲戚了吗？

英姑流泪：小宽哥带我去找了，找到那个地方，却只看到一片废墟。周围邻居说，我家亲戚，好几年前就走了，留下的空房子，也都被雨淋塌了。

小宽：她好不容易到了荆州，又走投无路了。

张仲景想了想：那就安排她在这里住下吧。让英姑先住在东屋里。

英姑跪下：谢谢张先生！

张仲景扶她：起来起来。

小宽：师兄，你考得怎么样？

张仲景：我赶到考场的时候，已经迟到了，可刺史大人刚巧得了病，让我给他治病，病治好了，他就把我留在府中当医官了。

小宽高兴地：太好了，那什么时候回乡报喜呢？咱们到时候也像任彦成那样，骑上马，在南阳城兜上几圈。英姑，你见过当官的在街上炫耀吗？骑在高头大马上，一帮人锣鼓喧天地跟着，有说有唱的，可威风了。

张仲景：有啥值得炫耀的？再说刺史大人也不让我回乡，叫我直接在医署当差了。

小宽：那可委屈你了。富贵不还乡，就像穿着绫罗绸缎走夜路，有谁看见呢？

英姑一脸兴奋地看着张仲景。

小宽：那嫂子和大娘知道了吗？

张仲景：我已经捎信回去了，可能还得等两天，他们才能收到。

小宽：你这下做了医官，可要把雪莹嫂子、大娘还有侄子，都接到荆州城里住了。到时候师兄没时间去接，我回去吧！

张仲景：好啊，只是怕老母亲受折腾，我这官，谁知能当到啥时候呢？

小宽：怎么刚当上就说丧气话，就凭师兄的医术，哪个医官也不会比你强的。

5

南阳郡张家药铺诊室。白天。

雪莹的肚子已经大起来，完全显怀了。她挺着大肚子，在给病人诊脉看病。

一女病人：张夫人，你挺着个大肚子还给俺们看病，可让俺们心里过意不去。

雪莹：没办法呀，家里只剩下我还懂点医。

女病人：你说张先生吧，医术那么高明，待俺们病人又那么好，要是自私地说，真希望他能回来。可他是去赶考的，为了他着想，俺们又盼着他考上，到荆州城里当医官呢。那样就能骑马炫耀，像往年的任大人那样，让我们好好开开眼了。

她提到任彦成，让雪莹脸上浮现出一丝不易察觉的不快。

一邮差进来：张家药铺，急信。

雪莹起身接过信件：谢邮差大哥。

邮差走，雪莹展信。看着看着，喜笑颜开。

女病人：怎么了？是张先生的消息？

雪莹高兴地：他考中了，已经在刺史府中做了医官！

女病人：哎呀，恭喜张夫人，贺喜张夫人！

雪莹：你的病也看完了，我要去后边，把这个好消息告诉婆婆。

女病人：快去快去，这里我暂时帮你看着。

6

张家药铺后院中。白天。

张母正抱着孙子坐在院中。

雪莹跑得有点急，突然觉得有点恶心，一捂嘴，弯腰想蹲，又蹲不下去，赶紧找棵树靠着。

张母见状急忙抱着孙子过来：他娘，你没事吧。

雪莹恢复过来：没事没事。娘，仲景刚来了信，他考上了，已经在荆州当了医官。

张母脸上浮现出一丝笑容：那他没说啥时候回来？

雪莹：他说，刺史大人不让他回乡，让他直接到医署供职了。他还说，已经安顿下来，过几天，就让小宽回来，接我们去荆州城呢。

张母：还是回不来啊。我倒没什么，你挺着个大肚子，怎么能在路上颠簸呢？

雪莹：没事的。我还有好几个月呢，没事的。

张母：这可非比寻常，一定要小心再小心。我看还是把孩子生在这里，等坐完月子，再走。

雪莹：那要等多久啊！

张母：你就这样回信，不然我可不答应。俗话说，"大肚子婆娘背棺材"，这可是两条人命，万万不能有闪失。

雪莹：好吧，就依娘，可我在这里生孩子，也没个人照看啊。

张母：我看隔壁你赵大婶两口子，人挺好，求求他们肯定能行。赵大婶是个接生婆，没问题的。

雪莹：好吧，就依娘。

7

荆州张仲景住处院中。白天。

小宽和英姑正在整理院落，张仲景推门进来。

小宽：师兄，怎么上午就回来了？

张仲景：医署让我去城里采购些药材，吃了中午饭，你跟我一起去，就留英姑看家吧。

英姑：好的，我下午把院子好好打扫一下。

张仲景：你也不要着急，慢慢干。小宽，南阳来信了，我娘说，要等雪莹把孩子生下来坐完了月子，才能来荆州。

小宽：大娘的话也有道理，嫂子身怀六甲，怕是经不起旅途的颠簸和劳顿，这可是人命关天哪。

张仲景：只是这样一来，雪莹生产的时候，身边就没人照顾了。我实在是无法分身啊！

小宽：过两三个月后，这边帮你安顿好了，我就回南阳，照顾嫂子，让她把你的孩子顺顺利利地生下来。

张仲景感激地扶住小宽的肩头：小宽，你我不是亲兄弟，可你对我的情谊，却胜似亲兄弟啊！

小宽：师兄，怎么跟我还客气起来？

张仲景：人做了官，就得受人管，再也不自由了，好多事情，还真得求着你呢。

8

荆州大街。白天。

一家写有"华家药铺"牌匾的铺子里，张仲景和小宽正在采买药材。

药铺后院突然传来一声痛楚的喊叫：妈呀——

张仲景一惊，问给他们拿药的小药师：小兄弟，何人喊叫？

小药师：一个来看病的病人，她得了肠痈，吃药已经没救，我师父正用刀给她治疗。

张仲景意外地：用刀？

小药师点头：用刀把溃烂的地方切掉。

张仲景有些吃惊地：哦？

9

华家药铺门口。黄昏。

张仲景和小宽站在那里。

小宽：咱们就一直在这儿等？

张仲景：等，我一定要见见这位敢动刀的医师。

通往后院的铺门一响，一位医师在小药师的陪同下走出来。他看见张仲景，忙迎过来：请问你是——

张仲景：在下张仲景，听说你用刀切除病人已经坏死的肠子，甚是惊奇，特来相见。

那位医师：哦，张仲景，是在刺史府里做医官的张仲景？

张仲景：正是。

医师施礼：久仰久仰，在下姓华名佗，刚来荆州行医，不知张医官找我为何？

张仲景意外而惊喜地：原来是华佗先生，仲景久慕先生医术，没想到今日得以相见，太高兴了。

华佗：张医官客气了，快请坐。

张仲景指了指药铺旁边的一家饭馆：请华先生到那里边坐坐，你我今日相见，得喝它几杯以示庆祝啊。

华佗爽快点头：好。

10

饭馆里。夜。

几碟小菜。一壶酒。张仲景、华佗和小宽都含笑坐在那儿，显然已聊了很长时间。

华佗：我这个人喜欢动刀子为病人解除病痛，很多人害怕我，说我走的是邪路。

张仲景：华先生，我有一点不懂，就是你给病人开刀时，他们能忍住疼吗？还有，刀口能保证长好吗？

华佗一笑：我试着做了一种麻沸散，让病人一喝，就会昏睡过去，不知道疼了。至于刀口，只要缝好，再抹上我做的防脓药膏，一般都能长好。喏，这就是麻沸散，这是缝刀口的缝合线，这是防脓膏。

他边说边从衣袋里拿出那些东西让张仲景和小宽看。

张仲景和小宽新奇地看着。

华佗大方地：这些都送给你们，做个纪念，万一以后你们遇见需要开刀的病人，可以试试。

张仲景：谢谢，只是官府里向来不准给病人动刀。来，华先生，为了表达对你的敬意，我再敬你一杯！

华佗举杯：谢谢，干！……

11

荆州。刘琦公子府。白天。

已经日上三竿，刘琦仍在睡觉。这时的刘琦已经有十七八岁了。

冬儿进来：公子，都到什么时候了，怎么还在睡觉？刺史大人要是过来看你怎么办？

刘琦睡眼惺忪地：别瞎说了，爹昨天又去外地了，你以为我不知道？

冬儿：那夫人要是过来呢？

刘琦：娘上午从不过来，你就让我多睡一会儿吧。

冬儿：蒯大人已经来了一个时辰了，已经在吹胡子了。

刘琦：让他吹，气死这个老东西。

冬儿：你夜里喝个烂醉，早晨又不起，连早课都不上，刺史大人知道了，又该责罚你了。

刘琦：他不是走了吗？你就让我歇两天，别读那些破书了。

冬儿：就算你读不进去书，也该装个样子，别惹大人和夫人生气啊。老是这样……过去扶刘琦坐起来，帮他穿衣服。

刘琦忽然将冬儿搂住，冬儿挣脱开。

刘琦：冬儿，我昨晚做了个梦……

冬儿：什么梦？

刘琦：梦见一个仙女，给我弹琴呢。

冬儿：什么仙女啊？长得美吗？

刘琦：美，鼻子眼睛，跟你倒有几分相似。

冬儿：别净拣好听的哄我。赶紧起来吧。

刘琦：冬儿，你知道这个仙女是谁吗？

冬儿：你做的梦，我怎么会知道？

刘琦：她说啊，她叫……巫山神女！

冬儿：巫山神女，那是个什么仙女啊？

刘琦：你过来，我悄悄告诉你。

冬儿凑过去，刘琦在她耳边说了几句悄悄话。

冬儿：哎呀！真是的！

冬儿羞红了脸，把拿在手里的衣服甩到了刘琦身上。

刘琦：我说的都是真的，你别不信！

冬儿：公子，你老拿这些荤话胡说，别人听见了算怎么回事？大人和夫人知道了，还以为我们俩怎么着了。我服侍你这几年，没有功劳也有苦劳，你可别害我啊。

刘琦一愣，半响才开口：我怎么会害你呢？你我虽是主仆，可在我心里，一直是拿你当姐姐的，心疼你还心疼不过来，怎么会害你呢？

冬儿：公子，你要真心疼我，就听我几句话，向你弟弟刘琮学习，认真读书，别年纪轻轻就一副浪荡样子。晚上少喝点酒，你从小身子就弱，大病小病就没断过，干吗天天喝那么多酒？晚上早点睡觉，早上早点起，蒯大人来了就去那边规规矩矩地读书，别惹大人和夫人生气。这样我们这些做下人的，日子也好过点，可以少受点责罚。

刘琦穿衣起床：好，好，都听你的，我这就过去见那老东西。你也别害怕，就算咱们真有什么事儿，在官宦人家，那又算什么？我爹娘也不见得会把你怎么样。

冬儿：公子，你怎么这么傻呀？这府里可有人盼着你出事，盼着你游手好闲，花天酒地呢，你还不收敛着点。

刘琦：怕什么？我是长子，就是再没出息，将来这荆州刺史的宝座，别人也休想坐上去。

12

陈夫人住处。白天。

一侍女进来：夫人，陈将军来了。

陈夫人：哥哥来了，快快有请。

陈羡进来。

陈夫人迎上前：哥哥，今天怎么有空来？

陈羡：过两天要回长沙，所以过来看看你，近来身子好吗？

陈夫人：还好，人过中年，小灾小病是免不了的。看哥哥的气色倒不错。

陈羡：我这个大将军，主持着荆州政务，又兼着长沙太守，两头来回跑，身体时时觉得疲倦，勉强硬撑着罢了。

陈夫人：哥哥要是太累了，何不跟主公说说，让龙儿去管长沙呢？

陈羡：不可。龙儿现在府里统领着侍卫军，干系重大，万万不可把府里的兵权交给别人。长沙郡也是一方重镇，兵多将广，也是丢不得的。我也只好两头跑了。

陈夫人：主公在荆州这些年，位子能坐得稳，能把荆州治理成现在这个样子，可以倚靠的人没几个，真正放心的也就是哥哥了。只有让哥哥多操劳了。

陈羡：荆州地当天下要冲，自古是兵家必争之地，一块谁都想吃的肥肉，要想保境安民，就是睡觉也得睁着一只眼睛。何况萧墙之内，也是刀光剑影，所以兵权一旦在手，是万万丢不得的。

陈夫人：你们男人之间打打杀杀的事，我们女流之辈哪里弄得懂？

陈羡：妹妹，你既做了荆州刺史的夫人，不懂一点权谋，是没有好日子过的。

陈夫人：我天生愚笨，只知道在家从父，出嫁从夫，再就是听哥哥的，哥哥要我做什么，如何做，我照着做就是。

陈羡：主公他如今还常到妹妹这里来吗？

陈夫人：我已经人老珠黄，而那边青春尚在，嘴巴又像抹了蜜，专会卖弄风骚，我哪是她的对手呢？

陈羡：可你与主公毕竟是结发夫妻呀，又有琦儿、琮儿，可不能让她占了上风。

陈夫人苦笑。

陈羡：琦儿近来好吗？

陈夫人摇头：在我面前，他是个没笼头的马，只有见了他爹，才像老鼠见了猫。

陈羡：咱们陈家老少几百口，将来有没有好日子过，全在琦儿身上，你可得好好管教啊！老是心猿意马的，将来如何做得了荆州之主？

陈夫人一脸的无奈。

13

刺史府学房。白天。

蒯进在里边忧虑地踱步。

刘琮在一旁读书。

刘琦匆匆进来。

蒯进：大公子，今天怎么又晚来了一个时辰？

刘琦不说话。

蒯进：主公让我教你们读书，你可倒好，三天打鱼两天晒网，这《易经》读了一年还没读完，我都不知道该怎么向主公交代了。前天主公问起来，我也只好胡乱搪塞。知道的，说你不好好学，不知道的，还以为我不会教呢。

刘琦：这书里说的都不是人话，我怎么读得进去？

蒯进：胡说！这《易经》是经天纬地的一部大书，怎么会不说人话？"天行健，君子当自强不息"，公子啊，你将来是要做荆州刺史的，现在不好好读书怎么能行？

刘琦：这荆州刺史，将来让别人做好了。

蒯进气得连连摇头：你……你把昨天学的给我背一遍！

14

南阳郡。张家药铺。院中。白天。

雪莹挺着大肚子在洗衣服，因不能弯腰，将洗衣盆放在一个石桌上。手持棒槌，将衣服一件一件地敲打。

张母揽着孙儿坐在院里，看着雪莹。

赵大婶进来，看见雪莹，急忙过来夺棒槌：我说你不能洗了不能洗了，你怎么又洗上了？

雪莹无奈地笑了笑：这么多衣服，总得有人洗啊。

赵大婶：我说过了，你有脏衣服就叫我嘛。

雪莹：您也有自己的家务，怎么好老是麻烦？

赵大婶：还跟我客气，那你肚子里的孩子，要不要我给你接生？

雪莹羞怯地笑了。

赵大婶：算下来，你怀上孩子，也有七八个月了，张先生就一次也没回来过？

雪莹：人家在荆州城里做大官，哪里还想着回来？

赵大婶：怎么会呢？一定是走不开。经常来信吗？

雪莹：前几天还来了封信，说是要让小宽回来。

赵大婶：那就好那就好，家里没个男人，可真不像个样子。

雪莹：人家小宽，不过是个师弟，他倒好，一点都不见外，想怎么使就怎么使。

赵大婶：跟小宽还见什么外？我是看着他在这里长大的。转向张母：张家婆婆，听说小宽要回来了？

张母：要回来了要回来了。这不，我天天在院子里，等着他回来呢。

雪莹：是啊，娘一听说小宽要回来，就非得坐在院子里不可，怎么劝都劝不回屋子里去。

赵大婶：你婆婆见着小宽，就等于见着自己的儿子了。儿行千里母担忧，古往今来都是这样的啊！等小宽回来，药铺他也能支撑一阵，要不然眼看着要关门了。

雪莹：迟早要关门的，仲景要把我们都接到荆州城去，这张家药铺，也只好关门了。

赵大婶叹口气：唉，自打我嫁到这里来，就有这铺子，一晃四五十年都过去了，要是突然没了，还真觉得别扭呢。

正说着话，突然听到远处有驴车声，赵大婶：我到前面去看看。

15

张家药铺前。白天。

小宽驾着一辆驴车满载而归。

赵大婶出来：哎呀，真是小宽回来了，刚才你嫂子和张家婆婆还念叨你呢。

小宽将车停下拴好驴，对赵大婶：麻烦您叫一下赵大叔来帮帮手，车上有许多东西要搬进去。

赵大婶：好，好。

赵大婶走远了。

16

荆州府医署。白天。

张仲景从医案上抬起头，低声自语着：小宽该到家了。

一个药役端着一个托盘进来：张医监，这是按你说的法子炮制的附子，请你过目。

张仲景"哦"了一声，急忙俯身去看……

17

荆州。刺史府学房。白天。

蒯进在唾沫横飞地讲着书。

刘琦听着听着，又打起盹来。

刘琮倒听得认真。

蒯进看见了，拿戒尺磕了一下刘琦的肩膀。

刘琦惊醒，又捧起书看起来。

18

荆州刺史府。禁卫军府。白天。

陈龙正在巡视军营。

远远看见陈羡的车马过来，急忙迎上前去。

19

陈羡马车前。白天。

陈龙行礼：父亲。

陈羡摆手制止他：军旅之中，哪有父子？

陈龙：大将军。

陈羡近前悄声：府衙之中，有没有什么动静？

陈龙：一切如常。

陈羡：你呀，既然做了这侍卫军统领，飞进来一只蚊子，也应该逃不过你的眼睛！

陈龙点点头。

陈羡：过两天我要去长沙，两个月之后才回来，荆州城里的情况，你可给我看好了。（低声）特别是那边，有什么动作，立即飞马向我报告！

陈龙点头：大将军您放心吧。

20

南阳郡。张家药铺院中。白天。

小宽和赵大叔抬着包裹进来，赵大婶在前面：雪莹，张家婆婆，你们看谁回来了？

雪莹一看是小宽，手里的棒槌掉到了地上：师弟，总算把你给盼回来了！

张母激动地站起身，迟疑地：是小宽，是小宽？

雪莹：娘，是小宽，是小宽。

小宽放下包裹，走到张母身边，抱起老人膝前的孩子：大娘，是小宽回来了。

张母非常激动，颤巍巍地：是小宽回来了，仲景，他好吗？

小宽：好，好着呢。

张母：好，好……

突然张母一阵眩晕，站立不稳。

小宽和雪莹急忙将她扶住。

雪莹：娘！

小宽：大娘！

张母却没有醒过来。

21

张家药铺。张母卧室。白天。

张母慢悠悠地睁开了眼睛,眼前的雪莹、孙子和小宽,开始较模糊,后来慢慢清楚了。

张母伸出手:雪莹,小宽。

两人都朝她点头。

孙子葛根:奶奶。

雪莹:娘,你醒过来了!现在感觉怎么样?

张母:我,我好像睡了一觉。

雪莹:娘,刚才您晕倒了,可把我吓坏了。幸亏小宽师弟给你扎了针,你才醒过来了。

张母:小宽,谢谢你。

小宽:大娘别客气,您好好休息吧。

张母:我没事,我没事。仲景真的好吗?

小宽:真的很好。他天天到医署供职,准时准点地去,准时准点地回来,没有任何意外。他医术那么高明,府里的病都难不倒他,您就放心吧。

张母叹息:唉,他这一走,我就提心吊胆的。这荆州府里的大官可不是好侍候的,哪天一翻脸,说砍你的头就砍你的头,你说我能不担心吗?

小宽:师兄处处小心谨慎,您就放心吧。

张母:我怎么就觉得他不是个灵光人,官场那种地方,他混不下去的。

小宽:等您坐我的车到了荆州,见着了他的面,您就放心了。

张母:那好,我们今天就走吧。

小宽:您不是说,要等嫂子把孩子生下来,坐完了月子再去荆州吗?

张母:对,对,我都急糊涂了。

22

张家药铺院中。张母卧室外。白天。

雪莹轻声问小宽:我婆婆这个病,到底要不要紧?

小宽:不好说,我只是把她救醒,真正的病因是什么,还没找到。这之前，有没有什么症状？

　　雪莹：没有。不过自从仲景走后，她的饭量就慢慢小了，也不爱动了，整天不是躺着，就是坐着，人老是无精打采的，好像总有什么心事。我问她，她又不说。

　　小宽：看来就是想师兄来着，忧思成疾。

　　雪莹：但愿只是一时激动引起的，不要是什么大病才好。

　　小宽：先看两天吧，如果病情加重，得赶紧写信告诉师兄。

　　雪莹点点头。

23

　　张家药铺张母卧室。白天。

　　雪莹拉着葛根又来看张母。

　　张母神情比较憔悴，目光有些呆滞，看到雪莹来了，想起身。

　　雪莹：娘。

　　张母：哎！你说我这个病，得的可真不是时候，你眼看就要生产了，我不仅帮不上你任何忙，还要劳烦你照顾我。

　　雪莹：娘，你这说的什么话？儿女给父母尽孝，是天经地义的事情。

　　张母：我的病我自己知道，没什么大碍。等你生下孩子的时候，我也该好了，那时候，我们就可以到荆州城去见仲景了。

　　雪莹含泪点头。

　　张母：所以你千万不要带信给仲景，告诉他我生了病，免得他在那里分心。

　　雪莹又点点头。

24

　　张家药铺诊室。白天。

　　小宽正在坐堂看病，却没有病人。

　　雪莹进来：师弟，我婆婆这个病，到底怎么样啊？怎么都过了三天，还不能起床呢？

　　小宽：她这个病，没有好转，但也没有更严重。我看是脑子里的病，她说右胳膊凉，右腿麻木，但我检查之后，并没发现什么病情。

雪莹：不会是中风吧？

小宽：她只是觉得发凉发麻而已，但还是可以活动的。病好像还是出在脑子里。

雪莹：脑子里？

小宽：是啊。头晕之后，脑子就一直没恢复，老说疼啊疼的。

雪莹：不会是脑子里长啥东西了？

小宽：我也说不好，这个病，还是要师兄回来看，我是不行的。

雪莹：可婆婆刚才还说，不让把她的病告诉仲景。

小宽：那怎么行？你不能听她的，还是赶紧告诉师兄吧！

雪莹：告诉了他，他肯定能回来吗？

小宽：我想他肯定要回来的。

雪莹：好吧，那我就捎个信去。

25

荆州医署。白天。

任彦成正在办公，仆役进来报告：大人，张医监要见您。

任彦成：请他进来。

张仲景手持一封书简，进来。

任彦成：师弟，这么急匆匆的，找我何事？

张仲景：师兄，我娘病了，内人捎信来了，让我赶紧回去，给娘看病。

任彦成接过书简，看了一遍，还给张仲景：不会是令堂思儿心切，弟妹故意这样说的吧？

张仲景：她怎么敢这样开玩笑？岂不是大不孝？

任彦成：倒也是。可府中规矩，除非父母去世，可以回家奔丧，其他情况，都是不能离开的。

张仲景：连母亲病重也不行吗？

任彦成：你别着急，我跟蔡大人说说，请他格外开恩，放你回去一趟。

张仲景：谢谢师兄。

任彦成：你回去等信儿吧。

张仲景：是。

26

蔡瑁官邸。白天。

任彦成对蔡瑁：大人，可否准他的假？

蔡瑁先是不语，随后伸手拿过两片布，在其中一块布上涂了糨糊，将两块布粘在了一起。

任彦成看得糊里糊涂。

蔡瑁：没明白？

任彦成摇摇头。

蔡瑁：要用感情把他和你连在一起。

任彦成听明白了：谢谢大人指教……

27

医署张仲景处。白天。

张仲景正坐在桌前发呆。

任彦成进来：师弟。

张仲景起身：师兄。

任彦成：你急坏了吧？我已找过蔡大人，开始他不答应，我好说歹说，总算给你请下二十天的假……

张仲景感激地：谢师兄。

张仲景深鞠一躬。

任彦成：我们兄弟之间，何必这样客气？可你就算快马加鞭，回到南阳也待不了几天，就得赶快回来。如果不能按时回来，蔡大人那里，我可交代不过去了。还有，这二十天里如果府中的哪个夫人得了病，刺史大人怪罪下来，我还要替你兜着。

张仲景：谢谢师兄。就算能见母亲一面，也值了。我一定按时赶回，不让师兄为难。

任彦成：那你就买一匹快马，赶紧上路吧。

28

路上。白天。

张仲景骑在一匹骏马上，快马加鞭。

29

路上。夜。

天快黑了，张仲景仍扬着马鞭在赶路。

30

张家药铺前。夜。

张仲景拍马赶到。他停下马，看了看大门紧闭的药铺，看着"张家药铺"这四个字，忽然有些酸楚。

他轻轻走上前，抚摩起了"张家药铺"这四个字。

抚摩了一会儿，才开始敲门。

里面是小宽的声音：谁啊？

张仲景：是我，小宽！

里面的小宽：师兄！

门哗地拉开，小宽见到张仲景，喜出望外。

小宽扭头朝院子内：嫂子，大娘，师兄回来了！

31

张家药铺。院中。夜。

雪莹披衣出来，看见张仲景，一下子欢喜得有些呆了。嘴唇动了几下，说不出话来。

张仲景走近雪莹。

雪莹含泪：你，怎么回来了？

张仲景：你捎信说娘病了，我就请假回来了。

雪莹：我还以为，这刺史府是进得去出不来的地方呢。快去看看娘吧。

32

张家药铺。张母卧室。夜。

三人提着灯笼进来。

张母已经醒了，突然看见张仲景进来，眼睛里顿时有了光彩。

张母伸出手：仲景儿，你回来了？

张仲景：娘，我回来了，你怎么病成了这个样子？

张母：你回来了，还走吗？

张仲景顿时无言以对。

33

张家药铺。雪莹卧室。夜。

葛根睡得很甜。张仲景上前轻轻亲了一下儿子。

雪莹挺着大肚子靠在床上。

张仲景：娘到底是怎么病的？

雪莹：小宽回来那天，娘一激动，就晕倒了，等醒过来就成了这个样子。小宽给开了几服药，娘喝下去，不见好转，也没有更严重。你说，娘这得的是什么病啊？

张仲景：估计是血运不畅，弄得不好还会有危险。

雪莹：这么严重啊？有什么好法子治吗？

张仲景：没什么太好的法子，只能开些舒血的药，慢慢调养。我治好了那么多的病，救了那么多人，轮到自己的母亲，却有些束手无策。

雪莹：医能医病，不能医命啊！娘平时身子骨算是硬朗的，我看准能调养过来，一般要多长时间呢？

张仲景：短则几月，长则几年，随时都有危险。

雪莹：这样一来，她更是去不了荆州城了？

张仲景：哪里还敢想那么多？能够闯过这一关，就是万幸了。

雪莹：娘会好的，你这一回来，娘一高兴，精神上愉快了，病也就好得快了。

张仲景：可我，很快就得走啊！

雪莹：怎么呢？

张仲景：我只请下来二十天的假，路上快马加鞭风餐露宿，也耗去五天，回去起码还得五天，也就能在家里待上十天。

雪莹听完这话，看着他，脸上有悲戚之情。

张仲景：娘和你，我肯定都照顾不了了。你说这个劳什子官，有什么当头？

雪莹：既然当了，就要当好，我不会拖累你的。

张仲景：可娘的病，实在让我放心不下。这几天我一定琢磨个好方子，交给小宽，那样我就能走得放心些了。

34

张家药铺。药房内。白天。

张仲景正在为母亲琢磨药方，小宽带着乔县令走了进来。

小宽：师兄，你看谁来了？

张仲景抬起头，急忙拱手：乔大人。

乔县令：张大人，你回了南阳郡，怎么也不打声招呼，一个人躲在家里，闭门谢客，要不是我消息灵通，还不知道你回来了呢。

张仲景：这次回来，是因为家母生了重病，我要赶紧为家母琢磨药方，所以哪里也没有去，谁都没有见。

乔县令：原来如此。我说呢，不见我也就算了，太守那里，无论如何，也该答谢一下。

张仲景：是啊，可我……

乔县令：不要紧，百善孝为先，太守可以理解的。我来这里，是有一件事想问你，我有个同乡王粲，在刘表大人身边做谋士，他虽年轻，但满腹经纶，不知你在荆州见过他没有？

张仲景回忆地：王粲？几年前我到千奇岗去采药，在路上碰见过他。那天他的车夫被蛇咬了，我帮着处置了一下。我到荆州这段日子，听说他替主公去几个郡里察访百姓怨情，故还未谋面。

乔县令：原来你们已经认识，那最好。我想，你俩都在荆州城，彼此熟悉了，有事也好有个照应。这是我给他的信，烦你转交给他吧。

张仲景接过信，揣在了袖子里：谢乔大人美意，等回到荆州城一定前去拜望王先生。

乔县令：王粲这个人，别看年纪不大，却有经天纬地之才。听说刘刺史要任他为别驾，你们常来往吧。

张仲景：谢乔大人。

乔县令：张大人，是我要谢你呢。有了你的方药，我才当上了爹。

张仲景：陈年旧事，你老提，倒弄得我不好意思了。

两人相视大笑。

35

张家药铺。客厅。夜。

张仲景、雪莹、小宽都在。

张仲景：小宽，我明天非走不可了，走的时候可别让我娘知道了。

小宽点头。

张仲景：还有，我开出来的方子，你看缺什么药，赶紧多弄一点，我走了，你让我娘按时服用，也许能有所好转。

小宽又点点头。

张仲景又看看雪莹：还有我的内人和儿子，还有未出世的孩子，我也只有都交给你了！

张仲景重重拍了拍小宽的肩膀。

小宽：嫂子、侄子和嫂子肚子里的孩子，我一定照顾好，可伯母大人，万一……我……

张仲景：别这么想，不会有万一的。就是有，我也不会怪你。

小宽：可我……还是有些害怕，毕竟我的医术，比你差得太远。

雪莹：师弟，还有我呢，出了事情，我担着。

小宽默然。

张仲景：那就这样，都去歇息——

门外突然响起了急切的拍门声。

小宽上前：谁呀？

门外来人慌张的声音：千奇岗诸葛家的，我们家少公子得了急病，想请你们快去救人！

张仲景闻言急忙上前拉开门：可是诸葛亮病了？

来人：正是。我家主人听说张仲景先生近日在家，所以特让小的跑来相请。

张仲景转身：小宽，备马！

小宽担忧地：师兄，你明早就要起程——

张仲景：快备马！

36

诸葛草庐。夜。

年轻的诸葛亮满脸汗水,躺在床上手捂着上腹来回翻滚,显然是肚子疼得厉害。

诸葛玄急得在床前绕圈。

门被猛地推开,仆人领着仲景和小宽走进来。

诸葛玄急切地上前:张先生,快救亮儿。

张仲景没有来得及回话,扑到床前,抓起诸葛亮的手腕把脉:吃过什么不干净的东西?

诸葛亮忍着疼:没有。

张仲景用手按着诸葛亮的上腹并问着每处的痛感。

张仲景抬头对诸葛玄:你不必过虑,他这是蛔虫钻进了胆道,所以造成剧痛。

张仲景说完转对小宽:用乌梅汤驱虫!

小宽赶紧去药搭里掏药……

37

诸葛草庐。晨曦初露。

诸葛亮疲惫而轻松地仰靠在被子上,从脸上看已无了痛感。

张仲景摸了摸他的脉搏:好了,已经恢复正常,但这乌梅汤还要再喝几天,以把肚里的虫都打出来。

诸葛亮不好意思地:没想到,人的肚里还会长虫。

张仲景:记住日后别吃没洗净的生菜、萝卜。

诸葛玄:谢谢张先生。

张仲景:谢什么?你们不是还救过我吗?小宽,咱们走。

诸葛玄急忙伸手相拦:二位忙了一夜,一定要在这里吃了早饭再走。

小宽:我师兄天亮必须动身去荆州任上。

诸葛叔侄都很意外:哦,你忙了一夜,怎能——

张仲景抱拳告别:不碍事的,仲景这就告辞了,咱们日后再会!

38

张家药铺。院中。天刚亮。

张仲景边倒退着走边看着娘的卧室。

张仲景画外音：娘，我这一走，还能不能和您再见面呢？多想进去跟您告个别啊，可又怕您伤心。娘——

张仲景跪倒在地，对着娘的卧室，磕了三个头。

张仲景画外音：娘，原谅我这个不孝的儿子吧！娘，原谅我吧！

39

张家药铺前。清晨。

小宽牵着马站在一边。

张仲景对着雪莹：我这心里放不下娘，也放不下你和根儿。

雪莹：你就放心去吧，娘我会照顾好的。

张仲景：我现在身不由己，千斤的担子，你就先挑着吧。

雪莹点头。

张仲景骑上马背。

张仲景打了一下马鞭，马开始走了，他还在回头。

雪莹、小宽朝他挥手。

张仲景远去。

40

张家药铺。张母卧室。白天。

小宽正在侍候张母喝药。

喝完药，小宽：伯母，喝了师兄配的药，您这几天气色好多了。

张母：是啊，我自己也觉得胸口不那么憋闷了，想起来动动了。

小宽：您再躺两天，就可以起来了。

张母：我问你仲景去哪儿了，你老说太守把他找去了，我看哪，八成是回荆州了。

小宽低头无语。

张母：其实我早就猜到了，他现在是官家的人，哪能像老百姓那样自由呢？这个家，就全靠你了。

小宽：大娘不用客气，我到前面去了。

41

叠印：

雪莹挺着个大肚子在给老人煎药……

小宽在冒雨向铺子里挑水……

雪莹在吃力地为老人擦洗身子……

雪莹在照料葛根吃饭……

小宽在厨房里忙着烧火做饭……

雪莹在为老人喂饭……

42

张家药铺。夜。

雪莹搀扶着婆婆由茅房里出来。

老人脚下绊着了什么，身子一歪，向雪莹倒过来。

雪莹一下子被压倒在地，但她的手还在扶着老人。

雪莹惨叫了一声，借着月光可以看出，有血水从雪莹的下身渗出。

雪莹：小宽——

小宽披着衣服跑过来，见状大吃一惊，一边去扶起两人，一边朝院墙隔壁大声地：赵大婶——

43

雪莹卧室。夜。

雪莹脸色煞白地躺在床上。

赵大婶低声地：雪莹，孩子没能保住，你要想开点。

眼泪流下雪莹的脸颊。

赵大婶：你现在不能太伤心，以免落下病根。只要你身子好，以后还会再有孩子的。

雪莹哽咽地：这事不能让俺娘知道，要不，会刺激她的病。

赵大婶点着头。

雪莹转对站在一旁的小宽：这事暂时也不要告诉仲景，免得他伤心，他又刚回任上……

小宽无言地点着头。

44

张家药铺院中。白天。

小宽扶着张母出来。

缠着头巾坐在自己房中的雪莹看见,忙把一件衣服团团塞进自己的上衣肚子处,然后向娘走去。

雪莹努力笑着:娘。您看您都好多了,都能到院子里来了。

张母反倒担心儿媳:慢点慢点,你现在是双身子,可要小心脚底下。

雪莹抑着痛苦:我没事儿。

雪莹扶住张母,小宽走开了。

张母:仲景走有多少天了?

雪莹:这一晃,快一个月了。

张母:也不知道什么时候还能回啊?

雪莹:等您病好了,我们就一块儿去荆州找他了。

张母:我还有那一天吗?

雪莹:当然了。您这病不是好多了吗?

张母:唉,我担心这辈子见不着他了。

雪莹:您千万别这样想。

张母:雪莹,你扶我到药铺门口去坐坐,我想看看街景。

雪莹:好,您可慢着点。

葛根学着娘的声音:奶奶,你可慢着点……

45

张家药铺门口。白天。

雪莹扶着张母出来,让张母坐下。

张母:雪莹,你肚子里的孩子,还有几个月?

雪莹尽力遮掩着痛楚:还有一两个月吧。

张母:我都等不及了,想早点看见孙女呢,这次该是个孙女了吧?

雪莹:您别着急了,老急着见儿子见孙女,病就是这么急出来的。

张母：仲景要是回来，是从南边来是吧？

雪莹：是啊。

张母：我要是一直坐在这里看，兴许就能看到他回来了。

雪莹：门口风大，您看一会儿就回去休息吧。

张母的目光飘向远方，一直延伸到街道的尽头……

46

同上。

突然，张母的眼睛慢慢闭上了，头一歪，放在手边的拐杖滑落到地上。

雪莹大惊：娘，娘！小宽，小宽，你过来看，娘这是怎么了？

小宽急忙跑过来，先是掐着老人的人中，然后又在人中穴上扎了一针，居然毫无反应。他探探张母的鼻息，又扒开张母的眼皮看了看。

小宽难过地：大娘……过世了。

雪莹：啊？

雪莹扑到张母身上痛哭：娘！娘！

葛根扑到雪莹身上哭起来：娘！娘！

街道上不少人过来围观。

47

荆州医署。白天。

张仲景正和几个医官一起有说有笑。

一医官：张大人，听说甘草不能和鲢鱼一块吃，吃了就会中毒，是吗？

张仲景：有这事儿？我还是第一次听说。

另一医官：还有说吃黄连忌食猪肉，也不知道对不对？

张仲景摇头：那肯定不对，我记得古方上有猪肚黄连丸，如果黄连忌食猪肉，这丸药如何还有药效？

正说话间，一衙役过来：张医监，有您的信。

张仲景打开一看，泪水立刻流了下来……

周围医官见状都愣了：张大人张大人，到底怎么了？

张仲景：我娘过世了……

48

南阳郡城郊外。白天。

一座新坟竖立起来。

坟前墓碑。

碑文：故显妣张刘氏之墓，子张仲景媳于雪莹立。

坟前，是雪莹、葛根、小宽、赵大婶、赵大叔和几个抬棺的街坊。

雪莹对葛根：根儿，给你奶奶再磕个头。

葛根懂事地跪了下去。

小宽走上前去，又给新坟培了培土。

满地的纸钱。

49

远处。白天。

一匹快马由远处而来。渐渐近了，能看清是张仲景。

50

张母墓前。白天。

张仲景下了马，踉跄着走到墓前，跪倒在地，连磕了几个响头。

小宽和赵大叔把他拉起来。

小宽：师兄，我没看护好大娘，对不起你！

张仲景：这哪能怪你？是我自己不孝啊！

赵大叔：忠孝难以两全，你在荆州城为国家做事，你娘会理解的。

张仲景又走到雪莹面前：你还好吧？

雪莹摸着平平的肚子，刚想开口说句什么，但人已经向地上倒去。

张仲景急忙去扶：雪莹——

51

张家药铺。雪莹仲景卧室。夜。

葛根已经睡去。

张仲景把雪莹搂在怀里劝慰：母亲走了，按照官制，我要在家守孝三年，我可要好好照顾你们娘俩。

雪莹还在流着眼泪哽咽：我没能保住孩子，对不起你……

张仲景更紧地把雪莹抱在怀里……

52

张家药铺。雪莹卧室外。白天。

张仲景正抱着葛根和雪莹说话。

小宽急急走过来：师兄，刺史府里来了个当兵的，要找你。

张仲景急忙跟着小宽出来。

53

张家药铺。白天。

张仲景见是林尉官，忙拱手：是小林大人。

林尉官：张大人，刺史大人特意派我来找你，传刺史大人的口信。

张仲景十分意外地看着他。

林尉官：刺史大人说，张仲景医术高超，医署无人能及，命张仲景免予守孝三年，即刻回府供职。张大人，听明白了吧？

张仲景始是一惊，继而躬身：谢刺史大人厚恩。

林尉官：公子刘琦近日病了，医官们治得不好，刺史大人就又想起你了，就让我来叫你回去。张大人，刺史大人真是一刻也离不开你了。咱们走吧！

张仲景：现在？

林尉官：对呀！

张仲景嘴张了张，却无话出来……

第十二集

1

荆州。张仲景住处。白天。

两辆驴车到门口停住。

张仲景、抱着葛根的雪莹和小宽都下了车。

小宽去敲门:英姑。

2

张仲景住处院内。白天。

英姑走到门前,先透过门缝朝外边看了看,一阵惊喜。急忙去开门。

门外站着小宽。

小宽:英姑。

英姑有些激动地盯着小宽:小宽……哥,张大人……你们回来了。

小宽:让我们进去再说吧。

英姑羞怯地闪开了身。

三人进了院子。仆役将车上的行李搬进去。

张仲景:英姑,这是你嫂子雪莹。

英姑走到雪莹跟前:嫂子。

雪莹:你好。

英姑端详着葛根:这是侄儿吧,长得可真像嫂子,叫啥名字?

雪莹:他爹采葛根那天生的,所以就叫葛根。

雪莹又对葛根:快叫姑!

葛根:姑。

英姑把葛根抱到了怀里。

3

张仲景、雪莹卧室。夜。

雪莹正倚在床头坐着,轻轻拍打着葛根让他慢慢睡去。雪莹自己也打起了盹,头一点一点的,快要坐不住了。

张仲景正在翻看着一卷医简。

仲景翻简的声音惊得雪莹睁开了眼睛：他爹，你还要看到多晚啊？

张仲景回转身来：好，就睡。

雪莹：我刚才打盹的时候，又好像看见了娘。

张仲景叹了口气：把娘一个人孤零零地扔在了南阳，我这心里难受啊。

雪莹：你也别难过了。只要咱们在荆州过好了，娘在天有灵，一定会为我们高兴的。

张仲景：如果师父和娘都在，都能到荆州来，和我们在一起，那该多好啊！

雪莹：他们都在天上看着我们呢。你说，我们在荆州能过好吗？

张仲景：我对官位、对钱财，都没有奢望，只想本本分分地在府中当差，治病救人，为什么不能过好呢？

雪莹点点头。

突然听见门外有人争执起来，声音越来越大。

小宽画外音：这么晚无论是谁都不见。

任彦成画外音：府中有急事，我一定要见到师弟！

张仲景起身：我出去看看。

走了出去。

4

院中。夜。

小宽正在门口，跟门外的任彦成说话，死活也不放任彦成进来。

张仲景过去：小宽，开门。说着自己把门打开了。

任彦成进来，急切地：师弟，你总算是回来了。府里大公子腹痛难忍，大家都束手无策，我一听说你回来了，赶紧来找你。

张仲景：疼了几天了？

任彦成：有两天了，疼得满脑门都是汗珠子，而且不时叫着看见了鬼啊神啊的，刺史大人刚由外郡视察回来，刺史大人，还有陈夫人，都在他床前急得团团转，把大家全骂了个狗血淋头。

张仲景：好，我换换衣服就去。

张仲景转身往回走，任彦成跟着他看过去，看到了已经来到院中的雪莹。雪莹也看到了他。

两人互相看了一下，都把脸扭到一边去。

5

刺史府中。刘琦住处。夜。

刘琦躺在床上，豆大的汗珠从额头滚落，全身都疼得直冒虚汗。他用手捂着腹部，满脸痛苦地：妈呀……

刘表和陈夫人急得绕床乱转，如热锅上的蚂蚁。侍女冬儿在一旁也很焦急。

任彦成、张仲景走了进来。

刘表欣喜若狂：张医监，你可回来了，太好了，琦儿有救了。

任彦成、张仲景刚要行礼，刘表直摆手：不要拘礼，张医监，你过来看看，琦儿到底是什么病？

陈夫人：是啊，您看看，到底是什么病？

张仲景过来仔细观察刘琦，给刘琦搭脉，按压他的腹部。

张仲景：主公，公子是得了阳明腑实证，也就是长时间没有排大便，造成大便在肠中闭结阻塞，肚子胀疼。

刘表：这病有危险吗？

张仲景：如果不能及时疏通，肠子就会因为堵塞而肿乃至溃烂了。

刘表吓了一大跳：啊？

张仲景：此病是人体外邪侵袭、壅热肠腑，或因忧思恼怒、气机受阻等，导致肠腑传导失职，气血瘀滞……

刘表：那该怎么治啊？

张仲景：待我先用汤药看能不能疏通，同时取足阳明经、太阴经上的穴位，以上巨虚、天枢、地机穴针刺，希望能收到奇效，调和气血，导滞散结。

刘表：好，好，快快治来，一天不治好孩子的病，我一天吃不下饭。

张仲景急忙开方，任彦成拿过来往医署跑。

张仲景又开始为刘琦施针灸。

刘表在一边看着，对刘琦：琦儿，不要害怕，医术高明的张医监来了，他一定能治好你的病。

　　刘琦艰难地喘息，低微地：我不想活了……

　　陈夫人默默垂泪。

　　刘表安慰夫人：夫人莫慌，我不惜一切，一定要治好孩子的病！

6

　　刺史府中。刘琦住室外。清晨。

　　晨光微露。

　　张仲景正在门外靠着大门蹲坐着打盹，一卫兵：主公到！

　　张仲景惊醒过来，急忙起身。

　　刘表着急地跨过府门，张仲景也跟着他进去。

7

　　刺史府中。刘琦住室内。清晨。

　　刘表走到刘琦床前，轻轻呼唤：琦儿，琦儿。

　　刘琦却没有回答。

　　刘表走到近前观看，发现刘琦已经昏迷。

　　刘表问旁边的侍女冬儿：这怎么回事？

　　冬儿吓得跪下禀报：回主公，深夜的时候公子还有知觉的，快清晨的时候我喊他，他不答应，我以为他睡着了，也没敢再喊。

　　刘表大声地：琦儿，琦儿！

　　昏迷的刘琦仍然没有回答。

　　刘表又气又急，突然看见张仲景：张医监，张仲景，这是怎么回事？

　　张仲景镇静地：在下昨夜来的时候，公子的病已经拖了两日，虽然针灸汤药都用上了，可未见效果。

　　刘表：那接下去会怎么样？

　　张仲景：这……不好说。

　　刘表：不好说，什么意思？

　　张仲景：如果肠子坏死，他高热持续不退，也许会……

　　刘表：琦儿！

　　刘表大叫一声，号啕起来。突然，他一把抓住张仲景的衣领：你号称扑灭过瘟疫，却原来也是个庸医，琦儿如果有个三长两短，我决不会饶你！你赶紧给我想法子！

张仲景似没听他说什么，只在紧张地思考着。

周围的侍女也不敢上前劝阻盛怒的刘表。

陈夫人慌张地跑进来，劝刘表：主公息怒，琦儿的病还指着张先生治呢！

僵持了一阵，刘表松开张仲景的衣领，命令地：你快点想法子！

8

室内。刘琦病床。

昏过去的刘琦躺在那儿一动不动。

9

室内。清晨。

张仲景对刘表：现在只有准备两手。

刘表：说仔细点！

张仲景：一手，是我为公子通肠道，以消除梗阻；另一手，去城内的华家药铺，把华佗先生请来，一旦我通肠道失败，就由他为公子切去坏死的肠子。

刘表：切？

张仲景：那是最后一招，若我通肠道成功，就不用切了。

刘表：好，我允准你。但若我的儿子不治而亡，我必会杀你和你的全家！

张仲景火了：你别动不动就威胁人！哪有医师不愿看好病人的？你要真想杀我和我的全家，你现在就动手吧！

说着，张仲景扔下了手中的笔。

刘表先是恼了，随后忍住：嗬，你还敢跟我发脾气！好，好，先看病！

10

室外。白天。

刘表对蔡瑁：派人火速去华家药铺，请华佗先生来。

蔡瑁：是。

刘表：把陈龙叫来！

蔡瑁：是。

11

室内。白天。

张仲景从自己的药搭里掏出一个晾干的猪膀胱，开始往里边灌温水。

刘表意外地：这不是一个猪尿脬？

张仲景：是。

刘表：就用这个通肠道？

张仲景：对。

张仲景跟着转向任彦成：任大人快去找一小指头粗细的竹管来。

任彦成吃惊地：这会儿要竹管干啥？

张仲景不由分说：快去！

任彦成匆匆出去。

12

荆州大街。白天。

蔡瑁坐马车匆匆来到华家药铺前。

他下车重重地敲门。

门开了，一个伙计：你找谁？

蔡瑁：我有急事找华佗先生。

伙计：华先生出诊了。

蔡瑁急了：快去给我找回来！

伙计被吓了一跳。

13

刘琦住处室外。白天。

陈龙来到刘表面前：主公，下官来了。

刘表：你带几个兵在这儿守着，张仲景若把琦儿治死，你立马杀了他和他全家！

陈龙：是！

14

刘琦住处室内。白天。

张仲景把任彦成拿来的竹管削好，然后把它的一端与灌了水的猪尿脖连在一起。

陈龙惊奇地：张医监，你现在还鼓捣这个干啥？

张仲景没有理会他，顾自把昏迷的刘琦弄成侧躺的体位。

任彦成低声地：用这两样东西通肠道行吗？

张仲景：不试怎么知道？

任彦成只好点头：好，好。

张仲景把竹管的另一端插进刘琦的肛门。

张仲景慢慢升高猪尿脖的高度，使得猪尿脖里的温水，慢慢注进刘琦的肠子中……

15

华家药铺前。白天。

蔡瑁一脸焦急地站在那儿。

华佗由药铺里的伙计领着匆匆由远处走来。

华佗问蔡瑁：你家谁病了？病状为何？

蔡瑁：刺史大人的长子腹部剧痛，让你快去。

华佗有些意外地：咳，他们当官的不是不信我这个爱动刀的医师吗？今儿个咋会想起我了？

蔡瑁：少啰唆，快走！

16

刘琦住处室内。白天。

张仲景仍在给刘琦通肠道。

17

刘琦住处室外。白天。

刘表对陈龙：你派兵去把张仲景的妻子和儿子先看管起来！

陈龙：是。

一旁的任彦成闻言吓得满头是汗。

18

张仲景住处院门口。白天。

几个兵跑步过来持刀守卫在那儿。

小宽看见，吃惊地：你们这是干啥？

一个小头目：怕你们跑了。

雪莹闻声过来，惊骇地：我们为何要跑？

小头目：刺史大人说了，张医师要是治不好刘琦公子的病，就要杀你们全家！

雪莹和小宽的脸唰地白了。

19

刺史府中。刘琦住处。白天。

张仲景突然高兴地：好，粪球排出来了。

刘琦脸上的痛苦骤然间没了。

张仲景：梗阻排除了。

刘琦的眼睛睁了一下。

一旁的陈龙高兴地几步跑到门口，对焦急在门外踱步的刘表：主公，公子的肠道通了。

刘表欢喜地：啊？

20

刘琦住处室内。白天。

刘琦看了父亲一眼，又陷入昏睡之中。

刘表摸了一下刘琦的额头：他的高烧何时能退？

张仲景：病根已除，烧自会退，待我为他开药。

刘表客气地：好，好。

21

刘琦住处室外。白天。

陈夫人双手捂着胸口,神色依旧紧张地看着大门。

22

张仲景住处,白天。

雪莹搂着葛根,满脸焦急地看着院门。

小宽和英姑也神情紧张。

雪莹:小宽,你去刺史府大门那儿听听有啥消息没有。

小宽:好。

23

刘琦公子住处室内。白天。

蔡瑁领着华佗匆匆进来。

蔡瑁对刘表:主公,我把华佗医师请来了。

刘表点点头:好。

张仲景忙对华佗施礼:惊动先生了。

华佗还了一礼,匆匆走到刘琦床前查看他的体征,之后松一口气:这不已无大碍了吗?

张仲景:刚刚通肠道成功,我原是准备让你动刀的。

华佗:通肠道?好,好。能不动刀最好。

张仲景把刚才开好的药方交到医署令手上,请速去抓药煮药。

24

刺史府中。蔡夫人住处。白天。

蔡瑁走了进来。

蔡夫人:哥哥,外边有什么消息?

蔡瑁:外边没什么消息,倒是府里有消息,主公为了公子的病,急得焦头烂额。

蔡夫人:是啊。听说主公还讹上了张医监,要是治不好病,要杀他。

蔡瑁:公子病得是很重,连平时大家都不喜欢的那个爱动刀的华佗,也被请来了。妹妹是希望他生，还是希望他死？

蔡夫人：说不好。我总不能盼着他死吧？毕竟，他是刘家的一条根呢。

蔡瑁笑：我也这么想。

两人相视而笑……

25

刘琦住处。黄昏。

张仲景仍站立在刘琦床边，仔细观察刘琦的反应。

华佗坐在一旁。

陈夫人依然焦急地守候在刘琦身边。

刘琦又睁开了眼睛，明显的他的眼睛有神了。

两人对视。刘琦：娘。

陈夫人：琦儿！

刘琦：水，水……

陈夫人：快！水！

刘表见刘琦已经完全醒过来，笑了。

刘表：张医监，看来你还真是有两下子。

张仲景：只要精心调养，公子很快会康复。

刘表对蔡瑁：速去安排一桌酒席，替我招待张医监和华医师。

张仲景急忙对刘表施礼：谢主公盛情，我家人还在急等着我回去，请允准我带华医师去我家吃饭。

刘表：好，好，既是这样，你们随便。

26

荆州医署。医监。夜。

蔡瑁走了进来，任彦成急忙迎接。

蔡瑁：任大人，刘琦差不多已经好了。

任彦成：知道。我刚刚还去看过。

蔡瑁：你这个师弟张仲景，还真是神了。急性肠梗阻的病人，过去我也见过，看公子那个情形，以为要准备葬仪了，没想到还真给你这师弟治好了，也算起死回生吧。

任彦成：我师弟是有真本领的。

蔡瑁：这样的人，你可一定要把他拉到我们一边。

任彦成：是。

27

张仲景家。夜。

一桌简单的饭菜。张仲景和华佗相对而坐。

小宽在给两人倒酒。

张仲景举杯：华先生，薄酒一杯，先敬你，以表示我的谢意！

雪莹在端菜。

华佗笑着举杯：谢我干啥？我可是一点力也没出，病人是你通肠道治好的。

张仲景：我通肠道时之所以能从容镇静，是因为有你，我心想若我通肠道失败，华先生还可以动刀救刘琦的，你是我心中的依靠。当时刺史大人明说了，要是治不好他儿子的病，就要杀我们全家。

华佗：他这一点和曹操一样，动不动就威胁人——治不好病我砍你的头！

雪莹：给他们当官的看病真吓人。

华佗：所以我不想留在许都。

张仲景又举杯：来，喝酒，总算闯过了这一关。

华佗举杯碰过来：张先生，你的医术令我佩服……

28

刘琦住处。白天。

刘琦已经下床，坐在桌前喝下了药汤。他擦了擦嘴，站起了身子。

张仲景满意地看着他。

这时，刘表从室外走了进来，张仲景看到刘表急忙施礼：主公好。

刘表点头，关切地问刘琦：琦儿，好些了吗？

刘琦：爹，我已经恢复如常了，这可都是张医官的功劳。我想，张医官没日没夜地给我治病，太辛苦了，应该有所赏赐才对，爹，你说行吗？

刘表看了看张仲景：张仲景，你想要点什么？

张仲景急忙摇头：谢主公盛情，给公子看病是我的分内事，哪能要什么赏赐。

刘表：我儿子既然说了赏你，那就一定要赏，讲吧，你想要啥？

张仲景：如果主公一定要赏，就请建一个面朝大街可给百姓治病的药铺，每隔两天，允许我给荆州城里的百姓看一天病。

刘表和刘琦都一愣，刘表：这是为何？你身为医监，为何还要给百姓看病？

张仲景：我只有多给百姓看病，才能积累经验，给主公一家看好病，一个医师若不尽可能多地接触病人，他的医术便不能提高。再者，荆州的百姓也需要医师给他们看病，总让我在这儿闲着，也是一种浪费。

刘表想了一会儿：我以为你会要钱要房子要轿子，没想到你会要个给人看病的药铺，行，你说得有道理，我允准。

刘表转头朝随他进来的医署令：你马上去办这件事，找一处临街的房子，办个药铺，供张医师给百姓看病。

医署令：是。

29

医署。白天。

医署令对任彦成：你说，张医监他怎么没事找事？

任彦成搔着头发：我也奇怪着呢，他要是真有空闲为何不歇息歇息，还要再去找事？

医署令摇着头。

30

蔡夫人住处。白天。

蔡夫人正在侍女的帮助下梳妆。

蔡瑁走了进来：妹妹，你听说张仲景要的赏赐了吗？

蔡夫人：听说了，这个人可真是有点古怪。

蔡瑁：我出来当差这么多年，还从没见过嫌活轻再找活干的人哩。他会不会是想借此敛钱呢？

蔡夫人：咋敛钱？

蔡瑁：你想，这药铺的房子是府里的，药材是由医署拿出去的，伙计也是医署的，张仲景这可是无本买卖，他要想贪点药费诊费的，还不容易？

蔡夫人：这倒是可能。

蔡瑁：我得叫张成他们盯着点。

31

张仲景家院中。黄昏。

雪莹在收晒制的药材。

张仲景兴冲冲地走进来：他娘，刺史大人要赏给我一个给百姓看病的药铺。

雪莹意外地：是吗？

张仲景：这样，在荆州我也可以名正言顺地给百姓看病了。

雪莹：这不会耽误你在府里当差吧？

张仲景：只给刺史家里那几个人看病，我这医术岂不是浪费了？小宽呢？

雪莹：出诊去了，荆州城里现在病人多，小宽也忙得不可开交了。

葛根跑过来：爹。

张仲景高兴地将儿子举起来。

32

张仲景家院中。黄昏。

英姑从屋里出来，到门口探望一阵，又往回走。

雪莹：英姑。

英姑：嫂子。

雪莹：你怎么老是出来进去的，一会儿都跑几趟了，跟丢了魂似的。

英姑：我是看小宽哥回来没有。

雪莹开玩笑地：他要是不回来了呢？

英姑羞了：嫂子。

雪莹：英姑，我问你，你将来有什么打算？

英姑：没什么打算。

雪莹：你打算一直在这里住下去吗？

英姑：一直住下去……我想走，不想麻烦你们，可现在走投无路啊，离开这里，我去哪儿呢？

英姑看着雪莹，疑惑地：是大人跟嫂子说了什么吗？

雪莹急忙摆手：没有没有，是我自己瞎说的，没有赶你走的意思。我是说，你要是打算长期在这里住下去，总要给自己找个理由吧。

英姑：理由？什么理由？

雪莹：真笨。自己回去慢慢想吧。

英姑：您啥意思啊？

雪莹：仔细想，慢慢想，总会想明白的。

英姑：我想不明白。

雪莹笑：你没发现，小宽看你的眼神，有些特别？

英姑脸红了：嫂子，你可别瞎说，这话让小宽知道了，万一他没有那个意思，你说，我不得羞死啊？

雪莹：羞啥呀？男大当婚，女大当嫁，就算不合适，说出来也无妨。

英姑：嫂子，你可千万别跟他说，你一说，倒好像我上赶着找他似的。

雪莹哼笑了一声：好好好，你们俩呀，就互相猜谜语吧。

33

新开的医署药铺。白天。

药铺的牌匾晃眼。

医署令正对张仲景说着什么。一个老人犹犹豫豫地走到门前：请问，这药铺给俺们百姓看病吗？

张仲景急忙迎上前：看，看，老人家快请进。

那老人回头招呼另一个老者：来吧，这儿给咱们看病。

张仲景在诊桌前坐下。

张仲景开始给老人把脉……

34

任彦成宅邸。夜。

任彦成和凌晶母子正在吃晚饭,任彦成吃得心不在焉。

凌晶停下筷子:夫君,看你这几天老有点魂不守舍,是不是出了什么事?

任彦成:我那师弟张仲景给府里的公子看病立了大功,主公要赏他,他就要了一个可给普通人看病的药铺,我不知他这是什么意思。

凌晶:看病还能有什么意思?

任彦成:他不会是要借此显示他的本领,想把我比得更没颜面吧?

凌晶:我看你是想多了,依我看,你那师弟不是那样的人。

任彦成:但愿吧。

35

刺史府中。刘表住处。白天。

刘表对医署令:张仲景要的那个药铺弄好了没?

医署令:回主公,弄好了,张仲景已经在药铺里给上百个百姓看了病。

刘表:百姓对此有何说法?

医署令:都在说主公的好,说主公肯让给自己看病的医监利用空闲为百姓看病,是大善之举啊!

刘表来了兴趣:是吗?要是这样,你们可要多给张仲景行方便哪。

医署令:主公放心,凡到了他为百姓看病的这一天,我们一般不再找他办医署里的事。

刘表:好。

36

张仲景住处院中。白天。

张仲景推门进来,雪莹抱着孩子迎了出来。

雪莹:回来了,累不累?

张仲景一把将孩子抱过来,使劲地亲了两下。

雪莹:今天怎么这样高兴?

张仲景:给老百姓看病,为他们解除病痛,我好像又回到了咱们张家药铺里。

雪莹：只怕你要比先前更累了。

张仲景：晚饭好了吗？我肚子饿了。

雪莹：好了好了，就等着你呢。

二人一同进屋。

37

张仲景住处院中。黄昏。

吃完晚饭，张仲景在院中休息。小宽在他旁边。

小宽：师兄，今天前晌华佗先生来家告别，说他要回许都了。

张仲景：哦？那我们快去看看。

小宽：他已经动身走了。

张仲景：咋就这样急？

小宽：说是许都那边有人来催，而且催得很急。

张仲景：原来如此，本想找他多请教的，未料他走了。

小宽：兴许以后还会见面的。

张仲景：小宽，今天，我那个写书的想法又强烈起来，我想写一本书，把我从师父那里、从许多人那里学到的医术，都写进去，让全天下的医师，都能学到我治病的一点经验和心得体会，为更多的百姓看病，你说好不好？

小宽：好啊，当初你肯当官，还不是乔大人说动了你，说当官能使你的医术弘扬天下吗？

张仲景：就是啊。我想从那年扑灭伤寒瘟疫写起，书名就叫……《伤寒杂病论》吧。

小宽：好啊。

突然响起敲门声。

38

张家院门口。黄昏。

小宽打开门，门口站着一位官员。

官员：这里可是张医监宅邸？

小宽：正是。大人是？

官员：在下王粲，是南阳郡宛县乔县令的朋友，现任荆州别驾。

小宽：噢，王大人，请进请进，我家大人就在院中。

张仲景这时也走到门口来了。王粲冲他一抱拳：张大人，我们可是旧相识啊。

张仲景定睛一看，认了出来：王大人！千奇岗一别，已经很长时间过去，真没想到，咱们又在荆州城里相见了。

王粲：宛县乔县令托人给我带话，说已经托你给我带了封书信，可我听说你已回荆州多日，却一直没来找我，我只好自己来索书啦。

张仲景：罪过罪过。请王大人先进屋坐。

39

张仲景家正屋客厅。黄昏。

灯火已经点亮。

张仲景将一封书信朝王粲送上：本来是一回荆州就要去拜望王大人的，可一落脚就被叫到府里，给长公子治病。一直耽误了这些天，接下来又忙府里新小的一个药铺，没想到王大人就找上门来了。

王粲：公子的病我已经听说了，也听荆州百姓到处都在传扬，是神医张大人治好了他的绝症。

张仲景：大人过奖了。听乔县令说，刺史大人很看重您的才学，大人在此必定能够一展宏图，不负平生所学吧？

王粲：哪里……我只是刺史身边的一个参谋，给他出点主意，是没什么实权的。不过刺史近来对我说，判冤决狱，一直是他最烦心的事，常常陷入两难，他想让我把这些麻烦的事干起来。

张仲景：那王大人就是荆州百姓的青天大老爷了！

王粲：哪里……乔县令信中说，他本来多年没有子息，夫妻俩都有些绝望，没想到一遇到张大人，就药到病除了，这么大的恩情，实在是难以为报。所以大人日后有用得着我的地方，千万不要客气。

张仲景：岂敢岂敢。我为乔县令做的那点事，其实只是尽了医者的本分，他却提了这么些年，真让我惭愧得很。其实我能被举荐为孝廉，全是乔兄的功劳啊！应该是我感激他才对。

雪莹进来：王大人还没吃晚饭吧？我已经让人去准备了。

王粲：吃过才来的，夫人不要再麻烦了。

雪莹：那就当加个夜饭吧。已经快好了，大人吃过再走。

王粲、张仲景都笑了。

张仲景忽然细看对方的面孔：王大人，我们上次见面时说的那五石汤你喝过吗？

王粲不以为意地：整天瞎忙，没有喝。

张仲景不安地：我也看出大人没喝，我觉着大人还是要喝，不然，将来恐你的眉毛会落，病会加重。

王粲呵呵一笑，分明有些不相信。

张仲景刚想开口再说句什么，雪莹端着吃食进来：夜饭来了。

王粲：好，就尝尝嫂夫人做的夜饭……

40

张仲景住处药房。白天。

张仲景、小宽在整理药材。

张仲景：小宽，你看家里缺什么草药，还是要想法弄来。府里的草药，管理颇为混乱，损耗又大，经常缺东少西的。真碰上什么急病，缺什么药材，还得回家来拿。

小宽：师兄，你说这府里的人，看病吃药，是不是有时候还不如老百姓方便？咱在南阳开药铺的时候，那些来看病的百姓，啥时候缺过药？真是比府里的公子夫人们还强呢。

张仲景：百姓就是缺钱。要是碰到了好医师，又不缺钱，那的确是比府里的公子夫人们强。他们是不缺钱，可这规矩那规矩把他们管着，活得并不自在，本来就比老百姓爱得病。给他们看起病来，医官们都心惊肉跳，用起药来轻不得重不得，急不得缓不得，生怕给自己招来什么大祸，如临深渊，如履薄冰，反而很难药到病除了……小宽，你看昨天来的王大人，有无什么毛病？

小宽：我看不出什么。

张仲景：几年前在千奇岗的时候，我就看出他有隐疾，开出了五石汤的方子。可这几年来，他竟一点都没服用啊。

小宽：那师兄昨天怎么没告诉他？

张仲景：说了，可我看出他仍不相信我的话。以后交往的时候，再慢慢劝吧。

小宽：师兄，你能看出别人有病，我也病了，你能不能给我也看一看？

张仲景观察了一下小宽的气色：你气色挺好啊？

小宽：你想一想啊，我也是个成人了，孤孤单单的，能没病吗？

张仲景盯着小宽看了半天，突然笑了。

小宽：你笑什么？

张仲景拍了一下自己的头：我真是忽略了，原来小宽师弟也早到了该谈婚论嫁的年纪。

小宽：师兄，你可别笑话我。

张仲景：这有什么好笑话的？今晚我就跟你嫂子说，让她到荆州城里，寻一个好姑娘，跟你说个亲。

小宽：哪里还用到处去找？咱家里不是就有吗？

张仲景先是一怔，后是一喜：家里有？你是说……英姑？

小宽腼腆地：师兄，你说，我配得上她吗？

张仲景笑：那有什么配不上的？不过得人家姑娘自己愿意才行。

小宽：是啊，我就是不知道她愿不愿意。

张仲景：那你何不问问她？

小宽：这种事情，怎么好问呢？

张仲景：你是怕她拒绝了你，面子上过不去吧？

小宽：不是，我是怕吓着她了。

张仲景：哎呀，还从来没见过小宽师弟如此腼腆呢，脸都红了。

小宽：师兄……

张仲景：这样吧，你去跟你嫂子说，让她帮你撮合。

小宽：我也不好意思跟嫂子说。

张仲景很惊讶：她现在是你嫂子，以前是你师姐，朝夕相处多少年，还有什么不好意思的？

小宽：毕竟男女有别，我还是有点说不出口。还是师兄帮我去说吧。

张仲景：好，我跟你嫂子说，让她去问人家姑娘。

小宽：谢谢师兄。

说完，小宽羞怯地离开了药房。

张仲景看着他的背影，笑了起来。

41

刺史府，陈夫人住处。白天。

张仲景正在给陈夫人把脉。

陈夫人有点无精打采。

张仲景把完脉：夫人的身体主要是虚弱，我教你一个健身的法子，你只要坚持做下去，不必吃药就能让精神好起来。

陈夫人：哦，啥法子？

张仲景：拍打。

陈夫人：拍打？

张仲景：就是由肺门开始，两手交叉着拍打身上的穴位，由上而下，由阴侧而阳侧。

张仲景边说边示范着。

陈夫人有了兴趣，站起身跟着拍了起来……

42

张仲景家厨房中。白天。

英姑正在烧火做饭。雪莹进来。

雪莹掀开锅：英姑，怎么烧这么多饭？中午葛根他爹不回来，谁吃呢？

英姑：嫂子你可不知道，小宽哥能吃着呢，跟大骡子似的。

雪莹笑：英姑，你觉得小宽这个人怎么样？

英姑：他？挺好的呀。

雪莹：怎么个好法？

英姑想了想：就是好啊，要说怎么个好，我也说不出来。

雪莹：我觉得吧，他是个老实人，厚道，特别靠得住，你说是不是？

英姑：那倒是。他对大人和嫂子，那可是忠心耿耿的，谁都看得出来。

雪莹：他也年纪不小了，我想给他说门亲，你说，有没有姑娘愿意跟他？

英姑：那怎么会没有呢？只要是正当年，两家父母不反对，不就行了？

雪莹：小宽的父母都已经过世了，只有两个姐姐，也都嫁到了很远的地方，所以他的主啊，我和你大哥就可以做。就怕啊，没有姑娘愿意跟他。

英姑似乎渐渐听出点弦外之音，低下头不说话了。

雪莹：你大哥说，让我到荆州城里去找，我想，何必舍近求远，家里不是有挺好的姑娘吗？英姑，你觉得小宽行吗？

英姑一直蹲着烧火，突然站起身来。想了想，又蹲下继续烧火，不说话。

雪莹：你不要着急，好好想想，我等你回话。

43

刺史府蔡夫人住处。白天。

张仲景正在给蔡夫人把脉。

蔡夫人打量着他。

张仲景把完脉：夫人，你身体很好，啥药都不需要吃。

蔡夫人：我想吃点药让皮肤看着更细腻滑溜。

一旁的张成插嘴：就是要让主公看起来更赏心悦目。

蔡夫人佯怒地对张成：你不说话，没人把你当哑巴！

张成笑着：好，好，我不说话。

张仲景：不用吃药也能让皮肤更细腻好看。

蔡夫人：是吗，那是啥法子？

张仲景：在羊奶里加一点蜂蜜，然后在脸上和身上擦，一天擦两到三次，半年下来，保你的皮肤看起来细腻美丽，摸起来像缎子一样光滑。

蔡夫人高兴地站起来：真的，太好了。张成，你立马去给我找来羊奶和蜂蜜！

张成：是，夫人！

44

张仲景家。院中。白天。

英姑在院中晾衣服，看到小宽进来，急忙走开了。

小宽见英姑的表情有些异样，有点高兴，盯着她远去的背影。

雪莹抱着孩子出来，见到小宽：葛根葛根，叫叔。

小宽：嫂子，来，让我抱葛根。

小宽接过葛根。

雪莹：小宽，你的事情，我已经跟英姑说了，等她回话呢。

小宽：谢谢嫂子。

雪莹冲他一笑，走远了。

45

刺史府陈夫人住处。白天。

陈夫人正在院中拍打身上的穴位……

46

张仲景家厨房内。白天。

英姑又在烧火做饭。雪莹进来。

雪莹：英姑，昨天跟你说的事情，想好了没有？

英姑迟疑了一下，突然给雪莹跪下了。

雪莹慌忙去扶她：英姑，你这是干吗？不愿意就不愿意嘛，嫂子不会逼你的，谁都不会逼你的。

英姑流着泪摇头：嫂子，我本来是在街上乞讨要饭的人，父母双亡，没有一个亲人，病倒了只有一死，蒙大人相救，真是感激不尽。来到荆州，想投靠的亲戚又没了，只好赖在这里。我是下定了决心，只要大人和嫂子不赶我走，我就一辈子当牛做马，伺候大人和嫂子，根本没想过还成什么亲，嫁什么人。没想到大人和嫂子还想把我许配给小宽哥，我这样一个卑贱的人，怎么配得上小宽哥呢？大人和嫂子要我嫁给他，我哪还敢不从呢？大人和嫂子对我太好了，你们就是我的再生父母啊！

雪莹：可不许这么说。等你嫁给了小宽，就是我的弟妹了。小宽可是个好男人哪，错过了他，你打着灯笼也找不着。那我就做主了，找一个黄道吉日，就给你们完婚！

英姑跪在地上，给雪莹磕了一个头。

47

刺史府蔡夫人住处。白天。

蔡夫人正在对镜朝脸上擦着羊奶蜂蜜……

48

张仲景家厨房外。白天。

躲在门外偷听的小宽笑了。

由正屋出来的张仲景看见小宽的样子,故意打趣,高声地:谁在那儿偷听啊?!

小宽惊得打了一个趔趄……

第十三集

1

张仲景住处。白天。

厢房里摆了两桌酒席，左邻右舍都来了。

一邻居朝另一邻居拱手：黄老哥好。

黄邻居：韩老哥好。这宅子我还是第一回来，你是第几回？

韩邻居：张医官的宅邸，我们平民百姓谁敢来？我还是上次小宽师父结婚的时候来过，后来找过小宽师父看了几次病，也来过，没想到这么快，就喝上他家女儿的满月酒了。

黄邻居：小宽师父人可真好。我家那口子的病，就是他看好的。他师兄是府里的医官，他却愿意给我们平民百姓看病，除了药钱，连诊费都不要。

韩邻居：就是啊。哎，你说张大人也怪了，府里的医官，谁住这破地方？可他一住就两三年，也没有要搬家的意思……

这时人声喧哗，原来是英姑抱着襁褓里的孩子出来了。

2

里间门口。白天。

英姑抱着婴儿出来，雪莹拉着葛根跟在后面。

葛根已经有几岁。

雪莹和英姑朝着来喝满月酒的左邻右舍的邻居们致意，大家都恭喜英姑。

三人落座。

张仲景、小宽从外面进来，于是新一轮的恭喜和祝贺又开始了。

3

酒桌前。白天。

张仲景走到英姑面前，看着襁褓里的孩子，在他的小脸蛋上刮了一下。

葛根：爹，让我也看看小妹妹，让我也看看小妹妹。

张仲景将葛根抱起来：以后天天在一起，有你看的。

葛根去抓婴儿的手：小妹妹，小妹妹。

张仲景放下葛根。

张仲景对英姑：日子过得可真快，当初遇到你的时候，你还是个小姑娘，如今都做母亲了。

英姑羞涩地笑了笑。

小宽：这下我有了孩子，葛根也有个伴儿了。

张仲景：准备给孩子起个什么名字？

小宽：我学识浅薄，比不了师兄，师兄给孩子起个名吧。

张仲景想了想：我们做医师的，一辈子都是为了治病救人，拯民疾苦，你这回又生了女儿，说不定将来可以继承你的衣钵，就叫她"钵钵"吧。

雪莹：女孩叫这名字好吗？

张仲景：女孩也不能总是叫枝呀叶呀花呀的。

小宽：钵钵？卫钵钵？这个名字顺耳，我喜欢，好。

英姑：钵钵？以后你就叫钵钵了，多吃饭，快点长大啊。

突然有人：师弟！

两人回头一看，是任彦成。

4

院子里。白天。

任彦成含笑向这边走来。

5

酒桌前。白天。

小宽嘟囔：他来干什么？真是晦气。

雪莹也沉着脸。

张仲景走过去：师兄？

任彦成：是小宽师弟的女儿过满月吧？打扰了，打扰了。我看见门开着，就进来了。

小宽扭过脸去，不愿意看他。

张仲景：师兄有什么事吗？府里谁又病了？

任彦成：无事不登三宝殿。但这回不是谁生病，是蔡夫人有喜了！

张仲景：这是好事啊。

任彦成：是啊。有了喜，自然要开些保胎的药。可主公交代过，夫人的方子最后得由你过目，所以我又来找你了。

张仲景：师兄有事的话，找个仆役来传个话就行了，何必亲自跑来？

任彦成：府里的事，小事也是大事，不敢有丝毫差池，叫别人来，我总是不放心。

说完，他又多看了雪莹一眼。

张仲景：我叫小宽去备驴车，和师兄一起进府。

任彦成：不用，我坐马车来的，你跟我一起去就行了。

6

蒯进宅邸。书房。黄昏。

蒯进正在书房看书。

管家进来：大人，陈大将军前来拜访。

蒯进：快快有请。待我更衣来见……

陈羡已经走了进来：大人，我直接闯进来了。

蒯进：哎呀大将军，你还真会突然袭击啊。管家，看茶。大将军，请上座。

管家下去准备茶水。

蒯进：大将军贵脚踏贱地，请问有何指教？

陈羡：我哪里敢指教德高望重的蒯大人？这两天心情比较烦闷，乘车上街溜达，刚巧路过大人宅邸，就想进来拜见拜见。

蒯进：心情烦闷？所为何事？

陈羡：你我都是老迈之人，除了国事，还能有何事挂怀？

蒯进：国事又有何烦闷？现在兵权牢牢掌在大将军手上，府里又有陈夫人做主，贵公子也统领着侍卫军，荆州地面，四海升平，万民仰望，大将军还有何忧虑？

陈羡：陈某忧虑之事，还是在长公子身上。长公子已经十七八岁了，却不思读书上进，只知道吃喝玩乐。两年前得了一场大病，我和他娘都急得要死，幸亏是遇到良医，总算转危为安。原以为这场大病能让他明白点什么，知道世事艰难，人生苦短，要珍惜光阴，用心读书，将来好继承大位。可看他这两年的表现，还是只热衷于声色犬马，主公托付大人教他用功读书，所以我特地来此，请大人用心教导于他，他要是不听话，你何妨责罚得重一点，主公是不会怪你的。

蒯进叹了口气：主公是让我教两位公子读书，可公子毕竟是公子，我责罚得太重了，主公到底会怎么想，我心里也直打鼓啊。况且读不读得进去书，也是个人的天性，并不是靠责罚就能读好书的。二公子读书就很用心。

陈羡叹一口气：唉！

蒯进看了看陈羡，突然仰天大笑起来。

陈羡诧异：大人笑什么？

蒯进：老夫有点明白大将军的意思了。

陈羡：大人明白？那您倒说说，我是什么意思？

蒯进：长公子不用功读书，也不是一天两天的事情，府里上上下下谁都知道，主公也是心知肚明。他让我教公子读书，也是死马当作活马医。大将军现在担心的，不是他用不用功读书，而是担心他将来继承不了大位吧？

陈羡笑了起来。

蒯进：隔墙有耳，大将军，随我到内室去谈。

7

蒯进内室。夜。

蒯进：大将军，蔡夫人已经有孕在身，万一她生下男孩，而刘琦因不用功读书，刘琮又左腿有残疾，将来蔡夫人生下的儿子就可能继承主公的刺史之位，蔡家就会因此得势，这才是大将军担心的吧！

陈羡：大人果然聪明非凡，一下就猜中了我的心事。

蒯进：可大将军怎么会来找我呢？就不担心我会倒向蔡家吗？

陈羡：大人是主公最倚重的重臣，当年主公能摆平各方势力，坐稳刺史之位，全凭大人的谋略。以大人的资历，怎么会轻易倒向蔡家？这我倒是不担心的。

蒯进：那大将军就相信我，会支持刘琦公子继位吗？

陈羡：废长立幼，祸患无穷，大汉四百年的历史，无不验证了这一点。大人为荆州的安定，自然会支持刘琦公子的。

蒯进：话虽如此，可长公子的言行，主公很失望，荆州百官也都很失望啊。蔡夫人如果明年生下一个儿子，此子聪明伶俐，长大后勤学上进，人心就会一点一点地倒向他啊！

陈羡：如果大人真想看到蔡家独断朝纲的局面，陈某也无话可说。

蒯进：可万一蔡夫人生的是个女儿，大将军不就不用担心了。

陈羡脸一沉：既然话不投机，那就算我白来了，大人，陈某告辞。

蒯进拦住：大将军急什么？大将军试探我半天，难道我就不能试探一下大将军？

两人相视而笑。

8

刺史府中。蔡夫人住处。白天。

张成、任彦成、张仲景进来。

锦儿在蔡夫人床边，任彦成看着她故意轻咳了一声。

三人行礼：拜见夫人。

蔡夫人：免礼免礼。张大人，你怎么又让医官们来烦我啊？

张成：夫人说哪里话？夫人有了喜，就是医署天大的事情，出不得半点差错，医官们自然少不了得天天来啦。

蔡夫人：不过我看见张仲景医官还是很高兴的，张医官，你教给我的保养皮肤的法子还真是管用，我自己都觉得我的皮肤比原来细腻多了。

张成：我都听见主公夸你的皮肤好，说跟缎子一样光滑。

蔡夫人嗔怪地瞪张成一眼：说啥你都要插话。

张成：今天让两位医官来，是给你做个例行检查，夫人现在的滴水粒米，医官们都要严格检验，要是有个小病小灾的，他们更是得万分注意。再说，还要为夫人保胎啊……（笑）

蔡夫人：那好，就由着你们吧。任医监，你可好些日子没来了？

任彦成：府中重地，未唤岂敢擅入？

蔡夫人：来你也有理，不来你也有理，什么时候我能占一回理呢？这府里啊，能把人闷死，你们来陪我说说话，也挺好的。

张成：刚才夫人还想图清净，怎么这一会儿，又想找人说话了？

蔡夫人：就你鸡蛋里头也能挑出骨头！

蔡夫人大笑。

张仲景：夫人，我为您把个脉吧？

蔡夫人点点头。

蔡夫人伸出手，张仲景为蔡夫人把脉。

9

蔡夫人住处外。白天。

张成与任彦成走出殿外。

张成：任大人，蔡夫人有了喜，你一定要小心谨慎啊。出了一点差错，就会掉脑袋。

任彦成：小的明白。

张成：只要是夫人进口的东西，一定要先找人尝一尝。开的药方，一定要由张医监过目，千万不能出错。

任彦成：大人的话，小的一定谨记在心。

10

陈夫人住处。白天。

陈夫人在室内正按张仲景教的拍打法健身。

一侍女进来：夫人，大将军来了。

陈夫人停下动作，咳嗽了两声：请他进来。

陈羡进来：妹妹近来安好？

陈夫人：谢哥哥关心。最近这些天还是咳嗽，不过按张仲景医监教的拍打法子健身，感觉身上有劲多了。

陈羡：还在吃药吗？医官们说你是啥病？

陈夫人：医官说，是虚痨，脾肺气虚，脉虚无力，用的是人参、黄芪、熟地、五味子这么几味药，喝来喝去，效用不大。

陈羡：妹妹这些天，饮食如何？

陈夫人：还行吧。

陈羡：妹妹从小就身体虚弱，我这个当哥的，一直忙于政事，没有照顾好你，心里一直很后悔。自从你进府之后，碍于主属之礼，更是不能照顾你了，你要自己保重啊！

陈夫人：这哪能怨得了哥哥，各人有各人的命。老这么多病多灾的，我凡事看开了，也没有过去那份争强好胜的心啦。哥哥也是人到中年，要保重自己的身体，不能太操劳了。

陈羡：唉，我们陈家殚精竭虑，还不是为了他刘家的荆州。可刘家将来对陈家怎样，还不好说呢，妹妹听说了吧，那边有喜了。

陈夫人：是啊。我还没过去看呢。

陈羡：琦儿不争气，琮儿又腿残，如果此番她生的是个男孩，将来就是威胁了，蔡家一旦得势，哪里有我们陈家的容身之地？

陈夫人：那也是没办法的事啊，我是刘家的媳妇，应该盼着刘家多子多孙啊。

陈羡：难道我们陈家就坐以待毙吗？

陈夫人：哥哥太多虑了吧？她生男生女还不一定的，就算生的是男孩儿，等到长大成人，也是十几年后的事情。

陈羡：人无远虑，必有近忧。

陈夫人：那哥哥说怎么办？难道不让她把孩子生下来？

陈羡：那倒不是。但妹妹应劝说主公削弱蔡家的权力，不要让蔡家将来不断坐大呀。

陈夫人：可蔡瑁现在的权势，还在哥哥之下呢。

陈羡：可我陈家已经在走下坡路，他蔡家却是一天比一天强，这个势头妹妹难道看不出来吗？蔡瑁既是武陵太守，手握一方兵权，又在荆州管着内务大事，这实在太危险了，妹妹最好劝说主公，让他两者取其一，我也情愿和他一样，或令长沙，或只任大将军，这样对主公来说，也是确保荆州稳定的万全之策！

陈夫人：好吧，我试试看。

陈羡叹息：妹妹保重，我告辞了。

11

陈夫人住处门口。

陈羡走到门口，回望了一眼陈夫人，眼中隐含着不安。

12

陈夫人住处内。

陈夫人坐着，侍女捧着药盘进来跪下：夫人，请喝药。

陈夫人拿起药碗，喝了一半，又放下了：苦了吧唧的，天天喝，要喝到什么时候？

侍女：夫人，每次去医署领药，医官们都要嘱咐，一定要让夫人把药喝完。夫人，你就再喝点吧。

陈夫人只好又拿起碗，喝了下去，又放下碗：老让我喝，可我想问问他们，喝了这么多咋不管用呢？

侍女：夫人，病来如山倒，病去如抽丝，您也不能太着急了。

陈夫人叹气：唉，也只有你跟我说几句宽心话，我这个孤老太太，连个说话的人都没有。

侍女：夫人一点也不显老啊，看着比我还年轻呢。

陈夫人笑着摸了摸侍女的脸。

突然，画外响起一个卫兵的声音：主公驾到！

殿内的侍女闻声都跪了下来。

听到刘表来了，陈夫人有了点精神。

她站起身。

13

陈夫人住处门口。

刘表走了进来，后面跟着卫兵和侍女。

刘表：听说夫人身子欠安，早想过来，却一直抽不出空，今天才来探望，请夫人恕罪。

陈夫人：主公快快请坐。谢谢主公还记得妾身，在操劳国事之中，还能过来看看。

刘表：夫人分明是在怪罪我嘛。

陈夫人：不是不是，主公不要误会。忧劳可以兴国，逸豫足以亡家，还是要未雨绸缪，居安思危啊。主公日理万机，不必太记挂妾身。

刘表：这几天我光顾着高兴了，那边怀上了孩子，所以一直在那边，结果冷落了夫人。夫人不妨哪天也过去看看。

陈夫人：我自然是要去看的，最好是个男孩。生孩子可是女人的鬼门关，以后主公多关心关心那边，我这里真的不必太记挂。

刘表：夫人如此贤惠，是我刘表的福气呀。

陈夫人：主公，我哥刚才来看过我，他要回长沙，来向我辞行。我看哥哥疲惫得很，他年纪也大了，主公是不是免掉他的长沙太守之职，让他专心在荆州吧。

刘表一惊：这是大将军的意思吗？他情愿不当太守？

陈夫人：哥哥已有此意。

刘表略一思忖：这……大将军这些年为我操劳，我心里是有数的。按说，也到了他该休息休息的时候。但长沙是我荆州的南大门，交给别人，我也不放心。

陈夫人：其实蔡瑁将军也是两头跑，主公何不让他们都两者选其一，或专任太守，或专心在主公身边，为主公分忧呢？

刘表立即脸色一沉：夫人好好将养，我过几天再来看你。

说完，刘表转身就走。

陈夫人一怔：主公慢走。

14

陈夫人住处门口。

主公对跪倒在地的侍女们：好生伺候夫人。

侍女们一齐答：是。

15

陈夫人住处内。

侍女们进来。刚才逗陈夫人笑的侍女，看到陈夫人眼角有了泪痕。

侍女：夫人，您伤心了？

陈夫人：唉，主公是最不喜欢我干政的，刚才只说了两句，他就变了脸色！别人都还想着往上拱，只有我和哥哥，是全力维护他的，可他，一点都不知道啊！

侍女：总有一天，主公会明白夫人您的一片苦心，永远感激您的。

陈夫人：就怕到那时候就太晚了，一切都来不及了。

侍女被陈夫人说愣了，沉思起来。

16

蔡夫人住处。夜。

蔡夫人已经歇息，黑暗中听到卫兵：主公驾到！

烛火亮了，侍女们慌忙准备，蔡夫人也披衣起来。

刘表已经进来，蔡夫人慌忙跪倒：贱妾见过主公。

刘表：快快请起。

刘表把她搀扶到床上：这两天好吗？

蔡夫人：主公，你这些天也往我这里跑得太勤了，深更半夜地跑来，把我都快吓坏了。不是跟您说过吗，我很好，又不能侍候主公了，主公还是往那边去吧。

刘表大笑：我不是又要当爹了吗？孩子就在你的肚子里，我当然要往你这里来了。今天医官来过没有？有没有人值守？

蔡夫人：妾是苦出身，没有那么娇贵。医官们也够累的，我让他们在医署值守就行了，不要往这里跑。他们都是男人，来了还得在室外找个犄角旮旯蹲着，别把他们都累坏了。

刘表：哎呀，你可怜他们干吗？不过是有点医术，我才让他们到府里来，我要不招他们，他们也都是些跑江湖卖药的下九流。

以下对话中，刘表一边说话，侍女们一边给他宽衣。

蔡夫人：主公真的不要太牵挂贱妾，不要让那边的正房夫人怨恨我呀。

刘表：那边也没有你想的那么小气。白天我去那边，夫人劝我要多到你这里来。其实你们姐妹之间，也该多走动，不要老死不相往来，这样才会和睦些。我已经有了琦儿、琮儿，可琮儿腿伤落残，琦儿又不争气，着实让我忧心啊！你要能为我生个儿子，我就又有新的希望了。

蔡夫人：这我可不敢想。就算生下个男孩，也是庶出，又非长子，也只是养活着玩儿罢了。他要能平平安安的，我就知足了。主公也别想把一个州郡的担子，都压在他身上，免得我们母子都不得安生了。

刘表：知道了知道了。我最喜欢你的一点，就是你单纯，从不知道争权夺利这些事。女人啊，千万不能干政，自古以来，干政的女人都没有什么好下场。

刘表已经脱得精赤条条，钻进了蔡夫人的被窝里。

17

蔡夫人住处门口。夜。

大门关上了。

18

蔡夫人床上。夜。

蔡夫人：主公有什么话要说？是不是从哪个狗嘴里又听到了什么？

刘表笑：那倒没有。你说也怪，我怎么一躺到你的被窝里，就浑身都自在了，似乎放下了千斤的重担？

蔡夫人：我傻呗，主公不用防着。

刘表：也许是。当了这个劳什子刺史，什么人我都得防着，太累了。

蔡夫人吃了一惊，但马上又掩饰下来：主公，您说要防谁呀？

刘表：你的孩子还没生下来，有人就开始担心了。

蔡夫人：主公是说那边……

刘表自觉失言：不是不是，你不要瞎猜。你说，你弟弟既是武陵太守，又管着荆州内务，两头兼顾，会不会两头都管不好？

蔡夫人：我们妇道人家，哪里懂得这些？主公要是觉得他管不好，就给他拿掉一头好了。

刘表笑：说得容易，拿掉一头，我交给谁呀？

蔡夫人：偌大一个荆州，还找不出个想当官的人？

刘表：想当官的是有，可能让我放心的人不多啊。

蔡夫人：主公不是对那边最放心吗？就让陈龙去当武陵太守，不就行了？

刘表：那怎么行？他爹是长沙太守，他再当武陵太守，这荆州岂不让他陈家拿去一少半了？百官也不会答应啊。

蔡夫人：那就让长公子去，他也该去历练历练了，将来还要接主公的班呢？

刘表：那怎么行？他那点学识和年纪，怎能担此大任？

蔡夫人：那就让我弟弟专管武陵，这内务署，交给别人好了。

刘表：你可真是啥也不懂啊。别说了，来，让我听听，他有什么动静？

刘表把头贴到蔡夫人的肚子上。

19

蔡瑁官邸。白天。

一卫兵进来：大人，夫人派人送来一封密信。

蔡瑁看信，脸色一变。

20

蔡瑁官邸。夜。

蔡瑁坐着等人。

一会儿，卫兵领着张成进来。

张成：大人，这么晚了叫小的来，一定是有什么要紧事吧？

蔡瑁却一脸阴沉，对卫兵使了个眼色，卫兵出去了。

蔡瑁：倒也没什么大事，只是有些风言风语，传到我耳朵里来了。你没听说什么吗？

张成：没有啊。

蔡瑁：听说有人鼓捣主公，要让我在武陵太守和内务署之间，只任其一。

张成吃了一惊：啊？有这种事？主公是什么意思？

蔡瑁：主公暂时没答应，以后怎么样不好说。

张成：您身兼两职已经有好几年，怎么早不提晚不提，偏偏这个时候提？

蔡瑁：还不是我妹妹的肚子闹的。有人担心她生出儿子来。

张成：我明白了。这意思，分明是要把你赶出荆州。

蔡瑁：这点心思，瞎子用屁眼也看得明白。

张成：蒯进大人是什么意思？

蔡瑁：还不知道。这老家伙，深藏不露，惯会见风使舵，我们得了势，他就会向着我们，陈家得了势，他就会向着陈家。

张成：主公一向都听他的，他要是帮着陈老儿说句话，那可不得了。

蔡瑁：也不见得。州中大事，主公听他的，可轮到自己的家事，主公就未必听了。他也不敢轻易表态，所以现在，是隔岸观火，看我们两家谁胜谁负。可陈老儿，肯定会想方设法巴结他。

张成：那我们怎么办？

蔡瑁：当务之急，是要让陈夫人闭嘴。没了陈夫人，陈老儿就彻底过气。

张成：可怎么让她闭嘴呢？

蔡瑁"哼"了一声：这还要我教你吗？

张成：大人的意思……

蔡瑁：我让你拉拢医署的医官，是为了什么？

张成头上冒起了冷汗：这……事关重大，搞得不好，可是要掉脑袋的！

蔡瑁：看你个屄样子！事情若成了，你可以杀掉医官灭口，事情若不成，也把责任推到他们身上去，让他们做替死鬼，不就行了？

张成：可他们也不是傻子，万一倒向陈家，岂不是坏了大事？

蔡瑁：那个任彦成，不是有把柄在咱们手里吗？

张成：他倒好说，可主公现在让张仲景管着两位夫人和公子的处方，这事情，要想瞒他可难。

蔡瑁：一个医监你都搞不定，你是干什么吃的？

张成不说话了。

蔡瑁：先下手为强，后下手遭殃，你想个妥当一点的法子，想好了，来告诉我。

张成点点头。

21

医署。白天。

一仆役进来，对任彦成：任大人，张大人来了。

任彦成慌忙站起来迎接，张成走了进来。

张成使了个眼色，仆役出去了。

张成左顾右盼，见四周无人，才问：任大人，夫人最近怎么样？

任彦成：大人指的是蔡夫人吗？她的胎气很好，我们没有出任何差错。

张成：我不是问的蔡夫人，我问的是陈夫人。

任彦成：陈夫人？陈夫人的虚痨病最近还好，一直在吃着补虚补气的药，大人是想让我换个方子吗？

张成：不是换方子。我告诉你，府中的药方子，有时候是根据病情，有时候是根据政情，现在就要根据政情，给陈夫人开方了。

任彦成头上冒出了汗珠：小人……不明白。

张成盯着任彦成：我这不是来告诉你吗？陈夫人听说蔡夫人怀了孕，心里很不高兴，要对付蔡夫人，所以我们要让陈夫人，病得更重一点，最好是……明白吗？

任彦成"扑通"一声跪倒在地，浑身哆嗦得如同筛糠。

张成：怎么了？害怕了？一点小事都经不起，几句话你就腿软了？

任彦成：大人，这要是让刺史大人知道了……可是要诛灭九族的呀！

张成大笑：哈哈！告诉你吧，没有我，别说九族，你十族，都已经灭了！你好好想想吧！

任彦成哆嗦了半天，趴在地上哭起来。

张成厉声地：站起来！一个大男人，像什么样子？！

任彦成让自己平静下来：大人，现在陈羡大将军手握荆州兵权，要是陈夫人出点意外，他岂肯善罢甘休？大人，做这个事情，对大人，也不利啊！

张成：我在府中混了几十年，怎么做事情，还用你教？陈夫人早就有病，现在不过是病得越来越重，最后病死了，大将军能说出什么来？

任彦成：可……可陈夫人的任何方子，都要由张医监过目，而且要先由尝药的仆役尝药，这……这事情，如何做得下去？日后，又如何能躲过追查？

张成：你的那个师弟，不是交代你要联络感情吗？到现在还没有搞定？你这个师兄怎么当的？男人想要的，无非是财色官位，你就不会在他身上使两招？可真够笨的！至于那个尝药的，现在有几个尝药的仆役？

任彦成：尝药的仆役共有三名，而给主公、两位夫人和公子尝药的，是郑奇，他因久做此事，也是颇通医道的。

张成：我又不是让你放毒药，你只需在她吃的补药里，加大人参的剂量，用人参把陈夫人慢慢补死，就行了。这个招，前朝的时候，就有医官用过，一点事都没出，知道吗？

任彦成：她的药里，人参的用量只有一两，多放也不能过二两，再多了，人就受不了了。这个道理，是个医师就明白啊！

张成：可陈夫人病得很重，为了大补元气，补虚补气，量用大些，也不是说不过去。尝药的是个血气方刚的男人，尝一下固然免不了流鼻血，可用在病势沉重的陈夫人身上，别人却说不出什么来。你在郑奇尝药之前，告诉他人参量大，让他事先多吃些萝卜籽，不就行了？这样一来，天衣无缝，陈夫人的病，会慢慢地越来越重，别人还说不出什么来……

任彦成：大人原来还精通医道。

张成笑：我只精通害人的医道，却不懂救人的医道，和你们医师刚刚相反，哈哈哈！

任彦成：大人，这事儿也许瞒得了别人，却绝瞒不过我的师弟，他一看药方，只怕难办。

张成：荆州城里有的是酒楼歌肆，你就不会在他身上用两招？

任彦成低头不语。

张成：何去何从，你好好想想吧！我走了！

张成转身就走，任彦成有些发慌地：大人！

张成不理他，推门出去了。

剩下任彦成一个人，发起了呆。

22

张仲景家。白天。

张仲景正和小宽一起给一个病人通肠道。

小宽：师兄，你难得歇息一天，这里我一个人能行，你去歇息吧。

张仲景笑笑：这累不着人。

葛根在门口：爹，给我糊个风筝吧。

张仲景笑着：好，就来。

23

张仲景家院中。白天。

张仲景在给儿子糊风筝。

葛根在一旁高兴地看着。

雪莹走过来：根儿，让你爹去歇歇吧。

葛根：不，必须把我的风筝糊好。

张仲景纵容地：好好，一定糊好……

24

任彦成宅邸客厅。黄昏。

任彦成回到家中，凌晶急忙上前，帮他脱去外衣。

凌晶：夫君，饭菜都做好了，一起去吃吧。

任彦成还发着愣，回过神来：好，好。

25

任彦成宅邸餐厅。黄昏。

任家三口人在吃饭。任彦成动了几下筷子，又停下来，没有一点心思吃饭。

凌晶：官人，你是不是不舒服了？

任彦成掩饰地：没有。可能太累了，胃口不好，慢慢吃吧。

凌晶：官人，告诉你一个好消息，爹和娘来了信，他们要到京城来看我们，已经起程了。

任彦成勉强一笑：哦。

凌晶：还有我的小蕴，也跟着一起来，三年没见，我还真想她呢。

任彦成：是啊，当初应该让她和你一起来。

凌晶：娘不让呢，就想让我和你在一起。

任彦成又是尴尬地一笑。

凌晶：官人，你怎么老是心不在焉的，是不是府里出了什么事？

任彦成：哦，没有没有。可能这些天为了蔡夫人怀孕的事，太累了。

凌晶：那吃完饭，你就赶紧歇息吧。

任彦成点点头。

26

任彦成卧房。夜。

凌晶已经熟睡，任彦成披衣起来，走到窗前。

月光照到他消瘦的脸上，有一颗泪珠，滚落下来。

他回转身，走到床前，看着凌晶熟睡的笑脸。

任彦成声极低地：晶儿，晶儿……

凌晶没有被叫醒。

任彦成声极低地：晶儿，我们还是回南阳吧，好不好？我不想在这里待了。晶儿，晶儿……

凌晶突然睁开了眼睛：你想什么呢？我爹娘就快来了，在这里团聚，不是一样的吗？

任彦成吓了一跳，又镇定下来：你没睡着啊？吓我一跳。

凌晶幸福地：我听见你喊我了。你再那样喊我一声，好不好？

任彦成却躺在了床上。

凌晶自觉没趣，翻了个身睡去了。

任彦成却睁着眼睛在心里念叨：师弟，师弟……

27

张仲景卧室。夜。

张仲景也没睡觉。他半躺在床上看书。

身边睡着的妻子翻了个身。

他扭头看着熟睡的雪莹，还有葛根，欣赏着儿子的脸。

镜头落到葛根熟睡的笑脸上。

28

张仲景住处大门外。白天。

一个仆役在敲门。

张仲景应声开门出来。

仆役：张大人，我们王大人今晚请你去府上做客。

仆役说着递过来请柬。

张仲景接过请柬一看：哦，王粲大人遇到了什么喜事要请客？

仆役：王大人的一位诗友来了，想请你过去一块坐坐。

张仲景高兴地：好，我去。

29

医署。白天。

任彦成拿过陈夫人的药方，将"人参一两"改为"人参三两"。

仆役来报：大人，尝药的郑奇来了。

任彦成一边将改过的药方放好一边对仆役：请他进来。

尝药的郑奇进来。

任彦成将药方递到郑奇手上。

郑奇看罢药方：任大人，陈夫人的方子，似乎有点笔误？

任彦成：哪里有笔误？

郑奇：往常这人参是一两，怎么写成了三两？

任彦成：哦，这不是笔误，我就这么开的。陈夫人的身体，现在极度虚弱，人参的药量，应该加大一些。这三两人参，用在常人身上，也许受不了，可在陈夫人这样重度虚弱的人身上，却是刚刚合适。你要知道，在"独参汤"里，人参有时候甚至可以用到六两呢。

郑奇：可那是在人已虚脱的紧急情况下用的呀，平时可没有那么大的剂量。

任彦成：我也没用那么大剂量，只用到三两嘛。你就别管了，出了问题由我负责。

郑奇：可……可这么大的剂量，我尝完药后，只怕要口鼻流血呢。

任彦成：你事先多吃点萝卜籽，不就没事了？

郑奇：这？

任彦成：医署的规矩，尝药的时候，任何药材的剂量，不能少一分，可并没规定，你自己在家吃什么呀。

郑奇：这？

任彦成：你去吧。

郑奇：这方子张医监看过吗？

任彦成不高兴地：他今天在家歇息，我明天会让他看的。

郑奇点头。

30

王粲宅邸客厅。晚。

一张餐桌前坐着王粲、张仲景和另外一个年轻男子。

仆人正在倒酒。

王粲指着那个年轻人对张仲景：张大人，我这位刘桢学兄，在诗、赋、论上皆有建树。

张仲景抱拳：能认识刘大人十分荣幸。

王粲又指着张仲景对刘桢：张大人医术高明，医德高尚，是我十分敬重的医官。

刘桢抱拳：张大人以后多多关照。

王粲举杯：来，为我们的相聚，干杯！

张仲景和刘桢都端起杯来……

31

医署尝药处。晚。

郑奇呆坐在那儿，他的面前放着那张陈夫人的药方。

他直直地盯着那张药方。

他下了决心似的站起身来，抬手招来一个仆役：你速去找张医监来。

仆役点头。

32

王粲家客厅。晚。

家宴在继续。

王粲：张大人、刘桢兄，这样喝闷酒无趣，我们吟诗助兴如何？

刘桢击掌：好。

张仲景笑：我可是只带了耳朵来听的。

王粲：医文相通，张大人肯定文才不俗，待一会儿也要来一首。刘兄，你先来！

刘桢也不推辞，起身吟诵：

亭亭山上松，瑟瑟谷中风。风声一何盛，松枝一何劲！
冰霜正惨凄，终岁常端正。岂不罹凝寒？松柏有本性。

王粲：好诗！

张仲景举杯：来，为这首劝人虽处风口却要将身子挺端正的好诗干杯！

三人碰杯喝酒。

王粲起身：在下前不久写了一首《七哀诗》，且听其中一段：

出门无所见，白骨蔽平原。路有饥妇人，抱子弃草间。顾闻号泣声，挥涕独不还——

仆役这时进来打断王粲的吟诵：大人，医署里来人说有急事要找张大人。

张仲景闻言起身：这首诗虽未听完，却已令我情悲心碎，王大人忧国忧民之心令我深为感动，仲景虽一介小医官，也一定努力去为民除苦。

王粲和刘桢都站起身。

张仲景抱拳：容我先告辞，咱们后会有期……

33

王粲府门外。晚。

郑奇差遣的仆役站在那里，焦急地看着门口。

张仲景出来，仆役急忙迎上去。

仆役对张仲景急急地说着什么……

34

医署。张仲景处。晚。

张仲景拿着那张陈夫人的药方吃惊地看着。

他急急地走出门去。

35

尝药处。晚。

张仲景进来，找到郑奇：郑奇，陈夫人的药，你喝了吗？

郑奇：喝了，尝药的时辰到了，我不敢不喝。

张仲景吓了一跳：啊？这么大的人参剂量，你如何受得了？

郑奇：任大人让我事先多吃了些萝卜籽。

张仲景：哦？可陈夫人那里怎么办？这么大的剂量，万一陈夫人……

郑奇：任大人说，陈夫人身体久虚，人参的剂量不加大一点，只怕病势积重难返。

张仲景：这？这太冒险了吧？

郑奇悄声地：我正是觉得奇怪才让人去叫你来的。任大人平时比哪个医官胆子都小，怎么这次如此大胆？是不是主公为陈夫人的病生气，把他逼急了？

张仲景：此方暂缓，陈夫人那里仍照原方拿药。

郑奇：是。大人可千万别说是我让人去叫你的。

张仲景点头。

36

任彦成家。夜。

任彦成穿着睡衣正要上床。

有人拍门。

任彦成拉开门，一个女仆：老爷，医署里来人找你，说有急事。

任彦成穿着睡衣出门。

37

任彦成卧室门外。夜。

一个仆人在对任彦成附耳说着什么。

任彦成的眉毛皱了起来。

38

张成住处。夜。

张成黑着脸站在那儿。

任彦成小心翼翼地：是张医监拦住的。

张成：你可真是个废物！

任彦成想说什么可又没敢说。

张成：我只给你两天的时间，你必须让陈老婆子把那药喝了！

39

医署。任彦成处。白天。

任彦成苦着脸坐在那儿。

仆役：大人，张医监来见。

任彦成起身出了门。

40

医署门外。白天。

任彦成：师弟，你来了？

张仲景：我有急事要找师兄商议。

任彦成：医署令大人也有急事找我，这样吧，下午出府之后，你我兄弟在映月楼小聚一下，我做东，有什么事，到那里去说吧。

张仲景：映月楼？在哪里？

任彦成指了一下仆役：他会告诉你，我这会儿有事，先走了。

说完，任彦成转身就走。

张仲景追了几步：任大人，这事太急。

但任彦成并没停下来。

41

医署院中。白天。

张仲景无奈地站在那儿。

他转身问仆役：赵仆役，映月楼在哪里？

仆役：到时候我领大人去，那地方任大人老去，我也去了多回。我给你带路吧。

张仲景拱手：那就有劳了。

仆役：不必客气。

张仲景：那是个酒楼吗？

仆役一笑：先生一去就知道了。

第十四集

1

荆州城映月楼。一暖阁内。黄昏。

餐室内的布置：四壁有类似汉代画像石刻的大气磅礴的壁画。

两张桌案上分别摆着酒菜，有两位侍女在为任彦成、张仲景倒酒侍候。

不远处有一位歌女，弹着琵琶。

曲声幽咽，如泣如诉。

歌女的眼睛很大很明亮，但只会直直地看着前方——她是个盲女。

任彦成饮了一小口酒，欣赏着歌女的曲声。

张仲景则显得心不在焉和焦急。

2

映月楼大堂。黄昏。

有客人走进走出，一个个锦衣华服，一看便知这映月楼不是寻常的休闲之处。

3

暖阁内。黄昏。

任彦成：师弟，你听这位歌女的琵琶，弹得如何？

张仲景：小弟不识音律，哪听得出好坏。想不到师兄还有这样的闲情雅致？

任彦成笑：师弟啊，你还不了解我？我哪里懂什么音律？我是到了荆州以后，才开始来这里听曲子的。那时候你嫂子没来，我一个人在荆州城里孤零零地，百无聊赖之时，偶尔到这里来喝几杯浇愁的酒，慢慢就听起曲子来了。蝉儿，给张医官斟杯酒。

曲声停下，歌女放下琵琶，摸索着过来，摸到了张仲景的桌案，立刻像看得见似的，抓起酒壶，往张仲景的酒杯里倒满了酒，滴酒未洒。

张仲景有些惊奇。

任彦成：怎么样？有点意思吧？她虽然看不见，斟起酒来，却是很有准儿呢。

张仲景仔细看着蝉儿明亮的眼睛。

任彦成：蝉儿，弹个欢快点的曲子，别老是悲悲咽咽的。

蝉儿点点头，又坐回到原位，弹起了曲子。

张仲景：师兄，我有事情要和你说……

任彦成伸手示意：听完这曲再说吧。今晚有的是时间，咱兄弟俩好好谈一谈。

4

映月楼外。夜色渐浓。

街角处，站着一个乔扮成市民的小卫兵，我们能认出他是蔡瑁的随从。

小卫兵不时向映月楼上张望，从他站的位置，刚好能看见任彦成和张仲景……

5

暖阁内。

灯已点亮。

任张两人继续听曲。曲声悠扬。

张仲景看到蝉儿的脸上虽挂着笑容，但神情分明是悲苦的。

"啪"的一声，琵琶上的一根弦突然断了。

蝉儿惊慌失措，赶紧跪下。

任彦成：起来，去换一根嘛。

蝉儿畏畏缩缩地退了出去。

任彦成：师弟，我带你到这里来，其实是想让你看看这位盲女，给她治好眼疾。

张仲景：哦？她的双眼，不是先天盲的吧？

任彦成：不是。说起这个蝉儿的故事，却还有些悲苦。她出身贫苦，自小被父母卖入娼家，学起了琵琶，一直是卖艺不卖身的。后来，将军黄祖，来这映月楼，看上了她，经常来听她弹曲，她以为终生有靠，以身相许。黄将军本想纳她为妾，但他家夫人厉害，黄将军不敢正式收房，只好另置别院，金屋藏娇。不料，黄将军被刺史任命为江夏太守，要去抵御江东孙权，临行前给了她一笔钱，让她等他回来。不料将军前脚刚走，将军夫人就打上门来，抄了她的家，把她赶了出来。她身无分文，只好又回到映月楼。老鸨逼她开门接客，她一夜之间，就急瞎了双眼。起先看东西，还模模糊糊，后来竟一点都看不见了……

张仲景听得叹了一口气：唉，也是一个苦命的女子啊！

6

张仲景住处。夜。

雪莹拉着儿子站在院门口向远处张望。

葛根：娘，爹怎么还不回来？

雪莹带着担心地自语：别又是出了什么着急的事情……

7

映月楼。夜。

蝉儿换好了弦，进来，想接着弹，刚拨了两声。

任彦成：蝉儿，别弹了，你听我和张大人说话。

蝉儿点点头。

任彦成：我当初听了她的身世，颇为同情，又觉得她的眼病，说不定是可以治愈的，就给她治了起来。不想这一年多时间，用尽了各种方子，都未见效，她还是什么都看不见。所以，我昨日出重金买下了她，想将她送给师弟，让她平日里服侍你，再说，你的医术比我高明得多，说不定还能把她的眼睛治好。

张仲景吓了一跳：这如何使得？师兄买下了她，正好把她带回家去，慢慢医治。倘若需要小弟共商药方，小弟愿意登门效力，怎能让我带她回家？

任彦成笑：师弟，你知道你嫂子是太守的女儿，眼里如何揉得进沙子？倘若让蝉儿继续留在这逢场卖笑的地方，她的眼睛是很难好的。想来想去，还是把她交给师弟吧，你若仔细看，会发现她其实很美，值得怜爱，给你做个小，也是一件美事，再说，弟妹毕竟是个深明大义之人，一定会接纳她的。

张仲景：万万不可。我与雪莹师妹，情深意笃，中间如何插得进去别人？我的孩子都几岁了，这……

任彦成：师弟，你看这样行吗？你把她领回家去，先给她治病，治好了病，如果弟妹容得下她，自然好；如果容不下她，将来等黄将军回来，你把她还给黄将军，也是成人之美啊！

张仲景：这……

两人谈话间，蝉儿明亮的大眼睛里，流出了泪水。听到这里，蝉儿忽然跪下：大人，您就带我走吧！这里，我是一天也待不下去了！

张仲景站起身来，看着她。她仰着脸，泪水在默默地流淌。

蝉儿给张仲景磕头：大人，您救救我吧。就算是眼睛不能复明，我也愿意终身侍奉大人，侍奉夫人，当牛做马，绝无怨言。您救我脱离这个火坑吧！

张仲景将她扶起来：起来说话，起来说话！

8

医署药房煮药处。夜。

一个小仆役正在边咳嗽边小心地煮着汤药。

另一个年纪稍长的仆役走过来：豆粒，你的咳嗽怎么还没好？

叫豆粒的小仆役吃力一笑：也不知咋弄的，总不好，不过你别担心，我不会误事的。

年长的仆役：你这会儿是给谁煮药呢？

豆粒：陈夫人。

年长的仆役：你可不要大意啊！

豆粒：是。

9

映月楼。夜。

蝉儿又端坐着弹起了悠扬的曲子。

张仲景却有些发呆了。

任彦成：师弟，你不是有话对我说吗？

张仲景猛然从蝉儿的曲子中醒来：哦，差点忘了正事。我就想说说陈夫人的那张方子，我暂时给扣下了。

任彦成：是因为人参的剂量吗？

张仲景：是啊。怎么一下从一两加到了三两？

任彦成：陈夫人身体久虚，病势沉重，喝药一直不见效，我想加重一点人参，看看能不能收到奇效。

张仲景：人参过量，毒如砒霜，即便要加重一点，也要半两半两地往上加，看看病人的反应，才是正途啊！

任彦成：你是不知道，主公那天见过陈夫人之后，催逼得有多紧，哪里容我们慢慢试来。那次长公子病重，主公不是差点要杀你全家？府中之事，岂能以常理推断？

张仲景：这……

任彦成：暂且让陈夫人服完这一服，再看吧。如果还没有效，就只有另想办法了。陈夫人这个肺病，是娘胎里带出来的，已经几十年了，纵然是扁鹊重生，只怕也没有办法啊。

张仲景：能不能改改方子？

任彦成：不用改了。

张仲景把头摇了摇：这种用法，实在是太可能出事了。既然你坚持要试，我也不好拦你。不过陈夫人要是稍有不适，必须立即停药！

任彦成：这是自然，师弟，陈夫人的病，关乎你我的性命，我会谨慎的。

张仲景无奈地点了点头。

10

张仲景住处外。夜。

张仲景下了驴车，对车上：到了，你下来吧。

蝉儿从车上摸索着下来，背上背着琵琶。

门开了，雪莹来开的门。

雪莹看到张仲景身后的蝉儿，不觉愣了。

11

张家院内。夜。

张仲景和蝉儿进来。

雪莹看着他们俩,很有些奇怪,但没作声。

英姑也已来到院中。

张仲景:英姑,这是蝉儿,你把西厢房那间放杂物的屋子,收拾一下,拿床铺盖,让这位蝉儿姑娘先住下。

英姑:她是谁呀?

张仲景:她是盲人,是来看病的,你先安排她住下,让她洗洗睡吧,有事情明天再说。

英姑:那好吧。

英姑过来拉蝉儿,蝉儿跟着她,走了。

12

张家客厅。夜。

雪莹狐疑地看着蝉儿跟着英姑进了厢房,然后转身对张仲景:他爹,这蝉儿姑娘是干啥的?

张仲景:是个盲人,我把她领到家里来,是要给她治眼病。

雪莹:你在哪里认识她的?

张仲景:映月楼。

雪莹吃了一惊:那不是风月场吗?你怎么去了那种地方?那她是一个……

张仲景:是任彦成师兄叫我去的,也是彦成师兄把她托付给我的。

雪莹:你怎么还起劲儿地和他来往?

张仲景:他过去是我的师兄,现在是我的上司,我怎么能不和他来往呢?和他之间的仇怨,不是都已经了结了吗?过去的事情,就不要再提了。

雪莹:过去的可以不提,可他凭什么又把一个青楼女子硬塞给你呢?

张仲景:我一个学医的,只管为人治病,岂能挑病人?主公的病我看,青楼女子的病,我也该看!

雪莹脸色有些冷:是不是看好了,还要把她留在家里呢?

张仲景：扯那么远干吗？我这样说了吗？

雪莹：你没说，可你直接就把人领家里来了，你真够可以的，事先都不能跟我打声招呼？

张仲景：不要那么大声！病人听见了不好！

雪莹气愤地：这是我的家，我想说什么话，还要看外人脸色！张仲景，这么快你就向着她了，我可真是看错你了！

张仲景：你小点声！让葛根听见，像什么样子？

雪莹：你还知道羞耻啊?!

张仲景：越说越不像话了！我告诉你，我只把她当一个病人，就像当初在路上看见英姑一样，看见了病人，我就不能不救！

雪莹：你你你，你反正总是有理！

张仲景：她一个落难女子，刚刚进门，你怎么非要跟她计较不可呢？就不能大度一点！

雪莹：这就进门了？张仲景，我可真是瞎了眼了！

张仲景：你瞎了眼，我也给你治！她瞎了眼，我也要给她治！我们都是有孩子的人了，怎么一言不合，你就把话说得这么难听？走走走，进睡屋再说。

雪莹流出了眼泪，张仲景把她拉进了睡屋……

13

张家院中。夜。

小宽听到争吵声出来，见师兄和嫂子已经进了睡屋，也没敢吱声。

这时英姑端着一盆热水出来，向蝉儿住的屋子走去。

小宽：怎么回事？

英姑放低了声音：我怎么知道？突然来了这么个背琵琶的瞎眼歌女。

英姑走过去，小宽呆在那里。

14

蝉儿住处。室内。夜。

英姑端水进来，没好气地把水盆重重一放：洗洗吧。洗干净点。

蝉儿：谢谢嫂子。

英姑"哼"了一声，走了。

15

任彦成宅邸前。夜。

马车停住。

任彦成从车上下来，喝得有些微醺，哼着小曲。

仆人前去叫门，门开，任彦成进了院子。

16

任彦成宅邸。院内。夜。

好几个仆人正在灯光下收拾打扫院落。见到任彦成，急忙恭敬地站好：大人。

任彦成：这么晚了，你们这是在干什么？

仆人们：夫人让我们好好收拾一下，明天您的岳父母大人就到了。

任彦成：哦，这么快？

17

任彦成宅邸。客厅内。夜。

任彦成进来，凌晶坐在桌前，一脸愁云。

任彦成：夫人，你是在等我吗？

凌晶侧过脸去，不理他。

任彦成过去，摸了摸凌晶的肩膀：夫人，怎么不说话呀？

凌晶挣脱开，站起来：你怎么又是这么晚了才回来？早晨不是跟你说了吗？爹娘明天就要来。

任彦成拍了一下自己的额头：哎呀，我忙得都给忘了。

凌晶：你真要那么忙，还有时间喝酒？

任彦成：哦，你是为这个生气？知道今天我是请谁喝酒了吗？张仲景，我的师弟。

凌晶：你请他做什么？

任彦成：还不是府里的事儿。你就别管了。

凌晶：府里的事府里的事，问你什么你都是这四个字。你看看你现在，都把这个家当客栈了。

任彦成：我不是说了吗？这荆州不比别的地方，当官的多，应酬也特别多，有什么办法？好好好，明天爹娘要来，我一定早早回家，好不好？

凌晶：你怎么对我都无所谓，可对爹爹和娘，你竟也是个应付的态度？

任彦成怒了：哎呀，好了好了，你就别唠叨了。在府里看别人脸色，回家了还要看你的脸色！你知道我现在过的是什么日子？我的脑袋整天都在刀尖儿上滚来滚去的，你知道吗？我要是有一点差错，我的命没了，你的小命也没了，你爹你娘也都得把老命搭上，你知道吗？你什么都不知道，就知道唠叨，唠叨……

凌晶流下泪来，走近任彦成，扶住他：官人，我们别当这个官了，我们回南阳，好吗？

任彦成长叹了一声：晚了，晚了，上贼船容易，下贼船难哪！

18

任彦成宅邸外。白天。

凌晶在门口翘首以待。

一辆马车停在门口。

凌太守、太守夫人在众人的簇拥下走下车来。

凌晶迎上前去：爹爹，娘！

太守夫人过去，母女俩抱头哭起来。

小蕴在一旁看着。

太守在一旁劝：不要哭了，不要哭了，进去再说，进去再说。彦成不在吧？

凌晶：他还在府里呢，晚上才能回来。

19

任彦成宅邸。院内。

众人一起往客厅里走。

太守夫人：晶儿，这一晃就是几年没见，可想死娘了。

凌晶：爹爹和娘好不容易来一趟，就多住些时候吧。

太守夫人：你爹爹这次来荆州，听说是为治水的事，只能在荆州停三四天。一个郡的事情还等着他呢。家里的事情全交给了项管家，我也不太放心。

凌晶：项管家都是府里的老人了，有什么不放心的？爹要急着走，娘就多住几天吧。

小蕴：小姐，您怎么都顾不上理我啊？

凌晶笑了，亲热地拍了一下小蕴的肩头：死丫头，还能看不见你了？总不能把爹娘撂在一边，先跟你说话吧？

夫人笑：你都成家多少年了，她怎么还管你叫小姐？

小蕴：叫声小姐，就像是又回到了过去无忧无虑的日子。小姐，这几年，你想过我吗？

凌晶：怎么不想？刚到荆州的时候，特别想你，就像自己身上，掉了一块肉似的。

夫人笑了：这都什么比方啊？告诉你吧，小蕴这次吵着要来，是因为她也要嫁人了，要离开咱们府了，所以我带她来，也是让她再见你一面。

凌晶看着小蕴：你也要嫁人啊？我怎么从来没想过？

小蕴：我还真不想嫁人，是家里找好了人家，硬逼着我，没办法。不过咱找的也就是一般庄户人家，比不上小姐。

凌晶：庄户人家有什么不好？强于在这荆州城里受罪。

夫人听了一愣。

凌晶环顾四周：爹爹，爹爹呢？

众人都找起太守来。

20

刺史府大堂。白天。

刘表、蒯进在座。

一卫兵进来：主公，南阳凌太守已等候多时。

刘表对蒯进：这个凌朝纲，好多年不来荆州了，这次来是什么事？

蒯进：我听说是南阳郡发了大水，凌朝纲这次来，是找主公要钱赈灾的吧？

刘表：好几年不来，来一趟也是为了要钱。这些计划之外的开支，从哪里能拨出来？

蒯进：这凌朝纲年纪不小了，脑子也有些糊涂，我看，就让他回家歇着吧。

刘表点点头：宣他进来。

凌朝纲进来：见过主公，见过蒯大人。

刘表：凌大人，你好几年不来荆州，这次是为何而来？

凌朝纲：主公，南阳发了大水，好几个县都是一片汪洋，百姓都逃荒要饭了。水灾之后常发瘟疫，所以下官赶来是想请主公赶紧赈灾，要不然，只怕又会有瘟疫发生。

刘表：灾是应该赈，只是我囊中羞涩，拿不出钱啊。

凌朝纲：请主公和蒯大人一定想想办法，多少给一点。

刘表：这样吧。凌大人，你年事已高，再去赈灾，我于心不忍。我看，你就致仕歇着吧，我任命赵哲赵功曹为南阳太守，这次随你回去，你和他交接之后，赈灾的事，就交给他管吧。

凌朝纲如听到晴天霹雳，一下子呆了。

蒯进：凌大人，这下你可有时间修身养性了。你女儿女婿都在荆州，就在荆州好好玩些天吧。

凌朝纲：谢主公。凌某告退了。

21

任彦成家。院中。白天。

凌朝纲走了进来，在仔细观察这院落和院子里的花草树木，又看着三面的建筑。一边看，一边摇头，又时而唉声叹气，一副忧心忡忡的样子。

凌夫人和凌晶迎上去。

凌夫人：大人回来了。

凌晶：爹。

凌朝纲还在发呆。

凌晶：爹，你怎么了？

凌夫人：大人，哪里不舒服吗？是不是路上累的？

凌朝纲长叹一声：我去刺史府，钱没要来，官却丢了。

凌夫人和凌晶都呆了：啊？

凌朝纲：刺史大人免了我的官，我现在已不是什么大人，是一介平民了。

凌夫人：平民也好，我们都老了，也该过清闲的日子了。我正好留在荆州，好好照顾晶儿了。

凌晶一时六神无主：爹，娘……

22

张仲景住处。蝉儿屋内。白天。

雪莹、英姑走了进来。

一直坐着的蝉儿急忙站起身来，神色有点紧张。

英姑：别怕，这是张大人的夫人来看你啦。

蝉儿施礼：夫人好。

雪莹：你坐。英姑，你忙别的去吧，我和蝉儿单独聊会儿天。

英姑出去了。

雪莹：蝉儿，昨夜张大人已经把你的情况都和我说了，我知道你也是个苦命的女子。你就放心在这里住吧，我们都不会为难你的。

蝉儿又站起来：谢夫人。

雪莹：你坐你坐，以后别夫人夫人的，你就叫我嫂子吧。

蝉儿：蝉儿不敢。

雪莹：有什么不敢的？他们都这样叫，你也别坏了我们这里的规矩。

蝉儿：那好吧，我也叫您嫂子。

雪莹：这就对了。我听孩子他爹说，你以前是被黄祖将军收了房的？

蝉儿：没有收房。他家夫人厉害，他只是买下了我，在城东头租下一间屋子，养着我而已。后来他去江夏了，他家夫人就去我那里，把我赶出来，又到映月楼，把将军买我的银子要回去了，我只好又回映月楼了。出映月楼的时候，我没有接过客，等回去的时候，妈妈硬逼着我接客。我没有办法，就哭啊哭啊，眼睛就渐渐看东西模糊了。这样越来越厉害，现在什么也看不见了。

雪莹：不管怎么说，你和黄将军也好了一场，现在还想他吗？

蝉儿：要说不想，那是假的，可和他在一起，我没名没分的，心里也不踏实。后来……他远在天边，我的死活，他哪里管得到呢？就算想他，也是白想啊！

雪莹：你说话倒是实在。那我问你，后来，你怎么认识了任大人的？

蝉儿：也是在映月楼里。他去玩儿，看上了我，让我给他弹曲子。后来他说，要治好我的眼疾，我就让他治，可治来治去，一点效果都没有。看来我的这双眼睛，这辈子，也难见天日了。

雪莹：你们很要好吗？有没有……

蝉儿：没有。他说过，我是黄将军的人，他怕黄将军回来，找他的麻烦。

雪莹点点头：原来如此。那他怎么又把你介绍给我家官人了？

蝉儿：就是……前天吧。他来说，要花重金买下我，让我跟着一位张大人走，他说，张大人也是医署的医官，医术比他强多了，一定能治好我的病。我就想离开映月楼，离开那个烟花场，让我去哪里都行。

雪莹：真是这样的话，我们就收下你了。你的眼病，昨晚孩子他爹说，是很有希望用针灸治好的。

蝉儿又站起来施礼：谢谢大人和嫂子。不管我的眼睛还能不能好，蝉儿情愿这辈子留在这里，给大人和嫂子当牛做马。蝉儿并没想过要什么别的，只想当个丫鬟，永远侍候大人和嫂子。

雪莹：不说这些了。现在跟你这么一聊，你的容貌，你的神情，还有你说话的声气，连我都怜爱起来，何况男人呢？你这么好的一个姑娘，怎么就流落娼门，怎么就瞎了眼睛呢？老天不公啊！不过，我觉得，你真心爱过的人，是黄将军，黄将军应该也是爱你的，将来只有回到他那里，你才有幸福啊！

蝉儿急起来：不是的，他家夫人凶得很，哪里容得下我？就算勉强容下我，不把我折磨死也不会罢休！嫂子，蝉儿真的没有什么非分之想，真的只想做个丫鬟，嫂子，您就相信我吧。

雪莹：我信我信，别说了。你千万别着急，心情要慢慢好起来，病才治得好啊！我走了，你好好休息吧。

雪莹出门。

蝉儿的脸上露出了真心的笑容。

23

医署煮药处。白天。

小仆役豆粒又在边咳边煮着药。

张仲景走了过来,先看了一下药锅里翻滚的药,而后对豆粒:是陈夫人的药吧?记住用文火。

豆粒咳了一声答:是,大人。

张仲景注意到了豆粒在不停地咳嗽,关切地:我给你开几服药,把自己的咳嗽治好。

豆粒苦笑了一下:谢谢大人,小的这个月的俸钱已托人全捎给俺娘治病了,手上没钱买药。小的这病不要紧,能扛过去的。

张仲景轻拍了一下豆粒的肩头,充满同情地:那罢了,我从家里给你带点药来。

豆粒感动地:别,别,大人,你那样忙,别为小的的事分心……

24

刺史府内。陈夫人住处。白天。

小仆役豆粒忍着咳将煮好的药递给一个男仆,而后退出。

男仆将药递给侍女,侍女端给陈夫人。

陈夫人:这药苦不苦啊?

男仆:启禀夫人,煮药的小豆粒说这药不苦。

陈夫人:这么天天喝,我都快成了个药罐子了。端起药碗,喝掉。

男仆:夫人,感觉如何?

陈夫人:还好,不苦。

男仆:那我走了,有什么事,夫人再派人去叫我。

陈夫人点点头。

男仆出去。

25

陈夫人住处门外。白天。

豆粒蹲在地上使劲咳着。

男仆不高兴地：怎么了，想偷懒啊？

小豆粒含着眼泪站起了身……

26

陈夫人住处。白天。

陈夫人在闭目养神。

陈夫人：小萤。

侍女小萤：夫人。

陈夫人：你给我倒碗水，我怎么觉得，胸口火辣辣的？

小萤：要不要去叫医官？

陈夫人摆摆手：不要叫了，再看看。这药喝下去，我感觉咳嗽好了一点，但胸口老是有股火辣辣的气往上蹿，怪吓人的。

小萤：也许是药力发起来了，等药力一过，就好了。

陈夫人：是啊。这药，一天喝几回？

小萤：平常的药，一天两回。这回是任医监开的方子，要一天三回。

陈夫人点点头，接过水喝了。

27

任彦成宅邸。客厅。夜。

任彦成走了进来，拜见岳父岳母：岳父大人，岳母大人。

太守夫人：彦成，你回来了？

任彦成：回来了。

夫人：一晃几年，你倒是一点没变，气色比在南阳的时候，还好一些。

任彦成：岳母大人谬奖了。这荆州里的官，是不好当的。其实晶儿知道，我这几年，身体不如在南阳的时候了。

夫人：唉，你和老头子一样，都忙着官府里的事情，啥时候忙忙自己的事情啊。

任彦成：我和岳父大人还不一样，我这是在刺史府里，动辄得咎啊！

太守一直没开腔，听到这句话，把一直铁青着的脸扭向一边。

凌晶看出太守有气，过来：官人，还没吃晚饭吧，饭菜都备好了，用一点吧。爹，娘，都去用一点吧。

众人跟着凌晶一起去了。

28

任彦成府邸。餐厅。夜。

大家都在吃饭。

凌朝纲：彦成，我已被免了南阳太守之职，你知道了吧？

任彦成：听娘子说过了。

凌朝纲：这事情虽然有些突然，但也是迟早的事。宦海浮沉，终有漂泊到头的一天。老夫只是不放心你，我下了台，你毕竟也少了个依靠。

夫人：老头子，你多虑了。姑爷在荆州好几年了，不也挺好的吗？他自己做事有分寸的，你就不要瞎操心了。

任彦成不作声。

凌朝纲：彦成，待会儿咱俩到院子里去一下，我有话想跟你说。

凌晶：爹，吃完饭早点歇息，有话明天再说吧。

凌朝纲：明天一早彦成就去府里了，又得这么晚才回来，有话憋着不说，难受。

凌朝纲气得放下了筷子。

任彦成：爹，娘，吃完饭，我就陪爹到院子里去，听听爹的教诲。

凌朝纲重新拿起了筷子，夫人看着凌晶，摇了摇头。

29

任彦成府邸。院内。夜。

凌朝纲和任彦成在小径上走着。

凌朝纲：彦成啊，老夫要说什么话，你也该猜到了吧？

任彦成默不作声。

凌朝纲：这几年来，我在给你的信中反复问，你这所房子，到底是怎么来的，你始终没有回答，现在，总该告诉我了吧。

任彦成：要说实话，那就是天上掉下来的。

凌朝纲笑：天上掉下来的？那你的这个天，是谁在撑着呢？

任彦成：我也不知道是谁，真的，真不知道。

凌朝纲：房子是别人送给你的吧？

任彦成：我说不清，真的说不清。

凌朝纲：你还是跟我说实话，这房子，到底是怎么来的？

任彦成：有一天，医署的一个小仆役，驾车把我拉到了这里，他告诉我，这套房子是我的，就这么回事。

凌朝纲：那这房子，是蔡瑁将军的？

任彦成：我真不清楚，就这么稀里糊涂，住进来了。住了这几年，也没人赶我，也没人说这房子不是我的。

凌朝纲：你怎么能稀里糊涂呢？朝廷的宅邸，都是按品级给官员的，你一个几百石的医监，怎会分得这么大的宅院子？你看看，你看看，你这府邸，你这院落，我一个太守还没有呢！你这是越制！将来查证起来，就这一条，你就够开刀问斩的！

任彦成：岳父大人，那你要我怎样？我要是硬顶着不住，也许两年前，我就已经被开刀问斩了！

凌朝纲：可是，你要想清楚，你只是一个医官，别人要拉拢你，肯定是有目的的。你得了他的好处，就要让他当枪使，使完了之后，他还会灭你的口，你想过吗？

任彦成叹了口气：可现在内务署就管着医署，我能有什么办法，回避得了内务署？

凌朝纲：这里的宅邸，你当初推辞不要，难道有人就会杀你？我为官几十年，经历的事情太多了，你哪里瞒得过我？有人看中的，是你的位子，可你的位子，攸关刺史大人一家的性命，刺史大人只要发现你在中间做手脚，那是饶不了你的！

任彦成：岳父大人，你在南阳做官，哪里懂得荆州城里的官是怎么做的？更不要说刺史府里的事情了。府里现在是蔡将军一手遮天，跟他对着干的人，迟早会落个死的下场！

凌朝纲：那你起码可以明哲保身，隔岸观火啊！一步走错，就可能给全家招来杀身之祸！你想过没有？

任彦成声音大起来：人在江湖，身不由己，人在官场，更是身不由己！你没在刺史府里待过，哪里知道府里的形势？这些话，你就不要再说了！

凌朝纲愤怒地：你！你！你！你做了个小小的医官，竟然教训起我来！你忘了你这个官，是怎么做上去的？没有我，你还在南阳开药铺呢！

任彦成：你让我做了官，现在却怕我连累你了！还真不如你当初别让我做官呢。你哪里知道，我在府中过的是什么日子？

凌朝纲气得来回走，指着任彦成的鼻子：你！你！你忤逆！忤逆！

30

任彦成府邸。客厅里。夜。

正坐着说话的凌夫人和凌晶听到外边的声音都一愣，急忙起身向门外跑去。

31

任彦成府邸。院中。夜。

凌晶拉住任彦成：你怎么这样跟爹爹顶嘴？太不像话了！

夫人拉住凌朝纲：老爷，少说两句，少说两句吧。

任彦成还气鼓鼓地。

凌朝纲：夫人，走，备车，我们现在就走，他的事情，我再也不管了。这个女儿，也权当我没生过，没养过！

夫人：哎呀，老爷，你这说的是什么话啊！

凌晶跪下哭诉：爹爹，你说这样的话，女儿如何受得了啊！爹爹！

凌晶又拉任彦成，想让他也跪下。

任彦成还有点不愿意，后来还是跪下了。

凌朝纲看着他们，气哼哼地：这儿哪里还有我站的地方？人家是荆州的官了，哪里瞧得起我？我不是丢官了吗，一个小老百姓，哪配在这官府里待着？我不走，讨人家嫌不成？

夫人拉住他：老爷，你就少说两句，少说两句吧。

任彦成跪在地上，看着天，看着天上的月亮。

镜头转向天上的月亮。

32

任彦成宅邸。凌朝纲、夫人卧房。夜。

夜已三更,凌朝纲还半躺在床上生闷气。

夫人:老爷,睡吧。

凌朝纲:这个家伙,真是狼子野心哪!当初刚进太守府的时候,他那个卑躬屈膝唯唯诺诺的样子!再看刚才,我刚丢官,他就不把我放在眼里了!顶起嘴来,一句接一句,生怕不能把我气死!我真是瞎了眼,怎么把女儿嫁给了他!

夫人:你也别这么说。什么狼子野心?多难听啊!不就是吵了一架吗?话赶话,难免说得不好听。你那些话也够难听的,连女儿都不认了。

凌朝纲:你一个妇道人家懂得什么?你没看出来,他现在胆子有多大?我看哪,他不闹得我凌家满门抄斩,我就得给他磕头烧高香了!

夫人:哎呀,不至于!你,你怎么就这么看他不顺眼啊?他也没怎么着啊。

凌朝纲:反正明天一早,我一定要走!我要躲他远远的,最好这辈子别再见他!

夫人:哎呀,你是吃错什么药了吧?不管怎么说,他当初还是你的救命恩人呢!

凌朝纲悄声地:什么救命恩人?项管家早就告诉过我,当初救我的,是他的师弟张仲景!其实他的医术,给他师弟提鞋都不够!当初都是你,一定要让他当女婿!

夫人:行了行了。你现在说话就像个老疯子。我不跟你说了,明天一早就走,听你的,行了吧?可是啊……

夫人突然哽咽起来:就怕苦了咱们的晶儿!你这么一闹,再一走,晶儿她……

凌朝纲也愣了。

33

任彦成府邸。任彦成、凌晶卧房。夜。

凌晶侧着身体朝墙睡,想等任彦成来哄他。

任彦成平躺着,眼睛盯着天花板。

凌晶偷偷看他，忽然听到了他的鼾声。

凌晶画外音：这个死鬼，他还睡得着？

突然，任彦成说起了梦话：这个老东西，怎么还没动静呢？

凌晶吓得一哆嗦。画外音：老东西？他说的是谁呀？

34

任彦成宅邸前。白天。

仆人已经把行李搬到了马车上。

凌朝纲、夫人、小蕴在车前，给他们送行的只有凌晶和儿子两人。

凌晶拉着儿子满脸歉疚地：爹，娘，彦成还在府里呢，赶不回来，不能送你们了。

凌朝纲：晶儿，他不来更好，眼不见心不烦。倒是你，要好好保重啊！不行，你们娘俩就回南阳住住……

夫人：老爷，你说的什么话？晶儿，你还是要好好跟姑爷相处，有什么事，就给家里捎个信。

凌晶含泪点头。

夫人边亲着外孙边叮嘱：那我们就走了，女儿，你们好自为之啊！

凌晶点头。

小蕴：小姐，再见了。也许这辈子，再也见不着了。我服侍您一场，临别之时，给您磕个头吧。

小蕴跪在地上，给凌晶磕了头。

凌晶拉她起来，两人抱在一起痛哭。

凌朝纲和夫人上了车。

35

张仲景住处。院内。白天。

蝉儿坐着，张仲景用一长条布，将她的眼睛蒙起来。

张仲景：蝉儿，这布缠上以后，你就不要摘下来了。让你的眼睛长时间不接触光，将来猛一接触光的时候，才会受刺激，才会有反应。

蝉儿：是。

张仲景开始在她的头上针灸。

一根银针，在张仲景的指间捏着，对准了穴位，用手一捻，针就进去了。

　　小宽和雪莹、英姑都在旁边看着。

36

　　张仲景住处。屋门口。白天。

　　小葛根吃力地抱着小宽的女儿钵钵出了门，小姑娘大概觉着被抱得难受，"哇"地哭了起来。

　　画外传来雪莹的一声惊叫：我的天，葛根，你可不能摔了钵钵——

37

　　蝉儿的头上已经扎满了针。

　　张仲景找准穴位，在蝉儿的双脚上扎了两针。

　　英姑：大人，你扎头我还想得通，怎么还扎脚啊？这脚上的穴位，还能管得了眼睛？

　　小宽：你懂什么？这头上的穴位和脚上的穴位，都有经络连着呢，当然管得着！

　　张仲景：人体的十二经脉和奇经八脉，互相都有关联，人体其实是一个整体呢。

　　英姑：读书人说牵一发而动全身，就是这个意思吧？

　　张仲景点点头：有点这个意思。

38

　　任彦成宅邸。院内。黄昏。

　　任彦成回到家里，院子里冷冷清清。

　　凌晶一人坐在院子里，看着树木发呆。凄凉的景象。

　　任彦成：娘子……

　　凌晶没有回答，目光仍直勾勾地盯着前方。

　　任彦成走到凌晶身边，拍着她的肩头：娘子……

　　凌晶回过神来：你回来了。

　　任彦成：啊。岳父、岳母都走了吗？

凌晶：走了。

任彦成：可惜我没时间送他们。

凌晶：你真想送吗？

任彦成：当然。

凌晶：你要是不气他们，他们怎会走得这样急？

任彦成：唉，原谅我吧，我知道我做得不对。

凌晶：真想不到，你对我爹爹，会那么凶？是看他丢了官吗？

任彦成：什么丢了官，丢了官他也是我岳父啊。我怎么会凶呢？只是争辩而已。

凌晶：还不知道你将来，对我会有多凶呢。

任彦成：怎么会呢？咱俩成家也有几年了，我什么时候对你凶过？娘子，你不要乱想。

凌晶：我有时候都怀疑，你真的喜欢我吗？真的爱我吗？

任彦成：你不要乱想！我现在都不知道自己是谁！自从进了这险恶的刺史府，我就不知道自己在干什么。你就原谅我吧，我会写信去，向岳父大人道歉。

凌晶：写信有什么用？他是真的伤透心了。

任彦成：唉，其实我都不知道自己在做什么。昨天，我真是疯了。是这险恶的官场，把我逼疯了！

39

医署煮药处。白天。

小仆役豆粒正在边咳着边煮药。

张仲景走了过来，将一包药递到了豆粒手上：这是我给你带的三服药，给陈夫人煮完了药后，你赶紧把自己的药也煮了喝下去。

豆粒先是一愣，随后感动地跪了下去：谢大人！

40

刺史府。陈夫人住处内。白天。

男仆和侍女小萤又在侍候陈夫人喝药。

陈夫人将药喝下。

小萤送上巾帕，让陈夫人擦了擦嘴角。

小萤对男仆：夫人这几天咳嗽是好了点，可老是吃不下饭，是什么原因啊？

男仆：这……可能是药力有点猛吧。等咳嗽完全好了，把药停了，也就吃得下饭了。

陈夫人：唉，这药吃的，我的胸口很不舒服，里头老是有一股气，直往上顶。

男仆：这……也许就是在扶正祛邪吧。

陈夫人：唉。我看哪，是拆东墙补西墙，我这身子啊，怕是没有个好的时候了。

男仆：夫人还是想开一点，精神愉快，病才好得快啊！

陈夫人：唉……

陈夫人长叹一声，突然，心中一阵作呕。急忙用巾帕捂住嘴，吐了一口。

把巾帕拿起来一看，上面竟然是鲜血！

小萤吓得：啊！

陈夫人又控制不住地吐了一口血！

男仆脸都吓白了：夫人，夫人！快扶夫人半躺下，我去叫任医监。

41

医署。白天。

男仆不顾其他仆役阻拦，直接闯了进来。

男仆：任大人，大事不好！

任彦成：何事惊慌？

男仆：陈夫人吐血了。

任彦成好像在盼着这一刻似的急忙起身：我去看看。

42

陈夫人住处内。白天。

任彦成、男仆都来到陈夫人床边。

任彦成：夫人，好点了吗？

陈夫人：好点了，好点了。

任彦成：快让夫人漱漱口。

小萤端上水盂，陈夫人漱了口。

任彦成：夫人，您的病来势汹汹，又鏖战已久，偶尔血不归经，还属正常。就像有的好人，偶尔也流点鼻血，其实并无大碍。方子和药都是对的，您不要害怕。

陈夫人点头：那就好，那就好。

任彦成：那卑职就退下了。

43

陈夫人住处外。白天。

任彦成和男仆走出殿外。

男仆：大人，陈夫人的病……

任彦成：方子还是对的，以正祛邪，偶尔血不归经，也是有的。

男仆：可我总觉得……有点蹊跷。身体强壮血气方刚的人，偶尔血不归经，还说得过去。可陈夫人身体久虚，怎么会这样呢？

任彦成：一个人一个病，同一个病，得在不同人的身上，有不同的治法，这个方子是我开的，张仲景大人也看过同意了，你不必多虑。

男仆点点头，可还是满腹狐疑。

44

张成住处。白天。

任彦成正跪着禀报：大人，已经见了效。

张成声色不动地：好。

45

医署。尝药室。白天。

豆粒将煮好的一碗药放到尝药的郑奇面前的桌上，郑奇面对着眼前的一碗药，皱着眉头，显然不愿喝下去。

郑奇分明想拖延时间，转而问豆粒：哎，你的咳嗽好了？

豆粒：好了，张仲景大人送给我了三服药，吃下去可就好了。

郑奇叹口气：陈夫人要像你这样，病一好，我就不必跟着受罪了。

一仆役这时插嘴：郑大人，您就痛快喝了吧，我都等了半个时辰了。

郑奇：这药，简直比毒药还凶！我每天都吃那么多萝卜籽，可只要一喝这药，心里就像有个兔子在跳，闹心得厉害。今天早晨我醒来一看，你知道怎么回事？

小仆役：怎么回事？

郑奇：枕头上全是流的鼻血。

小仆役：唉，您当这个差，就得受这份罪，有什么办法？只要陈夫人的病好不了啊，您就得喝！你喝过了，我才能把药送去。您就喝一小碗，陈夫人可要喝一大碗呢。

郑奇：听说陈夫人昨天吐血了，是真的吗？

小仆役：陈夫人的事，小的可不敢乱传。

郑奇小声：我悄悄跟你说句掉脑袋的话，这样喝下去，只怕要出大事。

小仆役：您不是开方子的，也不是煮药的，您只管喝药，我只管送药，是不是？

郑奇无奈地摇摇头，将药喝了。

46

张仲景住处。院内。黄昏。

张仲景又在给蝉儿针灸。雪莹在旁边。

突然，医署一仆役闯进来：大人，医署令找您，府里出大事了。

张仲景：什么事？

仆役：陈夫人，陈夫人吐了两口血，已晕厥了。还有，尝药的郑奇，也吐了血。

张仲景：啊！快走。

张仲景突然又停住：可我这还在给人扎针呢。

雪莹：你快去吧，半个时辰后，我给蝉儿拔针。

张仲景：你，没问题吧？

雪莹：我扎针没把握，拔个针还是没问题的。

张仲景：那好那好，你千万小心。

张仲景跟仆役出去。

47

刺史府内。陈夫人住处。黄昏。

吐了血的陈夫人仍然晕厥着，刘表在她的床前生气地走来走去。蔡瑁、张成侍立在侧。

医署令、任彦成、送药的仆役都跪在了地上。

刘表：张仲景怎么还没来？他死到哪里去了？

众人都不敢作声。

张仲景进来：主公……

刘表：这是怎么回事？

张仲景没有作声。

医署令：主公息怒，现在救陈夫人要紧……

刘表：你闭嘴！这个方子，到底是谁开的？

沉默了半晌，任彦成：主公，是卑职开的。已经服了一些日子了，都没有什么事，没想到……

刘表：你开的？张仲景看过吗？

任彦成：张大人最后也过目签字了。全是在下的错，请主公责罚我吧。

刘表：怎么会这样？陈夫人怎么会吐血？怎么会晕厥？

众人都不敢作声。

医署令：主公息怒。当务之急，还是请几位医官想一想救夫人的法子，抢救夫人要紧啊。

刘表叹了一口气：你们说，怎么办？

众人都不敢作声。

刘表：平时你们一个个都说自己医术精湛，医道高明。可要你们说话的时候，怎么三棍子打不出一个屁？

张仲景：主公，请让我再给陈夫人开一个方，如果救不了陈夫人，卑职愿领死罪！

刘表：好！就信你一次！

说完，刘表扬长而去。

众人都有些傻眼。

一仆役有些不解地：主公怎么走了？

蔡瑁微微笑了笑。

48

陈夫人住处一角的一张桌前。白天。

张仲景提起笔，准备在纸上开方。

他沉思良久，在方上写下：人参三两……

方子写完，递给医署令。

医署令看后大惊：啊？这不是原方吗？就是这个方子让陈夫人吐血晕厥的啊！这如何使得？

张仲景：要是救不了陈夫人，仲景愿领死罪，与诸位大人无干！不过，这次要仲景亲自煮药，亲自给陈夫人服下。

医署令：这……这岂是儿戏？还是禀告主公吧。

蔡瑁暗喜：不必了，主公说过，就听张大人的。

第十五集

1

陈夫人住处外。白天。

蔡瑁、张成在往外走。

张成：刚才这出戏，我怎么看不明白呢？

蔡瑁：有什么不明白的？

张成：奇怪呀，陈夫人病得这么重，主公怎么转身就走了呢？

蔡瑁：这恰恰说明主公并不真把陈夫人放在心上，可眼看着陈夫人病得晕过去了，也不能不管管。一听说有人管了，他自然就要走了——其实他根本就不想来呢。

张成：原来是这样。陈夫人这病，到底扛不扛得过去？

蔡瑁：张仲景仍然用的是原方，陈夫人这下，是死定了。

张成：死定了？

蔡瑁点点头。

张成：可将来，如何收场呢？

蔡瑁：怎么收不了场？

张成：陈老儿问起来，这……

蔡瑁：庸医误诊啊，不是很简单吗？

张成：您的意思是……把张仲景……

蔡瑁：他本来就不是咱们的人嘛。

张成：可要是任彦成也……

蔡瑁：一个医师，多一个少一个的……

张成点点头。

蔡瑁：再说，也不是咱们想害他们，是陈大将军跟他们过不去，我有什么办法？呵呵……

张成：呵呵……

2

医署。白天。

张仲景正在煮药。

豆粒站在一旁，满心感谢地：张大人，谢谢你给我买药，我的咳嗽全好了。

张仲景：那就好，豆粒，你快去拿些萝卜籽，越多越好，谁问你你也不要告诉他做什么用。

豆粒：是。

豆粒退下。

3

医署一角。白天。

豆粒抱着一盆萝卜籽走来。

4

医署煮药处。白天。

张仲景将萝卜籽洗净，放进了药锅里。

张仲景：以后给陈夫人煮的药，全由你一人负责，熬好后要由我亲自尝过，才能送给陈夫人喝。但放萝卜籽的事，你跟谁也不要说。

豆粒：连医署令和任大人也不要说吗？

张仲景：不要说，你可以再去拿些萝卜籽。有人问你，你就说我要。

豆粒点头要出去。

张仲景：豆粒，回来。

豆粒回来。

张仲景：干脆这样，你用萝卜籽熬一大锅水，要熬得很浓很浓，以后给陈夫人煮药，就用这锅水，别的水都不能用。明白了吗？

豆粒：明白了。

5

陈夫人寝殿。白天。

张仲景进来，身后跟着端着药盘的豆粒。

小萤：张大人，您来了。

张仲景：请你把陈夫人扶起来，把这药给她喝下去。

小萤扶起陈夫人，豆粒将药一勺一勺地喂给了陈夫人。

陈夫人闭着眼睛，嘴巴刚刚能睁开，把药一点点喝了下去。

屋门这时突然被撞开，大将军陈羡闯了进来：陈夫人呢？陈夫人呢？

殿内的侍女都吓了一跳，纷纷闪躲他。

他来到陈夫人床前，豆粒刚刚把药喂完。

陈羡质问张仲景：你们又在给她喝什么药？想把她喝死不成？

张仲景转身镇静地：大将军息怒！陈夫人喝了这药，就能醒过来了。

陈羡瞪了张仲景一眼，跪在陈夫人床前，大哭起来：妹妹啊，妹妹！

陈夫人闭着眼睛平躺在床上，听不见陈羡的喊叫。

陈羡怒气冲冲地起来，一把抓住小萤：你说，夫人是怎么昏过去的。

小萤吓得直哆嗦：是……是这些天夫人一直说胸口闷，中午喝了药之后，就吐血昏过去了！

陈羡气得脖子上青筋直暴，抓住张仲景的衣领：你们这些庸医，你要是害死了夫人，我会立马杀了你！

张仲景不紧不慢地：你要是杀了我，就等于杀了陈夫人。其实夫人这只是一时晕厥，已经喝了药，很快就能醒过来了。

陈羡"哼"了一声松开了张仲景的衣领，又去看陈夫人。

6

陈夫人寝殿外。白天。

一个卫兵侧耳倾听着殿内的动静，随后，快步向远处走去。

7

陈夫人寝殿内。白天。

陈夫人慢慢睁开眼睛，看清了陈羡。

陈羡：妹妹。

陈夫人坐起来：我怎么……是不是睡了一觉？哥哥，你从长沙回来了？

小萤：夫人，你刚才喝完药就晕过去了，大将军刚从长沙回来，听到消息后便赶来看您了。

陈夫人：哦。

陈夫人又看到站在一旁的张仲景：张医官，你也在这里？

张仲景：启禀夫人，你刚才晕厥之后，卑职奉主公之命，亲自给夫人煮药，让豆粒给陈夫人服下的。

陈夫人：是什么药啊？

张仲景：还是原来的药，只不过煮制方法不同，药效就不一样了。

陈夫人：哦，原来是这样，难怪我这几天一直觉得胸口憋闷呢。那以后我的药就都由你来煮制好了。

张仲景：是。

陈夫人：主公来过没有？

小萤：主公来过，可能有大事要忙，又走了。

陈夫人有点失落：哦……

8

陈夫人住处外。刘表下轿。

卫兵：主公到。

屋外的众人都跪下。

9

陈夫人住处内。

刘表走了进来：夫人，您醒了？

陈夫人点点头：我好多了。

刘表看到陈羡：大将军，你怎么也来了？

陈羡跪下：卑职听说夫人晕厥，心急如焚，贸然前来，请主公恕罪。

刘表：何罪之有？快快请起。大家都起来吧。

众人都起来。

刘表：看来张医监还真是有办法，你都用了什么药啊？

张仲景：启禀主公，还是原来的药。

刘表大吃一惊：还是原来的药？

张仲景：方子和药都没问题，只是煮制方法不一样。

刘表：哦。那是煮药的人出了错？

豆粒吓得"扑通"一声跪倒。

张仲景：不是。仆役是照常人服用的方法煮药，而夫人久病体虚，煮制方法应不同于常人，是我们没交代好，其实怪不得煮药的仆役。

刘表点点头：原来是这样。

陈夫人：主公，医官们都辛苦得很，我出点小毛病，你就不要兴师问罪了。主公还是应该宽仁为怀，多多体恤他们。

刘表：夫人言之有理。

陈夫人：以后我的药，就让张医官负责煮制吧，他的医术高人一筹啊！

刘表：那是自然。

张仲景：主公，还让这个叫豆粒的小仆役煮，方法我已经告诉他了。

刘表：好，以后可要小心了，再不能出一点差错。

陈羡：可这次……夫人的晕厥，毕竟和医官们有关啊。

陈夫人：哥哥，你操劳国事，也很辛苦，就回去休息。改日我身体好一点，再请你进府叙谈。

陈羡：是。

10

陈夫人住处外。白天。

刘表一边走着，一边嘟囔：不同于常人的方法？那用常人的方法，怎么尝药的也吐血呢？

刘表吩咐身旁卫兵：叫尝药的郑奇速来见我。

卫兵：是。

11

刘表官邸侧房。白天。

郑奇进来跪下：见过主公。

刘表：起来吧。我来问你，你说夫人这病，到底是怎么引起的？

郑奇：这……小的只管尝药，对于药理，却不太懂。

刘表：那你，是怎么吐血的呢？你自己吐血，难道你也搞不清楚？

郑奇：主公，小的吐血可能是……人参过量引起的。

刘表：人参过量？人参还会过量？

郑奇：是啊。夫人体弱久虚，所需人参量大，这样的量用在小的身上，就可以引起血不归经。

刘表：那你吐，夫人不应该吐啊？

郑奇：这个，微臣实在说不清楚。

刘表：而且张医监又让夫人照原方服下一剂，夫人反而醒了，这是为什么？

郑奇摇头：这个……微臣实在不知。

刘表叹口气：好，你下去吧。

郑奇：微臣告退。

刘表想了半天，摇摇头：这个张仲景，真是神了！

12

张仲景家。院内。黄昏。

张仲景回到家中，整个人似乎还处于梦游状态。

雪莹迎上来：他爹，怎么了？

张仲景：陈夫人，救醒了。

雪莹：那就好。

张仲景：可我，也吓得不轻啊！

雪莹：怎么了？

张仲景：晚上再说吧。

13

张仲景卧房。夜。

雪莹正在脱衣服，张仲景突然冲上去，一把抱住了她。

雪莹：他爹，你怎么了？

张仲景：让我抱一会儿。

雪莹转身抚着张仲景的肩膀，关切地：你到底怎么了？白天发生了什么事情？

张仲景沉默了半天，才对雪莹：我也不知道，我做得对不对？

雪莹：什么事情啊？

张仲景：我欺骗了刺史大人。

雪莹大惊失色：啊？

张仲景：本来给陈夫人开的方子有错，人参用量重了，当初我就提出来过，可他不听，偏要这样，我也没办法。果然陈夫人就吐血晕厥了，我提醒过他，陈夫人有一点反应就要赶紧停药，看来他是没听。可出了事，我还是保了他，仍开了他的方子，但在煮药的时候往里头兑了大量的萝卜籽，把药里的人参解掉，把以前服下去的人参也解掉，陈夫人才醒了过来。他也没事儿了。

雪莹：他是谁？

张仲景：任彦成。

雪莹：是他呀？！

张仲景：是啊，你说，我该不该这样舍命保他？

雪莹不作声。

张仲景：你不会怪我吧？我也不知道，当时怎么想都没想，就想保下他。

雪莹：人之常情啊，再怎么说，他也曾经是你的师兄。

张仲景：你能明白我的心意就好。

雪莹：明白。要是我，我也要保的，毕竟在一个屋檐下，生活了十几年啊！人哪，还是应该以德报怨的。

张仲景紧紧地搂住了雪莹：可陈大将军说要杀我的时候，表面上我是不怕，可心里也真吓得不轻。

雪莹：现在不是没事了吗？没事了。

两人紧紧抱在一起。

雪莹像抚慰孩子那样地拍着张仲景的后背。

14

大将军府。客厅。夜。

陈羡身着便装，在摇扇沉思。儿子陈龙进来。

陈龙：父亲，还没歇息啊？

陈羡：心里有事，静不下来啊。

陈龙：您不是说，姑姑已经醒过来了吗？

陈羡：可她这回的病，实在是有些蹊跷。她有肺病，爱咳嗽，已经多少年了，今年严重了一些，可也不至于吐血晕厥呀！我还是怀疑，有人在给她喝的药里做了什么文章。

陈龙：您估计是什么情形呢？

陈羡：这我还想问你呢。你身兼府中侍卫军统领之职，怎么一点都不知道府里的事情？

陈龙：爹啊，我只是个把守府门四处巡逻的官，哪里知道府里头发生的事情？

陈羡：那蔡瑁和张成的人出出进进的，你总还是能看出些形迹吧？

陈龙摇头：看不出来。

陈羡：反正你姑姑这次得病，太蹊跷了。看起来应该是吃药吃得吐血晕厥，可张仲景居然用和原来一样的药，又把她给救醒了。你说，怎么会发生这样奇怪的事？

陈龙：这也太奇了。

陈羡：不行，明日我要进府，跟你姑姑谈谈，然后再查访查访。

15

刺史府内。陈夫人住处。白天。

陈羡进来：妹妹。

陈夫人：哥哥，一大早就来了？

陈羡：昨天回去以后，还是不放心，一大早又来了。你身体大好了吧？

陈夫人：好多了。早晨又喝了张医官的药，好多了。

陈羡：那就好。妹妹这病，到底是怎么回事？

陈夫人：你就别仔细问了，反正是好了。

陈羡：可我这心里，老是不踏实。

陈夫人：我也说不清。自从喝了任医监的药，咳嗽是开始好了，可胸口老觉得憋闷，有一回流了鼻血，再后来，就吐血晕厥了。可张医官说，他的药和任医监的是一样的，只是煮法不同，我这已经喝了两回，却觉得胸口不闷了。

陈羡想了想：任医监？给妹妹尝药的那个人是——？

陈夫人：郑奇。怎么了？

陈羡：没什么。上回来，我跟妹妹说，让妹妹劝主公免掉我和蔡珥兼职的事，怎么样了？

陈夫人：我跟主公才提了一句，主公就拉下了脸，然后就走了，我看，就算了吧。

陈羡：算了？

陈夫人：我这一病啊，什么心思都没有了，只想这么一日挨一日地活着。我看哪，这事儿就等等再说吧。

陈羡叹了一口气，没有再说什么。

16

蔡珥住处。白天。

蔡珥、张成正在密谈。

蔡珥：任彦成这小子，怎么还没来？

张成：快来了，医署到这里虽没多远，但他得偷偷摸摸地来，只怕要点时间。

任彦成走了进来：见过二位大人。

蔡珥：到底怎么搞的？你师弟怎么把陈夫人给救活了？

任彦成：这……我也不太清楚。主公让他救，他也不敢不救吧。

张成：他用的是原方原药，陈夫人应该死得更快，怎么还能救活呢？

任彦成：恐怕是他在药里掺了萝卜籽，要不然是救不活的。

张成：既然想救，直接给陈夫人喝萝卜籽就行了，怎么还要原方原药呢？

任彦成：这个……小的没问过他，也不敢问了。

蔡珥：我让你拿下他，你拿下了没有？

任彦成：我……我把映月楼最漂亮的歌女买下送给了他，这份礼，应该够厚的吧？他也没反对给陈夫人喝那么多人参啊。

张成：他是感谢你了，所以原方原药，让你摆脱了干系。

蔡珥点点头：你送给他歌女，他救了你，可他也救了陈夫人，没把陈夫人弄死。事先你没跟他挑明吧？

任彦成：这个……小的实在是不敢。

蔡珥点点头。

张成：大人，下一步我们怎么办？

蔡珥：听说陈羡已经有所警觉，正在暗中调查此事。此事一旦败露，我们就危险了！

张成：啊？知道底细的都有谁？

任彦成：张仲景心里自然明白，尝药的郑奇也对药方有所怀疑。

张成：哦，除掉他们俩？

蔡珥：错。张仲景肯救任医监，自然会保守这个秘密。那个尝药的郑奇虽然有所怀疑，却难有真凭实据。再说他们的身份在那儿，哪能说除掉就除掉？真正要防备的是那个煮药的小仆役！

任彦成：豆粒？！

蔡珥点点头：他一旦说出实情，告诉了主公、陈夫人或者陈羡，就麻烦了。

任彦成：他……他是仆役啊！

蔡珥：仆役也长着嘴哩！

17

医署尝药室。白天。

郑奇正在配药。

陈羡进来。

郑奇吓了一跳，急忙站起来行礼：参见大将军。

陈羡：免礼，你是尝药的郑奇？

郑奇：是。

陈羡：陈夫人的药，是你尝的吗？

郑奇：现在不是了，是张医官亲自尝药。

陈羡：以前是？

郑奇点头。

陈羡：你说说，夫人怎么会吐血晕厥呢？听说你也吐血了？

郑奇恐惧地：这个，下官不知。

陈羡：你自己吐血，你说不清楚？

郑奇：这个……先前主公来问过，我也说了，是人参过量造成的。

陈羡：人参过量？那夫人也是……

郑奇急忙摇头：不是。陈夫人身体久虚，人参的量是要大一点。

陈羡：听说方子是任医监开的。

郑奇：是。您问问任医监吧。

陈羡：该问的时候，我自然会问他。

18

医署。仆役住处。夜。

门"吱扭"一声开了。

一个灯笼进来，照见一排排的小仆役都在睡觉。

提灯笼的一个卫兵后头，跟着进来的是张成。

提灯笼卫兵：查房查房。

小仆役们惊醒，纷纷坐起来，又跪倒在地。

张成挨铺扫了一眼，径直走到了豆粒面前。

豆粒跪着一动不动。

张成在豆粒的枕头下乱翻，又掀起他的铺盖，翻到精光的时候，一只小荷包掉在了地上。

张成捡起荷包，上面绣着两只鸳鸯在戏水。

张成摆弄着荷包：说说吧，这哪儿来的？

豆粒：是家里姐姐给我绣的。

张成：姐姐？姐姐给你绣鸳鸯？不是哪个侍女给你绣的吧？

豆粒跪在地上不说话。

张成：起来吧，跟我走一趟。

豆粒有几分惊异，但老老实实起来，跟着张成等人出去了。

19

一密室内。

豆粒被捆绑起来。

张成：你说说，张医监让你给陈夫人煮药的时候，做了什么手脚？

豆粒很惊讶：没……没做什么手脚？

张成：不老实，还想受点皮肉之苦？

豆粒：张医监……可是个好人哪。

张成：我没说他是坏人。我只要你说实话。

豆粒：陈夫人……不是治好了吗？

张成：答非所问。看来不松松筋骨，你是不想说了。

豆粒：大人饶命。是张医监让我不要跟任何人说。

张成：我现在让你跟我说！说不说？！

豆粒又沉默了。

张成一挥手，几个士兵上前，很快把豆粒吊到了梁上。

豆粒疼得"啊"地叫了一声。

张成：说不说？

豆粒：我……说吧。是张医监让我往陈夫人的药里，掺了萝卜籽，用来解人参的。

张成冷笑：好小子，还懂医了。有出息，有出息。

豆粒被他笑得发抖，傻傻地看着他……

20

陈羡宅邸。密室。夜。

陈羡：事情的经过，就是这样的。

陈龙：父亲，这个任医监，到底是谁的人？

陈羡：恐怕是那边的，蔡瑁在荆州城里，给了他好大的一处宅邸呢。

陈龙：你是说，是蔡瑁让这个姓任的暗害姑姑？

陈羡：很有可能。他自以为自己的妹妹会给主公生下儿子，为了扫除障碍，就对你姑姑下手了。

陈龙：姑姑知道吗？

陈羡叹息：唉，就是她还蒙在鼓里呢。妇道人家，我要跟她说，她肯定不信。

陈龙：这可要了命了，姑姑优柔寡断，只怕要坏大事。

陈羡：就是啊，所以咱们父子俩要赶紧想个好法子。

陈龙：我好像听说，这个姓任的有个师弟张仲景，也在府里当医官，是他救醒姑姑的？

陈羡：是他。

陈龙：他既是任彦成的师弟，怎么会救姑姑呢？

陈羡：这个张仲景，我也百思不得其解。不过听医署的人说，这师兄弟俩平时很少来往，有些面和心不和。

陈龙：看来他是个可以利用的人。

陈羡：但愿吧。看来那边是真要对你姑姑下手了，该怎么办？

陈龙：蔡夫人怀孕，有几个月了？

陈羡：算算日子，有七八个月了。

陈龙：那没多久就要生了。

陈羡：是啊。

陈龙：能不能不让她生下来？

烛火映出二人在墙上的影子。

陈羡犹豫了一下：你是说，害死她？

陈龙：正是。

陈羡：恐怕不妥，孩子要是没了，主公一定会拼命追查，自然会怀疑到我们，我们的日子就不好过了。

陈龙：那能不能等她生下孩子之后……

陈羡：这倒是个主意，孩子没死，主公就不会死命追查了，也不太容易怀疑到我们。只要娘死了，孩子也活不成，就算活得成，也是个孤儿，他们蔡家，就势单力薄了。

陈龙：咱们也仿效他们，在草药上做手脚？

陈羡：可医署由内务署统领，是蔡瑁的地盘，我们插不进去啊。

陈龙：你刚才说的那个郑奇，被弄得吐了血，岂能不怀恨在心？还有那个张仲景，既然他肯救姑姑的命，就有可能争取过来。

陈羡：你年轻，想问题简单，我觉得恐怕没有多少胜算。

陈龙：慢慢来嘛，我们还有时间。当务之急，是您还要进府说服姑姑，让姑姑相信，仆役们要害她。

陈羡：这……她虽是我的妹妹，但拿不出真凭实据，她也不肯信我的。我们兄妹之间，以前在家里也很少交谈，还是她进府之后，才有了些交谈，来往才多了些。

陈龙：现在父亲虽然掌握荆州兵权，可那是主公一声令下就可以废除的。真正的权力，还是在主公手中，而最能影响主公的，恰恰是他的两位夫人。得不到姑姑的支持，事情难有胜算啊！

陈羡沉吟半天：好吧，我尽力而为。形势越来越紧迫，看来我们只有孤注一掷了。

21

医署。白天。

张仲景在伏案看医书。

一小仆役走进来：张大人。

张仲景：什么事？

小仆役：请问陈夫人的药，应该怎么煮？

张仲景发现煮药的小仆役已经换了人，感到很吃惊。

张仲景：是你来给陈夫人煮药吗？

小仆役：是啊，是张成大人吩咐的。

张仲景：豆粒呢？

小仆役：他命苦啊。昨夜查房的时候，从他床铺底下搜出一个绣着鸳鸯的荷包，把他叫出去，问他是谁绣的。他先是死扛着不说，后来可能是害怕，上吊自杀了。

张仲景惊呆了：啊？

小仆役：大人，陈夫人的药，放在哪里？

张仲景忧思地：陈夫人病情已经大好了，就不用再喝药了，你回去吧。

小仆役：是。

22

张仲景住处。蝉儿房内。白天。

张仲景又在给蝉儿针灸，雪莹、小宽夫妇、葛根都在旁边。

张仲景：扎了这么多天，不知道有没有效果，等这次扎完，就让她取下蒙眼睛的布试试，看能不能有点光感。小宽，你去把窗帘拉上。

小宽过去拉上了窗帘。

屋子里一片黑。

张仲景拔下针，示意英姑。

英姑过来，一层一层地解开蒙在蝉儿眼睛上的布。

布完全解下来了。

张仲景：蝉儿，睁开眼睛。

蝉儿睁开了眼睛。

张仲景：看到什么没有？

葛根好奇的表情。

蝉儿摇头：什么也没有，还是一片漆黑。

张仲景点燃了一支蜡烛，走到蝉儿面前，在她眼前晃动。

张仲景：看到了什么没有？

葛根好奇的表情。

蝉儿还是摇头。

张仲景吩咐小宽：把门开开。

小宽开了门，一道光进来。

张仲景：看到了吗？

葛根好奇的表情。

蝉儿还是摇头。

众人都有些失望。

张仲景：把窗帘全都拉开！

小宽过去，将窗帘一把拉开。

蝉儿：啊！

蝉儿惊叫一声，双手蒙住眼睛。

张仲景欣喜地：看到了吗？

蝉儿：看到了，看到了，光，光。

众人脸上都露出了笑容。

葛根高兴地蹦跳着：看到了，看到了。

张仲景：把布再给她蒙上，再针灸一个月，她的眼睛就会慢慢好起来了。

英姑过去，用布给蝉儿重新蒙上眼睛。

众人都很欣喜。

蝉儿的脸庞上流出了泪水。

张仲景却没有太高兴的表情，反而有些失落。

雪莹注意到了张仲景的反应。

23

张仲景卧房。夜。

张仲景夫妇躺在床上。

雪莹：他爹，蝉儿的眼睛有救了，你怎么却不太高兴？

张仲景：府里死了一个小仆役。

雪莹：小仆役，怎么死的？

张仲景：说是上吊死的。

雪莹：为什么？

张仲景：有人发现他床底下有一个绣着鸳鸯的荷包，估计是哪个侍女为他绣的，问他是谁绣的，他先是死活不说，后来就上吊死了。

雪莹叹气：唉，可怜。

张仲景：但我觉得不对，小仆役跟侍女相好，府里多的是，一般也没人管，怎么单单找了他一个？而且为了一个荷包，他就会自愿上吊？

雪莹：可你，又知道是怎么回事呢？

张仲景：他就是给陈夫人煮药的豆粒，是我让他在陈夫人的药里，使劲掺萝卜籽的。

雪莹紧张起来：哦，你是说，有谁在杀人灭口？

张仲景：我在怀疑。

雪莹：那你，岂不是也很危险？

张仲景：这我倒没想过。我只是觉得，我是个医师，一直是救人的，没想到无意之中，害死了一个无辜的人。

雪莹：那是你在瞎猜，还不知道是怎么回事儿呢。我倒觉得，你有些危险。

张仲景：本不想跟你说，就是怕说了你会瞎担心。

雪莹：府里的事情，你什么都不告诉我。

张仲景：别担心了，睡吧，近来我觉得特别疲倦。

雪莹：睡吧。

24

陈羡宅邸。客厅。夜。

陈龙急匆匆地进来：父亲。

陈羡：有事吗？怎么气喘吁吁的？

陈龙：的确是有事要向父亲禀报。

陈羡：何事惊慌？

陈龙：父亲，给姑姑煮药的那个小仆役死了。

陈羡：哪个小仆役？

陈龙：就是给姑姑煮药的那个，叫豆粒，他肯定知道张仲景是怎么用原方原药把姑姑救醒过来的，我本来想找他问情况，结果，昨天晚上，因为一点小错，就被逼上吊自杀了。

陈羡：哎呀！看来是被蔡瑁提前了一步，杀人灭口了。我当初问过尝药的郑奇，却忘了问这个煮药的小仆役。

陈龙：父亲不必懊恼。他一个小仆役，最畏惧的人就是内务署，就算您问，他如何肯说实话？

陈羡：也是。除了仆役，现在真正知道这个秘密的，只有两个半人，一个是任彦成，另一个是张仲景，那半个人是郑奇。郑奇已经向我说了，任彦成是蔡瑁的人，自然不会说，张仲景是他的师弟，也不会说啊。

陈龙：张仲景不是救了姑姑吗？跟他的师兄怕不是一路人。

陈羡：听下人们说，张仲景让主公赏赐他了一个小药铺，专为城里的百姓看病，在百姓中有很好的口碑。这样一个人，应该和他师兄不一样。

陈龙：父亲说得有道理。

陈羡：现在看来，那边的确是想对你姑姑下手，只是因为张仲景这个好人插手，才没有得逞。我一定要进府见你姑姑，劝她小心提防。

陈龙：父亲，到了万不得已的时候，我领着侍卫兵们冲进去，不消一顿饭的工夫，就把他们杀个干干净净。

陈羡：胡扯！刺史府禁地，你擅自带兵闯进去，岂不是犯上作乱？列祖列宗在前，千秋史册在后，岂容你鲁莽胡为？

陈龙：我带兵冲进去，将他们杀光了，将姓蔡的都杀光，父亲您掌了大权，将来史书还不是您找人写吗？

陈羡：越说越不像话了？你要是冲进去将主公也杀了，是不是你来做主公？

陈龙急忙跪下：父亲息怒。

陈羡：国家大事，岂是儿戏？泼出的水想收可就收不回来了，知道吗？不到万不得已，绝不能在刺史府里动刀动枪，以免被后世史家，骂为窃权贼子，知道吗？

陈龙不作声。

陈羡：你出去吧。

陈龙起身，走了出去。

25

陈羡宅邸。客厅外院中。夜。

陈龙出来，走到院中，仰天长叹了一声。

26

刺史府内。陈夫人住处内室。白天。

小萤正在侍候陈夫人梳头。

一侍女来报：陈夫人，大将军来看您了。

陈夫人不耐烦地：怎么这么早就又来了！小萤，你给我简单绾一绾，我要去见大将军。

小萤：是。

27

刺史府内。陈夫人住处客厅。白天。

陈夫人出来：哥哥，久等了。

陈羡：妹妹，您的身体大安了吗？

陈夫人：大安了。我这咳嗽，比先前好多了，也吃得下饭了。昨天，已经停药了。

陈羡：那就好。妹妹，我有话要单独跟你说。

陈夫人对众侍女挥手：你们暂且退下吧。

众侍女退下。

28

刺史府内。陈夫人住处外。白天。

一个卫兵向室内瞥了一眼,匆匆向远处走去。

29

刺史府内。陈夫人住处内。白天。

陈羡:妹妹,你知道吗?给您煮药的小仆役,前天夜里死了。

陈夫人一愣:前天夜里?昨天,张医官让我停药了,是不是跟这个煮药的小仆役的死有关?

陈羡:肯定是。小仆役一死,张医官找不着煮药的人,所以给您把药停了。

陈夫人:这……也不是非得哪个人煮药不可啊。

陈羡:给您煮的药里,必有文章。

陈夫人:这?可药也都喝了,没留着啊,如何对证?

陈羡:妹妹,您可得小心啊。这小仆役死得离奇,很可能是有人在杀人灭口。

陈夫人:那个小仆役是怎么死的?

陈羡:听说,是夜里查房的时候,在他的铺盖下发现了一个绣着鸳鸯的荷包,问他是哪里来的,他先是死活不说,后来就上吊自杀了。

陈夫人:是有些离奇。仆役和侍女相好的事,在府里早已不是什么秘密,这些侍女到了怀春的年纪,又被关在深宅大院里,一旦动了春心,有时就找个仆役寄托感情。为这么点事,就值得上吊?

陈羡:既然想杀人灭口,说明一定是有人要害你,你可要千万小心哪!

陈夫人:这……这也说不定。也许真是小仆役怕丢脸想不开才走了那条路,真要是有人想在药里下毒害我,张医官怎么又把我救醒了?张医官与任医官,是南阳来的师兄弟,方子和药,两人开的都一致,从哪里能看出有人想害我呢?哥哥,您是不是有点捕风捉影了?

陈羡近前急切地:妹妹,你可千万要相信哥哥。只有哥哥才是你永远可以相信的人。哥哥活到这把年纪,经历得太多了。

陈夫人:好吧,我注意就是了。以后寻医问药的,我只找张医官,由他全包下来,他让喝了我再喝,这样总没问题了吧?他要想害我,早就把我害死了。

陈羡:对。而且,你可千万要提防蔡家的人啊!蔡家一定在你身边安了眼线，千万别让他们给利用了。

陈夫人笑：放心吧。我傻也没傻到那样的地步，谁疏谁亲，心里还是明白的。

30

医署。任彦成处。白天。

仆役进来告诉任彦成：大人，张医监来了。

任彦成先是一惊，不过随后平静下来：请他进来。

31

任彦成处。门口。白天。

张仲景匆匆走进来。

任彦成抱拳：师弟，又好些天不见了，快请坐。

张仲景：师兄，给陈夫人煮药的小仆役豆粒，您有印象吗？

任彦成点点头。

张仲景：前天夜里，他死了。

任彦成：这我也听说了。你一大早跑来，就为说这个事儿？

张仲景：他死的，是不是有些蹊跷？

任彦成：这个我也说不好。仆役们的事情，我们医署哪里明白？他这样的小仆役，今天死一个明天死一个，也是平常事，没人会在意的。

张仲景：可他是为陈夫人煮药的……

任彦成：这跟陈夫人没什么关系吧？怎么扯上陈夫人了？

张仲景：是我让他在药汤里加萝卜籽，才救了陈夫人，这事儿瞒得了别人，却瞒不过你。

任彦成变了脸色：怎么，你怀疑我跟这个小仆役的死有关？

张仲景不说话。

任彦成"哼"了一声，又笑了笑：师弟，你的脑子有些错乱了吧？难道我，一个医官，能杀得了一个仆役？我又何必杀他呢？你加不加萝卜籽，出了事情得你自己兜着啊，跟我有什么关系？

张仲景有些生气：师兄，凭良心讲，我可是为了你，才这样偷偷加萝卜籽的。

任彦成笑了：这个，我也猜到了，谢谢你。即使你不这样做，大不了主公怪罪我，免了我这个医监，我正好省得在府里受煎熬了。这刺史府就像个大监狱，我们这些医官，白天进来服刑，晚上给放回家去。犯人服刑还有个期限，我们却是没期限的。犯人服刑，不用担惊受怕，我们却是随时可能掉脑袋的。所以说，你这么做，我谢谢你。你不这么做，直接给陈夫人服用萝卜籽，让主公把我赶出去，我也会谢谢你。

张仲景：如果我当时改了方子，你想你这会儿会在什么地方？仅仅是被赶出去？

任彦成不说话了。

张仲景：我当时就反对你那样用人参，你不听，要坚持，你是真不懂吗？

任彦成：我……

张仲景：我今天来是想提醒你，甭把别人当傻瓜！你是一个医师，你做事要凭医师的良心！

任彦成叹了口气。

张仲景：我劝你还是别搅进别的事情中去！

任彦成：师弟，你要信任我，我没有害那个仆役。

张仲景：反正该说的我都说了。

任彦成皮笑肉不笑地：好，好。

张仲景：我还想告诉你，蝉儿的眼睛，快治好了。

任彦成：太好了！看来你的医术，的确是比我高明啊！等她眼睛好了，你就收下他，让她陪伴你吧。

张仲景：我本来想说，当初是你买下她的，我是不是应该完璧归赵？

任彦成：哪里哪里？几个臭钱算什么？你才是让她重见光明的大恩人哪！再说，她肯定不愿意跟我的，我岂能夺人所爱，又强人所难。

张仲景：夺人所爱？天地之间，我只爱雪莹师妹。师兄要是怕强人所难的话，我就让她在我家里，先住下吧。

任彦成：是啊。

张仲景：那我，告辞了。

任彦成看着张仲景离去的背影，长叹了一声：师弟，我要是你，该多好啊！

32

刺史府内。蔡夫人住处。黄昏。

蔡夫人进了晚膳,正挺着大肚子在室内溜达。

锦儿亦步亦趋地跟在蔡夫人身后。

蔡夫人:锦儿,你老跟着我干吗?

锦儿:夫人,您身子这么重了,万一有个闪失,我们做奴婢的还不被主公千刀万剐了。

蔡夫人:还不知道是男是女呢,也不知道将来,能不能派得上用场?

锦儿:就算是个女孩,那也是主公的掌上明珠啊!主公肯定爱如珍宝的。

蔡夫人:但愿如此吧。

锦儿:夫人,下个月这个时候,您就该生了吧?

蔡夫人:算算日子,是差不多了。

锦儿:所以您可千万要小心哪,千山万水都闯过来了,就差最后这一步了。

蔡夫人:可不是坐着就是躺着的,真让我难受,我现在就想走走。

锦儿上前搀扶:夫人,您小心。

外面的仆役:主公驾到。

锦儿急忙跪下。

33

刺史府内。蔡夫人住处门口。白天。

刘表在张成的陪伴下走进来。

蔡夫人:主公,贱妾无法行礼,请主公恕罪。

刘表扶住蔡夫人:快到床上坐下,看你挺着这么大的肚子走来走去的,真让我害怕。

蔡夫人笑着坐到了床边。

刘表伏下身子,蔡夫人吓了一跳:主公。

刘表:别怕,让我听听你肚子里的小宝贝在干什么。

刘表将头贴在了蔡夫人的肚子上,仔细地听了起来。听了一会儿,笑了。

蔡夫人：主公，你听出什么了？

刘表：听见他说，父亲，孩儿想出来见您呢。

众人都笑了起来。

刘表起身：夫人，最近身子好吗？

蔡夫人：很好，已经没什么反应了，就是想吃。

刘表：也不能吃得太多了，免得你生孩子的时候，没了力气。

蔡夫人羞怯地撒娇：主公！

刘表：万一要用什么药，可一定要谨慎。陈夫人前些天吐血晕厥，就是煮药的时候出了点问题。你可千万不能出任何问题。

张成：主公，医署里医术最高明的，就是南阳来的两位师兄弟了。

刘表：是啊。不过任医监比起张医监来，还是要差一点。我能得到张仲景，真是列祖列宗给我的一大赏赐啊！记住，往后夫人的用药，要全交给张医官，一定要让他亲力亲为，从开方、抓药、煮药到尝药，全都交给他就行了。

张成：是，卑职一会儿就到医署去传达主公的话。

34

刘琦公子府。园中。白天。

刘琦在冬儿的服侍下，正在园中赏花。

两只蝴蝶飞来，刘琦：冬儿，抓蝴蝶！

冬儿：别抓！它们飞得多好看哪，就让它们自由自在地飞吧。

刘琦：你说这两只蝴蝶，在做什么呢？

冬儿笑：谁知道呢？

刘琦：我看，是在谈情说爱。

冬儿笑得更羞涩了。

刘琦：冬儿，你说，我们要是这两只蝴蝶该多好啊。

冬儿：傻样！放着刺史的公子不当，倒愿意当蝴蝶。

刘琦：当这公子有什么好？整天关在这院子里，像个囚犯。我真想长上两只翅膀，飞出去。

冬儿：你啊，就是玩心不改，又想招蒯先生骂你啦。

蝴蝶落到牡丹上，又飞走了。刘琦走到牡丹花丛前，凝神看着满眼的牡丹。

冬儿也过去看：这些牡丹，开得可真艳啊！

刘琦掐下一朵牡丹，插在冬儿的头上。

冬儿得意地扭了扭脖子。

刘琦情不自禁地捧住了冬儿的脸蛋，冬儿愣了一下，扭头躲开了。

35

刺史府内。蔡夫人住处。夜。

刘表：夫人，今晚，我就在你这里歇息了，听听我的孩儿会跟我说些什么。

蔡夫人：主公，您还是到那边去吧。妾有孕在身，也无法侍奉主公。

刘表抚摩着她的肚子：夫人，你真是贤惠啊！但凡女人都有嫉妒心，你却是一点都没有。

蔡夫人：主公不要这样说，我可不想成为众矢之的。

刘表笑：哈哈！有我宠着你，你怕什么？

蔡夫人：主公要是真宠我，就多到那边去，让陈夫人觉得她没有失宠，才是贱妾的福气呀！

刘表：好好好，好不容易来一趟，还被你赶出去了。

蔡夫人微笑着把刘表送了出去。

36

张仲景住处。院内。白天。

蝉儿头上扎满了针，像个刺猬。

张仲景在一根一根地拔针。众人都在旁边看着。

拔完针，英姑过来，将蒙在她脸上的布一层一层地揭开。

蝉儿的眼睛，大而明亮。

影像由模糊变得清晰，最后，是清晰的英姑的脸。

英姑：看见了吗？

蝉儿：看见了，嫂子。

葛根拍掌蹦跳：看见了，看见了！

葛根跳到蝉儿面前：蝉儿姑姑，我是葛根。

蝉儿：葛根，葛根……

英姑又指了指雪莹。

蝉儿对雪莹：嫂子。

雪莹激动地点点头。

蝉儿又看到小宽。

英姑：这是你小宽哥。

蝉儿：小宽哥。

小宽也朝她点点头。

蝉儿最后看到了张仲景。

她跪倒在张仲景面前：大人……

两行眼泪从明亮的大眼睛里流出来。

张仲景：快起来，不要激动，不要流泪，对眼睛不好。

蝉儿：大人，您的大恩大德，我永生永世，也报答不了。

雪莹也过来搀扶她：快起来吧。

蝉儿站起身来，又环顾四周。

花，草，树木，一切，都是那么清晰，那么鲜艳，那么美好……

37

张仲景卧房。夜。

雪莹：他爹，蝉儿眼睛好了，你打算怎么安排她？

张仲景：本想将她送还给师兄，可师兄不肯要，我想，先让她住下吧。

雪莹：蝉儿是个好姑娘啊，看着她那么清纯，一点都不像是从那种脏地方出来的。

张仲景：是啊，她那双大眼睛，因又能看见光明，才格外有了神采。他娘，你不知道，治好了一个病人，做医师的心里有多么高兴！

雪莹试探地：他爹，这些天我已经把她当妹妹了。我看，你就收下她做个二房，让我和她永远做个好姐妹吧。

张仲景生气地扭过身来：你说什么？

第十六集

1

张仲景卧房。夜。

雪莹淡淡一笑：他爹，蝉儿的确是个好姑娘，我是真想成全你们。

张仲景在屋里走了一个来回，然后坚定地：雪莹，我今生今世，决不会做这种事！

雪莹：你这是何必呢？现在你也是个当官的了。当官的三妻四妾，是司空见惯的事。你把蝉儿收了房，也许她能再给你生几个娃娃呢。

张仲景：你看宛县的乔大人，夫人生不了孩子，他也不肯纳妾，因为他家有祖训，一律不许纳妾。我们张家没有那样的祖训，那是因为家里太穷，根本没有纳妾的可能，而从我这一辈开始，也要立下这个不许纳妾的规矩！

雪莹分明有些高兴，但嘴上却仍在劝：何必这样呢！蝉儿真是一个好姑娘，连我都喜欢，更不要说你们男人了。我不想因为我，让你委屈了自己。我真的不会妒忌，会对蝉儿很好的。

张仲景：我不是怕委屈了自己，是怕委屈了你，也怕委屈了蝉儿。

雪莹盯着张仲景，露出疑惑的表情。

张仲景不说话了。

雪莹：你说啊，怎么不说了？

张仲景：说出来，你可不许生气。

雪莹：当然不生气了。你要是说句话我就生气，我还会让你收蝉儿吗？

张仲景：在蝉儿心里，我是他的恩人，但并不是她喜欢的人，更不是她愿意托付终身的人。我不能因为这点恩情，就强她所难。我们行医的人，应该只想着治病救人，而不能希图病人的回报。如果你希图回报，那你的心就邪了，你这个医师，就做不好，也做不长了。所以说，我决不会因为对蝉儿有恩，就把她收房的。

雪莹有些嫉妒地：你倒替她想得很周到啊，这么体贴？

张仲景笑：你看你，说不生气，结果我说出来，你还是生气了。

雪莹一扭身：谁生气了？

2

医署。白天。

张成和任彦成进来。

张成高声地：传主公的话！

众医官急忙停下手中的活，躬身站好。

张成：医监张仲景，医术精湛，屡立奇功，今蔡夫人将临盆待产，特命张仲景自即日起，负责蔡夫人从开方、抓药、煎药到尝药的各项事宜，其他医官及仆役人等均不得插手干预，只由内务主管张成、医监任彦成从旁监督。

众医官：是。

张成走过来对张仲景：张医监，主公将如此重任，交与阁下一人，其中的意思，大人一定要领会啊！

张仲景点头：主公如此错爱，卑职一定尽力！

张成呵呵笑：你一定要谨慎用药，亲力亲为，尽心尽力，不辜负主公对你的殷殷期待呀。

张仲景：卑职明白。

3

刘表官邸外花园。白天。

刘表问张成：我的话，传给医署了吗？

张成：已经传了。

刘表：很好，这下我就高枕无忧，等着抱孩子了。

张成：主公，臣有句话，不知当讲不当讲。

刘表对众侍女：你们退下吧。

众侍女退走。

4

花园一绿树掩映之隐蔽处。白天。

刘表对张成：有话就说，有屁就放吧。

张成：主公，卑职总觉得，最近府里的空气，有些不对劲。

刘表：怎么不对劲了？

张成：主公，最近陈大将军老往陈夫人那里跑，几乎是一天一趟啊，说来就来，说走就走，这刺史府都快成他家的菜园子了。

刘表叹口气：大将军毕竟是夫人的哥哥，我也不好说什么。

张成：可府里也有府里的规矩啊。他儿子陈龙，现在是侍卫军统领，所以他才能如此方便地进出府里。主公掌管着荆州，而他陈家却掌管着府里，这事情，似乎有些不妥。

刘表：我有时候心里也憋气。就说那天吧，我去看陈夫人，结果他也在那里，而他什么时候来的，我一点都不知道。

张成：而现在，又到了蔡夫人生产的关键时期，这府里的侍卫，可一定要严格啊。您想，前次陈夫人昏迷得莫名其妙，苏醒得也扑朔迷离，这事情要是发生在蔡夫人身上，那就危及她肚子里的孩子了。

刘表一惊：你是说，有人敢打我孩子的主意？

张成：卑职可不敢瞎说。但卑职管着府里的内务，前次陈夫人病重，卑职就很自责，这次要是再出什么乱子，小的就是一死，也弥补不了自己犯下的过错啊。

刘表点点头：谨慎小心，倒是没错。你让陈龙将军加强府里的警卫就是。

张成：可他只要在位，陈家人就能通行无阻，我们也不好管，这不是个办法呀？

刘表勃然大怒：你竟敢怀疑陈家……

张成吓得跪下：小的不敢，就是怕出乱子……

刘表：这些话，是蔡瑁叫你来说的吧？

张成：没有没有，是小的自己斗胆说出来的，情愿领罪。

刘表点点头：是啊，那你有何良策？

张成愣了：这……小的能想得出什么好主意？主公何不问问众位大人？

刘表：好，你提醒的是。

5

医署药铺。白天。

一长溜排队等待看病的病人。

张仲景正在给一个病人把脉。

一个候诊的老年病人对身旁一个候诊的中年病人：张医官要能天天都给我们看病多好啊。

中年病人：他是刺史府里的医官，隔两天能出来给咱看一次就是咱们的福气了。

老年病人：荆州城里多少疑难杂症，都让张医官给看好了，这天下的医师要都有他这身本领，该多好啊，也不用病人都来排队，把他累个半死。

候诊的病人中有一个年轻些的男子，在仔细地听着人们的议论，他毫无病容，完全不像个病人。

他仔细地观察着张仲景。

张仲景在按压一个病人的腹部……

张仲景在看病人的舌苔……

张仲景在看病人的耳郭……

6

大将军府。客厅。黄昏。

陈羡回到家中，将官服脱下。

一侍女帮她脱去衣服，走了。

陈羡坐下，烦闷地摇起了扇子。

陈龙进来：父亲。

陈羡：龙儿。

陈龙：父亲，今天议政如何？

陈羡：主公一副心不在焉的样子，大家也不好多说什么，瞎议论议论就散了。

陈龙：您进府见了姑姑吧？

陈羡：今天没去，去多了，你姑姑说，怕有人说闲话。

陈龙：姑姑的胆子也太小了。

陈羡一斜眼：你胆子大，只怕要闯出大祸来！

陈龙：怎么会呢？孩儿知道分寸的。

陈羡：唉，一想到你姑姑在府里处于险境，而那个贱人却在踏踏实实地生孩子，我心里就烦得慌。

　　陈龙：我今天也听说，主公把她生孩子的事，完全交给了张仲景。

　　陈羡：是啊。这个张仲景，到底能不能为我们所用呢？

7

　　张仲景住处。院内。黄昏。

　　英姑正从院子里抱一捆柴火，到厨房里去烧火做饭。

　　蝉儿在院中坐着，东看看，西看看，十分无聊。

　　英姑看了蝉儿一眼，嘟嘟嘴，进去了。

8

　　张仲景住处。厨房内。黄昏。

　　英姑将柴火塞进通红的炉灶中，嘴里嘟囔：这小妮子，倒找到个吃闲饭的好地方了。

　　雪莹在灶上忙活，回头：你说谁呢？

　　英姑：还有谁？院子里坐着的那位。眼睛也好了，干吗啥活都不干，整天那么坐着啊？咱家凭什么养着她啊？！

　　雪莹：你现在说她坏话，将来她要是成了少奶奶，该给你穿小鞋了。

　　英姑一惊：她？张大人有这意思？

　　雪莹：我昨天问他，他不答应。

　　英姑：就是嘛！张大人那么好的人，就算纳妾，也要纳个正经人家的姑娘，怎么能要她？

　　雪莹：你说话太刻薄了。又不是她自己要去那地方，她可是个好姑娘啊！

　　英姑：那也不行！嫂子，你可别犯傻，你跟张大人感情那么好，干吗中间再插进来个人啊？！

　　雪莹：可她，也得有个归宿啊！

　　英姑：让她给我打下手啊，烧火，做饭，洗衣服……

　　雪莹：她细皮嫩肉的，可干不了这些活。

　　英姑：那我们干活的时候，让她给我们弹琵琶，咱也听听……

　　两人都笑了起来。

9

张仲景住处。院内。黄昏。

小宽进来，拎着两个口袋，是买回的药材，还有蔬菜。

蝉儿：小宽哥。

小宽：蝉儿。

蝉儿：小宽哥，明天，你让我去买菜吧，你专门去买药，也不用这么辛苦了。

小宽：没事儿，我忙得过来。过些天，我准备在这条街上开个药铺，全家人也不能都吃师兄一个人的俸禄。

蝉儿：是啊。那你一忙，这买菜的活儿，就交给我干吧。

小宽：你在家里闷得慌啊？

蝉儿：是啊，老这么坐着，怪烦的。

小宽：师兄说，你的眼睛，还需要休息。

蝉儿：不用了，我能干点活，不能老这么吃闲饭，你就让我去吧。

小宽：好吧，明天你跟我一起去，多跑几趟，以后这买菜的事情，就可以交给你了。

蝉儿：谢谢小宽哥。

10

大将军府。客厅。黄昏。

陈龙：来而不往非礼也。他们想害姑姑，咱也得害他们。咱也可以打入医署，想办法偷偷做掉那个贱人。

陈羡：谈何容易啊？医署现在是蔡家的地盘，那个贱人的看护，又全交给了张仲景。

陈龙：好在没交给任彦成。您不是说，张仲景救了姑姑，跟他的师兄不一样吗？

陈羡：可又怎么能说服他，去害那个贱人呢？

陈龙：事在人为，父亲何不从那个郑奇身上打开缺口，先插进医署，慢慢观察形势，看能不能说动张仲景。毕竟他和蔡家，是少有瓜葛的。我今天已派手下，到府里办的那个对外的医署药铺里去查这个张仲景，看他到底是什么情况。

陈羡：好！这个张仲景，的确有些让人费解，你给我好好查查！

11

刺史府内。白天。

刘表和王粲在一起。

刘表：王大人，你对荆州下一步的治理，有什么妙策可以告诉我啊？

王粲：主公，荆州现在文有蒯进蒯大人，武有陈羡和蔡瑁两位将军，哪里还用得着我来多言呢。

刘表：你可不要推辞。蒯大人年事已高，他也是荆州旺族，有自己的私心，又素与陈大将军走得近，他的话，我也不能全信的。你是个局外人，旁观者清，我倒很想听听你的意见。天下人都说你年少好学，满腹经纶，多谋善断，你也得跟我倒一倒啊。

王粲：那都是浪得虚名。至于荆州下一步的治理，我以为最重要的是扩大种粮的土地数量，应鼓励各地农人垦荒，只要荆州和各郡的粮仓充实，我们的日子就会好过了。

刘表：有道理。你可尽快函告各郡办理此事，凡垦荒百亩者，奖耕牛十头，免税粮一年。

王粲：好，我这就去办。

刘表：我还有一事，想问问你。

王粲：主公所问何事？

刘表：我的如夫人蔡氏，已经身怀六甲，而陈家和蔡家的矛盾，也因此加剧。先是陈夫人劝我分一分蔡将军的权，蔡将军又让人来劝我，不要再让陈龙将军统领侍卫军，我一时有些两难，不知该如何是好。

王粲：这可是主公的家事，我实在不好多言。

刘表：你就说说吧。现在整个荆州，不是陈家的人就是蔡家的人，文武百官，都与他们有些瓜葛，只有你置身局外，我想听听你的。

王粲：主公，请到后边说话。

12

刺史府中。刘表卧室。白天。

刘表和王粲进来。

王粲：主公，这可是你先问卑职的，否则卑职绝对不敢干预您的家事。

刘表：你就快说吧，别婆婆妈妈的。

王粲：陈夫人和蔡夫人，都是您的夫人，一正一偏，按照常理，当然是正室为尊。所以让陈龙掌管侍卫军，本是很妥当的安排。可眼下，蔡夫人怀着您的孩子，万一有个闪失，瓜田李下，陈家难以避嫌。一旦因为什么事情闹腾起来，主公将左右为难。

刘表：是啊，陈蔡两家，本是我的左膀右臂。陈夫人是我的结发之妻，我能在荆州坐稳刺史之位，首先要依靠的，当然是陈家。可蔡家也是荆州旺族，与陈家素来不和，当初我下决心与蔡家联姻，才稳住了荆州的大局。可也招来了麻烦，两个亲家你争我夺的，也不是一天两天了，矛盾越闹越大，真怕出什么乱子。

王粲：所以在眼下蔡夫人怀有身孕的非常时期，主公应该找个第三者，平衡陈蔡两家，这样才于您有利啊。

刘表：第三者？谁呢？

王粲：主公，何不调驻守江夏的黄祖大将军回来？

刘表：黄祖？

王粲：是啊，他以前是护卫中郎将，统管过侍卫军，后来主公为了防备江东孙权，才把他调到江夏，眼下让他回来管住侍卫军，陈蔡两家，都没有话说。

刘表：黄祖为人率直鲁莽，掌管侍卫军，只怕要得罪许多的人。

王粲：正因为率直鲁莽，陈蔡两家，才都拉拢不了他，主公才可以高枕无忧啊。

刘表点头：有道理。可他回来了，陈龙往哪里摆？

王粲：让他任长沙太守，接替他父亲，这样陈羡大将军就可以专心留在荆州，辅佐主公了。

刘表摇头：不妥不妥，那陈羡一定也会要求免了蔡瑁的武陵太守，这样两家才能平衡。

王粲：这倒有些难办。那这样吧，让黄祖回来任侍卫军副统领，在陈龙之下，仍兼江夏太守。

刘表：黄将军会愿意吗？

王粲：会的，毕竟回到了荆州，比他在边境上强。虽成了副职，但他还是大将军衔，仍遥领江夏，他是可以接受的。

刘表：可官如果在陈龙之下，又如何节制得了陈家？

王粲：主公，侍卫旧部，跟随黄祖多年，谁真心听陈龙一个毛孩子的？只要黄将军到，陈家的侍卫之权，就算夺下来大半了。

刘表点点头：我这样做，也不是故意为难陈家。关键是蔡夫人肚里的孩子，让陈家眼馋。

王粲：是啊，在下又哪里想为难陈大将军。我有几个脑袋，给陈夫人和大将军砍的？但权高震主，天下人议论纷纷，对陈家也不利。主公调黄将军回来，也是为了陈家呀！

刘表点点头。

13

张仲景住处。院内。白天。

小宽出来，看到蝉儿。

小宽：蝉儿，准备好了吗？

蝉儿点点头。

小宽：那就跟我走吧。

英姑出来看到，忙拦住小宽：你要带她去哪里？

小宽：她说，要帮我去给家里买菜，我答应了，先带她去看看。

英姑愣了一下，没说什么。

14

张仲景住处外街道上。白天。

小宽和蝉儿两人出来，沿着街道朝一个方向走去。

走出好远，镜头里闪出一个黑衣背影，跟上了两人。

15

菜市场。白天。

小宽在前，蝉儿跟着。

小宽指着地摊上摆着的一篮豆角：以后记住买这个，我师兄特别爱吃，隔三岔五，总要吃一回的。

蝉儿点头：记住了。

刚才那个黑衣人也佯装买菜，不远不近地跟着他们。

16

菜市场另一角。

黑衣人走到拐角处，碰到另一个黑衣人，两人耳语了几句。

17

大将军府。客厅。白天。

陈羡在看书。

陈龙走进来：父亲。

陈羡：什么事？

陈龙：已经查出张仲景的一点事情了。

陈羡：你说说看。

陈龙：昨天我派人盯梢，张仲景家里出来一男一女，男的是他的师弟卫汛，小名小宽，女的以前是映月楼的一个歌女，叫蝉儿。

陈羡：这又怎样？

陈龙：这个歌女，以前是映月楼最红的姑娘，所以被我的手下一眼认出。她以前曾被护卫中郎将黄祖包养过。

陈羡：黄祖？

陈龙：黄祖到江夏后，他家夫人就把这个歌女扫地出门，使她又回到了映月楼。这个歌女，眼睛瞎了。不想几个月前，被人买走了，大伙都不知道买主是谁。昨天看她从张仲景家出来，才知道买她的居然是张仲景，而且，她的眼睛也好了。

陈羡：说了半天，这些都有什么用呢？

陈龙：黄祖是被父亲排挤到江夏去防备孙权的，是我陈家的对手。这张仲景喜欢上他的女人，也是黄祖的对手。对手的对手，不就是朋友吗？如果黄祖一旦回来，如何饶得了张仲景？张仲景要想平安无事，自然要投靠我陈家。

陈羡：一个歌女，至于让他卖身投靠吗？

陈龙：如果黄祖回来了，他能不紧张吗？

陈羡：黄祖回来，紧张的不是张仲景，而是我们陈家啦。他能不嫉恨我们当初把他赶出荆州吗？你小子，知道个屁！

陈龙：那您说，这就一点用都没有？

陈羡：先要测试一下，张仲景对这个歌女，到底喜欢到了什么程度。如果真是喜欢得不得了，或许还有用。

陈龙：尝药的郑奇那里，我也派人盯梢了，一点异常也没有。他孤身一人，至今未婚配，是个怪人。

陈羡：其实也不怪。尝药可是个苦差事，每天都要喝下几碗药，不知道哪天就得个什么莫名其妙的病，你说，哪个女人愿意跟这样的男人？他们的寿命，很少有过五十的。他们可都是天天喝苦水的主啊，争取过来，许下重诺，倒是有可能的。

陈龙：那我把他约出来，谈谈？

陈羡：先不要轻举妄动，免得打草惊蛇。等等吧。

陈龙：父亲，老是等、等、等，要等到什么时候？要等到仆役把屎拉到咱们脖子上吗？

陈羡没有作声。

18

街道上。黄昏。

尝药的郑奇在走路。

一黑衣人在后面拍了拍他的肩膀。

郑奇回头。

黑衣人：郑奇，我家主人想请你去吃顿饭。

郑奇惊讶地：你怎么知道我叫郑奇？你家主人是谁？

黑衣人：我家主人，是你的旧相识。他说，你去了就知道了。

郑奇：旧相识？那好吧，我去会会。

郑奇跟黑衣人一起走去。

19

映月楼一包间。黄昏。

一桌酒席。

陈龙。平民装束。

一位歌女在演奏古琴。

黑衣人领着郑奇走了进来。

郑奇看着陈龙。

陈龙：郑奇，幸会呀。

郑奇揉了揉眼睛，有点不敢相信。又揉了揉眼睛：阁下是……陈将军？

陈龙点了点头。

郑奇吓得腿一哆嗦，回头看黑衣人。

黑衣人在他腰眼里顶了一下。

郑奇慌张地坐到了陈龙对面。

陈龙：先听支曲子吧。

20

医署药铺。黄昏。

张仲景正在给最后一个病人把脉。

张仲景为病人开方。

他把开好的药方交到病人手上：记住，吃完七服后再来找我。

病人感动地：谢谢张医官，你为我回家晚了。

张仲景摆手：没事的。

病人把方子交与药工拿药。

张仲景起身对药工：小范，我走了，你走时记住锁好门。

药工：放心，您走好。

张仲景刚出门不远，一个人影由门外闪进来。

药工对来人：你来得太晚了，今天不看病了。

来人：我不是来看病的。

药工把给病人拿的药递到病人手上，送病人出门，这才转身过来对来人：先生，那你来此有何贵干？

来人：我在刺史府里账房中做事，上边让我来问问药铺每天的收入要分给张医官多少？

药工一笑：张医官分文不取，每日所收全交给医署，他说他已有官俸，再拿钱就属贪占。

来人：真的？

药工：不信你们可以来查账嘛！

21

映月楼包间一角。

歌女在演奏古琴。

镜头环绕包间一圈。名画。高山流水。

琴声悠扬。

22

映月楼包间。酒桌前。

陈龙似乎在专注地听琴。

郑奇完全没有心思，时不时拿眼睛瞟陈龙，神色颇为紧张。

琴声停下来。

陈龙使了个眼色，黑衣人和歌女都退下了。

23

蔡瑁住处。夜。

蔡瑁、张成。

蔡瑁：今日议政，主公突然宣布，要调黄祖将军回荆州，任侍卫军副统领。

张成一拍大腿：太好了。

蔡瑁：看来你上次跟主公说的话，是起了作用了。

张成：主公看来是对陈家越来越提防了，比我们还想让黄将军回来呢。

蔡瑁：黄祖一向与陈羡不和，他这回回来，我们一定要把他拉过来，彻底架空陈羡老儿。

两人都点头微笑。

24

映月楼包间。夜。

陈龙：郑奇，没想到我会请你来吧？

郑奇站了起来，又坐下：小的岂敢与陈将军对坐，折杀小的了！

陈龙：是家父让我来请你的。家父对陈夫人吐血晕厥一事，很有怀疑……

郑奇：此事我已经跟大将军说清楚了，再问，也说不出什么来了。

陈龙大笑起来。

郑奇看着他：将军笑什么？

陈龙：我笑你身在悬崖，却不自知啊！

郑奇：此话怎讲？

陈龙：最近那个给陈夫人煎药的小仆役豆粒死了，估计是被杀人灭口了。家父让我告诉你，要小心提防，因为下一个要被灭口的，很有可能就是你！

郑奇吓得脸色苍白。

陈龙：真正知道内情的，除了仆役，就是任医监、张医监，任是蔡家的走狗，张是他的师弟，不需要他们提防，他们不放心的，就是你啦！

郑奇哀声：陈将军，救我！

陈龙：不为救你，我不会请你来。可你要对我说实话，真相到底是什么？

郑奇：将军，附耳过来，我告诉你。

25

大将军府。客厅。夜。

管家进来禀报：大将军，太傅来了。

陈羡一惊：深夜来访，必有要事，快请。

管家出去。

蒯进进来：大将军，换个地方说话。

26

大将军府。一密室。夜。

烛火摇曳。

蒯进：大将军，今日老夫查看文书，发现主公发出刺令，要调黄祖回荆州！

陈羡大惊：啊？怎么事先一点消息都不知道？

蒯进：就是啊。主公没有和我提及此事，太不寻常。叫黄祖回来，居然是任侍卫军副统领！

陈羡：岂有此理？刺令发出了没有？

蒯进：已经发出了。追是追不回来了。

陈羡：看来主公一定是听信了谗言，才会如此行事！

陈羡在室内走了两圈，又不安地坐下：黄祖此人，一直是我陈家的对头，他一回来，主公更不会听我们的话了！

蒯进：我们也不能听之任之啊！

陈羡：不过黄祖此人，与蔡瑁走得也不近，此人心高气傲，不见得听他的话。

蒯进：木已成舟，也不好跟主公说什么了。只是将军要多加防备啊。

陈羡：谢谢蒯大人深夜前来与我说这些话，您是琦儿的老师，琦儿您要好好教导啊。

蒯进叹了口气：我也是勉力为之吧。我现在担心的，万一蔡夫人生下儿子，主公将来策立此子为荆州之主，蔡家进一步坐大，你我两家就没有好日子过了。

陈羡：没有那么简单，我陈羡也不会坐以待毙！

蒯进：大将军有什么行动？

陈羡后悔失言：行动也没什么行动，但对策还是有的，蒯大人等着瞧吧。

27

映月楼包间。夜。

陈龙点点头：你所说的真相，我回去就禀告家父。你是个尝药的，每天都要喝下那么多苦水，也受够了蔡家的气，要想脱离苦海，就要奋力一搏！大是大非面前，你要挺身而出啊！

郑奇流泪：将军，下官受的气，实在比喝的药还要苦！为主公、夫人尝药，是下官的本分，再苦也是应该的，毕竟拿着俸禄。可蔡家那些个走狗，哪怕是服侍他的一个小丫头，用起药来，也居然要我们来尝！她一个丫头的命，比我的命还值钱，你说，这是什么世道？

陈龙点头：好，你有这个意思，我就放心了。

郑奇：将军，你到底要我做什么？

陈龙：要你做什么，到时候自然会告诉你！今晚你我说的话，天知地知，你知我知，你可跟谁都不能提。

郑奇：这是自然，这是自然。

28

张仲景家。夜。

小宽办的小药铺里。

小宽在炮制药材。

张仲景在一旁的书案前就着灯光写着什么。

小宽做完了手上的活，打了个哈欠：师兄，你白天累了一天，咱们都去睡吧。

张仲景头也没回地：待我把几个病案记完就睡。

小宽：还是在为写书做准备？

张仲景：是呀，没有对大量病案的研究，咋能得出结论呢？

小宽：师兄，受你的影响，我日后也想写本书哩。

张仲景闻言回过头来：好啊，做人就该有一番雄心壮志。

小宽：我这些年跟着你给好多娃娃看脑病，我将来把这个总结总结，要能写一本《小儿颅囟方》就好了。

张仲景高兴地：好，好，我支持……

29

大将军府。密室内。夜。

陈羡正在来回踱步。

陈龙进来：父亲，怎么还没安歇？

陈羡：蒯大人刚走，你与郑奇谈得如何？

陈龙：郑奇把该说的都说了，也答应到时候为我们效力！

陈羡：好！蒯大人刚才来说，主公已下刺令，调黄祖回京，任侍卫军副统领。

陈龙一惊：啊？

陈羡：主公是瞒着我们偷偷干的，此事已无法挽回。估计黄祖这一趟回来，怎么也得两个月，你一定要将侍卫府中他的残余人马，尽数撤换，让他回来之后成为孤家寡人，难于兴风作浪。

陈龙点点头：主公为什么要这样干，是不是不信任我们了？

陈羡摇头：主公在政事上还是要仰仗我们。他调黄祖回来，是想对我们有所牵制。但黄祖一旦与蔡家合流，我们就要防备了。而现在最大的危险，还是蔡夫人的肚子。蔡夫人一旦得势，蔡家的势力就起来了。所以要在郑奇和张仲景身上，加大力道，让他们帮咱们悄无声息地除掉蔡夫人。

陈龙沉思片刻。

陈龙：父亲，郑奇已经攻下来了，到时候让他投毒下药，他多半愿意。而张仲景呢，我原想在府里对外开的医署药铺的账目上查出点毛病，以作为拿下他的把柄，可看来这人不贪财；不过我刚刚想出一计，正好趁黄祖回来……

他走到父亲身边，附耳低语。

陈羡边听边点头：此计甚好，但咱们还是先礼后兵，先动之以情，晓之以理，让张仲景归附我们。

30

张仲景住处。客厅。白天。

张仲景伸了一个懒腰，打了一个哈欠。

雪莹：好不容易在家歇息一天，怎不多睡一会儿？

张仲景：睡不着啊，那个蔡夫人的肚子，老在我眼前晃悠。我今天休息一天，明天进了府，可就再也休息不了了。

雪莹：我看你今天兴致不错，是不是让蝉儿给你弹个曲子？

张仲景笑：他娘，你不是还想拿蝉儿考验我吧？

雪莹：什么话？我也想听听啊，大家伙都想听听。

张仲景：那好吧，到院子里去，让大家都听听。

31

张仲景住处。院内。白天。

众人在一棵大树的树荫下，蝉儿坐在另一边。

蝉儿弹起琵琶，大珠小珠落玉盘。

众人都听得有些呆了。

雪莹对张仲景：要是让蝉儿长久留在这里，以后大家都有的听了。

张仲景却在发愣，突然冒出一句：但愿蔡夫人能平安无事地生下孩子，我们又可以过一关了。

雪莹：过什么关呢？

张仲景：夫人的病，就是我们的关。她们生孩子，更是我们的一大关口。什么时候是个头啊？

雪莹：你在听曲子吗？

张仲景回过神来：在听，在听。

敲门声响起。

32

张仲景住处。门口。白天。

小宽过去开门。

一个黑衣人：是张医监家吗？

小宽：正是。你是……

黑衣人：我是西门外黄大户家的用人，我家主人突然病倒，想请张医监去看看。

小宽：我家先生是府里的医监，不能到民间出诊，否则就是违制。

黑衣人：我家主人是陈大将军的亲戚，这里有他托陈大将军写的亲笔信。

小宽接过信来：你在这里等着。

黑衣人点头：好，车就在外面备着呢。

33

张仲景住处。院内。白天。

小宽将信递给张仲景：师兄。

张仲景接过信来一看，愣了愣神，对雪莹：今天又休息不成了，陈大将军的亲戚，我得去看看哪。

雪莹噘了噘嘴。

34

一套豪华的民宅内。白天。

张仲景跟着黑衣人进来。

张仲景：病人在哪里？

黑衣人：请大人往里走。

35

民宅客厅内。白天。

陈羡身穿便服坐等张仲景。

张仲景进来，看见陈羡，吃惊地：大将军？

张仲景急忙施礼：下官参见大将军。

陈羡：快快请坐，请上座。

张仲景：大将军，病人在哪里？

陈羡笑：没有什么病人，是老夫特意请你来的。

张仲景吃了一惊：啊？

陈羡：上次陈夫人吐血晕厥，多亏张医监妙手回春，才转危为安。老夫一直感念，特备薄酒，聊表谢意。

张仲景：大将军言重了。救治陈夫人，是下官分内之事。为国家，为刺史大人，自当尽心竭力，大将军何须言谢呢？

陈羡：老夫请张医监来，除了表达谢意，也还有两件事情，想要当面请教。

张仲景：折杀下官了。大将军有事，但问无妨。

陈羡：第一，还是想问问陈夫人上次吐血晕厥之事，第二，是想听听张医监对时局的看法。

张仲景：陈夫人吐血晕厥之事，早已禀明主公，是煎药方法不对，主公和陈夫人，也都已经谅解了。至于时局……下官只是一名医师，只知看病抓药，哪里懂得什么时局，岂敢与大将军对谈？

陈羡：陈夫人上次出事，有人说，是人参过量所致，怀疑有人故意加大人参的剂量，想暗害陈夫人，而那个人，就是你的师兄任彦成！

张仲景一惊：大将军切勿听信谗言。陈夫人身体久虚，人参用量大一点，也并非误诊。同样的病，不同的医师，有不同的看法，有不同的治法，不同的治法，有时候也殊途同归，都能把病给治好了。治病的过程中，出点差错，其实也是在所难免的事情。人非圣贤，孰能无过？大将军千万要明察，任医监有几个脑袋，他怎么敢无缘无故暗害陈夫人呢？

陈羡笑：看来张医监不仅医术高明，而且能言善辩哪。

张仲景：并不是我能言善辩，而是医官们身处府中，动辄得咎，其实对府里、对医官都是不利的。

陈羡：此话怎讲？

张仲景：一个民间的医师，能进府成为医官，是光宗耀祖的事情，哪个不想干好？而治病的对象，是主公，是夫人，是公子，谁不知道责任重大？但医者能治病，不能治命，天下没有能包治百病的医师，也没有长生不死的人。如果因为病没治好，或者出了点差错，就把责任全算在医官头上，实在是不公平。医官们身处险境，畏首畏尾，反而不敢大胆用药，其实会耽误了病情，最终是对主公不利啊！

陈羡：好一张利口！看来张医监是饱学之士，那就好谈了。

36

张仲景住处。蝉儿房中。白天。

蝉儿正在擦拭琵琶，雪莹进来。

雪莹：你弹得可真好听，大家都听入迷了。

蝉儿：嫂子见笑了。好多天没弹，手都生了。

雪莹：根儿他爹自从进了府，老是愁眉不展，我真希望他每天都能听一段你的曲子，心情疏朗一点。

蝉儿：大人心不在焉的样子，好像根本没听呢。

雪莹：是府里的夫人要生孩子，都交给他负责，他压力很大。

蝉儿：大人很少在家里待呢。

雪莹：是啊，忙起来几天几夜，都在府里。这好不容易在家歇一天，又让什么财主给叫去了。蝉儿，我问你，你对将来，有什么打算吗？

蝉儿看着雪莹，摇了摇头。

雪莹：人这一辈子，总该有个归宿，特别是女人，更要有个归宿啊。

蝉儿：嫂子，我知道已经在这里待了很久，白吃白喝的，心里很过意不去。大人治好了我的眼睛，我实在是没法报答，还要赖在这里，真是说不过去。可我除了弹琵琶，什么都不会，除了映月楼，还能去哪里呢？而我又实在不想回映月楼去。

雪莹：嫂子就是再缺德，也不会把你再推回到那个火坑里去。我的意思是，干脆你我做个姐妹吧。

蝉儿愣了一下，跪下了：嫂子，您不是在试探我吧？我在黄将军那里，被他家夫人给打怕了，万万不敢动这个心思的。

雪莹扶她：你快起来。我不是试探你，而是真有这个心。你这个姑娘，太让人怜爱了，你越住在这里，我就越觉得，你像我的一个妹妹。你眼睛还没好的时候，我就暗暗发过誓，无论如何，也不能再让你沦落风尘了……

蝉儿：嫂子……

蝉儿扑在雪莹怀里大哭起来。

雪莹：别哭，别哭……

雪莹拍打着蝉儿抽搐的肩背。

37

民宅客厅内。白天。

陈羡：张医监，听你这一番见解，我知道你书读了不少。可你知道现在荆州的局势吗？

张仲景：愿听大人教诲。

陈羡：眼下的荆州，北有曹操、袁绍，东有孙权，两面受到威胁。曹操现在正与袁绍作对，两家迟早有一场大仗，暂时还顾不上荆州，可北方一旦平定，他必然会南下犯我。江东孙权，即位不久，又比较年幼，暂时也不会打我们的主意。可我家主公，杀了他的父亲和哥哥，此仇此恨，他是非报不可的。荆州地处天下要冲，沃野千里，是一块谁都想叼到嘴里的肥肉，眼下的歌舞升平，只是表面的假象，烽火狼烟，迟早是要来的。

张仲景：大将军言之有理。但在下只是个医官，哪里懂得这些国家大事？

陈羡：告诉你这些话，就是想说，荆州眼下正是危急存亡的关头，若不万众同心，抵御外侮，将来就会有灭顶之灾。可现在有人，只知争权夺利，还意欲谋反，你说，这样的人，能容他活着吗？

张仲景大惊失色：大将军说的是谁啊？

陈羡：就是蔡瑁蔡大将军。他自视熟稔水军，倚兵自重，连主公都不放在眼里，眼下又让主公把黄祖调回荆州，分明是想发动政变，然后和黄祖一起，投降孙权！

张仲景：啊！大将军有什么真凭实据吗？

陈羡：当然有。这是蔡瑁写给孙权的信，落到了我的手中！

陈羡拿出一封信，给张仲景看，张仲景看了看，也不知道是真是假。

张仲景：既然有真凭实据，大将军何不禀报主公？

陈羡：哪有那么容易？现在蔡夫人怀着主公的孩子，我怕主公心软，怀疑这封信不是真的，况且蔡瑁现在掌管着府中内务，一旦生变，主公措手不及。荆州府的水军，一直由他指挥，他若率水军叛逃江东，荆州危矣！所以只有另外想办法，才来找你。

张仲景：下官只是个行医治病的医官，哪里管得了刺史府内这样大的事？

陈羡：蔡家的气焰，一天比一天嚣张。眼看着就要图谋不轨，祸乱荆州了。为了荆州百姓不遭涂炭，我们只有拼死一搏！

张仲景：这……这下官实在是不明白。

陈羡：蔡瑁、张成这些人平日里专横跋扈，医官们是很清楚的，你会不知道吗？

张仲景：大将军这些话，应该跟主公去说，跟陈夫人去说，跟下官说又有什么用呢？

陈羡：我希望你帮助老夫，帮助主公，不动声色地扫平这场叛乱。蔡夫人现在身怀六甲，她一旦生子得势，蔡瑁就能在荆州为所欲为了。刺史大人百年之后，蔡家必然会投降江东，这不是荆州百姓的灾难吗？

张仲景：大将军，听了半天，下官越听越糊涂。蔡夫人生孩子是她自己的事，与荆州百姓有什么关系？难道不让她生下刺史大人的亲骨肉吗？刺史大人会答应吗？

陈羡：老夫哪里是那个意思？但你听说过武帝杀钩弋夫人的故事吗？武帝先杀了钩弋夫人，后立钩弋夫人生的儿子为太子，就是为了防止钩弋夫人乱政啊！

张仲景越听越害怕，沉默了。

陈羡：张医监，我的这些话，你回去好好想想吧。以后，我还会再找你的。不过今天你我的相会，你不要跟任何人说，否则对你我都不利。你纵使说了，我也不会承认的。

张仲景：下官明白。

陈羡：哪怕是老婆孩子，都不能讲，否则可能招来杀身之祸，你真的明白吗？

张仲景点了点头。

38

张仲景住处。蝉儿房中。白天。

雪莹：蝉儿，嫂子就听你一句掏心窝子的话，你到底愿不愿意？

蝉儿：嫂子，大人的大恩，蝉儿当牛做马，无以为报，一切全凭嫂子做主。

雪莹：那就好。不过根儿他爹那里，还转不过弯儿来，你听我安排。

蝉儿点点头。

39

大将军府。客厅。白天。

陈龙在焦急地等待着。

陈羡进来。

陈龙：父亲，怎么样？

陈羡叹了口气：这个张仲景，到底是名医，很不简单哪。

陈龙：他到底是个什么态度？

陈羡：我问起你姑姑吐血晕厥之事，他从容作答，侃侃而谈，倒把我给镇住了。后来我跟他谈起天下大势，蔡氏专权，他觉得事不关己，他只是个医官而已。直到我说起蔡家欲叛逃江东，他才有些害怕了。

陈龙：他明白咱要让他干什么了？

陈羡：我没有明说，但他，应该是模模糊糊地体会到了。

陈龙：他什么态度呢？

陈羡：他有点慌张。我不知道，他是觉得事情不该做，还是担心事发之后自己的安危。反正给他一段时间，让他再想想吧。

陈龙：他要是到蔡瑁那里去告密，怎么办？

陈羡：不会的。光他救你姑姑这一条，就说明他绝不是蔡瑁的人。他现在去告密，无凭无据的，不是找死吗？再说，看他的神情气质，绝不是一个投靠蔡瑁的人。

陈龙：我还是想在那个歌女身上，想想办法。

40

张仲景住处。张仲景卧室。夜。

张仲景坐着发呆。

雪莹：他爹，你怎么回来到现在一句话都不说呢？到底发生了什么事情？那个姓黄的大财主是什么病啊？

张仲景：他……没什么病。啊，他的病已经治好了。你别问了。

雪莹：看你这语无伦次的样子，肯定是有啥大事。既然你不想说，那你就安歇了吧，明天一早你还要进府呢。

张仲景：让我坐一坐，我还要想一想。

雪莹：想什么呢？要不说出来我也听听。

张仲景：你不能听，别问了。

雪莹出去了。

41

张仲景卧室门外。夜。

雪莹将一盆温水递到蝉儿手上，忧心忡忡地：他心情极度不好，怕是遇见了啥大事，我实在是解劝不了，要不你进去试试，只要能让他高兴起来就行，要不，我怕他的身子会垮掉的。

蝉儿迟疑了一下，接过了水盆。

42

张仲景卧室。夜。

蝉儿端着一盆水进来了。

张仲景看见蝉儿身子一震，不知道是怎么回事。

蝉儿：大人，洗洗脚吧。

张仲景：谁叫你进来的？

蝉儿有些惊慌：是嫂子。

张仲景一拍桌子：胡闹！我的洗脚水，为何要你端？

蝉儿更惊慌了：大人，您千万别怪嫂子，是蝉儿自己愿意的。您给我治好了眼睛，我给您端一盆水，又算什么？

"咚"！一盆水让张仲景给踢翻了。

蝉儿倒退几步，脸都吓白了。

张仲景气呼呼地指着她：你给我出去！出去！

雪莹出现在了门口，看着张仲景。

张仲景生气地指着雪莹：你，你……

雪莹示意蝉儿出去了。

雪莹：他爹，成亲这么多年，我还没见你发过这么大的脾气呢。

张仲景：你以后再敢叫她进这个屋，我就把她赶出去，赶到映月楼去！

雪莹：小点声！你疯了，让她听见。

张仲景慢慢冷静下来……

43

张仲景住处。小宽、英姑卧室。夜。

两口子在侧耳听着上房的动静。

小宽：师兄为何发这样大的脾气？我看看去。

小宽说着去披衣服。

英姑赶忙按住他的手，附在他的耳朵边说了几句什么。

小宽：师兄怎会纳妾？嫂子这是胡闹。

英姑：这一点，你可要好好学学人家张大人！

小宽一笑：咋，你不准我纳妾？

英姑捶了一记小宽：美得你，你也能纳妾了？！

44

张仲景住处。蝉儿卧室。夜。

烛光下，蝉儿在哭。

她收拾起了东西，将衣物放在了一个包裹里。

蝉儿又哭了几声。

蝉儿环顾屋子，又将包裹解开，将衣物一件一件地取了出来。

她靠在床上，闭上了眼睛。

蝉儿：大人，我知道，你是瞧不起我的。你怎么会瞧得起我呢？

45

张仲景住处。张仲景卧室。夜。

夫妻俩已经躺在了床上。

雪莹：他爹，你到底怎么了？怎会发这么大的脾气？

张仲景：这个事情，你以后再也不要弄了。我现在哪有心思弄这种事情？

雪莹：到底发生了什么事情？你今天一回来，神色就不对。我心里真有些害怕了。

张仲景：根儿她娘，我真想回一趟南阳，去看一看娘的墓。

雪莹：娘的墓？

张仲景：是啊。我要是死了，就埋在娘的旁边，让我到地下，也守着她老人家。

雪莹急忙抬手捂他的嘴：怎么说这些不吉利的话？根儿还这么小呢。

张仲景：根儿……根儿……

张仲景起身，说：我要去看看根儿。

雪莹：别去了，他睡着了，你去别给弄醒了。

张仲景：你们要平平安安的，大家都要平平安安的。告诉小宽两口子，还有蝉儿，这些天没事儿少出门。

雪莹：到底要出什么事儿啊？

张仲景：要出什么事儿，我不知道，可我感觉要出事儿。你也别问了，你问，我也说不清楚。看来，是要出事了……

第十七集

1

映月楼。一包间。夜。

陈龙和郑奇对坐。

陈龙：郑药官，今天请你来，是有事相求，我的意思，你明白吗？

郑奇：下官愿为将军出力，但你的意思，我还不太明白。

陈龙：跟你打开天窗说亮话吧。府里的蔡夫人一旦得势，蔡家就会乘势而起，把持荆州大权。当务之急，是要除掉蔡夫人。可如果连她肚子里的孩子也一并除掉，主公一定震怒，追查下来，我们难以逃脱干系。不过等她生了孩子之后，你在尝药的时候偷偷下药，除掉她，就是奇功一件！届时，主公也不会太下力追查，天下漂亮女人多的是，他再找一个就成。将来我陈家斗倒了蔡家，这官位嘛，可就任你取了。

郑奇摇了摇头：现在蔡夫人的诊断、开方、抓药、用药、煮药、尝药、服药，主公都交给了张医监一人，别人根本插不了手啊！就算我拼着身家性命不要，也还是难以办成此事。

陈龙：这个不要你操心，到时候我自有办法打通张医监这一关。现在是要问你，如果把毒药给你，你敢去下吗？

郑奇：小的已经把陈夫人吐血晕厥的真相，都告诉了将军，难道还有什么退路？

陈龙：那就好。事成之后，主公追查下来，我可以让你躲藏在陈家，保证你的安全。

郑奇：若真能做成此事，铲除这些可恶的东西，我只求远走高飞，找一个僻远之处，当个隐士，度此一生，也就知足了。

陈龙：好，那就说定了！

2

医署任彦成处。白天。

任彦成正在清理医案。

仆役：任大人，蔡大人到。

任彦成急忙起身。

蔡瑁进来。

任彦成施礼：蔡大人。

蔡瑁：任大人。

任彦成示意仆役退下。

蔡瑁：任大人，老夫今日闲来无事，就瞎逛到你这里来了。

任彦成：谢谢大人关怀。

蔡瑁：这几日，医署可有什么异常的动静？

任彦成：这个……小的未曾发觉。

蔡瑁：现在医署的头等大事，就是蔡夫人的安全。她已经妊娠了九个月，眼看就要瓜熟蒂落了，值此非常时期，万事都要小心谨慎，不能出一点差错。

任彦成：小的明白。

蔡瑁：你明白，我却有些糊涂。张医监最近可好？

任彦成：好。

蔡瑁：好吗？主公可是把蔡夫人全都托付给了你的这位师弟，他的一举一动，你都要注意啊。

任彦成：我的这位师弟，最大的优点，就是对他经手的病人，照顾得滴水不漏。您忘了，他为了救一位路上碰到的病人，耽误了孝廉的考试。对他，您尽可以放心！

蔡瑁：放心？我看你还是没参透这刺史府里的险恶。我就连对我自己，都没有放过心。他现在掌握了这么大的权力，如果他要想害蔡夫人，那完全可以一手遮天。

任彦成：不会的。他连陈夫人都要救，何况蔡夫人还有肚子里的孩子？我与他一起生活十几年，别的不敢说，这一点还是认准了的。

蔡瑁：没有什么"不会"，这些天他都跟哪些人有过来往，你清楚吗？

任彦成：他这个人，出了家门就到府里，离开府里就回家，除了偶尔有病人找他，几乎和谁都没有来往。连我那里，一年也不去一次。

蔡瑁：那是他不喜欢你。反正你给我盯紧着点，随时注意他的动向。

任彦成：是。

3

刺史府内。蔡夫人住处。白天。

蔡夫人挺着大肚子在屋内走动。锦儿跟随在旁边。

张仲景进来：参见夫人。

蔡夫人：张大人又来了？我今天有点不舒服，肚子里胀气得很，他的小腿在里头乱蹬呢。

张仲景：夫人，这已经是临产前的征兆。看来夫人的大产之日，已经不远了。我已经通知医署，去遴选产婆，这两日就要报过来了。

蔡夫人：想一想，还有些害怕呢。你说肚子里老这么胀鼓鼓的，是不是吃点药？

张仲景：万万不可。不管什么药物，多少都对胎儿不利，所以余下这十来天，不到万不得已，夫人千万不可用药，只能平心静养了。

蔡夫人叹气：也只有如此了。小东西，你快出来吧，也省得让娘受罪了。

4

大将军府。客厅。白天。

陈羡与陈龙父子。

陈龙：父亲，情况就是这样。

陈羡点点头：看来郑奇这边，是可以放心了。他一个尝药的，吃了蔡家太多的苦，只有倒向我们，才有出头之日。只是这个张仲景，是个难题。

陈龙：父亲，实在不行，干脆派个人把他偷偷地……

陈龙做了个杀头的手势。

陈羡：不行，那岂不是打草惊蛇？你所说的那个歌女，我看可以用上了。也许通过这个歌女，能让这个张仲景，倒向我们。

陈龙：父亲的意思是——？

陈羡趴到陈龙耳边，耳语起来。

陈龙连连点头。

5

江夏水军大营。白天。

远处是长江。

岸边，一座中军大帐。

镜头往里推，端坐帐中的是黄祖，旁边是将军王冲。

两旁或坐或站着众将领。

6

帐外。白天。

一匹骏马飞奔而来。

马上兵士：刺令到。

7

帐内。白天。

黄祖、王冲和众将领起身，准备迎接刺令。

8

帐外。白天。

年轻的兵士下马，拴好马，走进帐内。

9

帐内。白天。

黄祖等众将领已站好。

年轻兵士进来：请列位将军接刺令。

众将领跪下，发出铠甲摩擦声。

年轻兵士：荆州刺史令——

镜头在黄祖等人脸上闪回。

年轻兵士：江夏太守黄祖，戍守边境，抵御江东，功在国家，利在万民。着自即日起回荆州述职，改任侍卫军副统领，仍领江夏太守、大将军衔。着副将军王冲，暂领江夏水陆各军，勿失厚望。

众将军磕头：谢主公厚恩。

年轻兵士过来将刺令交给黄祖。

黄祖接过刺令，一脸狐疑。

10

张仲景家。院内。白天。

雪莹、英姑、葛根在院中。

蝉儿提着个大篮子从屋内出来,要出去买菜。

雪莹:蝉儿,又要去买菜啊?

蝉儿:是啊。

葛根:哦,太好了,让我也跟蝉儿姑姑一起去吧,我想到街上去玩。

雪莹拉住葛根:别闹。

雪莹对蝉儿:蝉儿,葛根他爹说,让大家这几天都少出门,免得惹出什么是非。你就别出去了,还是让小宽去吧。

英姑:嫂子,你就让她去吧。小宽张罗着要开药铺,哪里忙得过来?她一天也就干这一件事嘛,干吗还拦着?

雪莹:不是。葛根他爹真的说过,让大家都少出门。

英姑:大人还真是怜香惜玉呢,就这么一点活,还能把她累着?

蝉儿不自在:嫂子,就让我去吧。

雪莹无奈:那好吧,你就快去快回。

葛根闹:我也要去,我也要去!

雪莹:小孩子,别瞎闹!

葛根哭闹得更厉害:关在家里都快憋死了。我要去嘛,我要去嘛。

雪莹没办法:好,好,你也跟着去。蝉儿,别在外边耽搁啊!

蝉儿:是,嫂子。

11

张仲景住处。院外。白天。

蝉儿和葛根出来,在街上走。

一个黑衣人跟在了她们后面。

12

菜市场。白天。

蝉儿在买菜,葛根到处跑。

蝉儿:根儿,别瞎跑,跟着我啊,别迷路了。

葛根：知道了，我不走远。

13

菜市场另一角。白天。

一个黑衣人过来，拍了拍蝉儿的肩膀。

蝉儿被惊吓，回头：你是谁？

黑衣人：姑娘别怕，我是黄将军手下的人。

蝉儿疑惑地：黄将军？

黑衣人：姑娘和将军分别还不到两年，就把将军忘在脑后了吗？

蝉儿明白了：黄将军？他不是在戍守江夏吗？

黑衣人：他这不是回来了吗？将军在到处找你，就是找不着。他说，找到了你，要把你带到江夏去。

蝉儿：啊？去江夏？军营里边，哪里容得下女流之辈，何况我又是……

黑衣人：你不愿意？

蝉儿：这……

黑衣人：你愿意也好，不愿意也罢，当面见了将军，你跟他说清楚。我只是个当差听吆喝的。不把你带回去，将军那里不好交差。

蝉儿：这……

黑衣人：别犹豫了，车子就在那边，走一趟吧。

蝉儿：可我，是跟一个孩子一起出来的，得先把他送回去。葛根……

葛根过来：蝉儿姑姑。

蝉儿：先把他送回家去吧。

黑衣人：好说，一起上车吧。

黑衣人领着两人出了菜市场。

14

江夏营帐内。黄昏。

黄祖、王冲和几位将领在大摆宴席。

王冲：大将军，请满饮此杯，祝你一路顺风，前程似锦。

黄祖：一路顺风也就是了，前程却实在是谈不上。我离开荆州的时候，还是侍卫军统领，怎么回去的时候，反而成了个副统领？这算怎么回事？

一将军：大将军，所谓大丈夫能屈能伸，不在于一时的起落。大将军这次能回到荆州，常在主公身边，不愁将来没有发达的机会。

黄祖苦笑了一下。

另一将军：不管怎么说，也强于窝在这里听渔歌。

黄祖：那你可说错了。刺史府里，人际关系盘根错节，错综复杂，并不是好干的。在这里听渔歌，一来省心，二来倘若能杀敌报国，就算血溅疆场，也不枉活了一回。我倒是宁可待在这里。

王冲：大将军，你是被陈家排挤出来的，满朝文武，谁不知道？这次主公召你回去，必然是对陈家开始不满了。将来大将军有发达的一天，不要忘了我们众位兄弟啊。

黄祖：那是自然。

一将军笑：大将军这次回去，不是可以见到你的蝉儿了？

黄祖笑：你这是听谁说的？就你小子鬼精。

另一将军：还用听谁说？我们都是一起来的。她和你分别的时候，那个难舍难分的样子，真是我见犹怜啊。

王冲：啊？那我可是没见到，将来等我回到荆州，大将军也让我见一见，可不要金屋藏娇啊！

众将大笑起来。

黄祖若有所思地：唉，也不知道现在她怎么样了？

15

张仲景家。院内。黄昏。

雪莹焦急地：天到这时分，蝉儿和葛根怎么还不回来？

英姑：就是啊，早就该回来了。

雪莹：天都快黑了，要不要出去找找？

英姑：找也要小宽出去找吧，我们两个怎么去？

小宽推门进来。二人上前。

雪莹：小宽，蝉儿带着葛根出去买菜，到现在还没回来。

小宽一惊：啊？怎么会呢？菜市早就散了。

英姑：就是啊，这可急死人了。

小宽：不会出什么意外吧？

雪莹皱紧了眉头：他爹又不在，看来今晚又回不来了。真是让人着急！

小宽：要不要先报官？

雪莹：还是出去找找吧。

小宽：我这就去！

16

张仲景家。客房内。清晨。

雪莹呆坐着。

英姑把早饭做好，端上来。

雪莹却一口也吃不下，摇了摇头。

英姑哭起来：都怪我，你说不让他们出去，我却说让他们出去，结果……

雪莹摇摇头：这怪不得你。

门帘一掀，小宽回来了。

雪莹满脸期待地：小宽……

小宽一脸茫然的表情。

雪莹：还是没有找到？……

小宽摇摇头：真是怪了，满城的街道都找了，就是不见人影。

英姑：报官了吗？

小宽：报官了。

雪莹：他爹回来，可怎么交代呀？

英姑：赶紧告诉大人吧，大人毕竟是府里的官呢，兴许有办法的。

雪莹还是一脸的无奈。

17

江夏。驿站。白天。

黄祖牵着一匹骏马。

王冲等将领来送行。

士兵端了酒来。

倒酒。

一碗。

又一碗。

王冲端起酒碗：大将军，这是最好的马，星夜兼程六百里，它很快就能把你驮回到荆州了。

黄祖：谢众位兄弟。

王冲举酒碗：大将军，请。

黄祖举酒碗：请。

众人的酒都一干而尽。

酒碗全被摔碎在地上。

18

张仲景家。院内。白天。

张仲景推开家门。

院内，雪莹、英姑、小宽本来期待的眼神，突然转变为惊慌。

张仲景走过来，三个人都是欲言又止。

张仲景：他娘，出了什么事吗？

雪莹扑在他身上，痛哭起来。

19

张仲景家。葛根卧室。黄昏。

张仲景走进来，来到葛根睡觉的小床边，看了看，又坐下来。

床上放着小枕头、小被子，还有小衣服。

张仲景坐到床上，摸摸这，又摸摸那，把小衣服拿起来，放在鼻子上闻起来。

镜头转，张仲景的背影。

突然，张仲景大声地：小宽，小宽！

小宽急急忙忙地进来：师兄。

张仲景疯狂地：备车，我要去别驾府，找王大人，王粲大人！

小宽也兴奋起来：好！好！

20

别驾府大门外。夜。

王粲送张仲景和小宽出来。

王粲：张大人，天色不早了，路上小心。

张仲景：谢王大人。王大人，我的儿子，还有蝉儿，拜托你一定帮我好好找找。

王粲：放心，张大人，你的事就是我的事。令郎丢了，我岂能不好好给你找。明日就把士兵撒出去，就是把荆州城翻个底朝天，也要把他们找出来。

张仲景：谢谢了，谢谢了。走到车旁，又回过头来。

王粲：张大人走好。

张仲景对王粲：王大人，真的拜托了。这个儿子就是我的命根子，没有他，我实在是活不下去了。

王粲：放心吧，我一定竭尽全力，放心吧！

21

街上。夜。

驴车徐徐启动了。

22

张仲景家。门外。夜。

一辆马车停在门口。

张仲景、小宽刚下车，医署的一位仆役就上前：大人，您到哪里去了？府里蔡夫人头晕，医署令让我来找您，您却不在家，把我给急死了。

张仲景叹口气：好吧，我这就跟你去。

雪莹：葛根他爹！

随着一声喊叫，雪莹冲出来：他爹，你这会儿不能走……

两行眼泪从雪莹眼中流了出来。

张仲景冲雪莹一挥手：回去吧，回去吧。孩子会找到的，一定会找到的，你先回去吧。

说完，张仲景上了马车。

马车猛然启动，向着远处驶去。

23

张仲景家门口。夜。

雪莹突然一阵眩晕，瘫软了身子，小宽急忙将她扶住。

24

医署。白天。

张仲景一副魂不守舍的样子。

仆役：张大人，任大人叫你。

25

医署。任彦成处。白天。

张仲景进来。

任彦成：师弟，这几天蔡夫人好吗？

张仲景：前日有点头晕，我给她扎了一针，就好了。这两天都挺好的。

任彦成：那就好。

任彦成看了看张仲景：师弟，你脸色苍白，神情憔悴，是不是病了？

张仲景：没有。

任彦成：发生了什么事情吗？

张仲景想了想，哽咽地：蝉儿，还有我的儿子葛根，几天前一起出门去买菜，就再也没有回来了！

任彦成大惊：啊？一直没找着吗？

张仲景：没有。我托王别驾派兵全城搜索，也找不着，算来，已经失踪了七八天了。

任彦成：怎么会发生这样的事？真是没想到。

张仲景默然。

任彦成：不过蔡夫人那里，你还是不能懈怠。你家的事，我跟医署令大人说一声，看医署能不能想想办法。

张仲景：有什么办法呢？难道我的儿子，就这么没了吗？！

任彦成：师弟不要过度悲伤，不是还没到那一步吗？好好找，一定会找到的。

26

任彦成宅邸。客厅。夜。

任彦成对凌晶：娘子，我今天才知道，我的张师弟，家里出了大事。

凌晶：出了什么事？

任彦成：他的儿子，跟一个歌女出门去买菜，结果就失踪了，已经七八天了。

凌晶也吃了一惊：他家里怎么会有歌女？

任彦成犹豫了一下：那歌女本来是映月楼的，会弹琵琶，眼睛瞎了，张师弟就把她领回家去，给她治好了眼睛，她也就在张家住下了。帮着买菜，结果自己没了不算，把他家的儿子也给弄丢了，这算怎么回事呢？

凌晶：那你这位师弟命可太苦了，孩子是父母的心头肉啊！

任彦成：是啊。不过我总觉得，这里头有些蹊跷。主公刚把看护蔡夫人的职责全权交给了张师弟，怎么他的孩子就恰巧这时候丢了呢？

凌晶：你是说，这里头有阴谋？

任彦成：说不准，也许只是巧合呢。

凌晶：官人，那你也要加倍小心啊！

任彦成似乎很久没有听到凌晶这样关怀的语言了，看了她半天，点点头。

27

荆州城门。白天。

黄祖和卫兵策马飞快地通过城门。

28

刺史府内。刘表官邸外。白天。

黄祖换了官服，走了过来。

29

刺史府内。刘表官邸内。白天。

张成兴奋地：主公，黄祖将军回来了，就在外面候着呢。

刘表高兴地：快宣他进来见我！

30

刺史府内。刘表官邸门口。白天。

张成高声地：黄祖将军进见——

31

刺史府内。刘表官邸内。白天。

黄祖进来跪下：参见主公。

刘表：将军平身。旅途奔波，很劳累吧？

黄祖：卑职日夜思念主公，快马加鞭，不觉得劳累。

刘表：我也很想见你呢，所以把你召回来了。以后你就可以守卫府禁，与我朝夕相处了。

黄祖：卑职就是肝脑涂地，也难报答主公。

刘表笑：哈哈！你还没回家吧？我放你一天假，回去见见夫人，歇息一天，明日就到侍卫军供职吧。

黄祖：谢主公厚恩。

32

黄祖府邸。客厅。白天。

黄祖夫人正在客厅里闲坐着。

一丫鬟进来报告：夫人，将军回来了！

黄祖夫人一阵惊讶，旋即迎了出去。

33

黄祖府邸。院中。白天。

黄祖走进院中，管家在旁边跟着他。

夫人也到了院中。

夫妻二人相对。

黄祖：夫人。

夫人：将军。

两人走近，双手交叠在一起。

34

黄祖府邸。客厅。白天。

黄祖夫人：将军，你这次是奉召回来的吗？还走不走？

黄祖：是奉召回来的，不过不走了，主公已经改任我为侍卫军副统领。

夫人用丝绢抹了抹眼角：你这几年戍守江夏，家里的事情全压在我身上，真是难死了……

黄祖：夫人不必悲伤，我这不是回来了吗？再也不走了。

夫人露出了笑容，黄祖也笑了。

35

黄祖府邸。院中。黄昏。

吃完晚饭，黄祖拿着牙签在剔牙，管家跟着他。

黄祖悄声地：管家，那边还好吗？

管家：您说的是……

黄祖：就是蝉儿那边，临走时我托付给你的。

管家为难地：将军，我说实话，您可千万别怪我啊，我也是没办法……

黄祖：怎么了？

管家：您一走，夫人就问我蝉儿姑娘的事，也不知道她是从哪儿听说的，开始我不说，她就要赶我走，最后我扛不住，只好说了实话。结果她就叫人去那边，把蝉儿姑娘赶了出去，把宅院也变卖了……

黄祖勃然大怒：怎么会这样？

管家：将军，您可别怪我，我实在是没办法。

黄祖：那蝉儿，现在在哪里？

管家：夫人把她卖回映月楼了，开始她在映月楼卖唱，后来眼睛瞎了，再后来，让人给买走了。

黄祖一阵心疼：眼睛瞎了？谁买走了？

管家：听说是医署的任医监，但她去的却是张仲景医官家，就住在了他家里。

黄祖：医官？你知道的可够详细的。

管家：小的一直惦记着蝉儿姑娘，为的是等您回来了，我好有个交代。

黄祖：我从边境一路走来，满脑子想的全是蝉儿，既然回到了荆州，一定要和她再相会。

管家：小的明白。您想让小的做什么？

黄祖想了想：我要去问问任医监，还有那个张医官。他们怎么买的，我就怎么买回来，这总可以了吧？

管家：可蝉儿姑娘，眼睛瞎了。

管家故做悲戚状。

黄祖：她就是又瞎又聋，又老又丑，我还是要养着她，听到她的琵琶，我就可以忘却人世间的所有烦恼。

管家：小的明白将军的心意。

36

侍卫军衙门。白天。

众将领都已坐好。

陈龙：诸位，这位黄祖将军，我想就不必我多费口舌介绍，在座的多半都认识他。黄将军以前就在侍卫军多年，三年前任江夏太守，抵御江东，屡建奇功。现在主公又调他回来任侍卫军副统领，今后诸位一定要听黄将军号令，唯黄将军马首是瞻！

众将齐声：是！

黄祖：陈将军谬奖了！黄祖此次奉主公之命，回到侍卫军中，只是一个副统领。诸位今后还是要听陈将军号令，知所进退！

众将齐声：是！

陈龙：黄将军，我毕竟年轻，今后还要你多多赐教，多多指点！

黄祖：哪里哪里，将军是年轻有为，而我已老迈昏庸，今后也只想在陈将军手下，混碗饭吃。

陈龙：列队阅兵，即刻开始。黄将军，请！

黄祖：陈统领，请！

37

医署。任彦成处。白天。

仆役进来向任彦成报告：大人，禁卫军副统领黄祖将军来访。

任彦成慌忙站起来：快快有请，快快有请！

黄祖进来，傲慢地：这位，就是任医监吗？

任彦成：正是下官。将军亲来，所为何事？是否要下官效劳？

黄祖：我是无事不登三宝殿。来你这里，只问一个女子，她叫蝉儿，你可知道？

任彦成更慌张了：知道知道，蝉儿姑娘以前是将军的心上人，后来被尊夫人卖回到映月楼了。

黄祖：听说她是被你买了去？

任彦成：我见到她的时候，她已经成了盲人。我想帮她治好眼病，无奈我的医道浅薄，始终没有治好。后来我就把她买下来，让她住到了师弟张医监家里，因为我师弟的医术，在我之上。果然，不出三个月，我师弟就将蝉儿姑娘的眼睛治好了。

黄祖异常高兴：是吗？那我还得谢谢你们了！太好了！她现在还在张医监家吗？

任彦成犹疑片刻，面露难色：可是，十天前，蝉儿姑娘上街去买菜，竟然失踪了。我师弟的儿子跟她一起去的，也失踪了。

黄祖的眉头锁在了一起：失踪？怎么会失踪呢？你快说说！

任彦成不知该怎么回答。

黄祖往前走了两步，两人的头已经要撞到一起。

黄祖怒视着任彦成。

任彦成：反正我师弟是这么说的，具体怎么回事，将军还是问他吧。

黄祖一甩袖子：我肯定要问他的！

黄祖转身气呼呼地出去了。

38

刺史府内。一夹道。白天。

黄祖生气地往前走，忽然遇到了张成。

张成：黄将军，你这是去哪里啊？

黄祖：我去哪里，关你什么事？！

张成：将军，您还不知道吧？您又能在府里这么威风，多亏了谁？

黄祖：亏了谁？

张成：蔡大人。

黄祖：他？

张成看了一下四周，小声地：主公前些时对陈家有所不满，蔡大人让我去对主公说，应当对陈家有所制衡。主公问怎么制衡，我说，应该把黄将军您，调回来。

黄祖：原来如此。黄某谢谢张大人，也托张大人代我谢谢蔡将军。

张成：哪里哪里，将军言重了。

黄祖斜了他一眼，走了。

39

张仲景家。院中。黄昏。

雪莹、英姑呆滞地坐在院中，雪莹有些蓬头垢面的，眼泪都流干了。

急促的敲门声响起，卫兵们的高声地：快开门，快开门！

40

张仲景家。大门外。黄昏。

卫兵们在用脚踢门。

卫兵们：开门！开门！

41

张仲景家。院内。黄昏。

英姑与雪莹对视，她们都很惊慌。

雪莹：去开门吧。

英姑过去，将门打开。

一队士兵潮水般冲进来。

黄祖管家：给我搜！一间一间屋子地搜，搜仔细了！

英姑：你们是哪里的，要干什么？这可是府里医署张医官的家！

黄祖从门外进来，悠闲地：我知道是张医官家，不是张医官家我还不来了。

雪莹过去，怒视他：你是什么人？竟敢在医官家里动粗！

黄祖哈哈大笑：我行不更名，坐不改姓，就是侍卫军副统领黄祖。不过到你这里来的兵，不是府里的侍卫，而是我的家丁。我到贵府上来，不为别的，只为一个姑娘，你们把她交出来，我马上就走。

雪莹：你要找哪个姑娘？

黄祖：蝉儿。

英姑生气地：我们还想找她呢，她在这里白吃白喝几个月，自己跑了不算，还把张医官的儿子给拐跑了！我们还要找她呢！

雪莹拦住：英姑……

黄祖笑：怎么那么巧？我刚要回来的时候，她就跑了？是被你们藏起来了吧？不好好搜一搜，你们是不想交人了！

雪莹：黄将军，你也是朝廷命官，应该明白事理。一个医官的家，是你说搜就搜的吗？再说，我家官人现在还在府中当差，你有什么话，也要等他在家的时候，对他说。

黄祖：我是个行伍之人，不管什么朝廷命官不命官的。反正我要是搜不出来就算了，要是搜出来了，决饶不了你们。

英姑：真是好笑！我们藏她做什么，她是什么好东西呀，谁稀罕似的。

黄祖"嗖"的一声拔出了宝剑：你说什么？再说一遍！

英姑近前一步：怎么，你还敢杀人哪？你杀一个试试！

黄祖瞪圆了眼睛。

雪莹急忙劝阻：少说两句。

雪莹把英姑往后拉。

42

张仲景家。院中几间房内。黄昏。

卫兵们正在把家具、物品乱拉乱放，各个屋子里都一片狼藉。

43

张仲景家。院内。

一声断喝：住手！

众人都一惊，往门口一看，是张仲景回来了。

张仲景进来：你们是干什么的？

管家：是张医官吧？这位是侍卫军黄副统领，您知道吧？

张仲景走近黄祖，一拱手：黄将军，光天化日之下，您这是做什么？

黄祖斜了他一眼：我只是想要回我的蝉儿，张医官，你是不是舍不得给我啊？

张仲景：将军何必以小人之心，度君子之腹，我张仲景虽然官阶、地位低，但做人的标准并不低，怎么会去欺负一个弱女子？

黄祖笑了：看来张医官是以为我做人的标准低，带兵前来欺负你了。我也并不想为难你，不过是想要回自己心爱的女人。如果她真的在你手里，你开个价，花多少钱我都要把她买回来。

张仲景冷笑：将军，在你的眼里，人是有价的，可在我们医师眼里，人就是人，都是没价的，人的生命，不是能以金钱去衡量的。无论是公子王孙，还是平民百姓，只要他是病人，在我的眼里，都是一样高贵的。将军，蝉儿确实已经失踪十多天了，还有我的儿子，我即使藏她，也没必要把自己的儿子也藏起来，是不是？

黄祖：你不是怕小孩子说漏了嘴吧？

张仲景：将军，好色之心，人皆有之，但在仲景心中，更在意的是夫妻情深，决不会费尽心机，去隐藏一个女子。将军，我说的话，你要是不信，我也没办法，你就算把我这几间房翻个底朝天，就算掘地三尺，也还是什么都找不到。

44

张仲景家院门外不远处一个街口。白天。

当初领走蝉儿的那个黑衣人身影一闪。

45

张仲景家院内。白天。

搜查的士兵来向黄祖报告：将军，东屋没有。

另一士兵：将军，西屋也没有。

另一士兵：将军，堂屋也没有。

黄祖叹了一口气，对张仲景：张医官，听说你治好了蝉儿的眼疾，照说，我应该重谢你。今天，我也不想为难你。但我，是一定要见到蝉儿的，就算把整个荆州城翻个个儿，我也要把她找出来！她，是真失踪也好，假失踪也罢，反正，她是从你这里失踪的，你就要帮我把她给找出来。否则，我决不与你善罢甘休！走！

黄祖与管家及士兵们离去。

46

张仲景家。夜。

英姑将饭菜端上来，张仲景和雪莹坐在饭桌前，可谁也吃不下去。

英姑将筷子递给雪莹：嫂子，你都好几天没正经吃东西了，还是吃点吧。

张仲景看着雪莹，一脸的心疼。

雪莹猛一拍桌子，歇斯底里地：吃，吃，吃，吃什么？我不想活了！这日子没法过了！这日子没法过了！

张仲景：雪莹，不要这样，不要这样！

雪莹：不要这样，你要我怎样？小宽出去找葛根，到现在还没回来。家里又被他们这样折腾！你说你，你怎么就……你怎么就把这么一个歌女带回家来？费尽心机帮她治好了眼睛，不要她报恩不说，她不辞而别也就算了，她，她，她怎么把我儿子也拐走了？她走了也就算了，怎么又有一帮人来家里捣乱！真是作孽啊，我们家跟她有什么仇，要这样害我们？

张仲景：雪莹，事情还没有搞清楚，你不要冤枉她……

雪莹：你怎惹上了她这么个扫帚星？是……

雪莹突然抬起头：是任彦成！这个挨千刀的任彦成！

张仲景：雪莹，这事怪不了师兄……

雪莹：什么师兄，他就是我们家的仇人，是我们家一辈子也躲不过去的冤家！

张仲景叹了一口气，眼眶里也涌出了泪花。

英姑：大人，今天的事情，不能就这么算了，你要跟府里说说，不要让这个什么副统领再来家里捣乱了！

张仲景点点头。

47

医署。任彦成处。白天。

任彦成正坐在桌前发呆。

仆役进来向任彦成报告：大人，张医监来了。

任彦成：请他进来。

张仲景已经自己进来了：师兄。

任彦成看张仲景神色异常：师弟，又出了什么事？

张仲景哀戚地：昨天晚上，侍卫军副统领黄祖将军，带人到我家里，胡乱搜查了一通，要我交出蝉儿姑娘。可我，拿什么交啊？

任彦成：他，他怎么能这样？

张仲景：师兄，这件事情，希望你能向上禀报，让他以后不要到我家去捣乱啦。雪莹为了葛根的事，精神快崩溃了，他再这么闹，就要把她逼疯了！念在你和她也是同门师兄妹的份上，帮帮她！

任彦成：我知道我知道。这件事，容我考虑一下，怎么向上禀报。

张仲景：那就拜托了！

张仲景转身欲走，任彦成拦住：师弟，你的事情，我会尽力的。你还是要挺住，蔡夫人那里，什么都不能耽误了。

张仲景点点头，走了。

48

任彦成宅邸。客厅。黄昏。

任彦成：娘子，张师弟家里，昨天又出了事。

凌晶：什么事？

任彦成：新上任的侍卫军副统领黄祖，竟带着些兵丁，到他家里去搜查，要他交出那个歌女蝉儿。

凌晶：这不是胡闹吗？

任彦成：是啊。张师弟告诉我，要我向上禀报，你说，我该怎么办呢？

凌晶：你就向上禀报啊！

任彦成：可是，黄祖将军，我也得罪不起啊！

凌晶：可是你师弟要是因为家里的事，耽误了蔡夫人生产，你担当得起吗？

任彦成沉思片刻：也是啊。

49

蔡瑁住处。白天。

小仆役：大人，医署任医监求见。

蔡瑁：叫他进来。

任彦成已经迈过门槛：小的参见蔡大人。

蔡瑁：免礼。有什么急事吗？

任彦成：是我的师弟张医监，他家里出了事。

蔡瑁：什么事？

任彦成：这事情还与新上任的侍卫军副统领黄祖将军有关。

蔡瑁：噢，你与我细细说来。

任彦成：黄将军以前喜欢上了映月楼的一个歌女，叫蝉儿，养在外宅。后来黄将军戍守江夏，这个蝉儿就被将军夫人扫地出门，又回了映月楼。吃了这番苦，姑娘的眼睛瞎了。我后来按你的意思，想拉住师弟张仲景，就把那姑娘买来送给了他，但张仲景对她一直以礼相待，并将她的眼睛治好了。可前些天，那姑娘领着我师弟的儿子出去买菜，两人都失踪了。黄将军回来之后，找寻这个蝉儿，昨天竟带兵闯进张家，搜查一通，没找着人又走了。我师弟本来失去了儿子，就很悲伤，他再这么一闹，心都碎了，就告诉了我。我觉得师弟现在负责护理蔡夫人，干系重大，特此禀告大人。

蔡瑁：你这个家伙，这么大的事，怎么不早说？

任彦成：小的先前以为只是师弟家的私事，没敢跟大人说。

蔡瑁：这哪是私事？一个歌女，怎么会无缘无故失踪？里面必有文章。张医监负责护理蔡夫人的当口，他儿子又走失了，这里面，更是有文章。好了，黄将军那里，我会去说，你告诉你师弟，由内务署替他做主，叫他不要担心，安心做事。

任彦成：是。

50

蔡瑁住处外。白天。

蔡瑁看着任彦成走远的背影。

蔡瑁吩咐小仆役：去叫张成。

蔡瑁背手踱步。

张成匆匆走进来。

蔡瑁：张仲景家，出了大事，里面必有文章。你立刻派人秘密跟踪张仲景，特别是他出府之后的活动，随时向我报告。

张成：是。

蔡瑁：另外，找人给黄祖将军报个信，就说，我今晚在映月楼请他，有话要跟他说。

张成：是。

51

映月楼。一包间。夜。

蔡瑁与黄祖对坐。

一歌女在弹琴，作为背景音乐，不突出。

蔡瑁举杯：黄将军请。

黄祖：蔡大人请。

蔡瑁：黄将军，敝人今天请你来，有好几层的意思，将军猜到了吗？

黄祖：下官是行伍之人，说话不会拐弯。首先，下官是怎么调回荆州的，下官心里明白。这层意思，我是猜到了。其他的意思嘛，还请蔡大人赐教。

蔡瑁：将军是主公下令调回来的，于我倒没什么关系。我请将军来，是听说将军很喜欢这里的一位歌女，善弹琵琶，我也想听一听她弹琵琶。

不知道将军给不给这个面子啊？

黄祖叹气：唉，可惜物是人非了。我也找不着她了。

蔡瑁：找不着，你也没必要去张医官府上搜啊。

黄祖吃了一惊，马上又笑起来：好事不出门，坏事传千里，连蔡大人都听说了。

蔡瑁笑：自古英雄爱美人，这当然是无可厚非的事情。可敝人以为，将军做事情，应该有个目标，找人，应该知道去哪里找。

黄祖一怔：莫非蔡大人知道她的去向？那下官愿以千金，换大人一个消息。

蔡瑁：我也不知道她的去向，但可以帮你分析分析。你说，他一个医官，有多大本事，怎么藏得了一个大活人？除非是那位蝉儿姑娘躲着不想见你，否则，他是藏不了的。

黄祖不语。

蔡瑁：即便是那个姑娘躲着不想见你，她怎么知道你要回来的？她怎么迟不躲早不躲，单单在你回到荆州前，就躲起来了？主公的刺令，可是我差人送出去的，他一个医官，怎么能知道将军要回荆州的绝密消息呢？

黄祖陷入沉思。

蔡瑁：知道将军要回荆州这个消息的，除了老夫和拟令的官员，就是蒯大人和陈大将军了。

黄祖：大人的意思，是……

蔡瑁：老夫可什么也没说，将军可以自己去想想。

黄祖一脸愤懑。

蔡瑁举杯：将军，请。

黄祖举杯：大人，请。

52

大将军府。密室中。夜。

陈龙和陈羡二人，忧心忡忡。

陈龙：父亲，黄祖已经回荆州，蔡夫人临产的日子，也一天一天近了。那个歌女，还有那个小男孩，已经关在家里这些天，到底如何了结，父亲拿个主意吧。

陈羡走了个来回，还是没有话。

陈龙：父亲，不能再犹豫了，您快拿个主意吧。

陈羡：我想了很久，还是没有万全之策。一旦跟张仲景摊牌，他要是不答应，可就坏事了。

陈龙：大不了把他杀了！

陈羡生气地：他是名医，不仅受刺史大人器重，国人也都敬佩他，若杀了他，岂不要闹出天大的事来？对我们，能有任何好处？！

陈龙：那您说该怎么办呢？要不把那个歌女和小男孩杀了，咱还按兵不动？

陈羡：不要动不动就杀人，杀了张仲景的儿子，也必会弄得天怒人怨，何况那样一来，咱手里也没有筹码了。以后想对付蔡家，可就难了。

陈龙：这也不行，那也不行，到底该怎么办呢？

陈羡：看来只有冒险了！张仲景儿子在咱们手里，谅他也不敢把咱们捅出去。其实，只要他称病在家，不去看护蔡夫人，等孩子一生，郑奇就应该有机会趁乱下手了。

陈龙：跟他摊牌？

陈羡点点头，咬牙：摊牌吧！

第十八集

1

刺史府门外。黄昏。

张仲景从府中出来。

走了不远，一个白衣人偷偷跟上了他。

2

街上。黄昏。

张仲景正走着，一辆马车拦住了他的去路。

驾车人：张医官，请你上车。

张仲景一愣：你是谁？要我去哪里？

驾车人：我家财主上次病重，让大人治好了，特表感谢，约您一聚。

张仲景想了想，明白了，上了车。

3

车上。黄昏。

张仲景上车，发现车上坐着的是陈龙。

陈龙：张医官，家父约您一聚。

张仲景点点头：我猜到了。

陈龙掀开车帘，朝后看了看。

陈龙：后边有尾巴，快马加鞭，甩掉他！

驾车人：是。

一声清脆的马鞭声。

飞快的马蹄声。

4

一民宅中。客厅。黄昏。

陈羡在闭目沉思。

仆人：大将军，他们来了。

陈羡点点头。

陈龙、张仲景走了进来。

陈龙：父亲。

陈羡示意仆人出去。

5

蔡瑁住处。黄昏。

张成进来，见蔡瑁：大人，跟踪张仲景的小厮，刚才回来说，张仲景一出府就上了一辆马车，车跑得太快，他跟不上。

蔡瑁：哦？

张成：会是谁的马车？

蔡瑁恼了：你还问我啊？废物！你不会多派两个人，在张仲景家周围蛰伏，他一出门就跟上？

张成：是。

6

民宅。客厅内。黄昏。

陈羡：张医监，别来无恙啊？

张仲景：托大将军的福，还好。

陈羡：看你的气色，似乎有些憔悴。

张仲景：我丢了儿子，日夜思念，多少有些疲惫。

陈羡：请上座。儿子怎么会丢了呢？

张仲景：大将军，您有话不妨直说吧。

陈羡：上次约大人在这里小聚，我的那番话，医官没有忘吧？

张仲景：没忘。

陈羡：张大人是个聪明人，我的意思，想必都已经猜到了。如果你能帮我们做成大事，你的儿子，还有你的小妾，我们一定能帮你找回来。

张仲景盯着陈羡：就是说，大将军有他们的消息？

陈羡悠然地点了点头。

张仲景一拍桌子：你们，卑鄙！

陈龙"哐啷"一声抽出腰间宝剑：家父乃执掌荆州兵权的大将军，张大人说话，还是客气点！

张仲景蔑视地看他一眼。

陈羡瞪了陈龙一眼：你干什么？出去！

陈龙：我？

陈羡一声断喝：出去！

陈龙出去了。

7

民宅。客厅外。黄昏。

陈龙出来，吩咐左右：你们都准备好，里面一有动静，就冲进去！

左右都点点头。

8

民宅。客厅内。

陈羡：犬子管教不严，让张大人见笑了。

张仲景：大将军到底想干什么，不妨直说吧。

陈羡：痛快！今天在这里所说的话，天知地知，你知我知，出了这个门，可就没有这回事了。

张仲景点点头。

陈羡：我们想要做的，不过是为民除害。府里蔡夫人一旦得势，蔡家必然祸乱荆州。所以欲除蔡家，必须先除掉蔡夫人！

张仲景：蔡夫人为主公生孩子，是她的本分，何罪之有？难道大将军希望主公断子绝孙不成？

陈羡笑：呵呵。可孩子生下来了，她不就是祸害了吗？所以老夫想效法汉武帝，留其子而杀其母。

张仲景冷冷地：我是医师，只管救人性命的事。

陈羡：为了荆州百姓免遭蔡家荼毒，不得不麻烦你啊。

张仲景：这种不法的事你还是去找别人吧。

陈羡：讲得好，讲得好。可大行不顾细谨，大礼不辞小让，为了天下大义，不得不小有不法，这也是没办法的事情啊！

张仲景冷然地：张某断不会去做这样的事！

陈羡：你可不要把话说得这样绝！

张仲景：要我去害人性命，断无可能！

陈羡一拍桌子，终于被激怒了：你！

9

民宅。客厅大门。黄昏。

门"咚"的一声被踢开，陈龙带着左右冲了进来。

陈羡：干什么？出去，出去！

陈龙只好又带着人出去了，关好了门。

10

民宅。客厅内。黄昏。

陈羡：老夫不想跟你废话了。一句话，你的儿子和小妾，现在在我手中，你干也得干，不干也得干。

张仲景挺身：我说了，我平生只会治病救人，从来不会害人！我自幼读书不多，但也追慕圣贤，绝不去做这种事！大将军就是将我千刀万剐，将我全家杀光，我也不会去害人！

陈羡叹口气：既是这样，我不为难你，只要你称病不进府护理蔡夫人就行了。

张仲景一愣，看住陈羡。

陈羡：只要你让自己生一场病，再也不管蔡夫人的事，这样就可以了。这总行吧？

张仲景低头不语。

陈羡：张医监，你好好考虑一下，我等你回话。想好之后，我这里有张纸，你留个字，就可以了。

陈羡将纸递给张仲景。

张仲景打开一看，上面写着——

誓灭叛逆，保卫主公。

张仲景看了一眼陈羡。

陈羡朝他笑了笑。

张仲景：大将军，你容我回去想想，再给您答复吧。

陈羡大笑：哈哈！你以为老夫是三岁小孩吗？你不留下个字据，就出不了这间屋子了。

张仲景沉思起来。

陈羡：张医官，想好了没有？

张仲景：我自己写一个可以吗？

陈羡：请便。

张仲景提起笔，蘸墨，写下——

诛除奸佞，忠于国家。张仲景。

张仲景：大将军，这样写，你满意吗？

陈羡拿过来看了看，笑了：其实这也就是个君子协定。你要是不顾及你的儿子和小妾，出了门就去向蔡瑁告密，老夫也毫无办法。可你不要忘了，那样的话，我就会杀了你的小妾和儿子，你抓不住我的任何把柄，而我，毕竟有这么一张纸在手上。

张仲景沉默不语。

陈羡：我就不为难你了。这样，三天后，你必须称病不出，别的事情，你就不要管了。如果三天之后，你还进府，你的儿子和小妾，就再也见不到你了。听清楚了吗？

张仲景点了点头：我想见见我儿子。

陈羡：现在不方便。不过你放心，你的儿子和小妾，我都照顾得很好，将来大事一成，自然会完璧归赵。你的这位小妾，也是黄祖将军的心上人，不斗倒黄祖，这个小妾，将来就是你的祸水啊。

张仲景：她根本不是我的小妾。

陈羡：我不管你俩的真正关系为何，我只告诉你，为了他们着想，你该仔细考虑我的话。我还想说的是，只要斗倒了蔡家，张大人，以后你不见得没有王侯之位呀。

张仲景：张某从未想过做官。

11

民宅。客厅外。夜。

陈羡和张仲景出来，陈龙和左右簇拥上去。

陈羡：张医监，老夫不便派车送你回去，你自己走吧。

张仲景：告辞。头也不回地走了。

12

民宅大门。夜。

张仲景走过来。

仆人开了大门。

张仲景走了出去。

一黑衣人跟了出去。

13

民宅。客厅外。夜。

陈龙：父亲，怎么样？

陈羡：他的儿子和小妾，都在我们手中，谅他也不敢轻举妄动。

陈龙：他要是告了密，咱陈家可就……

陈羡：他告了密，无凭无据的，谁会信他？多派几个人监视他也就是了。如果三天之内，他没有称病不出，你就杀掉他的儿子，还有那个歌女，让他死无对证。

陈龙：是。父亲，就算他称病不出，换了别人护理蔡夫人，咱们也插不了手啊！

陈羡：那就有机会了。医署真正的高手，只有张仲景！换了别人，漏洞就会很多，我们的机会也就会有很多。

陈龙点头：父亲高见。父亲，差点忘了告诉您，刚才接张仲景上车的时候，发现后面有人跟踪，我命车夫快马加鞭，才把后面的尾巴甩掉。

陈羡：噢？一定是蔡家的狗腿子。这几天都不要和张仲景再有任何接触，只派人跟踪就行。

陈龙：是。

14

张仲景家。张仲景卧室。夜。

雪莹：他爹，今天怎么回来得这样晚？是不是又去王大人那里打听根儿的消息了？

张仲景叹了口气，没有回答。

雪莹：他爹，有什么消息，你可得告诉我啊。

张仲景突然发作：你到底想知道什么消息？你知道了有什么用？

雪莹委屈地掉下了眼泪。

张仲景心软了：他娘，我知道你心里难受，可你一定要坚强啊。不能根儿没回来，你就先倒下了。

雪莹惊喜地：你知道根儿的消息了？

张仲景犹豫了半天，点点头。

雪莹：在哪里？

张仲景：不能告诉你。

雪莹：你我夫妻这么多年，你还有什么事情不能告诉我？再难的事，我们一起分担嘛。

张仲景：这不光是我们家的事，如今这也成了国家的事。一步走错，就不知道有多少人头落地。所以，我真的不能跟你说，你也别问了。反正根儿和蝉儿的去处，我早就有怀疑，今天终于证实了。他们暂时是安全的，你就放心吧。但我现在跟你说的话，你跟谁都不能说，哪怕是小宽和英姑也不能说。

雪莹：到底是怎么回事啊？你越说我越糊涂了。

张仲景：真的不能告诉你。但你放心，我一定想尽办法，让儿子平安回家。接下来这些天，我要做什么事，你都要理解我、支持我，同时千万要保守秘密。

雪莹看着张仲景，点点头。

张仲景：接下来的几天，无论发生什么，你都要站在我这边，知道吗？

雪莹点点头。

15

刺史府内。蔡瑁住处。夜。

蔡瑁、张成。

蔡瑁：这又过去三天了，张仲景那里，有什么异常吗？

张成摇摇头：他从家里出来就进府，离开府里就回家，再没有跟什么人接触了。

蔡瑁：这就奇了，他的儿子真是被人贩子拐跑了？还是要严密监视。
张成：是。

16

大将军府。客厅。夜。
陈羡：龙儿，张仲景还没有称病不出吗？
陈龙：没有，这都已经三天了，他怎么一点动静都没有，是不是早就向蔡家告密了？
陈羡：不要河里放屁沉不住气。再看看，明天他再没动静，就杀了那个女人和孩子，挖沟深埋。等蔡夫人生下孩子，我们再想办法。
陈龙：是。

17

张仲景家。院中。白天。
张仲景找到小宽：小宽，麻烦你一个事。
小宽：什么事？
张仲景：你去任彦成家一趟，就说，我的眼睛突然异常红肿，看不见东西，这几天不能进府服侍蔡夫人了。
小宽吃了一惊，盯着张仲景的眼睛看。
张仲景：你看什么？
小宽：师兄，你的眼睛没事啊。
张仲景：你肉眼凡胎的，哪里看得出来？
小宽：师兄，那个家伙的家，我不想去。你找别人吧。
张仲景：我就你这么一个师弟，你不去我找谁去？总不能让你嫂子抛头露面吧？
小宽：反正他的家，我就是不想去。
张仲景：去吧，算我求你了。
小宽想了想：好吧。

18

任彦成宅邸。门外。白天。

小宽敲了敲门。

门开，一仆人：客官找谁？

小宽：你家任大人在吗？

仆人：客官是？

小宽：我是府里张医官家的，找任大人有事。

仆人：哦，那我去禀报一声。

19

任彦成家。客厅。白天。

任彦成和凌晶在闲聊。

仆人进来：大人，张医监家来人来找。

任彦成：快请。

20

任彦成家。客厅门口。白天。

小宽出现在门口，不愿进来。

任彦成一看，迎出来：原来是小宽师弟，快请进来。

小宽不耐烦地：就在这里说吧。

凌晶很诧异。

任彦成：说什么？

小宽：我师兄说，他的眼睛肿了，看不见东西，这几天不能进府服侍蔡夫人了。

任彦成大惊：啊？这一两天蔡夫人就要生了，这怎么行？这怎么行？

小宽藐视地：怎么不行？是她蔡夫人生，又不是我师兄生，她生她的孩子，关我师兄什么事儿？怎么缺了他就不行？

任彦成焦急地：不是这样。主公把看护夫人的全权都交给了张师弟，他不去，主公那里可怎么交代？

小宽：这可奇了怪了。我师兄又不是产婆，怎么他不去就生不了孩子？又不是他的孩子。

任彦成上来捂他的嘴：你大胆！敢说出这样的话，要是让外人听见了，可是要掉脑袋的。

小宽不耐烦地推开了他的手：手拿开！

凌晶过来：这位兄弟，有什么话好好说嘛。

小宽看了她一眼，态度平和了一些。

任彦成：哎呀小宽师弟，我知道你对我有意见，可现在不是意气用事的时候，夫人那里真的离不开张师弟啊！他的眼睛到底是怎么回事？

小宽笑：怎么回事我哪儿知道？反正他就是不想去了。

任彦成：是不是他压力太大，临阵退缩了？

小宽：反正就是不想去。

凌晶递给小宽一杯茶，小宽犹豫了一下，还是接了。

凌晶对任彦成：官人，有什么事，让你师弟进来慢慢讲。

任彦成点点头，进去吧。

凌晶对小宽做了一个"请"的手势，小宽不好意思，就进去了。

21

任彦成家。客厅内。白天。

二人落座，任彦成一副愁眉苦脸的样子。

凌晶打破沉默：小宽兄弟，张师弟的眼病，要不要紧哪？

小宽：这个……说不好。

凌晶：我家官人也是医师，要不要他去看看？

任彦成：就是就是，我去看看。

小宽不屑地：你去看啥？他的医术还没你高？他自己都治不好，你去有啥用？

凌晶：医术上是张师弟高，不过我家官人，既是他的师兄，又是他在医署里的上司，从礼数上讲，也该去看看啊。

任彦成：就是就是。

小宽不说话了，白了任彦成一眼。

任彦成：小宽师弟，我们就一起去吧。

小宽的心声：师兄并没有什么眼病，他去一看，师兄岂不是要露馅儿了？

小宽：你就别去了，赶紧去府里禀报吧。

任彦成：我一定得去，我就坐你的车去。

小宽：我那可是驴车。

任彦成：驴车就行，我想快点见到张师弟。

小宽没办法，只得答应：那好吧，不过，那驴可爱颠人啊。

任彦成：没事，你能坐，我自然也能坐。

小宽：您现在可是医署大员了，身子金贵得很，怎么能坐呢？

任彦成：师弟，你就别取笑我了，怎么说，我们还是一起生活了十多年的师兄弟啊！

小宽：多亏你还记得。那好吧，走吧。

22

街上。车中。白天。

小宽在前面赶车，任彦成坐在后面的车厢中。古代车子，车厢门是朝后开的。前面一个小窗口，坐车上和前面的赶车人可以隔窗通话。

小宽心声：让你坐我的车，我颠死你，让你去不成，省得给师兄找麻烦。

23

车前。白天。

小宽拉紧了缰绳，拉得小驴的脑袋直往旁边看。

车开始左右摇晃。

24

车厢内。白天。

任彦成坐不稳了，身子左右摇摆，最后只好用手扶住了两边车厢。

25

车前。白天。

小宽将缰绳拉得更紧，然后在驴背上突然用力地猛抽了一鞭子。

小驴被打惊了，猛地跳起来。

车厢猛往后翻。

26

车厢内。白天。

任彦成猛地一下从座位上出溜下去，脑袋重重地磕在了车框上。

任彦成：哎哟！

任彦成手摸额头，叫苦不迭。

27

车中。白天。

小宽将车停下。跑到后边去，打开车厢门。

小宽：大人，你看这死驴，就是不听话，您没伤着吧？

任彦成手还摸着额头，一拿开手，额头上出现了个大包。

小宽：哎呀，您脑袋上怎么有这样大的包，实在是对不住了。

任彦成：师弟，跟你一起生活了那么多年，你的脾气秉性我还是了解的。你就好好驾车吧，就是爬，我也要爬到张师弟家去。

28

张仲景家。门外。白天。

刚停下车，小宽就大声地：师兄啊，任大人来看你啦，快出来迎接啊！任大人来看你啦，快出来迎接啊！

任彦成瞪他：你喊什么？

29

张仲景家。院内。白天。

雪莹吃了一惊，对张仲景：他爹，怎么办？

张仲景：你去开门，我自有办法。

30

张仲景家。门口。白天。

雪莹将门打开，小宽进来，然后是任彦成。

雪莹怒视着任彦成。

任彦成怯怯地：师妹……

雪莹没理他，转身往里走。

任彦成：师弟呢？

31

张仲景家。厨房内。白天。

张仲景对正在忙活的英姑做了个"不要说话"的手势，然后抓起一些盐，抹在了眼睛里。

32

张仲景家。客厅内。白天。

任彦成进来落座：师弟呢？

英姑把张仲景扶了进来，他的眼睛已经肿得像两个樱桃，完全看不见东西了。他摸摸索索，在英姑的扶持下坐了下来。

小宽在一旁看了，忍不住背过脸去偷偷地笑。

任彦成近前看张仲景的眼睛，很失望的表情。

任彦成：师弟，怎么一天不见，你的眼睛就肿成了这样？

张仲景：我也不知道啊，可能是火毉吧，反正昨天后半夜才开始的，一下子就肿得什么都看不见了。

任彦成重重地叹了口气：唉！实在是没办法了，看来只有奏明主公了。师弟，这几天，你就在家好好养病吧。

张仲景：眼看蔡夫人马上就要生了，在此紧要关头，我却得了这么个病，辜负了主公的重托，心急如焚啊！

任彦成：师弟不要太着急，你好好养病吧。需要什么药，让小宽兄弟给府里捎个信儿，我派人给你送来。

张仲景：多谢师兄。

33

内务署。白天。

小仆役进来禀报：大人，任医监求见。

蔡瑁：叫他进来。

任彦成急急忙忙地进来：参见大人。

蔡瑁：何事惊慌？

任彦成：大人，我师弟突患眼疾，看不见东西，不能进府护理蔡夫人了。

蔡瑁：怎么会突然得眼病？

任彦成：小的也不知。小的亲自到他家里看过，眼睛肿得跟核桃似的。

蔡瑁沉吟一下：此事得赶紧奏明主公。

34

刘表官邸。白天。

刘表怒气冲冲地走来走去。

蔡瑁、张成、医署令、任彦成都跪着。

刘表：这个张仲景，早不病晚不病，单单夫人要生产时病了，真是懒驴上磨屎尿多。

蔡瑁：任医监亲自到他家看过，眼睛肿得跟核桃似的，一点都看不见东西。事已至此，也无法挽回了。

刘表：那你们说，他这一摊，该交给谁？

几个人面面相觑，都不敢回答。

刘表：任大人，就交给你怎样？

任彦成额头出汗，擦了擦：卑职心有余而力不足，卑职从未尝过药，恐怕喝在嘴里，也品不出什么道道。

刘表：那你师弟怎么就能品出来呢？一个师父教的，为什么是两样？

任彦成：师弟天资聪颖，我实在是望尘莫及呀。

刘表：那就照府里以前的规矩，该怎么着就怎么着吧。不过任医监和张成，你俩还是负总责，监督每一道程序，不能出半点差错。要是出了差错，要你们的脑袋！

任彦成哆嗦：卑职明白。

张成：小的一定尽心竭力。

刘表不耐烦地：都走都走。平时把你们一个个养得白白胖胖的，该你们出力的时候，哪一个顶用？

35

刺史府外。白天。

蔡瑁和张成一前一后地走着。

蔡瑁对张成：你说这事情，越来越蹊跷了。

张成：大人的意思是……

蔡瑁：张仲景先是儿子不见了，一直没找着，而在此紧要关头，他又病了，眼睛看不见了，这里头，老夫总觉得不太对头……

张成：可咱们也只是怀疑，没有一点线索啊。派出去的人，没有找到他的一点破绽，也不见他与什么人来往啊。也许，他是因为丢了儿子急出了眼疾。

蔡瑁：还是要多派人盯紧一点。只要他出了家门，就要寸步不离地跟着，若有人去他家，也要一一禀报于我。我就不信，这一切都是巧合！

张成：是。

36

大将军府。客厅。黄昏。

陈龙兴冲冲地进来：父亲，果然不出你所料，张仲景称病不出了。

陈羡高兴地一拍桌子：太好了，看来他还是倒向我们了。

陈龙：父亲，接下去该怎么办呢？

陈羡：接下去，就是把郑奇约出来，把东西给他，把话，跟他讲清楚。东西和话，我以前都向你交代过，你没忘吧？

陈龙：当然忘不了。

陈羡：只是一定要缜密，千万不能让蔡家的狗腿子盯上了。

陈龙：孩儿知道。这件事，要不要您进府一趟，禀报姑姑？

陈羡：万万不可。我已经好多天没去你姑姑那里了，这件事，无论如何不能让你姑姑掺和进来。万一失败了，我们倒了，保住你姑姑，我们就还有一线希望啊。

陈龙：不会失败的。

陈羡背过身一甩手：你去办吧。

37

张仲景家。张仲景卧室。黄昏。

张仲景躺在床上，小宽在给他敷药。

小宽：师兄，你不想去侍候蔡夫人生孩子，也不用折腾自己的眼睛嘛。

张仲景：小宽，我有难言的苦衷。这件事情，你对外人什么都不要说。还有英姑，你回去也嘱咐她，让她也什么都不要对外人说。

小宽点点头。

张仲景长叹一口气。

38

街上。白天。

郑奇走到一个拐角处，一黑衣人将他拦住。

黑衣人：我家将军吩咐，下午出府之后，有辆车在这里等你，将军要和你在车中说话。

郑奇点点头。

39

刘琦公子府。刘琦卧室内。夜。

刘琦正在睡觉。在他的卧室外面的厢房里，睡着冬儿，通宵守候。

刘琦在床上翻来覆去，望着卧室外面。

刘琦似乎下了决心，一捶床板：冬儿，冬儿。

40

刘琦卧室外。夜。

冬儿听到刘琦喊她，急忙披着衣服起来。

41

刘琦卧室内。夜。

冬儿跑进来：公子，怎么了？

刘琦：我口渴，你给我倒杯水。

冬儿：好。

冬儿去倒水。

冬儿把水递给刘琦，刘琦接过杯子，喝水。

喝完了，冬儿接过杯子：没事了吧？

冬儿转身欲走。

刘琦伸手抓住了她的手腕。

冬儿回头：公子，还有什么事吗？

刘琦：我睡不着，冬儿，陪我说说话。

冬儿：深更半夜的，说什么话，现在不睡，明早又起不来了。

刘琦：你就陪陪我吧。

刘琦假装咳嗽起来。

冬儿急忙将他扶起来，给他捶背。

刘琦靠在冬儿怀里：冬儿，你就这么让我靠着好不好？

冬儿：好啊，好点了没？

刘琦笑：其实我是故意装的。

冬儿气得打了他一下：干吗半夜折腾我？你就不能让我安生一晚上？

刘琦笑：那我就不安生了。

冬儿：你要怎样才得安生？

刘琦往里边挪：你睡我旁边，一直守着我，我就安生了，你也安生了。

冬儿叹了口气：公子，我进府的时候才十二岁，公子才七岁，就一直服侍公子，一晃就是十年，公子已经大了，这男女之间的事情，公子也应该懂了，再也不能像小孩子了。

刘琦：我不是小孩子，我知道我在做什么。

冬儿：那就更不行了。我知道公子心里喜欢我，可我毕竟是个奴婢呀，要是让大人和夫人知道了，肯定会赶我出去。

刘琦：我要想个法子，让你永远也不离开我。

冬儿：那又何必呢？天下本没有不散的筵席。

刘琦：离开了你，我就没法活了。

冬儿：公子，休说这样的傻话，公子将来还要做荆州的刺史，干吗说这种没出息的话？

刘琦：我不要做刺史，也不想有出息，我只要你。

刘琦搂紧了冬儿。

街上。黄昏。

郑奇在街上走着。

一辆马车徐徐而来，在郑奇身边停下。

郑奇会意，上了车。

车窗开了，一人吩咐车夫：你把车驶到比较僻静的街巷，多转几圈，将军有话，要在车上说。

车夫点了点头。

43

车中。黄昏。

陈龙：郑奇，事情重大，我只能在车中和你说了。

郑奇点点头。

陈龙：这是一包毒药粉，这是一粒毒药丸。这药粉，是替那个贱人预备的，这粒药丸，是给你的。张仲景已经称病不出，估计尝药的事，还得你来干，你已经有机会了。等那贱人生完孩子，你就可以下手了。一旦得手，你立即出府，府外会有人接应你。如果事情败露，你就立即服下这颗药丸，免得自己受罪。你的高堂老母，我陈家奉养终身，为她老人家养老送终。还有你弟弟，我们也会供养起来，他的儿子，有一个会过继给你，让你可以传宗接代。这样安排，你是否满意？

郑奇点了点头：我也是这样想的。事情一旦败露，我决不拖累大人。如果能够成功，也只求有个落脚之处，平平安安，了此残生。

陈龙：那就说好。郑奇，请受我一拜。

陈龙单腿跪下。

郑奇：将军请起。

44

街上。黄昏。

车停下来。

郑奇下了车。

车重新启动，走远了。

郑奇看着车子远去的影子。

45

张仲景家。张仲景卧室。白天。

小宽进来：师兄，换药吧。

张仲景：这是最后一次，换上新药膏，我这眼睛就要好了。

小宽点点头。

张仲景：小宽，有件事情我要托付给你。

小宽：什么事？

张仲景：蔡夫人大约明天就要生了，我托你到府衙门口去打探消息，她什么时候生下来，有了消息，立即回来告诉我。

小宽：她生她的，你打探这个消息干吗？

张仲景：你别问原因。此事万分紧急，你千万要认真打听，不可懈怠。

小宽：我知道了。

46

刺史府中。蔡夫人住处外。白天。

大门紧闭。

刘表在外边焦急地走来走去。

蔡瑁、张成、医署令等人都陪在旁边。

47

刺史府中。蔡夫人住处。殿内。白天。

任彦成、张成在靠近门的地方，也很焦急。

镜头转，一面巨大的屏风。

屏风内传来蔡夫人痛苦呻吟的声音。

48

刺史府中。蔡夫人住处。屏风内。白天。

蔡夫人正仰躺在床上呻吟、倒抽气。

49

刺史府中。蔡夫人住处。屏风外。白天。

突然，传出了婴儿的一声啼哭。

任彦成兴奋地：生了，生了，大人，生了。

张成也露出了笑容。

产婆出来：大人，是个姑娘。

张成吃惊地：啊？姑娘？

张成对身旁小仆役：赶紧出去，告诉主公。

50

刺史府中。蔡夫人住处。殿外。白天。

听到婴儿的啼哭声，刘表异常高兴。

小仆役出来跪下：主公，生了，是个姑娘。

刘表也有些意外地：姑娘？

不过刘表旋即笑了：姑娘好啊，我已有两个儿子，正想要一个女儿哩。

周围的仆役都跪下：恭喜主公，贺喜主公。

刘表：赏，赏，蔡大人，你去拟个名单来，有功之臣，都要赏！

蔡瑁脸上已露失望之色：是。

刘表：开门，让我进去看看。

医署令：主公，夫人刚刚生产，怕受风寒，主公从侧门进去吧。

刘表：好，侧门，走侧门。

51

刺史府中。蔡夫人住处。屏风内。白天。

刘表已经将婴儿抱在了怀中。

蔡夫人看着刘表，有些歉疚的表情。

刘表：夫人，谢谢你。

蔡夫人不安地：主公，抱歉我没能为你生个儿子。

刘表：女儿也好啊，你我将来可以尝尝当岳父岳母的滋味，人生一大福啊！

蔡夫人：你给她起个名字吧。

刘表：我的长子叫刘琦，次子叫刘琮，女儿叫刘瑞吧。

蔡夫人：谢主公，孩子有名字了。

52

张仲景家。张仲景卧室。白天。

张仲景眼睛上的药膏已经没有了，他已经可以看东西了。

小宽进来：师兄，府里传出消息，蔡夫人已经生下孩子了，生男生女还不知道。

张仲景将封好的木函递给小宽：我让你嫂子雪莹，为我代笔，写好了一封信，你立即给任彦成家送去。他不在，就给他夫人，立即去办。

小宽：怎么又让我去他家？

张仲景一拍桌子，严厉地：立即去办！

小宽吓了一跳，拿过信简：知道了。

53

陈羡家内室。白天。

陈羡默然坐在那儿品茶。

陈龙匆匆进来：父亲，那女人生了，是个丫头。

陈羡明显地松了口气：呵，太好了。

陈龙：那件事还照原计划办吗？

陈羡：既已安排好了，就办吧，也许她下回会生儿子。

陈龙：对！

54

任彦成宅邸。大门外。白天。

小宽敲门。

门开了，一仆人：你……张医官家的吧？上次来过。

小宽点头：是。我家大人有封信，托我给任大人。

仆人：任大人不在家。

小宽：那你就交到任夫人手上。

仆人接过木函：好吧。

55

任彦成家。客厅。夜。

一丫鬟报：夫人，大人回来了，已经在院中。

凌晶往外迎，任彦成进来，脱去外衣。

凌晶：官人，这么晚才回来呀。

任彦成轻松地：是啊。蔡夫人终于把孩子生下来了，我忙到现在，总算可以回家睡觉了。

凌晶：太好了，你心里的石头总算放下啦。

任彦成：就是啊。当初张师弟生病，主公说要我脑袋的时候，我这脑袋啊，还真有点疼，现在总算好了。

凌晶：哦，你不说差点忘了，张师弟今天托人，送来一封信。

任彦成：拿过来。

56

任家内室桌前。夜。

任彦成打开木函，取出竹简。

任彦成念：师兄大鉴，夫人生产之后，身体虚弱，如若用药，必须慎之又慎。在夫人服药之前，应找尝药的再尝一次，在兄眼前确证无误之后，再交夫人服用。切切。弟上。

念完，任彦成陷入了沉思：师弟这封信，是什么意思呢？

凌晶拿起来看了看，放下：是有点怪，他何必特意来信，这样嘱咐你？

任彦成：反正小心没坏处，他既然特意嘱咐，就按他说的办吧。

57

刺史府内。蔡瑁住处。夜。

张成进来：大人，张仲景那里，有动静了。

蔡瑁有些心不在焉：什么动静？

张成：他的小师弟陆宽，跑到任医监那里，送了一封信。

蔡瑁不以为意：他的小师弟去一趟任医监家，这能有什么事？师兄弟传个消息呗。

张成挠着头，笑。

蔡瑁：不过小心没坏处，明天还是找任医监问问，信里说了什么。

58

医署。任彦成处。白天。

仆役进来：大人，蔡大人到。

任彦成急忙起身迎接，蔡瑁进来。

蔡瑁：任医监，我和你有话要说。

任彦成示意仆役退下。

蔡瑁：你师弟昨天派人给你送了封信，内容是什么？

任彦成大吃一惊：大人……你如何知道的？

蔡瑁：这你就别管了。我只问你，内容是什么？

任彦成：是让我……让我在给夫人服药之前，把尝药的找来，将药再尝一遍。

蔡瑁：就这些？

任彦成：就这些。

59

医署外。白天。

蔡瑁在低声自言自语：这张仲景，什么意思呢？他怎么突然对夫人好心起来？他就是这么个人，对病人好？其中有什么玄机？这个人，还真是捉摸不透啊。

60

刺史府内。蔡夫人住处。白天。

任彦成：夫人，一定要用药吗？

蔡夫人：哎哟，我头疼得厉害，你就给我开点吧。别让我疼死了。

任彦成想了想：好吧。

开方。

61

煮药处。白天。

小仆役将药递给郑奇。

郑奇喝完了药，将药碗放下。

突然，郑奇猛转头朝门外看：什么东西？

小仆役也跟着回头看。

郑奇趁机将一包药粉撒到了碗里。

小仆役回过头来：什么呀？

郑奇：可能是一只猫吧，刚才"嗖"的一下就过去了。

小仆役：一惊一乍的，吓唬谁呀？

小仆役将药碗放到了药盒里，提走了。

62

煮药处门外。白天。

郑奇闪身出来，左右看了看，急忙朝府外走去。

63

刺史府内甬道上。白天。

郑奇走着走着跑了起来，看见一队侍卫军过来，又放慢脚步，走起来。

64

刺史府中。蔡夫人住处。白天。

蔡夫人端起药碗来，欲喝。

任彦成突然想起来：且慢！这药还得让尝药的再尝一遍。

蔡夫人：怎么这么麻烦？就是不让我喝是不是？

任彦成：请夫人少安毋躁，该您喝的时候，肯定要让您喝的。

65

煮药处。白天。

小仆役飞跑过来。

小仆役问其他人：郑奇呢？

一仆役：刚才还在，可能去茅厕了吧？

另一仆役：好像是朝东边府门走了。

小仆役追去。

66

刺史府内。府内甬道上。白天。

小仆役扯着嗓子：郑奇！

郑奇愣住，回过头来。

小仆役：郑奇，你让我找得好苦。任医监让我叫你去蔡夫人住处一趟。

郑奇：没说什么事吗？

小仆役：没说。

郑奇站着不动。

小仆役：走啊，再不走，任医监该等急了。

郑奇只得跟着小仆役走去。

67

蔡夫人住室内。白天。

郑奇进来：参见夫人，参见任大人。大人找我何事？

任彦成指了指药碗：这碗药，你再喝一口。

郑奇：这药，已经尝过了。

任彦成：我知道，你再尝一次。

郑奇吃惊地：大人，这？

任彦成：怎么了，我没权让你多尝一次吗？

郑奇努力让自己平静下来：不是，可我不知道为什么。

任彦成：我就是想让你再尝一次，不行吗？

蔡夫人：哎呀，任大人，好好说话，别吓着人家。你呀，也是有点多此一举，难道这碗里还有毒不成？

郑奇脸色大变，慌张不已。

任彦成瞪着郑奇，似乎看出点端倪。

郑奇捧起药碗，哆哆嗦嗦地，喝了一口。

任彦成盯着他的脖子。

郑奇脖子特写。

任彦成：你怎么不咽啊？

脖子上的骨头动了一下。

任彦成：这还差不多。

蔡夫人端起药碗：这回，我总可以喝了吧？

任彦成大喝一声：且慢！夫人，你看他！

郑奇的脸色变得紫黑，嘴里嗫嚅着，突然，吐出一口血来！

蔡夫人：呀！

蔡夫人一声惨叫，药碗摔落到地上。

药碗落地，碗碎，汤溅起来。

第十九集

1

刺史府中。蔡夫人住处内。白天。

刘表在室内恼怒地来回走动。

蔡瑁、张成、医署令、任彦成都在场，全都吓得不敢作声。

郑奇的尸体还躺在地上。

两个小仆役在把郑奇的尸体往外拖。

刘表震怒地：岂有此理！真是岂有此理！夫人刚为我生下瑞儿，就有人在药中下毒，要置她于死地！是谁？如此狠毒，是哪个畜生？

他走到众人面前，众人都低下了头。

蔡夫人在一旁，嘤嘤咽咽地哭着。

刘表大吼：说啊！你们倒是说话啊！怎么会出这种事？

蔡瑁怯怯地：主公息怒。此事应交王粲大人，严加究查，方能查出下毒之人和幕后主使者。

刘表稍稍平息了一下：凡是涉案之人，一律送到别驾府，严加查问！

蔡瑁：别驾大人马上就到。这个尝药而死的郑奇，该如何处理呢？

刘表叹息：唉，他毕竟是为夫人搭上了一条命，应予旌奖，加封为医署令，安葬了吧。

蔡瑁：是。

2

医署。白天。

蔡瑁、张成、医署令、任彦成。

蔡瑁：别驾王大人在要追查的名单，任医监，你将为蔡夫人开方、抓药、配药、煎药、尝药、送药的人，都写下来，送给王大人，再将这些人召集起来，让他们跟王大人走吧。

任彦成胆怯地：开方的就是我啊，我也跟着去？

蔡瑁：你不用。你和张成，随时听候王大人的消息，让你去接受调查的时候，你们去就是了。

任彦成：是。

3

刺史府内。甬道上。白天。

蔡瑁 与张成一前一后地走着。

张成：大人，你说这，到底怎么回事啊？我简直蒙了。

蔡瑁：我也有点蒙，但细想想，还是有些蛛丝马迹，只是我们没想到，他们下手会这么快！

张成：你是说，陈……

蔡瑁急忙示意张成住嘴，低声地：这是什么地方？

张成害怕地捂住了嘴。

蔡瑁：是我疏忽了。老注意一个张仲景，没想到他们在府中还有内线。

张成：这个内线会是谁呢？就刚才名单上的人，我挨个想了一遍，都觉得没问题啊。

蔡瑁：事情败露了，他们竟然还能掩藏得天衣无缝？我就不信了！别只等别驾府来追查，我们也要追查！

张成：可这无头案，从哪里入手呢？

蔡瑁：你说这个张仲景，他可真是怪。他怎么就不迟不早地，给任医监送封信，让他在夫人服药之前，再加一道手续呢？

张成：是啊，他这一封信，等于救了夫人的命。

蔡瑁：他救了陈夫人的命，又救了我妹妹的命，他到底算哪一拨的？

张成：依我看，他哪一拨都不算，就是一个好心眼的医师呗。

蔡瑁点头：可他这两次，救得都很奇怪呢，真是个怪人。

张成：这个张仲景，兴许知道内情，干脆把他抓来……

蔡瑁摆手：他是名医，对他决不能动粗！他深受主公器重，救过陈夫人的命，又救了我妹妹的命，又是朝廷的命官，你凭什么抓他？弄得不好吃不了兜着走。

张成：那我们该怎么对他？

蔡瑁：晓之以理，诱之以利，慢慢感化吧。他可没他师兄那么好摆布……

张成：就是啊。

4

别驾府。白天。

王粲正在审问一个医官。

医官满脸无辜地说着什么，王粲边听边沉思着……

5

医署。任彦成处。白天。

任彦成还在后怕，心神不宁。

仆役进来：大人，蔡夫人请您过去。

任彦成吓了一跳，急忙出去。

6

刺史府中。蔡夫人住处。白天。

蔡夫人和她弟弟蔡瑁在。蔡夫人仍在啼哭，蔡瑁在安慰她。

蔡瑁：妹妹别哭了，事情不是过去了吗？

锦儿：夫人，任大人来了。

蔡夫人：快请。

任彦成进来：参见夫人。

蔡夫人：快快请起。任大人，你今天救我的事情，我，一辈子也不会忘的。

任彦成受宠若惊地：夫人言重了，这都是我该做的。

蔡夫人：所谓大恩不言谢，我虽是个女流之辈，可也知恩图报，日后，必有验证。

任彦成：夫人这样说，简直教卑职无地自容。

蔡瑁：任大人不必客气，你对蔡家的大恩，蔡家记下了。

蔡夫人：过几天，我就跟主公说，让主公把锦儿赏给你。

锦儿在一旁羞红了脸。

任彦成大惊：夫人，这如何使得？

蔡夫人：如何使不得？你救了我的命，送一个侍女怎么了？

任彦成：夫人，您千万别为了这点小事，因小失大呀！

蔡夫人：你放心吧，我自有分寸。

7

府衙门口。白天。

陈龙牵马出来，骑上马，猛抽一鞭。

马急奔起来。

8

大将军府。院中。白天。

陈羡在院中焦急地徘徊。

陈龙进来。

陈羡：怎么样？

陈龙沮丧地摇头。

陈羡吃了一惊：啊？怎么个情况？

陈龙：父亲，进去再说。

9

大将军府。密室中。白天。

陈羡：怎么回事？

陈龙：我也不知道。反正看着别驾王大人进了府，消息就传出来，郑奇尝药而死了。

陈羡：他死了？

陈龙：死了。

陈羡稍微平静了一些：他在哪里死的？

陈龙：听说是在蔡夫人的住室里。

陈羡：怎么会死在那里？

陈龙摇头。

陈羡：他到底败露了没有？

陈龙：看来是没有。主公还旌奖了他，要赐官厚葬。

陈羡长出了一口气：你还知道什么？

陈龙：就这些。事情没成，郑奇死了，但他也没有败露。可看主公的架势，异常愤怒，说是要追查出幕后主使。

陈羡：如果连郑奇都没有败露，那幕后主使，他们又从何追查？

陈龙：万一查着查着，查出是郑奇下的毒呢？

陈羡用拳头砸了一下桌子：看来当务之急，是要干掉张仲景，这样才能确保我陈家的安全！

陈龙：你不是说他是名医——

陈羡：现在顾不了那么多了。

陈龙：好，我去布置。他儿子和那个歌女呢？

陈羡：他没死之前，这两个人始终是筹码，他死之后，那个歌女还可以作为将来对付黄祖的筹码嘛，先还是关着，不要杀。

陈龙点头：父亲，那我就去布置了。

陈羡：一定要周密，务必把人杀死，而不要留下任何破绽。

陈龙：是。

10

张仲景家。院中。黄昏。

雪莹、小宽在院子里。

小宽：嫂子，师兄怎么在葛根的屋子里，待了一整天？

雪莹：不知道啊。可能是太思念根儿了吧。

小宽：他什么事情都不跟我们讲，老这么憋着，可别憋出什么病来。

雪莹神色凝重，没有搭话。

忽然响起敲门声。

小宽：我去开门。

11

张仲景家。门口。黄昏。

小宽打开门，是任彦成。

小宽皱眉：你？

任彦成：师弟，我有要紧的事情，特来拜访。张师弟在家吗？

小宽不耐烦地给任彦成闪开身，让他进来。

12

张仲景家。院中。黄昏。

任彦成对雪莹：师妹，张师弟在哪里？

雪莹：在根儿的屋子里，那边，你自己去吧。

任彦成朝葛根的卧室走去。

13

张仲景家。葛根卧室。黄昏。

任彦成走进来，光线昏暗，张仲景坐在葛根的小床上，如同木偶一样。

任彦成：师弟。

张仲景抬起头：师兄，你来了。

任彦成：师弟，你这是……

张仲景不作声。

任彦成：师弟，府里出了天大的事，蔡夫人差点被人毒死。

任彦成注视着张仲景，却看到他并没有特别吃惊的表情。

张仲景：结果呢？

任彦成：我照师弟的嘱咐，在夫人临喝药前，让尝药的郑奇再来尝一次药，结果，把郑奇给毒死了。

张仲景沉默半天，叹息：可惜啊，还是死了一个人。

任彦成有些不理解：师弟，真要谢谢你，要不是你那封信，我这会儿就该在死囚牢里了。

张仲景不说话。

任彦成：师弟，你是怎么猜到的？有人要加害夫人？

张仲景：我哪里猜得到？不过是因为心里担心，特意再嘱咐你一下。

任彦成走上前，握住张仲景的手：师弟，你可是救了我啊！

张仲景还是呆呆的。

任彦成：师弟，你还是因为儿子的事情愁成了这个样子？

张仲景：我的根儿，也不知道现在怎么样了。还有那个蝉儿姑娘，是你让我给她治病，没想到把她也卷进来了，是我害了她啊！

任彦成：区区一个歌女，师弟何必忧虑？倒是你的儿子，我的侄子，是一定要找回来的。我明日进府，就向蔡大人禀报，让蔡大人再想想办法。

张仲景：府里事多，就不多烦扰大家了吧。

任彦成：师弟，你的事就是我的事。愚兄虽然官低位卑，愚昧无能，但一定把根儿当作自己的侄子，为你尽心竭力去找。

张仲景仍是面无表情地：谢谢了。师兄医署里的事情也不少，不要太费心了。

任彦成：师弟，经过这一场大变，愚兄的心里，现在还怦怦乱跳呢。因为这起大案，好多人都被别驾府弄去审问了，医署里的人手，实在是不够。师弟，我看你的眼睛也好了，你再休养两天，休养好了，能不能重去府里，帮帮我？

张仲景：好吧。

任彦成自觉无趣：那好。师弟，我告辞了。

张仲景：师兄慢走。

但张仲景坐在床上没有送的意思。

14

张仲景家。院中。黄昏。

任彦成对雪莹：师妹，师弟的精神状态……

雪莹：他已经这样一整天了。

任彦成：让小宽给开点补神养脑的药吧。

雪莹：他得的是心病，心病还要心药治啊。

任彦成：师弟为根儿的事，急成了这样，师妹，你可不能再倒下了。

雪莹看着任彦成，嘴角笑了笑。

任彦成自觉无趣：师妹，告辞。

15

任彦成宅邸。夜。

任彦成对凌晶：就是这么回事。你说，是不是多亏了张师弟的那封信？

凌晶：是啊。你这个张师弟，不仅是个神医，而且是个半仙，能掐会算哪！

任彦成：可真是把我给吓死了！看看那个郑奇吐出血来，我也连连作呕，差点也吐了！

凌晶：这些尝药的，其实都是替死鬼呢。

任彦成：不过我觉得他，有点奇怪。

凌晶：怎么怪？

任彦成：我让他喝药的时候，他先是死活推托着不想喝，被迫喝下去了之后，又噙在嘴里不肯咽下去，眼睛都直了——他好像知道那是毒药似的。

凌晶：是吗？

任彦成：看他的表情，老觉得他事先好像知道那是毒药。

凌晶：知道是毒药，他又怎么肯喝呢？

任彦成：不知道。我瞎猜的。

凌晶叹了口气：唉，真是险恶啊。好在你又逃过一劫！

凌晶抱住任彦成。

在凌晶的拥抱下，任彦成忽然愣了一下。

任彦成：娘子，还有一件事，蔡夫人一高兴，说是，说是……

凌晶：说什么？

任彦成：说是，要感谢我。

凌晶：怎么感谢？

任彦成吞吐地：这个……只是说谢谢而已。

16

张仲景家。张仲景卧室。深夜。

张仲景和雪莹都睁着眼躺在床上。

雪莹：他爹，你还没睡呢？

张仲景：睡不着。

雪莹：还是想根儿吗？

张仲景点点头。

雪莹：我这两天刚好一点，怎么你又想得厉害了？你前几天说，你已经知道根儿的下落，是故意骗我安慰我，还是真的知道啊？

张仲景：我不是跟你说过嘛，现在不能告诉你，你也不要瞎想了。只要我不出事，他们就是安全的。

雪莹吓坏了：他爹，你要出什么事？

张仲景：我没事，是府里可能还要出大事，明天你告诉小宽夫妇，让他们随后这几天，谁也不许出去，就在家里待着。

雪莹：我和英姑不出去还好说，小宽怎么能不出去呢？家里的柴米油盐，哪一样不要他出去置办呢？

张仲景：实在不行，就让他明天出去一次，把该买的多买一点，储备起来，然后大门不出，二门不迈，就在家里待着，哪儿也不要去。就说是我说的。

雪莹：这是为什么呢？

张仲景：不要问。你就听我的没错。

雪莹：好吧。那个任彦成，今天跑来，又没安什么好心吧？

张仲景：他想让我早日进府复工。

雪莹：你都成这样了，他还……

张仲景：不要怪人家！拿着俸禄，当然要为刺史大人服务了。

雪莹：你刚救了夫人，就不能在家多歇两天？

张仲景勃然大怒：怎么是我救的？替她尝药而死的，又不是我！

雪莹大吃一惊：他爹，你这是怎么了？

张仲景冷静下来：对不起对不起，是我不好，我心里乱，你别怪我。

雪莹：他爹，你好好睡吧。我已经丢了儿子，你要是再倒下了，我可……

张仲景连连点头，安抚雪莹：我知道我知道，你也不容易啊……

夫妻俩都流出了泪水。

17

大将军府。密室内。夜。

陈羡：布置好了没有？

陈龙：布置好了。只要他进府，就让他回不去。本来是给郑奇预备的，这下给他用上了。

陈羡：杀掉他之后，将他儿子也杀掉，免得留下后患。

陈龙：是。

18

蔡瑁住处。夜。

蔡瑁问张成：今晚侍卫军中，是不是黄将军值夜？

张成：是。

蔡瑁：请他过来。

张成：这？他肯来吗？万一主公知道……

蔡瑁：主公已经安歇了。你去请他，他会来的。

张成：是。

19

侍卫军值夜处。夜。

灯火通明，卫士林立。

黄祖正坐在桌前看一卷兵书。

一侍卫官进来：将军，府中的张大人要见你。

黄祖有些意外：请他进来……

20

蔡瑁住处。夜。

黄祖走了进来，拱手：大人。

蔡瑁一使眼色，张成出去了。

蔡瑁：黄将军，今晚把你请过来，是有重要的事情，要跟将军商议。

黄祖：大人请讲。

蔡瑁：蔡夫人的药中，有人下毒，将军听说了吧。

黄祖：已经知道了。

蔡瑁：将军想想，这毒，是谁下的呢？

黄祖一惊：这个，下官如何得知？

蔡瑁：随便猜一猜吗？

黄祖：这个，岂敢乱猜？

蔡瑁：其实很好猜的。这是秃子头上的虱子——明摆着。将军只是不愿说出来罢了。

黄祖沉吟了一下：可是这么大的事情，总是要有真凭实据的。

蔡瑁：可他家只要势力不倒，谁又能进到他府上，搜出真凭实据呢？

黄祖：这个……下官就不知道了。

蔡瑁：将军这次被主公特意调回来，主公是有意将府中侍卫的重担，交给将军了。

黄祖：侍卫军统领，是陈龙将军。

蔡瑁：他一个小毛孩子，知道什么？要不是他姑姑是陈夫人，只怕给将军提鞋，将军还看不上呢。

黄祖无声地笑了笑，没有说话。

蔡瑁：将军没有觉察到，风声越来越紧，府里还要出大事吗？

黄祖看着蔡瑁。

蔡瑁：如果到了紧要关头，主公要将军诛除奸佞，将军可要做好准备啊。

黄祖：只要有刺令，黄祖愿为主公赴汤蹈火，在所不惜！

蔡瑁：好，到时候黄将军千万不能手软！

黄祖：只要军令在手，黄祖长剑出鞘，可是不认人的！

蔡瑁：好！那我就替主公，先谢谢将军了！

黄祖：岂敢？黄祖知道这次能奉调回荆州，有大人的功劳，今后愿为驱遣！

21

张仲景家院内。清晨。

小宽在套驴车。

张仲景从正屋里出来，正要上驴车。

有人敲院门。

小宽一愣：谁这样早？停下手去开门。

22

张仲景家院门口。清晨。

小宽拉开门，原来是王粲领着几个衙役站在门口。

小宽意外地：是王大人？

王粲点头，走进院内。

张仲景这时忙迎上前施礼：不知王大人这么早来卑职家，有失远迎。

王粲低声地：从今天起，为了你的安全，你去医署时，我派两个人接送。

张仲景急忙摆手：这如何敢当？

王粲不容分辩地：请听我安排吧。

张仲景感动地：这份关照之情，张某会谨记在心！

23

街上。清晨。

街上人很少。

驴车"吱呀吱呀"地前行。

24

靠近刺史府的另一条街上。清晨。

远处是浓雾中刺史府的轮廓，若隐若现的。

几个黑衣人已经埋伏好了。

25

车上。清晨。

小宽停住车，对张仲景低声地：师兄，这条街拐过去，就是刺史府了。车子只能赶到这里，前面一小段路，你要自己走了，我们等在这儿看着你走。

张仲景下了车。

车篷内，王粲带来保护张仲景的两个衙役警惕地看着车外。

26

黑衣人埋伏处。清晨。

张仲景走过来。

一蒙面黑衣人突然从大树后面蹿出来，拦住张仲景的去路。

张仲景回头，发现身后也有一个黑衣人。

他镇定下来：你们，想干什么？

一蒙面黑衣人：张医官，有人请你跟我们走一遭。

张仲景意识到了不好，突然大声地：来人哪！

27

街上。清晨。

小宽停车处。

小宽和两个衙役闻声立时跑过去。

小宽：师兄——

28

黑衣人埋伏处。清晨。

三个黑衣人听到小宽的喊声和奔跑声都一惊。

一个黑衣人举刀要刺张仲景，被飞速赶到的王粲的手下飞脚踢开刀。

三个黑衣人扭头就跑。

王粲的两个手下追过去。

29

街上。清晨。

两个衙役追上了其中一个黑衣人，将他一下子扑倒在地。

两个黑衣人跑远了。

30

张仲景遇刺处。清晨。

小宽扶张仲景上车。

王粲的两个手下将那个被捆的黑衣人扔到车上。

其中一个对小宽：快，去别驾府！

31

车上。清晨。

车头掉转，飞驰。

32

别驾府。府内。清晨。

王粲的两个手下把抓到的那个黑衣人抬放到王粲面前。

张仲景和小宽站在一边。

王粲面孔冷峻地看着黑衣人……

33

医署。白天。

任彦成问赵仆役：你去看看，张医监来了没有？

赵仆役：我刚才经过那里，张医监还没有来。

任彦成：说好要来的，怎么还没来？

另一仆役闯进来：任大人，大事不好。

任彦成：何事惊慌？

另一仆役：大人，侍卫军刚才来报，张仲景在刺史府西门对面的街巷里，被人谋刺。

任彦成大惊：啊！受伤了没？

仆役：不太清楚，听说刺客已被抓住，送到了别驾府。

任彦成：哦?!

34

内务署。白天。

任彦成进来，慌张地：蔡大人，张仲景遇刺了。

蔡瑁：我已知晓，已经去请黄祖将军了。

黄祖进来，拱手：蔡大人。

蔡瑁：医署张医监遇刺，你知道了吧？

黄祖点头。

蔡瑁：此事一定与蔡夫人的药中被人下毒有关，老夫已经派人向主公禀报，当务之急，请你派几个兵包围张仲景家，以防有人再去暗杀他。

黄祖：卑职明白，马上派人按大人吩咐去做。欲走。

蔡瑁：将军留步。在此紧要关头，府中戒备一定要加强，以防有人谋刺主公。

黄祖：现在守卫府禁的，都是我的心腹之人，大人放心吧。

蔡瑁：还有两位夫人那里，也要加强防卫。

黄祖：是。

35

大将军府。客厅。白天。

陈羡在客厅里走来走去，焦急地等待消息。

陈龙进来。

陈羡上前：怎么样了？

陈龙：父亲，进去说话？

陈羡不耐烦地：不用了，就在这里吧。

陈龙：刺杀没有成功，而且我们派出的人也被抓走了一个。

陈羡大惊：啊？怎么搞的？

陈龙：我们没想到有人在保护张仲景。

陈羡慌乱地搓着手：这可怎么办？

陈龙：不行干脆硬拼，我带人冲进府去，杀尽蔡家一党！

陈羡：黄祖会不拦你？

陈龙：连他一块杀！

陈羡：容我想想。

36

刺史府。刘表官邸。白天。

刘表问蔡瑁、张成：怎么回事？怎么张仲景又遇刺了？

蔡瑁：一个医官，刺杀他干吗？肯定是跟蔡夫人的药中被人下毒有关，有人想杀人灭口。

刘表：王粲正在审刺客？

蔡瑁：是，不过听说刺客咬牙不说是谁让他行刺张医官的。主公，当务之急，是让黄祖将军加强府中守卫，以防不测。请主公下令，禁绝一切人出入刺史府！

刘表点头：好，就由你去侍卫府传我的口令。

张成：是。

蔡瑁：还有，命黄祖将军保护张仲景，如果被抓的刺客供出乱臣贼子，请主公下令，立即逮捕！

刘表：好，请你一并传令黄将军。

蔡瑁：主公，黄将军一旦用起兵来，需要主公授予全权，主公何不赐他一道动兵令牌？

刘表犹豫起来：这？

蔡瑁：主公，现在情况紧急，黄将军在侍卫军只是副统领，没有令牌，只怕众兵将不服，难以行事。

刘表：何不让陈龙将军指挥？

蔡瑁：陈将军年轻，到侍卫军不过两年，众兵将也不服啊。再说，陈家如果统兵在府中行事，主公能放心吗？

刘表犹豫片刻：好吧。令牌也由你拿给他。

37

别驾府。屋内。白天。

王粲仍在审问抓到的刺客：你与张大人无冤无仇，何故害他？

张仲景默坐一边。

跪在下边的刺客低头不语。

王粲：看来你是执意要让我用刑了！

张成这时悄悄进来。

王粲断喝一声：来人，给他上刑！

几个衙役上前按住刺客。

张成这时突然开口：王大人，陈龙已经招供。

王粲和张仲景闻声都一愣。

那刺客先是一惊，随即：我招——

张成阴冷地笑了……

38

陈羡府。白天。

陈羡仍坐在桌前紧张地权衡。

一个属官匆匆走进来：大人，听说被抓的那个招了。

陈羡惊起身：哦？快叫龙儿！

39

内务署。白天。

蔡瑁也在焦急地等消息。

张成高兴地进来。

蔡瑁：刺客招了吗？

张成：我略施小计，他就招了。

蔡瑁：让黄祖将军立即行动，抓捕陈家父子！我们先抓后奏！

40

张仲景家。白天。

王粲一脸凝重地对张仲景：你还要多加小心，待我去禀报主公之后再来见你。

张仲景施礼：大人的救命之恩，仲景铭记在心！

41

大将军府。院中。白天。

陈龙急匆匆地进来：父亲，动手吧？

陈羡：只有这一条路可走了！干吧！

陈龙：我这就去侍卫军府。

陈羡：记住，不要伤了主公。

陈龙：明白！

42

侍卫军府。白天。

张成正在催黄祖：证据就在王大人手中，快动手吧！

黄祖：我怎么可能就凭你的话便逮捕陈龙？

张成无奈地：再拖就来不及了……

43

刘表官邸。白天。

刘表正在恼怒地来回踱步。

王粲站在一边，默然看着他。

刘表下了决心地：传蔡瑁！

44

侍卫军府。白天。

陈龙匆匆走了进来，与张成撞了个满怀。

张成惊慌地：陈大人！

陈龙大喝一声：来人！

几个侍卫军士跑过来。

陈龙指着张成：给我抓起来！

张成：将军何故抓我？

陈龙：我不仅要抓你，还要连你的靠山一起抓！

黄祖这时走过来：陈大人这是何意？

陈龙：蔡家密谋反叛主公，我奉命带兵剿灭这伙败类！来人啊！

45

张仲景家。白天。

张仲景正默坐在桌前。

雪莹：真险啊。

张仲景叹了口气，摇摇头：我一个医师，怎会被卷进了这种事里？

46

刺史府内。刘表官邸。

蔡瑁观察着他的表情。

刘表叹了一口气：没想到啊没想到，我待陈家不薄，陈家竟如此害我！

蔡瑁：主公，陈羡眼下还是长沙太守，一旦让他逃回长沙，必生祸乱，主公要当机立断啊！

刘表：好吧，先把人抓起来再说，传我刺令！让侍卫军去包围陈府，逮人抄家！

蔡瑁：陈龙现在是侍卫军统领，万一他……

刘表：难道他还敢造反不成？

蔡瑁：如果他抗命……

刘表：不是还有黄祖吗？侍卫军不会听他陈龙的！去传令吧！

蔡瑁：是！

47

侍卫军处。白天。

侍卫军官兵列队而立。

陈龙和黄祖站在队前。

张成被绑在一根柱子上。

黄祖冷冷地看着陈龙。

陈龙急切地：诸位，我奉命——

蔡瑁的声音：刺令到！

众将领都跪下来。

蔡瑁和几个衙役走了进来。

蔡瑁展开刺令——

蔡瑁：荆州刺史令，大将军陈羡，毒杀我妻蔡氏，谋刺医官张仲景，图谋不轨，铁证如山。着命侍卫军副统领黄祖，凭令牌即刻缉拿陈羡及其同党，并将陈府抄家搜查，务期查出罪证。侍卫军统领陈龙，嫌疑甚大，解职送别驾府查办。违令者格杀勿论！此令。

蔡瑁念完，黄祖一笑。

陈龙急了：奸贼！竟敢假传刺令，给我拿下！

左右亲兵，立即将蔡瑁包围起来。

蔡瑁高举刺令：刺令在此，谁敢大逆不道！

众亲兵都被震住，后退了一步。

陈龙拔出剑来，冲向蔡瑁，一把将蔡瑁抓住，把剑架在他的脖子上：你这个狗东西，竟敢假传刺令，陷害大将军！看我不杀了你！

黄祖这时高声地：蔡大人，那刺令，让我看看！

陈龙举剑欲砍蔡瑁，黄祖抽剑拦住：陈大人，待我看完你再杀他不迟。

蔡瑁将刺令给了黄祖，陈龙没敢阻止。

黄祖看过刺令，突然高举令牌：令牌在此，将陈龙拿下！

刚才包围蔡瑁的亲兵，立即将手中的兵器对准了陈龙。

黄祖：众位兄弟，刺令我已看过，确实是刺史大人的官印，有主公的亲笔签名，我等必须执行！

众官兵：是。

黄祖：将陈龙绑了！

众人几下就把陈龙绑了起来。

黄祖：众位兄弟，随我领兵包围大将军府！

48

大将军府。四面围墙外。黄昏。

大将军府四面围墙外，都被军队包围。士兵们手持火把，人跑马嘶，一阵喧哗。

49

大将军府。客厅。黄昏。

陈羡正在沉思，听到喧哗声，愣住了。

门突然被推开，管家进来：大将军，大事不好了。

陈羡：怎么了？

管家：侍卫军将咱府给包围了！

陈羡：啊？这怎么可能？陈龙呢？

管家：您出来看看，火把把天都映红了。

50

别驾府邸。

王粲正在看书。

一个下人匆匆进来：大人，陈大将军的府邸，已被刺史大人派兵包围了。

王粲淡淡地：多行不义必自毙……

51

大将军府。院中。黄昏。

陈羡出来，看到围墙外的天空，被火把映得通红。

外面的人喊马嘶声，也越来越大了。

陈羡跺脚：陈龙呢？

管家：黄祖在外面叫门，开不开？

陈羡：不要开！

陈羡又转了几圈：不开，顶得住吗？

管家：哪里顶得住？府里的家丁，不过上百人，这些人又有谁愿意跟主公的亲兵动手？

陈羡：这可如何是好？黄祖是我陈家的死敌，让他抓去，老夫就死定了。

管家：大将军，到底如何是好，您赶快拿主意。我看，一是开门投降，二是先顶一阵，你想办法逃出去，除此没有别的办法了。

陈羡：我偌大年纪，往哪里逃？也许被他们抓去，还能有机会到主公、到我妹妹那里说清楚。你去开门吧。

52

大将军府。门口。黄昏。

大门开了，士兵冲了进来，最后进来的是黄祖。

53

大将军府。院中。黄昏。

黄祖面对陈羡：大将军，别来无恙啊？

陈羡：你无缘无故私闯我陈家宅邸，所为何来？

黄祖：无缘无故？我是奉命前来！左右，把他拿下！

左右卫兵过去，将陈羡捆起来。

陈羡挣扎地：我就想知道，你们这样做，主公知道吗？我的罪名是什么？

黄祖：少废话！你想毒死蔡夫人，刺死张医官，你派去的人都已经招了，你还有何话说？

陈羡无语。

黄祖：左右，给我搜！一间一间房，给我仔细地搜！

众兵丁：是！

54

大将军府。关押蝉儿、葛根的房间。黄昏。

房间里伸手不见五指。

蝉儿和葛根被捆着双手。房间狭小，但能听到外面的喧哗声。

葛根：姑姑，外面怎么这么大动静？

蝉儿：不知道。

外面的声音：一间间地搜！搜仔细了！

葛根：姑姑，不是这府里的人，是外边的人。

蝉儿仔细地听起来。

外面的声音：那里，赶紧搜！啥地方都不能漏掉！

蝉儿明白过来，对葛根：我们一起喊，大声喊！

两人一起：来人哪！来人哪！

"咣当"一声，门开了，一道亮光照射进来。

55

大将军府。院中。黄昏。

一卫兵过来：将军，搜到两个被捆起来的人。

黄祖：带过来。

蝉儿、葛根被带过来。

黄祖一看，走上前：蝉儿！

蝉儿手捂住脸，号啕大哭起来。

黄祖又问葛根：你是……

葛根：我是医署张医官家的儿子，叫葛根。

黄祖点点头，对陈羡：老贼，你还有何话说？

陈羡：有话也不和你说，主公那里，我自会去说！

黄祖笑：还嘴硬！

黄祖吩咐士兵：这个男孩，立即送到张医官张仲景家。这个……蝉儿，先找个驿馆住下，洗漱沐浴之后，等我去找她。

士兵：是。

黄祖领着蝉儿和葛根走了。

56

刺史府中。刘表官邸。黄昏。

蔡瑁、张成在里面。

黄祖进来：参见主公。

刘表：人抓到了吗？

黄祖：陈羡父子，俱已拿下，又搜查出府内黑牢里关着两个人，一个是张仲景的儿子，另一个是他家的一个女仆。

刘表痛苦地：将他们父子打入大牢！

黄祖：主公，您要不要亲自审问他们？

刘表：我不想见他们，让蔡将军去查办！

蔡瑁：是。请问主公，该由哪些官员去审案？

刘表想了想：此事涉及我的家事，不要搞得沸沸扬扬的，将来到处散播，反而坏了我的名声。就由你和张成，你们俩去审问，不要再找别人。

蔡瑁：是。

刘表：黄将军。

黄祖：卑职在。

刘表：派兵将陈夫人的住处包围起来，禁止任何人出入！

黄祖：是。

第二十集

1

蔡瑁住处。夜。

张成和蔡瑁都很欣喜。

张成：大人，这回陈家是彻底倒了。

蔡瑁含笑不语。

张成：大人，这陈家的案子，该如何审法？

蔡瑁：还审什么？主公不是把他们父子二人都交到咱手中了嘛，咱就让他们父子……畏罪自尽！

张成：是。

2

张仲景家。白天。

雪莹紧紧地抱着葛根：我的孩子，你吃苦了……

葛根流着泪：我害怕再也见不到你和爹了……

站在一旁的张仲景这时长叹一声：都是因为我啊——

葛根转而哭着扑到张仲景怀里：爹——

3

蔡瑁家。白天。

蔡瑁、张成正在喝酒庆贺。

一卫兵进来：将军，蒯进大人求见。

张成：这老家伙来干什么？

蔡瑁：还用问吗？他看陈家倒了，是来向咱们投诚的。张大人，你到里边回避一下。

张成进到里屋。

蒯进进来：蔡大将军。

蔡瑁：蒯大人深夜到此，所为何事？

蒯进：蔡大将军，听说陈羡父子犯下死罪，老夫深感不安，深夜前来，是想向大将军探听一点消息。

蔡瑁：陈家父子指使人在药中投毒，想害死我妹妹，事情已经很清楚，我想蒯大人也早就知道了吧，还想探听什么消息呢？

蒯进叹气：唉，真没想到，陈大将军英雄一世，最后竟如此糊涂。陈家一倒，荆州的安危，就全要仰赖蔡大将军了。

蔡瑁：哪里哪里……还是要请蒯大人多为主公分忧啊。这十几年来，主公对蒯大人，可一直是言听计从哩。

蒯进：老夫年老昏聩，怕是给主公出不了什么好主意了。不过，眼下长沙太守一职空缺出来，老夫一定在主公面前，极力保举蔡大将军。

蔡瑁：蔡某怕是难当大任啊，相信主公自有安排。

4

张仲景家。夜。

张仲景和雪莹并肩躺在床上。

张仲景：我准备向刺史大人辞官。

雪莹：好啊，辞了官咱们回南阳开药铺，安安稳稳过日子多好。

5

蔡瑁住处。院中。夜。

蔡瑁将蒯进送到门口：蒯大人，恕不远送了。

蒯进：大将军请回。

蒯进走远，大门关上。

张成出来，对蔡瑁：这老家伙，可真是墙头草啊！

蔡瑁：眼看陈家倒了，赶紧跑到这里来送空头人情。

张成：不过长沙太守之位，主公会给谁呢？

蔡瑁：主公这个人，谨慎多疑，陈家虽然倒了，我们也并非一定能捞到多少好处。咱们还是要从长计议。不过，眼下最要紧的事是，对陈家要斩草除根。

6

内务署临时监牢中。夜。

牢门被打开。

火把晃动。

蔡瑁在几个士兵的簇拥下进来。

7

陈羡、陈龙的木牢前。

两人分别被关在两个相连的木牢里，都垂着头。

蔡瑁过来。

两人抬头，看着他。

蔡瑁：大将军，这里还好吧？

陈羡不作声，陈龙站起来：蔡瑁，你为什么不送我们去别驾府？

蔡瑁：你们不是要见主公吗？这里离刺史府近啊！

陈羡的脸上流露出明显的不安。

陈龙：你……

陈羡喝止：龙儿，不要再说了！

陈羡又对蔡瑁：蔡大将军，你我都是朝廷命官，都要遵守朝廷的法度。你是奉令行事，抄我的家，抓我的人，我也无话可说，还希望蔡大将军依法行事啊！

蔡瑁：法？什么是法？你大将军说的话，不就是法吗？

陈羡：蔡大将军，满朝文武都知道，你我有私人恩怨，但我还是希望阁下，能够不计前嫌，将我和犬子送到别驾府，交由王粲大人秉公处理。

蔡瑁笑：不用了，主公说了，现在就想见你们。现在，就让我带你们去。

陈龙面露喜色。

陈羡疑惑地：主公是叫我一个人，还是我和犬子都去？

蔡瑁：都去，都去，你说不清楚的，你儿子好说啊。

陈羡脸色变得惨白：蔡瑁，你要做什么？

蔡瑁对狱卒：打开牢门，让他们随我去见主公！

牢门都被打开。

陈龙走出来，陈羡却不肯出来。

两个狱卒拖他，陈羡大声反抗：蔡瑁，你是朝廷命官，可要想清楚了，你要忠于主公啊！没有刺令，你如何能处置我一个大将军？一旦主公追查，你是要被诛灭九族的！

蔡瑁突然抽出腰间宝剑，一剑刺向陈龙！

陈龙回身，挣扎了一下，倒地。

死去的陈龙，依然睁着眼睛。

陈羡扑上前来抚尸大哭：龙儿！

蔡瑁：老贼，临死之前，你还有什么话，说说吧。

陈羡：龙儿！我后悔啊，没有听你的话，早点领兵冲进府去，杀尽蔡家！龙儿，投胎转世，你做别人的儿子吧！

蔡瑁的脸上，也有些凄凉的表情。他将手中的剑扔到陈羡身边：你自己动手吧。

陈羡抓起剑咬牙切齿地：蔡瑁，我跟你拼了！

说着，陈羡将剑刺向蔡瑁。但蔡瑁的卫士早有防备，一齐将剑刺向了陈羡。

陈羡倒地。

蔡瑁看了一眼死去的陈羡，低声对手下交代：将他们殓棺下葬……

8

刺史府。刘表官邸。白天。

蔡瑁、张成和黄祖来到刘表面前。

蔡瑁：主公。

刘表：陈家的案子，审得怎么样了？

蔡瑁：陈羡父子，都在昨夜畏罪自尽了。

刘表一惊：啊？都死了？

蔡瑁：死了。

刘表：死了就死了，不必大惊小怪的。你们，你们先退下吧。

众人：是。

众人走出大门。

刘表：将门关上，将门关上！

两个卫兵过来关上了大门。

9

刘表官邸门外。白天。

三人相视一笑。

张成：这下子，主公也得听我们的了。终于除去心腹大患，如今可以睡踏实觉了。

黄祖：两位大人，陈夫人府邸，一直派兵这么守着？

蔡瑁：不用派太多兵，有几个老弱病残看着她就行了。她已经是真正的孤家寡人，一个弱女子，不足为惧了。咱们要让主公下令，整治她！

10

医署。白天。

张仲景正在整理医案。

任彦成走进来：师弟，知道吗？陈家父子已经自杀了。

张仲景点头：师兄，你来得正好，我本来也要去找你。

任彦成：何事找我？

张仲景：我要辞职了。

任彦成先是一愣，随后叹了口气：刺史大人不会允准的。

11

刘琦公子府。殿内。白天。

刘琦蜷缩在床上，抱着被子，瑟瑟发抖。

冬儿走过来：公子，你怎么了？

刘琦：我浑身发冷，冷得厉害。

冬儿：赶紧去叫医官吧。

刘琦害怕地：不要叫不要叫，有人在药里下毒！

冬儿过来抱住刘琦：公子，你是怎么了？

刘琦也将冬儿抱紧：冬儿，抱紧我，给我暖暖，我好冷啊！

门外卫兵：主公驾到！

刘琦从床上跌下来，跪在地上。

刘表进来：琦儿，你好吗？

刘琦浑身哆嗦：父亲。

刘表上前把他扶起来：起来起来。

刘表扶他坐到床上：你这是怎么了？

冬儿：主公，公子病了，他说浑身发冷，我摸他的额头，烫得厉害。

刘表：不会是和我那次一样，得了冷热病吧？我那次是让张仲景治好的，快叫张仲景来。

刘琦害怕地：我不要他治，我不要他治！

冬儿：主公，公子现在一提到药就害怕，什么药都不肯吃。

刘表叹气：琦儿，你别害怕。我知道，陈家父子的事，和你没关系，你永远是我的儿子。你要安心养病，有朝一日，也许还要你接我的班呢。

刘琦：父亲，母亲好久没来看我了，我想去见见母亲。

刘表：不要见她！你要真心疼她，就不要去见她，明白吗？

刘琦不语。

刘表：冬儿，你照顾琦儿多年，今后更要尽心尽力，不要以为陈家倒了，就可以怠慢他，他要是有个闪失，我要你的命，知道吗？

冬儿：是。

12

刺史府。刘表官邸。白天。

刘表拿着一摞竹简看着，边看边不高兴地：你张仲景辞什么职？

张仲景弯腰施礼：卑职实在是想为百姓看病。

刘表理解地：我知道陈家父子伤了你的心，又绑你儿子又行刺于你，不过以后这样的事情不会再发生了。再说，我们一家人也离不开你这个名医，你走了，我的两位夫人和三个孩子生病了找谁？

张仲景：这儿有任医监——

刘表：我就信你！辞呈不允！

13

驿馆门前。白天。

黄祖走来，问管家：蝉儿怎么样？

管家：很好，就在里面呢。

黄祖走了进去。

14

驿馆内一房间。白天。

蝉儿正坐着，听着外面的动静。

门开了，黄祖走了进来。

蝉儿迎上去，期待地：将军！

黄祖阴沉着脸：你好吗？

蝉儿哭了起来：将军……

蝉儿过来，想扑进黄祖怀里。

黄祖突然一个耳光，将她打倒在地。

蝉儿捂着脸，惊惶地看着黄祖。

黄祖：贱人！你说说，我走了三年，你都做了哪些好事？

蝉儿半趴在地上，泪如雨下。

黄祖有点心软了：起来，起来！

蝉儿还在哭。

黄祖一拔剑：你起不起来？！

蝉儿吓得赶紧起来。

黄祖笑了：不管什么时候，你都给我精神着点，知道吗？你是我的女人！

蝉儿抽泣：将军，这三年，蝉儿真的没做什么对不起将军的事，天地可鉴！

黄祖：你不是又到映月楼，弹琴卖唱了吗？

蝉儿：将军，是夫人把我赶出来，又把我卖回映月楼的，我实在是没有办法啊！你一个大将军，保护不了自己的女人，现在却来怪罪我，将军，这是大丈夫所为吗？

黄祖叹了口气：我知道，你吃了苦。

蝉儿：蝉儿没想到，今生还能见到将军。心愿足矣，蝉儿情愿一死，表明心迹！

说完，蝉儿要以头撞墙，被黄祖急忙拉住。

黄祖：你这是干什么？你是我的女人，我要你活，你就给我好好地活着！

蝉儿扑在黄祖怀里：将军！

黄祖：你到张仲景家，和他有没有什么事？

蝉儿：将军，张先生是真正的正人君子，为我治好了眼睛，可连我的一个手指头都没有碰过！将军，蝉儿有半句虚言，天打雷劈！

黄祖搂紧了她：谁让你赌咒的！好了，一切都过去了，你以后，就跟着我。无论走到哪里，咱们再也不分离！

两人幸福地偎依在一起。

15

刺史府内。刘表官邸。白天。

刘表与张成在。

小仆役：别驾王大人到。

刘表：宣他进来。

王粲进门：参见主公。

刘表：上次你说，陈家还抓了张仲景的儿子，你再给我细说说是怎么回事？

王粲：陈家想以此要挟张医官。

刘表：张仲景有何表现？

王粲：他虽受陈家胁迫，但始终未从。后来，他在自己生病无法供职的时候，还写信给他的师兄任医监，让他在蔡夫人喝药前，再找药官尝一次药，蔡夫人因此才幸免于难！后来陈家要杀人灭口，原因也在这里。

刘表点点头：我果然没看错他，这次他师兄弟立下大功，要重重褒奖！陈夫人，没有参与此事吧？

王粲：陈羡有两个月没有入府，现在也没有任何证据，显示陈夫人知道此事。

刘表叹口气：唉，还是留她一命吧，毕竟与我是结发夫妻。

张成：主公，可陈夫人毕竟是陈家的人，她仍居府中，众官不安哪！

刘表：她居住府中怎么了？她毕竟是我的夫人嘛！可以给她换个地方，但不许你们动她一个指头，否则，我决不轻饶！

张成：是。

16

刺史府中。蔡夫人住处。白天。

蔡夫人正在梳妆。

一侍女进来：夫人，张医官来了。

蔡夫人：请他进来。

张仲景入内，施礼：夫人唤卑职可是有事？

蔡夫人：我今天叫你来，不是要你看病，是要向你表示谢意的。

张仲景：卑职未做什么，夫人不必客气。

蔡夫人：若不是你的提醒，那碗有毒的中药，就该喝到我的肚里了。

张仲景：小心谨慎，是医家的规矩。

蔡夫人：来人，把那些赏银交给张医官。

张仲景急忙推辞：谢谢夫人的一番关照之意，但赏银不必……

17

刺史府中。刘表官邸。白天。

蔡夫人进来，刘表一惊。

蔡夫人跪下：主公。

刘表：我没有叫你来啊。

蔡夫人：贱妾日夜思念主公，所以过来看看。

刘表不说话。

蔡夫人：主公，你这几日愁眉不展，是在为国事操劳吧？

刘表：陈家已经倒了，我还没想好该重用谁呢。本来想用你弟弟，可陈家一倒就重用他，外人会说闲话。看来，能用的人也只有黄祖了。

这时锦儿走过来，向刘表施礼。

蔡夫人：主公，任医监上次救下贱妾，贱妾心中感激，想将侍女锦儿赐予他，不知主公能否恩准。

刘表看了锦儿一眼：恩准，恩准，你把她送出去吧。

蔡夫人对锦儿：还不谢主公。

锦儿跪下：谢主公厚恩。

18

张仲景家。院中。白天。

张仲景在院中高兴地逗弄着儿子。

张仲景将葛根举起来，看着他，葛根张开双臂，朝着父亲笑。

雪莹出来：根儿，快下来。

葛根得意地：不嘛，不嘛。

张仲景将儿子放下来。

小宽来到院中，看到这一切，也笑了。

张仲景：这个家，终于又像个家了。

有人在敲门。

小宽应了一声：来了。上前开门。

门打开，张成站在门前。

张仲景看见，忙迎上前：张大人，快请进！

19

张仲景家客厅。白天。

张成和张仲景对面而坐。

张成：张医监这次好险哪！没想到他们竟对你下如此毒手。

张仲景点点头：多谢张大人关心。

张成：以后，你我就都是一家人了，彼此该多关照点。

张仲景沉默了一下，勉强点点头。

20

医署。任彦成处。白天。

仆役：大人，张成大人来传令了。

任彦成急忙起身迎接。

张成：任医监接令。

任彦成跪下。

张成：主公口令——医监任彦成救护夫人有功，特赐侍女锦儿，此令。

任彦成：谢主公厚恩。

张成：任医监，恭喜了。赶紧回家准备吧，明日黄昏，府里就把人送过去了。

任彦成：谢大人。

张成笑：好小子，艳福不浅哪。

任彦成脸上却掠过不安的表情。

21

任彦成宅邸。卧室。夜。

凌晶已经躺下，任彦成却还坐着，愁眉苦脸的。

凌晶：夫君，怎么还不歇息？

任彦成叹息了一声：唉，娘子，有一件事情，实在是不得不跟你说了。

凌晶：什么事情啊？

任彦成：上次我不是听张师弟的话，在蔡夫人喝药前，让人再尝了一次药，把蔡夫人救下来了吗？

凌晶：是啊。怎么了？

任彦成：蔡夫人一高兴，竟说动刺史大人，把她的贴身侍女锦儿，赏赐给了我。

凌晶从床上一下子坐起来：啊？

任彦成：这事情，是刺史大人的赏赐，我实在是不能拒绝啊。

凌晶心情复杂地：她啥时候来啊？

任彦成：明天黄昏。

凌晶很意外：这么急？

任彦成：之前我已知道消息，可没敢告诉你。

凌晶：什么都来不及准备啊。

任彦成：准备什么？

凌晶：既然是刺史大人的赏赐，那就得敲锣打鼓，办得热热闹闹的才行啊。

任彦成：不用不用，一顶轿子抬进来，住在西边的偏房，不就行了？

凌晶：那刺史大人不会怪罪吗？

任彦成：刺史大人哪里会知道？

凌晶：真的不用准备？

任彦成：不用。我是觉得，这样太委屈你了，所以不知该如何向你启齿。

凌晶理解地：这不也是没办法的事情嘛，刺史大人的赏赐，你也不能拒绝呀。

任彦成：就是觉得，对不起你。

凌晶：为官之人，娶两个小妾，也是常有的事。

任彦成：岳父大人，不就没有吗？

凌晶：那是我娘厉害，他心里也未必不想呢。

任彦成：只怕她这一来，要生出许多是非。

凌晶无奈地：我处处忍让就是了。

任彦成：娘子，真是太对不起你了。

凌晶：事已至此，也没别的办法。只要你心里有我就行。

任彦成想过来抱凌晶，被凌晶拒绝了。

凌晶走到窗前，眺望着窗外的景色。

22

刺史府中。刘表官邸。白天。

张仲景：主公，事情的经过，就是这样的。卑职受到陈羡威胁，明知儿子在他手上，却没有抓到他的任何把柄，因此没有及时向主公禀报，请主公恕罪。

刘表：你也不容易啊。在儿子被绑架的处境下，还记着搭救夫人，立了大功。

张仲景：经此事变，卑职深感有负主公厚恩，内心忧惭，想辞去官职，回南阳老家，当一名普通的医师，卑职还是想请主公恩准。

刘表：此事不必再说。在这府里，你可是一个让我信得过的人，我不能放你走！

张仲景不说话了。

23

任彦成宅邸外。黄昏。

任彦成穿上了新郎的衣服，在大门口迎接。

一顶轿子过来，在门外停下。

张成走在前面，对任彦成：任大人，恭喜恭喜。

任彦成喜笑颜开地：请进请进。

张成和后边的轿子进了门。

24

任彦成宅邸内。黄昏。

张成：任大人，轿子抬到哪里去？

任彦成：西边偏房。

任彦成对管家：快给带路。

管家刚要走，又被任彦成喊住：记清了，给每位大人，都发个红包。

管家点头，领着轿子走远了。

张成：任大人，人我给你送来了，你要好生待她，万一哪一天主公过问起来，你可要答得上话呀。

任彦成点头：是，是，大人教诲的是。

张成：这也是你家八百年积下的阴德呀。你想想，别说是赏你一个大活人，就是一张纸，只要是主公赏赐的，谁家不是拿黄绫子裱起来，挂到祠堂里去？

任彦成：是，是，下官诚惶诚恐，都有些手足无措了。

张成：是啊，所以说啊，你不能亏待了她。再说，她也是蔡夫人的人，听明白了吗？

任彦成：明白明白。请大人进去喝一杯酒。

张成：大人的喜酒，我当然得喝了。呵呵。

两人一起走进客厅里。

25

任彦成府邸。西偏房。夜。

任彦成喝了不少酒，走进了屋子。

锦儿顶着盖头，在床上坐着，新娘的打扮。

任彦成过来，在床边坐下，看了看锦儿。

他用手去揭盖头，突然，手被锦儿打了一巴掌。

任彦成愣住了，不知道如何是好。

锦儿突然一把，将任彦成从床上推到地上。

任彦成正吃惊着，锦儿揭下盖头，大怒：好你个不知礼数的医师！

任彦成：这，这话从何说起呀！

锦儿：我来问你，平常百姓人家娶亲，都有哪些讲究？

任彦成：哪些讲究？没什么呀。就是这么两身衣服，你再顶个盖头，再进洞房，不就齐了吗？

锦儿：不对！平常百姓人家娶亲，要敲锣打鼓吧，要拜天地吧？

任彦成：可，可你也不是……

锦儿：什么不是？我是主公的赏赐，难道连平常百姓人家的女儿也不如？

任彦成：可……可……可你还没有三媒六聘呢，是不是？

锦儿：好，那你把我送回府去，我去找主公要！

任彦成惊呆了，酒也醒了一大半。

锦儿起身往外走：你不送我回去，我自己回去！

任彦成急忙拉住她：别，别，让主公知道了，那还了得？

锦儿：你还知道怕主公啊，那你说，怎么办？

任彦成：我明天，明天给你补，明天敲锣打鼓，再跟你拜天地，这总可以了吧？

锦儿转怒为喜：这还差不多。一个女人，一辈子只有这一回，哪能没有呢？

任彦成赔笑：就是啊，就是啊。

锦儿回到床边坐下，任彦成也过来坐下，嬉皮笑脸的。

锦儿忽然又一把将任彦成推倒在地。

任彦成恼怒地：又，又怎么了？

锦儿：还没拜天地呢，你怎么就想上床啊？

任彦成站起来：那好，等明天拜了天地，我再来！转身想出去。

锦儿：这是我的新婚之夜，你去哪里？

任彦成：既是新婚之夜，你如何不让我上床。

锦儿：没敲锣打鼓，没拜天地！

任彦成：那我还是得走。

锦儿：你敢走，我死给你看！

说完解下腰带，要往房梁上挂。

任彦成急忙拦住：你这是干什么？

锦儿：你还走不走了？

任彦成：不走了不走了，你到底要我怎样？

锦儿：你去那边坐着就是。

任彦成：坐一夜？

锦儿：那你还想怎样？

任彦成只好过去，坐下了。

26

任彦成府邸。凌晶卧室。夜。

凌晶穿着睡衣半躺在床上，睁着眼睛，很茫然的表情。

她的儿子忽然推门走了进来。

凌晶惊得坐起身：果儿，你怎么还没睡？

果儿走到床前，分明有些生气地：他又娶了个女人？

凌晶开口想说什么，但话未出来，泪先流了。

果儿紧咬着牙。

27

任彦成府邸。西偏房。夜。

任彦成坐着，打着盹，迷糊起来的时候，身子一下出溜到地上。

他醒过来，又坐好了，看着床上的锦儿。

他起身过去，看着床上的锦儿，然后坐到了床边。

突然，锦儿一脚，又把他踹到了地上。

28

刺史府中。大堂。白天。

刘表高坐堂上。

张成侍立一旁。

文武官员都在下面。

刘表：我意已决，不须再议。张大人，传令！

张成展开刺令——

张成：荆州刺史令——江夏太守黄祖，忠心保我荆州，甚慰我心，加封为大将军，加领长沙太守，仍兼江夏太守。武陵太守蔡瑁，统领刺史府侍卫军，仍领内务署。原署师令尹况致仕，医监任彦成升任医署令。此令。

29

刺史府。大堂外。白天。

刘表一路往前走，张成跟在后面。

张成：主公。

刘表：还有什么事？

张成：陈夫人吵着闹着要见主公。

刘表：不见。

张成：她闹得厉害，已经两天没吃东西了。

刘表大怒：她不吃东西，就让她饿死。你以后，不要再替她传话！

张成：是。

张成仍旧跟着刘表。

刘表恼怒地：还有什么事？

张成：还有长公子，也茶饭不思。

刘表叹了口气：告诉琦儿，陈家的事与他无关，让他好生保养身体。我这两天心情烦乱，不忍见他。过些日子，我会去看他的。

张成：是。

30

张仲景家。白天。

一家人正在吃饭。

门忽然被拍响，小宽上前拉开门，一个老妇人拉着一个浑身赤裸的半大小伙站在门口：这里是张仲景大人的家吗？我想请他给我儿子看看病。

小宽一见十分生气：你们怎会如此无礼？为何不穿衣服？家里有女

眷，这像什么话？张大人在刺史府任职，最近忙得厉害，不能给他人看病。

妇人急切地：大人不知，我这孩子突然得了怪病，不能穿衣，一穿衣就喊身子疼得如刀割火烧。

小宽意外地：哦？还有这种病？

张仲景这时拿着筷子出来：小宽，还不快让这位大嫂将病人带进屋来？！

小宽：是。

31

任彦成宅邸。客厅。黄昏。

敲锣打鼓声。

任彦成和锦儿在拜天地。

凌晶站在一旁，木然的表情。

果儿神情冷峻地站在那儿，眼中满是怒气。

管家：一拜天地，二拜高堂，夫妻对拜，送入洞房。

二人被送入洞房。

32

任彦成府邸。西偏房。黄昏。

任彦成揭去了锦儿的盖头。

锦儿终于露出了笑脸。

任彦成搂住她，她把头靠到了任彦成的怀里。

33

张仲景家。黄昏。

那个病儿浑身赤裸地站在张仲景面前。

张仲景在仔细地为他检查。

张仲景转对小宽：他是外寒束住毛窍内热所致，待我用大青龙汤试试。

34

任彦成府邸。凌晶卧室。夜。

凌晶半坐在床上,倍感凄凉。

35

任彦成府邸。果儿卧室。夜。

果儿眉头紧锁,默望着娘的卧室。

36

张仲景家。夜。

那个病儿喝完汤药,将药碗递给小宽。

张仲景在用棉花蘸着一种药水擦病儿的全身……

37

任彦成府邸。西偏房。夜。

任彦成和锦儿紧紧拥抱……

38

张仲景家。夜。

张仲景慢慢地将一件长衫穿在那位病儿的身上,病儿并未叫疼。

病儿的母亲先是惊喜地看着,然后"扑通"一声朝张仲景跪下了……

39

刺史府中。蔡夫人住处。白天。

蔡瑁进来:妹妹。

蔡夫人使了个眼色,侍女们都退下了。

蔡夫人:哥哥,这几天一直想让你来一趟,看你忙,今天才叫你过来。

蔡瑁:有事?

蔡夫人:没有。哥哥如愿以偿,当上了侍卫军统领,这下再没有人,能撼动得了我蔡家了。

蔡瑁：唉，杀死了一只狼，又来了一只虎。没想到让黄祖老儿捡了个大便宜。我还以为长沙太守，主公会让我兼呢。

蔡夫人：你就知足吧。长沙毕竟在几百里外，这侍卫军，却控制着刺史府呢。

蔡瑁：黄祖一旦坐大，对我蔡家，也是个威胁呀。

蔡夫人：他一个粗人知道什么，又没有陈家那层姻亲，比陈家好对付多了。容我们慢慢收拾他。

蔡瑁：也是。可眼下最要紧的，是你要赶紧再为主公生个儿子。你不生儿子，我们蔡家的地位就不可能稳定。

蔡夫人：生孩子能那么容易？

蔡瑁：是啊。陈家虽然倒了，可刘琦、刘琮还在，他俩将来不管是谁当上了荆州之主，还不替娘舅家报仇？

蔡夫人：这事我想过了，生儿子不是想生就能生的，我们得早点想个稳妥的办法。

蔡瑁：啥办法？

蔡夫人：刘琦虽然恨我们，但我们可以放心，主公根本看不上他，我看将来的荆州之主，极可能是刘琮。

蔡瑁：哦？

蔡夫人：这刘琮对我蔡家尚无恶意，我们要想办法控制住他。

蔡瑁：如何控制？

蔡夫人：他也快到了想女人的年龄，我们该把你的大闺女悦悦放到他的身边。

蔡瑁一惊：你是说让他俩——

蔡夫人：怎么，你不想当未来的荆州刺史的岳父大人？

笑容慢慢出现在了蔡瑁的脸上……

40

任彦成宅邸。饭厅。白天。

餐桌上摆着丰盛的饭菜。

凌晶和果儿早已在餐桌前坐好。

任彦成和锦儿姗姗来迟。

锦儿进来，对凌晶：姐姐，我们来迟了。

凌晶：快坐吧，再不来，饭菜真的有些凉了。

二人落座。

锦儿：姐姐，锦儿初来乍到，以后凡事还要姐姐多照应。

凌晶：妹妹不必客气，以后咱们就是一家人了。

任彦成：是啊是啊。

锦儿看着果儿：公子长得真是帅呀。

果儿没有应声，连看也没看锦儿一眼。

任彦成对儿子：果儿，这是你二娘。

果儿依旧没有应声，只是低头端起饭碗。

任彦成看看凌晶，又看看锦儿，再看看果儿，发现他的话三边都不讨好。

锦儿夹着菜吃了一口，突然做呕吐状。

任彦成关切地：怎么了？

锦儿将菜吐在漱盂里：这菜是什么味道？

任彦成尝了尝：味道挺好啊。

凌晶：妹妹吃惯了府中的饭菜，吃这里的饭菜，怕是不太习惯？

锦儿点点头：大人，姐姐，你们先吃吧，我胃口不好，有点吃不下去。

锦儿说完，起身就走。

任彦成想劝阻她，话到嘴边又咽了回去，看着她走了。

凌晶看着任彦成。

任彦成：你先吃，你先吃，我去看看。

任彦成起身去追锦儿。

41

任彦成府邸。院中。白天。

任彦成追上锦儿：怎么了？

锦儿：这儿的饭菜，怎么都有一股土腥味儿？

任彦成：土腥味儿？没有啊。

锦儿：怎么没有？以后要总是这样的饭菜，我可一口也吃不下去。

任彦成：那怎么办呢？

锦儿：我还是要吃府里厨子们做的饭菜。

任彦成为难地：啊？可府里的厨子，我怎么请得出来呀？

锦儿：我听说，府里有些厨子，因为年纪大就出府了，在荆州城里开着酒楼呢。你就去把这些出府的老厨子，请一个来，不就行了？

任彦成：这？

锦儿：反正这里的饭菜，我一口也吃不下去，你总不能眼看着我饿死吧？

任彦成妥协：好好好，我去请，我去请。

锦儿：最好今天就请来，不然我就饿着。我倒是要看哪，你心疼不心疼我。

任彦成无奈地点了点头。

42

任彦成府邸。院中。西偏房门口。白天。

任彦成带着他请来的一位老厨子走到门口：锦儿，你出来一下，厨子我给你请来了。

锦儿高兴地出来：老师父，你以前是府里的吗？

老厨子：是，是，主公的冬瓜羹，原本是我一个人做的他才吃呢，后来我教会了一个徒弟，年纪又大了，才出了府呢。

锦儿：太好了，除了冬瓜羹，你还会做别的吗？

老厨子：当然了，会得多了，保您满意。

锦儿：太好了，那以后你就在厨房里开个小灶，我让你做什么菜，你就做什么菜，做好了，端到我这里就行了，我以后，就自己单独吃了。

任彦成：这？这不太好吧，全家人在一起吃多好啊。

锦儿：可我爱吃的他们娘俩不爱吃，他们爱吃的我吃不下去，两样菜摆在一起吃，多别扭啊！还是分开吃得好，你呢，在那边吃，要是觉得我这里的好吃，也可以过来尝尝鲜。

任彦成低头不语。

老厨子：反正我就是个做饭的，做好了，送到哪儿都行。

锦儿：你现在就去做你拿手的冬瓜羹，再做一小盘香酥鸡就行。

老厨子：好，好。

43

刺史府。刘琦住处。白天。

刘琦躺在床上,病情严重,嘴唇起泡,有些昏迷不醒了。

冬儿焦急地对卫兵:快去告知主公,长公子昏迷过去了。再去医署一趟,让医官来看病。

卫兵:是!

卫兵答应着跑出去。

44

刺史府。刘琦住处。白天。

张仲景已经给刘琦看完了病。

任彦成站在一旁。

张仲景将方子递给随同来的仆役:按方速煎三服。

仆役:是。

张仲景对冬儿:公子的病并无大碍,只要按时喝药,六七天就可以好。

冬儿:谢两位大人。

张仲景:你一定要让他按时喝药啊。他要是早点诊治,也不会病得这样重!

任彦成:以后长公子有病,要早点告知我们。

冬儿:是。

45

室外。白天。

张仲景和任彦成走出来。

张仲景:公子怎么病成这样?

任彦成:谁知道啊?他病得不省人事了,卫兵才到医署找我。

张仲景:他怎么讳疾忌医了?

任彦成:陈家一倒,他势单力孤,终日里心惊胆战,没病也能吓出病来,有了病也不敢治,害怕又有人下毒。

张仲景：还有人下毒？下毒的事不是过去了吗？

任彦成：谁知道呢？反正咱们师兄弟的脑袋，早就别在裤腰带上了。

46

刺史府。刘琦住处。夜。

刘琦醒了过来，睁开眼睛。

冬儿高兴地：公子，公子……

刘琦：冬儿。

冬儿：太好了，这位张医官真是神医，每次都药到病除啊！

刘琦：什么张医官？

冬儿：公子，你早晨昏迷不醒，是医署的张医官来给你看的病，给你开了药，才喝了两次，您就醒过来了。来，您再喝一点。

冬儿将药碗递到他嘴边。

刘琦：张医官？张仲景？

冬儿点点头。

刘琦一把将药碗打翻：你怎么让我喝他的药？他是我的仇人！

冬儿焦急地：公子，你在说什么呀？

刘琦：是他害死了我舅舅和我表哥，现在又想来害我！

冬儿：公子，你好糊涂啊！投毒的事情都已经查清楚了，是陈大将军要害蔡夫人，结果把张医官牵连进去，还派人杀他，差点让他送了命，怎么是他害陈大将军呢？

刘琦：反正他是我家的仇人！我怎么能喝他的药！

冬儿：公子，张医官是好人。您还记得吗？那年您患肠痈，是他冒着万死把您救活的。您是主公的亲儿子，他就是有天大的胆子，也不敢害您啊！

刘琦：他是我舅舅的仇人，也就是我的仇人，他的药，我不喝！

冬儿：公子，你好糊涂啊！你姓刘，不姓陈，你干吗把自己和陈家扯在一起。主公要是像您这么想，早把您抓到大牢里了，你干吗要自己这么想呢？

刘琦沉默片刻：反正他开的药我不喝。你就让我病死吧，我现在连母亲也不能去看，在这里待着就像个囚犯，不，像个僵尸，你就让我去死吧。

冬儿突然跪下：公子，你不能死！为了我和孩子，你也不能死！

刘琦一愣：孩子？

冬儿：公子，我的肚子里，已经有公子的骨肉了。

刘琦一喜：啊？这……这是什么时候的事？

冬儿：已经有三个月了。

刘琦高兴起来：真的？你不是骗我的吧？

冬儿：这可是天大的事，我怎么敢骗公子呢？

刘琦：怎么不早告诉我？

冬儿：我哪敢？刚才是公子把我逼急了，我才说出来的。公子，你为了我和孩子，千万不能寻死啊。

刘琦：好好，我不死，你让人去煎药，我喝！

47

蔡瑁住处。夜。

蔡瑁问张成：这几天有什么动静没有？

张成：没什么大动静。只是黄祖老儿自以为大权在握，越来越不把我们的兄弟放在眼里了。

蔡瑁：不管他。让他蹦跶几天，他早晚也是陈老儿的下场。陈夫人呢？

张成：终日以泪洗面，饭也吃得越来越少了。

蔡瑁：我听说刘琦公子前几天病得昏迷不醒，怎么又慢慢好了？

张成：还不是张仲景，又把他救活了。

蔡瑁：这个任彦成，简直是个窝囊废，到现在还没把他那个师弟搞定？

张成：这家伙，就是个窝囊废！

蔡瑁：让他活吧，迟早有一天，要死在咱们手里。

48

刺史府。刘琦住处。夜。

刘琦将冬儿搂在怀里。

冬儿：公子，你说我肚子里的这个孩子，该怎么办呢？

刘琦：我也不知道。

冬儿：要不就禀告主公，主公要杀要剐，我就认了。

刘琦：得子望孙，是人之常情，父亲知道你肚子里怀了刘家的骨血，应该也不会把你怎么样。

冬儿：我也是这样想的。最坏的结果，是等我生下孩子，主公再把我赶出去，或者赐我一死，那我也认了，只要能为公子生下这个孩子，刀山火海，我都敢闯。

刘琦：恐怕没有那么简单，父亲是不会害你的，可怕的是蔡家。

冬儿：蔡家？

刘琦：是啊。蔡家自以为扳倒了陈家，我失去了靠山，将来这荆州刺史的大位，肯定不是我的了。可现在我又有了儿子，父亲有了孙子，看孙不看子，父亲也许就会改变主意，将大位传给我了。

冬儿：那怎么办？

刘琦：这个孩子，只能偷偷地生。

冬儿：怎么偷偷地……

刘琦：你说张仲景张医官，真是个正人君子吗？

冬儿点点头：他这回给你看病，不是又给你看好了吗？

刘琦：看来我也只好把宝押在他身上了。

49

医署。张仲景处。白天。

仆役进来：张大人，长公子府派人来找你。

张仲景：好，我这就去。

50

刺史府。刘琦住处。白天。

张仲景进来：参见长公子。

刘琦：张先生好。

张仲景：长公子，病全好了吗？

刘琦：上次的病全好了。不过我还有点隐疾，想和先生单独说。

刘琦使个眼色，几个卫兵出去了。

刘琦突然给张仲景跪下，冬儿也跟着他跪下。

张仲景慌忙去搀扶：长公子快快请起，这是何意？

刘琦：先生，我有一事相求，先生若不答应，我是不会起来的。

张仲景：快快请起，无论什么事，只要卑职能做到的，一定会尽力。

刘琦起来，冬儿也跟着他起来。

刘琦：先生，我的侍女冬儿，已经怀上我的骨肉了。

张仲景吃了一惊：啊？待我摸一摸脉。

张仲景拿出丝帕，刘琦拦住：先生不要拘礼，您就直接给她搭脉吧。

冬儿已经把手伸了过来。

张仲景搭脉。

张仲景点点头：果然是有喜了，恭喜长公子。

刘琦笑：何喜之有？

张仲景：公子不必烦恼。虽然和侍女有私，不合礼制，可这毕竟是公子的骨血，刺史大人知道了，也会高兴的。

刘琦：先生，你说，我该怎么办？

张仲景：我一会儿出去，向刺史大人禀明就是。您的孩子，我一定会尽心护理，让他健康诞生的。

刘琦：先生，府里的险恶，您也亲身经历了。我不怕父亲知道，怕的是蔡家一旦知道，不会让这个孩子平安生下来。

张仲景想了想：长公子说的也不是完全没有道理，但只要严密防范，蔡家也不敢不让主公的孙子落生啊。

刘琦：恐怕没有先生想的那么简单。这孩子，毕竟是个私生子，而我，现在也形同囚徒，蔡家如果像对我舅舅一样下毒手，我们防不胜防啊！就算是生下来了，在这府中也一定处处都是陷阱，他一个小孩子，难免是要遭人毒手的。

张仲景为难地：那长公子想让我做什么？

刘琦：我想求先生将冬儿带出府去，找个无人知道的地方，把孩子平平安安地生下来。将来不要告诉他他的父亲是谁，也永远不要让他进入官府，就让他做个老百姓，平平安安地度过一生吧。

张仲景觉得很为难：这？

刘琦：先生若不答应，她母子二人只有死路一条了。

刘琦说着又要下跪。

张仲景扶住他：长公子别急，您告诉得突然，容我想个万全之策。

冬儿给张仲景跪下：先生，您就大慈大悲，救救我们母子两个。

张仲景将她扶起来：快起来，快起来。

第二十一集

1

任彦成宅邸。凌晶卧室。夜。

凌晶正在铺床，任彦成走了进来。

凌晶抬起头：怎么了？

任彦成不好意思地：不怎么，今夜我想在你这里歇息。

凌晶酸楚地：你们毕竟是新婚宴尔，你还是到那边去吧。

任彦成：其实我早想过来，在那边待着，气都喘不过来。

凌晶：怎么会呢？

任彦成：压抑，压抑。

说完，任彦成开始脱去外衣。

凌晶没有再说什么，继续铺床。

2

任彦成宅邸。凌晶卧室。深夜。

凌晶趴在任彦成胸口：夫君，这几日你都在那边，把我忘在脑后了吧？

任彦成：怎么会呢？我心里无时无刻不在思念娘子。

凌晶：骗人！

任彦成：真的。她只不过是蔡夫人硬塞给我的，没来几天，就闹得家里鸡犬不宁，让人心烦！

凌晶不说话，看着床顶的幔帐。

突然，听见锦儿在院中：鬼啊，有鬼！

任彦成急忙坐起来。

锦儿仍在外面：鬼，有鬼！

任彦成边穿衣服边自语：又在胡闹！我出去看看。

3

任彦成宅邸。院中。深夜。

任彦成来到院中，管家和仆人也提着灯笼出来了。

灯火中，只见锦儿披头散发，衣衫不整地：鬼，有鬼。

任彦成厉声：锦儿！

锦儿似乎从癫狂中清醒过来，对任彦成：大人。

任彦成：你这是干什么？深更半夜的。

锦儿害怕地指着西偏房：鬼，有鬼！

任彦成：有什么鬼？哪里有鬼？

锦儿：屋里，屋子里有鬼！

众人一起向西偏房走去。

4

任彦成宅邸。西偏房。深夜。

众人进来。

任彦成环顾四周，未发现异样：哪里有什么鬼？

锦儿：有。是一个小白人，有这么高吧，"吱扭"一声从门缝里进来了，在这屋子里挥舞着一把纸剑，还念念有词的……

任彦成听得似信非信，众人也面面相觑。

锦儿：我怕她过来抓我，就想点蜡烛，可怎么也点不着，刚点着，又让风给吹灭了。我越想越害怕，就跑出去了。

任彦成无奈，对众人：你们都回去吧，没事了，没事了。

众人都出去，锦儿一把拽住任彦成：大人，你可不许走，你走了，鬼还会来找我的。

任彦成不耐烦地：好，好，我不走，我不走。

5

任彦成宅邸。凌晶卧室。深夜。

凌晶在窗前，看着众人来到院中，又各自散去。

唯独任彦成没出来，凌晶有些黯然。

凌晶看着西偏房的灯火，灭了。

凌晶一个人睡在床上，自己给自己盖上了被子。

凌晶的眼角，流出了一行泪。

6

任彦成宅邸。西偏房。鸡鸣时分。

外面听到了鸡叫声。

任彦成：好家伙，这一夜，都让你给折腾过去了。

锦儿嬉笑：人家害怕嘛。

任彦成：到底是真有鬼，还是你装的？

锦儿：是真有鬼，不过我也想让你过来。

任彦成：你？

任彦成拿她没办法。

锦儿：还是在她那边好吧？

任彦成不作声。

锦儿：你们夫妻情深，我呢，不过是夫人顺便赏给你的一个玩物，是不是？

任彦成：哎呀，你干吗吃她的醋啊？你比她年轻，你比她漂亮，我当然是更想在你这里了，是不是？可我们毕竟是夫妻，我总要做得像夫妻嘛。

锦儿：才不是呢。反正这里闹鬼，你要是不过来陪我，我可不敢一个人睡觉！

任彦成：你讲点道理好不好？你在府里的时候，难道不是一个人睡觉？

锦儿：那不同，府里不闹鬼啊。不信，你去问夫人。

7

医署药铺。白天。

张仲景正在给一个病人诊病。

候诊的人排了长长一队。

一仆役进来对张仲景禀报：大人，府里长公子又叫你过去。

张仲景有些无奈，但也只好点点头：好，待我把这些病人看完就去……

8

刺史府。刘琦住处。白天。

张仲景进来，刘琦和冬儿起身相迎：先生。

张仲景行礼毕，看着两人。

刘琦：先生，您想好了吗？

张仲景：我思来想去，还是觉得不妥，将来刺史大人一旦知道真相，怪我隐瞒不报，我可担当不起啊。

刘琦：父亲知道您保全了刘家的骨血，不会怪罪您的。

冬儿：先生，我知道您是同情我们的，否则这几天您分明可以把这件事报告刺史大人，但您却替我们保密了。

张仲景：瞒几天容易，想长期瞒下去就难了。

刘琦：如果能瞒一辈子，就瞒一辈子好了，我只希望自己的孩子能过上老百姓的平淡生活，不在这府里当高级囚犯。

张仲景：我还是劝长公子，向刺史大人坦白了吧。

冬儿：先生若不答应，我情愿碰死在这里。

张仲景：你……

张仲景叹了口气。

刘琦：先生，我可以给你写下血书，说明这件事完全是我的主张，你若不依，我就以死相逼，你万般无奈，才答应下来。这样日后父亲知道了，也不会怪罪先生。

张仲景沉默半晌：好吧，我答应你们，可冬儿如何出府？

冬儿：这好办。我可以以出去替公子买东西为借口，出去就不回来了。您叫人在外边接应我，就可以了。

张仲景：好吧，孩子是无罪的，只要他能平安降生，将来有什么罪孽，就让我承担下来吧。

刘琦又跪在地上：先生，您的恩情，刘琦感激不尽。

张仲景忙扶起他：公子，受人之托，忠人之事，您就放心吧。

9

张仲景家。院中。白天。

张仲景开门进来，雪莹、小宽和葛根在院中。

雪莹：他爹，你回来了？

葛根飞奔过来，张仲景弯下腰，葛根挂在了张仲景的脖子上。

张仲景笑着抱起儿子，转了个圈，才把他放下。

雪莹：根儿，别跟爹闹，爹累着呢。

葛根朝雪莹做了个鬼脸。

张仲景：小宽，到药房里去，我跟你有话说。

小宽跟张仲景去了药房。

10

药房。白天。

张仲景：就是这么个事情，我已经答应长公子了。

小宽：师兄，这如何使得？将来刺史大人要是知道了，你有几个脑袋？

张仲景：我想过了，只要孩子能平安降生，刺史大人一高兴，不会把我怎么样的。免了我的官，我就回南阳去开药铺，比这里还自在。大不了坐几年牢，总不会有死罪吧？

小宽：师兄，你为了一个私生子，冒这么大的风险，如此做值得吗？

张仲景：蔡家有权有势，蔡夫人生完孩子，还险些遭了毒手，长公子现在失去了靠山，有半条命都在蔡家手里，他的担心是不无道理的。为了那个无辜的孩子，就是冒一点风险，也是值得的。

小宽：这样你就卷入了刺史大人的家事，刺史大人将来知道了，是饶不了你的！

张仲景：现在刺史大人的家事，和荆州百姓的大事连在了一起！我为刺史大人保存骨血，我想刺史大人知道了，也不会把我怎样。再说我已经答应长公子了。你要不帮我，我就自己干！

小宽急了：师兄！

张仲景：你说，帮不帮我？

小宽无奈地：好吧，就是火坑我也陪你跳！

11

张仲景家。张仲景卧室。夜。

夫妻二人准备歇息。

雪莹：他爹，晚饭前你把小宽叫到药房里，说了什么？

张仲景：这事情，不能告诉你。

雪莹发愁地：又有事情不能告诉我了？

张仲景为难地：他娘，我不能告诉你的事情，一定不是家里的事，你也就不要多问。反正你要相信我，我站得正，行得直，做的都是于国于家于人有好处的事。

雪莹：有好处的事？这些年你为了这些有好处的事，差点没害得家破人亡，你怎么还……

张仲景：我这个人，没事的时候不惹事，有事的时候，也不怕事。我办的，永远是保护人命的事。

雪莹暗自抹泪。

12

刺史府。刘琦公子。白天。

张仲景进来。

刘琦和冬儿迎上去。

刘琦：先生，准备好了吗？

张仲景点点头。

13

刺史府。刘琦住处。大门外。白天。

冬儿出了大门，回头望了一眼，走远了。

14

刺史府刘琮住处。白天。

满脸纯真的刘琮正在专心读书。

一男仆进来：少公子，蔡夫人来看你了。

刘琮急忙放下书站起身。

蔡夫人这时领着一个长得眉清目秀的少女，在几个侍女的簇拥下走了进来。

刘琮忙跪地行礼：刘琮拜见二娘，孩儿不知二娘来到，有失远迎，请二娘恕罪。

蔡夫人笑着上前搀起刘琮：快起来，琮儿，咱们娘俩不必拘礼。

刘琮礼貌地：二娘身子可好？小瑞妹妹好吗？

蔡夫人笑着：好，都好。

蔡夫人说着看了一眼桌上的书：琮儿读书最用功。

刘琮：孩儿应该谨记长辈们的教导，好好读书。

蔡夫人：琮儿，你平日读书辛苦，我怕侍女和仆人们对你照顾不周，伤了你的身子，今天特意把我的侄女悦悦送到你身边来，让她陪你读书说话，照顾你的饮食起居。

蔡夫人说完转身对那个眉清目秀的少女：悦悦，还不快拜见你琮琮表弟?!

悦悦急忙含羞趋前施礼：表弟好！

刘琮还礼：表姐好。

刘琮跟着转向蔡夫人：孩儿深谢二娘的关心，只是我怕表姐在这里会委屈了她。

蔡夫人：咱们一家人不说两家话！悦悦，可要照顾好你表弟。

悦悦低头：是，姑姑。

15

刺史府。刘琮住处。夜晚。

刘琮卧室。刘琮正在灯下朝竹简上写着什么。

一个侍女端一盆热水进来：少公子，烫烫脚吧。

刘琮应了一声，仍注视桌上的竹简，只把双脚伸了过来。

侍女忙为他脱去鞋袜。正在这时，悦悦悄步进来，走到侍女身边拍拍她的肩，做了个嘘声的手势，并示意她出去。

侍女先是一怔，不过随即轻步走了出去。

悦悦犹豫了一下，托起了刘琮的脚，放进了水盆里。

悦悦轻柔地搓洗着刘琮的双脚。

仍在写着什么的刘琮舒服地哼了一声。

写完字的刘琮放下手中的笔，扭头看见是悦悦在为他洗脚，大吃一惊：表姐，是你？

悦悦一笑：水温还好吧？

刘琮着慌地：怎么能让你——

悦悦温柔地：你用功读书，我给你洗洗脚有啥不得了的？

刘琮感动地望着悦悦……

16

任彦成宅邸。大门口。白天。

锦儿到门口，被管家拦住：二夫人，您是要出门吗？

锦儿：是啊，不许吗？

管家：岂敢？只是大人不在，要不要禀报夫人一声？

锦儿生气地：我又不是奴婢，干吗要禀报？我可是主公赏赐到府上来的，你一个管家就敢欺负我？

管家吓了一跳：二夫人这样说，小的要被吓死了，我怎么敢欺负夫人呢？只是多嘴问一句。

锦儿：那你以后就少多嘴！

锦儿走了出去。

17

集市上。白天。

锦儿在人群中穿梭，找着什么人。

突然，她看见了一个小卫兵，急忙跑过去。

锦儿跑到那个小卫兵面前：小杜哥哥，还认识我吗？

小杜：是……是锦儿啊。好些日子不见了，你怎么跑到府外来了？

锦儿：我已经被主公赏给了医署令任大人，在他家为妾。

小杜：哎呀恭喜恭喜，好大的福气啊你，不用在府中受罪了。

锦儿：好什么呀，他家夫人可凶呢，我这日子都没法过了。我特地跑出来，就是想找到府里出来采买东西的哥哥们，帮我给张成大人传个信，等张成大人出来的时候，让我见上他一面。

小杜挠头：这个？只怕是有点难。

锦儿掏出一个簪子和几个五铢钱，交给小卫兵：小杜哥哥，这点钱给你买酒喝，这个簪子，麻烦你交给张大人。

小杜笑：那好吧，我试试看。

18

刺史府。刘琦住处。门禁。夜。

一尉官：天到这般时分，怎么还不关门？

一卫兵：冬儿还没有回来。

尉官：冬儿，她什么时候出去的？

卫兵：一大早就出去买东西了。

尉官：先把门关上，她要是回来了再开。

卫兵：是。

19

刺史府。刘琦住处。门禁。清晨。

俩卫兵去开门。

尉官：冬儿昨夜啥时候回来的？

卫兵：不知道。

尉官：不知道？难道她没回来？

卫兵摇头。

尉官：赶紧到里头看看，如果她真没回来，速去内务署报告。

卫兵：是。

20

蔡瑁住处。白天。

张成进来：大人。

蔡瑁：有事吗？

张成：长公子府的侍女冬儿，昨天上午出去买东西，一夜未归。

蔡瑁一愣：哦？这个冬儿可是长公子的贴身侍女，服侍公子多少年了，主公都知道她，她怎么跑了？

张成：也许是看到陈家倒了，长公子没了依靠，怕将来没好果子吃，就跑了呗。此事要不要禀报主公？

蔡瑁：跑了一个小侍女，禀告主公干吗？不过你让公子府里的探子盯紧一点，看最近都有哪些人出入公子府。另外，让街上的探子也留心，如果在荆州城里发现了这个冬儿，立即抓起来。

张成：是。

21

荆州城门。白天。

小宽赶着一辆驴车，经过城门。车停下。

小宽过去。

城门官：干什么的？

小宽：出城买药材。

城门官：你是谁家的？

小宽：医署张医监家的。

城门官：车里还有人吗？

小宽：我家内人。

城门官：买药材，干吗还带女人？

小宽：这次要出去好几天，她在路上可以给我做饭洗衣。

22

车内。白天。

冬儿坐在车里。

车帘被掀开。

城门官的脸。

城门官：好，走吧。放下车帘。

23

医署。白天。

张仲景在屋里心情紧张地踱步……

24

刺史府。蔡夫人住处。白天。

张成走了进来：参见夫人。

蔡夫人：小兔崽子，你又来了？又听见什么消息了？

张成：夫人，这消息兴许您最爱听。

蔡夫人：什么消息？

张成：长公子府里跑了一名侍女。

蔡夫人：谁？

张成：冬儿。

蔡夫人"哼"了一声：就这消息？

张成：还有，锦儿托卫兵给我传话，想见见我。

蔡夫人：那你就见见吧，代我问问她在任家过得怎么样。

张成：是。

张成欲走。

蔡夫人：且慢。

张成回身。

蔡夫人：你要说别人跑了我还相信，这个冬儿，是长公子最贴心的人，当初是陈夫人府里的，她是不会跑的。

张成：可她的确是跑了。

蔡夫人：这里头一定有文章。她不会是给什么人送信的吧？

张成：陈家是树倒猢狲散，她能给谁送信呢？

蔡夫人：此事蹊跷得很，你让我哥哥有空来一趟，我要当面跟他说。

张成：是。

25

集市上。白天。

锦儿又见到小杜。

小杜：妹妹托我带的话，我带到了，张大人说，明日下午在映月楼见你。

锦儿：谢谢哥哥。

26

映月楼。白天。

张成正在映月楼里喝着茶，听着歌女弹琵琶。

锦儿进来，见到张成就跪拜：张大人。

张成：快快请起，你现在已经是堂堂医署令大人的二夫人，何必拜我。

锦儿起来：锦儿能有今天，都是夫人和大人们的抬举。锦儿无论到哪里，根也是在府里，在夫人那里。

张成：亏你想得明白，说吧，找我有什么事？

锦儿：锦儿见到大人，就等于见到青天老爷了。

张成：怎么，你还有什么委屈，任家待你不好吗？

锦儿：任大人待我也还算可以，可他家夫人，实在是惹不起啊。他家给我吃的东西，都有一股土腥气，我是一口也吃不下去。还有，我住的那间屋子，每到夜里就闹鬼，而任大人老是到夫人那边睡，我一个人住在闹鬼的屋子里，怕得要死……

张成勃然大怒：这还了得？这简直就是没把你当人待呀！

锦儿：其实我在任家，真是连下人都不如，下人们住的屋子里，也没有闹过鬼呢。我夜里担惊受怕，白天也不知道该往哪里去，那些下人，没有一个瞧得起我，好像我是无家可归，流落到任家来的。

张成：岂有此理？你可是主公赏赐给他任彦成的。他也太不知道轻重了。你放心吧，我去跟夫人说，让夫人好好教训这个姓任的小子，他简直是不知道天高地厚了。

锦儿：您也别太为难任大人，要不您跟夫人说说，让我还是回府里去侍候夫人吧。

张成：瞎说！你是主公赏赐给他姓任的，他就是把亲爹亲妈赶出去，也不能把你赶出去，明白吗？以后你在任家要硬气起来，就跟他夫人叫板，府里有夫人给你撑腰，知道吗？

锦儿：可我天生懦弱，跟谁都不敢叫板哪。

张成：嗨！你就听我的！

27

刺史府。蔡夫人住处。白天。

张成进来：小的参见夫人。

蔡夫人：你去见了锦儿吗？

张成：见了。

蔡夫人：她怎么说？

张成：任家让她吃的是猪狗食，住的是闹鬼的房子，连家里的下人都不如……

蔡夫人气得浑身一抖：什么？这个任彦成，原来这么不识抬举！

张成：夫人千万别生气，不值得为这么个畜生气坏了身子。

蔡夫人：你去叫他来！快去！

张成欲走，蔡夫人：回来！我让你去叫我哥哥过来一趟，他怎么没过来？

张成一拍脑袋：该死！小的给忘了。将军最近很忙，我也难得碰上。

蔡夫人：混账！碰上了，叫他尽快来一趟。

28

刺史府。蔡夫人住处门口。白天。

任彦成慌慌张张地跑来。

29

刺史府。蔡夫人住处内。白天。

任彦成跪下：小的参见夫人。

蔡夫人：哎哟哟，是医署令任大人哪，您日理万机，今日怎么有机会到我这里来呀？

任彦成听得头发蒙，回头看了一眼张成，张成正在冲他冷笑。

任彦成：夫人，不是您叫我来的吗？

蔡夫人：我叫你来你就来呀？

任彦成：当然，夫人吩咐，小的岂敢不来。

蔡夫人：你还知道我是夫人啊，可你是怎么对待锦儿的？

任彦成：夫人，我对锦儿，一直很好啊，她要什么就给什么。

蔡夫人：是吗？那她怎么说，在你们家吃饭，什么都吃不下去呢？

任彦成：夫人，开始她是说吃不惯，为此，我专门去请了个以前在府里做饭后来年老出府的厨子，天天给她开小灶啊，夫人！

蔡夫人一愣：你说的是真的？

任彦成：千真万确啊，夫人。

蔡夫人气消了一些：就算千真万确，那也是应该的。可她还说，她住的房子，怎么闹鬼呢？

任彦成：以前从未闹过，是她住进去以后才，才……

蔡夫人：她住在哪儿？

任彦成：西偏房。

蔡夫人：她可是主公赏赐给你的，为何住偏房？

任彦成：这，这？夫人，那您说，她应该住在哪儿呢？

蔡夫人看他六神无主的样子，不由得笑了：我又没去过你们家，怎知道该住哪儿？这样吧，你回去以后，让她挑，她说住哪儿，就住哪儿。

任彦成急忙答应：好，好。

蔡夫人：就这么跟你说吧，她是主公赏赐给你的人，你要是亏待她，就是藐视主公！

任彦成吓得浑身发抖，抖得如同筛糠。

蔡夫人：你应该好好待她，知道吗？

任彦成：是，是。

30

刺史府。蔡夫人住处外。白天。

任彦成走出大门，额头还直冒冷汗。

张成跟了出来：任大人。

任彦成：张大人。

张成：你知道你住的宅邸，是谁给你的吧？

任彦成：知道，知道。

张成：知道就好，那你怎么说，那套宅邸闹鬼呢？

任彦成：不是我说的，是锦儿，是锦儿……

张成：这话要是让蔡大人知道了，你知道是什么后果吗？

任彦成：别，别，千万别告诉蔡大人……

张成：我要是告诉了，现在还来问你吗？

任彦成：谢谢大人，谢谢大人。

张成：回去把家里的事情处理好，不要让家里的事情，闹到府里来，你说是不是？

　　任彦成：是，是，谢谢张大人教诲。

31

　　任彦成宅邸。院内。白天。

　　任彦成进来，凌晶上前迎接：官人。

　　任彦成：夫人，大事不好。

　　凌晶：出了什么事？

　　任彦成偷偷看了西偏房一眼：屋里说，屋里说。

32

　　任彦成宅邸。西偏房。白天。

　　在窗口观察动静的锦儿看清了任彦成慌张的样子，撇着嘴笑了笑。

33

　　任彦成宅邸。客厅内。白天。

　　任彦成和凌晶进来。

　　任彦成：夫人，锦儿居然向蔡夫人告状，蔡夫人把我找去，好一顿臭骂。

　　凌晶：她骂什么？

　　任彦成：她说，锦儿是主公赏赐给我的，我要是亏待了她，就是藐视主公。

　　凌晶：那我们还得把她当祖宗供起来？

　　任彦成：她现在就是祖宗啊！夫人说了，她想住哪间房，让她随便挑，唉！

　　凌晶气得直抹眼泪。

34

　　任彦成宅邸。西偏房。白天。

　　任彦成进来，锦儿故意坐到一边，不理他。

　　任彦成：锦儿。

锦儿还是不理他。

任彦成：锦儿。

锦儿：喊我做什么？

任彦成：你不是说这间屋子闹鬼吗？现在由你随便挑，你想住哪里，就住哪里。

锦儿：真的？

任彦成无奈的表情。

锦儿：大人，你怎么大发善心哪？

任彦成无奈的表情。

锦儿：那我可挑了！

任彦成：你挑吧。

锦儿：我就要夫人现在住的那一间。

任彦成：啊？你住那间，那夫人住哪里？

锦儿：夫人就住这间嘛，西偏房。

任彦成：这？

任彦成要发作。

锦儿比他还凶：怎么了？不是你说让我随便挑的吗？

任彦成垂下了头。

35

任彦成宅邸。客厅。白天。

任彦成过来：娘子，她，她竟然说要你住的这一间。

凌晶怒视着任彦成。

任彦成：娘子，你，你要不，住西偏房？

凌晶大怒：官人，我虽是女流之辈，但也知道脸面尊严，绝不能受此侮辱！我宁可搬出去，也不能同她换房间！

任彦成万般无奈地：可她，她后面有蔡夫人撑腰啊，我们哪里惹得起？

凌晶：这样吧，明日一早，我就起程回南阳，回去看望父母。你让她权且忍耐一夜，明天，她就可以搬过来了！

任彦成：你要走？

凌晶：父母年事已高，已经好长时间没见面了，我和果儿应该回去看望他们。

任彦成想了想，叹口气：也好，先避过这个风头再说。

凌晶看了任彦成一眼，有些怒其不争，又有些同情。

36

任彦成宅邸。西偏房。白天。

任彦成颓丧地走进来：她答应了，让你权且忍耐一夜，明日，你就可以搬过去了。

锦儿：不嘛，我现在就要搬过去！

任彦成气得猛拍桌子：放肆！你！

任彦成用手指着锦儿：你一个卑微的府女，竟敢如此相逼，我，我跟你拼了！

锦儿被震住了，有点害怕。突然，锦儿讨好地：一夜就一夜，可你今晚要在我这里啊！

任彦成一下子软下来：好吧。

37

内务署院中。白天。

蔡瑁碰到了张成。

张成：将军，可算碰到你了。

蔡瑁：什么事？

张成：夫人让我传话，叫你过去一趟。

蔡瑁：她为什么事？

张成：公子府里不是跑了侍女冬儿吗？她觉得此事蹊跷，找你过去商议。

蔡瑁：一个小小的侍女，干吗大惊小怪的。我闲下来再去吧。

张成：夫人可把我骂了个狗血淋头，将军还是尽快去吧。

蔡瑁：知道了。

38

任彦成宅邸。大门外。白天。

马车已经备好，凌晶扶着果儿从大门口出来，府上的管家下人们都来送她。

众人站定后，任彦成最后一个从大门口出来，走到凌晶母子面前。

凌晶：官人。

任彦成：娘子。

凌晶：官人，我们娘俩这一去，你自己在荆州，可要保重啊。

任彦成点头：你们一路上小心，晚起早睡，宁可在路上多跑几天。见到了岳父岳母大人，替我问好。

果儿冷冷地看着父亲。

凌晶点点头，拉着儿子上了车。

任彦成恋恋不舍地：娘子！

任彦成又上前想去拉果儿的手，但果儿没看他，且把手缩了回去。

任彦成有些尴尬。

凌晶回头：官人请回吧，大家都请回吧。

任彦成还想说点什么，可又不知道该说什么。

众人都有些不舍地看着凌晶。

39

任彦成宅邸。大门口。白天。

锦儿从大门口露出来一个小脑袋，看着任彦成和凌晶。

40

任彦成宅邸处。马车前。白天。

任彦成紧走几步上前：娘子，看望了岳父岳母大人，你还是早些回来吧。

凌晶叹了口气，望着任彦成，又叹了口气，什么也没说，放下了车帘。

任彦成招手，马车徐徐启动了。

41

任彦成宅邸。大门口。白天。

锦儿轻轻"哼"了一声，转身进了院子。

42

任彦成宅邸。院中。凌晶卧室门口。白天。

锦儿指挥着下人，将凌晶的东西都倒腾出来，将自己的东西搬进去。

搬东西出来的下人：二夫人，这些东西搬出来放哪儿？

锦儿：放哪儿都行，你看着办。

下人：到底放哪儿呢？

锦儿：没地方放就扔了！

下人为难地：这？

锦儿：什么这呀那的，快搬！

43

任彦成宅邸。以前的凌晶卧室，现在的锦儿卧室。夜。

任彦成与锦儿一番亲热之后，疲惫地躺在床上。

锦儿依偎在他怀里，用手挠着他的胡子。

锦儿：你想什么呢？

任彦成不说话。

锦儿：是不是又想她了？

任彦成斜了她一眼，很不高兴。

锦儿：想了就是想了嘛，她还没走多远，你就盼着她回来了？

任彦成生气地挣脱她，坐起来：你都把她赶走了，还要怎样？

锦儿笑：生那么大的气干吗？不识逗。

任彦成：她人都走了，你就别再闹"鬼"了，好不好？

锦儿搂着任彦成的脖子笑：还装！别一本正经的，你在府里调戏我的时候，胆子不是挺大的吗？

任彦成：那也许是我这辈子最后悔的事！

锦儿：得了吧。你后悔？下次再有女的勾你，你还得上钩！

任彦成不说话。

锦儿：本来吧，我从来没爱过你。昨天你冲我一发火，我倒有点喜欢你了，觉得你总算是个男人了。

任彦成：你爱我也好，不爱我也罢，反正蔡夫人和主公把你赏给了我，我们就在一起凑合着好好过吧，你就别再闹了。

锦儿：现在是你和我两个人在这宅子里，我不好好过日子，我闹什么？我有病啊！不过，你可要对我好点，你要对我不好，我还到夫人那里，告你的黑状！

锦儿用指头弹了他一下的额头。

任彦成无奈地摇了摇头。

44

张仲景家。黄昏。

张仲景推门进来。

雪莹迎过来：他爹，家里来了几个找小宽看病的人，小宽不在，他们又不走。

张仲景爽快地：我来看吧。

雪莹心疼地：我是怕你累——

张仲景：看病累不死人。

张仲景边说边走进屋去。

45

刺史府中。蔡夫人住处。黄昏。

蔡瑁进来：妹妹。

蔡夫人：你终于来了，可让我等了好几天呢。

蔡瑁：府中公务繁忙，一时就疏忽了妹妹，请妹妹见谅。

蔡夫人：你的事情很多，可最重要的事情，怎么不办呢？

蔡瑁：什么重要事情？

蔡夫人：长公子府里的冬儿跑了，这难道不是威胁我们蔡家的大事？

蔡瑁：妹妹多虑了吧，长公子孤立无援，谅她一个小小的侍女，能闹得出什么事情？

蔡夫人：千里之堤，溃于蚁穴，哥哥千万别小看了这个冬儿。她过去是陈夫人最贴心的侍女，后来给了长公子，也是长公子最贴心的人。她和长公子的感情，不是一天两天，不是发生了万不得已的事情，她是绝对不会离开长公子的。这府里头的事情，哥哥，我可比你清楚。

蔡瑁：她能闹出什么事情呢？她还能出去找陈家的余党造反，打回荆州不成？

蔡夫人：那倒是不会，可女人的厉害，你们男人是不懂的。反正她这一跑，跑得绝对不简单。哥哥，你万万不可小觑啊！

蔡瑁：谢妹妹提醒，我一定命人严查！

蔡夫人：主公知道这件事吗？

蔡瑁：跑了一个小小的侍女，我觉得不必惊动主公，就没报告。

蔡夫人：主公是知道这个冬儿的，你现在不报告，将来他问起来，反而会疑心是我们把冬儿怎么样了。

蔡瑁：那我报告就是。

蔡夫人：还有，悦悦在刘琮那儿怎么样？她和刘琮处得还好吧？

蔡瑁：我问了，悦悦说他俩处得很好。

蔡夫人：一定要让悦悦把刘琮抓到手里！

蔡瑁：明白！

46

张仲景家。黄昏。

张仲景坐在院中喝茶，面露疲惫之态。

有人敲门，小宽上前开门。

一个中年男子背着一个小女孩站在门外：这儿是张医官的家吗？我女儿——

雪莹：张医官刚由府中回来，人很累，不看病了。

中年男子哀求地：麻烦了，我女儿忽然浑身发抖，想请张医官——

雪莹：今天不行。

张仲景：雪莹，让他们进来吧。

张仲景说着有点吃力地站起身……

47

刺史府。刘表寝殿。

刘表：就这些事情吗？

蔡瑁：主公，大事就是这些，还有一件小事，不知道当讲不当讲。

刘表：讲。

蔡瑁：公子府里的侍女冬儿，前几天跑了，再也没回来。

刘表：噢？她跑了，为什么跑？

蔡瑁：不知道。

刘表：上次我去看琦儿，对她说了几句重话，说如果琦儿有事，我不会轻饶她，她是不是被我吓跑的？

蔡瑁：原来是这样。

刘表：跑了就跑了吧，只是琦儿身边，少了一个贴心的人。没事的话，你就退下吧。

蔡瑁：是。

48

乡间。白天。

一片自然风光。

小宽赶的驴车在土路上"吱扭"作响。

青山。

溪流。

树林。

驴车"吱扭"作响。

49

一处山脚下。白天。

车停，小宽跳下车，又搀扶冬儿下来。

小宽：我家师兄就在前面院子里等您。

冬儿：谢谢你。

小宽领着冬儿走在山路上。

50

一农家小院。白天。

小宽和冬儿走近,先看到的是篱笆墙。

接着是柴门。

推开门,张仲景已经站在院中。旁边还站着英姑。

张仲景:冬儿。

冬儿浅浅一笑:先生。

张仲景:这几天四处奔波躲藏,身子乏得很吧?

冬儿:谢大人关照。只要有个落脚的去处,能平安把孩子生下来,再大的苦,我也是吃得的。

张仲景:我思虑了好几天,还是觉得这里最安全,既离荆州不远,又非常荒僻,很难被发现,你在这里安心住上半年,一定会母子平安的。

冬儿:我代公子谢谢先生。

冬儿看到英姑:这位是?

小宽:这是贱内。

冬儿环顾四周,小院有三间草房,院内还有口水井。

冬儿走到水井前,朝井里看。

51

井中。白天。

井中映现出冬儿的一张笑脸。

52

井上。院中。白天。

冬儿:张先生,我原以为要躲藏在哪个洞里,没想到先生为我找了个这么山清水秀的好地方。

张仲景:这地方山清水秀,人烟稀少,你正好在这里安安静静舒舒服服地生下孩子,我已经命师弟小宽夫妇,专门留在这里照顾你,你有什么事,只管找他们。饮食起居,还有寻医问药,都可以找他们。我师弟小宽,医术还是很有一套的,我也会每隔十天来看你一次。

冬儿:谢谢先生安排得这么周到,我就隐居在此地,做个像模像样的农妇，好好为公子生下孩子。

53

南阳郡。凌家院落。门口。黄昏。

马车停在了门口。

凌晶下车，前去敲门。

门开了，一仆人：你是谁啊？

凌晶：你不认识我吗？是不是新来的？

仆人：我都来了三年了，怎么没见过你？

凌晶：我是府里的小姐，请你进去禀报一下。

仆人：小姐？什么小姐？我们府里没什么小姐。

这时项管家从外面回来。

项管家走过来，看到凌晶。

凌晶也看着他。

项管家：小姐？

凌晶：项管家？

项管家激动地：哎呀呀，小姐怎么回来了？小姐怎么回来了？

仆人疑惑地：管家，您认识她？

项管家打了他一耳光：快去禀报大人和夫人，凌晶小姐回来了！

54

凌家院中。黄昏。

两个大灯笼来到院中。

凌夫人从屋子里跑出来：晶儿，晶儿，晶儿在哪里呢？

凌晶已经在项管家的引领下进来，看见了母亲。

凌晶扑过去：母亲！

夫人老泪纵横：晶儿！

母女俩抱头痛哭。

凌太守也走了出来，看着她们。

凌太守已经衰老了许多，满头白发。

55

凌家。客厅。黄昏。

凌太守、夫人和凌晶母子坐定。

夫人：晶儿，好好的你怎么跑回来了？

凌晶：孩儿十分思念双亲，早就想回来了，今日终于成行，见到高堂父母，心愿足矣。

夫人：可怜你一片孝心。这些年在荆州还过得好吧？

凌晶点头：好，好。

太守：你那个姓任的，现在怎么样？

凌晶：他已经升任医署令了。

凌太守：荆州府刚刚出了大变故，陈家倒了，蔡家得势，而他在这个时候，不降反升，真是让人忧虑啊！

凌晶无语。

太守：反正现在越是跟蔡家捆在一起，将来就会招来越大的祸殃，这个道理，他怎么就不明白呢？

夫人：大人多虑了。医署本来就归内务署管，内务署又是由蔡家把持着，你让他怎么不听蔡家的呢？他升了官，总归是好事，说明主公还是赏识他的。

太守：这个时候，他应该韬光养晦，应该小心翼翼——

夫人生气地：大人！这些话你跟他说去，干吗跟我们两个女人唠叨？就算他得了病，也不能让我们替他吃药啊！

太守苦笑：我说话他听吗？

夫人：不听你就别说。女儿刚回来，应该高高兴兴的，你这是干吗呀？

太守不说话了。

夫人：晶儿，你这趟回来，打算住几天啊？

凌晶：打算多住些时候。

夫人：姑爷一个人在荆州，你就放心吗？

凌晶：放心，放心。

56

刺史府。刘琦住处。白天。

张仲景进来：参见公子。

刘琦急切地：先生，怎么样？

张仲景：公子放心，一切都安排妥当了。

刘琦：那就好，那就好。谢谢先生。以后她有什么事情，麻烦先生一定要告诉我。

张仲景：公子放心，我一定会照顾好她的。

刘琦激动地流泪：先生，我虽生在富贵人家，可如果今生报答不了先生，来生……

张仲景：公子不要说这样的话，即使她是贫寒百姓，我也一定会照顾好她的。

57

南阳郡。凌家后花园。白天。

凌晶正拉着儿子在园中闲逛，遇到了迎面走来的母亲。

夫人：晶儿。

凌晶：娘。

夫人：你这次回家，感觉如何？

凌晶：真像是回到了小时候，又无忧无虑了。

夫人：你什么时候回荆州啊？

凌晶：怎么？娘烦我了？

夫人：不是我烦你。娘家毕竟是娘家，总不是长久之计，而且，你到现在也没说你的打算啊，到底要住多久，告诉我，我也好有个安排。

凌晶一时对答不上来，眼里也噙了泪，不敢面对娘，把脸扭向一边。

夫人担忧地：是不是你和姑爷，闹了什么别扭？

凌晶：没有。

夫人：做女人的，讲究三从四德，在家从父，出嫁从夫，夫死从子，你还闹什么闹啊？

凌晶：娘，不是的，您别说了。

凌晶走开了。

58

荆州。蔡瑁住处。白天。

张成进来：大人。

蔡瑁：叫你查的事，查了没有？

张成：查了，公子府里没什么动静，派去查看的小厮只是说，最近医署的张仲景去得比较勤。

蔡瑁：张仲景？又是这个张仲景。怎么老有他？不过公子一向体弱多病，他去得多一点，也是情有可原的。

张成：那还查不查？

蔡瑁：当然要查。你派人盯上张仲景，看他有什么异常情况。

张成：是。

59

南阳郡。凌家。客厅。白天。

凌夫人愁眉不展。

太守：夫人，这些天你怎么看着心事重重的？

夫人：晶儿怎么一点都没有走的意思？

太守：晶儿性情纯厚，想多尽一点孝心，怎么你还想赶她走啊？

夫人：不是！我是觉得事情有点不对劲儿，怎么这么长时间，姑爷那边，连一封书信也没有啊？

太守默然。

夫人：我总觉得，晶儿和姑爷之间，一定是出了什么事情。晶儿他们母子这次来得突然，又住这么长时间还没有走的意思，平时言谈之间，也一点都不愿意提到姑爷，实在是有些反常。

太守：你去问问晶儿嘛。

夫人：我都问了好多次了，可她什么也不肯说。这样吧，你让项管家跑一趟，去荆州看看。

太守：就为这点事？

夫人：这还是小事吗？

太守：项管家就别去了，让一个仆人过去，捎一封家书，顺便打听一下吧。

夫人皱了皱眉，也没有再说什么。

60

荆州。任彦成宅邸。客厅。白天。

任彦成和锦儿都在。

管家来报：大人，南阳郡来了个人，说给您捎来一封家书。

锦儿：南阳的？让他进来。

凌府仆人老金进来。先看到任彦成，正要上前行礼问好，突然又看到打扮得珠光宝气的锦儿，不由得愣了。

老金对任彦成：大人好。

任彦成：你是凌府上的？我怎么没有印象？

老金：大人，你入赘到府上的时候，小的还没去，大人当然没有印象了。

任彦成接过书信，展开看了看，放在了一边，若有所思。

锦儿：是她给你写的？我能看看吗？

任彦成：是我岳父写的，你看什么？

锦儿：我看看嘛！

锦儿说完抢过去看了起来。

任彦成撇了撇嘴，也没说什么。

老金怯怯地：这位是？

任彦成：这位，是新过门的二夫人。

老金吃了一惊：夫人好，夫人好。

任彦成：我就不留你了，暂时也没有回信。

老金：是，小的即刻就回南阳。

61

蔡瑁住处。院中。白天。

蔡瑁和张成往外走。

蔡瑁：对了，查张仲景的事情，有什么进展？

张成：大人不问我倒忘了。小厮查到了一些异常，张仲景的师弟小宽一家，不知道去了哪里。

蔡瑁：多长时间？

张成：周围邻居说，两三个月了。

蔡瑁：是不是回南阳了？或者外出了？

张成：不太清楚。还有，张仲景每隔十天也出城一趟。

蔡瑁：去了哪里？

张成：小厮们只奉命在城里查，没有出城。

蔡瑁：榆木脑袋，怎么不知道随机应变？

张成：是，下回让他们跟到底。

蔡瑁：为何不让任彦成去探听一下张仲景的消息？他们毕竟是师兄弟呀。

张成点了点头：对！

第二十二集

1

荆州郊外。冬儿小院。白天。

小宽驾着驴车回来了。

车停下,张仲景从车中下来。

两人一起穿过篱笆墙,进了院子。

2

冬儿小院。院中。白天。

英姑正在院中,见到张仲景:大人过来了?

张仲景笑着招呼:挺忙吧?

英姑:咱一个老百姓,侍候府里的人,忙一点是应该的。

张仲景:人呢?

英姑:在屋里睡觉呢。钵钵没瞎闹吧?

张仲景:钵钵乖着呢,总跟在葛根的屁股后面,两个人一起玩儿。就是晚上睡觉的时候,老喊着要妈妈。

英姑:他可别再添乱了,够嫂子一个人累的。

张仲景:小孩子嘛。

张仲景往屋子里走去。

3

冬儿小院。室内。白天。

冬儿已经挺起了大肚子,半躺在床上。

张仲景施礼:冬儿。

冬儿想起身,可肚子太大,不方便起来:大人又来看我了?

张仲景起身,走近冬儿:这几天好吗?我再给你把把脉。

冬儿伸过手来。

张仲景掏出把脉的丝帕。

冬儿笑:这荒山野岭的,还要这些东西干吗,你直接搭我的手就是了。

张仲景给冬儿把脉。

张仲景对冬儿：你的脉象很好，已经六七个月了，看来这次你的生产，应该会很顺利。

冬儿：这也得谢谢小宽两口子，照顾得好。大人在府里忙得团团转，隔三岔五地还要来看我，真是过意不去。

张仲景：说哪里话？您要是在府里，这还不是我的事情？

冬儿：只是这出来一折腾，给大人添了太多的麻烦。

张仲景：长公子把你和孩子的生命托付给我了，就是再难，我也要尽心尽力去做啊。

冬儿：府里这些天，没什么动静吧？公子怎么样？

张仲景：很平静。长公子时常把我找去，问一问你的情况。

冬儿：公子身体还好吧？

张仲景：越来越好，看来你和肚子里的孩子，就是他活下去的动力啊！

4

南阳郡。凌家。客厅。白天。

项管家进来：大人，夫人，老金从荆州回来了。

太守：赶紧叫他来见我。

老金进来：大人。

太守：你回来了。老夫托你的事情，你办了吗？

老金：办了。

太守：信送到了。

老金：送到了。

太守：怎么样？

老金诧异地看着太守：没怎么样，也没留我，就让我回来了。

夫人：姑爷没问问夫人？

老金：没有。

夫人：他没写封回信托你带回来？

老金：没有。

夫人：也没让你捎句话？

老金：没有。

夫人和太守面面相觑，很不理解。

老金：小的有句话，不知道当讲不当讲。

太守：有话就讲！

老金：我进去之后，看到一个珠光宝气的贵夫人，跟姑爷说话，很随便，后来我问起，姑爷说，是新过门的二夫人。

太守和夫人大吃一惊：啊？

夫人：你没搞错吧？

老金：这怎么会错？小的也纳闷了，姑爷又娶了二房，这边怎么一点都不知道呢。

太守气得捶桌子：这个混账东西！

夫人瘫软下来：难怪晶儿这些天说话都闪闪烁烁的，原来是这样。

太守：去把晶儿叫来，去把晶儿叫来！

夫人：老爷，盛怒之下，难免误事。还是我单独去问她吧。

太守冷静了下来：也好。

5

凌家。凌晶卧室。白天。

夫人走了进来。

凌晶站起身：娘，您过来了。

夫人：我过来看看你。

凌晶：应该我过去看娘的，大热的天，您还跑一趟。

夫人：我来，是有件事情，要问问你。

凌晶：什么事？

夫人：府上的仆人老金，刚从荆州回来，你爹托他捎一封信给姑爷，在姑爷那里，他看到了一位新过门的二夫人，这是怎么回事儿？

凌晶面色略略一变，看着娘：娘……

夫人：你说啊，到底怎么回事？

凌晶：那是，那是，那就是二夫人哪。

夫人：是姑爷新娶的妾吗？

凌晶点点头。

夫人：这么大的事情，你回来这么长时间，瞒得滴水不漏，你是为这个跑回南阳的吗？

凌晶：不是的。确实是思念爹娘，才回来的。

夫人：你不要再瞒我们了，说吧，这个二夫人是怎么回事？

凌晶：她是，她是刺史赏赐给官人的，因为官人救了府里蔡夫人的命，刺史可能是高兴，就把蔡夫人身边的一位侍女赏给了他，就是这么回事。

夫人：这里头居然还有刺史的事儿？

凌晶：是啊。所以说，这个妾并不是官人要娶的，是刺史硬赏给他的，他不要也不行。娘，你就别怪官人了。

夫人：既然如此，你为正来她为偏，你又为他任家生了儿子，干吗要躲回南阳呢？

凌晶：她有府里夫人做靠山，自然要和我争个胜负。可是我，何必跟一个侍女斗气呢，多没意思啊？

夫人：那你也不能跑回娘家来守活寡啊！倒让她得意了。

凌晶：我在荆州度日如年，只有回到家里，才觉得舒服。娘，您就别逼女儿了，也别怪官人了。

夫人摇头叹息：唉，咱家的好姑爷，都几个月了也不过问你一声，你爹托人捎去封信，他连口信都不回一个！对你这么薄情寡义，你还处处替他说话，真是个傻孩子！

凌晶：娘，我还有什么办法呢？嫁鸡随鸡，嫁狗随狗，也只能这么过一天算一天了。

夫人：晶儿，当初是娘做主找的这门亲，你现在后悔了吧？

凌晶低头不语。

夫人：你爹现在是一肚子埋怨，虽然没怪我，可我听着心里也不是滋味儿啊。

凌晶：娘，官场就像个大染缸，在里头染过之后，人都不是原来的自己了。我倒是后悔，爹当初不该举荐他当什么孝廉，就让他当他的医师，我也一直守在父母身边，那该多好啊！

夫人：当初还不是为了让他有个好前程。富贵不过三代，当初是想着，一旦我和你爹撒手西归，他当个官，你也好有个依靠。谁承想，到了今天这步田地？

凌晶：女儿该是什么命，就是什么命，上天已经注定，爹娘就不用为孩儿太操心，我如今有果儿在身边就行了。

夫人：你爹一听说这事儿，气得要命呢，我还得去好好劝劝他。

凌晶：爹娘年纪都大了，要多注意身体啊。

夫人：你自小身体孱弱，也要善自珍重啊。原以为找了个医师做姑爷，能照顾好你的身体，现在也指望不上了。

凌晶：娘！

母女俩抱在了一起，

凌晶的眼里又涌出了泪水。

6

荆州。张仲景家。院中。白天。

小宽和张仲景向门外走去，迎面碰到雪莹。

雪莹：又去看冬儿啊？

张仲景点点头，和小宽出去了。

葛根领着几岁的钵钵从屋子里跑出来玩，葛根分明听到了娘的话，在爹和小宽叔出门之后，他凑到娘的耳边问：爹是去看阿姨？

雪莹吃了一惊：就你耳朵尖，啥话都能听见。

葛根：是不是吗？

雪莹的脸肃穆了起来，低声地：你爹和你小宽叔是去看阿姨，但这事给谁都不能说，明白？

葛根点头。

雪莹：你要看好妹妹，别让她摔着。娘要进去做晚饭了。

葛根：好，娘，你去吧。

雪莹进去，葛根和钵钵在院子里玩。

7

荆州郊外山居。院中。白天。

张仲景和小宽进来，英姑正在院中。

英姑：大人，又来看冬儿了？

张仲景：啊，冬儿好吗？

英姑：有些不大好，大人快去看看吧。

8

冬儿卧室。白天。

张仲景、小宽进来：冬儿。

冬儿：大人，我昨晚上睡不着觉呢。

张仲景：哦？还有什么别的不舒服？

冬儿：气短，呼吸不大顺畅。胃里似乎有个东西往上顶，也不想吃东西。还有，就是腰痛，腿也好像肿起来了。

张仲景又开始为冬儿搭脉。

搭完脉，冬儿：怎么样？

张仲景：你的脉象很好，心跳得很有力。这些反应都是正常的，说明再过不久，就该生了。

冬儿面露欣喜之色：真的？

张仲景：所以这些天，最好是不吃药。十药九毒，对胎儿影响不好。待会儿我教一套推拿术给英姑，您睡不着觉的时候，就让英姑帮你推拿，就能入眠了。

冬儿面露难色：这个？英姑嫂子忙里忙外地照顾我，晚上怎好再让她给我推拿，她也要休息啊。我还是自己忍着吧。

小宽：你不必客气。只要能顺利为长公子生下孩子，我们夫妇再辛苦也没关系。

冬儿：那可担当不起。我今生今世，难忘你们的恩德。如果有朝一日，我还能回到公子身边，一定向公子奏明你们师兄弟的功绩，如果回不去了，只有来世再报答了。

张仲景：千万不能这样讲，我张仲景身为医官，食国家俸禄，理当为刺史分忧、为公子效力啊！

9

张仲景家。院中。白天。

葛根忽然听到了敲门声：爹回来喽，爹回来喽！跑着过去开门。

门开了，却是任彦成。

葛根：你是？

任彦成：是葛根吧？不记得我了？我是你任伯伯啊。你爹呢？

葛根：爹不在家，他去看阿姨……他去，他出去喝酒去了。

任彦成：去哪里喝酒？

葛根：去，去外面酒楼里。

任彦成眼睛转了一下，走进来，看见了正在和泥的钵钵。

任彦成：这丫头，是小宽师弟的孩子吧？

葛根：是啊，是钵钵妹妹。

任彦成：钵钵？好名字。钵钵，你爹娘呢？

钵钵：我爹我娘都不在，他们去了好远好远的地方。

任彦成：有多远啊？

钵钵：好远好远，已经好久好久都没回来了。

任彦成的眉头皱了起来。

雪莹这时出来了，一把拉过葛根和钵钵，虎着脸对任彦成：你来做什么？

任彦成：师妹，你看你看，我又不是鬼，我来了，你何必这么紧张呢？

雪莹：我说过，我不想再见到你！

任彦成：就算你不认我，张师弟还是认我的，还喊我师兄呢。他是医监，我是医署令，我怎么就不能到他家里来拜访？

雪莹：你来了，我们家就没好事！

任彦成：我敢对天发誓，我从没想过要害你，害张师弟！

雪莹：你算了吧？你说的话还有人信吗？而且你的张师弟也不在，你请回吧。

任彦成：他到哪里去了？

雪莹：他不是你的师弟嘛，又是你的下属，你见到他自己问吧。

任彦成：怎么小宽夫妇也不在？

雪莹：他们俩都是一介平民，敢劳医署令大人操心过问吗？

任彦成又看了看，自觉无聊：那好吧，张师弟回来，代我问一声好。

雪莹：你要是永远不踏进这个门，他就能好点。

任彦成转身走了。

10

刺史府。蔡夫人处。白天。

侍女正在为蔡夫人捶背。

一侍女进来：夫人，悦悦姑娘到。

蔡夫人：快让她进来。

悦悦进门施礼：悦悦奉召来拜见姑姑！

蔡夫人高兴地：快坐，快坐。你在少公子那儿可好？

悦悦：好，少公子和我已经相熟起来，他一开始不好意思接受我的照顾，如今已渐渐习惯了。

蔡夫人朝侍女们一挥手：你们都出去。

侍女们出门。

蔡夫人压低了声音：悦悦，实话告诉我，刘琮对你如何？

悦悦：挺好的，他很尊敬我。

蔡夫人皱了皱眉头：我不是问这个，我是问，他对你，有没有男人对女人的那种——

悦悦含羞打断了蔡夫人的话：姑姑……

蔡夫人：我让你去他身边，可不是让你去给他当侍女的，是要你尽快抓住他的心，把他变成你的男人，尽快怀上他的孩子！

悦悦羞得捂上了脸：姑姑。

蔡夫人：我们姑侄俩，就不用再说那些遮掩的话了，这件事关系到我们蔡家将来在刺史府的地位，长公子刘琦，对我们蔡家可谓恨之入骨，我们绝不能让他日后继位；刘琮单纯，对我们尚无成见，我们要力推他将来继位，倘若你能早日怀上他的孩子，那就无人能撼动我蔡家在刺史府的地位了。

悦悦放下捂脸的手，有些吃惊地看着姑姑。

蔡夫人：这刺史府表面上风平浪静，背地里却是刀光剑影，你已长大，理应为咱蔡家的将来出力！

悦悦面孔肃穆起来：侄女明白了。

蔡夫人：刘琮现也已到了想女人的年龄，你要想办法让他对你动心，明白？

悦悦沉思着点头……

11

刺史府。刘琮住处。白天。

刘琮正在院内散步。

12

刺史府。刘琮府内悦悦住处。白天

悦悦隔窗看见散步的刘琮，忙脱去外衣，只穿着红肚兜和内裙，拿过琵琶弹了起来。

乐声悠扬。

她边弹边隔着窗隙看着院内的刘琮的反应。

刘琮停步，先是侧耳听着琵琶声，然后转身向悦悦的住处走来。

一个侍女进来：小姐，少公子走过来了。

悦悦边弹边用眼神示意侍女走开

13

刺史府。刘琮府内。悦悦住处门外。白天。

刘琮走到门前，敲了一下门。

里边传出悦悦的声音：进来。

琵琶声没停。

14

刺史府。刘琮府内。悦悦住处室内。白天。

刘琮走了进来。

悦悦看见刘琮，假装慌得扔下琵琶起身，用手去捂胸部。

刘琮猛地看见悦悦雪白的半裸的身子，先是一惊，随后眼睛有些直了。

悦悦又装着去捂自己美丽的内裙，把酥胸又露了出来：我……我以为是侍女们……

刘琮：抱、抱歉，表姐，我不知……

悦悦这才抓过一件衣服捂住了脸和胸部……

15

刺史府。刘琮府内。夜晚。

刘琮在灯下边看书边用笔在蔡伦纸上记着什么。

他停下笔，沉思着，面前慢慢出现了悦悦穿着红肚兜弹琵琶的身影。

他的脸上出现了着迷的笑纹。

悦悦这时轻手轻脚端着一个托盘进来，托盘上放着一个碗。

刘琮没有发现悦悦进门，仍呆呆坐在那里。

悦悦走到刘琮身边，轻柔地：来，喝点莲子羹。

待刘琮转身的时候，悦悦故意把托盘撞上刘琮的胳臂，使盛莲子羹的碗一下子翻到了她的胸前，莲子羹洒满了她的上衣。

刘琮惊得"啊"了一声。

悦悦也故意低叫了一声：呀——

刘琮慌忙起身伸过手去：快，快脱上衣！

悦悦故意手忙脚乱地去解开了衣扣，再次露出了那绣了花的红肚兜。

刘琮帮忙扯下了悦悦的上衣。

悦悦似乎这时才意识到不该脱外衣，忙用手去捂胸部。

刘琮先是一怔，随即目光定在悦悦的胸上，随后，只见他猛地伸出手去，把悦悦拉到了怀里。

悦悦先是装着惊叫了一声，跟着便把头埋在了刘琮的怀中……

16

张仲景家。卧室。夜。

张仲景夫妻二人准备就寝。

雪莹：他爹，今天你走了之后，姓任的来过了。

张仲景一惊：他来，没说为什么事？

雪莹：没说。他看你不在，问你去干什么了，我也没告诉他。

张仲景：他没起疑吧？

雪莹：他发现小宽两口子也不在，只怕有点起疑呢。

张仲景：那可要小心了，以后得多提防着点，别走漏了消息，让他们顺藤摸瓜，摸到冬儿那里去了。

17

医署。任彦成处。白天。

仆役进来报告：医署令，张医监来了。

任彦成：有请。

张仲景走了进来：大人好。

任彦成：你我兄弟何必客气？

张仲景：昨日听内人说，师兄去过寒舍，有什么事情吗？

任彦成：没什么事情。昨日本想找你去映月楼喝酒来着，可你又不在。

张仲景：哦。

任彦成：师弟到哪里去了？

张仲景略微一迟疑：跟小宽兄弟去药市上看了看。

任彦成点点头：哦。

18

内务署。白天。

卫兵进来禀报：蔡大人，医署令求见。

蔡瑁：请他进来。

卫兵走到门口：任大人，请。

任彦成进来：下官见过蔡大人。

蔡瑁：我猜猜，前日让你去看了你的张师弟，是不是这桩事？

任彦成：正是。我去了他家，果然发现有些异常。

蔡瑁：什么异常？

任彦成：我去的时候师弟不在，问他们家的孩子，一会儿说去看什么人，一会儿说去喝酒，前言不搭后语的。他有个师弟小宽，一直跟随他，但听小宽的女儿说，他们夫妇已经有几个月不在家里了。刚才张师弟跑到我那里去，我问他昨日去了哪里，他居然说，和小宽一起去药市上看了看，可他儿子分明说，他是出去喝酒了。这岂不是牛头不对马嘴？

蔡瑁：那他们到底去哪里了？

任彦成：这我就不知道了，但似乎是有事情在瞒着人。

蔡瑁：我知道了。

19

医署药铺。黄昏。

张仲景正给一个病人开药，边开边叮嘱：回去连服三天，然后再来看看。

病人点头：好，好，多谢张大人。

20

医署药铺门外。黄昏。

张仲景出了药铺门，扭身对铺里的伙计：我回家了，你们收拾完毕，也回吧。

一伙计：张大人慢走。

张仲景向前走着。

一个白衣人跟上了他。

21

街上。黄昏。

张仲景走到一个拐角处，一回头，看见了白衣人。

白衣人一闪身，躲了起来。

22

街上另一处。黄昏。

在一个小摊子旁边，张仲景猫下腰，假装整理鞋子。

他从两腿之间向后看，又看到了那个白衣人。

23

张仲景家。院子里。黄昏。

听到敲门声，雪莹过去开门。

张仲景进来，神色紧张。

雪莹：他爹，进屋换换衣裳吧。

张仲景：他娘，进屋说话。

24

张仲景家。屋内。黄昏。

张仲景：他娘，我发现有人在跟踪我。

雪莹吃了一惊：啊？那是什么人呢？

张仲景：反正不可等闲视之。他娘，你这几日都不要出门，还有根儿和钵钵，都不要让他们出门。

雪莹慌张地：好，好。刚过了几天安生日子？这又要出什么事儿啊？

张仲景：是福不是祸，是祸躲不过，听天由命吧。

25

张仲景家。院中。深夜。

大门"吱扭"一声开了。

26

张仲景家。卧室内。深夜。

雪莹听到动静先坐了起来，又推醒张仲景：他爹，你听，好像是咱家的大门开了？

张仲景吃惊地：啊？门怎么会开？我出去看看。

雪莹拉住他。

二人屏住呼吸，忽然听见外面有人：师兄，嫂子，我是小宽。

27

张仲景家。客厅。深夜。

张仲景和雪莹都穿好衣裳出来。

小宽喝下一大杯水：这一路赶的，渴死我了。

张仲景：小宽师弟，你怎么深更半夜跑回来了？

小宽：冬儿肚子疼得厉害，躺在床上直哼哼，我怕是要早产，就赶紧跑回来找师兄了。

张仲景：我今日回家的时候，被人盯梢了，只怕冬儿要暴露。你这深更半回来，有没有被人盯上？

小宽一惊：啊？这我倒是没注意。

张仲景：从前日的脉象看，冬儿胎位正常，胎心稳定，不像是要早产。而且我也不能再过去了，以免被人盯上。你回去后，赶快带着冬儿换地方，以后，冬儿的事情就全部交给你了，只要孩子不生下来，你就不要回来，不要来找我，明白吗？

小宽为难地：这？这？我可从来没接生过孩子呀！

张仲景：在当地找个接生婆嘛！反正你换完地方，就再也不能来找我，不能在荆州城里露面，知道吗？等孩子生下来了，你再回来报信，明白吗？

小宽点了点头。

张仲景：事不宜迟，你赶快回去，赶快搬家。快！

小宽起身就走。

28

张仲景家院外。深夜。

小宽出来，将院门关上。

他套好驴车，坐进了车里。

驴车启动。

一个白衣人的背影出现，在月光下被映现得特别明显。

29

荆州郊外山居。冬儿卧室。深夜。

小宽走了进来，英姑正服侍着冬儿，冬儿挺着大肚子躺在床上，哼哼唧唧的。

英姑：见到师兄了吗？

小宽：见到了。

英姑：他怎么说？

小宽：他让我们赶紧搬家。

英姑吃了一惊：啊？冬儿已经成了这个样子，怎么能搬家呢？说不定会把孩子生在路上哩。

小宽：师兄说，他今日回家的时候被盯梢了，怕冬儿会暴露，让我们赶紧搬家。他还说，冬儿没有早产的迹象。

英姑：真要搬家呀？搬到哪里去？

小宽：先搬出去再说，听师兄的准没错，否则冬儿暴露了，我们担不起这天大的责任。

英姑：好吧。

30

山居外。院中。黎明前的黑暗。

冬儿在英姑的搀扶下，挺着大肚子出来了。

小宽和英姑一起，帮着冬儿上了车。

镜头拉回，一个白衣人躲藏在树后的背影。

31

山路上。曙光熹微。

小宽驾车前行。

32

车内。曙光熹微。

冬儿被颠簸得很难受。

英姑使劲扶着她。

33

车前。曙光熹微。

小宽突然竖起了耳朵。

他听到"嗒嗒嗒嗒"的马蹄声。

他回头一看，山路上有一匹马。

小宽：不好！

小宽打开了后边车厢的小窗口。

34

车前后厢的小窗口。曙光熹微。

英姑的脸凑近了小窗口。

小宽：后面有人在跟着我们。

英姑大吃一惊：啊？

小宽：不过只有一匹马，你护住冬儿，我去绊倒他！

英姑使劲点了点头。

小宽将缰绳交给英姑：看我滚下去后，你拽缰绳，让车停下。

英姑接过缰绳，点头。

35

车上。曙光熹微。

小宽猫腰，滚下了车。

36

路上。曙光熹微。

马飞奔过来，马上是一个白衣人。

37

路上。曙光熹微。

小宽趴伏在地上，举起了鞭子。

38

路上。曙光熹微。

马过来。

小宽盯住了马腿。

39

路上。曙光熹微。

一声鞭响，马腿被抽，马惊，一声长嘶，两个前蹄高高跃起。

白衣人被甩下马来。

40

路上。曙光熹微。

小宽过去，看了看白衣人。

看他的打扮，是个小卫兵。

小卫兵已经昏了过去。

小宽看前面，驴车已经停下来了。

小宽扔下昏迷的小卫兵，向驴车跑去。

41

内务署。白天。

张成进来急报：蔡大人，出事情了！

蔡瑁：何事惊慌？

张成：派出去跟踪张仲景的小厮，已经回来了，却是被人给抬回来的。

蔡瑁：他怎么了？

张成：他被人发现的时候，是在荆州郊外的山路上，摔断了一条腿和一只胳膊，而且昏迷不醒。不过现在已经醒了，他说，他的马被人抽了一鞭子，所以才摔下来的！

蔡瑁：谁抽的？

张成：他也不知道，但那个人是深夜从张仲景家出来的。

蔡瑁有些着急：哎呀，问你一句说一句，跟挤羊奶似的。赶紧派兵去缉拿。

二人匆匆出去。

42

荆州郊外山居。白天。

一群士兵在空无一人的室内室外反复搜查，东西扔得满地都是。

43

内务署。白天。

蔡瑁在焦急地等待消息。

张成进来：参见大人。

蔡瑁：搜到了什么吗？

张成：搜到了一些女人的衣服和饰物，看着珠光宝气的，似乎很名贵。下官带来给大人看看。

蔡瑁拿出一根簪子，和几件内衣。

蔡瑁拿过内衣，看了看：这是长公子府的。

44

蔡夫人住处。白天。

蔡瑁在场。蔡夫人气急败坏地走来走去。

蔡夫人：这么说，你怀疑是冬儿怀上了长公子的孩子？

蔡瑁：是啊。

蔡夫人：这小妮子可真有一套，原来是跑出府去偷偷摸摸为长公子生孩子！她要真生下孩子，刺史大人有了长孙子，只怕将来这刺史大位，就该是刘琦的了。

蔡瑁：那我们就一不做二不休——

蔡夫人：哥哥的意思是……

蔡瑁：咱们偷偷找到冬儿，然后偷偷地……

蔡夫人：可冬儿已经连夜搬家，咱们再上哪里去找呢？

蔡瑁：她就像个风筝，跑得再远，线头还是在张仲景手上。

蔡夫人：这个张仲景，怎么府里的事情，每件他都要掺和呢？

蔡瑁：他倒是个很有主意的人，跟他那个师兄大不相同。

蔡夫人：能不能让任彦成去说服他，让他把冬儿交出来？

蔡瑁：他可不是个好对付的主。你想，上次陈家抓了他儿子做人质，他还能出手救你，任大人的几句话，怎么会让他回心转意呢？

蔡夫人：说起来，他也算我的恩人，可他怎么跟我们格格不入呢？他到底算哪头的？先救了陈夫人，又救了我，现在又去帮着冬儿？

蔡瑁：他哪头都不算，他不管荆州大事，就知道救人性命，所以主公才信任他呀。

蔡夫人：这个人要是被我们收服了，可有大用场啊！

45

医署。白天。

任彦成吩咐仆役：叫张医监来。

仆役：是。

46

医署门外。白天。

任彦成默站在那儿。

张仲景匆匆走来：师兄，你找我？

任彦成：师弟啊，上次请你去映月楼喝酒，没请成，今天出府之后，我想请你，肯不肯赏脸啊？

张仲景看着任彦成：师兄是找我有事吗？

任彦成：有点事情，这里不方便讲，到那儿再说。

张仲景：我一会儿得先去医署药铺一趟。

任彦成：可以，我先去映月楼等你。

47

医署药铺。白天。

张仲景正在给几个普通百姓把脉看病。

一老年病人：谢谢张医官，吃了你的药，我的病可是大有好转。

张仲景一边思量着开药一边应着：那就好。

外边突然响起了锣鼓声，一个药铺的伙计跑进来：张医官，你治好的那几个偏瘫病人一块儿来给你送匾来了。

正开药的张仲景没回过神来：送匾干啥？

药铺伙计：感谢你呀。

张仲景这才"哦"了一声，站起了身。

锣鼓已经响到了门口。

48

医署药铺门口。白天。

几个病人跪在地上，手中举着一块匾，匾上写着"神医下凡"。

张仲景抱拳：不敢当，不敢当。

49

不远处街口。白天。

一乘便轿过来。

轿中，坐着便装的刘表。

听到前边的喧嚷声，他掀开轿帘问随从：前边何事喧哗？

随从一边望着一边回答：好像是有病人在给张仲景张医官送匾。

刘表：哦，我下轿过去看看。

便轿落下。

50

医署药铺门口。白天。

几个病人仍跪在那儿举着匾。

张仲景只好上前接过匾：仲景医术浅陋，哪能当得起这种称呼？快起来快起来。

一病人举着一篮子礼物对张仲景：请张大人收下，实话给张大人说，我得偏瘫后，一心想寻死，要不是你，我怕是早进坟墓了。

张仲景推拒着礼物：我奉刺史大人之令给诸位看病，这是我的本分，怎能收礼？

刘表站在人群后面默然看着听着，脸露满意的笑容……

51

映月楼。一包间内。黄昏。

任彦成有些心焦地坐在那儿。

张仲景匆匆进来。

任彦成：是不是又遇到了啥事？

张仲景抱拳致歉：有点小事耽误了。

二人礼让坐下。

老鸨进来：二位客官，叫个姑娘进来弹奏一曲？

任彦成：去，去，谁也不要进来，我们有事情要谈。

老鸨：好，好。

老鸨答应着出去了。

任彦成：师弟，不瞒你说，今天我叫你来这里，是有很大的事情，要跟你说。

张仲景：哦？

任彦成：你是不是知道冬儿的下落？

张仲景凝视着任彦成。

任彦成：冬儿是长公子刘琦的贴身侍女，你怎么跟她搞在一起呢？你知道蔡大人也在找她吗？

张仲景打断他：师兄。既然你把我当师弟，我也就把你当师兄，跟你实话实说，冬儿怀上了长公子的孩子，是长公子嘱咐我照顾他的！

任彦成：啊？

任彦成又吃一惊，额头开始冒汗了。

张仲景：有人想暗害冬儿，师兄，你应该能看出来。

任彦成沉默了半天，两只眼珠乱转，一时有些失措。

张仲景看定了他。

任彦成分明拿定了主意：师弟，这府里的情形，我想你是个聪明人，也是看得出来的。现在陈家已倒，长公子刘琦势单力孤，如何对抗得了蔡家？你做这件事情，如果刺史大人知道了，另当别论，你现在瞒着刺史大人，只听长公子的，一旦败露，刺史大人饶得了你吗？

张仲景站起身来：凡事关人命的事，只要我知道了，我就不能不管。

任彦成也站起身来：师弟！你可要想想清楚！现在你硬干下去，蔡家必定会对你动手。

张仲景：师兄，实话再跟你说，我现在也根本不知道冬儿在哪里。我让小宽领着冬儿躲藏起来，他们躲藏在哪里，我的确是不知道！

任彦成颓丧地坐了下来。

52

张仲景家。客厅。夜。

王粲坐在客厅里,他和雪莹一起焦急地等待着张仲景回来。

突然听到门响,雪莹急忙起身:他回来了,回来了。

53

张仲景家。院中。夜。

雪莹迎了出来,张仲景也到院中。

雪莹:他爹,你怎么现在才回来?王大人来了,等你半天了。

张仲景急忙往客厅走去。

54

任彦成宅邸。客厅。夜。

任彦成坐着,愁眉不展。

锦儿:大人,你怎么一回来就愁眉苦脸的,一句话也不说,到底出了什么事?

任彦成突然给锦儿跪下了:锦儿,救我!

锦儿吓了一跳,急忙扶他:起来,起来,这是从何说起?有什么话起来说。

55

张仲景家。客房。夜。

张仲景对王粲:经过就是这样的。

王粲:我这两天感觉到府里的气氛有异,果然是又有了事。现在看,你要不交出冬儿,蔡家必会治你。

雪莹:事情到了这个地步,该如何是好呢?

张仲景:冬儿现在在哪里,我确实不知道。就是知道了,也不能告诉蔡瑁!

雪莹:你明日进府,赶紧去找刺史大人把事情说明白。

张仲景:没有那么简单,蔡瑁掌管内务署,他如果不放行,我是见不着刺史大人的。

雪莹：那王大人能不能去找刺史大人？

王粲：见倒是能见。可我贸然说出实情，就等于掺和到刺史大人的家事里，以刺史大人多疑的性格，他一定以为我在里头搞了什么鬼，那时我就说不清楚了。到时候就算冬儿没事，我和张医官只怕也有大灾。

雪莹：那可怎么办？

王粲：现在唯一不怕蔡家的，就是黄祖将军，如果能找到他，让他去禀告刺史，事情或许还能转圜。

张仲景：他和蔡家不是穿一条裤子吗？

王粲：陈家在的时候，他们穿一条裤子，现在陈家倒了，他们，该有矛盾了。

雪莹：黄祖……

雪莹突然惊喜：对了，蝉儿！蝉儿不是跟了黄祖吗？

王粲有些发蒙。

雪莹：王大人，黄祖现在养着一个外室，你知道吗？

王粲摇头：不知道。

张仲景：可蝉儿自从那次失踪之后，我们就再也没见过啊，她现在在哪里？真是跟了黄祖吗？

雪莹：她被陈家绑架的时候，和葛根在一起呢，后来被黄祖解救出来，一定是跟了黄祖了。

王粲起身：我去打听一下。

张仲景看了王粲一眼，突然地：大人，你还是没吃我告诉你的五石汤吗？

王粲摇头。

张仲景坚决地：你先坐下，待我给你开点药，你要尽快吃药，你的病在发展。

王粲苦笑一下：现在是什么时候，你还在想着我的病？当务之急是救你的命！

王粲说罢，转身就走。

张仲景无奈地摇摇头……

56

任彦成宅邸。客厅。夜。

任彦成叹气：唉，事情就是这样，你说，现在我的这位张师弟，夹在长公子和蔡家之间，该如何是好？

锦儿：这有何难？长公子现在没了陈家做依靠，只是孤家寡人，这是平民百姓恐怕都知道的事情，而蔡家手握大权，当然应该听蔡家的。

任彦成：可我这位张师弟，就是不肯听蔡家的话呀！

锦儿：那他就是自己找死，你别跟他搅和在一起，不就行了？

任彦成：可人人都知道我和他是师兄弟，只怕到时候会牵连到我啊！

锦儿：大人，你可是朝廷命官，怎么胆子比锦儿还小？锦儿在府中待了十多年，哪天不是看别人的脸色行事，在夹缝里生存？府里的事情，本来就如此。你只要紧跟蔡家，自然会没事的。

任彦成：可万一要是有事，你可一定要打通府里的关节，让夫人法外开恩，救我一命。

锦儿：你放心吧，我既然跟了你，哪有见死不救的道理？不过，你也要对我好点。

任彦成：我哪里对你不好？你要怎样便怎样嘛。

锦儿笑了起来：男儿膝下有黄金，大人，你以后就用不着对锦儿行此大礼了。

57

内务署。白天。

任彦成：他就说了这些。

蔡珺思忖了一下：他说，他现在也不知道冬儿的下落，你觉得可信吗？

任彦成：我这个师弟，倒是从不说谎的一个人，不过这次，我也不清楚。

蔡珺：要是他没有说谎，真的不知道你那个卫师弟带着冬儿去了哪里，那就有些麻烦了。

任彦成：何不通缉小宽？

蔡珺：笑话，通缉他，什么罪名？此事只能秘密进行，不能闹得满城风雨。

任彦成:对,对。

蔡瑁:看来,得用计了!

任彦成:计?

第二十三集

1

一荒僻民宅内。白天。

室内蒸汽腾腾，烧着一锅热水。

冬儿挺着大肚子艰难地呻吟。

英姑朝外头看。

英姑走出去。

2

民宅室外。白天。

小宽带着一个中年妇女来了。

英姑：来了？

小宽：来了。她怎么样？

英姑：我看是马上就要生了。

英姑带着产婆进去，小宽在门外守候。

3

民宅屋内。白天。

冬儿倒抽凉气，艰难地呻吟。

产婆：用力，用力。

4

民宅室外。白天。

小宽在焦急地等待着。

忽然，传来婴儿的一声啼哭。

小宽舒了一口气：生了，生了。

5

冬儿产房。白天。

英姑在为冬儿擦汗：是个大胖小子。

冬儿身边已经放了个刚出生的男婴。

冬儿欣赏着婴儿，一脸的笑意。

6

产房外的厨房。白天。

英姑出来，碰上正在烧火的小宽。

小宽：冬儿好吗？

英姑：好。虽然经过那一路颠簸，没想到她还生得这么顺利。

小宽：真是吉人自有天相。

英姑：小声，当心叫人听见。

小宽：英姑，我这两天得回去一趟，把这个消息告诉师兄。

英姑：大人不是不让你回去吗？

小宽：可孩子生了总要告诉他吧？

英姑想了想：也是，他肯定在操着心。

7

一个山村的村头。白天。

一个公人打扮的男子举着一个竹竿，竹竿上挑着一个布幌，布幌上写着"奖赏接生婆"。

村民们见状围过来。

举幌者高声地：上边有令，凡最近接过生的接生婆，有赏！

一村民：嗬，新鲜，快告诉三奶奶，她不是刚接生了一个孩子吗？……

8

又一村头。白天。

又一个公人打扮的男子举着一个布幌，布幌上也写着"奖赏接生婆"。

村民们见状围过来。

一个村民看见布幌，转身往回跑：五娘，快来领赏啊……

9

另一个村头。白天。

又一个公人打扮的男子举着一个写有"奖赏接生婆"的布幌。

村民们围过来。

举幌者高声地：上边有令，凡最近接过生的接生婆，有赏！

一高个子村民：前三天接过生的接生婆奖不奖？

举幌者：奖啊，谁是接生婆？

高个子村民：俺娘。

举幌者：为谁接的生？自家的儿媳还是邻居家的媳妇？

高个子村民：都不是，是从外地来的一个女人。

举幌者分明有了兴趣：哦，快领我去见你娘！

10

高个子村民家。白天。

举幌者在问给冬儿接生的那个中年女人：你接生的这个女人是啥地方人？

中年女人：我没有问，但能看出她是住在大地方的人，身边还有一对夫妻在陪着她，陪她的人好像叫她冬儿。

举幌者眯起了眼：生男还是生女？

中年女人：是个男娃。

举幌者：你带我去看了他们的住处后，就可以领到赏钱。

中年女人高兴地：好。

11

冬儿所藏的小院里。白天。

小宽正在往一匹马的背上放马鞍。

英姑在往绳子上晾婴儿的尿布。

小宽对英姑：你照顾好冬儿母子，我回去把他们母子平安的消息跟师兄说说就回来，他肯定在挂念着。

英姑：你放心走吧，这儿有我呢。

小宽牵马走出院门，上马。

英姑朝丈夫挥手：路上小心，代我亲亲钵钵……

12

小院门外不远处。白天。

给冬儿接生的那个中年女人对那个举幌者指着小院：冬儿母子和陪护他们的夫妻俩就住在这个院里。

举幌者先是仔细地看了一眼院门，然后含笑从衣袋里掏出几个铸钱递到中年女人手上：好，这是给你的赏钱，不过你受赏和我来的事，你不必告诉那院里的人。

中年妇女忙点着头：好，好……

13

一片树林里。白天。

一匹马被拴在一棵树上。

那个举幌者走到被拴的马身边，扔下手上的布幌，解下马缰，翻身上马。

举幌者拍马向远处驰去。

14

荆州。张仲景家。夜。

张仲景正在灯下看书，但他不时放下书坐在那儿沉思。

雪莹端着一盆水进来：来，他爹，洗洗脚吧。

张仲景转过身来：雪莹，你说冬儿她会顺利把孩子生下来吧？

雪莹：有几个女人不会把孩子生下来？你就放心吧。

张仲景：可我这心里总是不踏实。

雪莹刚要开口说什么，突然有人敲响院门。

张仲景停下脱鞋袜的手，急忙起身出去。

15

张仲景家院外街口。夜。

任彦成走过来，他显然是要去张仲景家。

他突然停步，向张仲景门前看去。

16

张仲景家院门前。夜。

小宽正在轻轻敲门。

17

张仲景家院内。夜。

张仲景：谁呀？

门外传来小宽压低的声音：是我，师兄。

张仲景急忙拉开了门。

小宽闪进院内。

18

张仲景家院外街口。夜。

任彦成站在原地自语地：是小宽？！

他立刻转身向远处走了。

19

张仲景家。张仲景卧室。夜。

雪莹把一杯水递到小宽手上。

小宽对张仲景：冬儿生得很顺利，是个儿子，我怕你担心，特回来告诉你一声。

张仲景长嘘一口气：这就好，总算没负了长公子的信任，我明天就告诉长公子，也好让他放心。你进城后没发现有人跟踪你吧？

小宽：我天黑前就到了城外，因怕人认出我，在城外直待到天黑才进来，没发现有尾巴。

张仲景：好，你赶紧吃点东西歇息。

小宽笑了：我得先看看钵钵。

张仲景也一笑，领着小宽出门：他和葛根在一个屋睡……

20

蔡瑁住处。夜。

蔡瑁半躺在床上,正由一个年轻貌美的侍女给按摩着身子。

一个男仆进来:大人,张成张大人带着一个年轻男子来求见。

蔡瑁:这么晚了还来折腾我,好吧,让他们进来。

他挥手让给他按摩的侍女出去。

张成领着那个查到冬儿藏身处的男子走了进来。

张成喜滋滋地:蔡大人,那个冬儿的藏身处查到了。

蔡瑁高兴地转向张成带来的那个人:哦,是你查到的?

那人点头:我们依计行事,先找到了产婆,由产婆引着找到了他们藏身的小院。

蔡瑁:好!

一个侍卫进来:蔡将军,医署令任大人求见。

蔡瑁和张成对视了一眼,先挥手让报信的那位年轻男子由侧门出去,然后对侍卫:让他进来。

侍卫:是。

21

蔡瑁住处。夜。

任彦成跪在蔡瑁面前,张成站在一边。

蔡瑁问任彦成:你肯定看清了?

任彦成:看清了,我本来是想去找张医监探问小宽的消息的,没想到正好碰上。

蔡瑁转向张成:好,趁这个小宽不在,立马派人出发!

张成问蔡瑁:这就动手吗?

蔡瑁:你还犹豫什么,立刻派人去,要干净彻底!

张成:明白!

22

荆州城门。夜。

那个发现冬儿住处的男子身挎长剑,带着另外两个骑马挎刀的男子飞驰出门。

23

张仲景家院门内。黎明。

小宽一副出门的打扮。

张仲景拍着他的肩膀低声地：师弟，还得辛苦你和英姑。

小宽也压低了声音：师兄放心。

雪莹：代我问英姑好，告诉她别记挂钵钵。

小宽点点头，轻轻拉开门闪出身去。

24

刺史府。刘琦住处。白天。

刘琦正在院子里焦躁地踱步。

他转对一个男仆：去，叫张医监来，就说我头疼。

男仆：小的这就去。

25

医署。白天。

张仲景随着长公子的那个男仆匆匆出门。

26

刺史府。长公子住处。白天。

张仲景进来施礼：长公子好。

刘琦急忙上前：张大人好。

张仲景：公子头有些疼吗？

刘琦挥手让仆人们退下，然后低声地：我是忧心冬儿才——

张仲景一笑：你即使不叫我，我今天也要来告诉你一个好消息，冬儿三天前生了一个胖小子，母子平安！

刘琦高兴地：真的？

张仲景含笑点头。

刘琦上前紧紧抓住张仲景的手：我该怎么谢你？

张仲景：这是我一个医师应尽的本分，公子不必言谢。

刘琦：张大人的功德，我刘琦永不会忘怀！

27

冬儿母子藏身处。白天。

冬儿在给儿子喂奶。

婴儿吃得急迫，奶汁溢出嘴角。

冬儿一脸的幸福。

英姑端一碗吃的进来：夫人，我给你炖的鱼汤，你快尝尝。

冬儿扭过脸感激地：谢谢你。

英姑：谢什么，来，让我抱抱宝宝。

冬儿正要把孩子递给英姑，只听外边院门突然被撞响。

英姑急忙转身跑出门去。

28

小院院门。白天。

英姑跑上前：谁呀？

门外一个压低的声音：开门。

英姑狐疑地：你是谁？

29

田野小道上。白天。

小宽正在纵马飞奔。

啪。他打了坐骑一鞭。

30

冬儿母子藏身处小院内。白天。

英姑：你不说清你是谁，我是不会开门的。

门外的人不再说话，只猛烈地撞击着门。

英姑弯腰拿起了一截木棍，想要去顶门。

门被突然撞开，三个脸捂黑布手持长剑和长刀的男子冲进来。

英姑刚要喊叫，一个男人一拳挥过来，将英姑砸倒在地。

几个人风一样地向冬儿母子的住屋扑去。

31

冬儿住屋内。白天。

冬儿听出了院里有异样。她把儿子紧抱在怀里，高声地：英姑，是有人来？

屋门这时已被踢开，那几个男人冲进屋来。

冬儿惊恐地：你们想干什么？

一个男人持刀走过去。

响起冬儿一声凄厉的喊叫和婴儿一声微弱的叫声。

有血溅到了墙上。

32

田间路上。白天。

小宽仍在纵马飞奔。

33

冬儿藏身的小院门口。白天。

几个男人由冬儿的屋子出来，走到小院门口。

其中一个男人上前踢了一脚躺倒在地的英姑，举刀要砍。

另一个男人推开那人：与这女人无关，还是少杀为好。

举刀的男人收回刀。

几个男人走出院门。

34

一片小树林里。白天。

几个男人翻身上马，扯下脸上的黑布，纵马向远处驰去。

35

冬儿藏身的小院门外。白天。

小宽翻身下马：英姑。

无人应声。

小宽嘟囔着：怎么不关院门？

小宽向院门里边走。突然，他看见了躺倒在地上的妻子，吃惊地：英姑？！

他扔下马缰，扑过去抱起妻子，摇晃着她：出了什么事？

英姑被摇得慢慢睁开了眼睛，她努力举手向冬儿住的屋子一指。

小宽意识到了什么，忙放下妻子向屋里跑去。

小宽跑到冬儿的住屋门口，先是呆住了，随后惊骇无比地：天啊——

36

荆州。蔡瑁府内。黄昏。

蔡瑁正在几个侍女的照料下和妻子、女儿悦悦一起进晚膳。

侍女为蔡瑁斟酒。

蔡瑁舒服地喝下去。

悦悦吃着吃着突然要呕吐，急忙捂嘴向里屋跑去。

几个侍女跟过去。

蔡妻不安地：她这几天总这样，别不是——

蔡瑁脸露喜色地：我们不是正盼着这一天吗？

侍女又为蔡瑁斟上了酒。

蔡瑁高兴地再次举杯饮下去。

一个仆人进来对蔡瑁：张成大人有急事求见。

蔡瑁：让他进来。

张成匆匆走进来。

蔡瑁对妻子和仆人、侍女：你们先下去。

张成这才对蔡瑁：大人，全都解决了。

张成边说边做了个砍头的手势。

蔡瑁满意地又端起了酒杯……

37

荆州。张仲景家院门外。白天。

小宽勒马停下，先翻身下马，然后抱下英姑。

小宽抱着英姑撞开了院门。

院里响起雪莹的惊呼：小宽——

38

张仲景家。院内。白天。

张仲景跑过来一边查看英姑头上的伤一边急切地：这是怎么了？

雪莹已把英姑接到了自己的怀里。

小宽痛心至极地：师兄，他们把冬儿母子杀害了……

张仲景和雪莹震惊无比地：呀？！

英姑挣扎着微声地：几个黑衣人撞进院子……

39

张仲景家。张仲景卧室。白天。

张仲景匆匆换上外出的衣服。

雪莹担心地：这可怎么办，你要去哪里？

张仲景：这样大的事，我得找别驾大人商量商量。

40

别驾府。黄昏。

张仲景和王粲相对而坐。

张仲景一脸焦急。

王粲充满忧虑地：这件事处理不好，会有大麻烦。

张仲景：我直接去见刺史大人说明情况？

王粲摇头：不行，我们先找黄祖将军，请他派人去现场查看，以证明冬儿母子确非你和小宽所害，这才可以。

张仲景吃惊地：难道还会怀疑是我们害的？

王粲：我们要防着别人借刀杀人。

张仲景惊，看着王粲。

41

蝉儿住处外。夜。

王粲和仲景下了车。

王粲上前敲门。

里面传来一个老太太的声音：谁呀？这么晚了还敲门。

王粲：我们有急事，要见蝉儿姑娘。

里面的老太太：再急也要等明天，里头全是女眷，不能开门。

王粲想了想，厉声：我是刺史府里的人，你要是不开门，误了事你担当得起吗？

里面的老太太慌张地：是刺史府里的人啊，怎么不早说？

42

蝉儿住处。院中。深夜。

门开了，是一个老态龙钟的婆婆。

婆婆：你们且等一等，姑娘睡下了，我去叫她起来。

王粲和仲景在院中焦急地等待。

43

蝉儿住处。客厅。深夜。

蝉儿已经穿戴好了。

张仲景和王粲走了进来。

蝉儿看着张仲景，先是惊奇，接着急忙跪下：张大人！你们是怎么找到这里的，又为何这样晚来？

张仲景：我们有急事想见黄将军。

黄祖这时由内室出来：哦，是王大人，张医监。

王粲、张仲景急忙施礼：抱歉打扰……

44

蔡瑁住处。夜。

蔡瑁正在宽衣预备上床睡觉。

其夫人已在床上。

门被敲响，接着传来仆人的声音：大人，张成大人和医署令任大人求见。

蔡瑁不情愿地重又穿好衣服：让他们去客厅。

45

蔡瑁家客厅。夜。

张成对蔡瑁：任大人说，他手下的人发现，王粲领着张仲景已经去见黄祖。

任彦成：奉蔡大人之命，我的人一直在注意着张医监的行动。

蔡瑁点头：好，让他们见呗，冬儿母子在张仲景手上死了，他能不担责任？

任彦成惊看了一眼蔡瑁。

46

蝉儿住处。客厅。夜。

蝉儿：将军，张大人治好了蝉儿的眼睛，是蝉儿的大恩人，将军，你帮帮他吧！

黄祖对王粲：王大人，你怎么不去主公那里说明情况？

王粲：将军，王某在荆州，人微言轻，这又涉及主公的家事，只怕还要黄将军出面，才能行啊！

黄祖点点头：好吧，我先派人去冬儿母子受害的现场查明情况，以证明张医监在冬儿母子丧命一事上，是清白的。

王粲、张仲景：谢将军。

47

蔡夫人住处。白天。

侍女：夫人，蔡将军求见。

蔡夫人：快叫他进来。

蔡瑁已迈步进来：妹妹。

蔡夫人：哥哥，有什么消息吗？

蔡瑁左右看了一眼，蔡夫人示意左右退出。

蔡瑁：那个冬儿已被……

蔡瑁说着做了个砍头的手势。

蔡瑁：现在王粲和张仲景去找了黄祖。

蔡夫人舒了一口气：让他们去找吧，不过，我有句话你要记住：别伤害张仲景！

蔡瑁：为何？

蔡夫人：他教给我的美容法子很管用，你看我这皮肤，多好，刺史大人每次见我，都夸我皮肤嫩哩；而且，他救过我的命。

蔡瑁一笑：真是妇人之见……

48

刘表官邸。白天。

卫兵：主公，黄祖大将军求见。

刘表：叫他进来。

黄祖进来行礼：参见主公。

刘表：大将军急着见我，有什么事情吗？

黄祖：事关机密，请主公屏退左右。

刘表：你们退下。

卫兵、侍女都出去了。

黄祖：主公，我听说了一件事，长公子府的侍女冬儿，怀胎十月后生了一子。

刘表一惊：果有此事，你听谁说的？

黄祖：主公，当时长公子托张仲景张医监将冬儿送到府外，在远离荆州的一个村子里为主公生下了孙子。

刘表：这到底是怎么回事？怎么送到了府外？张仲景在哪儿？

黄祖：主公，我还没说完，冬儿生下你孙子的第四天，他们母子就被人杀害了。

刘表震惊地：哦？谁干的？

黄祖：不知道，我的人在接张仲景报案后去现场查看了，行凶者至少在三人，而且从脚印上看，全是壮年男子。

刘表一声怒喝：来人！

一卫兵进来。

刘表：去把张仲景叫来！

卫兵：是！

卫兵出去。

49

刘表官邸外。白天。

张仲景跟随卫兵走来，神色镇静。

50

刘表官邸内。白天。

黄祖和王粲站在两边。

刘表恼怒地对张仲景：你胆敢把侍女冬儿偷偷送至府外，真是胆大包天！

张仲景：长公子所托，卑职不敢不办。

刘表：为何不向我报告？

张仲景：我以为长公子已经给跟您过了。

刘表咽了口唾沫，生气地在原地走了一圈。然后突然声音放轻了：生的是个男孩？

张仲景：是的，孩子很健康，我让我的师弟小宽夫妇照顾着他们母子，没想到还是遭了毒手，我的师弟媳妇也被打昏死过去。

刘表愤恨地：是谁杀了我的孙子？黄祖，你和王粲要想法把这事查清楚！

黄祖：是。

刘表：来人，传刘琦来见我！

51

刘表官邸外。白天。

刘琦在一卫兵引领下走来，他面露紧张。

卫兵：长公子到。

刘琦进门。

52

刘表官邸内。白天。

刘表背对着刘琦。

刘琦看了一眼旁边的黄祖和张仲景，更加慌张，跪在地上。

刘表猛回头：琦儿，你做的好事！

刘琦：父亲！

刘表：你说，你是怎么安排冬儿的？

刘琦：父亲，冬儿怀了我的孩子，我让她逃出府去，托医署张医监照顾她，生下了孩子。

刘表：出了这样的事，你为何不来禀告为父，却自作主张？难道为父还不如一个医官可靠？

刘琦满头冷汗。

刘表：真是混账！你知道冬儿母子——

张仲景突然插嘴：主公，据我所知，冬儿母子平安！

说罢，他直看着刘表的眼睛。

刘表先是一怔，跟着像是要发怒，不过随即就明白了张仲景的用心，声音转为正常，对刘琦：你去吧，记住爱惜身体。

刘琦：谢父亲。

53

刘表官邸外。白天。

刘琦抹了一下额头上的汗，向远处走了。

54

刘表官邸内。白天。

刘表对张仲景：为何还要瞒着琦儿？

张仲景：长公子本来身体就弱，他又抱着恐惧之心来见你，加上他对冬儿遇害毫无思想准备，贸然说出，恐他会在极度伤心之下晕厥倒地，伤及他的身体。

刘表叹口气：你倒是想得细呀。

刘表说罢对王粲、黄祖和张仲景：那这件事就先瞒着琦儿，你们都下去吧……

55

张仲景家。院中。白天。

雪莹正在院中忙碌,听见敲门声。

雪莹去开门,是张仲景。

雪莹惊喜地:他爹!

小宽、英姑和葛根、钵钵也迎过来。

张仲景:他娘!

小宽:师兄,刺史大人怎么说?

张仲景:不再怪罪我们了,可冬儿母子的惨死,让我心疼难忍。

雪莹:这刺史府里的争斗也太吓人了。

小宽:看来,当初长公子的担心是对的。

张仲景长叹一声:唉……

56

刺史府。刘琦住处门前。白天。

张仲景站在那儿,向院中默然望去。

刘琦正高兴地和几个仆人在院中摘着石榴。

张仲景一脸凝重。

刘琦扭脸看见张仲景,笑着跑过来:张医监,你怎么来了?快请进屋。

张仲景摇摇头:我是路过这儿,还要去医署办事,就不进去了。

刘琦压低声音:冬儿和孩子好吧?

忧伤从张仲景的眼中闪过:好,你保重好自己的身体。

刘琦点头:我没事,请放心。

张仲景转身离开,刚一迈步,泪水流了出来……

57

刘表官邸。白天。

刘表满脸伤悲地看着黄祖和王粲:查清是何人所为了吗?

黄祖摇头:凶手未留下多少痕迹,难以查证。

王粲：已将他们母子就地安葬。

一卫兵进来：主公，蔡瑁将军求见。

刘表：请他进来。

黄祖和王粲对视一眼。

蔡瑁进来，跪下：参见主公。

刘表：蔡将军有事？

蔡瑁：我今天是来向主公报告一个喜讯的。

蔡瑁说着，看了黄祖和王粲一眼。有要他们回避的意思。

刘表很意外：啥喜讯？说吧，他俩不是外人。

蔡瑁：我家小女悦悦在陪伴刘琮公子读书时，与二公子日久生情，近来已怀了二公子的孩子了。

刘表既尴尬又高兴地：是吗？那……就……就赶紧为他们成婚。

蔡瑁：谢谢主公，这样，我们就亲上加亲了。

刘表有些难堪地一笑：这样好啊！

黄祖和王粲意味深长地相视一笑。

58

蔡夫人住处。白天。

蔡夫人对蔡瑁：哥哥，悦悦的事，给他说了？

蔡瑁：说了，他让为两个孩子成婚。

蔡夫人：这就好，有了这步棋，我们就会立于不败之地了！

蔡瑁：妹妹说的是。

59

刘表官邸。白天。

张仲景进来施礼：参见主公，谢主公恕罪。

刘表：张大人，冬儿的事情，你虽然欺瞒了我，但也是为了刘家的血脉延续，我并不怪你，你以后还是放心在府里当差。别驾大人说你想见我，可是有事？

张仲景：主公，卑职想辞官归隐，请主公恩准。

刘表一惊：这是为何？你医术高超，正是为国家效力的时候，何言归隐？这次的事情，我知道你受了很大的惊吓，我一定要加倍地奖赏你。

张仲景：请主公恩准吧，请主公念卑职这些年在府中当差还算尽心的份上，准许我回南阳郡，重操旧业，再当我的医师。

刘表默然半晌，叹了口气：你可真是一个没有官瘾的人，可让你就这样走了，我实在于心不忍。说实话，我还指望着你担当大任哩。长沙太守职位空出之后，王粲也向我推荐过你，我也想让你去当。以你的能力、功劳和人品，是完全能够干好的。你不愿在这刺史府里干，就去长沙当个太守吧！

张仲景意外地：当太守？这……我实在不是当官的材料。

刘表：我知道你常给荆州城里的普通百姓看病，在百姓中的口碑好，你要做官一定是个好官。你就去长沙当一个太守，也算是为国家效力，为我分忧啊！

张仲景：太守之位，事关重大，我做梦都没有想过。我只会看病抓药，这么大的官，是无论如何做不好的。

刘表：你不要担心做不做得好，谁天生会当官呢？只要做上了，慢慢也就会了。我做这个荆州刺史，不也是如此吗？我现在最需要的，是找个放心的人，荆州虽大，让我放心的人却不多，只有你，我是绝对放心的。那天在你给百姓看病的医署药铺前，见到那么多的人向你表示敬意，我心里很高兴，一个能获百姓尊重的人要是做官，一准是个好官！

刘表说着，转身去案上拿过一捆书简展开：看看，不少百姓联名上表彰书，呼吁我给你更大的官做。

张仲景有些意外而吃惊地看着那捆竹简：这……

刘表：让你做官，其实也是顺从民意哩。

张仲景摇摇头：还是请主公，准我回南阳吧。

刘表：你还是去长沙吧，许多人都是抢着做官，想尽办法给我送礼想要求个官做，还没有你这样不想做官的。就这一条，让你当官我就放心。再说，这样让你空着手回南阳了，我心里实在是难受。你去长沙，也可以造福一方百姓，有什么不好呢？

张仲景只好点了点头……

60

蔡夫人住处。白天。

蔡瑁进来：妹妹，你听说了吗？

蔡夫人：听说什么？

蔡瑁：主公不但不责罚张仲景，反而让他做了长沙太守，简直是平步青云啊！

蔡夫人：看来在冬儿的事情上，主公是对我们有所怀疑了！陈家一倒，主公就加紧防备我们蔡家，长沙太守之位，先是交给黄祖匹夫，现在对黄祖也猜忌起来，居然把长沙一郡，交给了张仲景，他虽是好人，但怎么可能胜任一个太守之职，这不是瞎胡闹吗？

蔡瑁：谅他一个医师，哪里管得了长沙偌大一个郡，我们就等着看好戏吧？

蔡夫人：对。等长沙出了乱子，看主公怎么办。最后他能依靠的，只怕还是我们蔡家。

61

荆州郊外大路上。白天。

张仲景和雪莹，还有小宽夫妇、葛根和钵钵，与王粲站立在那儿。

张仲景：王大人，你就送到这里吧。

王粲：送君千里，终有一别，我就送到这里了。先生一路走好，多多保重。

张仲景点了点头，然后从小宽那里拿过一包药：王大人，这是一包药，还有方子，大人一定要记住服这五石汤。

王粲点头，但又有些不以为意：我自己倒没有多少不舒服的感觉。

张仲景：大人，不管您信不信我的话，这次您救了我，是我的救命恩人，我还是要说一句，您的病，不治是不行的。

王粲：生死有命，非人力所能强求，先生的好意，王某心领了。

张仲景：您还是听我一句劝，这包药共有三服，您喝下试试，如果觉得好，就坚持服用，对您的身体，会有好处的。

王粲点点头，接过药：那我就不远送了。

张仲景：大人请回。

张仲景目送王粲走远，众人一起向停在不远处的两辆驴车走去。

62

车前。白天。

众人刚到车前，突然听到远处传来马蹄声。

63

远处。白天。

抬头看去，是任彦成骑着一匹快马赶来。

64

车前。白天。

马停，任彦成下马。

任彦成走过来：师弟，祝贺你荣升长沙太守，怎么走得这么匆忙，也不跟为兄说一声？

小宽冷冷看着他。

任彦成走到张仲景跟前：师弟。

张仲景看着他，不知道该说什么。

任彦成：师弟命好啊，能去做长沙太守，这可是光宗耀祖的大喜事。

65

远处。

又一匹快马赶来，是任彦成家的仆人。

66

车前。白天。

马停，仆人下马，将马上捆着的一个袋子解下来交给任彦成。

任彦成接过袋子，递给张仲景：师弟，这五万铸钱，你带上吧。

小宽故意从他身边走过，一抬胳膊，将袋子碰落在地，走了过去。

任彦成气恼地看了他一眼，捡起袋子，递给张仲景。

雪莹忽然从中间拦住：任大人，我们用的，都是干净的钱。

任彦成很尴尬，看着张仲景。

张仲景：师兄，你的情谊我领了，这钱就不必了。咱们就此别过吧。

从他身边走过。

任彦成尴尬地站在那里。

67

南阳郡。凌府。凌太守卧室外偏房。清晨。

刚刚起床的凌太守穿好衣服，坐下来。

一位女佣将洗脸用的脸盆放在托盘上端来。

太守拿起毛巾，在脸盆里蘸了水，在脸上擦了一把。

突然，他的身体仆倒向前，将脸盆、托盘推倒在地，女佣急忙用身体将他撑住。

可他的身体还在往地上出溜。

女佣：来人哪，来人哪，大人晕倒了！

夫人和几个用人跑进来。

68

太守卧室。白天。

凌晶出现在门口，跑到床边：娘，爹怎么了？

夫人：一大清早洗着脸呢就突然晕倒了，人事不知，这可如何是好？

凌晶：赶紧叫医师啊。

夫人：叫医师叫医师，项管家，赶紧去叫医师。

项管家：是。

项管家跑了出去……

第二十四集

1

荆州。任彦成宅邸。客厅。夜。

仆人：大人，南阳有人来找您。

任彦成：叫他进来。

项管家走了进来：姑爷。

任彦成有些意外地起身：项管家。

项管家急切地：姑爷，太守大人突然患病中风，夫人让我来请您回去，这是小姐给您的信。

任彦成将信拆开。

凌晶画外音立时响起：夫君一向可好？妾在南阳，不胜思念。今家父突发重病，身体中风，不能言语，不能动弹，危在旦夕。家母命妾速召君归，以救家父之命。请夫君念在妾身及二老情分上，随项管家速归。妾翘首以待，忧心如焚。谨再拜。

任彦成放下信：项管家，你先去歇息一晚，明日我进府请假，随后就同你回南阳。

项管家舒一口气：是。出去。

2

任彦成宅邸。任彦成卧室。夜。

任彦成进来：锦儿，我明天要回一趟南阳。

锦儿：什么事情啊？这么急？

任彦成：我岳父突然中风，等我回去救治。

锦儿：你回去，就能治好吗？

任彦成愣了一下：那总要回去救一救，以尽半子之责。

锦儿：你走了，我可怎么办啊？

任彦成：家里有下人伺候着，你怕什么呀？

锦儿：你这一走，什么时候回来呢？

任彦成：还不知道呢，现在只想着回去。

锦儿：兴许你岳父根本没病，是你的大娘子想你了，故意骗你回去呢。

　　任彦成：胡说，她不是那样的人。

　　锦儿：你想回去，可要是府里不放你走呢？

　　任彦成：我朝以孝治天下，府里怎么会不放我走？

　　锦儿：你以为刺史府是菜园子，你说来就来，说走就走啊？

　　任彦成：你怎么这样说话？岂有此理！

　　任彦成气愤地走出了屋子。

3

　　任彦成宅邸。任彦成卧室外。夜。

　　任彦成默站在那儿，满脸气恼。

　　他转身向偏房走去。

4

　　任彦成宅邸。任彦成卧室内。夜。

　　锦儿一个人在卧室里生闷气，想了一阵，走出了屋子。

5

　　任彦成宅邸。院内。夜。

　　锦儿来到院内，走到大门口。

　　门卫上前：二夫人，还没歇息呢？

　　锦儿：大人去哪里了？

　　门卫：好像去西偏房歇息了。

　　锦儿自语着：还真跟我怄气了。

6

　　任彦成宅邸。西偏房。夜。

　　锦儿推门进去，任彦成一个人坐在床头，对着油灯。

　　锦儿恶声恶气地：你怎么跑到这儿来了？

　　任彦成：这是我的家，我想去哪儿就去哪儿，用得着告诉你吗？

　　锦儿：可我是你的人啊，你去哪儿，我自然也要去哪儿了。今晚，我也在这里歇息了。

任彦成：你不怕鬼了？

锦儿：有你在，我就不怕了，你要是不在，我就怕。

任彦成态度缓和了一些：你这个人，说话总是尖酸刻薄，不留一点余地。你说，岳父大人病重，我能不回去吗？

锦儿：你要回去，也带我一起去，好吗？

任彦成：那怎么行？你在这里还没闹够，还要闹到南阳去？

锦儿：还闹什么呀？我要是去了，一定让那里上上下下的人都觉得，锦儿是天底下最温柔贤淑的女子。

任彦成：得了，你就在这里好好待着吧。我身为朝廷命官，回去治好岳父大人的病，自然会赶回来的。

锦儿：好好好，那你跟我一起回那边睡觉，好吗？

任彦成跟着她起身出门。

7

张仲景南行路上。白天。

小宽的驴车在前，张仲景的驴车在后。

张仲景坐在车前，望着路两边旱得苦焦的庄稼，不停地摇头：看这庄稼，就知道百姓的日子过得艰难。

雪莹：可荆州城里那些当官的，却只知道你斗我我斗你。

张仲景深长地叹了口气……

8

刺史府。内务署。白天。

侍卫进来禀报：大人，医署令任大人求见。

蔡瑁：叫他进来。

任彦成已经进来了：大人，小的有急事告假。

蔡瑁：什么急事？

任彦成：小的岳父，也就是前南阳太守凌大人，突然中风，小的要回南阳救治他。

蔡瑁沉吟了一下：你现在是医署令，此事老夫难以做主，要禀告主公。

　　任彦成：谢大人，小的岳父危在旦夕，请大人能早点禀告主公，放我回南阳，一救治好小的岳父，我即刻返回。

　　蔡瑁：我下午就禀报。

　　任彦成：谢大人。

9

　　荆州城内集市上。白天。

　　卫兵小杜又在采购物品。

　　锦儿穿着普通市民装束，过来：小杜哥哥。

　　小杜：又是你啊，锦儿。

　　锦儿：是啊，小杜哥哥，今儿又来找你的麻烦了。

　　小杜：什么事情，尽管说。

　　锦儿：这里有一封书信，烦你交给张成大人。

　　小杜犹豫了一下：这……好吧。

　　递上书信的时候，锦儿也把几个铸钱放到了小杜手中。

　　小杜：这？不大好吧。

　　锦儿：一点心意，哥哥别嫌少。

　　小杜：好吧。

　　小杜接过书信和铸钱。

10

　　任彦成宅邸。院中。黄昏。

　　任彦成回家，来到院中，吩咐用人：叫项管家来。你们几个，赶紧给我收拾东西，把药材都带上，再去准备马匹，明日一早，我就要起程回南阳。

　　用人：是。

11

　　任彦成宅邸。客厅。黄昏。

　　任彦成刚坐下，项管家来了。

任彦成：项管家，你赶紧收拾收拾，明日一早我们就起程。我已经向刺史府请假了。

项管家高兴地：是，姑爷。

12

任彦成宅邸。任彦成卧室。夜。

任彦成：锦儿，我明日一早就走，这个家就交给你了，你好好照管吧。

锦儿点点头。

任彦成：自你到我家，咱们还从来没有分离过，这一走，我还有点舍不得你呢。

锦儿笑：大人别说了。还是留着甜言蜜语，对你的大娘子说吧。

任彦成淡淡一笑：你这人，说话就是这么夹枪带棒的。

13

蔡瑁住处。夜。

尉官禀报：大人，张成大人求见。

蔡瑁：这么晚了还来干什么？叫他进来。

尉官扭头：有请张大人。

张成进来：蔡大人好。

蔡瑁：这么晚了你还来，有什么重要的事情吗？

张成：一点小事。今日去采买物品的小杜带回来一封信，是锦儿姑娘给夫人的。我就呈了上去，夫人看后说，让医署令任大人不得离开荆州。

蔡瑁：这个小丫头，本事还挺大的。可主公已经批了假，我也跟任大人说了，老夫如何去阻拦？

张成：大人只消准我明日去任家一趟，我按照锦儿教的法子，把话一说，任彦成自然就不会回南阳了。

蔡瑁笑：是吗？这个小丫头！那你去吧。

14

任彦成宅邸。门外。清晨。

马车已经备好，用人们正在把药材和行李装上车。

任彦成和项管家出来。

项管家：姑爷，请。

任彦成：好。

任彦成欲上车。

突然一匹快马赶到，众人一愣。

马上下来一个卫兵，见到任彦成：任大人请留步，内务署张大人随后就到，有话跟您说。

任彦成一愣：他来干什么？

15

任彦成宅邸。客厅。清晨。

张成进来。

任彦成：张大人。

张成：任大人。

任彦成：张大人，大清早光临寒舍，有何见教？

张成：有几句话，想跟大人单独说。

任彦成示意用人们都退下。

张成：任大人，您大清早的这是急着去哪里呀？

任彦成：张大人还不知道吗？下官岳父病危，已向蔡大人请假告准，马上就要回南阳救治老人。

张成：这么说，任大人还是一片孝心哪。

任彦成：惭愧。下官自小父母双亡，跟随师父学医长大，后来多亏岳父提携，才能谋得这一官半职，再造之恩，岂能相忘？岳父这次病危，小的恐他来日无多，这次回去，也只是略尽半子之责。

张成：小的这次来，是奉的蔡夫人的意思，蔡将军虽然准了你的假，可有些话，他还是让我来跟你说说。

任彦成：愿听教诲。

张成：任大人想过没有，你这一走，什么时候回来？

任彦成：下官只请了一个月的假，一个月之后，自当赶回。

张成笑：可这一个月内，你老岳父的病，要是没有好转，甚至更重了呢？

任彦成一愣。

张成：中风乃当今重症，哪有那么容易好的？大人真有信心一回去就能药到病除吗？如果你回去之后，您岳父的病非但没好，反而越来越重，大人将何以自处？日子一到，撇下岳父回荆州复命，那还算是尽孝吗？如果逾期不归，刺史大人怪罪下来，大人只怕官位难保！

任彦成一惊。

张成：到那个时候，大人就陷入两难了。大人你想想，医署令之位，多少人都盯着呢，还愁找不到人做官吗？多少人都拿钱在等着呢！您看，您师弟张仲景走了才几天，他的医监之位不就有别人补上来了吗？他要是再想回府，难于上青天。可他是真心想辞官，所以义无反顾。而大人您呢？您也有辞官的打算吗？如果您并不想辞官，那又何苦为了一个将死之人，去冒丢官的风险呢？

任彦成害怕地：张大人，您是不是听到了什么风声？

张成：蔡夫人得知此事后，可是有些生气了。她说，张仲景因为受了那么一点委屈，就撂挑子了，怎么，他师兄也不想干了，那就叫他滚！

任彦成惊慌失措：夫人都说了这么重的话？！

张成：大人要是不信，就问夫人去。

任彦成的额头冒出了汗珠：小的不敢。

张成站起身：任大人，何去何从，大人自己定夺，张某告辞了。

张成言毕即往外走。

任彦成急忙起身跟上：大人慢走，大人慢走。

16

任彦成宅邸。院中。白天。

任彦成看着张成出了门，在院中站着发呆。

项管家过来：姑爷，时候不早了，赶紧走吧。

任彦成：先等一下，我还有些事情要想一想。

任彦成边说边往客厅里走。

项管家看着他，很困惑。

17

任彦成宅邸。卧室。白天。

任彦成来到卧室,锦儿还在睡觉。

锦儿悠悠然睁开眼睛:大人,你不是走了吗?怎么还在这里?

任彦成怒视着她:是不是你又进府告状了?

锦儿坐起来:我告什么状啊?笑话!

任彦成:真不是你告的状?

锦儿:你别血口喷人!你想去哪里,关我什么事?我还想跟着你去呢,去南阳玩一玩。

任彦成长叹一口气,走出来。

18

任彦成宅邸。院中。白天。

项管家见任彦成出来,迎上来:姑爷,什么时候走啊?

任彦成为难地:先不走了。

项管家以为自己听错了:不走了?您是说,现在不走,什么时候走?

任彦成想了想:这样吧,项管家,你先回南阳去,听我的信儿。

项管家快哭了:啊?姑爷,太守大人可是危在旦夕啊!夫人和小姐都急着等您回去呢,出来的时候千叮咛万嘱咐,让我无论如何也要请您回去!

任彦成叹口气:唉,我也是想回去,可府里的事情实在是多,一时走不开啊。

项管家:刚才不是都准备好了要走吗?

任彦成:刚才……刚才不是府里又来人了吗?又不让我走了。我实在是没办法了。

项管家:您要是不回去,我可怎么去见夫人和小姐啊?见了她们,我怎么说啊?姑爷,您再想想,再想想。

任彦成:不是我不想回去,而是确实不能回去。这样吧,你把我这里的药材都带回去,然后再到南阳郡请个最好的医师,给岳父大人医治。

项管家:最好的医师我们已经请了,他治不了啊!

任彦成烦了:他治不了,我回去就一定治得了?你还真把我当成什么神医了?

项管家：这……

任彦成：你快快动身吧，回去晚了，耽误了老爷的病。

转身向客厅内走。

项管家：姑爷！

任彦成回身严厉地：还有什么事？

项管家：姑爷，您要不要给小姐写封信，我带回去？

任彦成：我写好了另外派人送吧！

任彦成转身进了客厅。

项管家一脸愁苦，似乎对刚发生的事情还难以置信。

19

张仲景南行路上。白天。

骄阳似火。

张仲景和小宽两家人的两辆驴车，正行进在路上。

不时有扶老携幼逃荒要饭的人群从车旁经过。

小宽的车在前边，他将车停了下来。

后边赶车的车夫也停了车。

20

车前。白天。

小宽下了车，拿出一个皮的装水的水袋，对后边车：师兄，嫂子，下来喝口水吧。

两车人都陆续下来。

张仲景走过来，接过小宽递过来的水碗，喝了一口。

小宽：师兄，天可真热呀。

张仲景：是啊，我们北方人一到南方，先受不了的就是这毒日头，简直要晒脱一层皮。

逃荒的人们从他们两旁经过。

张仲景：小宽，记得那年到荆州考试，沿途看到的也是这样逃荒要饭的情景，这都过了多少年了，怎么世道一点都没变？

小宽：又正好赶上今年是大旱年，你看田里的庄稼，都快烤焦了。

张仲景：我离开刺史府，本来只想回南阳重新当一名医师，可刺史偏偏要我到长沙来。也好，也许可以在这里为一方百姓做点事呢。

小宽叹气：黎民百姓，日子过得苦啊！

张仲景指了指远处的一片水面：那该是湘江了吧？

小宽拦住一个行人：老乡，那片水面是——？

老乡：湘江。

小宽：这地界属哪里管？

老乡：长沙郡哪。

张仲景和小宽会意一笑：快到了。

小宽：那江边有个村子，走，去村里歇歇吧。

21

庞家村。村口。白天。

两辆车下了大路，走到乡间小路上。

22

村子里。白天。

突然听到一阵吹吹打打，张仲景和小宽远远望去，村子里正走着一队迎亲的队伍。

23

村口。白天。

张仲景对小宽：小宽，这是在做什么？

小宽：师兄在府里待久了，老百姓的事情都忘了吧？这一看不就知道是娶亲嘛。

张仲景：我知道是娶亲，可又觉得不对劲。

小宽：怎么不对劲？

张仲景：娶亲的队伍，应该是轿夫抬着花轿，两旁是吹鼓手，后边一定有一群小孩子跟着，兴许还有大人，热热闹闹的。你看，眼前这个娶亲的场面，没有花轿，后面又没跟着孩子，就几个吹鼓手在那里吹，这叫娶的什么亲？

小宽仔细向远处看去。

24

村子里。白天。

果然就是张仲景描述的那个场面。

25

村口。白天。

小宽回头：是啊，真是有些奇怪。

这时从村子里出来一群逃荒的人，与他们相遇。

小宽拦住一位：老乡，问问你，你们村子是怎么娶亲的？

老乡：怎么娶亲？别的村子怎么娶，我们就怎么娶呗。

小宽指指远处：怎么没有花轿？

老乡回头看了一眼：啊，你说的是这个呀。这是娶的肺痨亲。

小宽：什么叫肺痨亲？

老乡低声：是这样。我们村里最有钱的蔡大户蔡彪家，他家的女儿凤子，染上了虚痨，也就是肺痨，所以想娶门亲，把病传给那个新郎，他女儿的病就能好了。

张仲景很惊讶：啊？这是什么风俗？

老乡：也不是风俗，只是听巫婆神汉这么说，得了病的人家就跟捡了个救命稻草似的。

张仲景：又有哪个人愿意当这么个送死的新郎呢？

老乡：是啊。可我们村这个蔡大户，他哥哥是长沙县的县令，在村里没人敢惹的。听说，这个新郎是外地人，路过我们村去投宿，结果就被强抢了去当新郎！

小宽：岂有此理？光天化日的，强娶强聘，就没有王法了？

老乡：整个长沙县，他们蔡家的话就是王法，还有什么王法？你们也是进村投宿的？我劝你们一句，赶紧走，进了村小心就出不来了。再说，还有肺痨病，别给染上了。我们逃荒出来，一是家里没粮饿得慌，二也是怕染上了肺痨。快走吧。

老乡说着走远了。

小宽看着张仲景：师兄……

张仲景一挥手：进村！人命关天，我既然当了官，这里又在我的管辖范围之内，焉能袖手旁观？

26

乡村小路。白天。

两辆驴车跟着娶亲的队伍走，走近了蔡彪宅邸。

车停在了远一点的地方，张仲景和小宽下来。

27

蔡彪宅邸。门口。白天。

张仲景、小宽随着娶亲的队伍往里走。

门口的家丁将他们拦住：喂，你们俩是哪根葱，敢硬往里闯啊？

张仲景笑：既然是办喜事，怎么，还不欢迎客人来啊？

家丁：是要饭的吧，想蹭吃蹭喝是不是？从后门进，那里有狗吃剩下的。

张仲景打量了一下自己：你怎么看出我像要饭的？

家丁：别以为穿了两身好衣裳，我就认不出来了。快去后门，去晚了狗就吃完了。

小宽欲上前理论，张仲景拦住：后门，走。

28

蔡彪宅邸。后门口。白天。

张仲景和小宽过来，守门的家丁看了看他们：混饭吃的？

张仲景点点头。

家丁：进去吃吧，吃完就走，不要乱跑，当心让狗给咬了。

正说着话，突然听到狗吠。

一只拴在木桩上的狗冲两人大叫。

29

蔡彪宅邸内。白天。

张仲景和小宽在过道里溜达，乘人不备，走到了前院。

30

南阳郡。凌府。病房内。白天。

凌晶和太守夫人守着卧床不起的太守。凌晶和任彦成的儿子果儿站在一边。

凌晶给父亲喂一口稀粥，粥却顺着父亲的嘴角直淌。

一个用人进来报信：夫人，小姐，项管家回来了！

凌晶和夫人一阵惊喜。

31

凌府院内。白天。

凌晶和夫人迎出去，项管家不安地站在庭院中。

夫人：管家，姑爷呢？

项管家看着她们，一句话也说不出来。

凌晶走过去：管家，官人呢？

项管家嗫嚅：他，回不来。

凌晶扭过头去，看着母亲。

夫人咬紧了牙关，手里的一方手帕被扭结在一起：这个忘恩负义的东西！

凌晶突然跪下：娘，爹，女儿不孝，女儿对不起你们！

夫人扶她起来：晶儿，是娘对不起你啊，娘当初怎么鬼迷心窍，把你托付给了这么一个东西！

母女俩抱在一起，哭了起来。

32

长沙县。庞家村。蔡彪宅邸。黄昏。

一场奇怪的婚礼正在进行。

蔡彪夫妇坐在上位，脸上雕像般没有任何表情。

整场婚礼，一个客人都没请。

鼓乐齐鸣。

张仲景和小宽躲在树丛中。

两人互相看了看对方,又看眼前的婚礼。

先是新娘被牵了出来,头上盖着盖头,替她牵着绸带的人故意尽量离她远一点,还用手捂住了鼻子。

接着,新郎被五花大绑地架了出来,嘴里还被塞了麻布。

鼓乐齐鸣。

司仪就位。

几个家丁强行将新郎按倒,让他跪在地上。

司仪:一拜天地——

突然传来一声断喝:慢!

33

蔡彪宅邸。树丛。黄昏。

张仲景和小宽从树丛中走出来。

几个家丁立即将他们围住。

小宽扯住仲景的衣襟微声地:师兄,你还没到任上,万一他们不认你这个太守咋办?

张仲景也低声地:我们有荆州的关文,谅他不敢!何况,这种事我就是平头百姓,也要喝止一声!

34

蔡彪宅邸。院内。黄昏。

蔡彪走过来:你们是什么人?

张仲景:我是南阳郡的医师,路过此地,特来参加婚礼,讨杯喜酒的。

蔡彪:既是讨喜酒的,为什么打断婚礼?

张仲景:觉得有些奇怪,怎么把新郎捆起来啊,俗话说,捆绑不成夫妻。

蔡彪:看来你也想尝尝捆绑的滋味。

蔡彪对左右的家丁一挥手:捆起来!

小宽大喝一声:慢!你知道他是谁吗?

蔡彪：谁呀？

小宽：他是新任的长沙太守，张仲景。

一家丁笑起来：他是长沙太守？我还是荆州刺史呢。别在这儿充大头蒜了。

小宽上前打了他一个耳光。

家丁想还手打小宽，蔡彪：住手！

蔡彪围着张仲景走了几步：你说你是长沙太守，有何凭证？

小宽：现有荆州的关文在此，这还有假？说着，拿出关文朝蔡彪展开。

蔡彪睁大眼一看，愣了。

他的腿开始哆嗦，终于跪了下去：草民蔡彪，叩见长沙太守张大人。

他的家丁也全都跪了下去。

张仲景走到院中：你这演的是哪一出啊？立即给我放人！

蔡彪：是是是！

蔡彪跟着他过来，招呼手下：将人放了。

新郎被解开绳索。

新郎扯出嘴里塞着的布团，放声痛哭起来。

新郎过来，跪下：草民方同，谢大人救命之恩。

张仲景：你是何方人氏？怎么到了这里？

方同：我是山东人氏，走江湖卖药的医师，前日走到这里，进村投宿，突然就被捆绑起来。他！

方同指着蔡彪：他要我和他身患肺痨病的女儿成婚，这不是要我死吗？

张仲景：你先留下，随我到长沙县衙去，留个口供。

方同：他哥哥就是县令，去也没用。

小宽：有太守大人给你做主，你怕什么？

方同点点头。

张仲景：蔡彪，你知道你身犯何罪吗？

蔡彪跪下：草民知罪，草民知罪。

小宽：师兄，把他们都押到长沙县衙吧？

张仲景：先不忙，他女儿的肺痨病，我要看一看。

所有的人都很吃惊：啊？

小宽低声：她得的可是肺痨，传染的。

张仲景：我知道。但我身为一个医师，遇见病人岂有不管之理？

小宽：嫂子和英姑还在外头呢。再说，咱还要赶紧去上任哩！

张仲景：上任也是为了解除属民之苦，何况这些天我们赶得紧，节约有时间，正可用在这儿。

小宽只好点头：好吧。

张仲景：蔡彪。

蔡彪：草民在。

张仲景：我的家眷、随从还在外边，你准备两间房舍，今晚就住在你家，我要给你女儿看病。

蔡彪意外地：看病？是，是。

张仲景：还有，给我也单独准备一间小房子，放我随身带来的药材，再放一张床，一副铺盖，给你女儿看完病，我要单独住两天，以防万一。

蔡彪：是，是。

35

蔡彪宅邸。客房外。黄昏。

家丁正在搬行李。

雪莹：他爹，小宽说你要给他家女儿看肺痨？

张仲景点点头。

雪莹：以前看过这种病吗？

张仲景摇摇头：我这是头一次碰到。

雪莹：听说这肺痨病是传染的，你看这里的村民，避之唯恐不及呢。

张仲景：我知道这病有传染的危险，可我是医师，我不给她看，还有谁给她看？医师不能挑病看哪。

雪莹：你可要注意自己的身子啊。

张仲景：我知道，你放心吧。等安顿下来，你和根儿先去歇息。

36

蔡彪宅邸。凤子卧室。夜。

一盏油灯亮着。

蔡彪的女儿凤子，头上还顶着盖头，傻呆呆地坐在床前，偶尔咳几声。

张仲景在一个家丁的带领下进来。

张仲景用白布缠住口鼻，凑近凤子，将盖头揭起来。

凤子剧烈地咳了起来。

37

蔡彪卧室。夜。

蔡彪夫人：老爷，这伙人到底是什么来头，真是长沙太守吗？

蔡彪：我也闹不清，刚才一看关文，都被吓蒙了。那关文，确不像是假的。

夫人：他这人可真奇怪，还要押送你到县衙，像个大官架子。可哪有大官还给咱女儿治病的？还住在咱家，太奇怪了。

蔡彪：是啊，我被吓了大半天，现在心情才稍微好了点。可一想到他还要追究我的罪责，又心里慌慌的。

夫人：无论如何，你要赶紧派人去禀报哥哥，让他帮忙拿主意。

蔡彪：这还用你说？我早就命蔡旦骑快马去县衙，估计现在该到了。

38

长沙县县衙。后院。客厅。夜。

县令蔡虬刚刚穿好衣服，问跪在地上的蔡旦：侄儿，你这么晚跑来，有什么急事吗？

蔡旦：有急事，伯父，我姐姐不是得了肺痨病吗，今天举行婚礼冲喜的，没想到，来了一个长沙太守，把婚礼给搅了，还要押送家父到您这里来，后来又在我家住下了，要给姐姐治病……

蔡虬：你这都什么乱七八糟的，简直语无伦次。慢慢说，从头说起。

39

蔡彪宅邸。院中。夜。

张仲景和小宽走在一起，后面跟着两个家丁。

张仲景回头：你们回去歇息吧，不要跟着我们。

家丁：是。

家丁答应着走了。

小宽：师兄，你看了病人了？

张仲景点点头。

小宽：这个病，怎么治啊？

张仲景：百姓们说的肺痨，属于虚痨，可用补肺的药方治之。

小宽：哪几味药？

张仲景：百合、地黄、知母、贝母、黄芩、甘草、阿胶等。你去准备吧。

小宽：是。

小宽欲走。

张仲景：你煎好后给我，我去给她喝。

小宽：我去吧。

张仲景：不要争了，这病既然传染，我们就要小心。

小宽：可你是长沙太守，这万一……

张仲景：放心，我已经做了防护，会非常小心的，况且我已经去看过她了。

小宽点点头，不再争了。

张仲景：小宽。

小宽：师兄。

张仲景：我记得师父生前跟我说过，治肺痨，食薏米、芦根，会有一些疗效，你我明早去湖边采一些芦根来。

小宽：好。

40

长沙县县衙。后院。客厅。夜。

蔡旦：伯父，情况就是这些。

蔡虬：我是听说荆州要派张仲景来任长沙太守，没想到，来得这么快呀。

蔡旦：伯父，他还要追究家父的罪责，可怎么办啊？

蔡虬：那倒不怕。他可能还不知道我们蔡家的来头，明日见了他，跟他一说，他自然就会明白了。

蔡旦：他要是还不明白呢？

蔡虬：不要紧，有我撑着，你叫你爹放宽心。

蔡旦：他现在在我们家，也不知道要住到什么时候。他说要给姐姐治病，治得好吗？

蔡虬：他在府里是医监，倒是一位非常有名的神医。就让他治吧，治好了你姐姐，那当然好，治不好，他也给传染上了，那他这个长沙太守，也就当不成了——朝廷总不能要一个患肺痨的人当太守吧。

蔡旦：那我们就好生伺候着？等着看他的治疗能否有效？

蔡虬：怎么能等，明日我就和你一起去你们家，我要好生迎接他。

蔡旦：是。全凭伯父做主。

41

蔡彪宅邸。院中。张仲景卧室前。清晨。

张仲景刚刚起来，走出门，忽然看见门口站了两个家丁。

已经熬得瞌睡不已的两人也看见了他，一人急忙往客厅里跑。

张仲景：站住！

正跑了两步的家丁站住：大人。

张仲景：你们在这里鬼鬼祟祟地干什么？

没跑的家丁：大人误会了，我们是奉主人之命，在这里彻夜站岗保护您的。

张仲景指另一人：那他跑什么？

另一家丁：大人，县令大人大清早就赶到了这里，但怕打扰大人的清梦，让小的一发现大人醒来就去报信。

张仲景：县令来了？

二家丁：来了。

张仲景：长沙县县令？

二家丁：正是。

张仲景：那好吧，你们领我去见他。

二家丁：是，大人，请这边来。

42

蔡家客厅。清晨。

见张仲景跟着两位家丁走进来，蔡虬、蔡彪、蔡旦急忙站起来迎接：太守大人。

张仲景上下打量蔡虬：你是长沙县县令？

蔡虬：正是下官蔡虬。

张仲景：你的消息可够灵通的！

蔡虬：大人有所不知，这位是下官的亲弟弟，昨晚给下官通报了消息，下官就连夜赶来迎接大人了。下官迎接来迟，以致发生了误会，让弟弟一家顶撞了大人，望大人恕罪。

张仲景：亲弟弟……难怪他在这个村子里，有这么威风。

蔡虬：下官管束不严，望大人恕罪。其实早在半个月前，下官就接到了叔叔给下官的亲笔信，让下官做好准备，迎接大人，结果下官疏忽了，该死该死！

张仲景：你叔叔……是哪位大人？

蔡虬：就是荆州内务署蔡大人。

张仲景意外地点点头：哦……原来是蔡大人。在府里的时候，蔡大人可是我的顶头上司啊。

蔡虬赔笑：哈哈。家叔信中说，让下官一定要好好迎接张大人，没料想闹出了这场误会……

张仲景：没事没事，我携家眷、随从在这里住了一夜，休息得很好，令弟款待得还是很周到的。

蔡虬：应该的应该的。大人，车马我已经准备好了，就请大人移驾到下官的县衙小住两日吧。

张仲景：大人的县衙我会去的，不过不是现在，我现在要给你侄女治病。

蔡虬激动地：大人身为一方太守，却要给下官的侄女看病，下官实在是……唉，也怪侄女命苦，居然染上了肺痨顽症，大人，你还是要当心自己的安全啊！毕竟大人是长沙一方百姓的父母官，若只是为下官的侄女一人遭遇不测，下官实在是……

张仲景：我在刺史府里是医监，进府之前是南阳城里一个普普通通的医师，治病救人，正是我的本分。现在虽然当了太守，可太守不正要为一方百姓着想，解除他们的痛苦吗？而且我救的也不只是令侄女一人，我已听说此地有挺多肺痨病人，一旦找到治疗肺痨病的良方，可以救治许多百姓啊。

蔡虬：大人高风亮节，下官既感佩又惭愧，实在是望尘莫及。如果全国的官员都像大人这样，黎民百姓就有福了，朝廷也可以安枕无忧了。

张仲景：大人不必客气，我现在要去湖边采芦根，治令侄女的病，那是一味重要的药。

蔡虬：芦根？

43

湖边。白天。

张仲景和小宽在湖岸上寻找芦根。

张仲景采到了一棵。

小宽也采到了一棵。

跟在他们身后的方同：大人，这野草能治病？

张仲景：不仅能治病，还能当菜吃，这芦根清热、去火、理肺，尤其在这夏天，人吃了会觉着身体舒畅。

方同：原来如此……

44

蔡彪宅邸。客厅。白天。

蔡彪：哥哥，这个张仲景，到底是个什么人物？

蔡虬：他在荆州就和叔父闹着别扭，这次到长沙来当太守，有他好看的。

蔡彪：他这个人真有点怪，当了太守还要去采药给人治病。

蔡虬：他没当过正经的官，哪知道官该怎么当？

蔡彪点头。

45

湖岸边。白天。

张仲景和小宽、方同在继续采药。

一个浑身脏得不行的年轻男人从湖岸的另一边一个窝棚里钻出来，看着他们。

小宽突然：小心，蛇！

他的话音刚落，一条毒蛇嗖地向张仲景扑过来，张仲景被这陡然出现的情况惊愣在那儿。

那个浑身很脏的男子这时敏捷地扑上前一把捏住毒蛇的头，将它拎到了手里：好一条蝮蛇。

张仲景忙朝那人拱手：谢谢，谢谢。

小宽：你是——？

张仲景仔细打量那男人。

年轻男人：你们是治瘆病的医师？

小宽点头。

年轻男人"扑通"一声跪下：给我也治治吧。

小宽：你？

年轻男人：我本来是湖边的一个渔民，一年前，得了瘆病，从此进了地狱，谁都不敢靠近我，更不敢跟我说话，连家里人都躲着我。我没办法，只好搭个窝棚住到这湖岸上。

张仲景：好吧，我给你治，你待一会儿跟我们一起走。你叫啥名字？

年轻男子：姓秦，家里排行老七，叫我秦小七就行。

张仲景：好，小七。

46

蔡彪宅邸。院中。白天。

张仲景一行人走进来。

蔡虬迎上去：大人回来了？

浑身很脏的小七进来，院子里的女人吓得惊慌失措，都往屋子里跑。

张仲景指着小七对蔡彪：赶紧给他找一身衣服，还有，弄盆热水让他洗洗。让他单住一间屋子。

47

蔡彪宅邸。院中。白天。

张仲景把刚采的几味草药放进药锅，对小宽：药煮好之后，分成两份，一份给蔡凤子喝，另一份给小七喝。

小宽生火煮起来。

张仲景将一把芦根交给蔡彪：让你的厨子把这些芦根洗净，加上盐和油一拌，今晚端上饭桌，咱们当菜吃。

蔡彪吃惊地：这东西能吃？

张仲景：到时候我先动筷。

48

蔡彪宅邸。蔡凤子卧室。夜。

她端碗喝下了药。

49

蔡彪宅邸。临时给小七住的屋子。夜。

小七端碗喝下了药……

50

南阳郡。凌府。白天。

凌太守紧抓着女儿的手，嘴唇剧烈地动着，分明想说什么。

凌晶赶紧俯下身去：爹爹。

不想凌太守突然头一歪，闭上了眼睛。

凌晶大哭：爹爹——

太守夫人哭着：夫君——

第二十五集

1

南阳城郊外。白天。

一座新坟。坟前的石碑上刻着：故南阳太守凌讳朝纲之墓，女儿凌晶、外孙任果泣立。

凌晶母子和太守夫人已经擦着眼泪站起来。

后面围着一群人，是原太守府的一些官员和仆役。

凌晶扶着母亲。

2

长沙县。蔡彪宅邸。张仲景临时住处。白天。

张仲景正在向药锅里放药。

小宽正在指导方同烧火煮药。

蔡虬进来，对张仲景：大人，又在为我侄女的病忙碌？

张仲景：这服药再喝下去，她和那个小七的病会有好转的。

蔡虬：下官的侄女真是有福啊，得遇大人，病是一天比一天好了。

张仲景：我们去看看他俩。

3

秦小七临时住处。白天。

张仲景用白布捂着口鼻进来。

小七急忙跪下：谢谢大人救我，我昨夜已经不发烧了。

张仲景扶他起来，开始为他把脉。

小七：我刚刚知道，大人是新上任的长沙太守，大人能为小民治病，我真不知该说什么好了。

张仲景：你的病是有好转，但离康复还远……

4

凤子病房。白天。

凤子见张仲景、蔡虬白布捂口鼻进来，急忙起身迎接：大人，伯父。

凤子的咳声明显见轻，人也显得精神了。

张仲景：今天感觉怎么样？

凤子：服了大人的药，真是一天比一天好，昨夜里也不发烧了，睡得很踏实。感觉自己都不像病人了。

张仲景笑：好啊，不过一时半刻还难以正本清源，你必须长期坚持服药，不能病情稍微好一点就停止用药。如果三天打鱼两天晒网，药力就会逐渐减弱，病情便可能反复。

凤子：凤子记下大人的话了。

蔡虬：凤子，还不谢谢大人。

凤子施礼：凤子感谢大人的救命之恩。

张仲景：不必客气，看见你病情有好转，我比什么都高兴。

蔡虬：大人真是功德无量啊。大人，下官侄女的病也见好了，大人是不是该去下官的县衙了？

张仲景点点头：不能再耽误，该走了。

蔡虬高兴地：好，好，下官这就叫人去准备。

5

院中。白天。

张仲景回到院中。

蔡虬跑过来：大人，车马已备好，大人什么时候上路？

张仲景对小宽：你叫家眷们收拾收拾，准备上路吧。

小宽点头离开。

蔡虬：大人，这边请。

张仲景：你去把你弟弟蔡彪找来。

蔡彪、蔡旦都过来了：大人，还有什么吩咐？

张仲景突然厉声地：蔡县令，请你命人将蔡彪捆起来，押送县衙！

蔡彪惊恐：大人饶命，大人饶命啊！

蔡旦：大人，家父已经知错了，您就饶过他这一回吧。

张仲景对蔡彪：国法就是国法，岂可徇私？你强娶强嫁，必须三堂会审定案，如果你知罪忏悔，尚可从宽。

蔡彪：草民知罪，草民知罪。

蔡彪又看向蔡虬：哥哥……

蔡虬：捆起来。

衙役将蔡彪捆起来。

蔡彪错愕，看着蔡虬，蔡虬对他使眼色。

张仲景走了出去。

6

蔡彪宅邸外。白天。

张仲景想上车，方同突然：大人！

张仲景回头。

方同：大人，小的想跟你学医，您可否收下我这个弟子？

张仲景注视着他：你作为蔡家强嫁案的当事人，应该跟我们走一趟，学医的事稍后再说。

方同：大人，我是个跑江湖卖药的游医，打心眼儿里是想给人治病的。无奈医术浅陋，常常把病人给耽误了。这几天看到大人的医术和医德，我是真的佩服。大人，我不是羡慕您的太守职位才想跟随您享富贵的，我是真心佩服您的医术，想拜您为师！

方同跪倒在地：大人，您就收下我吧。

小宽有些意外地看着他。

张仲景沉吟片刻，过来将他扶起：徒弟不是随便收的，还要看你是不是块材料。不过我收下你了，跟我走吧。

方同高兴地点了点头。

秦小七这时也跑过来跪下：大人，你走了，我还怎么治病？你救人救到底吧。

张仲景略一想后：你单雇个驴车，跟在我们后边走吧，雇车的费用，由我出。

秦小七激动地：谢谢大人！

7

路上。白天。

一路上行来好几辆车。前面是张仲景、蔡虬同坐的马车，再接着是雪莹母子、小宽一家的两辆驴车，再后面是小七的驴车，最后面是蔡彪的囚车。

路上的百姓看到蔡彪被关在囚车里，都一脸惊喜，但因为他哥哥是县令，也没有敢骂他、扔他石头的。

8

车内。白天。

张仲景一直掀着车帘，看着外边的百姓。

张仲景：蔡大人，你看看，这一路上，多少百姓逃荒要饭。你身为长沙县百姓的父母官，就没有一点触动吗？

蔡虬：下官实在是惭愧！身为县令，没有给百姓造福。这几年长沙县连年旱灾，好多地方颗粒无收，逃荒要饭的百姓，的确是越来越多了。

张仲景：你们长沙县的粮库里，还有多少粮食？

蔡虬：有一万五千多石吧，不过都是要上缴朝廷的。

张仲景：我看就把这一万五千石粮食，先用来赈济灾民吧。

蔡虬大惊：啊？可朝廷的赋税是不能不缴的啊！

张仲景：我立刻上奏刺史大人，请他免除今年长沙郡的赋税。百姓太苦了，饭都吃不上，拿什么缴纳赋税？百姓是水，朝廷是鱼，水干了，鱼还活得了吗？

蔡虬：大人言之有理。那这样吧，等免除赋税的文书一到，下官立即开仓赈灾。

张仲景：我是要你马上就开仓赈灾！迟一天，老百姓就要饿一天的肚子。

蔡虬：这？刺史大人怪罪下来，下官如何承担得起？

张仲景：等荆州的文书下来，百姓还要饿死多少？大灾之年，我们只能见机行事。回到你的县衙，我在放粮的文书上签了名，你就立即开仓赈灾。你放心，你只是奉命而行，刺史大人如果怪罪下来，一切后果，由我承担！

蔡虬：大人，兹事体大，您还要三思啊！

张仲景：我意已决，不必多言！

9

长沙县县衙内。白天。

张仲景将签有自己名字的竹简递到蔡虬手上：蔡大人，请立即开仓放粮！

蔡虬：大人，只有你的命令而没有荆州的赈灾文书，下官不敢擅自行事！

张仲景怒视他：你要违抗我的命令吗？

蔡虬：万一刺史大人怪罪，下官无法承担。

张仲景：那好，我命人将你捆起来，以后要是刺史大人怪罪下来，你可以全都推给我，好吗？

蔡虬：这？

张仲景：来人，将蔡县令捆了！

众衙役面面相觑，没人敢动手。

张仲景：你们去拿根绳子来。

众衙役还是不敢动。

张仲景阴沉地：蔡县令——

蔡虬给衙役们使了个眼色。

有个衙役去找了根绳子，递给张仲景。

张仲景亲自过去，将蔡虬简单捆了一下。

张仲景：升堂！

10

长沙县县衙。大堂。白天。

张仲景端坐在大堂之上。

鼓声响起，长沙县的官吏们陆续来到。

他们看到蔡虬被捆绑着坐在旁边，都吓了一跳。

蔡虬：这位是新任长沙太守张大人。

官吏们都跪拜：参见太守大人。

张仲景：众位请起。

官吏们站好。

张仲景：我今日初到县衙，算是和大家都认识了。刺史大人命我为长沙太守，仲景战战兢兢，如履薄冰，生怕有负刺史大人重托，更怕对不起一方百姓。前些天刚进县境，就遇到豪绅蔡彪，为了给身患痨病的女儿冲喜，强行将外地前来留宿的医师方同，拘禁在宅邸，强使他与其女儿婚配。拜堂成亲之时，尚且绳捆索绑，真是滑天下之大稽！今日本官已将蔡彪押来，当堂审问！将罪民蔡彪带上来！

衙役们吆喝道：带蔡彪——

11

县衙大门外。白天。

蔡彪被押过来。

12

县衙大堂。白天。

被押进来的蔡彪看见哥哥也被捆着，吃了一惊，急忙跪下。

张仲景：蔡彪，你可认罪？

蔡彪：草民认罪，请大人从宽发落。

张仲景：你身为豪绅，本当救济贫寒，行善积德，可你却横行乡里，为非作歹，理当重惩。念你已经悔罪认错，本官决议从轻发落。蔡县令，你说呢？

蔡虬：大人英明！

张仲景扔下一支令牌：来人，将蔡彪杖责二十！

衙役们举起了板子。

蔡彪大声地：呀……

张仲景看看蔡虬，蔡虬低着头。

13

县衙外边。白天。

围观的人群窃窃议论。

一老者：没想到这个太守还敢对蔡大人的弟弟用刑！

一个年轻人高兴地：这八成是个好官！

14

县衙大堂。白天。

板子声停下来。

长沙县主簿对张仲景：大人，行刑已毕。

张仲景：将他抬到后院，让我的师弟卫汛，给他上药。

众衙役：是。

将蔡彪抬下去。

张仲景扫视了一眼众官员：本官一路走来，到处都能见到逃荒要饭的饥民。身为一方太守，实在痛彻心扉。我们都是朝廷命官，身负朝廷重托，要为百姓做主。再也不能让一个饥民饿死在逃荒的路上了。长沙郡时逢大旱，受灾之重，全国罕见！本官决定，立即开仓赈灾，同时上报刺史大人，免除长沙郡今年的赋税。蔡县令不听我的话，已经被我捆绑起来。诸位，还有没有抗命的？

众官员面面相觑，无人作声。

张仲景：好，立即开仓赈灾！

15

街上。白天。

锣声。

衙役敲完三声锣，高声地：太守有令，开仓赈灾啦！太守有令，开仓赈灾啦！

民众兴高采烈，拿着陶盆米罐涌向粮库。

16

长沙县粮库。白天。

一名衙役将粮袋捅破，稻谷流了出来。

17

粮库大门外。白天。

百姓已经排起了长龙。

衙役正在往百姓的盛粮器物里灌稻谷,一个衙役高声地:每家三十斤。

旁边一辆马车。马车的车帘掀起来,露出张仲景含笑的面容。

18

长沙县衙。后院。偏房。白天。

蔡彪趴着,屁股上敷着药膏,嘴里不停地哼哼唧唧。

蔡旦在一旁不知所措,蔡虬则走来走去,心烦得不得了。

蔡虬终于忍不住:你就别哼哼了,板子是抬得高落得轻,顶多伤了点皮肉,张仲景又让他师弟给你敷了药膏,你还哼哼什么呀?

蔡彪不服气地扭过头来:挨了打,还不让人哼哼?我不光是皮肉疼,我是心里疼,咱们蔡家,什么时候受过这个气呀?你一个县太爷,刚才还让他绑起来了呢。

蔡虬:你懂什么?别看我表面上对他服软,可我做好了整死他的准备。我这就给刺史上书,告他私放官粮,还捆绑朝廷命官,我再给咱叔父写封信——够他狗东西喝一壶的!

蔡旦:伯父,咱今天受点气也没什么,可任凭这个张仲景飞扬跋扈下去,咱们蔡家以后在长沙的日子,怕是没法过了。再说那些粮食……那些赈灾的粮食,要是在咱们手里,咱们可以捞到多少白花花的银子啊!

蔡虬:这个道理我还不懂?侄儿你放心吧,他张仲景也就是个下九流的医师,哪里懂得官场上的事情?像他这么蛮干,下台是迟早的事儿。

蔡虬说着目露凶光:咱们现在受气,等他下了台,你看我怎么收拾他!不把他整得倾家荡产、家破人亡,我就不姓蔡!

19

荆州。刘表寝殿。白天。

蔡瑁:参见主公。

刘表:蔡将军,何事禀报?

蔡瑁:主公,刚才接到长沙县令的奏报,张仲景刚到长沙,就闹出大乱子了。

刘表:什么乱子?

蔡瑁：他竟然私放官粮，将长沙县一万五千石应该缴纳给荆州的官粮，全都发放给了当地百姓。长沙县令抗拒他的命令，他竟将长沙县令捆绑了起来，真是胆大妄为！

刘表：放粮？长沙郡遭了大灾，可能饿死了不少人吧？

蔡瑁：即便如此，他想免除当年的赋税，也应该上奏刺史府，由主公定夺。可他并未上报，私自放粮，居然在长沙县当起皇帝来了！这还得了？

刘表：昨天我听蒯大人说了，张仲景请求朝廷免除今年长沙郡一年赋税的信，已经送上来了，已让蒯大人替我批了。

蔡瑁一愣：可批文现在还没送出去吧，他怎么就放粮了？他这不是先斩后奏吗？

刘表：可能是灾情严重，他怕缓不济急，先行一步了，也没什么大不了的。

蔡瑁：主公，您也太护着他了！如果现在不惩戒他，将来各地方官都以赈灾为名，随便克扣赋税，荆州吃什么呀？此风一开，咱们府里就该饿肚子了！

刘表：你干吗说得那么吓人？不就是一点粮食吗？张大人也是爱民心切。这样吧，将他的俸禄削减五百石，仍任长沙太守，同时告诉他，下不为例，再敢如此妄为，严惩不贷！这总可以了吧？

蔡瑁：主公，这可处理得太轻了，即使不追究他的罪责，也应该将他削职为民，永不录用！

刘表：一点小事，何必大动干戈，我意已决，你不要再说了！

20

长沙郡太守府。大堂。白天。

张仲景身着官服，端坐堂上。下面有坐有站的是长沙郡的大小官吏和各县县令。

张仲景：诸位大人，本官初到此地，今日将各位找来，是要议几件大事。我由荆州一路走来，到处都见有逃荒要饭的人，黎民百姓的疾苦，令我寝食难安。我看到桑林田地，都被这场大旱毁掉，到处都是一片狼藉。桑林没有桑叶，幼蚕大批饿死，桑农哭喊之声，不绝于耳。我到这里来为官，首先想到的，是要做几件于百姓有益的事，今日找大家来，也是想好好议一议。

张仲景下来，在人群中走动，他看到了低着头的蔡虬。

蔡虬也看着他，嘴角露出讥笑的影子。

张仲景：第一，兴建农桑，恢复生产。民以食为天，不恢复生产，百姓只能每年都出去逃荒要饭，一旦造起反来，我们都愧对刺史大人。第二，减轻赋税，开仓济民。我已上报刺史大人，免除今年长沙郡的赋税，今后几年，也相应减少税负，刺史大人的回文，应该也快到了。第三，兴办医药，救治病人。现在长沙郡，不仅流行天花、白喉，还流行霍乱和大肚子病，瘟疫如此横行，百姓怎能安居乐业？活国在于活人，一定要想出对症的药方，把百姓的病治好，把瘟疫控制住。第四，兴办学堂，奖励专才……

衙役跑来禀报：太守大人！刺令到！

张仲景急忙迈步，到门外迎接。

21

太守府。大堂外。白天。

一卫兵：长沙太守张仲景接令——

张仲景跪下。

官员们都出来在旁边看，蔡虬在人群中。

卫兵：荆州刺史令——长沙太守张仲景，私放官粮，捆缚县令，违制妄为，甚失人望……

卫兵念到这里，蔡虬面露喜色。

卫兵：但念其救民心切，并感念前功，暂且从轻发落，着俸禄减去五百石，仍任长沙太守，戴罪立功。今后开仓赈灾，须先上报，求得允准，方可实施。如再我行我素，先斩后奏，罪上加罪，将严惩不贷！长沙郡遭逢旱灾，全国罕见，今年赋税，一应免除。此令。

张仲景叩头：卑职叩谢主公厚恩。

蔡虬深感失望。

卫兵将刺令交给张仲景。

官员们都高兴起来：好啊，今年的赋税全免了，总算可以松一口气了。

蔡虬皱紧了眉头。

22

太守府。后院。客厅。

张仲景与小宽、方同在聊天。

小宽：师兄，这几天我都在为你开仓赈灾的事情担心，想不到刺史大人对您还是很宽大的。

张仲景：哈哈，减了一点俸禄，却换来长沙百姓暂时能填饱肚子，值啊！

小宽：今年的赋税全免了，算是师兄给长沙郡的百姓送上了一份大礼，可是明年呢？

张仲景：也不能年年让刺史大人减免长沙郡的赋税，那还要我这个太守干啥？重要的是增收粮食产量，靠百姓自己做到丰衣足食。

小宽：只怕是难啊。师兄，你治病是高手，可要治理一个郡，怕是不大容易呢。

张仲景：是啊，我本不是当官的材料，刺史却偏偏要我来当这个官。既然当了，那我就只得尽力去做，把这个官当好。我想下一步就是走遍长沙郡的各个县，体察民情，熟悉一下这个郡的情况。小宽先留在府邸，把药材拢一拢，下一步为百姓祛除瘟疫，你可要出大力了。

小宽笑：但愿能完成这一重任吧。

张仲景：方同，你跟着我下去，把各个县瘟疫的情况都摸清楚，痢疾、霍乱、伤寒，到底严重到了什么程度，我们要好好查一下。

方同：徒弟一定全力以赴。

张仲景：好啊，我愿在长沙郡好好干几年，但愿真能造福一方百姓。

23

长沙县衙。后院。客厅。白天。

蔡虬、蔡彪、蔡旦在一起。

蔡彪：还以为刺令一到，张仲景就会被就地免职，没想到只是这么个结果。

蔡虬：看来这个医师的能量，我是低估了。

管家进来：大人，荆州蔡大人来信了。

管家将信递给蔡虬。

蔡虬接信后，看了一遍，放在了桌子上。

蔡彪：叔父说了些什么？

蔡虬叹了口气：叔父说，这个张仲景同刺史大人的关系，非比寻常，让我们小心谨慎，不要得罪他。

蔡彪：是吗？叔父那么大的官，也说这样的话？那咱长沙蔡家的日子，可真是不好过了。

蔡旦：伯父，信可以给我看看吗？

蔡虬将信给他。

蔡旦接信看过：伯父，叔爷爷这封信里，话里有话啊。

蔡虬：是吗？

蔡旦：您看这几句，"此人知道府中许多秘密，对我不利，侄儿到万不得已的时候，可以当机立断"，这是什么意思？

蔡彪：什么意思呢？

蔡旦：就是说，让我们遇到机会，就……

蔡旦做了一个杀头的手势。

蔡虬、蔡彪都愣了。

蔡虬拿过信来，又仔细看了一遍：侄儿，真是后生可畏啊，我都没看出信中的玄机。

蔡旦：叔爷爷的意思，咱们明的不行，就给他来暗的。

蔡彪：那可是要冒很大的风险，他毕竟是一方大员啊！

蔡虬：反正杀人越货的事儿，咱也不是没干过。但叔父的信中也说，是要到万不得已的时候，如果他张仲景聪明，能让咱过得去，咱也就忍了他。

蔡彪：也只有如此了。

24

长沙太守府。大堂。白天。

衙役高声地：升堂……

众衙役喝唱：威……

张仲景从后侧门走进，端坐堂上。

两旁侧立着长沙郡主簿、户曹、兵曹、贼曹等官员。

25

堂外。白天。

大鼓前。

一个老农和一个老太婆。老农拿起鼓槌，奋力敲打。

鼓声隆隆。

老太婆手里捧着一份状子。

26

大堂。白天。

张仲景：何人击鼓？

衙役：一个老头。

张仲景：宣他进来。

27

堂下。白天。

老农、老太婆进来，双双跪倒。

老农：草民刘天全夫妻，拜见青天大老爷！请大老爷为我们申冤哪！

老太婆将状子高高举过头顶。

28

堂上。白天。

张仲景：你有何冤屈？将状子呈上来。

29

堂下。白天。

衙役接过状子，递到堂上。

刘天全：青天大老爷，草民要告的是长沙县令蔡虬，他强娶草民的女儿青萝为妾,现在人还关在他的县衙里呢。

30

堂上。白天。

张仲景:蔡虬?怎么又是他?你细说一遍,到底是怎么回事?

31

堂下。白天。

刘天全:大老爷,话说是上个月,我女儿青萝赶集的时候,刚好碰到县官出巡,从集市上过,她躲闪不及,惊了衙役们的马,衙役们就将她抓了起来,拉到县官面前。这个县官蔡虬,一见我女儿,当即就要带她回衙,我女儿不依,他就让人硬把我女儿给抓进了县衙。我们老两口还不知道。到了晚上,忽然有几个衙役送来聘礼,还有五千钱,说是县官大老爷看上了我女儿,要纳他为妾,让我们收下聘礼。我们如何肯收?他们就硬放下聘礼走了。您说,这叫什么事儿啊!

刘母:我们老两口,当天晚上哪里睡得着觉?第二天就去县衙,找蔡县令,提出要看看我们的女儿。蔡县官让我们劝劝女儿,答应嫁给他。我们见到了女儿,女儿泪流满面,抵死不从。我们出来跟蔡县令说,让我们把女儿带回去,好好劝说,等她想通了,再迎娶不迟。蔡县官就让我们带女儿走了。

32

堂上。白天。

张仲景在用心看状子。

33

堂下。白天。

刘天全:女儿回来之后,我们一合计,干脆,让女儿跑到他乡投靠亲戚,人没了,看他蔡县官还能怎么着。那天夜里,我们给女儿收拾好行李,雇了一辆车,想送她走。可刚一出家门,县衙里的兵就一拥而上,又把我女儿抢到衙门里去了。原来他们早就埋伏好了。我们去找蔡县官,他说，我们已经收了他的聘礼，就表示婚事已经定下了，岂能反悔？他还说，就算跑到天边，也逃不出他的手掌心！

刘母：这两天打听消息，说这个月二十六，是个黄道吉日，蔡县官就要强着和俺女儿拜堂成亲，连喜帖都发出去了。

刘天全：算算只有半个月了，我们老两口实在是没办法，只好到这里来告他了！求青天大老爷替草民做主啊！

34

堂上。白天。

张仲景看完状子，放下。问主簿：柳大人，这个蔡县令有几房妻妾？

柳主簿：听说已有七房，再娶这一房，该是八房了。

张仲景：如果是两相情愿，他就是娶八十房，咱也管不着；若他仗势欺人，欺压百姓，强娶民女，那可是律法不容！

柳主簿低声地：大人，退堂之后，再向大人禀报。

张仲景点点头。

张仲景：堂下听着，你的状子，本官已经接下来。待查清事实，再依法断案。你暂且回乡，本官保证在这个月二十六日之前，给你一个回音。如果蔡县令真是强娶民女，本官一定为你做主，把女儿还给你们。

刘天全夫妇使劲磕头：谢青天大老爷！谢青天大老爷！

35

太守府。后院。白天。

张仲景和柳主簿走在一起。

张仲景：柳主簿，刚才的案子，你有何话讲？

柳主簿：大人，这个案子，牵涉到蔡县令，你可要慎重处理啊。

张仲景：如果查出是实情，他也太不像话。他弟弟强招上门女婿，已经被我打了二十杖，他又强娶民女，这兄弟俩，简直就是长沙县的恶霸，还当什么县令？

柳主簿：长沙郡无人不知他兄弟俩是什么货色。可他能当这个县令，凭的也是蔡瑁大人的关系，这个蔡大人，我们可惹不起啊。

张仲景：在荆州府的时候，我就知道他的势力。但他也不该放纵手下的亲属如此胡作非为！一旦查清此案，我饶不了这个蔡虬！

柳主簿：大人，我还是劝您不要因小失大。您正想在长沙郡做一番事业，可不要为了这么个小案子，得罪了蔡家。况且刘天全夫妇说的，也是一面之词，当初他们毕竟收下了聘礼。婚姻大事，凭的是父母之命，媒妁之言，他女儿愿意不愿意，原本就不在情理之中。他夫妇俩兴许是嫌五千钱少，才胡乱告状。聘礼已经收下，婚事也就算定了，我们就是把蔡虬抓来，也没拿住他的什么把柄。

张仲景：那也不能任凭他这样胡作非为，欺压百姓！

柳主簿：大人，我看这样办比较好，先把蔡县令叫来，我出面好好劝劝他，劝他放了人家女儿，了结此事，也就是了。

张仲景想了想：好吧，要是真能平息此事，他放了人家女儿，也就算了。

36

长沙县衙。后院。客厅。白天。

蔡虬和夫人在客厅。

衙役进来：大人，太守府信到。

蔡虬：拿来我看。

衙役将信函递上，蔡虬接过来看。

张仲景画外音：长沙县蔡大人启，今有贵县县民刘天全夫妇前来告状，告你强娶其女刘青萝，将人抢到县衙，关押拘禁。本府命你速将该女释放，交还其父母，并到太守府领罪！逾期不至，加重论处！张仲景。

看着看着，蔡虬气得双手抖了起来。

猛地把信函拍到桌上：这个张仲景，简直欺人太甚！

夫人：老爷，怎么回事？

夫人拿起信函来看。

看了一遍，夫人吃惊地：老爷，刘天全把您给告了！

蔡虬：这个下九流的医师，居然要我送还他刘家的女儿，再到长沙府去认罪！他是什么东西？前两回我忍气吞声，没跟他叫板，这回他居然管起了我的家务事，要骑到我脖子上拉屎了！

夫人：老爷，您息怒！千万别一时发怒，做出将来后悔的事！

蔡虬：美人我已经含在嘴里，哪有再吐出去的道理？我三媒六聘，礼数齐全，明媒正娶，我怕他做甚？这回我是决不忍了！去叫管家来！

衙役：是。

衙役出去。

蔡虬仍气得发抖，夫人帮他抹胸口拍后背。

管家进来：大人。

蔡虬：速去彪弟家，叫他父子前来，我有要事相商！

37

蔡彪宅邸。蔡凤子闺房。白天。

蔡凤子正在梳妆，忽听外面有马嘶声。

蔡凤子问王妈：王妈，外面在做什么？

王妈：听说是县令大人又来叫你爹和哥哥去一趟，正在备车呢。

蔡凤子：什么事情呢？

王妈：不知道，我只听见你爹嘴里在念叨，张仲景，张仲景……

蔡凤子：跟那个长沙太守张大人，又有关系？

王妈：八成是。你说这个张仲景，说他好吧，他把你爹打一顿，说他坏吧，他又治好了你的病，你说，他是个什么人呢？

蔡凤子：我也说不清。王妈，你在我们家这些年了，你说，我爹和我哥哥做的那些事情，都对吗？

王妈：这我可不敢说，不敢说。

王妈慌慌地走出去了。

38

长沙县衙。后院。客厅。白天。

蔡虬：兄弟，今日找你和侄儿来，就是来商量，怎么对付这个张仲景。

蔡彪：哥哥，您又要纳妾的事，怎么连我都是第一次听说啊？

蔡虬笑：这种私事，何必张扬呢？底下下人们的嘴，我都是封严了的。要不是刘天全这个不识好歹的老狗去告，外人哪里会知道？

蔡旦：伯父，你打算怎么对付呢？

蔡虬：首先给他来个拖！他让我放人，我就是不放，他要我去太守府找他，我偏偏不去。看他能怎么办！

蔡彪：那他可能就上报荆州了。

蔡虬：让他上报吧。奏章肯定先到叔父手里，刘表根本就看不到。

蔡彪：那他要是跑来抓你呢？

蔡虬：所以我找你和侄儿来，商量计策。

蔡彪：什么计策？

蔡虬：咱们里面去谈。

三人起身去后房。

39

长沙太守府。张仲景卧房。夜。

张仲景和雪莹准备就寝。

雪莹：他爹，那个小七的病基本上治好了，现在饮食已经恢复如常。

张仲景高兴地：是吗？那就让他回去吧。

雪莹：他没家没业的，能去哪里？他说他也想跟你学医，不走了。

张仲景沉吟了一下：也好，这种久被疾病折磨的人，一旦学医，是会用心的，留下他吧。

雪莹：他爹，我听小宽说，你跟那个蔡虬又干上了？

张仲景：是啊，他横行乡里，强娶民女，我岂能饶他！

雪莹：你可要小心哪！

张仲景点头：我知道。

雪莹：其实那些天住在蔡彪家，我就觉得分外危险，为你担心得不得了。

张仲景：不说了，不说了，睡觉吧。

雪莹：他爹，你还是要小心哪。

张仲景又点点头。

40

密室中。白天。

三人都不说话。

蔡虬：就是这样，我的意思，明白了吗？

蔡彪：大哥，你的意思我是明白了，可这么做，只怕风险太大，一旦刺史刘大人追查起来，不好交代。

蔡虬：当初你们父子可是比我还急着想报复他，怎么，到了要出手的时候，又蔫了？刘表那里，有叔父顶着呢，既然他的信中已经有这样的意思，我们就放手去做。

蔡彪：可要是搞得不好，这可是要掉脑袋的呀！

蔡虬：只要计划周密，真能把张仲景引上船，就没什么问题。

蔡彪：可我这心里，总是有些……

蔡虬的嘴角露出了一丝讥笑，又看了看蔡旦：侄儿，你的脸色，怎么煞白煞白的？

蔡旦：伯父，我……

蔡虬：不要害怕，不就是一个太守吗？朝廷来的大官我都见多了，见了我也是点头哈腰的。就他这个下九流的臭医师，敢在我面前耍威风。

蔡虬对蔡彪：我已是一忍再忍，我也让他捆了，你也让他打了，可他居然得寸进尺，连我纳妾都要管！我已经不能再忍！

蔡彪皱着眉头。

蔡虬：弟弟，是不是因为他治好了你女儿的病，你有些下不去手啊！

蔡彪急忙否认：不是不是。

蔡虬：别忘了他还打过你二十板子呢！你可不要吃不记打！

蔡彪：是，一切全凭大哥吩咐。

蔡虬：那好，就这么说定了，你们去准备游船，再叫二十个最可靠的壮汉，还有十位美女，咱们给他来个先礼后兵，先敬后罚，看他到底吃什么！

41

太守府。后院。客厅。白天。

张仲景和柳主簿在一起。

张仲景：柳大人，蔡县令还没有来吗？

柳主簿：还没有。我已经连发几封信去催，他怎么就是不来呢？

张仲景：已经三天了，不能再等，他不来，你和我一起去他的县衙。

柳主簿：大人，是不是再等等？

张仲景：不能再等了。我已经答应了刘天全老两口，要尽早给他们一个答复。

柳主簿：这个蔡县令，我想替他求求情，他却全不把我放在眼里。可大人，你要真想缉拿他，还得先上奏刺史大人啊！

张仲景：这里到荆州，路途遥远，一去一来，也得一个多月，何况送上去的奏报，还不知道要压到什么时候。只怕到那时，刘青萝连孩子都怀上了，我还怎么向刘天全交代？

柳主簿：这？可上次开仓赈灾，大人已经先斩后奏了一次，刺史已经告诫，要下不为例，这回再先斩后奏，可怎么交代呀？

张仲景：先去会会这个蔡县令，把婚礼阻止住，别的再从长计议。荆州那边，赶紧上报，长沙县这边，也赶紧去一趟，你让李兵曹带二十名官兵随行，以壮声威。

柳主簿：是。

42

长沙县衙。衙门口。白天。

张仲景和柳主簿坐在一辆车中，后边还有李兵曹和二十名士兵乘坐的车辆，浩浩荡荡，来到县衙门口。

车停住。

张仲景、柳主簿从车上下来。还有李兵曹、方同、秦小七。

张仲景注意到了秦小七：哎，小七，你怎么也来了？

小七：小宽师父让我跟来照顾你。

张仲景一笑：我有啥好照顾的。

衙门口长沙县的卫兵这时迎上来。

太守府卫兵：张太守和柳主簿来了，让你们县令出来迎接。

长沙县卫兵：是。

卫兵跑进去。

一会儿，长沙县陈主簿出来：参见太守大人、主簿大人。

柳主簿：怎么是你？蔡县令呢？

陈主簿：蔡县令这两日不在县衙，可能是下乡了吧？

柳主簿：可能？到底去哪里了？

陈主簿：卑职不太清楚。

柳主簿：他走的时候，也不跟你打招呼吗？

陈主簿：并没跟小人打招呼。

柳主簿：赶紧派人去找，太守大人要见他。

陈主簿：是。太守大人，主簿大人，请暂且在馆驿歇息，我即刻派人去找蔡县令。

柳主簿回头对张仲景：太守大人，您看？

张仲景：我们先去附近的村子里，看看民情。反正不见到蔡县令，我是不会走的。

43

县衙后院。客厅。

陈主簿进来对蔡虬：大人，他们已去附近的村子查看民情了。

蔡虬：张仲景他怎么说？

陈主簿：他说，不见到您他是不会走的。

蔡虬点点头，笑了。

陈主簿：大人，这样躲下去，也并非长久之计……

蔡虬：你跟随我多年，是我从村子里带出来的老人，应该知道我的心思。这一次，我们可能要做一件震动荆州的大事，你不会害怕吧？

陈主簿：就算害怕，小人也会追随大人。小人原本只是大人的家丁啊，现在能做到一县主簿，早就够本了。

蔡虬：好，做成这件事，才能一雪我心头之恨！

44

长沙县馆驿。客厅。黄昏。

张仲景和柳主簿在聊天。方同和秦小七站在张仲景身后。

张仲景：这个蔡县令，竟然躲着不见我们。

柳主簿：还不是府里他的叔父给他撑腰吗？别说在长沙郡，就是在整个荆州，他能看得起谁？

张仲景：一人得道，鸡犬升天，黎民百姓，却因此遭受多少荼毒？我看他能躲到什么时候，莫非到成亲的那一天，他也不露面？

柳主簿：唉，可您是一郡太守，哪有时间和他这样纠缠？

张仲景：可如果我不把这件事处治好，老百姓还相信我会为他们撑腰谋利？我当医师时，是争取把每个病人都治好；我当这个太守，也要争取把每件牵扯百姓的事都办好。

柳主簿抱拳：卑职佩服。

张仲景：他要是一直躲着不见，咱们就派人去追查，看他到底躲到了哪里。多耽误一天，刘青萝就被他多拘禁一天。

柳主簿：是。

45

长沙县县衙。官邸。黄昏。

李兵曹进来，对陈主簿：陈主簿，太守大人让我再来问问，蔡县令回来了没有？

陈主簿苦笑：还没有。

李兵曹：不知道他在哪里吗？

陈主簿：不知道。

李兵曹：没有他的任何消息？

陈主簿：没有。

李兵曹：真是天下奇闻。蔡大人不是故意在躲我们吧？

陈主簿：岂敢？蔡县令确实是下乡了，一有消息，我马上派人报告太守大人。

46

县衙后院。密室。黄昏。

蔡虬对蔡彪：游船准备好了吗？

蔡彪：准备好了。

蔡虬：那好，今晚我们就在上面唱一出大戏。

蔡彪：大哥，你真下决心闹翻了？

蔡虬：我说了，先礼后兵，如果他张仲景能迷途知返，我们就与他讲和，如果他执迷不悟，我们也只能送他上路了。

蔡彪慢慢点了点头。

47

蔡彪宅邸。院中。黄昏。

蔡凤子正在院中闲逛,过了一个月亮门,忽然听到弟弟蔡旦的训话声。

蔡旦:众位兄弟,你们都听好了,以前,你们拼死效力,为蔡家干了不少大事……

蔡凤子闪在一棵树后,瞪大眼去看。

48

院中一角。黄昏。

二十个彪形大汉排成两排,蔡旦在训话。

蔡旦:今晚,你们又要去做一件大事。如果是孬包软蛋,现在就站出来,可以留在家里。只要你不出卖蔡家,蔡家也决不会亏待你。如果是条汉子,就跟着我走,无论到了什么地方,要杀什么人,都听我的号令!众位兄弟,好不好?

众大汉:好!

49

大树后。黄昏。

蔡凤子听到这里,心里很害怕。

50

院中一角。黄昏。

蔡旦:现在都去吃饭,酒足饭饱后,就跟我出发!

众大汉:是!走了。

蔡旦转身要走,忽听见一声:弟弟!

他回头一看,是蔡凤子。

蔡旦:姐姐。

蔡凤子:弟弟,这几天你都没去找我,姐姐一个人好闷的。

蔡旦：实在是忙，忘了去看望姐姐。

蔡凤子：这么大个宅院，上百口子人，自从我得了这个病，连下人都躲着我，只有你这个弟弟，还去看姐姐。你要是再不去看我，我就要闷死了。

蔡旦：真是太忙，忘记了。

蔡凤子：你都在忙些什么啊？

蔡旦笑：男人做的事，你们女人就不要打听了。

蔡凤子笑：你是男人了吗？还没成亲呢。

蔡旦：姐姐都没嫁人，我怎么成亲？

蔡凤子：我得了这么个病，还能嫁人吗？谁要啊？

蔡旦：姐姐的病不是差不多好了嘛，你又温良贤淑，我要不是你弟弟，要跟你没有血缘之亲，我肯定娶你！

蔡凤子笑：去！留着你的这些话，哄别的女孩子吧。

蔡旦：我说的可是真的。

蔡凤子：什么真的假的？你说说，你们这到底是要去干吗？跟谁拼命呢？

蔡旦：还有谁……

蔡旦话到嘴边又咽了回去：姐姐，你这个病还需要吃药吗？

蔡凤子：张太守说还得再吃一些日子的药。

蔡旦：可惜呀，可惜。

蔡凤子：什么可惜？

蔡旦：姐，你别问了，我还有事，走了。

蔡旦走，蔡凤子：弟弟。

蔡旦没有回头，走了。

51

蔡凤子闺房。黄昏。

蔡凤子一个人在房子里走来走去。

王妈：小姐，你这是走什么呢？把我头都转晕了。

蔡凤子：王妈，你守了我一天，累吗？

王妈：有点累。

蔡凤子：王妈，你回去歇息吧。

王妈：可夫人吩咐，让我等小姐晚上睡下了再走。

蔡凤子：你回去吧，何苦在我这里熬着？娘要问起来，我去跟她说。

王妈：好吧。小姐吃完晚饭，也早点歇息。

王妈走。

蔡凤子一个人在屋子里，看着窗外，内心很不平静。

52

长沙县馆驿。客厅。黄昏。

衙役进来禀报：报，陈主簿来告知，已经找到了蔡县令，在湘江里的游船上。

张仲景：让他即刻来见我。

衙役：陈主簿说，蔡县令有公务在身，一时不能赶来。

张仲景愤怒地一拍桌子：大胆！在游船上能有什么公务？速命陈主簿，传话蔡县令，让他即刻来见我，否则严惩不贷！

衙役：这？陈主簿已经回去了。

张仲景气愤地：真是太不像话！简直是藐视本官，藐视朝廷，他不来，好，我去！

柳主簿拦住：大人息怒。大人乃一郡太守，不可轻动。还是让下官前去吧，劝蔡县令来。

张仲景稍稍平息了一些：好吧，你去叫他来。

柳主簿出去。

张仲景余怒未息，对方同和秦小七：这个蔡虬，先前见了我还唯唯诺诺的，如今竟然猖狂到了这个地步！

方同：大人息怒，看柳主簿这一趟怎么样。

张仲景：如果柳主簿还请不动他，只有我去会会他，到时候让小七跟着我，你留在这里，明日继续调查长沙县的疫情。

方同：是。

53

蔡彪宅邸。院内。天色渐暗。

蔡凤子乔装改扮，一个人溜了出来。

她四顾周围，见没有人，悄悄从后门溜了出去。

54

宅邸外街上。黄昏。

蔡凤子低着头，沿墙根快速地行走。

55

街上另一处。黄昏。

蔡凤子正走着，看到一辆驴车经过。

蔡凤子站到街当中，拦住来车。

车停下。

车夫：你这女子，拦我的车干吗？

蔡凤子：赶车大哥，我有急事要到县衙馆驿去一趟，你能捎我一段吗？

车夫：谁没有急事？我也赶路呢。

蔡凤子：这有几个五铢钱，麻烦大哥送我一趟。

蔡凤子递钱过去。

车夫接过钱，仔细看了一下，惊喜地：好吧，我送你一趟，上来吧。

蔡凤子上了车……

第二十六集

1

长沙县馆驿。夜。

衙役禀报:大人,柳主簿回来了。

张仲景:请他进来。

柳主簿进来。

张仲景:蔡县令呢?

柳主簿摇头:唉,他连船都不让我上,我根本没有见着他的面!

张仲景气得拍桌站起来:大胆!待我亲自去。

柳主簿垂头丧气地坐在那里,不吭声了。

张仲景:小七,跟我走。

柳主簿:大人,还是让李兵曹带几个兵跟您一起去吧。

张仲景点点头,和秦小七一起出去。

2

湘江边。夜。

湘江夜色,长镜头。

泊在江心的一艘游船灯火通明。

岸边,有几点稀稀落落的灯火。

车停下来。

张仲景和小七从车上下来。

后面是李兵曹和几个兵。

张仲景走到岸边,看着江面上的游船。

张仲景:蔡县令就在那艘船上吗?

李兵曹:应该是吧。

张仲景:如何上去?

李兵曹:待我为大人找一艘船来。只是天色已晚,到哪里去找船只呢?

这时,突然听到江中有渔夫唱歌的声音:打鱼就在湘江上,小船一只迎风浪，一网下去知深浅哪，人快活呀鱼满舱……

秦小七高兴起来：哈哈，来了一个同行。

张仲景兴奋地：叫他过来。

卫兵：渔夫，过来。渔夫，过来。

3

船上。夜。

渔夫看清了岸边的人，划着船过来。

4

街上。夜。

蔡凤子由驴车上下来，快步走着。

蔡凤子摔了一跤。

她爬起来，发现自己的脚已经崴了。

她强忍疼痛，一瘸一拐地快步走起来。

5

湘江岸边。夜。

一条蚱蜢小舟慢慢靠上了岸。

张仲景：渔夫，天色这样晚了，怎么还打鱼呢？

渔夫：没办法啊，家里没吃的，只好来碰碰运气。

张仲景：你看到江心那条大游船了没有，能不能让我们上你的船，把我们几个送到游船上去。

渔夫：我这条蚱蜢小舟，最多只能带一个人过去。

李兵曹：渔夫，这是我们长沙郡的太守大人，你说话可仔细了。

渔夫：草民拜见大人。可我这小船，平时就我一个人划着去打鱼，实在是不能再多带人，否则船要沉的。

张仲景：那你就带我一个过去，可以吗？

李兵曹：大人，这样太危险，湘江水深浪大，万一在江中出个闪失，可不得了啊！

秦小七：这样吧，渔夫，你的船就借给我划，我送大人过去。

渔夫：那不行，这条小船可是我吃饭的家伙，要是弄丢了，我们全家都得喝西北风了。

　　李兵曹：这是太守府用你的船，还会让你有损失？你要是抗命不遵，马上将船没收！

　　渔夫：哎呀，大老爷呀，小人全家可就这么一条小船啊！

　　张仲景对李兵曹摆手：不要吓唬他，打鱼人也不容易！

　　张仲景对渔夫：你放心，我们用一下就还你，出了闪失，太守府一定赔偿你的损失。

　　渔夫为难地：那好吧……

　　张仲景：小七，上船！

　　李兵曹：大人可要小心，我们在岸边等消息。

　　张仲景点头，和秦小七一起上了船。

6

　　长沙县馆驿前。夜。

　　蔡凤子终于看到了馆驿前的红灯笼，急忙上前叩门。

7

　　湘江水面。夜。

　　秦小七划着船，载着张仲景向江中划去。

　　划船声。

　　江中景色。

　　张仲景站在船中，看着远处的游船。

　　游船变得越来越大，离它越来越近了。

8

　　游船上。夜。

　　蔡虺站在船舷上，看着划过来的小船。

　　江面上的风，将他的衣襟吹动。

　　蔡旦过来：伯父，有小船过来了。

　　蔡虺：我看见了。

蔡旦：如果是张仲景来了，怎么办？

蔡虬；让他上来。

9

长沙县馆驿。客厅。夜。

柳主簿在等着张仲景的消息。

衙役进来：主簿大人，有一个女子一定要见您，说有要事，事关太守大人的安危。

柳主簿一愣：哦？速叫她进来。

蔡凤子已经气喘吁吁地进来：大人。

柳主簿：你是何方女子？

蔡凤子：我的父亲是蔡县令的嫡亲弟弟，张太守赴任时曾留宿我家，给我治过病。

柳主簿：哦？你就是他治好的那个肺痨女子？听说过，听说过。

蔡凤子：正是小女子。

柳主簿：你深夜来此何事？

蔡凤子：大人，事情紧急，无法细说。张大人现在哪里？

柳主簿：他去找你的伯父，现在可能在湘江的游船上。

蔡凤子：大人，恐怕太守大人会有危险，小女子特来通风报信。

柳主簿大惊：这个蔡虬，简直胆大包天！

柳主簿又对衙役：赶紧叫兄弟们集合，赶赴湘江边！

衙役：是！

10

江面。游船边。夜。

张仲景的小船划到了游船边。

游船上家丁：什么船？找死啊！

秦小七：是太守张大人，要见你们蔡县令。

舷梯慢慢放下。

张仲景从小船上迈步上了舷梯。

11

游船上。夜。

张仲景上了游船，爬木梯登上甲板。

他看到了蔡虬的背影，蔡虬正在船舷边眺望湘江的夜色。

12

游船上。夜。

张仲景看着蔡虬的背影，喊了一声：蔡县令。

蔡虬回过头来，一笑：张大人，怎么有兴致到我这游船上来了？

张仲景：蔡县令公务繁忙，不愿见我，那就只好我来见蔡县令了。

蔡虬笑：哈哈，其实也没什么公务，只是舍不得这湘江的美景啊。大人何不过来观赏一下？

张仲景走到了船舷，在蔡虬身边，双手撑住栏杆。

两人一起眺望江面。

13

湘江上。夜。

湘江水面夜景，月光如银，渔火闪烁，水天相接。

14

船舷。夜。

清风阵阵，吹动二人的衣襟。

蔡虬：大人，你看这湘江的夜色，水阔天长，波翻浪涌，月光如银，真是令人感慨呀。

张仲景：蔡县令有何感慨？

蔡虬：感慨人在宇宙之中，实在是微不足道，渺小得如同微尘起落。而且岁月易逝，人生苦短，不知过了今日，明日还能不能欣赏这番美景了。古人说"及时行乐"，大概也就是这个意思吧。

张仲景：及时行乐，还要看视什么为乐事了！譬如张某，身在江湖，以四处行医为乐，一个来的时候愁眉苦脸的病人，等给他治好了病，他能高高兴兴地回去，那个时候就感到无比的快乐。而身在官场，就要以造福万民为乐，老百姓不再流离失所，而是安居乐业，我就感到最大的快乐。不知道蔡县令的快乐，是不是跟张某一样呢？

蔡虬：我可没有张大人那么高尚，只是一个性情中人而已。

张仲景：性情中人？那要看是真性情还是假性情。生我者父母，养我者君国，教我者师长，助我者亲朋，感恩图报，见贤思齐，这便是真性情。而逞声色犬马之欲，以欺压黎民为乐，忘掉了圣贤之书，纲理伦常，那便是假性情。蔡知县是真性情还是假性情？

蔡虬笑：真还是假，就请大人观赏一下吧。

蔡虬一拍巴掌，船内灯火骤燃，出现了十多个美丽的女子，向张仲景行礼：拜见大人。

张仲景问蔡虬：你这是？

蔡虬：这游船上自备着歌舞，请大人欣赏。这两日我得到了一坛美酒，也请大人同饮。

张仲景坐下，想看看蔡虬葫芦里到底卖的是什么药。

秦小七站在了张仲景后面。

隔着一个几案，那边坐着蔡虬。

15

长沙县馆驿。夜。

"唰唰唰唰"的脚步声。

一队士兵已经排列整齐。

柳主簿：湘江边，开拔！

士兵都跑上了车。

柳主簿也上了车。方同跟着上了车。

马嘶声。

车子迅速启动。

16

游船上。夜。

美女的歌舞仍在表演。

17

湘江边。夜。

几辆车停下。

柳主簿和士兵们都下来。方同也下来。

李兵曹：主簿大人，怎么带这么多人来？

柳主簿：太守大人呢？

李兵曹指了指游船：在船上呢。

柳主簿：怎么就他一个人？

李兵曹：还有他家里的那个秦小七。

柳主簿：荒唐！太守大人要是出了危险，你如何交代？

李兵曹一惊：不会吧，会出什么危险？再说，我们实在是没船过去。

柳主簿：立刻去找船，把我们送上游船！

李兵曹：是。

18

游船上。夜。

蔡虬举杯：大人，请。

张仲景举杯：请。

蔡虬：大人，你看到了吗？

张仲景：看到什么？

蔡虬：明眸皓齿，楚腰款摆，大人难道看不见吗？

张仲景：看见了又如何？

蔡虬：所谓真假，蔡某以为，只有我看到的，我感觉得到的，那才是真的。所谓纲常伦理这些东西，其实是用来对付别人的，都是假的。而只有眼前的美女佳酿，那才是真的，是我该得的。吹着清风，照着明月，喝着玉液琼浆，看着波光桨影，再有一位二八佳人陪伴在侧，人生的极乐也不过如此啊！

张仲景：蔡县令以此为乐，张某不敢苟同，所谓人各有志，话不投机半句多。但你我的官职，都是荆州刺史府任命的，所作所为，都应该上不愧朝廷，下不愧万民。蔡县令如果行为检点，品德端正，为官一任，造福一方，你就是天天在这湘江上饮酒享乐，张某也管不着。但你若仗势欺人，鱼肉百姓，欺男霸女，抢亲成婚，那张某的眼里，也是不揉沙子的。

蔡虬又笑了起来。

张仲景看着他。

蔡虬：张大人，我知道你此行的来意。无非是有两个刁民告了我的状。但我绝不是抢亲。我有三媒六聘合的八字，送的定礼，怎么是抢亲？这两个刁民，嫌我送的彩礼少，才告下刁状。可即使在寻常百姓人家，婚姻大事，只要定下了，也万难更改，何况我还是一个县令？张大人可不要轻信了一面之词。

张仲景：我不轻信一面之词，那你把人家姑娘放出来，让我当面问问她，若她是自己愿意的，那自当别论，我张某决不多管。

蔡虬：自古婚姻大事，凭的是父母之命，媒妁之言，哪有自己说了算的？

张仲景笑：她自己说了不算，她父母说了也不算，你说来说去，不就是你说了算吗？这不是以势压人是什么？俗话说，捆绑不成夫妻，哪有把人家捆起来成亲的道理？无论如何，你也要先把人放出来再说。

蔡虬：太守大人，下官劝你还是不要管这些鸡毛蒜皮的小事，更不要管到我家里来。这些事情，哪里是你该管的事？

张仲景：我既是长沙太守，那长沙郡发生的不合礼法之事，我都该管！

蔡虬：我劝你还是放过我这一马，咱俩交了朋友，闲来无事，你也到这里来品品美酒，抱抱佳人，岂不是很好？你我都身在官场，何必要作对呢？

张仲景：倒是我成心要和你作对了？

蔡虬：下官不敢这样说。但下官也不会任人宰割，大人可不要敬酒不吃吃罚酒！

张仲景愤怒地站起来：你在威胁我？

蔡虬"哼"了一声：等到吃罚酒的时候，再想回头吃敬酒，也不行了。

张仲景：放肆！你敢藐视本官，藐视朝廷，罪加一等！

蔡虬一摔酒杯。

蔡彪、蔡旦带着二十个手持利刃的家丁上了甲板。

秦小七立即靠在张仲景一侧，护住了他。

张仲景：蔡县令，你这是唱的哪一出啊？

蔡虬：明日湘江上，漂起两具尸体，原来是有人乘蚱蜢小舟返回的时候，溺水而亡，大人，你说这出戏，精彩不精彩啊？

张仲景看着他，不再说话。秦小七紧紧将他护住，怒视着众家丁。

19

湘江边。夜。

柳主簿：船怎么还没有来？

李兵曹：一时半刻，难以找到。

柳主簿：这可怎么办？

方同：主簿大人，我有一计，何不点起火把，让士兵每手持一把，再齐声高呼"太守大人"，也许有用。

柳主簿：好，就听你的。

20

游船上。夜。

蔡虬：太守大人，我不是没给你机会，可是你并不珍惜啊。那就怪不得我了……

正说话间，突然，一个家丁：哎呀，岸边那是怎么了？

21

船上看岸边。夜。

远远望去，一条火把长龙在舞动。

听见许多人在高喊：太守大人！太守大人！

22

岸边。夜。

许多士兵在舞着火把高喊：太守大人，太守大人！

李兵曹突然地：柳大人，船找到了，马上就开过来，叫兄弟们赶紧上船。

柳主簿：赶紧上船，解救太守大人。

23

游船上。夜。

蔡虬有点惊惶：是谁走漏了消息？

蔡旦：伯父，怎么办？

蔡虬：看看到底是什么人在喊。

蔡旦：伯父，干脆一不做二不休……

蔡彪：这……可怎么收场？

正犹豫间，秦小七离蔡虬近，一个箭步过去，将蔡虬夹在胸前，匕首也顶在了他的脖子上。

秦小七：退后！都给我退后！谁敢靠近，我立马宰了蔡虬！

秦小七边说边用另一只手将张仲景拉过来。

匕首在蔡虬脖子上一顶，一条血线显现，蔡虬急忙张开双手：退后，退后！

众家丁退后。

秦小七手中的匕首再稍一用力，蔡虬的脖子上血流急了，小七厉声地：谁胆敢再向前一步，我就把蔡虬的头割了！信吗？

蔡虬吓坏了：信，信！

24

江边。夜。

柳主簿带大家上了船，船开动了。

25

游船上。夜。

家丁：有船，有船向我们开来！

蔡虬等人都害怕了。

蔡旦想上前，被蔡彪拉住。

蔡旦：伯父，船快靠拢我们了，怎么办？

秦小七的匕首又顶了一下蔡虬的脖子，蔡虬疼得一咧嘴。

蔡虬：不要反抗，让他们上来。你们把家伙都收起来。你们是来保护我的，知道吗？是来保护我，也保护太守大人的，知道吗？

家丁们都傻傻地看着他，不明白是什么意思。

张仲景淡淡一笑。

蔡旦愤怒地：张仲景，你不要得意！我叔爷爷是大将军，你休想扳倒我蔡家。

兵船已经靠上游船。

张仲景：你们仗着朝中有人，专门狐假虎威欺压良善，只要我张仲景在一天，就决不允许！

蔡旦：你！

蔡旦想上前，蔡彪拉住。

秦小七的匕首又刺了一下蔡虬的脖子。

脖子流出血的蔡虬疼得立时对蔡旦：侄儿，不要上前，不要多说！

蔡旦看着他，摇摇头。

26

游船边。夜。

已有郡府的兵丁爬上了游船。

柳主簿：我们是来找太守大人的，赶紧放梯子。

27

游船上。夜。

秦小七对蔡虬：放梯子！

蔡虬：放，去放梯子。

28

游船边。夜。

柳主簿、李兵曹、方同都上了梯子。

郡府的兵丁此时已将蔡家的家丁围了起来。

29

游船上。夜。

柳主簿上了甲板,被眼前的景象惊住。

柳主簿:秦小七,你在做什么?

秦小七用下巴指蔡虬:你去问他!

张仲景:放了他吧。

秦小七松了手。

柳主簿:参见太守大人。

蔡虬:柳主簿,下官和我兄弟在这里游玩,怕湘江上有盗贼,带了一些家丁保护。没想到太守来了,下官盛情款待,可这位兄弟(指秦小七),却将我挟持起来。主簿大人,你都看到了吧?

柳主簿:有什么话,等大堂上再说不迟。

柳主簿对张仲景:大人,如何示下?

张仲景:那些歌女舞女放了,将蔡县令和这些人,统统带回太守府去!

蔡虬色厉内荏地:没有刺史大人的刺令,你敢拘禁县令?

张仲景:你欲行不法,谋刺本官,如何不拘禁你?带走!

30

长沙太守府。后院。客厅。白天。

柳主簿进来:参见太守大人。

张仲景:主簿何事?

柳主簿:大人,蔡县令一行现羁押在班房,请问大人如何处理此案?

张仲景:主簿的意思呢?

柳主簿:大人,此案下官以为颇为棘手。蔡县令毕竟还是朝廷命官,羁押他是要刺史的刺令的。这件事很快就会传开,其他县的县令都在看着呢。

张仲景想了想:这样吧,第一,速派人到长沙县衙,命他们交出民女刘青萝,如不交人,就搜查县衙和蔡家,直至搜出人来为止。

柳主簿:是。

张仲景:第二,立即上报荆州,请示立案。

柳主簿：是。

张仲景：第三，蔡县令暂时不要收监，软禁在府内别院，三茶六饭，好生款待，允许家人探视照顾。蔡彪以下人等即行收监。

柳主簿：是。

张仲景：就这样，你去办吧。

柳主簿：大人，这次卑职能到江边救出大人，全靠蔡彪的女儿蔡凤子通风报信，她现还在府邸，大人要不要见一见？

张仲景：哦？叫她进来见我。

31

太守府后院一间客房。白天。

蔡凤子心神不定地站在屋内。

32

后院客厅。白天。

蔡凤子进来：民女拜见大人。

张仲景：你明晓事理，大义灭亲，令人敬佩。

蔡凤子：大人言重了。民女只是感念大人曾舍身救我，不忍大人遭到毒手。可民女现在，已有家不能回了，要是回了蔡家，家里人肯定不会认我了。

张仲景：那你就先在太守府里住下，再从长计议。

蔡凤子：只是……民女还有一个请求。

张仲景：讲。

蔡凤子：民女想见见家父和弟弟。

张仲景：好，你可以去见他们。

33

长沙县衙。大堂。白天。

柳主簿带兵进来。一同来的还有刘天全老夫妇。

长沙县陈主簿：拜见柳大人，这是？

柳主簿：遵太守令，命长沙县衙即刻交出民女刘青萝，否则将搜查县衙和蔡家！

　　陈主簿：容我去见蔡县令夫人，她可能知道人在哪里。

　　柳主簿：好，柳某就在这里等着，黄昏前交不出人，就要进去搜了。

34

　　县衙后院。白天。

　　陈主簿对蔡县令夫人：夫人，太守府带兵前来索要刘青萝，不然就要进来搜了。

　　夫人掩面而泣：人给他，人给他。

35

　　大堂。白天。

　　刘青萝随陈主簿出来。

　　刘青萝看到了父母，哭着扑过来：娘！

　　刘青萝一下扑倒在刘老夫人怀里，母女抱头痛哭。

　　刘天全面对太守府的方向跪下，大呼：谢谢张大人！

　　柳主簿在旁边看着，叹了口气。

36

　　县衙外。白天。

　　柳主簿对刘天全：你们全家团聚了，回家好好候着。府里如有传唤，随叫随到。

　　刘天全：是。

　　柳主簿上车。

37

　　太守府监狱。白天。

　　蔡彪、蔡旦父子被关在了一个木笼子里。

　　狱卒领着蔡凤子进来。

　　蔡凤子走到笼边，扶着柱子，哭着：父亲，弟弟！

　　二人一愣，蔡彪过去：女儿，你怎么来了？

蔡凤子跪下：父亲，女儿不孝，是女儿通风报信给太守府的。

蔡彪气得一哆嗦：原来是你！

蔡彪几乎要晕厥过去。

蔡旦急忙将蔡彪扶住。

蔡凤子：父亲，女儿的病是太守大人治好的，咱蔡家不能恩将仇报啊！

蔡旦：你……你怎么忘了他还打过父亲二十板子呢！

蔡凤子：那是父亲有错在先，咱蔡家不能违背天理，再做那么多坏事了，否则就要遭报应的。

蔡彪气得发抖：我这辈子最大的报应，就是生了你这么个畜生！你滚！你永远也不要再来见我，你再也不是我蔡家的子孙了！

蔡凤子：父亲！

蔡旦：你走吧，你走吧，你想把父亲气死再走吗？

蔡凤子站起来，凄惶地离去。

38

太守府后院。白天。

魂不守舍的蔡凤子忽然碰到正在院子里炮制药材的秦小七。

秦小七：这不是凤子姑娘吗？怎么了？我看看，好像刚哭过。

蔡凤子：小七哥，不要取笑。

秦小七：不是取笑，你是有什么难处吗？

蔡凤子：家父不认我了，他不肯原谅我。

秦小七笑：我还以为是什么事儿。你这个父亲，倚仗着你伯父的势力，欺压百姓，做了好多坏事，他就是长沙县的一个恶霸！跟着这么个父亲，你能有什么好结果？

蔡凤子：不要这样说他。再怎么说，他也是我的父亲。

秦小七：好好，不说了。可这又值得你发什么愁呢？

蔡凤子：我已经无家可归了。

秦小七：就在这府里住着呗，太守大人还会赶你呀？我也是无家可归才被收留的。

蔡凤子：可这里毕竟是太守府，不是久留之地。我的病还不知会不会再犯，将来哪里是我的容身之地呢？

秦小七：要是这么说，我也患过肺痨，干脆，咱们俩一起过吧，谁也不嫌谁好了。

蔡凤子：啊？

蔡凤子用手遮住了脸。

秦小七一时很窘迫：凤子姑娘，你别见怪。我这人心直口快，想到啥说啥，你若是觉着不妥，就算我胡说八道，你别往心里去啊！

蔡凤子转身走了。

39

荆州。内务署。白天。

张成进来：大人，大事不好啦！

蔡瑁：什么事？

张成：那个张仲景，他……他把您侄子给拘起来了，还上奏朝廷，要兴起大狱！

怎么回事？蔡瑁急忙拿起奏报，看完：这个张仲景，简直欺人太甚，后悔当初没有结果了他！

张成：大人，现在怎么办？

蔡瑁：不要慌，老夫去见主公。

40

刘表官邸。白天。

蔡瑁：参见主公。

刘表：蔡将军，又是什么事啊？

蔡瑁：长沙太守张仲景，私自将长沙县令拘禁在府中。

刘表：怎么又是张仲景的事？

蔡瑁：主公，这个医师根本做不了官，您让他去当长沙太守，他每天都在惹乱子，闹笑话。

刘表：他又惹出什么乱子？干吗拘禁治下县令？

蔡瑁：他说，长沙县令要刺杀他，刺杀的地点却是在湘江的游船上，这实在荒唐。如果知道要刺杀他，他为何要自己跑到游船上去，那里实在不是太守应该去的地方。

刘表：到底怎么一回事？这个长沙县令是谁？

蔡瑁：蔡虬。

刘表：哦……想起来了，是你侄子。

蔡瑁：主公，不是我有心要庇护侄子，只是张仲景所做的事情，实在是太荒唐。

刘表：这样吧，让别驾府派个人去，先查清是怎么回事，再做定夺。

蔡瑁：是。

41

别驾府。白天。

卫兵对王粲禀告：大人，蔡将军到。

王粲：请。

蔡瑁进来：王大人。

王粲：大将军驾到，有何吩咐？

蔡瑁：王大人，主公命别驾府派员去长沙调查太守拘禁县令一事。

王粲：哦？这个张仲景，又是闹的哪一出？

王粲接过呈文，看完：大将军，这到底是怎么回事？

蔡瑁：我也不太清楚，所以才要王大人去调查啊。

王粲：这个县令蔡虬？

蔡瑁：是我侄子。

王粲点点头：哦。

蔡瑁：听说张仲景走的时候，王大人去送过他。

王粲：确有此事。我身体不好，常找他看病，所以和他有些私交。临走的时候，他还送我一些药。

蔡瑁：对这件事，大人一定要查清事实，秉公而断哪。

王粲：大将军放心，我亲自去一趟。

42

长沙太守府后院客厅。白天。

张仲景对柳主簿：经方同这些天的查访，得知长沙郡内有多种疾病流行，因患各种疾病失去劳动能力的人几乎占到两成，这种状况必须扭转，因此，我想让各县送一些有志学医的年轻人到郡里来，让他们学学看病的本领，好回去当个医师，给老百姓看病，你觉着如何？

柳主簿高兴地：好啊，这可是造福百姓的事，我这就去让人告知各县县令！

43

长沙县。刘天全家。茅舍内。白天。

刘母拉着女儿刘青萝的手，久久不松开。

刘天全却皱着眉头，在一旁唉声叹气。

刘青萝：爹爹，女儿不是已经回来了吗？你怎么还愁眉苦脸的呀？

刘天全：你小小年纪知道什么？你以为事情就这样完了？别看现在姓蔡的让人给拘起来了，可他家在荆州有根基，在这里又有相当大的势力，他们是不会善罢甘休的。

刘母：他爹，那你说该怎么办呢？

刘天全：我还是担心女儿。只要咱家还在长沙县的地盘上，只怕早晚也还是要落入蔡家的手里！

刘青萝：反正我是死也不嫁给那个头上长疮脚底流脓的糟老头子！关在里头的时候我就想好了，等到他逼我的时候，我就一头撞墙撞死！

刘母流泪：女儿啊！咱家是哪辈子作孽，摊上这么一档子事儿啊！

刘天全：我看哪！三十六计，走为上计，咱们今天晚上，就收拾收拾东西，偷偷跑掉，跑到他们再也找不着的地方，就是再苦再难，也不回长沙县了！

刘母：可咱就这点家当啊！这两间破草房又带不走，咱离开这里，去哪儿住啊！

刘天全：就算是浪迹天涯，咱也要保住女儿啊！要是女儿有了闪失，咱两口子还活个啥呀？！

刘青萝跪下：爹，娘，女儿对不起你们！

刘天全将女儿扶起来：女儿，只要咱们三个人在一起，就是再大的难处，也是跨得过去的！

刘天全对刘母：她娘，赶紧收拾收拾，连夜就走！

44

长沙郡太守府大院。白天。

一百来名各色穿戴的年轻男子席地而坐。

张仲景站在他们面前严肃地：你们都是各县挑出的有志学医的人，我们的学习就从今天开始。我今天先讲自扁鹊以来，医家逐渐形成的三条医规。第一，对求医之人，不论贫富贵贱，都要一视同仁；第二，对所治之病，不论多困难麻烦，都要竭尽全力；第三，对治病之药，不论多少工序，都要仔细认真炮制……

学子们全神贯注地听着……

45

田野里。白天。

医学学子们全蹲在地上，每人面前都摆放着一个装了药草的篮子。

小宽、方同、小七和长大了的葛根站在一边。

张仲景手拿着几粒山茱萸：它叫山茱萸，又名枣皮，性微温，味酸；可补肝肾，涩精气，固虚脱；能用来治腰膝酸疼、眩晕、耳鸣、阳痿、遗精、小便频数、肝虚寒热，虚汗不止、心摇脉散等病。这味药很多地方都有出产，但以我老家伏牛山里的出货品质最好。下边请各位在你们面前的药草堆里找出它。

每个人都从自己面前的药草篮里找出了几粒山茱萸认真看着……

46

一间大房子。白天。

学子们都两两相对而坐，每人都把一只手搭在对方的一只手腕上把脉。

张仲景站在那儿：我们今天讲把脉。脉有三部，尺、寸及关。脉，人以指按之，如三菽之重者，肺气也；如九菽之重者，脾气也……

47

长沙太守府。客厅。白天。

衙役来报：大人，刺史派别驾府的人来调查蔡县令的案子了。

张仲景：快请。

王粲进来：张太守，别来无恙乎？

张仲景先是一愣，然后哈哈大笑起来：哎呀，原来是王大人啊！没想到这么快，又能和贤兄重逢啊！

王粲：主公派我来调查蔡县令的案子，蔡县令现在哪里？

张仲景：就在府里，大人现在就可以去见。

王粲：不忙，等太守大人先给我讲讲事情的经过，我再去见他。

张仲景：好，现在也到了午饭的时间，我们就边吃边谈吧。

王粲：那我就恭敬不如从命了。

张仲景：王大人，请。

王粲：太守大人，请。

48

酒席上。白天。

王粲：事情的经过我已经清楚了，看来案子的关键，在两个地方，一是刘天全的女儿刘青萝，要出来为太守大人做证，证明蔡县令确实是强逼成婚；二是在游船上，蔡县令确实是欲行不轨，企图加害太守大人。

张仲景：刘家的状子现在府衙，刘家人也随时可以叫来盘问，长沙县的许多老百姓，也可以做旁证，强逼成婚的事实，我想蔡县令是赖不过去的。

王粲：那在游船上呢？

张仲景想了想：游船上当时都是蔡家的人，关键是能不能在他们身上打开突破口。

王粲：蔡县令行刺大人的事实，并未发生，蔡虬的弟弟蔡彪、侄子蔡旦，想来是一定不会招认的，而那些家丁……他们知道事情的全部经过吗？只怕是有些麻烦。

张仲景：蔡彪的女儿蔡凤子，及时赶来通风报信，否则我也不可能顺利脱险，看她是否愿意出来做证。

王粲：那好，我下午就先见她，刘天全一家，也见一见。

张仲景：好，我让柳主簿来安排。

49

蔡凤子住处。白天。

英姑进来：蔡姑娘，朝廷派来的荆州别驾府王大人，待会儿要来见你。

蔡凤子一惊。

英姑：你不要紧张，王大人我们以前都认识，你实话实说就可以了。

蔡凤子发呆。

英姑：我先走了。

蔡凤子还在发呆。

50

同上。

王粲进来。

蔡凤子：民女拜见大人。

王粲：免礼免礼。我是刺史大人派来调查你伯父案子的，现在想找你了解一下情况。

蔡凤子：民女知道了。

王粲：听说你当天晚上从家里跑出来，到馆驿给太守府的人报信，是吗？

蔡凤子点点头。

王粲：那你说说，你在家里都看到听到了些什么，才感觉到太守大人有危险，决定出来报信的？

蔡凤子：这个……我看到弟弟带着二十个家丁出去，觉得不对头，就出来报信了。

王粲：你弟弟当时说了什么还是做了什么，才使你想到他带家丁出去是跟张太守有关系呢？

蔡凤子：这？我只是自己瞎猜，并没听弟弟说什么。

王粲：没说什么？那你怎么会觉得跟太守有关系呢？觉得他会有危险呢？

蔡凤子为难地：就是，就是自己瞎猜的。

王粲不信：瞎猜的？

蔡凤子：是，就是瞎猜的。因为爹爹被太守大人打过二十板子，我就觉得，他们可能会报复，就这样想的。

王粲摇头：这……这实在叫人难以置信。姑娘，你可要实话实说呀！

蔡凤子：大人，我说的都是实话。

场面一时僵住。

王粲：那好吧，今天就谈到这里，改日再谈。

王粲出去。

蔡凤子一个人还在发愣。

51

蔡虬软禁处。卧室内。白天。

蔡虬一个人躺在床上，头上直冒冷汗。

一衙役进来：蔡县令，有人要见你！

蔡虬声嘶力竭地：不见，我谁都不见！

衙役：大人，是您夫人。

蔡虬抬起头：哦，那好吧，让她进来。

52

太守府。侧室。白天。

张仲景：柳主簿。

柳主簿：卑职在。

张仲景：你派人到刘天全家，将他一家人都接来，朝廷派来的王大人要找他们调查案情。

柳主簿：遵命。

53

蔡虬软禁处。卧室内。白天。

蔡虬夫人进来，哭哭啼啼地：大人！

蔡虬：别哭，别哭！

夫人：大人，你还好吗？

蔡虬：我被关在这里，两个晚上没睡着觉，头疼得厉害，现在好像脖子也疼起来了。

夫人：哎呀，那可怎么办呀？他们是不是打过你？

蔡虬：那倒没有。府里每天都有人送饭，好多饭菜都让我打翻在地了。

夫人：大人，你还是要吃点啊，可别熬坏了身子。

蔡虬：我知道我知道。你放心吧，张仲景奈何不了我，处治一个县令，那一定要有刺史大人的刺令，他张仲景并不能把我怎么样。凭叔叔在荆州的权势，他奈何不了我。

夫人：哎呀，我听说这个张仲景也来头不小，以前给刺史大人看病的。

蔡虬：不怕他，刺史夫人还是我的姑姑呢。

夫人：话是这样说，咱现在是在他手上啊。

蔡虬：你放心吧，我们蔡家没有这样容易就倒掉的。

夫人：大人，你可要保重身体呀。

蔡虬：我知道我知道。

夫人：大人，我给你熬了鸡汤，你起来喝点吧，补补身子。

蔡虬：好，好。

蔡虬坐起身来。

54

太守府。侧室。白天。

柳主簿慌张地进来：大人，刘天全一家没影儿了。

张仲景：怎么回事？

柳主簿：我刚才让赵贼曹派人去刘家，发现只剩下房子还在，三口人全没了。找周围邻居打听，他们都说，这两三天都没看见刘家人。是不是全家都已经逃走了？

张仲景一惊：啊？赶紧派人去找，一定要把他们找到。

55

王粲住处。白天。

衙役进来：王大人，太守大人要见您。

王粲急忙起身。

张仲景走了进来：大人，没想到刘天全一家人都跑了。

王粲：跑了？

张仲景：是不是蔡家又劫持了他们？或者是他们惧怕蔡家的势力，偷偷跑了？

王粲：都有可能。他们只是小小百姓，家又在长沙县境，得罪了县令，还怎么立足？

张仲景：不过刘天全写的状子还在。

王粲：刚才我去问了蔡凤子，她并没说出蔡家有谋害大人的意思，只说是自己瞎猜的。

张仲景想了想，叹口气：毕竟是她的父亲和弟弟，血缘之亲，她怎肯把他们送上绝路？这也是人之常情啊！

王粲：一定要让她说出实情，否则，这个案子就对大人颇为不利了。因为你把蔡县令羁押在这里，一是越权，二也没有充足的理由啊！

张仲景：可我实在不想去逼蔡家姑娘，我朝以孝治天下，让她把自己的父兄送进监牢，实在是强人所难啊。

王粲：要是这样，太守大人就没有理由软禁蔡县令了。

张仲景：那该如何是好？

王粲：我看，立即释放蔡县令，还有关在监狱里的蔡家所有人。

张仲景：就这么放了？

王粲：游船上的事情，其实并没有人能证实蔡县令有意要杀你，现在刘天全一家人又跑了，整个案子就更难说清楚了。

张仲景想了想：也好，反正已把刘家姑娘从虎口里解救出来了。来人！

一衙役进来。

张仲景：去叫柳主簿。

衙役：是。

柳主簿进来：大人。

张仲景：你去将蔡县令和蔡彪、蔡旦还有那二十个家丁都放了。

柳主簿有点不相信自己的耳朵：放了？

张仲景：放了。

56

蔡虬软禁处。白天。

柳主簿进来：蔡县令。

躺在床上的蔡虬抬起眼皮：原来是柳大人，下官这两天犯了重病，无法起身行礼，请大人恕罪！

柳主簿：蔡县令，刚才接到太守大人的命令，让我来，请你回长沙县衙。

蔡虬一愣：请我回去？不关我了？

柳主簿笑：本来就没有关大人嘛，不是三茶六饭，一直在这里招待着大人吗？

蔡虬：柳大人，最近这些天来，您还从来没对我这样客气过呢。

柳主簿：蔡大人说哪里话？我也是公务在身，只得执行太守的命令，请大人见谅。

蔡虬：你明白就好，我不会怪你的。我走了，我的兄弟侄子呢？

柳主簿：全都跟你走。

蔡虬起身，穿好衣服：我就这样大摇大摆地走了？

柳主簿：蔡大人请。

57

室外。白天。

蔡虬刚刚走出门，忽然天旋地转，他以手捂头，接着就要晕倒，柳主簿急忙将他扶住。

58

太守府后院。白天。

张仲景和王粲在院子里。

一衙役来报：大人，蔡县令刚走出屋子，就晕倒了。

两人一愣。

王粲：他不是装的吧？还想赖在这里不走？

张仲景：我过去看看。

59

蔡虬软禁处室外。白天。

张仲景过来，蔡虬已经被平放在了草地上。

张仲景过去，试探了一下蔡虬的鼻息，又扒开他的眼睛看了看。

张仲景：看来他是真晕过去了，叫小宽带药带针来。

一衙役：是。

60

同上。

小宽过来：师兄。

张仲景：把针给我。

小宽递上针，张仲景将针扎在蔡虬头上的若干处穴位。

蔡虬苏醒过来，看到张仲景，"啊"地叫了一声。

张仲景起身：先扶他进去，给他煎一服药，让他喝完药再走。

这时蔡彪、蔡旦和二十个家丁也过来了。

蔡彪：哥哥。

蔡旦：伯父。

两人过去将蔡虬扶起来，护住蔡虬，怒视着张仲景。

蔡虬：我不喝药，不喝你的药！

张仲景想了想，对小宽：你去配二十服大青龙汤，给蔡县令带上。

小宽：好。

小宽转身就走。

蔡虬：我不要你的药。

蔡彪：哥哥，少说两句吧。

张仲景：你放心，我这药是对症的，治你这个头疼有奇效。你服下几服后，有什么情况，再来找我。

蔡虬嗤之以鼻。

小宽这时送药过来。

张仲景拿过药包，交给蔡旦。

蔡旦接了下来。

61

太守府大门。黄昏。

一行人走出太守府，蔡虬有意回头看了一眼，画外随即响起他的心声：张仲景，我饶不了你！

62

太守府。后院。黄昏。

张仲景、王粲、小宽在。

王粲：张兄，这个案子，我也只能查到这个地步了，我想明日就回荆州。

张仲景想了想：好吧，回荆州之后，你就实话实说，不管最后结果怎样，我都不会怪你的。

王粲一拱手：大人放心，我一定会讲明真相，还大人一个清白。

张仲景：王大人，我上次给你的药，你喝了吗？

王粲：喝了喝了，感觉很好。

张仲景从衣袋中拿出一个方子：回去后照这个方子，还要继续买药煎了喝。

王粲：这个时候，你还在想着我？！

63

荆州。刘表官邸。白天。

王粲禀报：主公，情况大致就是这样。蔡县令强娶民女，有刘天全夫妇的状子为证，左右邻居也都做了证，是推脱不掉的。至于说到在游船上他企图行刺张太守，虽然还没有实据，但太守府出于为太守的安全考虑，谨慎小心一些，有所怀疑，也是有道理的。

蔡瑁瞪他：你分明是有意偏袒张仲景！你带回来的案卷我都看了，并没有你审问刘天全一家的口供，怎么能说蔡县令强娶民女？单单一张状子，焉知他不是诬告？既然没有抓住蔡县令行刺张太守的真凭实据，如何就将他关押起来？简直是无法无天！

王粲：蔡大人。张太守并没有关押蔡县令，只是将他留在了太守府，住了几天，还三茶六饭款待着，不能说是关押。

蔡瑁厉声地：你分明是狡辩！

坐在那儿听着的刘表暗暗偷笑。

王粲：蔡大人，蔡县令强娶民女一事，因为刘天全一家畏惧蔡县令的权势，连夜逃走，所以没有录到他们的口供。但现在有许多乡邻的口供，光天化日之下做的事情，蔡县令是赖不掉的！

蔡瑁：荒唐！本主都跑了，外人怎么能做证？

刘表：好了好了，两位大人，都不要吵了。我看哪，蔡县令即使没有强娶，也有些逼迫的意思，总是有错在先。张太守行事鲁莽，也有不对的地方，但他想为百姓撑腰，这个心还是好的嘛。我看这个案子，就此了结了吧。我下一道刺令，命蔡县令谨言慎行，不要小节有失，张太守呢，以后不可鲁莽行事，凡事都向刺史府里禀报。就这样吧。

蔡瑁心有不甘：这……

刘表打了个哈欠：就这样吧，我要歇息了，你们都告退吧。

64

官邸外。白天。

蔡瑁和王粲走出来。

蔡瑁：王大人。

王粲：蔡大人。

蔡瑁冷笑：我看你呀，大概是不想在荆州长待了！

蔡瑁说罢，扭身就走……

第二十七集

1

长沙太守府。大堂。白天。

张仲景对众官员：今日升堂议事，诸位大人有事奏来。

忽然听到大堂外的吵嚷之声。

张仲景：堂外何事喧哗？

赵贼曹：大人，我出去看看。

2

大堂外。白天。

赵贼曹出去一看，见许多兵丁正在拦截想往前拥的人群，他们手握着盾牌推人。那些人面呈各种病态。

赵贼曹一看，大吃一惊，急忙溜回去。

3

大堂。白天。

赵贼曹跑进来：大人，门外来了好多病人，众兵丁正在驱赶他们。

张仲景：病人，有多少人？

赵贼曹：总有二三十人吧。

李兵曹：大人，我去派兵弹压。

张仲景：且慢，这么多病人干吗跑到太守府上来？

柳主簿：大人，自您治好了曹凤子和秦小七的肺痨病，说你是神医的话就在全郡传开了，每天都有找到太守府来的各种病人，我已经命兵士们送走了不少，没想到今天人越聚越多了。

张仲景：既是来找我看病的，干吗要驱赶？就让我给他们看看病嘛。

柳主簿：大人，其中得啥病的人都有，有些病还极易传染，此风一开，只怕来的病人会更多，那样，太守府就无法正常运作了。

张仲景：干吗说得那么严重？这样吧，就在府侧腾出一个院子，先把今天来的病人安置下来，待我办完公务，再和我的师弟，还有两个徒弟，

——为他们看病、开药。

柳主簿：大人，这样一来，只怕全郡得病的人都要蜂拥到太守府了——您毕竟是全国首屈一指的名医，谁不想找您看病呢？

李兵曹：大人，此事关系重大，还望大人三思呀！

张仲景：我是医师，哪有医师拒绝病人的道理？

李兵曹：可您也是长沙百姓的父母官啊！

张仲景叹口气：对呀。我们平日里老说，自己是百姓的父母官，哪有子民来了，父母官却要把他们赶走的道理？既然是子民，他们来太守府，不就是回家吗？

众位官员都作了难：这？

张仲景：我出去看看。

4

堂外。白天。

张仲景一出来，吵嚷的场面立即安静下来。

病人们相互小声议论：太守大人出来了，太守大人出来了。

张仲景：众位乡亲，你们都是来找张某看病的吗？

病人们纷纷跪下：大人，求您给俺们看看病吧……

张仲景：作为长沙太守，我不可能天天给你们看病，这样吧，往后我每月抽出两天为大家看病，可以吧？

病人们齐呼：谢谢大人！谢谢大人！

张仲景：是主公派我来当这个长沙太守的，你们要谢，就谢主公吧。

病人们齐呼：主公圣明！主公圣明！

5

太守府。后院中。白天。

张仲景走进来，满身的疲惫。小宽、方同、秦小七跟随着他。

长大了的葛根迎上来：爹，你这又看了多少病人？

张仲景笑：哎呀，真是累杀老夫了！

秦小七：大人，病人来得越来越多，药快接济不上了。

小宽：师兄，我们多年积攒下来的药，都快用完了，许多药都接不上了。

方同：大人，您不能老用自家的药给他们吃啊，他们都是穷人，没有钱买药的。

张仲景：方同，你明日去找钱户曹，让他从收上来的赋税里再挤出一笔银子，你再去采买一些药材，不过账目一定要清楚。

方同：师父，长沙郡去年免了一年赋税，今年也只收十分之三，钱户曹那里也吃紧得很，上次去找他，他就叫苦连天了。

张仲景：反正不能让病人吃不上药！就是砸锅卖铁，也不能让他们断了药！

雪莹在一边笑着摇了摇头。

6

长沙太守府。大堂。白天。

张仲景和众官员正在议事。

突然听到了击鼓声。

张仲景：何人击鼓？

一衙役上前禀报：外头来了好多病人，黑压压的一大片。

张仲景：哦？

衙役：大人，咋办？

张仲景"呵呵"一笑：诸位大人，我们暂停议事，让他们都进来，都进来。

7

太守府大门口。白天。

一群人在衙役的引领下向大门里走。

衙役：不要大声喧哗！

8

太守府大堂。白天。

一下子拥进来许多人。

一老者：太守大人，求您给我们看看病吧。

赵贼曹：大胆刁民！这升堂鼓是用来鸣冤的，你没有冤情，击什么鼓？

张仲景拦住：赵大人，别吓着他们。老人家，你有什么病啊？

老者：我常常莫名其妙就拉肚子，拉得没有一点力气，这回也是儿子背着我来的，大人，你就给我看看吧。

众官员都笑了起来。

张仲景：你们都是来看病的？

众病人都跪下：大人，听说你医术高明，求您发发慈悲，给我们看看病吧。

张仲景略一沉吟：也罢，今天的政事已基本议完，我干脆来个坐堂行医。大家都起来排好队，我给你们一个一个把脉开药。

说罢，张仲景示意老者近前把脉。

9

同上。

张仲景一一给病人看病、开方。

众官员表情各异。

10

长沙县衙。后院。客厅。白天。

头上缠着白布的蔡虬来到客厅坐下，夫人在旁边守护着。

蔡虬：自从吃了这服药，我的病是一天比一天好了。这药是哪个医师给开的呀？

夫人：是……妾身一时忘了，待会儿问问下人。

蔡虬：我问了你多少次？你都拿话来搪塞我。怎么不让见医师！我要重重谢他！以后，就让他给我看病！

夫人面露惧色。

蔡虬：你说，到底是谁？

夫人：老爷，我说了您可千万别生气，这就是张太守的药啊！

蔡虬愣住了。

管家来报：大人，您弟弟和侄子来了。

蔡虬：请他们进来。

11

同上。

蔡彪、蔡旦进来。

蔡彪：哥哥，老是担心你的病，看来是好多了。

蔡虬：好多了，好多了。今天怎么有空来啊？

蔡彪叹气：唉，别提了。自从凤子走后，就再也没回来，她娘天天哭哭啼啼地想女儿，跟我闹，你说我……我也不知道是怎么了，就这么把个女儿弄丢了。

蔡虬：这个张仲景，凭着一点妖术，真是害人不浅啊，弄得你家骨肉分离。可他跟主公，不知道是什么交情，主公就是要护着他，看来叔叔也没办法了。

蔡彪：忍着吧，忍着吧，昨天看书，读到一句话，真是大有感触——何天生此等顽劣根性，徒苦人类乃尔也！

蔡虬：这一路走来，你们听到什么消息没有？

蔡旦：全郡的百姓都传疯了，那个张仲景，竟然在太守府的大堂里，每月的初一、十五两天坐堂行医，还在一个侧院里收留了好多重病人，把府衙弄得乌烟瘴气，成了一个大药铺了。

蔡虬：我的病也好了，正好参他一本，告他个扰乱公堂、破坏纲纪之罪！

蔡彪：能管用吗？

蔡虬：这次我不是一家告他，我要联合全郡的县令！他免除赋税，断了好多人的财路，大家应该都对他不满呢。

12

长沙太守府门前。白天。

小宽正用笔在一块木板上写告示：今后，每月的初一和十五两天，张太守将在府衙大堂为民看病，其余时间，要处理政事，恕不接待……

13

一间大房子里。白天。

那些学医的学子席地而坐。

葛根坐在最后。

张仲景：长沙郡缺医少药，百姓被病苦折磨，尔等要抓紧学成啊。今天，我讲望诊。望诊有三项，其一曰舌诊，其二曰色诊，其三曰体态诊……

14

荆州。刘表官邸。白天。

刘表、王粲正谈着什么。

蔡瑁进来：参见主公。

刘表：蔡将军有何奏报？

蔡瑁：主公，长沙郡十三个县的县令，联名弹劾太守张仲景，他竟在太守府坐堂行医，把太守府的大堂办成了个药铺，朝廷的礼仪何在，主公的威严何在？

刘表接过奏报：啊？他都触了众怒了？

蔡瑁：是啊，主公。这次可不能轻易放过他了，任他这样胡闹下去，长沙简直就不成个体统了。

刘表：这个张仲景，也真是的！竟把个太守府开成了药铺，真是荒唐！

王粲：主公，您三思。什么样心肠的人才能做这样的事？他治好了百姓，百姓感谢他，长沙郡才会更平安，百姓也会更感念主公的圣明啊！

刘表笑了：听你这么一说，我的气也消了。这样吧，还是你去告诉他，不要坐堂行医，官府毕竟还是要像个官府嘛，也不能因为看病耽误了公事。让他每月抽一天时间，在自己的后院给百姓看病吧。

王粲：主公圣明！

蔡瑁在一旁气得发抖。

15

长沙。太守府。后院。客厅。白天。

张仲景举杯：王大人，这是内子跟邻人们学做的米酒，大人请。

王粲举杯：太守请。

张仲景：没想到这么快，又和王大人在长沙见面了。

王粲：是啊。王某此番来，是帮主公传话，让你把坐堂行医，改成每月一天在太守府的后院看病，主公对大人，也算是呵护有加了。

张仲景：唉，这些天来，我也感觉自己越来越不像个太守，倒是越来越像医师了。没办法，这儿的病人太多了。

王粲：是呀，这年头当个好官可是不易哩。如今看来，北方日后是一定要归曹操了。曹操一旦统一了北方，一定会大举南下，进攻荆州，一场大仗看来是难免了。

张仲景：山雨欲来风满楼。听说原来依附袁绍的刘备刘皇叔，现在已经到了荆州，王大人一定见过他吧。

王粲：见过，见过。他现在和两个结义的兄弟关羽、张飞驻守在新野，离你们南阳郡城很近呢。刘备此人，倒是个天下枭雄，最近又三顾茅庐请出了躬耕南阳的青年才俊诸葛亮，做他的军师呢。

张仲景：是吗？那诸葛亮可是个才子，我和他有过两次交往，刘备能请到他，当是一件于刘家有益的事。

王粲：但愿吧。

张仲景：可是刘备能够帮刺史大人抵挡住曹操的百万大军吗？

王粲叹了口气：刘备虽能征善战，但毕竟是外来的，要想让主公把军权全交给他，恐怕是办不到的，蔡瑁就不会答应。

张仲景：覆巢之下，焉有完卵，蔡瑁不明白这个道理吗？

王粲：他鼠目寸光，只会计较眼前的蝇头小利，哪里看得到天下大势？主公虽然待刘备不错，但蔡家是容不下他的，现在不就把他赶到新野小城去了吗？长公子刘琦为了躲避灾祸，也跑到了江夏。

张仲景：黄祖大将军呢？

王粲：他现在主要是在江夏，防守着江东孙权。其实荆州与江东，只有携起手来，才有可能抵挡住曹操。可惜，主公当年杀死了孙权的父亲，如此的杀父之仇，使两家断然不能联合在一起了。

张仲景：王大人您自己有什么打算？

王粲：我是个闲散惯了的人，眼看着大战将临，我又不能带兵打仗，给主公出什么好计谋，恐怕还是退下来，做闲云野鹤的好。我这次回去，就想向主公辞官归隐了。

张仲景：其实我也有意，想向刺史大人请辞了。

王粲：你还是当下去吧。这些日子下来，你不是把长沙郡治理得好好的？来衙门里的都不是告状的，全是看病的了。

张仲景摇摇头：好什么呀？蔡虬这样的恶霸，官还是当得好好的。老百姓仍是在水深火热之中，我所能做的，不过是往滚烫的锅子里加瓢凉水，其实是于事无补的。还不如脱下这身官服，踏踏实实地做个医师，多看几个病人。

王粲：大人，王某明天就要告辞了，你多保重！

张仲景：你也珍重，我给您说的那药，你还是要坚持喝啊。

王粲点头。

16

长沙县一处乡间稻田里。白天。

张仲景带着几个官员蹲在田埂上察看着田里已出穗的稻子。

一个官员介绍着：今年的稻子长势不错。

张仲景转对身旁的一个农人：你估计今年的收成会怎样？

农人小心地：会是一个像样的年景。

张仲景：现在家里还有米吃吗？

农人：还有一些，够一天喝两顿稀饭，这已经比过去好多了，不用讨饭了。

张仲景的脸色一沉，转对身边的官员们：我们难道就不能让老百姓吃饱肚子？

众官员唯唯相顾。

张仲景忧心地望着田野……

17

一条破堤的河边。白天。

张仲景带着一帮官员在查看。

张仲景转对一官员：立刻派人把堤修好，以防大水来临。

那官员：是！……

18

太守府门前。白天。

那一百多个学医的年轻人每人背一个药搭，药搭上都插有一个写有医字的布幌，整齐地站在那里。

张仲景由府门出来：诸位，今天，你们就要返回各自的家乡开始行医了，仲景有几句话想送给你们。第一句，以天下苍生为重；第二句，以扁鹊作行医典范；第三句，医术当精益求精。

19

字幕：几年之后。

20

荆州。刺史府。刘表官邸。白天。

刘表病倒在床上，蔡夫人、蔡瑁、张成、任彦成在床前。

刘表：夫人。

蔡夫人：主公。

刘表：我这病怎么还不见好，怎会一天比一天重？会不会有性命之忧？

蔡夫人：主公不要多虑，您这病来得急，也应该好得快，只要按时服药，细心调养，一定会好起来的。

刘表：任大人。

任彦成：臣在。

刘表：看来我这病你是治不好了，你那个师弟张仲景，最近有没有消息？

任彦成：他远在长沙，和我已经几年未通音信了。

刘表：你看是不是把他找来，给我看看病？

任彦成：此议甚好，他的医术远在我之上。

刘表：蔡将军，你去传令，让张仲景速来荆州。

蔡瑁：是。

21

官邸外。白天。

蔡瑁、任彦成走到一无人僻静处。

蔡瑁：任医监，你说主公这病，已经到了什么程度？

任彦成：实不相瞒，主公这病，来得凶险，快则七八天，慢则半个月，就……

蔡瑁：都到了这个程度？

任彦成点头。

蔡瑁：就没有什么办法了？

任彦成：病到此处，就是神仙也无法，我看应该让主公交代一下后事了。

蔡瑁：主公的病情，跟谁都不能说，等我消息。

任彦成：是。

22

蔡夫人寝殿。夜。

蔡瑁进来：妹妹。

蔡夫人：哥哥。

蔡瑁：妹妹，白天我听任医监说，主公这病来得十分凶险，十天半个月恐怕就不行了。

蔡夫人眼中含泪：啊？怎么几天工夫，就到了这个地步？就没办法了？

蔡瑁叹了口气。

蔡夫人：那可怎么办呢？

蔡瑁：当务之急，是要让主公交代好后事，让刘琮能够顺利继位，千万不能让刘琦回来。

蔡夫人：主公要是不答应，坚持让刘琦继位呢？

蔡瑁：刘琦现远在江夏，不知道荆州的情况。只要封锁住这府里的消息，不让外界知道，将来主公一走，刘琮就自然继位了。

蔡夫人：主公不是让张仲景来给他治病吗？

蔡瑁：任医监说了，主公的病，就是神仙也没有办法了。如果现在去传张仲景，消息一走漏，就坏了大事。一旦让刘备知道了，他一定会从新野带兵前来，夺取荆州大位，所以这令，是万万传不得的。

蔡夫人：可主公那里怎么说？

蔡瑁：就说已经派人去传令了……

蔡夫人点了点头。

23

长沙。太守府后院。夜。

张仲景看着天上的月亮问小宽：小宽，明天是不是十五了？

小宽：是。

张仲景：又可以坐堂行医了。

小宽：你刚才不是说明天还有政事要和官员们商议吗？

张仲景：那些事并不急着要办，还是先按咱定下的规矩，坐堂行医。

小宽：好。

24

长沙太守府大堂。白天。

张仲景正在给一个病人把脉。

其余的病人默坐在平日官员们坐着议事的位置上候诊。

25

荆州刺史府。白天。

刘表躺在病床上，气息微弱地：张仲景……

蔡瑁俯身低声地：主公，别着急，再等等，张仲景还在来荆州的路上……

蔡夫人在一旁抹眼泪……

26

长沙。太守府。大堂。白天。

张仲景与众位官员在议事。

一衙役慌张地进来：荆州急报！

张仲景接过呈报，打开一看，大惊：众位大人，主公病逝了！

众官员都惊呆了。

张仲景带领众官员到大堂外，都向着北方跪倒在地祭拜……

27

荆州。刺史府。白天。

刘表灵堂。

葬礼场面。

刘琮在蔡瑁扶持下,领着百官祭奠。

28

荆州。刺史府。大堂。白天。

刘琮坐在大堂中。

百官跪拜。

蔡瑁扶剑站立在刘琮身边。

29

太守府。后院。客厅。白天。

张仲景对柳主簿:柳大人,主公病逝,少公子刘琮即位,蔡家独揽大权,刘备远在新野,黄祖新亡,公子刘琦在江夏已是噤若寒蝉,此时曹操若是发兵前来,荆州如何抵敌?

柳主簿:一场大乱是免不了的了。

张仲景:唉,身逢末世,有什么办法?只是黎民百姓,日子就更苦了。

柳主簿:太守大人,你为刺史大人看过病,现在就咱们两个人,你说说,刺史大人到底是个什么样的人?

张仲景:他这个人吧,是中人之才,守成之主,内心里还是明白是非的,只是比较优柔寡断,又太倚重蔡家。他如果早点把荆州交给刘备,就不会留下身后这摊麻烦了。

柳主簿笑了笑。

张仲景:柳大人,这几年相处下来,你我也算知交,我辞官的打算由来已久,你是知道的。以前因为刺史大人在位,上了几次奏报都不批,现在蔡家掌权,我估计奏报一上去,立刻就会批下来。到时候就烦劳你代管郡务,等着新太守上任了。

柳主簿:大人辞意甚坚,下官就不再劝了,可是长沙百姓,只怕是不答应呢。

张仲景微笑起来。

30

原野上。白天。

大队人马正在行进，一面"曹"字大旗猎猎飘扬。

曹操骑在马上，周围簇拥着许多将领。

字幕：公元208年，曹操发兵荆州。

31

荆州。大堂。白天。

刘琮坐在正中，群臣都在窃窃私语。

蒯进：曹操的兵马，还有几天能到荆州？

张成：已经过了南阳，再有七八天的工夫，就会打到荆州了。

王粲：一路上就没有遇到什么阻挡？

蔡瑁：主公生前一直把重兵布防在东边，防着江东，最近几年才把兵力分到北边，可曹操兵强马壮，要想抵挡，实在是难啊！

蔡夫人走进来。

群臣：夫人。

蔡夫人：诸位，我一个妇道人家，本来不该到这里，可眼下曹操大兵压境，心里一急，就跑来了。

蒯进：太夫人来得好，一起商议吧。

张成：商议什么？荆州虽大，却难以找到一个可以抵挡曹操的人啊！

王粲：当年曹操与袁绍争雄，袁绍兵强马壮，对曹操威胁很大，所以曹操一时难以侵犯到我们荆州。可没承想，曹操居然灭了袁绍，一下子成了天下霸主，以我们荆州一个州的力量，实在是难以抵挡啊！

蔡夫人：难道就没有一点办法了？

蒯进：如果实在要想一个抵挡的办法，那就只有火速到新野去请刘备，让他与蔡将军合兵一处，死守荆州。

蔡夫人问蔡瑁：这样可以吗？

蔡瑁：妹妹，你想想，刘备兵微将寡，如何是曹操的对手？他打不过曹操，我们就跟着他一起吃瓜落儿；就算退一万步说，他打败了曹操，那他还会甘心辅佐刘琮吗？他肯定要取而代之。与其将来让他取而代之，还要担天大的风险，何不咱们现在就把荆州送与曹操，还落下个人情呢？

蔡夫人：蒯大人，你说呢？

蒯进：我说，也只有如此了。刘备是外来的人，不会与我们一条心，我们更不能指望他抵挡得了曹操，与其这样，还是投降曹操算了。

蔡夫人：只有投降了？

群臣：只有投降了。

蔡夫人沮丧地望向刘琮。

刘琮无奈地：那好吧。

32

荆州城门口。白天。

城门洞开。

城墙上竖起白旗。

曹操神气活现，领兵马进入荆州城。

刘琮和蔡夫人穿着白衣，跪在路边。荆州群臣都跪在后边。

曹操下马，扶起刘琮和蔡夫人。

众人都起来。

曹操对蔡夫人：夫人，你和刘琮能顺应天时，归附朝廷，实在是荆州百姓之福。我曹操不会亏待你们，一定向圣上奏表，让你们仍不失封侯之位。

曹操对荆州群臣：古人说，三楚有才，荆州自古豪杰辈出，大家今后正好为朝廷效力。

众人：谢丞相隆恩。

33

长沙乡下。白天。暴雨如注。

河水翻过堤岸，冲向农田。

张仲景披着蓑衣，和手下的一帮官员一起，正在指挥抢修堤坝……

34

荆州。曹操住处。室内。夜。

曹操问荀攸：想不到这么顺利，咱们兵不血刃，就拿下了荆州。刘琮和蔡夫人，应如何安置？

荀攸：他们是两个没用的人，本身并不可怕，但如果留在荆州，将来就可能被人利用。谁要想反对主公，他们就是可以树起来的旗帜。所以，一定不能让他们留在荆州。

曹操点头：我任命刘琮为青州刺史，让他即刻动身走。等到了北方，再把他们软禁起来，或者杀掉。

荀攸：主公明鉴。不过在荆州，真正有实力的是蔡瑁，此人不除，荆州难安。

曹操：如何除法？

荀攸：蔡家是荆州旺族，如果找不到很好的理由，处决他会引起荆州的内乱。不如让蔡瑁先操练水军，然后说他私通孙权，就可以名正言顺地把他杀掉了。

曹操：此计甚好。

35

长沙乡间一被暴雨毁坏的村子。白天。

张仲景正领着一帮官员在查看倒塌的房屋。

他对失去房屋的农人：别着急，官府会帮你们重建房子的。

他朝随行的一个官员挥了一下手，那官员忙把十几个铸钱放到了那农人手上。

农人感动得流出了眼泪：张太守……

36

荆州。郊外。刘表墓地。白天。

蔡夫人和刘琮悲悲切切，最后一次拜祭刘表。

蔡瑁在旁边劝慰。

蔡夫人：哥哥，我们俩这一去，怕是再也不能回荆州了。

蔡瑁：妹妹不要悲伤，只要哥哥还在荆州，妹妹和刘琮贤婿迟早有回荆州的那一天。

蔡夫人：哥哥，你也要保重，我看曹操此人，计谋多得很，你可要当心了。

蔡瑁：妹妹放心，我会处处小心的。

37

长沙太守府。白天。

张仲景对柳主簿：不知府里对我的请辞书为何迟迟不准。

柳主簿：刘琮已经投降了曹操，正是新旧交接之时，我估计府里眼下可能没有工夫管这事。

张仲景：真没想到，刺史大人尸骨未寒，他们就投降了曹操，现在听说蔡夫人和刘琮他们二人已被发配到青州去了。

柳主簿：俗话说富不过三代，没想到刺史大人的第二代就成了阶下囚。荆州现在已成了曹操的天下，我们这些前朝旧臣，怕是慢慢都要被人取而代之了。

张仲景：我现在是盼着被人取而代之，怎么就没人来了？

柳主簿：会有人来的，大人何必急于一时？

张仲景叹口气：那我们今天就还下乡巡查，当一天和尚就撞一天钟。

38

荆州。大堂。白天。

群臣肃立。

曹操：蔡将军、张大人，我军已在赤壁，与江东的孙权、刘备隔江相望，这番大战，全靠水军，水军近日操练得如何？

蔡瑁：正夜以继日，加紧操练。

曹操：三天之后，兵发江东，可以吗？

蔡瑁：丞相莫急。现在北方来的军士，不习水战，而且水土不服，多有病倒，仓促出战，难有胜算。我看，还有操练一段时间才行。

曹操：那还要多久呢？

蔡瑁：我看……两个月吧。

曹操突然翻脸：两个月？两个月后，我的脑袋，早让你送到孙权那里去了!

蔡瑁吓得跪倒在地：丞相何出此言？

曹操突然将一封书信扔到地上：你私通孙权，现在有截获的书信在此，还敢抵赖？

蔡瑁：冤枉，这封书信定是奸人伪造的，丞相切不可轻信！

曹操：胡说！铁证如山，还敢抵赖！来人，将蔡瑁、张成拖出去，砍了！

张成：丞相饶命啊！

蔡瑁：要杀便杀，为何要说我私通孙权？我要想害你，当初何必投降？

两人已经被拉了出去。

曹操：蔡瑁、张成的余党，也要一并肃清！荀大人，此事交给你办！

荀攸：是。

39

长沙。太守府。后院。客厅。白天。

柳主簿进来：大人，朝廷来了文书，荆州发生重大变故！

张仲景：噢？怎么个情况？接过文书。

柳主簿：蔡瑁、张成，被曹操杀了！荀攸还派人到各郡，要肃清蔡氏余党。

张仲景笑：真是咎由自取啊！

柳主簿：我们长沙郡，首当其冲的，自然是长沙县令蔡虬了。大人，应该如何处置？

张仲景：如果现在处置蔡虬，就等于逢迎曹操，我当初受刺史大人厚恩，怎么能做这样的事？

柳主簿：可蔡虬毕竟是鱼肉百姓的恶霸贪官，捕杀了他，是大快人心的事。再说，他也与大人有仇呢！

张仲景：国将不国，处置一个贪官又有何用！唉！

柳主簿：大人的意思，放过蔡虬？他可一直憋着想害您呢！

张仲景半天没说话，然后：让我想一想。

柳主簿：我觉得大人还是不应该放过这个机会。

张仲景：这样吧，我现在就辞官，你代理长沙太守，然后，由你决定吧。

柳主簿笑：大人刚到长沙的时候，真是敢作敢为，现在是怎么了？

张仲景也笑：我只是不想当曹操这个人的工具，曹操做的其他事情我不想去评价，只他杀了华佗一事，实在让我无法服他。

柳主簿：大人，你虽上了辞表，可刺史府还没批下来呢。

张仲景：荆州现在这么乱，这个辞表，恐怕是没工夫批了。还是我自己走掉吧。我明日就走，长沙太守府，就交给你主持。

柳主簿为难地：这太守的官，我可当不起呀。

张仲景笑：你大胆地做吧。趁着这个机会，为百姓多做点好事。我的请辞书上，也是推荐你来做太守。就这么说定了！

柳主簿无奈地点了点头。

40

长沙。太守府后院。白天。

张仲景对雪莹、小宽夫妇：就这样，我决定了，抓紧收拾东西，咱们回南阳。

雪莹：好。

小宽也笑了：回南阳继续开咱们的药铺。

张仲景对雪莹：记住把这些年我整理积存的药方、病例和写书用的各种资料都带上，回到南阳，我可要写我想写的书了。

雪莹：放心，那都是你的宝贝，我就是不带吃的，也不会落下那些东西。

一个衙役这时进来：张大人，有一个肚子鼓得很大的人来找你。

小宽：是产妇？

衙役：不，是个中年男人。

张仲景：哦，我去看看。

41

太守府专辟的药铺。白天。

张仲景正在用手指按压一个中年男子鼓得很大的腹部。

张仲景不时变换着按压的位置：疼吗？

病人：不疼，就是难受。

张仲景：多长时间了？

病人：一年多，开始以为是胀气……

张仲景：是长了东西。

病人紧张地：能治好吗？

张仲景：需要吃很长时间的药才能慢慢消掉。

病人明显轻松下来：吃药我不怕，只要能治好就成。

张仲景开始开药……

42

荆州。任彦成宅邸。卧室。夜。

任彦成偷偷地溜进来：锦儿。

已经睡下的锦儿吓了一跳，坐起来：死鬼，你怎么半夜才溜回来？想吓死我啊！

任彦成：白天我在外头躲了一天，晚上才敢回来。

锦儿：自己的家，你躲什么？

任彦成：曹操杀了蔡瑁、张成，荆州城里正在大肆搜捕蔡氏余党，很快就要搜捕到咱家来了！

锦儿惊慌地：呀？！

任彦成：蔡氏余党！你懂吗？余党！医署那帮狗日的，平时有恨我恨得不得了的，还不把我抖出来？要是被抓了，只怕不分青红皂白，就把我杀了！

锦儿害怕了：啊？我去找蔡夫人求情，有用吗？

任彦成笑：蔡夫人？她早就让曹操发配到北方了！你大门不出二门不迈，知道什么？

锦儿感到五雷轰顶：啊！那怎么办？

任彦成：赶紧连夜收拾，把金银珠宝都带上，咱们逃吧！

锦儿：那这宅子呢？

任彦成：你还想要宅子？能保住性命就不错了。

任彦成开始翻箱倒柜，锦儿先看着他翻，然后也帮着翻了起来。

43

院中。深夜。

两人背着两个大包袱,来到了院中。

锦儿:大人,咱家的仆人都睡下了,要不要叫醒一两个交代一下?

任彦成小声地:值钱的东西都在咱们的包袱里,他们要是知道咱们失了势,还不来抢?赶紧偷偷走吧。

锦儿点点头。

44

街上。深夜。

锦儿:我累了,走不动了,歇一歇吧。

任彦成:还歇?等天刚亮城门一开,还看不清楚的时候,咱们就混出城去,出了城,再买辆马车,就好了,一路直奔南阳。

锦儿:南阳?

任彦成:是啊,那是我的家乡。

锦儿:可不是我的。

任彦成:你还不跟着我?

锦儿突然笑了:跟着你,我找死啊?你是蔡氏余党,我可不是,跟着你,抓住你就连我一块儿都杀了!

任彦成愣住了。

锦儿:大人,反正我当初也只是夫人送给你的一件礼物,伺候你这么多年,也算对得起你了。到了现在这个地步,我们还是每人一个包袱,各走各的吧,好不好?

任彦成:你……你那个包袱里,全是金银珠宝,我这个包袱里,全是吃的用的。

锦儿:那我们找个僻静的地方,把包袱摊开,全都平分了,然后各奔东西,好不好?

任彦成想了想,很不高兴地:好吧。

45

靠近城墙的一片荒僻的废墟中。深夜。

两人开始分财宝，金银器在黑暗中闪烁出亮光。

你拿一件我拿一件，常常是锦儿出手快，拿的都是好的贵重的，惹得任彦成很生气。

眼看着就你一件我一件地分完了。

锦儿：我们就此分手吧。

任彦成气恼地：这就走了？

已站起身的锦儿：彦成，不管怎么说，咱们也好了这么些年，临分别了，你再吻我一次，好吗？

任彦成阴沉地看着她：要不咱们还是一起走吧？

锦儿坚决地摇摇头。

任彦成牙一咬：那好吧。

锦儿闭上了眼睛，仰起脸。

任彦成吻过去，在吻的同时，慢慢从腰间抽出了一把尖刀。

任彦成：锦儿，跟我去南阳吧。

锦儿摇头：我也想我的爹娘了，咱们还是分手吧。

任彦成猛把手中的尖刀插进了锦儿腹部！

锦儿捂着肚子，血流出来。

锦儿痛苦而震惊地：你……

任彦成：贱货！养了你这么多年，你竟然不跟我了！你这个忘恩负义的贱货！

本来用来防身的刀，正好用上了。

锦儿指着他，倒在地上。

任彦成将两个包袱捆扎在一起，背在背上，扬长而去……

46

废墟上。夜。

锦儿还在地上翻滚呻吟。

47

城墙边。夜。

任彦成躲在暗处，一边摸着包袱里的财宝，一边小心地注视着夜巡过来的一队兵丁……

48

废墟上。夜。

巡夜的一队兵丁走过来。

锦儿还在地上滚着呻吟。

有兵丁听见锦儿的呻吟声,扭身向锦儿跑过去。

49

城墙边。夜。

任彦成在慢慢地向城门靠近。

几个巡夜的兵丁跑过来,其中一个兵丁:一定要抓住用刀扎人的凶手!

任彦成一惊,急忙向更暗的地方躲去……

第二十八集

1

荆州。城门口。清晨。

有士兵把守着城门。

出入城门的人们正排队接受严格的盘查。

2

城门内不远处街边。清晨。

任彦成已经换上了普通老百姓的衣服,背着两个大包袱,站在远处看着,半天不敢走过来。

他看到地下有个水坑,蹲下去,将坑里的泥水抹在了脸上,然后才鼓起勇气,走过去。

3

城门口。清晨。

城门官正好出来。

排在队伍中的任彦成东张西望,一副做贼心虚的样子。

城门官看到任彦成,仔细打量他,若有所思。

士兵已经盘查到任彦成了。

士兵:包袱里什么东西?

任彦成:出门用的,还有些盘缠,我要出远门去投奔亲戚。

士兵:带这么多东西?

任彦成赔笑:是啊,出远门,出远门。

城门官过来,对士兵:将他带到里边去,我要问话。

任彦成着慌地:长官,我可是良民啊,城外还有车等着我,事情很急的。

城门官:再急,盘查不完你也休想走!

任彦成:长官,您就放过我吧,我真有急事。

士兵推他一把:少啰唆,进去!

4

盘问室。清晨。

士兵将任彦成推进来，任彦成还在啰唆，士兵出去，城门官进来，室内就剩下他们两个人。

任彦成：长官，我真是良民啊。

城门官突然笑了：任大人，别来无恙乎？

任彦成一愣：你是？

城门官：我在侍卫军里当兵多年，在刺史府里见过大人好多次，有一次就站在大人身边呢。两年前，我才调到这里来，别人不认得你，我可是认得的。

任彦成心惊，辩解：长官认错了吧，我是个老百姓，从来没做过官，您一定是认错了。天下容貌相像的人还是不少呢。

城门官笑：你瞒谁呢？认错了？朝廷现在到处缉拿蔡氏余党，你要不要让我现在把你送进府去，让你在荆州医署的那些属下，都出来认一认？

任彦成不说话了。

城门官：送一名蔡氏余党上去，可有一万钱的奖赏呢。

任彦成急切地：我给你两万钱！

城门官看着他笑。

任彦成：二十万钱！

城门官还是看着他笑。

任彦成：五十万钱！我就这么多钱了。

城门官：你的一条命，怎么才值这么点钱？这样吧，你把这两个包袱留下，我就放你出城去。

任彦成：啊？我现在一切的一切，就只有这两个包袱了！

城门官冷笑着：可要是没了命，你一切的一切就都没了。

任彦成跪下：求求你了！你让我把换洗衣服拿出来，再给我回南阳的路费，和路上吃饭的钱，别的都归你！

城门官：去你妈的！我给你留条命，你还讨价还价？没把你衣服扒下来就不错了。我数到三，你赶紧跑，要是跑不出这个屋子，我就送你进府！

任彦成茫然地看着他。

城门官：一……二……

任彦成撒腿跑了出去。

城门官看着那两个包袱，笑了。

5

长沙。太守府。院中。白天。

张仲景正在院中散步，方同过来：师父，外面围了好多百姓。

张仲景：出了什么事儿？

方同：师父去看看吧。

张仲景往外走。

6

太守府大门外。白天。

张仲景出来，看到老百姓黑压压地聚集了许多，都眼巴巴地看着他。

张仲景有些诧异地：诸位，有什么事吗？

百姓们都不作声，一老者上前来：太守大人，你是不是又要辞官啊？这次可是真的要走吗？

张仲景一时语塞。

老者：大人，你可是多少年长沙郡遇不到的好太守啊！你又是当今的名医，你走了，谁给俺们这些没医没药的百姓治病呢？

张仲景看着百姓，也有些恋恋不舍。

老者：当今天下大乱，黎民百姓，又要经历一场天大的浩劫。这个时候，他们，他们请你不要走啊！

老者跪下：太守大人，不要走啊！

张仲景急忙去搀扶：起来起来。

老百姓却都跪下了。

张仲景也急忙跪下：父老乡亲们，待我回府与家人和徒弟们商议，过几天，一定给大家一个满意的答复。

7

太守府客厅。白天。

张仲景对方同：方同，你去叫小七，还有蔡姑娘来。

方同：是。

8

同上。

三人一起走了进来。

秦小七：师父。

张仲景：坐。

蔡凤子：大人。

张仲景：坐。

三人落座。

张仲景：今天叫你们来，是谈我要辞官的事。树高千尺，落叶归根，我还是想回南阳。但长沙百姓，苦苦挽留，不对他们有所交代，也说不过去。你们三个，是愿意跟我走，还是愿意留在长沙？依我着，你们还是留在长沙的好。方同和小七，都是我的徒弟，你们留在这里，继续给百姓治病，对长沙百姓，也是个安慰呀。蔡姑娘，你是怎么想的？

蔡凤子没有说话。

方同：师父，我跟您这几年，学艺不精，医道未成，要从提高医术上来说，我是应该毕生追随师父的，师父到哪里，我就到哪里。可师父的苦衷，我也能体谅，只是自己单独留在长沙，只怕难以应付这么多人前来看病啊。

张仲景：小七不也是你的帮手嘛，他这几年，在药学上很有长进，你们俩一个学医，一个学药，应该是很好的搭档。小七又是当地人，毕竟故土难离啊。小七，你说呢？

秦小七：我，我还是想跟着师父，可师父的意思，弟子也不敢违抗。

张仲景：你俩不要担心，将来我回了南阳，咱们还可以鸿雁传书嘛。你们治不了的病，用车拉到南阳去，或者，我年纪大了，还可以让小宽跑一趟。虽然不在一起，可你们还是我的徒弟，我不会撒手不管的。

秦小七：那我就听师父的吧。

张仲景：蔡姑娘，你呢？

蔡凤子低下了头，手指揪着衣角，半天不说话。

秦小七看着她。

张仲景：蔡家也败落了，你回家去，也没有什么好结果。何去何从，你自己决定吧。你要是不说话，我就当你是想跟我去南阳……

秦小七突然地：那我也去！

张仲景一愣，又笑了：蔡姑娘，你倒是说话呀。

蔡凤子羞怯了半天，才开口：我，我听小七哥的。

张仲景大笑起来：你们这几年，你来我往的，我早就有所耳闻。这样吧，临走之前，我给你们俩办了喜事，如此，我这心就踏实了。

秦小七：好啊好啊！

秦小七傻笑起来。

蔡凤子看他这个样子，羞怯地捂着脸跑了。

9

太守府别院。婚礼场面。黄昏。

从院子到厅堂都披红挂彩，鼓乐齐鸣。

司仪：一拜天地——

秦小七和蒙着盖头的蔡凤子拜了天地。

司仪：二拜高堂——

二人又拜了张仲景和雪莹。

司仪：夫妻对拜，送入洞房。

两人对拜，入洞房。

10

太守府院中。黄昏。

几桌喜宴。

张仲景一一向来宾敬酒。

小宽过来：师兄，越来越多的老百姓要进府来。

张仲景：进来，叫他们都进来，我有话说。

百姓们都进来了，包括那个鼓着大肚子的男人。

张仲景站在台阶上，高处，鼓乐都停了。

张仲景：父老乡亲们，欢迎你们来参加我徒弟的婚宴。在这里，张某也要向大家道别了。树高千尺，落叶归根，我还是想回到故乡南阳去。不过，我把徒弟方同和秦小七留在长沙，他们这几年跟我学习医术，医道已很精湛，以后，大家就都找他们看病吧。

百姓们都看着他。

张仲景：太守之职，张某暂时交与柳主簿。主簿与我共事多年，我知道他是一个好官，是一个清官！他会比我做得更好，大家要尊重他啊！

柳主簿看着他。

百姓们神情各异，都露出不舍之情。

张仲景抱拳作揖：张某此生，与长沙有缘，一下待了这么多年，也结交了许许多多的朋友。无论贫富贵贱，都能心心相知。同船共渡，三百年修，临别之时，张某向父老乡亲们道谢了！道谢了！

11

长沙郊外。路上。白天。

两辆驴车，载着张仲景和小宽两家人，出了长沙城，向北而行。

小宽在前面驾车，他将车在一片树荫处停下，下来，跑到张仲景的车前：师兄，坐累了吗？下来歇一会儿。

张仲景下来。雪莹、英姑、葛根、钵钵也都下来了。

葛根已经长成了个英俊少年。

钵钵小葛根几岁，但也长成了一个眉清目秀的小姑娘。

张仲景：这是到了哪里？

小宽：还是长沙县的地界。

英姑：多年前来的时候，也是走的这条路呢。

小宽笑着：是啊，也是这两辆车，就是驴不一样。来的时候两辆车，走的时候还是两辆车，师兄，你这个官真是白当了。

张仲景也笑了：可我给多少百姓治好了病，让多少百姓免于饥荒，这不就行了吗？

雪莹：还有不一样的，就是咱们的葛根，来的时候还小，现在都长大了。

葛根搔着头，钵钵含了羞笑。

张仲景：孩子大了，我们也老了。

小宽突然指远处：看，那是什么？

众人看去，英姑：好像是一辆囚车。

12

从荆州到南阳的路上。一集市中。白天。

任彦成衣衫褴褛，已经是一个乞丐。他来到一个包子铺旁，闻到包子的香味，再也走不动了。

卖包子的：去，去，你盯着我的包子干什么？

任彦成：老板，我已经三天没吃东西了，给我一个包子吧？

卖包子的：看你四肢健全，年华还在，怎么成了要饭的？

任彦成：我是从荆州回南阳的客商，路上被歹人打劫了，身无分文，只有一路乞讨着回家了。

卖包子的：看你也怪可怜的，给你一个吧，拿了就走啊。

卖包子的递个包子给他。

任彦成边狼吞虎咽地吃着包子边走开。

13

长沙郊外。路上。白天。

囚车近了，众人看清，是披头散发、衣衫褴褛的蔡虬。

14

路上。白天。

两车将要经过的时候，张仲景：车夫，停一下。

押车兵生气地下来：谁呀？瞎喊什么？近前一看是张仲景，急忙跪下：太守大人，小的该死，小的该死！

张仲景：我已经不是太守了，你不必这样多礼。我要过去，与蔡县令说两句话。

押车兵：太守请。

张仲景：你们这是将他押到哪里去啊？

押车兵：刑场。

张仲景：是去杀头的？

押车兵：是。这个蔡虬，还想跑呢，可做的坏事儿太多，一出县衙就让百姓们给逮了起来，送进了监牢。柳主簿今日传令，不经审问，即行问斩。

张仲景笑：他动作可真够快的。

押车兵：就凭他是蔡瑁的侄子，就该死！况且他做了多少坏事儿啊！

15

集市中。白天。

任彦成又往前走，看见围着一群人。

他看热闹，往里挤，周围人嫌他脏，急忙让开。

挤进去一看，是一个小孩子浑身发热，烧得抽搐，口吐白沫。他的父亲正把他扶在怀里。

任彦成：这是热中风，要用小柴胡汤。柴胡半斤，黄芩三两，人参三两，甘草三两……

他忽然看到孩子父亲在瞪着他，他不说话了。

孩子父亲：臭要饭的，你还会看病？

任彦成点点头。

孩子父亲：滚开一点，你凑什么热闹？

任彦成呆了。

孩子父亲：再不走我揍你！

任彦成发现周围有几个男人都对他虎视眈眈。

他急忙逃出来，走远了。

委屈的泪水，在他的眼眶里转。

16

长沙郊外。囚车前。白天。

蔡虬低着头，像睡着了一般。

张仲景：蔡县令。

蔡虬抬头：太守大人。

张仲景：你的侄女蔡凤子，已经和我的徒弟秦小七成婚，留在了长沙。他的父母、弟弟怎么样？

蔡虬：谢谢太守大人，就这个侄女，还落了个善终。她父母和弟弟，现在都在大牢里，保不保得了命，还很难说。反正我先走一步，也不用为他们操心了。

张仲景：我会给柳主簿写封信，让这位兵丁带去，让他从宽发落你弟弟一家。

蔡虬：谢谢大人。大人真是菩萨心肠啊！我们蔡家，以前害了那么多人，现在落到这个地步，也是报应，蔡某也没什么不平的。

张仲景：善恶终有报，转世投胎，再好好修持吧。

蔡虬：大人的话，蔡某记下了。你这是？

张仲景：我已经辞官，现在正回南阳去呢。

蔡虬叹一口气：来世，能像大人这样坐着驴车赶一辈子路，蔡某也就满足了。但愿不要再坐囚车。

张仲景匆匆执笔写信，而后将信交给押车兵，挥挥手，囚车开动了。

17

南阳郊外。路上。白天。

远远看到了南阳城。

两辆驴车越走越近，停下。

小宽、张仲景等人都下了车。

英姑兴奋地：前面就是南阳城吧？

雪莹：是啊是啊，南阳城，终于又看到你了！

钵钵：姑姑，今天能不能进城啊？

雪莹：多赶一点路，关城门前应该能进城。

张仲景：久违了！故乡，我张仲景又回来了！

大家都很兴奋。

张仲景：可我这心里，怎么怦怦乱跳，好像担心什么呢？

雪莹：是啊，就像犯了错的孩子，要回家见父母似的。

小宽笑：有那么多想法？我怎么感觉不到？

英姑：你呀，没心没肺！

众人说笑间，镜头摇到了天上。

18

天上。白天。

乌云密布，突然，打了几个闪电，接着滚过了雷声。

19

南阳郊外。白天。

小宽：不好，要下雨了，赶紧上车，找个地方避雨。

众人都忙着上了车。

张仲景对雪莹：看来还得在城外睡一觉，老天爷明天才让我们进城呢。

20

南阳城内。一破旧的街巷中。白天。

雨"哗哗"地下来了。

已经潦倒不堪的任彦成终于沿路乞讨回到了南阳，现在，他躲到一家矮小破旧的草房屋檐下避雨。

和他一起避雨的还有一个老叫花子。

任彦成凑上去：老大爷，打听一个人，你知道吗？

老叫花子：谁呀？知道就告诉你。

任彦成：以前南阳郡的凌太守，你知道吗？

老叫花子：知道啊，上了年纪的谁不知道？他当了好多年的太守呢！

任彦成：他家现在在哪里？

老叫花子：他家？他死了几年了，谁还知道他家里人在哪里？不知道。

任彦成：他还有一个夫人、一个女儿，你知道吗？

老叫花子：知道。他还有一个女婿，后来到荆州当了大官，知道。

任彦成：他们现在在哪里，你知道吗？

老叫花子：不知道，那就不知道了。雨小了，我走了啊！

老叫花子走了。

任彦成摇了摇头。

21

屋檐下。草房门外。白天。

雨还在下着。

任彦成为躲雨,慢慢挪动身体,挪到了掩着的门口。

门突然开了,一个中年妇人端着一盆脏水出来,站在门前向外泼。

任彦成急忙回头,两人目光相遇,都愣了。

原来那个中年妇人就是凌晶。她一身贫苦人的打扮,衣服上打满了补丁。

凌晶看着任彦成:你?

任彦成看着凌晶:你?

凌晶扔下盆子,扭身跑回屋里。

22

草房内。白天。

有几处在漏雨,地下用盆接着,"叮咚"作响。

屋子里光线很昏暗,家徒四壁。

他们的儿子果儿也已长大,正坐在屋里扎卖钱的扫帚。

凌晶趴到桌子上,"呜呜"地哭起来。

任彦成进了屋,被眼前的情景惊呆了。

果儿停下手,默默地看着站在门口的任彦成。

23

草房门外。白天。

雨下得更大了。

24

草房内。白天。

凌晶不再哭了,坐了起来。

任彦成在她对面坐下。

凌晶生气地：我请你坐了？

任彦成急忙站起来：娘子。

凌晶：谁是你的娘子？

任彦成尴尬地一笑。

凌晶：走吧，去继续当你的官！

任彦成叹口气：还哪有官可当？曹操杀掉蔡瑁之后，四处追捕蔡氏余党，我知道他们会把我看成蔡家的人，就收拾了细软往城外跑，在城门口又被守城门的官兵趁火打劫，抢走了所有的东西，我一路要饭，才回到南阳的。

凌晶：没想过有今天吧？

任彦成没有计较凌晶的挖苦，低声地：娘子，你这几年是怎么过来的？

凌晶：我爹死后，我和母亲遣散了仆人，和果儿三口相依为命。可我们三个人，都没有谋生的手段，只好变卖家里值钱的东西，一天一天坐吃山空。前年母亲忽然得了大病，延医问药，都需要钱，我就把家里的东西变卖一空，可还是不够，就开始借债了。母亲还是没救活，我为了母亲的后事，又欠了一笔钱。等埋了母亲，讨债的逼上门来，只好变卖宅子还债。等把债都还完，剩下的钱，也只够买下这两间草房了。这两年我们母子就住在这里，靠给人家浆洗缝补衣服，靠果儿扎扫帚卖钱艰难度日。

任彦成：真没想到，你会到这个地步，你们怎么不去找我？

凌晶的眼泪又流下来：找你，你还会管我们的死活吗？

任彦成：当然，你毕竟是我的妻子，果儿是我的儿子啊。

凌晶：亏你还记得。

任彦成：娘子，我，我饿。

凌晶一愣。

任彦成：我，我已经两天没吃东西了，这一个多月，我饿着肚子赶路，快饿死了。

凌晶沉默了一下，向厨房走去。

果儿"啪"一声扔下手中扎了一半的扫帚，起身走进了里屋。

任彦成：果儿。

果儿没应。

25

厨房。白天。

凌晶在厨房里做饭。

26

草房内。白天。

任彦成在狼吞虎咽地吃着面条。

任彦成：娘子，你做的饭，还这么香啊。

凌晶决绝地：吃完饭，你就走吧。

任彦成一愣，放下碗筷，突然"扑通"一声跪倒在了凌晶的面前。

凌晶的表情没什么变化。

任彦成：娘子，你就可怜可怜我吧，我实在是走投无路了。我知道我对不起你，可那都是锦儿这个小贱货逼的，我对你，还是有感情的呀！

凌晶冷冷地：锦儿，她怎么没跟着你？

任彦成：这个小贱人，她看我落难，哪会跟着我，还分走我一半的金银珠宝，不知道跑到哪里去了。这辈子，咱们也遇不着她了。

凌晶苦笑：咱们？

任彦成：娘子，当初那些事情，都是她逼的，娘子，你就原谅我吧！

凌晶不说话，很无奈的样子。

任彦成：娘子，你忘了，我还是个医师，只要你收留我，很快，我就可以把药铺开起来，我们可以靠看病卖药谋生，娘子，我能养活你和儿子，你们的日子会比现在好得多。娘子！

凌晶悲悯地看着他：你起来吧。说一千道一万，你还是我的丈夫，我还是你的妻子，果儿还是你的儿子，不管你有多坏，我也陪着你，陪到老，陪到死！

任彦成给她磕头：娘子，我今后一定做个好人，一定做个好人！

凌晶将他扶起来：你去洗个澡吧，再换一身衣服。

任彦成：我还是先吃饭，再吃一碗！

27

南阳城内。废墟前。白天。

二十年前的"张家药铺",已经成为一片废墟。

张仲景、小宽两家人站在废墟前。

葛根:爹,这里就是张家药铺吗?

张仲景点点头。

雪莹:记得二十年前,最后离开南阳的时候,是托赵老爹、赵婆婆照管这一套宅子的,没想到竟成了这个样子。

小宽:不知赵老爹、赵婆婆,现在在哪里呢?

雪莹:他们家以前就在隔壁,过去问问吧。

张仲景默然看着眼前的废墟。

28

赵老爹家。门前。白天。

小宽轻轻上去叩门。

门开了,是一位中年妇女。

赵家媳妇:你们是……

小宽:这是赵老爹家吗?

赵家媳妇一愣,然后才反应过来:你是问我公公吧?他十年前就去世了,我是他的儿媳妇。

雪莹:你是栓子媳妇?

赵家媳妇点点头。

雪莹:难怪没见过,我们走的时候,你还没过门呢?

赵家媳妇:您是……

雪莹:我就是隔壁张家药铺的,我舅舅就是张老先生张伯祖,我是他的外甥女。

赵家媳妇惊喜地:哎呀,是张家药铺的人回来了,那个当了长沙太守的张大人回来了吗?

雪莹笑:回来了,这是我家官人。回头指张仲景。这是他的师弟小宽。这是小宽媳妇,我们的儿子葛根,他们的女儿钵钵。

赵家媳妇:哎呀呀,真是来了贵客,屋里请,屋里请。

29

赵家。白天。

众人落座。

雪莹：你婆婆呢？

赵家媳妇：我婆婆三年前也去世了。临走的时候，她还老念叨，她说，张家药铺当初是托付给她的，她没照管好，让宅子塌了，可怎么办呢？

小宽：房子怎么塌的？

赵家媳妇：我过门的时候还没塌，只是多年没人住了，门口长了厚厚的草。过门第三年的时候，南阳城下起了连绵的阴雨，天天下天天下，足足下了半个多月吧。有一天夜里，电闪雷鸣的，我睡在屋子里，就听到隔壁"轰隆隆"几声，原来是药铺房子的大梁折断，整个房子都塌了下来……

张仲景叹了口气：唉！

赵家媳妇：塌了之后，公公婆婆都很痛心，觉得对不起你们，可咱小户人家，也实在是没办法，就这样一直让它荒着，这都十多年过去了，成了这个样子……

众人都有些难过。

钵钵：爹，房子塌了，咱们住在哪里呢？

小宽看着张仲景。

张仲景：当官这么多年，我却没什么积蓄，也拿不出钱来盖一个新宅子呀。没有宅子，药铺怎么开张呢？

赵家媳妇：大人莫慌。暂且在我家住下，我家男人待会儿就回来了。

张仲景：这两家人好几口子，住在你家怎么合适？

赵家媳妇：你们是远客，不住我家住哪里？我们虽是小户人家，挤一挤，住个十天半月还是没问题的。你们先住下，再商量打算嘛。好了，把行李都搬进来吧，我先去给你们做饭。

赵家媳妇出去搬行李了。小宽跟着出去。

张仲景：她倒是个厚道热心肠的人啊！像她婆婆。

雪莹：可住在这里也不是长久之计呀。

张仲景：明日我去街上，先租下两套房子吧。

30

赵家。院中。白天。

赵小栓进来：张先生，您看是谁来看您了？

张仲景一打量，原来是乔远志。

乔远志：太守大人，多年未见了。

张仲景急忙上前迎接：乔县令，是你呀！

乔远志：我辞官后，就来这儿落了户，一得到你回来的消息，就来看望太守大人了。

张仲景笑：谢谢，只不过我已经不是太守了。

乔远志：我也早不是县令了，兵荒马乱的，还是当老百姓心里踏实。

张仲景：我们现在就是两个老头子了。王粲王大人，后来一直没消息，现在怎样了？

乔远志：现在在曹操手下，曹操还是很赏识他的。

张仲景点点头。

两人落座。

乔远志：这次回来还走吗？

张仲景：不走了，落叶归根，打算开个药铺，终老于此了。

乔远志：可惜原来的张家药铺，已经是一片废墟了。

张仲景：是啊，正为这事儿犯愁呢，眼下暂时借住在邻居家。这二十年当的都是清官，实在没攒下钱来盖房啊。

乔远志想了想：你怎么不找二虎呢？

张仲景：二虎？

乔远志：就是当年在陈家庄你救了他一对儿女的那个二虎。

张仲景拍了一下额头：哦，我想起来了，脾气特倔的那个汉子。怎么，你让我找他干吗？

乔远志：他这些年做山货生意，可发了大财，早就举家搬到南阳城里，是城里数一数二的大财主了！你找他资助一下，将来药铺挣了钱再还他，他肯定愿意。

张仲景：这？不好去麻烦人家吧？

乔远志：有什么不好的？这些年他只要见了我，都要打听你的消息，对你的崇敬之情，溢于言表呢。你去找他，准没有错。

张仲景：开口求人难，我看还是别去了，另想办法吧。

31

赵家院门口。白天。

突然，门口进来三个人，一个老年财主和两个青年书生。那老年财主正是当年的二虎。

二虎大着嗓门嚷：张太守是住在这里吗？张太守是住在这里吗？

三人走了进来。

32

院中。白天。

乔远志一拍大腿：说他他还就来了，邱大员外快过来，张太守就在这里。

二虎急走几步过来，看见了张仲景：张太守，我是二虎啊，当年陈家庄的二虎，你还认识我吗？

张仲景含笑地：认识认识，二十年过去，你的样子可是没怎么变哩。

二虎：哪里哪里，我们都老了。这是我的儿子和女婿，来，见过长沙太守张大人。

身后两个小伙急忙行礼：大人好。

张仲景：我已经不是太守了，又回南阳做医师了。

二虎：回来好啊，咱们南阳的百姓又有神医救治了。

乔远志：你别高兴得太早，张家药铺已经成一片废墟了。

二虎：我今天来找张太守，就是要说这个事情。自我十多年前举家搬到南阳城，每每路过这张家药铺，见到一片废墟，心里总是结着个疙瘩。有心想把它修复好，可又一想，光有宅子有什么用，神医毕竟不在了。现在神医又回来了，我想即刻就找人，重新盖这宅子，保证跟以前一模一样，还会比以前更好。太守大人，您同意吗？

张仲景感激地：那可真是雪中送炭了，可让你太破费，我有些于心不安。

二虎：大人就别客气了，您这样的神医，谁能请得来呀？花几个钱算什么？您要是答应了，我就让我这女婿监工，明天就开始干！

女婿点点头。

张仲景：这？

乔远志：太守大人，你就答应了吧。药铺早一天开张，南阳百姓就早一天能看上病啊！

张仲景高兴地点点头：好！我让小宽兄弟也给张罗着，前边的铺子和药房盖大一点，后边的住宅越简单越好。

二虎：您就瞧好吧，保证前边后边哪里都让您满意。

张仲景：将来药铺挣了钱，我一定要还上的。

二虎：大人，你这样说，我心里就有点难受了。我老是跟我的儿子、女儿还有儿媳、女婿说，你太守大人是邱家的救命恩人呢，是到了邱家报答您的时候了！

张仲景和二虎的手，紧紧地握在了一起。

33

工地前。白天。

新盖的瓦房已经有了大致的模样。

小宽和二虎的女婿正指挥着工人们盖房。

葛根也光着膀子在添砖加瓦。

张仲景、二虎和乔远志在一旁观看。

二虎：太守大人，您看这盖起的房子，还满意吧？

张仲景点头：满意满意，比我的长沙太守府还气派呢。

二虎：我这都是找得最好的材料，大梁全是用山里长了几百年的松木，以后就算砖瓦都烂了，它也不会烂的。

张仲景：可不要太破费了，只要能在里面为百姓看病就成，千万不能奢华啊！

二虎：大人放心，我要的是结实、厚重，并不奢华。

张仲景：你也别一口一个"太守""大人"地叫，我听得别扭，还是像二十年前那样，叫我"先生"吧。

二虎：是，大人。

乔远志听得笑了起来，二虎也笑了。

乔远志：先生，您回到南阳，除了为百姓看病，还有什么心愿？

张仲景若有所思地：记得二十年前，我就跟你说过，我想写一本医书，把多年行医的经验和教训，都写下来，留给后人。那时你劝我去做官，说是做了官才能传播自己的医术，可这二十年在官场混下来，发现做官对于行医来说，虽说不是完全矛盾，但也没有太大的裨益。只是在长沙当太守，使我对南方的地理和气候有了切身的体会，也发现南方的疾患与北方不同，与地理、气候有很大的关系，算是有收获吧。现在回到南阳，我无官一身轻，就要潜下心来，认真写这本书了。

乔远志：好啊，先生将来留下的，一定是一部旷世名著！

张仲景：那我倒没想过。但我明白，医术从上古开始，到今天已经经历了千年，其实已经到了好好总结的时候。越是古时候，医术越是与巫术纠缠在一起，"巫医不分家"，而今天，医术已经有了自己的一套方法，应该到了它和巫术分家的时候了。对于患者身体的疾病，应该是"信医不信巫"，巫术往往是虚幻的东西，是一种精神安慰，其实是不太管用的，真正能解除病人痛苦的，只有医术，而且这医术需要传开，而不能只变成家技，只传给自己的儿子！

乔远志：大人此书一旦写成，恐怕医术就能在历史长河中，真正确立起来了。

张仲景：不敢当，我只是想为医术的确立，尽自己的绵薄之力。

34

新落成的张家药铺。大门前。白天。

锣鼓声。

油黑发亮的"张家药铺"的匾额，由葛根登梯子，重新挂到了大门上方。

左右邻居和南阳城的老百姓，都前来祝贺。

人群拥挤。

35

门前台阶下。白天。

一老者捋须赞叹：张家药铺，又回来了！

一小伙子对同伴：这药铺爹娘跟俺说过，非常神奇，只是没看到过，真有那么神吗？

一妇人：不相信？那你就快点得病，快点来瞧吧。

36

大门前。白天。

大门缓缓打开。

人们安静下来，张仲景、小宽、二虎、乔远志、雪莹、英姑出现在大门口。

张仲景向众人拱手：众位乡亲，仲景弃官归来，一心想重开药铺，为乡亲们治病。靠着邱先生的资助，盖起了这一套宅子，张家药铺，今天算是重新开张了！

众人发出了一片欢呼声。

锣鼓声又响了起来。

37

台阶下。白天。

人群中现出一张面孔，是任彦成。

38

大门前。白天。

张仲景：众位乡亲。药铺开张，我不想说生意兴隆的话，因为咱南阳城的乡亲们都没有病，才是我最大的心愿。但人吃五谷杂粮，谁能不得病呢？所以说，药铺还是要开的，我也就祝愿每个来张家药铺看病的乡亲，都能看好，药到病除，乡亲们愁眉苦脸地离家来，都能高高兴兴健健康康地回家去！祝愿各位乡亲，益寿延年，长命百岁！

人群中又发出一阵欢呼声。

张仲景：今天是开张第一天，就请乡亲们，有病的进来看病，没病的，也进来瞧个热闹！

百姓们蜂拥而入。

39

药铺对面的街道上。白天。

任彦成呆呆地站在那里,并没有上前。

他回转身,走了。

40

凌晶草房前。白天。

草房门前,已经挂上了"韩家药铺"的小木招牌。

任彦成,推门进去。

41

草房内。白天。

房间内已经布置成了药铺的样子。

任彦成坐下,唉声叹气。

凌晶:怎么了?去哪里转了一圈?

任彦成:唉,咱这药铺刚开张,本来来抓药的就少,以后只怕就更少了。

凌晶:为什么?

任彦成:我那个师弟张仲景,放着好好的长沙太守不当,也回南阳了。

凌晶:哦?

任彦成:本来张家药铺已成了一片废墟,可没想到一个多月的工夫,就起了七八间大瓦房,比先前的还敞亮气派,今天就开张了。看来他在长沙还是刮了不少地皮。

凌晶:才不会呢。他那样的人品,怎么会刮老百姓的地皮?

任彦成:那他的房子是怎么盖起来的?

凌晶:你去看他开张了?

任彦成:刚才药铺不来病人,我出去走走,一阵锣鼓声把我吸引过去了,一看,好气派啊。

凌晶:你没进去?

任彦成:没进去。

凌晶：是怕他们不认你了吧。

任彦成：那倒不是。我是怕暴露了身份，官府又来抓我。

凌晶：你想隐姓埋名一辈子？

任彦成：暂时只有这样了，要不怎么挂个"韩家药铺"的招牌？不过曹操也别想一辈子得意，我相信总有他倒霉的一天。

凌晶：可他现在风光得很呢，马上就要拿下江东，统一中国了。

任彦成：他会败的。我在府里二十年，从来没见过永远不败的人。越风光的人，将来就败得越惨，败得死无葬身之地。

凌晶：也包括你吗？

任彦成没说话。

42

张家药铺。院中。白天。

雪莹从门口进来：他爹，乔先生又来了，我出门买菜碰到了他，他现在跟小宽兄弟在说话呢。

张仲景正在钻研医书，抬起头笑笑。

乔远志进来：张先生。

张仲景放下书起身：乔兄。

乔远志：先生在做什么？

张仲景：我在钻研各家的医书，已经通读两三遍了。

乔远志：你的书，是不是要动笔了？

张仲景：其实过去在荆州和长沙的时候，我已经动笔了，但那时写的都是零碎的体会，没有时间也没有心思进行系统的思考，我如今是要仔细想一想书的整体布局。乔兄此来，外面有什么消息吗？

乔远志：天大的消息。曹操败了！

张仲景：曹操败了？

乔远志：是啊，他八十三万人马，居然让孙刘两家四五万人马给打败了，周瑜用了火攻。

张仲景：呵呵！曹操不可一世，没想到会有这样一场惨败。

乔远志：我还听说刘备已经夺下了荆州，与曹操、孙权，成了三足鼎立之势。

张仲景：看来以后仗是不会少打了。不过我就躲在这药铺里，潜心写我的书，再也不用担心官场的是非沉浮了。

乔远志：这一场厮杀下来，谁知最终是个什么结果呢？他们都在忙着杀人，只有你张先生，开着这么个小药铺，在救人呢！

张仲景：救的没有杀的多呀！不去管它了，我让内人去烫一壶酒，晌午你就在这里，咱们喝它几杯。

乔远志笑着点点头。

43

凌晶草房外。白天。

任彦成将"韩家药铺"的牌子换成了"医署令药铺"。

凌晶出来看见：官人，你这是干吗？

任彦成高兴地从梯子上下来：曹操败了，已经灰溜溜地回了北方，真是大快人心啊！我任彦成再也不用藏着掖着了，咱们换个招牌，肯定能吸引来病人。

有几个路过的人果然被吸引住，围了过来。

行人甲：医署令？谁是医署令？

任彦成：就是我啊，医署令任大人，听说过吗？

行人甲摇头。

任彦成：我在荆州当了十年医署令，你居然没听说，真是孤陋寡闻。

行人乙：哦，我听说过，咱们南阳是出了个医署令，就是你啊！

任彦成：是啊。

行人乙：你是以前凌太守的女婿，荆州刺史刘表还给了你一块"神医高手"的匾额。

任彦成：就是就是，还是你知道得多。

行人乙：哦，那你怎么放着大官不当，跑回南阳干什么？

任彦成：当官没意思，当个医师多好。

行人乙：好，好，我以后有病就来找你看。

44

草房内。白天。

凌晶和儿子果儿在收拾草药。

任彦成走过来对凌晶：娘子，病人果然多起来了，你将药价都提高三倍！

凌晶：啊？提高这么多呀？

任彦成：再高也有人买，医署令的牌子值钱呢。咱可要多赚点钱，好把这草房换成瓦房。

凌晶：这不大好吧？

任彦成：听我的。

45

草房内。白天。

几个人抬着一个老年妇女进来，后面跟着个阔少爷。

阔少爷：医署令，我娘不知怎么的，早上吃完东西就上气不接下气，你快给看看。

任彦成过去：老人家，你怎么了？

老太太：我……我胸口闷得很，浑身不得劲……

任彦成：是吃完东西就这样吗？

阔少爷：是。

任彦成：吃的什么东西？

阔少爷：吃了个油饼，还有黑枣。

任彦成：可能是东西结在胃里，下不去，开点泻药泻一泻就好了。

任彦成开了方，凌晶去拿药煎了起来。

46

草房外。白天。

阔少爷有些放心地走出门外。

他的一个随从跟出来，讨好地：少爷，有医署令给老太太看病，你就只管放心吧。

阔少爷点头。

47

草房内。白天。

一碗黑乎乎的药端到了老太太眼前。

老太太捧起碗,将药喝了下去。

任彦成:怎么样?老人家,好些了吗?

突然,老太太翻起了白眼,四肢都抽搐起来。

阔少爷跑过来,惊慌地:娘,娘!

老太太不停地抽搐,最后昏迷了过去。

任彦成吓得手足无措。

阔少爷转身抓住任彦成的脖领子:这是怎么回事?

任彦成:我也不知道,可能突然发起别的病来。

阔少爷扇了任彦成一耳光:放屁!分明是喝了你的药才这样的!你个开虎狼药的庸医,给我砸他的铺子!

抬老太太来的几个家丁,一起动手砸起了药铺。

凌晶拦住:不要砸!你们怎么砸东西呀!

果儿想拦但无力拦。

阔少爷将凌晶抓住:你这个半老徐娘,还有些风韵呢!

阔少爷又对任彦成:你赶紧把我老娘的命给救回来!否则,我烧了你的房子,卖了你的娘子,还要打断你的一条腿!

任彦成惊慌失措,想溜:你等等,我的医术有限,去给你请好医师,来治你娘的病,好不好?

阔少爷一跺脚:快去,不过你别想跑!

阔少爷对旁边的两个家丁使了个眼色:你们跟着他!他要是想跑,你们就把他往死里打!

两家丁:是!

两个家丁推了推任彦成:走吧!

48

街上。白天。

任彦成两只眼睛乱转,苦无脱身之计。

突然,他向张家药铺走去。

两个家丁跟着他。

49

张家药铺。诊室内。白天。

张仲景正在给病人看病。

任彦成和两个家丁闯进来。

张仲景一愣。

任彦成"扑通"一声跪下：师弟，救救我！

第二十九集

1

张家药铺。诊室内。白天。

张仲景看见任彦成，惊在那儿：是你？！你不在荆州？

任彦成"扑通"一声跪下：师弟，救救我！

张仲景越加意外：怎么了？起来说话。

任彦成：我回南阳已有一些日子了，自己开了一家小药铺，今日给一个老太太看病，她胃里结食，我给开了点泻药，谁知她吃完泻药抽了起来，他儿子要砸我的铺子，烧我的房子，抢我的娘子，还要打断我的腿，师弟，救救我！

张仲景仍有些不明白，不过还是毫不犹豫地对小宽：小宽，这里你盯着，我去看一下。

他跟着任彦成和两个家丁出门。

小宽看着他们离去的背影，有些疑惑不解。

2

张家药铺大门外。白天。

外出的雪莹迎面走来。

她看见任彦成先是吃了一惊，跟着就扭过脸不再看他，只对张仲景：你这是要去哪里？

任彦成这时急忙解释：雪莹，好久不见了，是我叫师弟过去帮我点忙的。

雪莹依旧不看他，只是望着仲景。

张仲景一笑：师兄遇到了一点麻烦，让我过去看看。

雪莹冷冷地：谁遇到麻烦谁解决，与你有啥相干？走，回去！

任彦成尴尬地站在那儿。

张仲景笑笑，理解地拍拍妻子的肩膀，低声地：我去看看，很快就回来。

张仲景说罢，朝任彦成一摆手，快步走了。

雪莹气得跺了一下脚……

3

凌晶草房。白天。

老太太身上、手上已经有张仲景扎的针。

阔少爷：这样就能醒过来吗？

张仲景：应该能醒的。再等一等。

阔少爷：醒不了，连你一起打！

老太太的手指动了。

一家丁：少爷，老夫人的手指在动。

阔少爷高兴地看着。

慢慢地，老太太的眼睛睁开了。

阔少爷跪在地上哭了起来：娘啊娘，你可吓死孩儿了！

老太太难受地：星儿，我胸口闷，胸口闷！

阔少爷又站起来，对任彦成目露凶光：好你个庸医！差点把我老娘害死！弟兄们，给我砸！

任彦成吓得急忙往张仲景身后躲。

张仲景断喝：慢！老太太的病，我可以治好！可你们要是乱砸东西，我就不治了！

阔少爷抓住了他：你敢！

张仲景：放手！我刚把你老娘救醒，你想怎样？你要真孝顺你老娘，就别在这儿胡闹，给你娘治病要紧。

阔少爷松开了手：我娘的病，怎么治？

张仲景：你娘的确是胃里积食，可能是油腻的东西遇到柿子一类的软东西，就结在一起了。

阔少爷：对对，是吃了油饼和黑枣。

张仲景：不过这病，不能用泻药，老人家身体虚弱，经不起那么猛的药。你先把你娘抬回去，慢慢静养，给她吃几天稀粥和煮烂的面条，也可把馒头烤煳，把煳的那层壳剥下来，擀成粉，给你老娘吃，吃个几天，结食消化下去，病就好了。另外，我再给你开点补气养胃的药，每天给煎一小碗，喝一次就行了。就这样。

张仲景边说边开起了方子。

阔少爷：你是哪个地方的医师？

张仲景：张家药铺。

阔少爷一惊：哎呀！原来是长沙太守张神医。小人有眼不识泰山，刚才冒犯了。都怪我，刚才一着急，冲着这个药铺的响亮招牌，就近把老娘送到这里来，差点没把她老人家害死！

阔少爷指任彦成：你这个庸医！

张仲景拦住：他是我师兄，你也不要为难他了。

阔少爷：我才不信呢！他这么庸，怎么会是你师兄呢？反正冲您的面子，我以后也不为难他就是了。

张仲景：回去吧。

阔少爷对张仲景鞠躬：谢谢了。

之后阔少爷挥手，让家丁们抬着老娘走了。

4

张家药铺诊室里。白天。

雪莹气极地对小宽：这个姓任的还有脸来找我们帮忙。

小宽：真是个无赖！

雪莹：他既然也回到了南阳，咱们可要小心点。

小宽点头：我还不知道他？！

5

凌晶草房，白天。

任彦成对张仲景拱手：谢谢师弟救我。

张仲景看着被砸坏的药铺，对任彦成：师兄，你是啥时在这里开起的药铺？

任彦成眼泪八岔地：师弟，自从曹操杀了蔡瑁，追捕蔡氏余党，我就没好日子过了，怕他们追捕，我连夜逃跑，没想到在城门口，被城门官抢得一干二净，沿路乞讨一个多月，才回了南阳。后来遇到了我家娘子，才有了个落脚之地。刚开了个药铺，又被砸成这样！真是没法活了！

凌晶这时倒了茶过来：张大人，您喝口茶。

张仲景接过茶杯：我已经辞了官，你们也别管我叫大人了，还是叫师弟吧。你是凌太守的女儿，怎么沦落至此？

凌晶叹了口气：我爹去世后，我们母子和我娘相依为命。刚开始日子还算殷实，但除了变卖家财，我和娘都没有别的生财之道，一天天坐吃山空。后来娘得了重病，我卖光了家产，又欠下债，等办完了娘的后事，只有卖宅子还债，最后就落到了这个地步！

张仲景：唉，真是苦命人哪！

凌晶：先生，虽然现在日子辛苦，但我们一家三口，总算又在一处了。其实荣华富贵，不过是过眼烟云，寻常百姓人家，日子虽然辛苦，可一家人聚在一起，日出而作，日落而息，心里踏实。

张仲景：那倒也是。

张仲景四处走了几步：竟被砸成了这个样子？师兄，你这个药铺还怎么开呀？

任彦成：有什么办法呢？再一点点置办吧。

凌晶：先生，天快黑了，您要不嫌弃，留在这里吃了晚饭再走吧。

张仲景：你们这里还怎么做饭？你们去我那里吃吧。

任彦成始是一愣，继而又欣喜地：好，好！

凌晶拉了他一下：我们还是不去打扰了吧？

张仲景：走吧，我也好和师兄叙叙旧。

任彦成：走吧，走吧。

任彦成拉凌晶母子。

凌晶无奈，只好跟着一起出门。

果儿不动，也不说话，满眼对父亲的鄙视。

任彦成：就让果儿在家，我们给他带点吃的回来。

6

张家药铺。大门口。黄昏。

张仲景带着任彦成、凌晶来到大门口。

任彦成仰望"张家药铺"的匾额，久久不愿往前迈步。

张仲景：师兄，进去吧。

任彦成：师弟，你知道我在想什么吗？我在想，当初我迈出药铺的那一步，真是错了。如果我不离开药铺，如果我一辈子都在药铺里，当个实实在在的医师，那该多好啊！一辈子心安理得地做人，那该多好啊！

张仲景：当初我劝你不要离开药铺的时候，你不听啊。

任彦成：我们都老了，现在回首往事，师兄我才真正知道，当初选择错了。

张仲景：是啊，人的一生说起来漫长，可关键时只有那么几步，走错一步，就回不了头了。

凌晶：你们在说什么？

张仲景：哦，没有什么，师兄，嫂子，进去吧。

7

张家药铺院中。黄昏。

三人来到院子里，任彦成像从未来过似的四处张望，非常感慨的样子。

任彦成指着一间房，对凌晶：当初，我和师弟就睡在那一间，睡了十来年呢。

张仲景：地方还是那个地方，房子却不是那个房子了，现在的房子都是新盖的。

任彦成：还是过去的老样子。

张仲景：是按原来的样子重盖的。

任彦成：我们两个人都还在，只是全老了。

突然，雪莹由屋子里出来，冷冷地盯着任彦成。

任彦成主动上前，讨好地：师妹。

雪莹没有理他，从他们身边过去了。

小宽也来到了院子里，瞪了任彦成一眼，走开了。

葛根、钵钵出来，张仲景介绍：葛根、钵钵，这是你们任师伯、任伯母。

两人施礼。

钵钵有些诧异：任师伯？

张仲景：在荆州的时候，他去过我们家，不过你那个时候小，记不太清。

钵钵似乎想起点什么，神情也有些异样：哦？师伯好，伯母好。

任彦成：好，好，都长这么大了。

他想过来拍葛根一下，葛根却闪开，走远了。

凌晶见大家都不理他们，觉得很难受。

张仲景：屋里请，屋里请。

8

张家药铺客厅。黄昏。

三个人进了客厅。

张仲景：坐，坐。

三人都坐下。

张仲景：我去让英姑准备饭菜。英姑，英姑——

9

张家药铺厨房。黄昏。

英姑正在厨房里忙碌。

张仲景进来：英姑，做几个菜，任师兄和嫂子来了，他们也回到南阳了。

英姑显然已看见任彦成来了，冷冷地：想吃他们不会在自己家里做？跑到这里来混饭吃！

张仲景理解地一笑：他们家被人砸得不像样子。

英姑赌气地：做什么呀？人家可是在府里吃惯山珍海味的人，我这手艺——

张仲景自然听出了英姑是在生气，微笑着打断她：简单做几样小菜，做好了就端过来。

英姑转过身，不说话。

张仲景低声再叮嘱：快点做啊，不要让我难堪。

英姑叹口气：好吧。

10

张家药铺客厅里。黄昏。

张仲景回来：等一下饭菜就上来了。

凌晶：还是不麻烦了，我们走吧。

任彦成显然知道这是一个改变自己处境的机会：师弟一片好意，既然来了怎么能走？

张仲景：就是啊。

11

张家药铺诊室里。黄昏。

小宽和雪莹都沉着脸站在那儿，显然在生气。

雪莹：你看你师兄，还把姓任的请来吃饭，让他吃饱了来害人啊！

小宽：我没见过脸皮有像任彦成这样厚的人。

葛根理解地笑着：爹和他毕竟是师兄弟呀……

12

张家药铺厨房里。黄昏。

雪莹进来，低声地：英姑：不给他姓任的做饭。

英姑住了手：我正不想给他做哩。

小宽这时进来：做吧，不然师兄下不了台。

13

张家药铺客厅里。黄昏。

英姑端了饭菜进来，瞭了任彦成一眼，将放饭菜的盘子和碗筷重重地搁在了桌上，没打招呼就走了。

凌晶的脸红了，任彦成却像什么也没感觉似的夹了一口菜到嘴里：好吃，好吃。

张仲景取出一小坛酒：来，师兄，喝一点？

任彦成毫不客气地：好，好。

张仲景：嫂子——

凌晶：我不喝。

任彦成：你就喝点嘛，又不是外人。

凌晶只好勉强点头，张仲景也给她倒了一点。

14

张家药铺诊室里。黄昏。

英姑气呼呼地走进来,对雪莹和小宽:姓任的真不知道啥叫丢脸,拿了筷子就吃,还喝酒哩!

雪莹:都怨你们张师兄,把狼往家里引,人家还没把他整死!

小宽叹口气劝解:师兄的心肠你们还不知道,看不得别人受苦……

15

张家药铺客厅。饭桌上。黄昏。

张仲景和任彦成都有了点醉意。

任彦成:师弟,我们几乎是前后脚离开南阳去荆州做官的,而你现在是一代名医,我却一事无成,混到偌大一把年纪,连糊口都难,这都是报应啊!

张仲景:师兄不要过于悲伤,我可以帮你。你药铺里缺什么药材,尽管到这里来拿,我帮你把药铺重新办起来。

任彦成:我那药铺,还有办头吗?师弟,说句掏心窝子的话,我想回到这里来。

张仲景吃了一惊。

16

张家药铺诊室里。黄昏。

雪莹对小宽:他一会儿走时,你赶过去告诉他,永远别再踏进我们的家门!

小宽一笑。

17

张家药铺客厅里。黄昏。

任彦成:今天到了这里,这里的一切,都让我触景生情。我真想回来呀,这里才是我的家!我要是能回来,师弟,我只想给你打个下手,有一口饭吃就行!师弟,哪怕让我扫地看院子都行,师弟!

凌晶看他这样说话,分明有些难为情,伸手扶住他:官人,是不是有点醉了？

任彦成：别拦着我，我跟师弟说几句心里话！我，我，我心里难受啊！

任彦成居然哽咽着哭了起来。

凌晶：你看你，真是喝多了。

张仲景觉得他的确是有点可怜，脸上露了怜悯之色。

任彦成：师弟，我还回得来吗？师弟，我知道，你是不肯要我了，这都是我的报应啊！报应啊！报应！

张仲景拍了拍他的肩：师兄，想回来你就回来吧！我现在这里也缺人手，你就在药房里，帮着小宽一起炮制药材吧，我每个月给你开工钱，保证你们一家三口生活有着落。

任彦成惊喜地：真的？

张仲景点点头。

18

张仲景卧室。夜。

张仲景来到卧室，雪莹正躺在床上生闷气。

张仲景脱衣服：他娘，我知道你还没睡，跟我说说话吧。

雪莹翻过身来：又喝那么多干什么？再说了，跟谁喝不好，怎么又把他领来喝酒？

张仲景淡淡一笑：他是我的师兄啊，对了，也是你的师兄哩！

雪莹冷着脸：我没有这样的师兄。你怎么忘性那样大？又把他往家里领？他害我们家害得还不够惨啊！他是个啥样的人你不知道？！

张仲景苦苦一笑：过去的事，该忘就忘了吧。我们都是这么一大把年纪的人了。你看他现在，多可怜啊！

雪莹：你现在觉得他可怜，将来他有一天再得了势，只怕又翻脸不认人呢。

张仲景：他得不了势了，我看啊，就让他在咱这铺子里混一口饭吃吧。

雪莹：什么？你还让他回咱这铺子？你喝酒喝多了吧？万万不行！

张仲景：我已经答应他了。

雪莹焦虑地：你糊涂啊！他是什么德行，你跟他打了大半辈子交道，还没有看清吗？

张仲景默然半晌：他的为人我何尝不知，可他都这样大年纪了，兴许会改掉自己的毛病的，再说，当初在府里，有些事他也是身不由己，好多事情，是蔡瑁逼他干的，他不干也不行啊。我们把人往好处想吧，忘掉过去的仇恨，人为什么要一直生活在仇恨里呢？

雪莹激动地：你能忘，我可忘不了。我敢说，只要坑害你对他有利，他坑害你的时候连眼睛都不会眨一下。

张仲景：就算是那样，他毕竟也是师父的徒弟，是张家药铺走出去的人，现在让他流落在外，连饭都没的吃，咱对不起师父！

雪莹没话了。

张仲景：你没见他也老了，手无缚鸡之力，还能害谁呀？再说了，在咱药铺里要看出他还有害人的心思，赶走他也不迟。

雪莹叹了口气：反正这铺子你说了算，可你知道扁鹊是怎么死的吗？就是被秦国的医署令李醯给害死的，李醯妒忌扁鹊的医术，就用重金收买刺客，让刺客埋伏在魏国荡阴邑的一条路上，把他刺死了！刺杀他的地方如今还被人们叫作"伏道"。舅舅当年给我讲过这个故事，你把姓任的放在身边，就等于在自己身边，放了一条毒蛇！

张仲景显然不想再听下去，笑笑：毒蛇也能入药呢。这件事情你别管了，我已经定了。

雪莹又深深叹了口气，不说话了。

19

张家药铺药房内。白天。

小宽正在药房内配药。

任彦成怯生生地进来：师弟。

小宽看了他一眼，没说话。

任彦成：张师弟让我到这里来，帮你配药。

小宽只顾忙自己手里的活，并未理睬他。

任彦成：你看，我，做点什么……

小宽不耐地：你去把那边的草药切一下。

任彦成：唉！

任彦成高兴地答应了，去切起了药材。

20

叠印：

春花灿烂，张仲景在为人把脉看病……

夏雨滂沱，张仲景披着蓑衣正在小宽的陪同下出诊……

秋阳灼灼，张仲景正在田埂上为倒地的农人扎针……

冬雪飘飘，张仲景正在伏案写书……

21

张家药铺。院内。白天。

张仲景、雪莹在院中。

小宽高兴地进来：师兄，你看，谁来了？

张仲景一看，是方同、秦小七和蔡凤子进来了，方同身后还跟着一个女人。

方同、秦小七、蔡凤子：师父！师母！

张仲景、雪莹高兴地过去迎接：你们来了啊！

方同：接到信知道是葛根和钵钵要成亲，我和小七商量了一下，干脆，全体出动，两家人都来了。

张仲景：那长沙的铺子交给谁呢？

方同：我从你当初培养的那些学医的年轻人中，收了几个做帮手，让他们帮着管几天。

张仲景指方同身后的女人：这位是刘青萝吧？

刘青萝：师父好，师母好！

张仲景笑眯眯地：那年你们来封信，说是成亲了，就一两句话，我还没搞明白是怎么回事呢。你们是怎么走到一起的？

刘青萝：我和爹娘当年连夜逃出长沙县，四处流浪，几年后听说蔡家倒了，就回去了。当时爹娘说，我能从蔡家逃出来，要感谢太守大人您。我们就去太守府找，却听说您已经辞官了。我就在药铺里认识了他（指方同），一来二去的，就说成了亲事。

张仲景：好啊，好啊。蔡家现在怎么样了？蔡凤子，你说说。

蔡凤子：我伯父被砍了头，我父亲和弟弟，坐了几年大狱，现在都出来了，在家休养呢。家道虽然败落，可如今日子过得倒踏实了，我也回去了几趟，父母和弟弟重新认下我了。

张仲景：好啊，好啊，看来你们都挺好的。

秦小七：葛根和钵钵呢？

小宽：出去买菜、买鱼、买肉，好招待你们啊！

方同：嘀，新郎官和新娘还到处跑啊！他俩可是我们看着长大的，这一晃，都要成亲了！

雪莹：是啊，日子过得可真快，我们这辈人，都老了。

任彦成忽然出现在远处，怯生生地站着，不敢靠近。

张仲景看见了他：师兄，过来。

任彦成过来。

张仲景：方同，小七，这位就是我的师兄，你们的师伯，曾当过医署令的任大人。

方同：师伯好。

小七：师伯好。

蔡凤子和刘青萝：师伯好。

任彦成：好，好。

张仲景：大家都屋里坐，屋里坐。

22

张家药铺书房中。白天。

张仲景正在写书，方同进来，帮师父磨墨。

张仲景放下笔：你坐吧。

方同：师父，你这是在写书吗？

张仲景：是啊，还没弄完呢。

方同：书名想好了吗？

张仲景：还没想好，不过可能是《伤寒杂病论》了。

23

张家药铺院中。白天。

正在翻晒药材的任彦成听见了张仲景的话，自语着：《伤寒杂病论》？他侧了耳朵仔细去听。

他的心声由画外响起：我要能写一本这样的书那该多好！

24

张家药铺书房中。白天。

方同：怎么是这个名字？

张仲景：我自己研究的第一个方子，是在一场瘟疫里派上用场的。我这一辈子，最精华的医术，也是在治疗伤寒方面，当然也包括别的病，所以就叫《伤寒杂病论》吧。

方同：是不是太普通了？应该响亮一点，像《黄帝内经》《神农百草经》，师父这本书也该叫什么经才对。

张仲景：可不敢称经，不过是多年行医的一点心得体会。还不知道对后世有多大用处呢。

方同：一定会派上大用场的。当年在长沙，师父就传授我"理、法、方、药"这四个字，还有"因、证、脉、治"这四个字，都应该是行医者的万世圭臬呢！

张仲景：说得太大了可不好，毕竟只是一家之言哪。我的这本书，一定要写得非常实用，让医师们一书在手，马上就能用到病人身上，所以一定要写得简洁凝练，不能烦琐。最好是总结成几个字，提纲挈领，让想学的人一下子就能领会，这太重要了。

方同：师父，我真想先睹为快呀！

张仲景：你可以先看看，也提提意见。

方同：师父的书，我能提什么意见？

张仲景：不能这样说。你在南方行医，和我这几年在北方行医又不同。关于南方病症的治疗，我倒是想向您请教请教。

方同：师父，真是折杀弟子了，您这样说，不是叫弟子无地自容吗？

张仲景：一起探讨嘛，你可要多出力啊。你跟我讲讲，白喉、霍乱，还有大肚子病，这些南方流行的疫病，现在怎么样了？

方同：病人还是很多，有时候控制得还可以，可不知道在哪个地方，又冒出来了，按下葫芦浮起瓢，我也是穷于应付。

张仲景：这些疫病，很难找到根除的办法，所以要以预防为主，比如霍乱，一定要控制住饮水，比方水井，控制住了饮水，它的传播就困难了。

方同点点头。

25

凌晶草房。夜。

任彦成坐在灯下，面前的桌子上摆着几页竹简，竹简上只写着一行字：伤寒杂病论。

他执笔苦想，却再写不出更多的字。

他颓然地扔下了笔，长叹一声：真是写不出了呀……

26

张家药铺院中。白天。

方同一边走，一边如醉如痴地翻看着从张仲景那里拿出来的竹简。

任彦成路过，对方同：看什么呢？

方同：师伯，这是师父写的书，师父让我看看。

任彦成：我能不能看看？

方同：好啊。

方同将书简递给任彦成。

任彦成捧着那竹简，激动得手有点哆嗦，贪婪地看着。

经过此地的雪莹看到，一把将竹简抢过来。

方同很诧异。

任彦成尴尬地搓着手。

27

张家药铺客厅里。白天。

雪莹领方同进来。

雪莹：以后你师父写的东西，不要给他看。

方同很疑惑。

雪莹：对他，你要提防着点。他这个人……一时跟你说不清，反正你要记住我的话。

方同点头。

28

客厅。婚礼场面。黄昏。

张葛根和卫钵钵的婚礼正在进行，司仪高声地：一拜天地——

葛根和钵钵拜了天地。

司仪：二拜高堂——

两人拜了坐在上首的张仲景、雪莹、小宽和英姑。

司仪：夫妻对拜，送入洞房。

两人对拜，被人牵着出去。

大家都一起向仲景、小宽两对夫妻祝贺。

方同：师父，师叔，这下你们就等着当爷爷、当外公了。

张仲景、小宽：谢谢，谢谢。

秦小七：是啊，师母和英姑婶子就等着当奶奶，当外婆了。

雪莹和英姑笑着：谢谢，谢谢。

门外有人：邱老先生到！贺礼五万！

众人：哦，出去看看。

29

张家药铺院中。黄昏。

众人迎出去，二虎正往里走。

二虎：张先生、小宽兄弟，恭喜恭喜啊！

张仲景、小宽：谢谢，谢谢。

张仲景：你怎么来晚了？

二虎：我到北方跑了一趟山货生意，今天上午才刚回来，这不，急着赶来了。

雪莹：路上顺利吗？

二虎：不顺。这趟跑的是关中，那一代经常有战事发生，我只好绕了许多弯路，又花钱疏通了不少关节，好不容易才把生意做成，人也平安地回来了。

小宽：那边的战事是谁打谁呀？

二虎：我也说不清，也不敢打听，只怕会惹上麻烦。

张仲景叹一口气：唉，这啥时候才能不打仗呢？

方同：好在他们是在关中打，中原还太平，这样我们回长沙也不会有危险。

二虎：怎么刚来就想走了？

方同：长沙那边的药铺还得赶回去照应。这次来，一是为了参加葛根和钵钵的婚礼，二是为了见见师父师母，心愿都实现了，也该回去了。邱老先生将来若去长沙，一定去我们寒舍做客啊。

二虎：一定一定。

30

字幕：十年后。

31

张家药铺。院中。白天。

葛根和钵钵七八岁的儿子小喜子正在院子里玩竹马，两腿间夹着一根竹竿，拖在地上，跑着：驾！驾！

已经老态龙钟的任彦成来到院中，看到小喜子：小喜子，又在骑大马啊！

小喜子：啊，任爷爷。

任彦成慈爱地拍拍小喜子的头。

同样老态龙钟的张仲景也来到院中，手里拿着竹简，在边走边看。

任彦成：师弟，还在写书呢？

张仲景：啊，就剩最后一点了。

任彦成：要写完了？

张仲景：快完了，不过写完了还要好好修改。

任彦成：师弟，我看你写得这么辛苦，真想帮帮忙，要不我帮着你誊抄吧？

张仲景为难地：这？

张仲景指指屋子里头：一直是雪莹和钵钵在帮着我誊抄呢，你问问她们。

任彦成不说话了。

小喜子：爷爷，背我好不好？

张仲景：好，好。

张仲景费力地弯下腰。

小宽进来，急忙拦住：小喜子，又淘气了？爷爷多大年纪了，怎么背得动你？一边玩去。

小喜子到一边玩去了。

小宽：师兄，你也太娇惯这孩子了，都淘得没样了。再说，您的肺病也不见好，怎么背得动他？

张仲景笑着：没事，孩子嘛。

小宽看看任彦成。

任彦成：我还要去配两服药，先走了。

任彦成边说边离开。

小宽：师兄，书快写完了？

张仲景：快完了，不过还要好好修改，估计还得一段日子。

小宽：前天碰到乔县令，他说，书写完了，要想法子誊写，多找几个人抄，这样才能流传后世。

张仲景：不忙不忙，我还要好好修改呢。

小宽：这事儿先张罗着，等你改好后就可抄了。多抄写几份，才能流传开。

张仲景：还是放一放吧。

小宽：不能放，现在就要张罗了。

张仲景：又得花不少钱了。

小宽：二虎说他有的是钱，他不在乎这几个。

张仲景：怎么好老让人家破费，这些年他资助咱们药铺，花的钱可不少了。

小宽：您这可是流芳百世的名著，他能组织人誊写，兴许也会留名呢。

张仲景笑着摆手。

32

张家药铺前屋一角。白天。

站在那儿的任彦成正侧耳听着院中小宽和张仲景的对话。

任彦成微声自语了一句：流芳百世……

33

凌晶草房。白天。

任彦成回到家中，凌晶正在缝补衣服。

任彦成坐下，正在想着什么。

果儿在读书。

凌晶：官人，饭菜我都做好了，你拿出来吃吧。

任彦成没反应。

凌晶：官人，吃饭了。

任彦成还是没反应。

凌晶过来推他：你想什么呢？

任彦成回过神来：我啊，我还是要写一本书。

凌晶笑了：你写？什么书？

任彦成：医书啊。

凌晶：你都这把年纪了，还来得及吗？再说，你写了谁看呢？

任彦成：怎么没人看？他张仲景写了有人看，我写了就没人看？

凌晶：他可是当世名医，你是吗？

任彦成：我怎么了？我当医署令的时候，他还是医监，属我管呢。

凌晶笑：还吹呢。官的大小，跟医术高不高明有什么关系？没听人家挖苦那些想当诗人的高官说"官高诗好能几人"？

任彦成：就算不如他，我也算是师父的徒弟，也不是一点医术都不懂啊，怎么就写不了书？

凌晶笑：那好吧，你吃饱了饭再写。

任彦成：你别笑，兴许将来流传后世的医书，恰恰是我写的。

凌晶：你就做梦去吧。

任彦成：做梦也好，人这一辈子，还是要活出个结果。我当官没当好，没挣出个富贵，当医师呢，也没当好，现在居然在师弟手底下混事儿，给他们俩打下手。唉，心里还真的有点不服啊。

凌晶：你别忘了当初你求着人家收留你的时候！

任彦成不说话了。

34

张家药铺。书房。白天。

张仲景正在修改书稿，雪莹提着一壶茶进来。

雪莹给张仲景倒茶水，张仲景仍在聚精会神地改着书稿。

雪莹走到他身后，默默地看着他。

张仲景回过头来，对着雪莹笑笑。

雪莹：已经改了多少了？

张仲景：改了前面的几卷，都让你誊抄了两次了，还得修改。

雪莹：你改完了，我和钵钵再给你抄。

张仲景：每次都是这么重的一捆，真是辛苦你们娘俩了。

雪莹笑：跟俺娘俩还说什么客气话？

已是一个医师打扮的葛根端着一个碗进来：爹，把这碗银耳汤喝了，钵钵给你熬的。

张仲景：好，好。你记住多关照你娘，她也老了。

雪莹：我的身体可好着呢，前两天给小喜子补衣服，都是自己穿针呢。

张仲景对雪莹：这大半辈子下来，你帮我做了多少事？真是数不清啊。我总觉得自己欠你的太多了，所以看到你这么辛苦，心里还是有些内疚。

雪莹：你写这本书，又不是为了自己，我们娘俩帮你抄，也不光是为了你，你内疚什么呢？

张仲景：要不这次，你俩不要从头干到尾，也找别人帮衬帮衬。

雪莹：能找谁呢？小宽年纪也大了，前面的药铺完全靠他照应，每天都忙得脚不沾地。英姑要负责这一大院子人的饮食起居，也劳累得不行。葛根经常要出去采买药材，更是指望不上。你说还能找谁呢？

张仲景：咱们的师兄怎么样？他就是炮制点药材，只怕还有点时间帮你们。

35

张家药铺院中。白天。

正在翻晒药材的任彦成听见了张仲景的话，脸露喜色。

他低微的心声：如果真让我抄，我可以一式两份，在我存的那一份上署上我的名字，过个二百年，谁知道他的是原稿还是我的是原稿？

36

张家药铺书房里。白天。

雪莹正色：找谁也不能找他！这个人心术不正，你一辈子的心血，怎么能交到他手上？

张仲景笑：他回到咱这药铺，也有好多年了，一直不是挺好的吗？你怎么总拿老眼光看人？他年轻的时候走了段弯路，你也不能一下子就把人看死了呀。

雪莹：狗改不了吃屎！你这个人哪，就是太善良了，自己善良也就罢了，还总是把别人也想得很善良。你一辈子就是吃的这个亏，知道吗？俗话说，害人之心不可有，防人之心不可无！

张仲景：那好吧，你们娘俩愿意自己抄就抄吧。不过话说回来，也只有你俩抄我最放心，别人哪能像你们那么认真仔细呢？

雪莹：别忘了喝百合汤啊！你也是六十多岁的人了，当心身体吧。最近肺里觉得怎么样？有什么不舒服的，可别硬撑着写啊！

张仲景：我这病也是老根儿了，好是好不了的，就这么维持着吧。这书也写得太久了，我现在恨不得明天就把它改完，能拿出去誊写了。可又一想，得对病人负责呀，也得对历史负责。所以又这么改了一次又一次，总觉得不满意，又最终不想拿出来了，心里很矛盾的。

雪莹摇头叹息：你这是在熬心血啊！忙吧，吃饭时我来叫你！

张仲景点点头。

37

张家药铺院中。白天。

偷听张仲景夫妻谈话的任彦成急忙闪进药房。

38

张家药铺药房。白天。

任彦成靠在门上发狠地自语：这个女人！……

39

张家药铺院中。白天。

雪莹来到院中，小喜子跑过来：奶奶，来客了。

雪莹一看，是乔远志和二虎走进了院中。

二人：老嫂子好。

雪莹：是你们二位呀，今天怎么来得这么齐？

乔远志：还是为了张先生的书稿，我们来和他商量雇人誊抄的事。

雪莹：他的书还在改呢，现在他就在书房里。

乔远志：我们先不打扰他，坐这儿聊聊天，你去忙吧，等他一会儿累了出来时再见他。

雪莹有些不好意思：这？

二虎：老嫂子您别管，您去忙您的吧，我们两个在院子里先坐坐。

雪莹：好吧，那我先到前边铺子看看，我让英姑给你们送茶来。

40

张家药铺书房。白天。

张仲景一边捶着腰一边向门口走。

天地忽然一转，一阵头晕令他急忙扶住了门框。

这阵头晕过去，他定下了神。

41

张家药铺院内。白天。

乔远志和二虎正在轻声聊天。

二虎扭头看见张仲景走出书房，急忙站起：张先生。

张仲景意外地：哎呀呀，两位是什么时候来的？

乔远志：刚来刚来，嫂子说先生正在修改书稿，我们就没进去打扰。

张仲景笑着：你们也太把我当回事儿，我就是再忙，你们来了能不见吗？

乔远志：张先生，我们这次来，可是要把誊写的事情，正式确定下来了。

张仲景：我的书稿还没改完啊。

任彦成也来到院中：二位来了？

乔远志：医署令大人啊，大热的天还在忙呢？

任彦成：瞎忙瞎忙，但愿能帮得上师弟的忙。

二虎：我们也是来帮忙的，想赶紧把先生的书稿抄写几份。

任彦成：这事情也说了几年了，怎么今天着急起来？

乔远志：不是我们着急，是新上任的南阳太守邵大人着急了。

张仲景：哦？邵大人怎么知道的？

乔远志：邵大人初来乍到，请我们这些卸任的官员去赴宴。席间邵大人问，怎么长沙太守张大人没来。我告诉他，张大人正忙着在家里写书，又疏于应酬，怕是不会来。他就问，写什么书。我就说你在写一本医书。没想到邵大人很有兴趣，提议由太守府召集写字的高手，等张先生的书稿一杀青，立即组织起来抄写以便流传。

二虎：他出人，我出钱，一定要把这个抄传的事办好。

张仲景：现在兵荒马乱的，邵大人怎么会对一本医书这么有兴趣？

乔远志：我看哪，他恐怕是有点私心的。

任彦成：什么私心？

乔远志：上个月魏王发兵攻打吴国，眼下魏军气势正盛，准备攻克东吴，不想这时候魏军中突然流行起了瘟疫……

张仲景：什么瘟疫？

乔远志：现在还不清楚。反正魏军多是北方人，不习水战，水土不服，而南方瘴气特别重，难免要染上瘟疫。我猜测，邵太守现在急着把先生的医书誊抄清楚，是不是要献给魏军呢？

任彦成听得有些呆了。

张仲景：他想得有点远吧？说实话，我写书是为了救治患病的百姓，可不想支持谁去打仗。

乔远志：那是那是，不过魏军要真是得到了你的书，只怕要高兴得跳起来。

张仲景：想看就给他们看吧，反正我不参与他们之间这些打打杀杀的事情，只想着治病救人。谁来找我，我就给谁看。

　　二虎：先生要是现在把这部书献出去，无论是给魏军还是给东吴，肯定会得到一大笔赏赐呢。

　　众人都笑了起来，唯独任彦成神色有点异样。

　　张仲景：我只想着黎民百姓的疾苦，为他们才写这部书的。如果抱着奇货可居的心理，这部书就写不出来，写出来也治不了病。

　　乔远志：所以呀，就要赶快找人多多誊抄，让它流传天下，谁都能得到，这样就不会出现奇货可居的情况了。

　　二虎：肯定会出现众人争抢的情景。

　　众人又笑了起来。

42

　　张家药铺院子一角。白天。

　　任彦成慢慢走过来，弯腰去拿一个捣药的药臼。

　　他在微声自语：献书……

43

　　张家药铺院中。白天。

　　几个朋友还在聊天。

　　张仲景：乔先生，你的好友王粲大人，现在怎么样？我可是好久没他的消息了。

　　乔远志叹口气：唉，已经过世了。

　　张仲景意外地：哦？

　　乔远志：听说临死前，他很后悔没有听您的话，坚持服用您的五石汤。

　　张仲景叹了口气：所以我更急着要写成这本医书，好让世上少一些像他这样被耽误的人。他是一个聪明正派的人，可惜身体不好，是由熬夜和办事过于认真的习惯引起的。当时我看出他已气血两亏，给他开了方，可惜他……

　　二虎：多少人都希望能看到先生的书呢。

张仲景感动地：好吧，有你们这几位热心朋友的支持，我就更要把书改好。我会抓紧时间，争取早日出手。

二虎：我们来，要的就是先生这句话呀！

乔远志：不过先生还是要当心身体，现在还咳得厉害吗？

张仲景摆摆手：一点小病，不敢劳大家过问。你们看，我现在不是很好吗？

众人都点了点头。

44

凌晶草房。白天。

任彦成回来，又在遐想。

凌晶：回来了，我去端饭菜。

任彦成一把将她抓住。

凌晶：怎么了？

任彦成：夫人，你能不能准备点盘缠？我想出趟远门。

凌晶：你要去哪里？

任彦成：南边。魏吴两国正在打仗，而魏军闹起了瘟疫，你说，我现在去投奔魏军，帮他们治好瘟疫，他们是不是要重用我？

凌晶鄙夷地：你昏了头吧？真是官迷心窍，你这么一大把年纪，只怕没走到长江，骨头架子就都散了。要是碰上个兵匪盗贼，还不一下就把你结果了？再说了，你治得好瘟疫吗？我跟了你一辈子，还不知道你那两下子？

任彦成：我乃前任荆州医署令，没点真本事行吗？我要是去了，不说药到病除，起码能让病不扩散传播。想当年在南阳，我不就是凭这个当的孝廉吗？

凌晶：得了吧。别人不知道我还不知道？那全是张仲景的功劳，你是沾了他的光，同时又有我爹撑腰。要不然，你哪举得了孝廉？

任彦成：都是一个师父教的，你以为我还真不如他？

凌晶：你要是比他强，怎么现在还在他手底下干活？

任彦成：那我就证明一次给你看看，我就要去魏军中，治疗好瘟疫，再让魏国封我为医署令！

凌晶冷言警告地：你可要想好了。你要是去了，夸下海口，最后又治不好瘟疫，当官的一生气，还不把你杀了！

任彦成吃了一惊，不说话了。

45

张家药铺。张仲景书房。夜。

张仲景正在伏案疾书，同时不停地咳嗽。

雪莹端着一碗药进来：他爹，怎么还写？都已经三更了。

张仲景：以前我想慢慢来，现在却想赶工了。乔兄和二虎都在张罗着誊抄的事，还惊动了南阳太守，我不能让他们等太久了。

雪莹：可你也要顾及自己的身体呀。你都多大年纪了？怎么还能熬夜？这几天又咳嗽得厉害，这样拼命怎么行？

张仲景：没事的，我的身体我知道，还顶得住。

雪莹：赶紧把这碗清肺汤给喝了吧。

张仲景喝药。

张仲景放下药碗：他娘，你过去歇息吧，我改完了这卷就去睡觉。

雪莹：明天改不行吗？

张仲景：就剩下最后两卷了，我放不下，不改完了也睡不着。

雪莹：这可怎么行？你想把我急死啊？我看你是不累倒在书稿前就不罢休。

张仲景：只要这部《伤寒杂病论》完成了，我就是累倒了，此生也没有什么遗憾了。

说着，一阵剧烈的咳嗽。

雪莹急忙帮他捶背，又递过来一个手巾。

张仲景用手巾捂住嘴，咳嗽停了，他拿开手巾一看，急忙放下。

雪莹一把夺过来，一看：啊！

雪莹大惊失色。

原来手巾上全是咳出的血迹。

血，鲜红鲜红。

张仲景发出更令人揪心的咳声和吐声。

雪莹惊慌地：他爹……

第三十集

1

凌晶草房。白天。

任彦成回到家里,推门进来,对凌晶:夫人,师弟病倒了。

凌晶一惊:张先生还是卫先生?

任彦成:小宽还壮得跟头牛似的,是仲景,他昨天夜里咳了血。

凌晶:啊?要紧吗?

任彦成:病得不轻。他这病已经拖了好几年,什么方子都用过了,一直没好,看来他的肺,是彻底坏掉了。为了改书,他又连着熬了几夜,能不咯血吗?

凌晶:那怎么办呢?

任彦成:这次只怕是神仙都难办。

凌晶一阵难过:这十几年来,张先生帮我们太多,没有他的收留,你我连安身立命之处都没有。他这下病倒了,你说,我们能做点什么?

任彦成:能做什么?该吃的药,他药铺里有的是,都吃过了,我们是做不了什么了。

凌晶:总要表表心意嘛。我给他熬点鸡汤补补身体行不行?

任彦成:他哪里会喝你熬的鸡汤?

凌晶:怎么不会?我熬好了给他送过去,他喝与不喝,我们都算是表示了一点心意。

任彦成嗤之以鼻。

2

张家药铺。院子里。白天。

凌晶提着一个篮子走了进来,篮子里是一个熬好了鸡汤的瓦罐。

凌晶碰上了雪莹。

两人站住了,都看着对方。

凌晶:张夫人,我熬了一点鸡汤带来,给先生补补身子吧。

雪莹有点感动,接过篮子:好吧。

雪莹摸摸罐子：还是温乎的呢。

凌晶：张先生病得怎么样？

雪莹叹了口气：他这病，只能静养，没有别的法子。可他就是不听话，非要起来改稿子不可，说他的时间不多了，一定要把稿子改完。

凌晶：他是不是自己已有预感？

雪莹变了脸色：预感什么？

凌晶急忙道歉：对不起，我不太会说话，您别见怪呀。

雪莹叹了口气：你这样心地坦诚的人，跟了任师兄大半辈子，也不容易啊。

凌晶笑了：你终于也管他叫师兄了，这我还是第一次听到呢。

雪莹笑了笑。

凌晶：那好，我走了。

雪莹：别忙着走，坐一坐，喝杯茶。这些天啊，我的心里堵得慌，想起以前的好多事情，又没个诉说的人，就跟你说说吧。

凌晶有点诧异：跟我说？

雪莹：走，到里边聊吧。

3

任彦成家。白天。

任彦成坐在那儿边喝茶边沉思着。

他眼前闪过张仲景手拿书稿的样子。

他的心声由画外响起：他的书会使他千古流芳……

他把茶碗放到桌子上，自语着：那我呢？

4

张家客厅里。白天。

雪莹对凌晶：人活一辈子不容易啊。

凌晶突然对雪莹：你不恨我吗？

雪莹：恨你，为什么？

凌晶：我是多年以后才知道，当初你和彦成是恋人，可等我知道的时候，木已成舟，我也没有办法了。如果我当初知道，我肯定不会嫁给他的，所以，我觉得，你应该是会恨我的。

雪莹笑了：怎么会呢？也许我还应该感谢你。

凌晶一惊：感谢我？

雪莹：有时候我想，也许是老天注定，我这辈子的苦难，让你给承受了去。如果我当初嫁给了他，那我后面就要担惊受怕地过日子，永远也不得安生了。我那个时候爱他是爱得很深的，从小就在一起长大，他一直都是我的偶像，师父也夸奖他，还说过把我许配给他的话。我那时候想，我这辈子其实很简单，只要好好地爱一个人就够了，把自己的心都掏出来给他，就行了。可其实那并不叫爱情。因为虽然天天在一个院子里生活，我却一点都不了解他，不知道他在想些什么。我只是把自己的感情全都投入了进去，甚至都不能叫感情，只是一种情绪，一种美好的愿望罢了。而老天，偏偏不让我嫁给他，让我最终嫁给了仲景。在仲景身边，我才得到了真正的幸福，老天对我，是多么的厚爱，而把那本该由我承受的苦难，都给了你，你说，我能不感谢你吗？

凌晶：咱们都已经是六十出头的人了，我没想到，这辈子还有机会，听你说这番话。其实青春年少的时候，我们这样怀春的女孩子，谁经历过生活，谁懂得爱情？都是凭着一种直觉，一种藏在心底的美好的愿望，去选择自己的生活，去选择自己所爱的对象。你说你那时候不了解彦成，可你们毕竟还从小在一个院子里长大，青梅竹马。而我呢，只是见了他几面而已，就把自己的一生都交给他了。这就像是赌博，用自己的一生去赌。当时是我无意中抢走了你的心上人，可到这么老的时候，你才发现，你本来该爱的人就不是他。但我呢？我一生就爱了他这么一个人，他值得爱也罢，不值得爱也罢，这都是我的选择，既然选择了，就要去承受选择的结果，用一生去承受，无论结果如何，都得承受，而且不能怪他。

雪莹：你不怪他吗？

凌晶：要说一点不怪那是假的，我现在是尽可能地说服自己去宽恕他。当初，他想通过婚姻改变自己的地位，改变自己的命运，现在想想，有这种想法的人不是很多吗？难道他这样做，就是罪恶吗？他想做官，可他并不知道，做官意味着什么。这就像我们都想要自己的爱情，可并不知道爱情究竟是什么一样。他不知道一旦进入了当今的官场，就要做许多违心的事,甚至坏事,甚至罪恶的勾当。而他又胆小怕事,就一步步让人挟持着,变成了一个坏人。

雪莹:也许你们家当初不给他那个机会,他没有可能走出这个院子,他一直就在这里做他的医师,现在也会是一代名医,他的一生比现在要好得多……

凌晶:所以说啊,我更是怨不得他,毕竟他做的所有坏事里边,也有我的份。如果他当初和你做了夫妻,在你的帮衬下,他也许会变得越来越好,最后成了一个完美的好人。你说是不是?

雪莹叹了口气:都过去了,我们都是老太婆了,讲这些话,别人听了也许会觉得滑稽。

凌晶:人的一生,真是自己很难决定,很难控制的。我嫁给了他,现在才知道所嫁非人,但后悔也没用了。嫁鸡随鸡,嫁狗随狗吧,以后我要是活得比他长,也要为他养老送终的。

雪莹低下头:听了你这番话,以后我对他也要好一点了。

凌晶笑了笑:我走了。

雪莹:好吧,以后有时间就过来串门吧。

凌晶点点头,转身出门。

5

凌晶草房。黄昏。

凌晶回到家,见任彦成正在一个人喝闷酒。

果儿正在摆弄几味草药。

任彦成看到凌晶,举起酒杯:娘子,你来陪我喝一杯?

凌晶过去,夺下他的酒杯:张先生都病成那样,你怎么还有心思喝酒?

任彦成笑:他病了,我能怎么样?我想去看看他,可刚走到门口,就碰到雪莹,她瞪了我一眼,吓得我没敢进去。她处处都在提防着我,似乎我要害我师弟一样。还有小宽,我向他打听张师弟的病情,他居然,他居然理都不理我,好像我不存在,好像我是空气。你说,我能干什么?我也只有袖手旁观的份儿了。

凌晶:都几十年了,你做过什么关心张先生的事?你除了给他们家添麻烦，为他们家做过什么好事？你让人家现在怎么信任你？落到今天这个地步，你不在自己身上找原因，老去怪人家干什么？

任彦成：是啊，我该死，我该替他去死，可我又替不了，那我怎么办？只能一个人喝闷酒了。或者，我也像他一样，写本书，我马上就要动笔，就要写书了，哈哈！

凌晶看了他一眼，无奈地叹了口气。

任彦成：你也别叹气，也许啊，等我们这些人都不在的时候，等后来的人翻开那本《伤寒杂病论》的时候，上面赫然写着"任彦成"三个字，这本书，是任彦成写的！

凌晶：你胡说八道什么呀？

任彦成：你不信是吧？总有一天，你会信的，会有那么一天的，我向你保证，一定会有那么一天。

凌晶：喝多了就睡觉去，别在这里装疯卖傻了。

任彦成站起身，又回头，笑着：总有一天，你会相信的，你会相信的……

凌晶看着他的背影，又摇了摇头，走到果儿身边：孩子，又在摆弄草药，你也想学医呀？真要学医，可要跟你张仲景叔叔学。

果儿无语。

6

张家药铺。张仲景病房。夜。

小宽在张仲景的病床前。

张仲景：天色不早了，小宽，你去歇息吧。

小宽：师兄，我放心不下你。

张仲景：我还没有到朝不保夕的地步，你呢，也是过六十的人了，别陪着我熬了。

小宽：师兄，你就别赶我走了，让我再坐一会儿。

张仲景伸出手，握住小宽的手：好兄弟呀，这一辈子，你都在默默地帮我，到了真要走的时候，我第一舍不得的人是你嫂子和葛根，第二就是你了。

小宽眼红了：师兄，你胡说什么呢？

张仲景：师弟，我说的是实话。别人得了病，我能给他们看好，可我得了病，是没有人能看好的。

小宽：师兄，我有个想法，我想进一趟伏牛山，那里有灵芝……

张仲景摇头：你别去，我的病我知道，都拖了这么多年了，什么仙丹妙药，都只能治标不能治本了。你不要走，哪里都不要去，就陪我，走完最后一程吧。

小宽低下头，非常难过，不忍让张仲景看到他的泪水。

张仲景：师弟，有些事情，我还要嘱咐你。第一，是我的书稿，我会把它改完的，然后，你一定要想方设法，使它广为传播，而不是作为什么家技秘方收藏起来，你要答应我。

小宽勉力笑着：师兄，你越说越离谱了，你刚才自己不是说还没到那个地步吗？我写的那部《妇人胎藏经》书稿，还想等你病好了给审改哩。

张仲景咳嗽了一阵：你听我把话说完。第二，张家药铺，你一定要坚持把它办下去，将来还要传给葛根。

小宽激动地：师兄！

张仲景拦住他：一定要把药铺办下去，不管遇到啥难处，都要办下去。这是第二件。第三，是你的嫂子。你要好好待她，把她当你的亲嫂子，让孩子们好好孝敬她。

小宽的泪水终于忍不住流下来了：师兄，她比我的亲嫂子还亲啊！咱们两个，难道不胜过亲生兄弟？你还信不过我吗？

张仲景握住他的手：好兄弟。

小宽背过身去：师兄，我走了，你好好休息吧，不要瞎想。

小宽走到门口，忽然，张仲景急切地：师弟！

小宽回过头来。

张仲景：还有一件，就是任师兄。我知道你对他很生气，他的确做了许多让人生气的事；但他，毕竟是师父的徒弟，是我们的师兄，这一点，无法改变。所以，你如果想让我到下面去见师父的时候，还能安心一点，就一定要善待他。你答应我，答应我！

小宽连连点头。

张仲景：好吧，就这么几件，没有太为难你吧？

小宽：师兄，你的话我都记下了，但你今天说这些话，真的还不到时候。兴许将来有一天，是你在我的病床前，听我说这些话呢。

张仲景笑了笑。

小宽走了出去。

7

张家药铺。张仲景病房。深夜。

雪莹一直守候在病床前，在很疲倦地打着瞌睡，头一下一下地低着。

终于，她的头栽到病床上，睡着了。

8

任彦成家。深夜。

任彦成在灯下伏案而坐，面前的桌上摊放着竹简，但上边没有一个字。

他只是坐在那儿发呆。

他的眼前又出现了张仲景手拿书稿的样子。

幻象在继续：他从张仲景手上夺过了书稿……

9

张家药铺。张仲景病房。深夜。

一阵风袭来。

张仲景悄悄坐起来，用极轻的声音：雪莹，雪莹。

雪莹睡熟了没有听见。

张仲景掀开被窝，两只脚在地下找鞋穿。

他找着了，穿上鞋。

他悄悄地走到门口，轻轻拉开门，出去，又将门轻轻关上了。

10

张家药铺。张仲景书房。夜。

张仲景推开书房门，摸索着点起了蜡烛。

烛火照亮了书稿。

张仲景将几页竹简拿起来，又放下，然后研起了墨。

他一边研墨，一边还在看那几页竹简。

终于，墨研好了，他拈笔蘸墨，在竹简上修改起来。

镜头转，烛火下张仲景的脸。

镜头上移，拉远，墙上是烛火映出的巨大的身影。

11

张家药铺。书房。黎明。

传来了几声鸡叫。

张仲景却没有听见，仍在伏案疾书。

张仲景时不时地仍咳嗽两声。

一抬头，忽然看见雪莹就在他面前，吓了一跳。

张仲景：他娘，你？

雪莹的眼里已经满是泪水，哽咽地：你，你是不要老命了！

张仲景满含歉意地对着她笑，低声地：我真得抓紧了，要不然怕是……

雪莹看着他，看着他，却艰难地、一点一点地转了身，抹着泪走了出去。

12

张家药铺。张仲景病房。白天。

乔远志、二虎走进病房。

雪莹：他爹，你看谁来了？

张仲景急忙坐起身：两位贵客，我病成了这个样子，就不能起来招待你们了。

张仲景笑。

他的脸色有些潮红，咳嗽也时断时续，并有些撕心裂肺的感觉。

两人神色都有些凄惶。

乔远志：先生，你好好养病吧。

张仲景：是的，是的，书稿我已经改完了，算是最后定稿，他娘，你去拿来。

雪莹答应了一声，出去。

13

张家药铺院子里。白天。

雪莹喊英姑：英姑，帮我去拿书稿。

英姑：哎！

英姑答应了一声，过来。

雪莹忽然看到任彦成也在院子里，愣了一下。

雪莹和英姑向书房走去。

14

张家药铺。张仲景病房。白天。

二虎：先生，你放心吧，我一定全力以赴，组织人把它誊抄好。

乔远志：你就放心吧。

张仲景：放心，放心，有你们这些好朋友在，我还有什么不放心的？

乔远志：你好好养病，估计等你病好的时候，书就抄出来了。邵太守前天还派人到我家去过问此事，说抄书的人已经找得差不多了，都是从全郡找来的高手。

张仲景笑：太好了，邱先生，多抄一些，然后广为散发。只要是真心想学医治病的医师，就送他一套，如果钱不够，你就找小宽，让他帮着挤出一点来。

二虎：先生放心吧。就是砸锅卖铁，我也会让它流传开的。

张仲景握住二虎的手：这样我就走得安心了。

两人听了他的话，都很无奈，也不知道该说什么。

15

张家药铺。书房。白天。

雪莹和英姑进来。

雪莹把预先准备好的两个木箱抱过来，小心地将书稿放到里头，然后和英姑两人一人抱一个，向门口走。

16

张家药铺。病房外。

雪莹看到任彦成在病房外徘徊，鬼鬼祟祟的。

任彦成看着两人手里抱着的两个木箱，眼睛直勾勾的。

雪莹：任先生，你在干吗？

任彦成：我，我想问问，师弟的病……

雪莹：你想看就进去嘛。

任彦成：不，还是不了，我去药房看看。走了。

雪莹看着他的背影，皱了皱眉。

17

张家药铺。病房。白天。

雪莹抱着盛书稿的箱子进来，放下，将书稿拿出来。

乔远志、二虎都拿起装订好的一捆捆竹简，翻看起来。

二虎的手有些发抖：先生，这都是你的心血呀。

张仲景：也是我此生最大的寄托了。

二虎对雪莹：嫂子，你把先生的书稿先收好。待我和乔先生将该做的准备全做好了，就过来拿书稿，会很快的，也就一两天时间。

雪莹点点头。

乔远志认真翻看后，也把书稿放回到了箱子里。

雪莹和英姑又抱着箱子向门口走去。

18

张家药铺。张仲景病房外。院子里。白天。

雪莹出来，看到任彦成还在院子里。

雪莹对英姑：走，去那边。

19

张家药铺。雪莹卧室。白天。

雪莹、英姑都抱着箱子进来。

雪莹：就放桌子上。

两人将箱子都放在了桌子上。

雪莹：你先去忙吧。

英姑点点头，走了。

雪莹将两个箱子，都费力地藏到了床底下。

20

张家药铺。院子里。白天。

雪莹出来，看到了小宽。

雪莹：小宽兄弟，你怎么不进去？乔大人和二虎兄弟都在里面呢。

小宽心事重重，摇了摇头。

雪莹：怎么了？

小宽：嫂子，我不得不说一句，师兄的后事，是不是……要不然怕来不及。

雪莹的眼泪"唰"地下来了：已经到了这个地步？

小宽：有备无患吧。嫂子，还是有准备的好。

雪莹仰起头：好吧，你去准备吧，不过千万不能让他知道。

小宽：当然，你放心吧。

21

张家药铺。张仲景卧室。黄昏。

小宽和英姑在伺候张仲景吃饭。

张仲景吃了几口，对小宽摇摇头：吃不下了。

小宽忧心地放下碗，为师兄擦嘴。

英姑收拾碗盘端出去。

张仲景喘息地：小宽，有件事你帮我办一下。

小宽：啥事？

张仲景指了一下床头柜：你打开那个抽屉。

小宽打开抽屉，看见了一摞铸钱。

张仲景：我走后，你把那些钱送给师兄任彦成。

小宽惊看住张仲景。

张仲景：我们三个，如今就他生活潦倒，我怕去了那边，师父会怪我没有照顾好师兄，你把那些钱给他，让他买几间房子……

小宽眼中渗出了泪，急忙点头……

22

凌晶草房。夜。

任彦成和凌晶躺在床上。

任彦成：娘子，我看师弟是快不行了。

凌晶：啊?!

任彦成：已经好多天不能出屋子了，我在门口朝里头看了一眼，见他只有出的气，没有进的气，估计也就几天时间了。

凌晶：他可是个好人哪，老天怎么不保佑他呢？

任彦成：人生七十古来稀，他已经算不错的了。

凌晶：他可是一代名医啊，怎么就治不好这个病了呢？

任彦成：医者医病，不能医命，这也是没办法的事。

凌晶：唉！

凌晶长长地叹了口气。

任彦成：我还比他大两岁呢，估计日子也不多了。

凌晶：没病没灾的，干吗自己咒自己？

任彦成：我是想，我这辈子真是一事无成啊，老来也晚境凄凉，你也跟着我受苦。

凌晶笑：苦都受过了，你今天倒说起客气话来。

任彦成：怎么说，你也是太守府的千金，我就让你住这样的房子，睡这样的床，盖这样的被子，真是对不起你呀。

凌晶大笑起来：这房子，这床，这被，可还都是我的。

任彦成：所以啊，为了报答你，我也得做点惊天动地的大事。

凌晶突然变了脸色：你又想做什么坏事儿？可别拿我当幌子。

任彦成：知道，知道。我做的事情，都跟你没关系。

任彦成翻身睡去。

23

张家药铺。张仲景病房。白天。

雪莹、小宽、英姑、葛根、钵钵都在病房内。

张仲景已经进入弥留之际。

24

张家药铺。病房外。白天。

任彦成在病房门口，不敢进来，来回徘徊。

25

张家药铺。病房内。白天。

张仲景一直在昏睡中，忽然睁开了眼睛。

雪莹：他爹？

张仲景的目光亮起来：你们都在，二虎来拿书稿了吗？

雪莹摇头：还没有，他正在做各种准备，很快就会来拿的。

张仲景：他娘，《伤寒杂病论》你可要收好了，一定要收好了。

雪莹努力地点头：我就是把命丢了，它也不会丢。

张仲景看了看：师兄怎么没有来？

雪莹朝门外看，一个人影在晃动。

雪莹：葛根，去叫你任伯伯。

26

张家药铺。病房外。白天。

葛根出来，一下子就碰到了任彦成。

葛根：任伯伯，我娘请你进去。

任彦成：哎！

任彦成高兴地答应了一声，跟着葛根进去了。

27

病房内。白天。

任彦成走到了病床边。

任彦成：师弟，你叫我？

张仲景突然爆发出一阵猛烈的咳嗽，他抓住了任彦成的手。

任彦成的表情有些不自然。

突然，张仲景的手猛地松了，垂落到床上。

他的头一歪,去世了。

雪莹:他爹!他爹!

雪莹扑上去大叫。

葛根、钵钵:爹!爹!

但张仲景再也听不见了。

28

张家药铺。大门内外。白天。

张家药铺的大门口和牌匾上已经挂上了白绸,从大门口看进去,院子里已经搭上了白色的灵棚。

来吊唁的人络绎不绝。

29

张仲景灵堂。白天。

药铺的客厅已经被装饰成灵堂,中堂上有一个巨大的"奠"字。

下面是案台,放着灵位、白烛、供品、香炉,炉内燃着香,青烟缭绕。

灵位上写着"故长沙太守悬壶济世张公讳仲景之位"。

下面放着张仲景的棺材。

棺材前是一个跪垫。

雪莹、葛根、小宽、英姑、钵钵、喜子等人都跪着,迎接前来祭拜的客人。

乔远志、二虎等人前来祭拜。

一一祭拜之后,客人们又向雪莹、葛根等致礼,雪莹他们一一回礼。

30

灵堂。夜。

雪莹和葛根、小宽在为张仲景守灵。

英姑进来,跪在旁边:嫂子,我来替你,你去歇一歇吧。

雪莹:这是第一夜,让俺娘俩一直守着他吧。

英姑不再多说,对着灵位,拜了三拜,出去了。

31

街上。白天。

纸钱在天空中飞旋。

雪莹和葛根举着白幡,后边是小宽等人抬着棺材。

英姑、钵钵和喜子跟在后面。

其后是长长的送葬队伍。

棺材后面,任彦成和凌晶也在送葬的队伍里。

32

墓地。白天。

一个大坑。

坑内燃起了火纸。

棺材放在坑边。

乔远志宣读祭文:十一月二十四日,乔远志致祭于已故长沙太守、悬壶济世张公讳机字仲景之灵前,曰——

镜头在众人中转。

乔远志:张公仲景,品性端良,悬壶济世,功高德长。出身寒微,幼年失怙,持家孝母,含辛茹苦。冲龄学艺,投于名师,弱冠行医,名震南阳。瘟疫横行,挺身相救,不顾安危,终得良方。解民倒悬,八方瞻仰,刺史赐匾,官拜医监。出守长沙,开仓放粮,万民咸呼,贤太守张。知命辞官,行医乡邦,不慕荣华……

在送葬队伍中的任彦成悄声对凌晶:娘子,我去行个方便。

他离开了队伍。

33

同上。

乔远志:晚年著书,不辞辛苦,积劳成疾,书成人去。先生之风,山高水长,功德犹在,我辈弘扬……

雪莹注视着人群,忽然发现任彦成不在了。

雪莹走到凌晶旁边:老姐姐,任先生呢?

凌晶：他说去方便一下，怎么这么半天还没回来？

雪莹神色一变。

34

张家药铺。大门口。白天。

任彦成进去，只有一个仆人在看守着药铺。

仆人：任伯伯，你怎么回来了？

任彦成：我忘了个东西，进去拿一下。

任彦成闪身进去。

35

张家药铺。院子里。白天。

任彦成回头看了看，见仆人看不到他，立刻进了雪莹的卧室。

36

张家药铺。雪莹卧室。白天。

任彦成在卧室里翻箱倒柜。

他却没找着放《伤寒杂病论》的箱子，急得像热锅上的蚂蚁。

突然，他眼睛盯住了床下。

37

张家药铺。雪莹卧室。床下。白天。

任彦成钻进来，看到了那两个箱子，他的眼睛里顿时放出了光彩。

他将那两个箱子拖了出来。

38

张家药铺。雪莹卧室。白天。

箱子上了锁，任彦成在房间里找到一把锤子，开始砸锁。

"啪嗒"一声，锁被砸开了。

任彦成又砸另一个锁，也砸开了。

任彦成打开箱子，书稿出现在眼前。

任彦成捧起书稿，眼里是贪婪的目光。

书稿首页的特写：伤寒杂病论　南阳　张仲景　著。

任彦成自语：是送给魏军，还是送给吴军呢？

任彦成从身上抽出一个包袱布，包起书稿来。

39

张家药铺。院子里。白天。

任彦成跑出来，看到院子里没人。

他又进了雪莹的卧室门。

40

墓地。白天。

乔远志：呜呼哀哉！尚飨！

众人将棺材放到墓穴里。

小宽和几个人拿起铁锹，往墓穴里填土。

雪莹看着泥土一下一下盖在棺材上，眼里出现了张仲景的形象。

41

张家药铺。雪莹卧室。白天。

任彦成将两个箱子合上，又塞回到床底下。

42

张家药铺大门口。靠院子的里边一侧。白天。

任彦成背着包裹，看了看大门口，仆人到诊室里去了。

任彦成立刻跑出大门，脚步非常轻。

43

凌晶草房。白天。

任彦成开门进来，草房里没有人。

他放下包裹，搬梯子，将梯子搭到阁楼上，背着包裹爬上阁楼。

44

墓地。白天。

一座新坟已经立起来,几个人正在竖墓碑。

英姑扶住了雪莹。

45

张家药铺。张家药铺。院中。白天。

送葬的人都回来了。

46

雪莹卧室。白天。

雪莹回到卧室里。

她看着空空的屋子,突然,悲从中来,放声大哭起来。

47

凌晶草房。白天。

凌晶进来,发现屋子里没人,门却开着,有点奇怪。

凌晶看到了通向阁楼的梯子,朝上:他爹,你在上面吗?

48

凌晶草房。阁楼上。白天。

任彦成正在模仿张仲景的笔迹向书稿首页上写自己的名字,听到凌晶的喊声吃了一惊,急忙将笔和书稿放下:啊,等我下来。

49

张家药铺。雪莹卧室。白天。

雪莹哭够了,头发凌乱,她去梳妆台拿梳子。

拉开抽屉,她发现里面的东西很乱,显然被人动过了。

雪莹吃了一惊,将所有的抽屉拉开,发现里面都很凌乱。

雪莹急忙钻到床底下去看。

50

张家药铺。雪莹卧室。床底下。白天。

看到两个箱子还在，雪莹有点安慰。

雪莹拉出箱子。

突然，雪莹看到箱子上的锁被砸掉了，大惊失色。

打开箱子，箱子里空空如也。

雪莹大叫：小宽，小宽！

51

张家药铺。雪莹卧室。白天。

小宽进来：嫂子，怎么了？

雪莹：书稿，书稿全都没了！

小宽的脸也白了。

雪莹：一定是在送葬的时候。是他，他先离开的。

小宽：他？

雪莹恨恨地：一定是他！他！

小宽：那时候药铺里只有一个仆人在，把他找来问问。

52

客厅。白天。

看门的那个仆人进来。

小宽：小王，我们去送葬的时候，谁来过？

仆人：就任师伯回来过，怎么了？

雪莹：你当时问过他吗？

仆人：问过，他说，他是回来取个东西的。

雪莹：他什么时候走的？

仆人：这个，我不知道，我去了一趟诊室，回来之后，就没见到他了。

小宽：好吧，你先去忙你的，这件事情不要跟别人讲。

仆人答应着出去了。

雪莹：一定是他了。

小宽：要不要报官？

雪莹：不可，以防他狗急跳墙，将书稿毁了或烧了。

小宽：可他要是跑了呢？

雪莹一听这话，先是一愣，随后眼一黑，向地上倒去。

小宽急忙伸手扶住雪莹，扭身高声地：英姑——

53

凌晶草房。黄昏。

听见有人敲门，凌晶去开门。

一看，是小宽。

凌晶：小宽兄弟，快请，屋里请。

小宽进来，两眼冷冷地盯住任彦成看。

任彦成有些做贼心虚地：师弟，这么多年了，这还是你第一次来我家吧？

小宽痛心至极地：我是来告诉你们，因为张师兄的书稿被人盗走，我雪莹嫂子已经气昏过去。

任彦成故作意外地：哦？

凌晶吃惊地：张先生的书稿丢了？天哪！我得去看看雪莹。

小宽极度伤心地：要是找不回书稿，我雪莹嫂子怕是活不下去了。

任彦成一听这话，双眉一抖，心里明显受到了震动。

凌晶已急急忙忙地出了门：我去看看雪莹。

小宽这时从衣袋里掏出一包铸钱递到任彦成手上：这是张师兄临终前一天晚上给我，让我转交给你的钱，说让你用这笔钱买座像样的房子。

任彦成极是意外地接住那包钱。

小宽转身走了出去。

任彦成先是呆呆地看着那包钱，随后慢慢蹲下身子，用手抱住了头。

那包钱掉到了地上……

54

张家药铺。黄昏。

小宽站在门前，眼中满是无奈，双手恨恨地捶了一下门框。

55

任彦成家。黄昏。

任彦成一步一步地向自家的阁楼上走。

56

张家药铺。夜。

雪莹躺在床上，紧闭着双眼。

小宽夫妇、乔远志、二虎、凌晶，还有葛根、钵钵、喜子都站在床前。

乔远志努力宽慰着：嫂子，你千万别急坏了身子，只要这书稿没被毁掉，一定会找得着的。就是花重金，我们也要把它买回来。偷这东西的人，一定也急于出手，也许过不了几天，就真相大白，水落石出——

他的话未落音，门突然被推开，任彦成抱着一包书稿站在门前。

乔远志惊奇地：天哪？！任先生——

任彦成声音低微而充满愧悔地：我把书稿拿去是想先看一遍，学点东西……

众人全都意外地看着他……

57

张家药铺。院子里。白天。

雪莹在英姑的搀扶下把书稿交到二虎手上。

二虎的画外音随即响起：张先生，你的书稿没有丢，我们一定会让您的这部书流传后世……

58

字幕：多年以后……

一本抄写在纸上的《伤寒杂病论》出现在观众眼前，纸上的"张仲景"三个字分外醒目。

几个年轻人挤在一起在兴奋地翻看……

画外音响起：《伤寒杂病论》流传到晋代，由王叔和将其中的伤寒部分单独整理成《伤寒论》一书传世；北宋以后，世上流传的《伤寒论》和《金匮要略》两书，是由《伤寒杂病论》一分为二所编成的……

伴随着画外音，出现以下画面：

《伤寒论》的各种版本……

《金匮要略》的各种版本……

59

在屏幕上出现以下画面的同时，画外音响起：张仲景出生于公元150年，逝世于公元219年，享年69岁。其出生地在今河南省南阳邓州市穰东镇……

张仲景的出生地——邓州穰东镇张族故居外景……

字幕：邓州张族故居外景。

张仲景任长沙太守的地方——长沙市营盘街张公祠外景……

字幕：长沙张公祠。

南阳宛西制药总部制作的大幅张仲景生平事迹铜浮雕墙……

南阳医圣祠内，千人祭奠张仲景的宏大场景……

虔诚跪拜的老人……

焚香作揖的孩子……

鞠躬致敬的外国友人……

画面凝定在西峡仲景山顶的张仲景大塑像上，塑像缓缓拉近，直到占满整个屏幕……

音乐，撼人心魄，荡气回肠……

第七稿于海南陵水